Christine Feehan confesse écrire depuis toujours. Plus jeune, elle forçait ses dix sœurs à lire tout ce qu'elle créait. Désormais, ce sont ses filles qui relisent ses manuscrits ! Elle vit dans la belle région montagneuse de Lake County, en Californie, avec son mari et ses onze enfants. Elle adore la randonnée, le camping, le rafting et la vie en plein air. Elle pratique les arts martiaux depuis plusieurs années et a même été professeur de self-defense.

Du même auteur, chez Milady :

GhostWalkers :
1. *Jeux d'ombres*
2. *Jeux d'esprit*
3. *Jeux nocturnes*
4. *Jeux interdits*

www.milady.fr

Christine Feehan

Jeux interdits

GhostWalkers – 4

Traduit de l'anglais (États-Unis) par Sophie Barthélémy

Milady

Milady est un label des éditions Bragelonne

Titre original : *Conspiracy Game*

Suivi d'un extrait de : *Deadly Game*

Cet ouvrage a été publié avec l'accord de
The Berkley Publishing Group, une maison d'édition de
Penguin Group (U.S.A.) Inc.

ISBN : 978-2-8112-0683-3

Bragelonne – Milady
60-62, rue d'Hauteville – 75010 Paris

E-mail : info@milady.fr
Site Internet : www.milady.fr

À Cindy Hwang et Steve Axelrod,
qui m'ont fait suffisamment confiance
pour donner une chance à la série des GhostWalkers ;
merci.

Remerciements

Je tiens à remercier Domini Stottsberry pour l'aide inestimable qu'il a apportée à la réalisation de ce roman. Brian Feehan et Morey Sparks méritent toute ma reconnaissance pour leurs enseignements sur les tactiques militaires, et je n'oublie pas mon mari, Richard, qui m'écoute toujours avec une infinie patience quand je lui décris des scènes d'action et lui demande son avis. Je remercie également Cheryl, qui a été merveilleuse, comme d'habitude !

Les symboles des GhostWalkers

SYMBOLISE
ombre

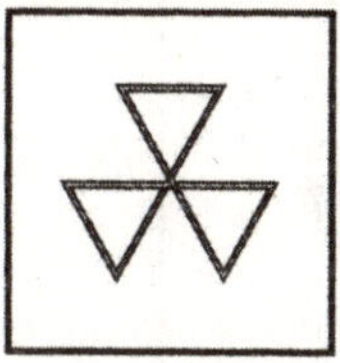

SYMBOLISE
protection contre les forces du mal

SYMBOLISE
la lettre grecque psi, utilisée en parapsychologie pour définir la perception extrasensorielle ou les autres talents psychiques

SYMBOLISE
les qualités du chevalier : loyauté, générosité, courage et honneur

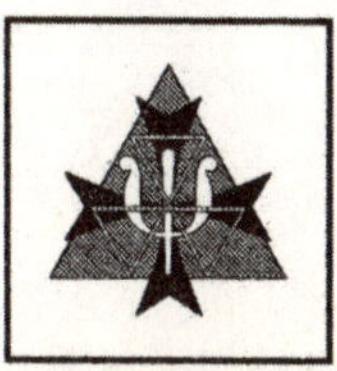

SYMBOLISE
les chevaliers de l'ombre qui luttent contre les forces du mal grâce à leurs pouvoirs psychiques, à leur courage et à leur honneur

nox noctis est nostri

Le credo des GhostWalkers

Nous sommes les GhostWalkers, nous vivons dans l'ombre
Mer, terre et air sont nos domaines
Jamais nous n'abandonnons nos frères d'armes tombés
Nous sommes liés par la loyauté et l'honneur
Nous sommes invisibles à nos ennemis
Et nous les anéantissons à chaque occasion
Nous croyons en la justice et nous protégeons notre pays
Et tous ceux incapables de se protéger eux-mêmes
Ni vus, ni entendus, ni devinés,
Nous sommes les GhostWalkers
Nous symbolisons l'honneur de l'ombre
Nous progressons en silence,
Dans la jungle ou le désert,
Nous évoluons parmi l'ennemi, parfaitement indétectables
Nous frappons sans bruit et nous nous éparpillons aux quatre vents
Avant même qu'on se rende compte de notre présence
Nous récoltons des informations et nous attendons, avec une patience infinie,
Le moment idéal pour faire tomber le glaive de la justice
Nous sommes à la fois charitables et sans pitié
Notre résolution est implacable
Nous sommes les GhostWalkers et la nuit nous appartient

Chapitre premier

La nuit tombait rapidement sous les frondaisons. Assis au centre du camp ennemi, entouré de rebelles, Jack Norton gardait les yeux clos, tête baissée. Attentif aux bruits de la forêt tropicale, il évaluait la situation. Ses sens exacerbés lui permettaient de sentir la présence de l'ennemi à proximité, mais aussi plus loin, à l'abri des arbres denses et luxuriants. Il était persuadé qu'il se trouvait dans l'un des nombreux camps satellites dissimulés au cœur de la jungle de la République démocratique du Congo, quelque part à l'ouest de Kinshasa.

Il ouvrit les yeux et les plissa afin de scruter les environs et d'anticiper chaque étape de son évasion. Ce simple mouvement fit irradier la douleur sous son crâne. Il ressentait encore l'atroce souffrance causée par la dernière volée de coups et luttait pour ne pas perdre connaissance. La prochaine fois, ils le tueraient, et ce moment viendrait plus rapidement qu'il le pensait. S'il ne trouvait pas très vite un moyen de s'en sortir, ses pouvoirs physiques ou psychiques ne lui seraient plus d'aucun secours.

Les rebelles avaient de bonnes raisons de lui en vouloir. Le frère jumeau de Jack, Ken, avait enlevé leur premier prisonnier politique avec l'aide de son équipe paramilitaire composée de GhostWalkers. Le sénateur en question, originaire des États-Unis, avait été capturé alors qu'il voyageait en compagnie d'un scientifique et de ses assistants.

Les GhostWalkers étaient intervenus juste à temps. Ils avaient libéré tous les otages ainsi que leur pilote, et avaient semé le chaos dans le camp. Les rebelles avaient toutefois piégé Ken et pris un malin plaisir à le torturer. Jack n'avait eu d'autre choix que de venir en aide à son frère.

Si les rebelles n'avaient guère apprécié que Ken leur soustraie leurs proies, ils étaient devenus fous de rage lorsque Jack avait délivré son frère. Malheureusement, Jack avait été touché alors qu'il couvrait les GhostWalkers venus récupérer Ken. La blessure était sans gravité – pas de fracture –, mais sa jambe s'était dérobée sous lui. Il avait fait signe à son équipe de le laisser et s'était résigné à subir le même châtiment que son frère… Ils partageaient ce genre de chose depuis leur plus jeune âge.

Il avait supporté le premier passage à tabac, avant l'arrivée du commandant Biyoya. Ils l'avaient roué de coups de pied et de coups de poing, et avaient piétiné à plusieurs reprises sa jambe blessée, mais ils s'étaient abstenus de le soumettre à pire calvaire dans l'attente de savoir ce que le général Ekabela avait en tête. Ce dernier avait envoyé Biyoya.

Les rebelles avaient pour la plupart suivi un entraînement militaire. Un grand nombre étaient même d'anciens gradés de l'armée ou d'ex-membres du gouvernement, mais le premier d'une longue série de forfaits les avait menés dans la clandestinité. Ils cultivaient désormais de la marijuana et dévastaient tout sur leur passage, attaquant les villages et massacrant tous ceux qui osaient leur résister, ainsi que les propriétaires des fermes ou des terres qu'ils convoitaient. Personne ne s'aventurait sur leurs territoires sans autorisation. Ils étaient armés jusqu'aux dents et maîtrisaient les techniques de la guérilla, n'hésitant jamais à torturer et tuer. Leurs crimes leur avaient donné le goût du sang, et ils poursuivaient leurs exactions, ivres du sentiment de pouvoir qu'elles leur conféraient. Même les troupes des Nations unies évitaient cette zone lorsqu'elles tentaient d'acheminer les chargements de médicaments et de vivres vers les villages, car les rebelles les volaient systématiquement.

Jack baissa les yeux pour observer sur sa poitrine nue l'endroit où le commandant Keon Biyoya avait gravé son nom. Des gouttes de sang ruisselaient de la plaie, une promesse de festin qui attirait des nuées de mouches et autres insectes piqueurs. Il ne s'agissait pas de la pire torture envisageable, ni de la plus humiliante. Il avait enduré le supplice de manière stoïque, faisant abstraction de la douleur comme il l'avait fait toute sa vie. Pourtant, le désir de vengeance le consumait.

Derrière le masque de son visage impassible, une rage froide et sourde courait dans ses veines, tel un torrent tumultueux. Ce sentiment violent se déversait en lui et l'inondait, attisant son excitation et décuplant sa force. Jack le nourrit volontairement en se remémorant chaque détail du dernier interrogatoire auquel l'avait soumis Biyoya. Les brûlures de cigarettes qui avaient marqué sa poitrine et ses épaules de traces circulaires. Les coups de fouet qui lui avaient arraché la peau du dos. Biyoya avait lentement gravé son nom dans l'épaisseur de sa chair et, comme Jack avait gardé le silence, il lui avait envoyé une décharge électrique à l'aide de câbles de batterie. Ça n'avait été que le début de longues heures passées entre les mains de ce pervers. Chaque parcelle de son corps ou presque était lacérée d'entailles qu'il lui avait infligées avec une précision quasi chirurgicale. Ken avait subi le même supplice et, à chaque coupure, Jack avait ressenti la douleur de son frère, oubliant ses propres souffrances.

La fureur emplissait sa bouche d'un goût amer. Très lentement, il glissa ses mains jusqu'à l'ourlet de son treillis, qu'il tâta du bout des doigts afin de repérer la fine extrémité du fil de fer qui y avait été cousu. Il se mit à l'extraire d'un geste fluide et précis auquel il s'était exercé, tout en se concentrant avec sang-froid sur la distance qui le séparait des armes, et sur chaque pas qu'il aurait à faire avant d'atteindre la jungle. Une fois qu'il aurait gagné la dense végétation, il serait assuré d'échapper à ses bourreaux. Cependant, avant cela, il devrait affronter à découvert une dizaine de soldats entraînés. La seule chose qu'il savait avec certitude, c'était que Keon Biyoya serait bientôt un homme mort.

Deux rebelles traversaient le camp dans sa direction. La colère qui animait Jack redoubla d'intensité. C'était maintenant ou jamais. Ses geôliers lui avaient attaché les mains devant lui, mais avaient eu la négligence de lui laisser les pieds libres, le croyant incapable de bouger après sa dernière séance de torture. Biyoya avait violemment abattu à plusieurs reprises la crosse de son fusil sur la blessure de sa jambe, furieux que son prisonnier n'ait donné aucune réponse à ses questions. Jack avait appris dès l'enfance à se terrer dans le mutisme, à se replier sur lui-même pour séparer son esprit de son corps. Pour quelqu'un comme Biyoya, il était probablement inconcevable qu'on ne cède pas – jamais –, surtout sous l'emprise de drogues et exposés à d'abominables souffrances. Jack sentit une main le saisir par les cheveux puis lui tirer brutalement la tête en arrière. Son visage fut aspergé d'une eau glaciale qui courut le long de son torse jusqu'à ses plaies. Le second soldat frotta les balafres avec un mélange de sel et de feuilles incandescentes. Les deux rebelles s'esclaffèrent.

— Le commandant veut que son nom soit bien lisible, railla l'un d'eux dans sa langue natale.

Il se pencha afin de croiser le regard de Jack. Il y lut sans doute la rage froide et l'implacable détermination qui l'habitaient, ainsi qu'une menace de mort, car il eut le souffle coupé. Les quelques fractions de seconde qui lui furent nécessaires avant qu'il ait le réflexe de s'écarter se révélèrent fatales. Jack se montra plus rapide. Avec une vitesse telle que ses mouvements étaient indiscernables, il lui enroula le fil de fer autour du cou et le déséquilibra pour l'amener vers lui, utilisant son corps comme un bouclier tandis que l'autre soldat ouvrait le feu. La première balle atteignit le rebelle et projeta Jack en arrière.

Le camp fut aussitôt plongé dans le chaos. Les hommes se dispersèrent pour se mettre à l'abri. Certains tirèrent en direction de la jungle, sans comprendre d'où provenait la fusillade. Jack disposait de quelques secondes à peine pour s'enfuir. Il tira un couteau de la ceinture de l'homme qui lui tenait lieu de bouclier, et mit fin à son agonie en le lui enfonçant dans la poitrine. Serrant toujours son otage contre lui, il coupa ses liens à l'aide de la lame, qu'il lança ensuite vers le second soldat. L'arme alla se planter dans sa gorge avec une précision mortelle. Jack lâcha alors le cadavre et détala. Il traversa le bivouac en zigzaguant, donnant des coups de pied dans les feux de camp, éparpillant les tisons dans tous les sens. Rasant délibérément les soldats ennemis pour éviter de se faire tirer dessus, il se rua sur l'un des rebelles, lui écrasa la trachée du plat de la main puis s'empara de son arme. Après avoir sauté par-dessus le corps, il reprit sa course jusqu'au milieu d'un groupe de cinq hommes qui bondirent aussitôt sur leurs pieds. Jack se baissa et frappa l'un d'eux au genou. Quand le soldat tomba lourdement au sol, Jack en profita pour saisir la machette qu'il tenait. Il s'en servit pour lui porter un coup fatal, puis fit virevolter la lame vers les quatre autres adversaires avec une aisance née de la pratique et du désespoir qui l'animait.

Les tirs qui fusaient dans la jungle provoquèrent l'envol de nuées d'oiseaux, qui quittèrent la cime des arbres en poussant des piaillements stridents. Les cris des blessés se mêlaient aux vociférations exaspérées des chefs qui tentaient de rétablir l'ordre. Un soldat surgit soudain devant Jack, tirant en rafale autour de lui avec son fusil d'assaut. D'une roulade suivie d'un croche-pied, Jack s'empara du fusil, puis assena à l'homme un coup de crosse mortel. Il passa les armes en bandoulière afin de garder les mains libres puis se précipita vers la jungle, dérobant au passage un long couteau ainsi qu'un autre fusil. Le soldat qu'il venait de tuer lui avait involontairement ouvert la voie en éliminant plusieurs rebelles.

Jack plongea dès qu'il le put sous l'épaisse frondaison, effectuant une série de roulades dans les fougères aux larges feuilles. Plié en deux, il courut le long d'un sentier étroit sans doute tracé par un animal de petite taille. Les balles sifflaient autour de lui, certaines le manquant de peu. Il maintint une allure soutenue et s'enfonça plus profondément dans la jungle, là où la lumière filtrait à peine à travers la canopée. Comme pour tous les GhostWalkers, l'ombre était son élément.

La forêt tropicale se divisait en plusieurs strates. Certains arbres pouvaient atteindre quatre-vingts mètres de hauteur. Le feuillage se situait toutefois majoritairement vingt à trente mètres au-dessus de Jack. C'était là que vivaient la plupart des animaux. Les branches et les troncs étaient recouverts de lichens, de mousses et d'orchidées. Des lianes s'y enroulaient et pendaient comme des tentacules. Palmiers, philodendrons et fougères étendaient de larges feuilles qui formaient un obstacle supplémentaire aux rayons du soleil. Le sol, ne recevant que très peu de lumière, restait sombre et humide. Tout à fait ce dont Jack avait besoin.

Une fois dans cette zone opaque, il se fondit dans le décor. La peau de son visage, de son cou et de son torse adopta des motifs imitant la diversité de formes et de couleurs des plantes environnantes. Son treillis, spécialement conçu pour le camouflage, prit la teinte des éléments qui l'entouraient. Jack était devenu invisible, comme si la jungle l'avait englouti.

Prenant appui sur des branches basses, il escalada avec agilité le tronc d'un arbre jusqu'à la fourche. La frondaison, constituée de feuilles persistantes, était particulièrement épaisse. Jack disposait là d'un point de vue idéal sur le sol de la forêt. Même si celui-ci paraissait nu au premier abord, il savait que les insectes y grouillaient, formant comme un tapis vivant au-dessus de la terre pauvre. Il attendit, certain que les rebelles allaient bientôt se ruer dans la jungle. Son évasion provoquerait la fureur du commandant Biyoya. Celui-ci devrait rendre des comptes au général Ekabela, réputé pour se montrer peu clément envers ceux qui le décevaient.

Les jurons et les ordres tonitruants, exprimant à la fois peur et colère, résonnaient dans la forêt envahie par la fumée. Jack espéra que l'un des tisons qu'il avait sorti du foyer avait réussi à enflammer la petite cabane recouverte de feuilles qu'avait l'habitude d'utiliser le commandant. Jack évalua son armement. Il disposait de deux fusils d'assaut avec quelques munitions, d'une machette ainsi que de deux couteaux, et dans les coutures de son pantalon étaient cachés plusieurs garrots. Plus important encore, Jack pouvait compter sur les pouvoirs psychiques et physiques conférés par l'expérimentation qui lui avait permis d'intégrer l'unité secrète des GhostWalkers.

La végétation dense qui l'entourait lui offrait un camouflage efficace et, grâce aux lianes, il serait capable de grimper aux arbres et d'en descendre aisément si nécessaire. Malgré le bruit incessant de la pluie, seules quelques gouttes parvenaient à transpercer la canopée. Celles qui tombaient sur lui l'aidaient à supporter la chaleur oppressante.

Les soldats pénétrèrent dans la jungle en formation standard pour ce genre de battue, déployés en ligne afin de couvrir une zone importante, la distance entre deux hommes n'excédant pas un mètre. Jack en déduisit que le commandant avait rétabli l'ordre et repris la direction des opérations. Un fusil dans les mains, il s'accroupit et observa la progression des rebelles entre les plantes aux larges feuilles et les fougères géantes. Ils se croyaient sans doute silencieux, mais Jack percevait le sifflement de l'air qui entrait et sortait de leurs poumons. Il aurait de toute manière repéré leur présence. Grâce à ses facultés visuelles de GhostWalker, les ondes de chaleur jaune et rouge que les corps dégageaient, contrastant avec la végétation plus froide, lui apparaissaient aussi clairement que des néons lumineux. L'odeur de l'adrénaline qui suintait de leurs pores lui emplissait les narines. Ils auraient dû ressentir de la peur. Ils avaient conscience de poursuivre un prédateur blessé dans la forêt, et savaient qu'il était susceptible de les attaquer, mais ils ignoraient à quel genre d'homme ils avaient affaire.

Jack avait traversé le camp aussi vite qu'il l'avait pu, certain de n'avoir laissé aucune trace derrière lui en gagnant l'abri de l'ombre. Il avait pris soin de ne pas abîmer la végétation des arbres qu'il avait escaladés, sautant et se réceptionnant avec légèreté sur la pointe des pieds pour ne pas laisser d'empreintes qui auraient trahi sa présence sur la mousse ou le lichen. Ses poursuivants supposaient qu'il s'empresserait de fuir en direction de Kinshasa. Aucun des soldats n'eut l'idée de lever la tête, encore moins de scruter le feuillage. Jack resta donc tranquillement assis tandis qu'une première vague composée d'une trentaine de rebelles passait en dessous de lui.

Il examina attentivement ses armes pour se familiariser avec la sensation que chacune d'elles lui procurait. Il prit le temps de fabriquer un étui pour la machette, un morceau de liane faisant office de bandoulière. Tout en vaquant à sa tâche, il observait et écoutait, préparant son plan, anticipant son trajet de son point de vue privilégié, attentif aux murmures des hommes qui s'aventuraient juste sous son perchoir. La soif commençait à se faire âprement ressentir et, sitôt le dernier soldat disparu, Jack cala l'un des fusils entre deux branches avant de retourner à la lisière du camp sans faire de bruit. Il évolua avec agilité d'arbre en arbre à l'aide des lianes, puis coupa une plante grasse qu'il porta à sa bouche et avala le liquide qu'elle contenait en prenant garde à ne pas laisser tomber la moindre goutte.

Soudain, à une centaine de mètres sur sa gauche, un chimpanzé lança un cri d'alerte. Jack se figea et lâcha avec prudence le végétal auquel il s'était désaltéré, qui rejoignit discrètement l'enchevêtrement de verdure auquel il appartenait. Avec des gestes mesurés et précis, Jack descendit la tête la première le long d'une liane, tel un spectre. Il s'arrêta juste avant d'atteindre le sol, et effectua une gracieuse pirouette pour poser avec précaution les pieds sur la terre humide. Il s'accroupit, prêt à se servir de son arme, et se pétrifia lorsque les deux gardes postés en bordure du camp tournèrent les yeux dans sa direction. Il se fondait toutefois tellement dans cet environnement végétal qu'ils ne le virent pas. Les deux hommes balayèrent les alentours du regard avec méfiance, puis entamèrent un dialogue animé à l'issue duquel l'un d'eux tendit un joint à son compagnon.

Des tourbillons de fumée s'élevaient depuis l'une des cabanes, et Jack entrevit quelques flammes qui vacillaient encore au milieu des ruines. Deux rebelles empilaient les cadavres, tandis que deux autres portaient assistance aux blessés. À l'abri de l'épais feuillage, Jack contourna la clairière pour se rapprocher du lieu où étaient entreposées les armes. Il savait que la réserve était immense. L'arsenal, provenant des États-Unis, avait appartenu à l'ancien gouvernement. Le général et ses soldats n'avaient pas quitté les postes qu'ils occupaient au sein de l'armée les mains vides. Les rebelles formaient un commando équipé, entraîné et totalement mobile, qui ne comptait pas moins de cinq mille hommes. Le général régissait cette zone de manière impitoyable. Il n'hésitait pas à faire couler le sang et à utiliser la violence quand il jugeait nécessaire de remettre de l'ordre dans ses troupes. Leur base était située à environ cent cinquante kilomètres de là, au cœur de la jungle, et les camps satellites, plus petits, étaient éparpillés tout autour comme une toile d'araignée.

À proximité de la cache d'armes, Jack se mit à ramper parmi les végétaux en décomposition, desquels émergèrent en masse fourmis, scarabées et termites. Sans tenir compte des insectes qui l'assaillaient de toutes parts, il continua d'avancer avec l'agilité d'un serpent, restant autant que possible à l'abri des ombres. Deux gardes se mirent à parler avec agitation en désignant les blessés.

Jack progressa centimètre par centimètre jusqu'à se trouver à découvert. Sa peau et ses vêtements avaient désormais adopté les teintes sombres du sol. La nuit était tombée, et les bruits qui émanaient de la forêt avaient imperceptiblement changé. Un guépard rugissait au loin. Les oiseaux s'interpellaient en piaillant alors qu'ils regagnaient la cime des arbres. Les chimpanzés s'étaient tus tandis que les grands prédateurs commençaient à sortir. Les crissements et bourdonnements continus des insectes gagnaient en intensité. Le brouillard descendait des montagnes et s'infiltrait dans la jungle, recouvrant le sol.

Jack continua d'avancer vers la zone où les soldats étaient les plus nombreux, cherchant à approcher le cercle de véhicules et le chargement qu'ils contenaient. La principale réserve d'armes se trouvait certainement dans un bunker du camp de base, mais chaque camp satellite devait disposer de sa propre cache, sous bonne garde, et aussi mobile que possible. Ce qui signifiait que l'arsenal était conservé dans les Jeep et les camions, garés par mesure de sécurité à quelque distance du camp. Les hommes étaient en faction à deux mètres les uns des autres. La plupart fumaient, bavardaient ou surveillaient la jungle. Jack entendit les deux soldats les plus proches lancer des paris sur le châtiment que lui infligerait le commandant une fois qu'ils l'auraient rattrapé. Il se faufila dans les herbes jusqu'à la première Jeep, se glissa dessous en roulant sur lui-même et releva prudemment la tête pour scruter les environs. Comme il l'avait supposé, l'arsenal se trouvait dans des caisses à l'intérieur du camion situé au centre des véhicules. Il s'en approcha et attendit de nouveau à plat ventre, insensible aux scarabées qui fourmillaient sur son corps. Lorsque le garde le plus proche eut le dos tourné, Jack se hissa sur le pare-chocs arrière et se faufila sous la bâche à la manière d'une araignée.

Il découvrit une quantité impressionnante d'armes à feu. Il s'empara de plusieurs chargeurs destinés aux M16 qu'il avait subtilisés, ainsi que d'un pistolet 9 mm et de sa réserve de cartouches. Les caisses contenaient des fusils d'assaut, des ceintures et des boîtes de munitions, de même que de nombreux chargeurs. Il trouva des grenades à l'avant du camion, et des mines avec un stock de câbles et de détonateurs à l'arrière. Jack se dirigeait vers le hayon dans le but de déposer son butin lorsqu'un canon de fusil ensanglanté retint son attention. Le cœur battant la chamade, il dégagea l'arme, qui avait négligemment été jetée dans une caisse d'AK-47. Il s'agissait d'un Remington maculé de sang et d'empreintes boueuses. Il reconnut aussitôt l'arme de son frère, qui avait toujours été traitée avec le plus grand respect. Il la ramassa avec délicatesse et passa sa main sur le canon, comme s'il espérait effacer les traces de l'odieuse tragédie.

Il serra les doigts sur l'arme, submergé par les souvenirs. Soudain couvert de sueur, il secoua la tête pour chasser les cris d'enfants, la douleur et l'humiliation, la vision de son frère qui ne le quittait pas des yeux, les larmes ruisselant sur son visage. Les traits du jeune garçon se muèrent en ceux d'un homme, mais Ken lui adressait toujours le même regard désespéré, exprimant la peine et la honte. Quand Jack l'avait porté dans ses bras quelques heures auparavant, il avait constaté avec horreur que Ken avait eu le dos écorché vif. Les mouches et autres insectes s'agglutinaient sur la masse de muscles et de tissus mis à nu. Il entendit les hurlements résonner dans sa tête et, lorsqu'il baissa les yeux sur ses mains, il s'aperçut qu'elles étaient rouges de sang. Rien ne permettrait jamais de les laver. Il prit une profonde inspiration, résolu à échapper à ces incessants cauchemars. Ces rêves épouvantables, bien trop réalistes, le rendaient fou.

Le commandant Biyoya devrait répondre de ses actes, et Jack s'assurerait de le faire payer pour avoir torturé Ken. Jack ne s'avouait pas facilement vaincu. Pas une fois dans sa vie, il n'avait renoncé. Ce n'était pas son genre. La justice – sa justice – devait être rendue d'une façon ou d'une autre. Il y veillerait, comme toujours.

Il passa le fusil en bandoulière après avoir fixé la lunette de visée et les cartouches dans une ceinture à munitions. Aussi vite que possible, il rassembla les éléments qu'il avait collectés dans une caisse trouvée à l'arrière du camion. Il était très satisfait d'avoir déniché le 9 mm. Il prit autant de grenades, de C-4 et de mines qu'il pouvait en porter, puis déplaça son chargement vers le hayon et jeta un coup d'œil à l'extérieur. Les gardes observaient les soldats tentant de ramener un peu d'ordre au milieu de la pagaille qu'il avait semée dans le camp. Il sortit la tête la première et se glissa sous le camion.

Transférer son nouvel équipement depuis le cercle de véhicules jusqu'à la jungle s'avéra difficile. Il progressa centimètre par centimètre, conscient des innombrables piqûres que lui infligeaient les insectes, de la chaleur accablante, des égratignures qu'il récoltait à ramper sur le sol, ainsi que de la fatigue qui lui engourdissait l'esprit. Il ne parvenait plus à rester indifférent à la douleur aiguë qui irradiait de ses multiples plaies. Malgré l'obscurité, il mit plus de temps que prévu pour traverser le cercle et contourner les gardes.

Il s'éloignait des véhicules quand l'un des soldats fit brusquement volte-face et se dirigea droit sur lui. Jack se figea et fit glisser la caisse contenant ses armes sous le feuillage de la plante la plus proche. Il n'avait pas d'autre choix que demeurer à plat ventre en espérant que les ténèbres et son camouflage le rendraient invisible. Le garde appela l'un de ses comparses, qui le rejoignit après avoir passé son fusil sur l'épaule. Ils se mirent à échanger des paroles en un dialecte congolais, une langue que Jack connaissait un peu, mais ils parlaient tellement vite qu'il avait du mal à comprendre la totalité de leurs propos.

Ils évoquaient le Fespam, le festival de musique africaine qui se déroulait à Kinshasa. Avec les artistes en provenance d'Europe qui devaient s'y produire, il promettait d'être cette année encore meilleur que les éditions précédentes. Le soldat mourait d'envie d'y aller, surtout pour assister au spectacle des Cinq Voltigeurs. Le général leur avait donné l'autorisation de s'y rendre, à condition de retrouver le prisonnier. Le second garde acquiesça. Il jeta un mégot qui faillit atterrir sur la tête de Jack, l'écrasa de la pointe de sa botte puis se plaignit à son tour.

Jack retint sa respiration. Les Cinq Voltigeurs. Une telle coïncidence était-elle possible ? Peut-être avait-il tout simplement une chance extraordinaire. L'un des membres de cette troupe n'était autre que Jebediah Jenkins, qui avait fait partie des SEALs en même temps que lui. S'il réussissait à gagner Kinshasa et à retrouver Jebediah, il aurait la possibilité de sortir de ce pays. À moins qu'il tombe dans un nouveau piège…

Lorsque les gardes se furent éloignés, Jack se remit à ramper en direction de la jungle. Une fois à l'abri de l'épais feuillage, il grimpa à un arbre, posa ses armes et se désaltéra de nouveau. Il retourna ensuite vers le cercle de véhicules, évitant les gardes pour se faufiler dans le camion. Il orienta cette fois son choix sur des mines, des câbles et des détonateurs. Sa profession requérait patience et discipline, qualités qui ne lui faisaient pas défaut. Il prit tout son temps, attentif au moindre détail, n'autorisant jamais son esprit à céder à la pression, pas même lorsque des soldats manquèrent de lui marcher dessus.

Il piégea le chemin principal qui menait à la jungle, ainsi que les alentours des tentes, de la cabane et de chacun des véhicules. Les minutes se transformèrent en heures. Jack sentait la tension le gagner ; il était depuis longtemps dans le camp ennemi. La transpiration lui irritait les yeux. Sa poitrine, mais surtout son dos, le brûlait, et sa jambe l'élançait. Risquer une infection au beau milieu de la forêt tropicale n'avait rien d'anodin, d'autant plus qu'on lui avait retiré son équipement, avec la trousse de secours qu'il contenait.

Il perçut le cri d'un chimpanzé au loin. Attentif aux bruits ambiants, il essaya de discerner celui qu'il attendait : un bruissement trahissant un mouvement dans la végétation. Biyoya rassemblait ses soldats au camp dans l'attente de pouvoir examiner le sol humide afin d'y repérer des traces de son passage. Jack savait que le commandant ne doutait pas un instant de sa capacité à récupérer son prisonnier. La région était truffée de camps rebelles, et peu de villageois oseraient encourir la mort ou quelque horrible châtiment en abritant un étranger. Le commandant Biyoya croyait aux bienfaits de la torture et du génocide. Il était réputé pour sa cruauté, et personne ne s'aventurerait à le défier.

Jack termina sa dernière tâche sans se hâter avant de ramper de nouveau vers la jungle. Il y pénétra à bonne distance du chemin habituellement emprunté par les soldats, là où le feuillage était dense. Il fut frappé par l'odeur des rebelles qui revenaient. Ils transpiraient abondamment sous l'effet de la chaleur suffocante qui régnait dans les profondeurs de la forêt. Il se faufila sous les lianes et les plantes imposantes entourant le camp, se forçant à progresser assez lentement pour ne pas risquer d'attirer l'attention d'une sentinelle.

Il resta couché quelques instants, le visage dans la boue, et reprit sa respiration avant de se relever, puis courut plié en deux en direction d'arbres de grande taille. Il entendait les expirations bruyantes des soldats qui se dépêchaient de rentrer au rythme des injonctions de leur chef.

Debout sous l'arbre qu'il avait choisi, Jack respira profondément afin de mieux supporter la douleur qui le tenaillait, et rassembla ses forces pour s'élancer sur la grosse branche la plus proche. Il grimpa jusqu'au cœur du feuillage, s'assit confortablement, et attendit, le fusil de son frère dans les bras. La nuit l'apaisait. Enveloppé par les ombres, il se sentait chez lui.

Le premier groupe de rebelles apparut. En formation semi-dispersée, ils scrutaient les ténèbres avec méfiance afin de repérer la présence d'ennemis. Deux Jeep les avaient accompagnés, empruntant la piste boueuse accidentée qui contournait la forêt puis s'y étendait sur des kilomètres. Les véhicules, moteur rugissant, étaient en route vers le camp, faisant gicler la boue sur leur passage. La majeure partie des troupes avançait entre les arbres, les soldats en rangs, prêts à ouvrir le feu. Leur nervosité était palpable.

Jack ajusta la lunette sur le fusil de son frère et inséra calmement les cartouches dans le magasin.

Une explosion résonna dans le silence de la nuit, et une boule incandescente s'éleva dans le ciel. Une pluie de fragments métalliques et de débris s'abattit avec violence sur le camp, certains résidus venant se planter dans les troncs. Les hurlements des hommes mortellement blessés se mêlèrent aux cris des oiseaux et des chimpanzés alors que des flammes orange surgissaient de toutes parts. La première Jeep avait roulé sur le câble situé à l'entrée du camp, déclenchant une mine qui avait soufflé tout ce qui se trouvait aux alentours. Les soldats se jetèrent au sol en se couvrant la tête des mains pour se protéger des projectiles.

Jack gardait l'œil rivé à la lunette. Biyoya était dans la seconde Jeep. Le chauffeur vira dès qu'il vit la gerbe de feu et continua en zigzaguant entre les arbres, manquant d'éjecter les passagers. Biyoya bondit hors du véhicule et s'accroupit dans le feuillage, puis ordonna d'une voix impérieuse à ses troupes de se déployer pour retrouver le fugitif.

Profitant de la confusion engendrée par les explosions et les hurlements, Jack appuya sur la détente. L'un des gardes situé à la lisière de la forêt s'écroula. Jack changea de cible et tira rapidement trois autres coups de feu. Quatre détonations, quatre morts. Pour éviter que les soldats finissent par le repérer, Jack saisit aussitôt une liane et descendit la tête la première à l'opposé des rebelles, avançant une main après l'autre jusqu'à être en mesure de sauter à terre. Il atterrit avec légèreté sur la pointe des pieds et se coucha au sol, camouflé sous les immenses fougères.

Il rampa à travers les buissons le long du sentier quasi invisible tracé par les animaux, qui le mena derrière le garde du corps de Biyoya.

Tel un fantôme, Jack se redressa sans bruit, poignard en main. Il agit vivement, avec une grande précision, pour s'assurer que le soldat n'ait pas le temps d'émettre le moindre son, puis se glissa de nouveau dans le feuillage, sa peau et ses vêtements se fondant dans la végétation.

Biyoya se tourna vers son garde du corps. Les paroles qu'il s'apprêtait à prononcer se transformèrent en un cri de stupeur lorsqu'il découvrit le cadavre. Il s'écarta d'un bond et s'accroupit derrière la Jeep. À ses injonctions, les rebelles mitraillèrent en direction de la jungle, éclairant la nuit d'une multitude de flashs lumineux. Branches et feuilles se mirent à tomber comme des grêlons. Plusieurs soldats s'effondrèrent, victimes de tirs croisés. Biyoya dut aboyer à plusieurs reprises afin de rétablir l'ordre. Il exigea une nouvelle battue dans la forêt.

Visiblement mécontents de cette décision, ses hommes se dévisagèrent avant d'obtempérer avec réticence. Épaule contre épaule, ils pénétrèrent de nouveau dans la jungle. Jack avait déjà regagné son arbre. Perclus de fatigue, il s'adossa au tronc épais.

Il se sentait terrassé par l'épuisement. Néanmoins, il gardait le regard rivé à la lunette dans l'espoir qu'une occasion de tirer sur Biyoya se présente. Il essaya de chasser toute pensée relative à son enfance ou à son frère, mais ce fut peine perdue. Le corps de Ken… écorché, à vif. Saignant de toutes parts. Jack était-il intervenu trop tard ? Impossible. Si son frère était mort, il l'aurait su. Et s'il en avait l'ombre d'une possibilité, Ken lui viendrait en aide. Peut-être même se trouvait-il tout près. Toutefois, Jack n'était pas dupe. Il savait que Ken, grièvement blessé, se faisait soigner dans un hôpital à des milliers de kilomètres de là ; mais il ne pouvait s'empêcher d'échafauder d'autres scénarios. Il activa le lien télépathique qui les unissait depuis leur plus tendre enfance.

— *Ken, je suis dans un sacré merdier. Tu es là, frangin ?*

Seul le silence lui répondit. Durant quelques horribles instants, la détermination de Jack faiblit. Il sentit son estomac se nouer et la peur l'envahir. Il craignait pour sa vie et éprouvait un sentiment proche de la terreur pour celle de son frère. Il porta son regard sur sa main et s'aperçut qu'elle tremblait. Il secoua la tête, forçant son esprit à se débarrasser de ces pensées destructrices. Elles entraîneraient sa perte. Il devait s'échapper, survivre et rejoindre Kinshasa.

Les soldats quadrillaient à présent la forêt. Ils utilisaient la pointe de leurs baïonnettes pour fouiller les épais fourrés, les immenses fougères ainsi que le tapis végétal qui recouvrait le sol. Certains suivaient le filet d'eau qui allait se jeter plus loin dans la rivière, plantant au passage leur lame dans les berges humides. La Jeep commença à rouler doucement vers l'intérieur du camp et dépassa l'épave du premier véhicule, n'offrant toutefois pour cibles que le chauffeur et les hommes à proximité.

Jack abaissa son arme. La nuit promettait d'être longue pour les rebelles. Quant à lui, il devait planifier son évasion. Il se trouvait à l'ouest de Kinshasa. Une fois en ville, il se mettrait à la recherche de Jebediah et se cacherait en attendant de découvrir le moyen de se faire rapatrier. Cela paraissait simple mais, pour rejoindre la capitale, il aurait à traverser le territoire de multiples camps rebelles. Et inutile de le nier, il n'était pas au mieux de sa forme. Avec de telles blessures, il risquait bel et bien l'infection.

Il se sentit soudain très las. Et seul. Il avait décidé de mener cette existence des années auparavant. À l'époque, il n'avait pas vraiment eu d'autre possibilité, mais il regrettait rarement ce choix. Cependant, alors qu'il était assis dans un arbre à dix mètres de hauteur, un fusil à la main, et que la mort l'encerclait, il se surprenait à s'interroger sur ce que serait sa vie s'il avait un foyer et une famille. Une femme. S'il entendait des rires. Il ne se rappelait pas avoir déjà ri, pas même avec Ken. Pourtant, ce dernier pouvait se montrer très drôle au moment le plus inattendu.

C'était trop tard pour lui. Il était dur et froid. S'il était né avec de la douceur en lui, les multiples coups qu'il avait reçus l'en avaient privé. Le monde et les personnes qu'il côtoyait lui apparaissaient dénués de beauté. Il ne voyait que de la laideur. Dans son univers, soit il tuait, soit il se faisait tuer, et il appartenait aux battants. Ressentant le besoin de dormir quelques minutes, il s'appuya contre l'écorce et ferma les yeux.

Des hurlements le réveillèrent. Les cris, le bruit des détonations et les mares de sang hantaient souvent ses cauchemars. Il referma les mains sur son fusil et effleura la détente du doigt avant même d'avoir ouvert les yeux. Après avoir pris une profonde inspiration, il inspecta les alentours. Des éclairs incandescents constellaient le camp. Plusieurs des pièges qu'il avait mis en place s'étaient déclenchés, et le chaos régnait une fois de plus chez les rebelles. Des balles fusèrent dans la jungle, passant en sifflant dans les feuilles et faisant éclater des morceaux d'écorce. Le fantôme de la forêt tropicale avait encore frappé, et la psychose régnait.

Au cours des heures qui suivirent, le même schéma se produisit à plusieurs reprises. En tentant sans doute de désamorcer les pièges, les rebelles déclenchaient involontairement des explosions, transformant le camp en véritable pandémonium. La confusion et la panique amenaient les hommes au bord de la mutinerie. Les soldats souhaitaient rejoindre le camp de base, mais Biyoya, persuadé qu'ils retrouveraient le prisonnier, leur opposa un refus catégorique. Le fait qu'il parvienne à reprendre le contrôle de ses troupes après chaque incident témoignait de son autorité. Ou de sa cruauté. Personne ne dormit. Le brouillard s'enfonça dans la forêt, couvrant les arbres et se mêlant à la fumée des incendies qui se déclaraient sans cesse.

À travers la brume, Jack s'aperçut que les rebelles se mettaient en mouvement. Biyoya aboya à l'intention de ses hommes et brandit son poing en direction du camp, révélant par ce signe que la longue nuit avait entamé sa résistance. Il avait perdu plus de la moitié de ses troupes. Il ordonna aux survivants de rester en formation serrée autour de lui afin d'assurer sa protection. Malgré leur mécontentement, les soldats commencèrent à avancer stoïquement dans la forêt, piétinant la boue de la piste défoncée.

La pluie se remit à tomber en une bruine continue qui accentua encore l'agitation de la jungle. Les chimpanzés recommencèrent à se nourrir, les oiseaux voletèrent d'arbre en arbre. Jack entrevit un sanglier dans les buissons. Une heure s'écoula, au terme de laquelle il fut complètement mouillé, et ses vêtements détrempés. Durant tout ce temps, il attendit, parfaitement immobile, avec la patience acquise au cours d'une existence consacrée à la survie. Biyoya avait de toute évidence envoyé ses meilleurs traqueurs et tireurs d'élite, à l'affût du moindre geste de sa part. Le commandant n'éprouvait sans doute aucune envie d'avouer au général Ekabela qu'il avait perdu une partie de ses soldats pourtant surentraînés à cause de son prisonnier, ni que celui-ci lui avait échappé. Cette complication mettrait à mal la réputation de bourreau sans merci que Biyoya avait durement gagnée.

Jack avait toujours eu une excellente vue et, depuis que Whitney avait amplifié ses capacités, ce sens s'était développé de façon extraordinaire. Il n'en comprenait pas les raisons scientifiques, mais il voyait à la manière d'un aigle. Après tout, il se fichait de savoir comment cela fonctionnait, l'important étant qu'il percevait des détails situés à une distance inconcevable pour le commun des mortels. Un mouvement sur sa gauche attira son attention. Il discerna des bandes jaune et rouge. Le sniper évoluait avec prudence au milieu des épais taillis, de sorte que Jack ne pouvait que l'entrevoir. L'éclaireur qui l'accompagnait restait plus à gauche, sécurisant le trajet de son équipier en examinant tour à tour le sol et les arbres.

Jack changea lentement de position, mais se pétrifia lorsqu'il entendit un hurlement de femme au loin, aussitôt suivi du cri de terreur d'un enfant. Il releva brusquement la tête, tétanisé, et sentit la sueur perler sur son front avant de ruisseler en grosses gouttes dans ses yeux. Biyoya connaissait-il son point faible ? Son unique faille ? Impossible. Sa bouche devint sèche et son cœur s'emballa.

Que Biyoya savait-il de lui ?

Les rebelles avaient impitoyablement torturé Ken, lui avaient lacéré le corps, l'avaient écorché vif. Ken avait-il cédé sous la cruauté de l'interrogatoire ?

Refusant d'accepter cette éventualité, Jack secoua la tête et s'essuya le visage avec d'infinies précautions.

Ken ne le trahirait jamais, même sous la torture.

C'était une évidence, comme le fait de respirer. Jack ne savait pas d'où Biyoya tenait ses renseignements, mais il lui avait tendu le piège le plus efficace qui soit. Jack ne pouvait faire autrement qu'agir. Son passé, qu'il avait enfoui au plus profond de lui-même, ne lui permettrait pas de reculer. Même si c'était un guet-apens, il devait intervenir. Prendre les mesures nécessaires. Son estomac se contracta, et il lui sembla manquer d'air. Étouffant un juron, il regarda de nouveau par la lunette, déterminé à priver Biyoya de sa garde rapprochée.

La femme poussa un autre hurlement qui perça l'aube naissante de manière sinistre. Jack sentit les nœuds au creux de son ventre se muer en un sentiment redoutable. D'accord. Biyoya savait. Il s'était renseigné à son sujet. Jack était fiché, et les informations que possédait le commandant figuraient dans un dossier classé top secret affichant une multitude de tampons rouges.

Qui avait bien pu le trahir ?

Jack se frotta de nouveau les yeux. Quelqu'un de leur entourage avait organisé un coup monté contre son frère et lui. C'était la seule explication plausible.

Les cris gagnèrent en intensité. D'une voix entrecoupée de sanglots, l'enfant implora la pitié des tortionnaires. Jack jura, furieux de son incapacité à faire la sourde oreille.

— Tu n'es qu'un imbécile, Jack, murmura-t-il. Tu vas mourir ici.

Peu importait. Il ne pouvait pas rester inactif. Son passé resurgissait. Il sentit un goût de bile lui envahir la gorge, et une porte s'ouvrit en grinçant dans son esprit, décuplant la force des hurlements.

Il quitta son poste et la sécurité que celui-ci lui garantissait, pour sauter d'arbre en arbre, utilisant la voûte végétale pour se déplacer. Il comptait sur l'efficacité de son camouflage pour ne pas se faire repérer. Il avança rapidement, suivant le chemin qu'avait emprunté Biyoya vers les profondeurs de la jungle. La piste arrachée aux broussailles serpentait en contrebas. Truffée de nids-de-poule et de mines, elle ressemblait plus à une rivière boueuse qu'à une véritable route. Jack la longea en hauteur à l'aide des branches et des lianes, accélérant l'allure pour rattraper les rebelles.

Il sauta dans un arbre de grande taille, juste au-dessus des soldats, et se coucha sur une branche, à l'abri du feuillage. Le sniper se trouvait quelque part derrière lui mais, comme

Jack n'avait laissé aucune empreinte au sol, il était difficile à repérer, d'autant plus qu'il se fondait parfaitement dans l'environnement. Il aperçut une femme à terre dont les vêtements n'étaient plus que haillons. Elle lançait des cris désespérés tandis qu'un rebelle la rouait de coups de pied. Un petit garçon âgé d'une dizaine d'années luttait contre les hommes qui le malmenaient, se le passant les uns aux autres. La terreur se lisait dans ses yeux.

Biyoya lui avait tendu un piège, Jack n'en doutait pas un instant, mais la femme et l'enfant n'étaient que d'innocentes victimes. Personne ne pouvait simuler un tel effroi.

Il s'admonesta intérieurement, essayant de se convaincre de ne pas intervenir. Sa mission consistait à s'évader. Mais impossible de laisser de pauvres gens aux mains de ces bourreaux sanguinaires. Il se concentra pour se construire une barrière mentale capable de bloquer les appels à l'aide et les hurlements.

Sa cible était Biyoya. Il devait découvrir où celui-ci se cachait. Jack prit une profonde inspiration et utilisa son odorat exacerbé. Si son sens ne le trompait pas – cela n'arrivait que très rarement –, le commandant était accroupi derrière la Jeep, à gauche de la femme et de l'enfant, protégé par un mur de soldats. Jack décrivit un arc de cercle et leva le canon de son arme, visant Biyoya, conscient que les rebelles détermineraient aisément l'origine du tir.

La balle atteignit le commandant à la nuque. À l'instant où celui-ci s'écroulait, Jack tira une deuxième fois en direction du soldat qui molestait la femme. Sans se départir de son calme, il échangea l'arme de précision contre le fusil d'assaut et fit feu en rafale de manière à donner l'occasion à la mère et l'enfant de s'enfuir. Les rebelles ripostèrent, criblant de balles les arbres autour de lui. Jack savait que, même s'il ne pouvait être vu, l'éclair et le filet de fumée qui jaillissaient du canon trahissaient sa position. La femme s'élança vers la forêt en tenant son fils par la main. Jack leur donna autant d'avance que possible puis se glissa de nouveau au cœur du feuillage et s'éloigna en se déplaçant de branche en branche.

Ekabela ne le laisserait pas s'en tirer ainsi. Tous les rebelles du Congo le pourchasseraient sans répit jusqu'à Kinshasa.

Chapitre 2

Blottie dans le coin le plus sombre de la pièce, les mains sur les oreilles, les yeux fermés, Briony Jenkins tentait désespérément de se rendre imperméable aux pensées et aux souffrances de plusieurs milliers de personnes. Elle avait commis une terrible erreur en acceptant ce travail. Elle avait essayé de dire à Jebediah qu'elle ne pouvait pas, mais c'était si important pour sa famille… et pour le cirque, qui avait cruellement besoin d'argent. Comment allait-elle réussir à exécuter son numéro ? La douleur qui lui vrillait le crâne était si intense que des points lumineux dansaient devant ses yeux. Elle voyait flou. Aucun médicament ne la soulagerait, rien ne pourrait la délivrer de la violence et de la peine qu'elle ressentait.

— Briony ? appela Jebediah en s'accroupissant à son côté.

Elle secoua la tête et renforça la pression de ses paumes contre ses oreilles, comme si ce geste avait le pouvoir d'empêcher les pensées et les émotions d'assaillir son esprit.

— Je t'avais dit que je ne devais pas venir dans ce genre d'endroit. Je vais de nouveau être malade.

Elle n'osait pas ouvrir les yeux de crainte d'affronter la lumière. Son corps était parcouru de frissons et de minuscules gouttelettes de sueur perlaient sur son visage.

— Ça y est, je saigne encore du nez.

Jebediah versa de l'eau froide sur une serviette, qu'il lui tendit.

— Je n'imaginais pas que ce serait aussi difficile pour toi. Je ne sais pas exactement ce qui provoque ces crises, mais je croyais que tu arrivais à les maîtriser grâce aux exercices que tu pratiques.

Briony ravala sa repartie et continua à comprimer ses tempes. Elle se trouvait déjà en surcharge psychique ; mieux valait éviter de se disputer avec Jebediah. Certes, ses frères et les autres membres du cirque l'avaient poussée à venir, mais elle aurait pu refuser. Elle aurait dû refuser. Elle avait prévenu Jebediah que ce serait très difficile pour elle, mais son frère et le reste de la troupe avaient choisi de ne pas l'écouter, tout simplement parce que ça les arrangeait. Elle pinça les lèvres et expira pour essayer d'atténuer la douleur. Jebediah aurait tout aussi bien pu lui transpercer le crâne avec des pics à glace. Mais ce n'était pas sa faute. Il n'avait aucune idée de ce qu'était une surcharge psychique et ignorait tout de ses effets.

Elle se souvenait des multiples tentatives de ses parents pour la réconforter quand elle se balançait d'avant en arrière afin de soulager sa souffrance, pelotonnée dans le coin d'une pièce obscure. Elle les avait parfois entendus discuter à son sujet. Ils craignaient qu'elle soit atteinte d'une forme d'autisme. Elle avait en effet besoin de solitude, et évitait les contacts physiques. Son comportement les blessait. Les anéantissait. Il lui arrivait encore de se réveiller, hantée par le son des sanglots de sa mère qui demandait pourquoi leur fille ne les aimait pas. Briony les adorait, mais il lui était impossible de les approcher de trop près sans subir de terribles répercussions, et elle ne pouvait pas leur faire comprendre que sa souffrance était bien réelle, et pas seulement psychologique.

Elle savait exactement comment cet épisode allait se dérouler. Elle l'avait déjà vécu à d'innombrables reprises.

— On est en Afrique, Jeb, lui rappela-t-elle. Un continent envahi par le malheur. Le sida, la mort, les viols, le deuil… Tout ça me submerge.

Il serra la mâchoire. Il n'aimait pas qu'elle évoque la surcharge psychique, même de loin. Il n'y croyait pas et, comme leurs parents, était convaincu qu'il s'agissait d'une forme d'autisme. Il désirait qu'elle lutte pour s'en sortir et redevienne quelqu'un de « normal ».

— Est-ce que tu penses que ton nez va arrêter de saigner ? demanda-t-il en consultant sa montre. Il faut que tu sois en état de faire ton numéro, Briony.

Elle avait envie de lui jeter quelque chose à la figure.

— C'est ce que tu dis avant chaque représentation, et je réussis toujours à exécuter mes acrobaties. Va-t'en, Jebediah, j'ai besoin de rester seule.

Ses autres frères s'approchèrent. Comme d'habitude, Tyrel affichait une mine compatissante, Seth était en colère, et Ruben avait l'air écœuré. Ce dernier choisissait systématiquement de la malmener, persuadé que cette attitude la pousserait à se ressaisir. Seth lui criait après, et Tyrel finissait par partir, excédé par le comportement de ses deux frères. Ce rituel se répétait depuis très longtemps, et aucun d'eux n'avait jamais compris qu'elle était impuissante ni que, par leur présence et les émotions intenses qu'ils lui imposaient, ils ne faisaient qu'empirer la situation.

— Le bruit court que les troupes du chef des rebelles sont arrivées en ville, annonça Tyrel. Il paraît qu'ils recherchent quelqu'un. Ce n'est pas de bon augure, Jeb. On peut être sûrs qu'ils vont s'intéresser de près à tous les étrangers.

Jebediah laissa échapper un juron.

— Si les rebelles entrent dans la capitale, les militaires vont se montrer nerveux et prompts à la gâchette. Pourquoi chercher les ennuis en pénétrant armés dans la ville ?

— Aucune idée, je ne comprends rien à la politique locale, répliqua Seth. Ils se haïssent les uns les autres et sont tous prêts à s'entre-tuer.

Il n'apprenait rien à Briony. La tension croissante dans les rues aggravait sa difficulté à se comporter normalement. La pauvreté, la maladie et les tragédies la poussaient à vouloir se terrer dans un trou pour échapper aux émotions, aux pensées et aux sons ambiants.

— Ta peau change encore de couleur, Briony, fit remarquer Ruben d'un ton irrité. Je t'ai déjà dit de faire attention quand il y a du monde.

— Nous ne sommes pas « du monde » ; nous sommes sa famille, le corrigea Tyrel. Laisse-la tranquille.

— Comment est-ce qu'elle arrive à faire un truc pareil ? insista Ruben. On dirait un lézard ou je ne sais quoi.

Briony soupira et prit sa tête prête à éclater entre ses mains. Elle avait l'impression que quelqu'un lui enfonçait des clous dans le crâne, mais il était vain de leur expliquer ce qu'elle ressentait. Ils devaient assurer le spectacle, et Briony n'avait jamais failli à sa tâche. Pas une seule fois. Sa fierté le lui interdisait. Elle était une Jenkins. Quoi que fassent ses frères, elle les suivrait et ne renoncerait pas.

— N'importe qui pourrait entrer, se défendit Ruben.

— J'ai fermé la porte à clé, objecta Seth. Arrête ce cinéma, Briony. Franchement, tu as passé l'âge de faire des crises d'angoisse.

Briony en avait assez entendu. Si ses frères ne partaient pas sur-le-champ, elle ne pourrait pas retrouver son calme avant leur numéro, qui devait commencer dans dix minutes.

— Fichez le camp ! lança-t-elle d'un ton sec en les fusillant du regard.

Ses quatre frères la dévisagèrent, abasourdis. C'était la première fois qu'elle mettait ainsi fin au rituel. Ils étaient grands et de solide constitution, harmonieusement musclés, les cheveux noirs et les yeux bleus perçants. Avec ses cheveux blonds comme les blés aux mèches platine, ses yeux marron foncé et son petit mètre soixante, Briony ne leur ressemblait en rien. Et elle ne partageait pas leur intrépidité, ce qu'elle regrettait. Elle ne les rabrouait jamais, même si elle considérait qu'ils la rudoyaient parfois un peu trop. Sa brusquerie les avait médusés.

Ruben s'accroupit à côté d'elle.

— Je ne voulais pas te mettre en colère, Briony. On peut se passer de toi si tu ne te sens pas capable de faire ton numéro. Ce ne sera pas facile, et le public sera déçu, mais si tu n'es pas d'attaque cette fois-ci…

Seth prit une profonde inspiration.

— Il a raison, je pourrais te remplacer, sœurette. Et si tu essayais de te reposer ? Tu te sentiras certainement mieux demain matin.

— Nous ferions peut-être bien d'appeler ton médecin, proposa Tyrel. Où que nous nous trouvions, il vient toujours dans l'heure.

Briony aurait éclaté de rire si sa tête ne menaçait pas d'exploser.

— Je n'ai jamais manqué une représentation. Laissez-moi seule un moment et tout ira bien.

Jebediah congédia ses frères d'un signe de la main et s'agenouilla auprès d'elle, puis ramena en arrière les épais cheveux blonds de sa sœur.

— Je ne vais pas te mentir, on a besoin de toi, ma chérie. Mais si tu penses que ton médecin peut t'aider, je l'appelle. On doit assurer plusieurs représentations, et si les rebelles arrivent vraiment en ville, l'ambiance émotionnelle ne fera qu'empirer.

Jebediah lui accordait une importante concession en admettant qu'elle ne maîtrisait pas son état.

— Je n'aime pas ce médecin, déclara Briony en se passant la main sur le visage. Quand il m'examine, je me sens comme un insecte sous un microscope. Il y a quelque chose qui me déplaît chez lui.

Jebediah soupira et s'assit sur ses talons.

— Tu redeviens paranoïaque.

— Ah oui ? Et pourquoi est-ce que vous avez la possibilité de choisir le médecin que vous voulez, alors que moi, je dois n'en consulter qu'un seul ? Et pourquoi est-ce qu'il traverse le globe exprès pour venir me soigner ?

— Parce que tu es spéciale, et que papa et maman ont promis. Je tiens leurs promesses, et tu devrais faire la même chose.

— Je ne suis plus une gamine. (Constatant qu'il ne lui répondait pas, elle soupira.) Je suis sérieuse, Jeb, contente-toi de me laisser tranquille et ça va aller.

Elle n'en était toutefois pas persuadée. Elle ne s'était jamais sentie aussi mal depuis son enfance, quand elle était encore incapable de surmonter ou même de comprendre ce qui lui arrivait. En proie au désespoir, Briony ferma les yeux et tenta de respirer de manière calme et régulière afin de recouvrer un semblant de paix intérieure.

Elle se rendit à peine compte que son frère aîné quittait la pièce tant elle se concentrait pour repousser les émotions des habitants de la ville et oublier les soldats au passé sanglant armés jusqu'aux dents. Elle s'efforça de refouler la haine et la terreur qui lui assaillaient l'esprit. Une fois apaisée, elle essaya de dompter sa peur du vide, omniprésente. Si quelqu'un n'aurait jamais dû devenir trapéziste ou funambule, c'était bien elle.

— C'est à nous, annonça Seth depuis la porte.

Briony se leva. Elle s'observa dans le miroir afin de s'assurer qu'aucune trace de sang ne maculait son visage et qu'elle était encore capable d'afficher un sourire éclatant, puis courut rejoindre ses frères. Le public avait afflué pour assister au spectacle. Elle évita de regarder vers les gradins et focalisa son attention sur le rythme de la musique. Le dangereux numéro de trapèze s'accompagnait de morceaux populaires cubains et africains.

Briony commença par exécuter un quadruple saut périlleux. Après l'avoir rattrapée, Jebediah l'envoya en l'air en direction de Tyrel, qui la hissa sur le fil après lui avoir fait effectuer une pirouette. Alors que Seth et Ruben poursuivaient les acrobaties au trapèze, elle courut sur le fil, maintenant son équilibre rien qu'à l'aide de ses bras, puis plongea dans le vide vers Jebediah, croisant Ruben qui s'élançait vers Seth. Elle traversa ensuite un cerceau enflammé tenu par Tyrel. Terriblement impressionnant, leur numéro requérait une précision sans faille, et au moins deux d'entre eux évoluaient dans les airs à chaque instant.

Personne ne savait comment Briony pouvait faire preuve d'une telle force et de cet incroyable sens de l'équilibre, mais ces dons constituaient une aubaine pour leurs représentations, qui attiraient des milliers de spectateurs. Le fait que ses frères soient de séduisants et puissants athlètes ne gâtait rien. Personne ne présentait un numéro aussi audacieux, complexe et spectaculaire que le leur. Briony remarqua que le tempo du hip-hop associé aux percussions renforçait l'excitation ambiante. L'adrénaline courait dans ses veines alors qu'elle volait dans le vide, concentrée sur ses points de repère, à l'écoute des ordres de son frère. Il la réceptionna et l'envoya de nouveau tournoyer dans les airs. Elle se plia en deux avant d'effectuer un saut carpé à l'issue duquel elle se retourna pour tendre les mains vers Tyrel.

Les applaudissements fusèrent de toutes parts, accompagnés d'une clameur admirative. Le public tapa du pied, exprimant son désir de voir les artistes reproduire leurs exploits. Briony fit un signe de la main en souriant lorsque Tyrel lui eut saisi les poignets, puis elle sauta du fil, bras étendus comme si elle volait vraiment et, après un gracieux saut périlleux, s'accrocha aux chevilles de Ruben. Ils échangèrent leurs places, puis il réalisa la même séquence de mouvements. Tous deux saluèrent ensuite la foule en délire avant de glisser jusqu'à terre le long d'une corde. Arrivés au sol, main dans la main, ils esquissèrent une révérence et attendirent que leurs frères les rejoignent pour s'incliner une dernière fois devant le public.

La musique entraînante et l'afflux d'adrénaline l'avaient aidée à écarter les émotions dévastatrices mais, une fois sous le feu des projecteurs, elle subit leurs effets de plein fouet. Elle tituba, se forçant à conserver son sourire tandis qu'un étau semblait lui enserrer le crâne et que la douleur lui vrillait l'estomac. Elle était entourée de milliers de personnes, chacune dégageant des ondes émotionnelles. Elle ressentit tout, de l'allégresse au désespoir le plus profond. Elle perçut la tension ambiante, vit les hommes armés qui se frayaient un chemin dans la foule, visages fermés, bousculant sans ménagement les malchanceux qui se trouvaient sur leur passage. Elle avait toujours disposé d'extraordinaires facultés visuelles. Elle aurait pu repérer une souris dans une prairie et, à présent, elle sentait la peur des femmes qui se regroupaient dans l'espoir de ne pas se faire remarquer par les soldats.

Dès qu'elle eut quitté la piste, Briony se précipita dans les toilettes pour y vomir le peu qu'elle avait réussi à avaler dans la journée. Elle échangea ensuite son léger costume à paillettes contre un jean foncé et un tee-shirt. Elle entendit les rires de ses frères, qui se préparaient à sortir pour goûter aux plaisirs de la vie nocturne. Kinshasa était réputée pour ses nombreuses boîtes de nuit, ce qui expliquait que les gens viennent en masse dans cette ville malgré les troubles que connaissait la région.

— Tu vas bien, Briony ? s'enquit Tyrel. Tu veux que je reste avec toi ?

— Non, ce n'est pas la peine, ça ira, lui répondit-elle. Amusez-vous bien, mais faites attention.

— Ferme les portes à clé derrière nous, recommanda Jebediah.

— D'accord.

Elle n'avait pas l'intention de demeurer cloîtrée dans cette pièce où elle avait l'impression d'étouffer. Elle savait que le fleuve Congo coulait tout près de là. Dans la forêt tropicale, elle trouverait le silence et la tranquillité. Elle serait tout du moins isolée et pourrait de nouveau respirer. Mieux valait cependant que ses frères ne sachent rien de ses intentions. Ils deviendraient furieux.

Briony avait une entière confiance en sa capacité à se fondre dans la nuit. Elle pouvait accomplir des choses extraordinaires, des choses que même ses frères ignoraient. Seuls ses parents – et peut-être Jebediah – avaient conscience de l'entraînement rigoureux qu'elle avait suivi. Il lui suffirait de traverser la ville sans se faire repérer pour accéder au sanctuaire que constituait la jungle.

Elle noua une écharpe autour de son cou et couvrit sa crinière blonde avec un chapeau. Elle avait la faculté de changer de couleur de peau, ce qui répugnait ses frères. Elle avait fait l'expérience de ce don pour la première fois vers l'âge de seize ans, juste après avoir été hospitalisée pour une étrange affliction que les médecins avaient affirmé avoir détectée. Il lui avait fallu un certain temps pour maîtriser cette aptitude. Parfois, lorsqu'elle était en colère ou perturbée, sa peau se colorait, mais en général, elle pouvait commander ces modifications et adopter les teintes de son environnement pour se rendre invisible.

La main sur la poignée, elle hésita, craignant d'être submergée par un flot d'émotions brutes. Savoir qu'elle serait soumise aux intenses sentiments des habitants de la ville la terrifiait, mais si elle ne trouvait pas un refuge, elle ne résisterait pas aux jours suivants, et ses frères avaient besoin d'elle pour leur numéro.

Briony redressa les épaules et sortit. Elle avait étudié le plan de Kinshasa et connaissait par cœur le trajet à effectuer. Par ailleurs certaine d'être capable de riposter ou de fuir en cas d'attaque, elle se mit à marcher d'un pas assuré, tous les sens en alerte. Elle se dirigea en hâte vers le fleuve Congo et la forêt tropicale.

Pourquoi était-elle différente ? Pourquoi pouvait-elle lire les pensées et ressentir les émotions de ceux qui la touchaient ou se tenaient près d'elle ? Aussi loin que remontaient ses souvenirs, ses parents avaient insisté pour qu'elle suive un entraînement rigoureux et physiquement exigeant, presque militaire. Et pourtant, quand sa mère la serrait contre elle, Briony percevait de la peur mêlée à l'amour. Sa mère craignait-elle ses étranges capacités ? Si oui, pourquoi avait-elle encouragé Briony à les développer, tout en les dissimulant soigneusement aux autres ? Tous ces secrets, ainsi que ses particularités extraordinaires, l'isolaient de ses frères et des autres artistes. Et Briony détestait cela.

Les rues grouillaient de monde, même à cette heure tardive. De nombreux prédateurs avaient déjà entrepris de traquer leur proie, une tâche facilitée par l'abus d'alcool et de drogues. Briony fut frappée par les effluves de marijuana. Très sensible aux odeurs, elle repérait toujours avant quiconque la présence de personnes ou d'animaux à proximité. À présent, les relents de crasse mêlés aux parfums capiteux lui donnaient la nausée.

Elle poursuivit son chemin sans incident et longea le fleuve pour pénétrer dans la jungle. Accélérant l'allure, elle se mit à courir sur un sentier sinueux qui la mena à un affluent profond. Elle resta sur la rive, à la recherche d'un refuge, un endroit où elle pourrait se pelotonner et respirer paisiblement.

Dans la forêt, il faisait chaud et humide. Elle entra dans le cours d'eau et s'immobilisa pour écouter le crissement des insectes, le bruissement d'ailes des oiseaux et le mouvement des créatures qui évoluaient dans les arbres. Pour la première fois depuis des jours, elle sentit la tension qui l'habitait diminuer.

Briony plongea son écharpe dans l'eau fraîche puis se l'appliqua sur la nuque. En quête de soulagement, elle pénétra plus avant dans la rivière. Ses frères lui en voudraient à mort d'avoir ainsi disparu, mais si elle ne trouvait pas un endroit où se mettre à l'abri de toutes ces émotions violentes, elle ne survivrait pas. Les méthodes de protection qu'elle avait apprises ne fonctionnaient pas en Afrique. Il y avait trop de monde, trop de promiscuité et bien trop de souffrance.

Combien de représentations avaient-ils accepté d'effectuer ? Tout cela avait-il un sens ? Pourquoi un festival de musique africaine avait-il décidé de débourser une telle somme pour un numéro acrobatique ? Leur spectacle était certes impressionnant, mais on leur avait proposé de participer à l'événement avant même qu'ils aient conçu cet enchaînement. Pour quelle raison personne, parmi les membres du cirque, ne s'interrogeait à ce sujet ? Où les organisateurs du festival s'étaient-ils procuré tout cet argent ? Et même s'ils étaient si riches, pourquoi vouloir faire venir un cirque à l'occasion d'un événement consacré à la musique ? Briony eut de nouveau la sensation qu'un être invisible l'espionnait, et elle scruta les alentours. Était-elle la seule à se demander pourquoi sa famille se trouvait à Kinshasa ? Et comment expliquer qu'elle avait toujours l'impression d'être observée ?

Ce festival avait été créé dans le but de rendre hommage aux artistes africains et à leur musique ; inviter une troupe de cirque n'avait aucun sens. Jebediah, Tyrel, Ruben et Seth se contentaient de hausser les épaules et de seriner qu'à cheval donné on ne regarde pas les dents, mais Briony sentait que quelque chose clochait. Tout lui semblait étrange : la manière singulière dont elle avait été éduquée, ses capacités, sans oublier le fait qu'elle disposait d'un médecin attitré qui sautait dans l'avion au moindre petit rhume. D'ailleurs, elle ne contractait que très peu de virus, ce qui, en soi, paraissait anormal. En fait, seul le constant bombardement d'émotions qu'elle subissait la rendait malade. Ses frères l'accusaient de paranoïa car elle se sentait souvent mal à l'aise, comme à cet instant, où elle était persuadée que quelqu'un l'espionnait. Elle se servit de ses incroyables facultés visuelles pour examiner les environs, essayant de repérer des ondes de chaleur ou quoi que ce soit d'autre qui aurait symbolisé un danger. Mais elle ne détecta rien ; pas même une modification du bourdonnement incessant des insectes.

Tout en massant ses tempes douloureuses, elle suivit le courant qui l'éloignerait davantage de l'effervescence urbaine. Avec des soldats armés jusqu'aux dents à tous les coins de rue et la violence latente, la nuit offrait aux criminels et aux fanatiques une multitude d'occasions de s'adonner au pire. Elle voulait rentrer chez elle.

Elle se figea quelques instants. Chez elle. Cela signifiait-il quelque chose ? Elle aimait sa famille, ainsi que le cirque, mais rester avec eux la détruisait à petit feu. Pourtant c'était sa vie, et elle n'avait nulle part ailleurs où aller. Au moins, ses frères savaient qu'elle était différente et, même s'ils ne la comprenaient pas, ils faisaient de leur mieux pour cacher ses particularités aux autres.

Briony sentit des odeurs corporelles nauséabondes et entendit des voix masculines. Aussitôt, elle se plaqua contre la rive et modifia sa couleur de peau, comptant sur ses vêtements sombres pour mieux se camoufler. Alors que trois soldats armés s'approchaient, elle regarda autour d'elle afin de s'assurer qu'elle était seule, et prit son élan pour bondir avec aisance sur une branche d'arbre, neuf mètres plus haut. Elle demeura immobile pendant qu'ils passaient en dessous, à la recherche de traces sur le sol de la forêt. Il ne faisait aucun doute qu'ils traquaient quelqu'un, et elle se rendit compte qu'elle avait agi avec stupidité en s'éloignant de la protection de ses frères. Ces hommes étaient sans doute les rebelles que tout le monde craignait tant. Elle les observa avancer avec discrétion entre les arbres en direction de la ville.

Briony attendit que plus aucun bruit ne lui parvienne pour sauter au sol. Poussant un petit soupir de dépit, elle pénétra une nouvelle fois dans la rivière. Même là, à la lisière du monde sauvage, elle n'était pas vraiment seule. Elle se baissa pour tremper de nouveau son écharpe dans l'eau rafraîchissante. Elle n'avait aucune envie de faire demi-tour. Rien qu'à cette pensée, sa bouche s'assécha. Alors qu'elle s'apprêtait à rebrousser chemin, elle eut juste le temps d'apercevoir des vaguelettes à la surface de l'eau. Un bras dur comme l'acier lui enserra la gorge, et la pointe d'un couteau lui effleura le flanc.

— Ne criez pas, lui intima son agresseur à voix basse.

Le ton menaçant la pétrifia. Le corps de l'homme lui faisait l'effet d'un chêne inébranlable, et la façon dont il la maintenait ne lui fournissait pas la moindre chance de s'échapper sans écoper d'une grave blessure.

Elle compta les battements de son cœur afin d'apaiser sa respiration.

— Je n'en avais pas l'intention.

— Vous êtes une GhostWalker, affirma-t-il avec un accent américain. *Qu'est-ce que vous foutez ici ?*

Le murmure de la voix résonnait dans son esprit plutôt que dans son oreille. Elle se savait télépathe, mais il s'agissait là de quelque chose de plus puissant encore. Elle ne percevait pas les émotions de son agresseur. Ce constat la stupéfia. Toute sa vie, même au sein de sa propre famille, elle s'était senti submergée par les sentiments des autres. Le choc qu'elle éprouva empêcha un instant son cerveau d'analyser cette information. Elle resta immobile, essayant de comprendre ce qui se passait, et de ne pas tenir compte du murmure persistant dans son esprit.

Lorsque la pointe du couteau entra en contact avec sa peau, elle sursauta.

— Si vous refaites ça, vous allez le regretter, siffla-t-elle.

Pourrait-elle avoir le dessus ? Il semblait plus fort que tous les hommes avec lesquels elle s'était entraînée. Elle sentait la puissance qu'il dégageait, et percevait sa différence, la même que celle qui la caractérisait. Elle se força de nouveau à se détendre. Elle était unique. Aucun des membres de sa famille ne partageait ses capacités. Comment pouvait-elle être persuadée que cet homme lui ressemblait ?

— Qui êtes-vous ? demanda-t-elle, certaine que sa question resterait sans réponse.

Sans l'ombre d'un doute, un militaire. Peut-être un mercenaire.

— Qu'est-ce qu'une GhostWalker peut bien foutre ici ? Si vous ne me répondez pas dans les cinq secondes, je commence à vous découper en petits morceaux.

— Je ne sais pas ce qu'est un GhostWalker. Je suis là pour le festival de musique. J'y exécute un numéro d'acrobaties aériennes avec mes frères. Je fais partie de la troupe des Cinq Voltigeurs.

Un bref silence suivit.

— Et que viendrait faire une troupe de cirque à un festival de musique ?

— À vous de me le dire, répliqua Briony. Je n'ai pas encore trouvé d'explication, mais ils nous ont offert une grosse somme d'argent pour y participer.

Son agresseur n'avait pas baissé la garde un seul instant. Il proféra un juron grossier.

— Je vous ai vue grimper à cet arbre et changer de couleur de peau pour vous camoufler. Arrêtez de me mentir. Hormis un GhostWalker, personne ne peut faire ça. Personne.

Briony aurait voulu qu'il lui révèle tout ce qu'il savait au sujet de ces GhostWalkers. Si elle était capable des mêmes prouesses qu'eux, étaient-ils liés d'une façon ou d'une autre ? Elle le sentit se raidir et resserrer son étreinte, puis il pressa ses lèvres contre son oreille.

— Pas un bruit.

Elle inspira et eut aussitôt la certitude que les soldats revenaient. La peur l'envahit. Elle était au courant de ce qu'ils faisaient subir aux femmes seules.

— Vous pouvez retenir votre respiration ? Vous y êtes entraînée ? (Elle hocha la tête, saisissant ce qu'il voulait dire.) Combien de temps ?

— Vingt minutes si je fais attention.

Elle disait la vérité et se demanda si sa réponse l'avait choqué. Enfant, on l'avait forcée à rester de plus en plus longtemps sous l'eau. Elle pensait que tout le monde en était capable, jusqu'à ce qu'un jour, à table, alors qu'elle fanfaronnait auprès de ses frères et qu'ils l'accusaient de mentir, elle avait vu sa mère pincer les lèvres d'un air réprobateur. Elle n'en avait plus jamais parlé à quiconque.

— Vous plongez avec moi.

Il ne s'agissait pas d'une question, et il exerçait déjà une pression sur elle pour l'entraîner au fond de l'eau, comme s'il acceptait d'emblée le fait qu'elle puisse rester en apnée aussi longtemps. Alors qu'ils s'immergeaient en silence, le couteau ne bougea pas davantage que le bras serré autour de son cou. Il lui laissa le temps nécessaire pour prendre sa respiration, et elle emplit ses poumons d'air tout en s'accroupissant dans une zone de la rivière envahie de roseaux.

Briony planta ses doigts dans le bras de son agresseur et s'y agrippa, tentant de surmonter sa frayeur. Elle avait parfois le sentiment qu'elle avait passé une grande partie de sa vie à dissimuler sa peur. Elle était en permanence terrorisée, et elle avait fini par se résoudre à vivre avec cette sensation. Tout l'effrayait. Il lui arrivait de se haïr de ne pas parvenir à vaincre ces ombres qui la rongeaient de l'intérieur. Elle s'obligea à ne pas bouger pour que l'homme qui la maintenait ne puisse imaginer à quel point elle le craignait.

Pourtant, malgré le danger, elle se sentait excitée, curieuse de savoir s'il pouvait accomplir les mêmes choses qu'elle. Si c'était le cas, qu'est-ce que cela voulait dire ?

Jack percevait les légers frissons parcourant le corps de la jeune femme qu'il serrait contre lui. De petite taille, elle semblait à peine sortie de l'enfance, mais ses courbes harmonieuses et son parfum suave étaient bel et bien féminins. Même si elle n'en montrait rien, elle était terrorisée, ce qui n'avait aucun sens. En tant que GhostWalker, elle devait parfaitement maîtriser les arts martiaux, le combat à mains nues ainsi que le maniement des armes, et avoir une totale confiance en ses capacités. Aucun doute n'était permis, ses facultés physiques avaient été amplifiées, et il la suspectait de disposer de pouvoirs psychiques. Elle se comportait sous l'eau comme ils l'avaient tous appris, expirant régulièrement une toute petite quantité d'air.

Cette femme le troublait. Dès qu'il l'avait touchée, elle avait accaparé ses sens. Le moindre détail la concernant semblait s'être imprimé dans son esprit, dans son corps : ses formes, la douceur de sa peau, ses cheveux soyeux qui lui avaient caressé le visage au moment où il l'avait saisie à la gorge, la pression de ses doigts sur son bras quand ils s'étaient enfoncés sous l'eau. Rien de tel ne lui était jamais arrivé. Que son adversaire soit une femme ou un homme ne lui avait jamais importé. Il faisait son boulot, point. Mais à cet instant, il avait affaire à une femme et non à un objet. Il était incapable de faire abstraction de la sensation de son corps contre le sien, de son odeur, même là, sous l'eau, comme si elle s'était incrustée en lui et avait pénétré chacune de ses cellules.

Les rebelles s'attardèrent sous l'arbre, échangeant des murmures. Jack savait qu'ils étaient à sa recherche. Une minute s'écoula. Puis deux. Puis cinq. Dix minutes passèrent ; les soldats n'avaient toujours pas bougé. Accroupis au bord de la rivière, ils traçaient un plan sur la terre humide. Quinze minutes. Jack ralentit encore la fréquence de ses expirations.

La jeune femme resserra la pression de ses doigts sur son bras. Elle devenait de plus en plus nerveuse, et Jack sentit qu'elle paniquait à l'idée de se noyer. Malgré cela, elle se tenait remarquablement immobile. Alors que le temps passait, Jack se préparait à gérer une crise d'angoisse, mais la jeune femme tint bon et continua à relâcher régulièrement un peu d'air de manière à demeurer sous l'eau. Même si elle était entraînée, le manque d'oxygène l'obligerait bientôt à remonter à la surface. Sa terreur envahissait l'esprit de Jack – l'inondait –, et un goût amer lui emplit la bouche.

Il avait beau essayer de rester indifférent à la peur de la jeune femme, la puissante empathie qui les liait ne lui laissait pas le choix. Il la força à tourner la tête vers lui et se pencha sur elle jusqu'à ce que ses lèvres rencontrent les siennes. C'était une erreur. Ce léger contact se répercuta dans tout son corps. Son cœur s'emballa, son bas-ventre durcit et, au plus profond de lui, quelque chose se mit à remuer. Il expira dans sa bouche, devenant littéralement l'air qu'elle respirait, entrant en elle, là où il devait être.

D'où pouvait bien venir cette étrange idée ? Il se sentit parcouru par une onde électrique, soudain envahi par un sentiment de possession. Il ne manifestait jamais de réaction sexuelle ou émotionnelle forte face à une femme ; il ne s'y autorisait pas. Il évitait d'habitude toute forme d'attachement, et pourtant, chaque cellule de son corps et de son cerveau l'incitait à serrer cette femme plus fort contre lui, à s'emparer d'elle. Il plongea son regard dans le sien. Malgré ses yeux écarquillés par la peur, elle était fermement déterminée à ne pas trahir leur présence. Comment pouvait-elle être en proie à une telle terreur et malgré tout demeurer si calme, si consciente du danger qui les menaçait ? Rester en apnée alors que l'instinct de survie poussait à refaire surface requérait courage et volonté.

Il la saisit par la taille afin de la soutenir et lui donner l'assurance qu'ils n'allaient pas se noyer ni se faire attaquer.

— *Tout va bien, ma belle.*

Il avait murmuré ces mots dans son esprit, essayant de trouver quelque parole rassurante destinée à lui faire comprendre qu'il ne la forcerait pas à se maintenir sous l'eau s'ils venaient à manquer d'air. Si la situation l'exigeait, il se battrait, même s'il était blessé et préférait éviter tout coup de feu. Le bruit d'une détonation porterait loin, dans le silence de la nuit. Il n'avait aucune envie d'attirer l'armée du général.

— *Je ne vais pas vous laisser mourir ici.*

Que dire pour apaiser une femme ? Merde, il n'en avait pas la moindre idée. C'était hors de son champ de compétences.

Jack prit conscience que sa prisonnière ne bougeait plus du tout. Elle le regardait avec de grands yeux, comme si elle voyait un monstre. Aucun doute, l'expression de choc empreinte sur son visage n'était pas feinte. Cette femme, quelles que soient ses capacités, ne faisait pas partie des équipes avec lesquelles il avait exercé ses pouvoirs psychiques. Mais elle avait saisi ses pensées. Elle était une télépathe aussi puissante que lui.

— *Vous m'entendez*, constata-t-il.

L'un des rebelles pénétra dans la rivière, attirant de nouveau l'attention de Jack sur le danger qui planait sur eux. La situation devenait critique. En respirant pour deux, il n'allait pas tarder à manquer d'oxygène, et le soldat arrivait droit sur la jeune femme.

— *Ne bougez pas*, lui intima-t-il d'un ton impérieux, instillant autant d'autorité que possible dans sa voix.

Prenant cette fois son visage entre ses mains, il posa ses lèvres sur les siennes avant de lui insuffler de l'air dans les poumons.

— *Vous m'avez compris ?* reprit-il, incapable de contrôler les battements effrénés de son cœur ni les étranges palpitations qu'il ressentait au creux de son ventre.

Cela n'avait rien à voir avec la peur ou la présence des soldats ; c'était cette singulière jeune femme qui provoquait ces sensations. Elle répondit en hochant légèrement la tête.

— *Gardez les yeux fermés jusqu'à ce que je revienne vous chercher.*

Il lut dans son regard qu'elle se trouvait au bord de la crise de panique, mais elle serra les lèvres et acquiesça de nouveau, puis baissa ses paupières bordées de longs cils.

Jack ne pouvait attendre plus longtemps. Le deuxième rebelle était à son tour entré dans l'eau, et le premier allait bientôt trébucher sur la jambe de la jeune femme. Jack agrippa les chevilles de l'homme et l'attira d'un coup sec vers le fond avant de lui plonger son couteau dans la gorge. Il remonta aussitôt au niveau des pieds du deuxième et lui entailla les cuisses, le ventre, puis la jugulaire. Jack se trouvait désormais face au dernier soldat. Il retourna le couteau dans sa paume et le lança avec force. L'arme alla se planter jusqu'à la garde dans la gorge du rebelle.

Il ne fallut que quelques secondes à Jack pour récupérer son couteau et en essuyer la lame. Abandonnant les fusils des soldats là où ils étaient tombés, il rejoignit la jeune femme. Avant de partir, ils devraient s'assurer qu'aucune trace ne permettrait aux tueurs à la solde du général de suivre leur piste.

— *Vous pouvez remonter, mais gardez les yeux fermés. Je vais vous tirer de là. Comment est-ce que vous vous appelez ? Moi, c'est Jack.*

Elle marqua une brève hésitation, mais comme elle avait cruellement besoin d'air, elle émergea de l'eau, tremblant de tous ses membres. Jack l'attrapa par la taille et lui mit la main sur les yeux.

— Allons-y, mais faites attention de ne pas laisser d'empreintes, personne ne doit savoir que vous étiez là.

— Mon écharpe, dit-elle. Je l'ai lâchée. Et je m'appelle Briony Jenkins.

Ce nom ne lui était pas étranger, et il connaissait les Cinq Voltigeurs. La coïncidence était plus que troublante. Il scruta rapidement les alentours et repéra l'écharpe, qui flottait non loin d'eux. La jeune femme l'avait tenue sous l'eau, mais l'avait laissée échapper en remontant à la surface. Le fait qu'elle reste attentive à ce détail dans des conditions de stress aussi intenses accrut son respect pour elle.

— *N'ouvrez pas les yeux.*

Il la lâcha pour aller chercher l'écharpe.

Briony prit aussitôt ses jambes à son cou. Une fois qu'elle aurait atteint les broussailles, elle pourrait se cacher. Les soldats étaient de toute évidence à la poursuite de son agresseur, et elle n'avait aucune intention de les mener, lui ou les rebelles, à ses frères. Elle était consciente des battements frénétiques de son cœur et du bruit saccadé de sa propre respiration. Elle ne quitta pas son objectif des yeux et n'osa pas se retourner pour vérifier s'il la suivait. Chaque pas comptait.

Il surgit soudain par-derrière et la plaqua brutalement au sol, visage contre terre, lui coupant le souffle. Il lui bloqua les bras avant qu'elle ait le temps de les dégager, et lui enfonça son genou au creux des reins. Tout en lui agrippant les cheveux, il pressa la pointe d'un couteau contre sa gorge.

— Ne bougez pas, siffla-t-il. Vous voulez vous faire tuer ?

— Allez-y, cracha-t-elle, la bouche pleine de terre et de feuilles. Je ne vous conduirai pas à ma famille, alors finissons-en !

— Vous croyez que c'est un jeu ?

— Je m'en fiche.

Elle n'essayait même pas de contrôler les violents tremblements qui la secouaient. À quoi bon lui cacher qu'elle était terrorisée ? Il pouvait bien la tuer, elle n'avait pas l'intention de le laisser obtenir ce qu'il voulait. Et pourquoi cet homme la troublait-il autant ?

— Debout !

Il la tira par les cheveux sans bouger le couteau d'un millimètre.

Elle se rendit compte avec désespoir qu'il lui serait impossible de s'échapper. Elle avait beau, malgré sa petite taille, être plus forte et plus rapide que tous ses frères, avoir pratiqué le combat à mains nues et plusieurs formes d'arts martiaux, elle ne pouvait pas se battre contre cet homme. Il était plus fort qu'elle.

— Vous me faites mal.

— Alors, arrêtez de vous démener.

Elle ne s'était même pas aperçue qu'elle se débattait. Elle reprit le contrôle d'elle-même.

— Qu'est-ce que vous voulez ?

— J'ai fait partie des SEALs en même temps qu'un certain Jebediah Jenkins. D'après ce que je sais, il a monté un numéro de trapèze avec sa famille. Il a une sœur qui s'appelle Briony, et trois frères.

— Lâchez-moi.

Incroyable, elle ne ressentait rien. Cela n'avait aucun sens. Il avait tué les trois soldats, elle en était certaine. D'habitude, la violence la rendait malade. La plupart du temps, elle saignait du nez, souffrait de migraines, vomissait, et elle avait même été prise de convulsions lorsqu'elle avait découvert les corps sans vie de ses parents. Mais à cet instant, malgré sa terreur et son incapacité à se libérer, elle n'avait pas le moindre mal de tête.

— Est-ce que vous allez essayer de vous enfuir ?

— Je n'ai pas vraiment envie de me faire encore une fois plaquer au sol, merci, rétorqua Briony.

D'accord. Elle s'était menti en affirmant ne rien ressentir du tout. Elle avait l'impression qu'une étrange chaleur la consumait de l'intérieur, ce qui constituait pour elle une sensation tout à fait nouvelle. C'était arrivé dans l'eau, quand elle se tenait tout près de lui et qu'elle le regardait dans les yeux. Plus précisément au moment où il avait posé ses lèvres sur les siennes. Elle essaya de ne pas penser au corps dur comme un roc, à la force incroyable de cet homme. Elle devait être anormale pour réagir ainsi alors qu'il lui maintenait sans pitié la tête en arrière.

— Et laissez mes cheveux, vous me faites mal.

Jack lâcha les mèches humides et s'en voulut aussitôt. Qu'est-ce qui lui prenait ? Elle représentait un danger potentiel. Il était intimement persuadé que quelqu'un lui avait tendu un piège. Il était victime d'une conspiration qui l'avait mené droit dans la gueule du loup ; on avait utilisé contre lui les sentiments qu'il portait à son frère. Ken avait fait office d'appât ; les rebelles l'avaient capturé et torturé dans un seul but : attirer Jack en Afrique. Quelqu'un connaissait ses points faibles et s'en servait contre lui de manière impitoyable. Quoi qu'elle dise, Briony Jenkins était une GhostWalker. Se pouvait-il que son ami – un ancien membre des SEALs – se trouve à Kinshasa à ce moment précis ? Était-ce un pur hasard ?

— Merde, je ne crois pas aux coïncidences.

Briony tourna la tête dans sa direction, stupéfaite qu'il en arrive à la même conclusion qu'elle. Le festival de musique n'avait-il été qu'une stratégie destinée à amener son frère à Kinshasa ?

— Moi non plus.

En dépit de sa détermination à ne pas se laisser attendrir, elle ne put s'empêcher d'éprouver de l'horreur et de la compassion à la vue du corps mutilé de son agresseur.

Jack avait été torturé. Sa poitrine, ses épaules et son ventre étaient couverts de profondes entailles et de multiples brûlures. Son regard inexpressif paraissait aussi froid et dur que de la pierre, et pourtant personne n'aurait pu subir de tels sévices sans souffrir le martyre. Étrangement, elle ne ressentait rien, alors qu'elle percevait toujours la souffrance des humains, ou même des animaux, qui se trouvaient à proximité. La présence de cet homme lui procurait même un certain soulagement. Il semblait lui fournir les filtres nécessaires pour se comporter normalement en société.

— Mon Dieu…, murmura-t-elle d'une voix rauque. Comment est-ce que vous pouvez tenir encore debout ? Ce sont les rebelles qui vous ont fait ça ? (Sans réfléchir, elle s'approcha de lui et tendit le bras pour le toucher.) Vous avez besoin d'un médecin, c'est déjà infecté.

Une onde de choc le parcourut à son léger contact. Elle avait beau l'avoir à peine effleuré, tout son corps fut ébranlé.

— On doit avancer, leur général m'en veut à mort.

Il scruta son visage afin de guetter sa réaction, mais elle examinait toujours ses plaies d'un air effaré.

— Je ne sens pas votre douleur, confia-t-elle avant de plonger ses yeux sombres dans les siens. Comment est-ce possible ? Vous le savez, n'est-ce pas ? Vous savez pourquoi je suis différente, pourquoi je ne fonctionne pas comme tout le monde. Personne ne peut concevoir qu'on puisse rester en apnée aussi longtemps, pas même mes frères. Quel genre de créature suis-je ? Qu'êtes-vous ?

Chapitre 3

Jack scruta la forêt avec nervosité.

— Il faut partir. Les rebelles sont à ma recherche, ils ne renonceront pas.

— Répondez-moi, insista Briony.

Jack commençait à chanceler. Il était sur le point de perdre connaissance et ne s'en rendait même pas compte. Elle n'accepterait pas de l'abandonner à une mort certaine.

— Les capacités physiques et psychiques des GhostWalkers ont été artificiellement développées.

Briony sentit son cœur battre la chamade.

— De quelle manière ?

Lorsque Jack tenta de faire un pas en avant, ses jambes se dérobèrent sous lui. Briony le rattrapa de justesse, mais il essaya de la repousser.

— Allez-vous-en ! Ne vous arrêtez pas. Tant que vous n'avez pas atteint la lisière de la forêt, restez sur vos gardes. Ils surveillent le coin. Grimpez dans les arbres si nécessaire, mais vous devez partir d'ici.

— Oh, la ferme !

Une lueur d'amusement traversa les yeux de Jack.

— Je crois que c'est la première fois qu'on m'ordonne de la fermer.

Il passa son bras autour des épaules de Briony et ramena une mèche derrière l'oreille de la jeune femme.

— J'ai plusieurs frères, alors arrêtez votre cinéma. Pourquoi les hommes sont-ils aussi bêtes ?

Comme si elle pouvait le laisser là. Ses frères se seraient comportés exactement comme lui. Elle repoussa les cheveux qui lui retombaient dans les yeux, puis balaya les alentours du regard. Jack devait peser lourd. Il avait perdu beaucoup de sang et il était brûlant de fièvre.

— Bon, monsieur le gros dur. Vous allez vous appuyer sur moi, et nous allons retourner en ville. Ne dépensez pas votre énergie à protester, ce n'est pas la peine.

Elle passa rapidement en revue les multiples possibilités que les révélations de Jack laissaient entrevoir. Se pouvait-il que ses facultés physiques et psychiques aient été renforcées ? Cela semblait plus crédible que d'être née aussi différente des autres. Elle pouvait courir plus vite, sauter plus haut et rester en apnée plus longtemps que quiconque, et faire des choses dont personne d'autre n'était capable, à sa connaissance. Comment cela avait-il pu se produire ? Quand ? Toutes les visites chez ce médecin qu'elle détestait, celui que ses parents lui avaient imposé, commençaient à prendre un sens nouveau.

Elle passa un bras autour de la taille de Jack afin de le soutenir. Si on n'avait pas développé sa force physique, comment aurait-elle pu porter un homme de cette stature ? Il pesait deux fois plus qu'elle.

— Qui a amélioré nos capacités ?

— Le professeur Whitney.

Sa bouche devint soudain sèche. Elle connaissait ce nom. C'était celui de l'individu qui l'avait fait adopter, puis avait dirigé son éducation et fourni les soins médicaux qui leur étaient nécessaires, à elle et sa famille. S'agissait-il de son père biologique ? Ou ne partageaient-ils aucun lien de parenté ? Qu'était-elle ? Le produit d'une obscure expérimentation ?

Elle réfléchit à toute vitesse. Comment expliquer qu'ils se retrouvent tous les deux à Kinshasa ? Était-ce un hasard si Jack et Jebediah avaient servi dans l'armée en même temps ? Se pouvait-il vraiment qu'ils soient tous en Afrique par pure coïncidence, sachant que quelqu'un avait versé aux Cinq Voltigeurs une somme exorbitante pour s'assurer de leur présence ?

Briony jeta un coup d'œil à Jack. Même ravagé par la douleur, il restait très séduisant, dans le genre viril, les traits taillés à la serpe. Son visage, presque irréel, à la fois dur et buriné mais d'une grande beauté, semblait avoir été sculpté dans la pierre. Jack gardait les yeux rivés droit devant lui et conservait une cadence régulière, mais s'appuyait de plus en plus sur elle. La perte continue de sang, l'épuisement et la souffrance causée par ses terribles plaies commençaient à avoir raison de lui.

— Ne vous arrêtez pas, l'encouragea Briony. Un pas après l'autre.

Plus ils se rapprocheraient de la ville, moins elle aurait à le porter ; et, vu son état, il ne parviendrait plus à marcher très longtemps.

Ils parcoururent péniblement un peu plus d'un kilomètre le long de la berge. Alors qu'elle marquait une pause pour raffermir sa prise sur Jack, celui-ci la poussa brusquement à terre avant de se coucher sur elle. Il changea de couleur de peau pour se confondre avec la végétation sombre du sol, et elle l'imita aussitôt en adoptant des teintes similaires. Si Jack avait paru quelques secondes plus tôt au bord de l'évanouissement, il semblait à présent parfaitement conscient et agissait avec vivacité. Il sortit un pistolet et intima à Briony de garder le silence.

— *Qu'est-ce qui se passe ?*

— Un sniper arrive. Il me poursuit depuis que je me suis évadé du camp rebelle. Il est très dangereux. Vous auriez dû fuir quand il en était encore temps.

Briony sentit son cœur battre à coups redoublés. Une peur familière l'envahit. Elle prit une profonde inspiration pour lutter contre la décharge d'adrénaline et, tout en tendant l'oreille, tenta de maîtriser l'accès de panique qui la guettait.

— Je sens quelqu'un derrière nous, sur notre droite, avança-t-elle.

— Ça doit être lui. Espérons qu'il ne nous ait pas repérés pendant que j'étais à demi inconscient.

Briony ferma les yeux et essaya de retenir sa respiration. Elle espérait la même chose. Elle ne laisserait pas cet homme souffrir davantage. Qu'importe ce qu'il était ou ce qu'il avait fait, personne ne méritait d'être si sauvagement torturé. Elle prit une profonde inspiration.

— Est-ce que vous êtes bon tireur ? demanda-t-elle.

Jack la dévisagea.

— Vous n'allez rien tenter de stupide.

— Vous êtes au bord de l'évanouissement, monsieur le gros dur. Je reconnais les signes. Nous n'avons pas beaucoup de temps, et nous ne pouvons pas nous permettre de l'avoir à nos trousses. Je vise bien, mais…

Briony hésita. La main de Jack se crispa sur sa nuque.

— Je ne sais pas à quoi vous pensez, mais c'est non !

Briony savait que les minutes étaient comptées. Jack allait bientôt perdre connaissance. Elle était stupéfaite qu'il ait encore la capacité de se rendre compte de ce qui se passait.

— Tout ce à quoi que je pense, c'est que j'ai peur.

— Ne craignez rien, je vais vous sortir de là. Vous voyez ces arbres, sur la droite ? Je vais vous couvrir pendant que vous ramperez doucement jusque-là, puis vous grimperez.

Rejoignez le fleuve par les branches. Changez de couleur de peau pour vous camoufler et n'attirez pas l'attention sur vous. (Jack lui tendit le pistolet.) *Vous savez vous en servir ?*

Briony hésita avant de s'emparer de l'arme. Inutile d'essayer de lui expliquer les répercussions que la violence pouvait avoir sur elle. Sentir encore une fois mourir quelqu'un, absorber ses émotions, l'anéantirait. D'un autre côté, elle était une excellente tireuse, et favorable à l'autodéfense.

— *Oui.*

Jack pivota, certain de l'endroit où allait apparaître le sniper. Couché à plat ventre, l'œil collé à la lunette de visée, il adressa un signe à Briony.

— *Allez-y ! Partez ! Ne vous arrêtez pas avant d'avoir regagné votre chambre.*

Elle avança avec précaution dans les fougères et les feuilles en décomposition, son cœur tambourinant dans sa poitrine. Elle était peureuse et détestait cet aspect de sa personnalité. Elle se demandait pourquoi elle cédait si facilement à la panique alors qu'elle disposait de facultés extraordinaires. Une fois à proximité des arbres, elle s'accroupit dans l'ombre afin d'examiner les branches et les lianes, choisissant l'itinéraire qui lui offrirait la meilleure protection. Grâce à son incroyable vision nocturne, elle repéra, un peu plus loin, un large tronc d'où naissaient, à sept mètres de hauteur, une multitude de branches qui s'étendaient dans toutes les directions, formant une corolle. Elle trouverait là un abri correspondant tout à fait à ce dont elle avait besoin.

Elle bondit sur la branche la plus proche et se mit à escalader avec agilité. Elle était légère et pratiquait l'acrobatie depuis sa plus tendre enfance. Elle n'éprouva aucune difficulté à s'agripper aux lianes puis à évoluer de branche en branche. Elle s'arrêta lorsqu'elle eut atteint l'arbre situé juste à côté de celui qui avait le tronc le plus imposant. Alors que, jusqu'à présent, elle avait pris garde à rester à l'abri du feuillage, elle secoua volontairement une branche. Un mouvement léger, toutefois suffisant pour trahir sa position.

— *Bon sang, à quoi vous jouez?*

— *Je l'incite à tirer pour que vous le localisiez.*

— *Si vous me refaites un truc comme ça, je vous jure que je vous mets une raclée que vous ne serez pas près d'oublier.*

Sa menace ne la fit pas trembler le moins du monde. Jack avait beau être impressionnant, il n'était pas du genre à frapper une femme. Il aurait plutôt tendance à se montrer protecteur, à moins d'être face à une ennemie. Elle avait lu cette information dans son esprit.

— *Je ne vous abandonnerai pas comme ça. Préparez-vous à tirer, parce que je vais dévoiler ma position.*

— *Putain, vous faites chier.*

Une rage sourde typiquement masculine inonda Briony, mais elle ne pouvait pas attendre plus longtemps. Sa détermination allait flancher si elle n'agissait pas tout de suite. Elle fit osciller la branche un peu plus fort, comme si quelqu'un avait pris appui dessus. Le vent ne pénétrait pas dans la forêt; le mouvement attirerait instantanément le regard du sniper. Briony bondit sur l'arbre voisin et eut tout juste le temps de se cacher derrière le tronc avant qu'une balle fasse exploser l'écorce. Plusieurs morceaux se fichèrent dans son bras, et un fragment lui percuta le menton. Une seconde détonation retentit aussitôt.

— *Dites-moi que ça va.*

Les jambes en coton, Briony s'agrippait à l'arbre pour ne pas tomber. L'impact était situé à quelques centimètres de sa tête. Le sniper avait tiré bien plus vite qu'elle l'avait pensé. Elle s'appuya contre le tronc en attendant que les tremblements qui la secouaient s'arrêtent. Ses blessures saignaient, mais les éclats l'avaient juste écorchée. Elle pouvait s'estimer heureuse de s'en sortir sans plus de dommages.

— *Vous l'avez eu?*

— *Ne bougez pas, il en reste un. J'ai descendu le sniper, mais l'éclaireur qui l'accompagne est tout aussi redoutable. Vous n'êtes pas blessée.*

Jack avait énoncé ces derniers mots comme une affirmation, l'œil rivé à la lunette du fusil, dans l'attente d'une occasion de tirer sur le deuxième soldat. L'inquiétude qui le rongeait perturbait sa concentration, et il détestait cette impression. Il se faisait du souci pour cette femme.

— *Si vous ne me répondez pas, je viens vous chercher.*

Il ne mentait pas. Il prendrait le risque de se faire tirer dessus rien que pour s'assurer qu'elle n'avait aucune égratignure, du moins, aucune qu'il n'aurait lui-même causée. Il brûlait d'envie de lui tordre le cou pour avoir osé s'exposer ainsi au danger.

— *Ça va. Quelqu'un a dû entendre ces détonations. Ils ne sont sûrement pas seuls.*

— *Allez-vous-en, bon sang! Rentrez vous mettre à l'abri. Prenez une douche et débarrassez-vous de vos vêtements. Abandonnez le pistolet dans la forêt. Si on vous demande quoi que ce soit, dites que vous dormiez et que vous n'êtes au courant de rien.*

Jack posa quelques instants le front contre le fusil, puis colla de nouveau son œil à la lunette. Il voyait flou. Il se sentait faible et n'avait pas beaucoup de temps devant lui. Dans quelques minutes, il ne serait plus capable de la protéger, et ce constat le poussait au bord du désespoir.

Briony resta un long moment immobile dans l'arbre, trop choquée pour effectuer le moindre mouvement. Elle avait toujours bénéficié d'une vision nocturne extraordinaire et, en observant l'endroit où s'était tenu le sniper, elle s'aperçut que les larges feuilles d'un philodendron oscillaient légèrement. L'éclaireur se dirigeait vers Jack.

— *Est-ce que vous le voyez ?*

Pas de réponse. Rien. Briony cessa de respirer. Jack était inconscient, ou au bord de l'évanouissement, alors que l'ennemi se rapprochait dangereusement. Sans prendre le temps de réfléchir, elle sauta sur une branche qui ployait jusqu'à terre. Le bruit de ses pas fut étouffé par l'épais tapis végétal recouvrant le sol de la forêt. Elle se fraya discrètement un chemin dans les broussailles en direction de Jack. Elle n'avait aucune idée de ce qu'elle allait faire, mais elle ne pouvait pas le laisser mourir.

Elle ne se posa pas de questions sur le besoin impérieux qu'elle ressentait de sauver la vie de Jack. Ce n'était vraiment pas le moment de se livrer à une introspection ; elle savait juste qu'elle ne devait pas l'abandonner. Elle progressa dans l'enchevêtrement de lianes et de buissons, et se mit à ramper le long d'un sentier tracé par les animaux. Elle traversa un épais bouquet de fougères avant de continuer sur la terre humide. Un bruit sur sa gauche l'incita à se plaquer au sol. Elle demeura immobile quelques instants, le cœur battant à tout rompre.

Elle prit une longue inspiration. Son odorat exacerbé lui permit de localiser Jack et l'éclaireur avec précision. Jack était couché à plat ventre, le fusil à la main, mais il gardait la tête baissée. Elle lui intima l'ordre de se ressaisir.

— *Jack ! Réveillez-vous ! Il arrive droit sur vous. Vous devez vous défendre !*

L'injonction pressante de Briony, ainsi que la peur et l'anxiété contenues dans sa voix, parvint au cerveau de Jack. Il retrouva l'énergie nécessaire pour se concentrer sur l'éclaireur, mais l'homme était déjà sur lui. Jack se tourna dans sa direction, conscient qu'il agissait avec une fraction de seconde de retard, et qu'il allait mourir.

— *Allez-vous-en!*

Il ne pouvait plus rien faire pour Briony. Il n'avait plus la force de lever son fusil, et encore moins le temps.

Le soldat sortit des broussailles et pointa le canon de son arme sur lui. Quatre détonations retentirent successivement. Alors que Jack s'attendait à sentir les balles lui transpercer le corps, il vit le rebelle tressaillir et pivoter sur lui-même. Ses genoux fléchirent, puis il tomba lourdement au sol, face contre terre. Jack se força à relever la tête. Il découvrit Briony à quelques mètres de distance, le pistolet à la main. Des larmes ruisselaient sur son visage. Le bras toujours tendu, elle frissonnait, les yeux rivés sur l'homme qu'elle venait de tuer.

Jack puisa dans ses ultimes ressources pour se mettre debout et avança vers elle en titubant, puis posa la main sur la sienne.

— Donnez-moi le pistolet, Briony.

Elle ne montra aucune réaction. Elle tremblait tellement qu'il craignait qu'elle appuie accidentellement sur la détente. Il lui saisit les doigts avec fermeté et l'obligea à détourner la tête.

— Ça va aller, murmura-t-il d'un ton qu'il s'efforça de rendre rassurant. Je suis là. Regardez-moi.

Elle leva vers lui ses yeux pleins de larmes.

— Je l'ai tué.

Elle s'écarta, prise de violents vomissements.

Alors que Jack faisait un pas vers elle, il vit ses yeux se révulser.

— *Briony!*

Il tenta d'instiller dans son esprit une énergie apaisante. Il savait les effets que la violence pouvait avoir sur un télépathe, et il n'avait aucune intention de la voir s'évanouir. Il prit le visage de la jeune femme entre ses mains.

— Regardez-moi. Restez avec moi.

Briony avait l'impression que sa voix lui parvenait de très loin. Elle ne voulait pas retourner là-bas, dans cet endroit envahi par la souffrance. Mais Jack ne la lâchait pas. Elle fit un effort considérable pour se concentrer sur ses yeux d'un gris profond.

— Ça va aller, la rassura-t-il. Je suis un stabilisateur, laissez-moi faire.

Il avait été trop faible pour lui fournir les barrières dont elle aurait eu besoin, mais il focalisa à cet instant toute son attention pour la libérer de cette énergie négative.

Il ne s'attendait pas à se sentir à ce point ému par les larmes d'une femme, et n'aurait pas imaginé que tuer un homme puisse la rendre malade. Il se renfrogna en s'apercevant qu'elle avait reçu des éclats de bois au menton et au bras. Il n'avait rien sous la main pour la soigner.

— Nous devons partir d'ici. Sinon, les rebelles vont nous tomber dessus. (Il prit une voix dure en espérant la sortir de son hébétude.) En route. Allons-y, Briony !

Elle s'essuya la bouche du revers de la main, puis acquiesça.

— Je suis désolée, c'est juste que…

Elle se figea et tourna la tête en direction du corps étendu sur le sol.

Chancelant sur ses jambes, Jack attira Briony contre lui.

— Ne le regardez pas. Il nous aurait tués tous les deux. Allons-y.

Il lui caressa doucement le menton du pouce afin d'essuyer quelques gouttelettes de sang.

Elle le considéra en clignant des yeux, puis pinça les lèvres et lui passa un bras autour de la taille.

— Ça va mieux, affirma-t-elle.

Ils se remirent en route en direction de la ville, Briony soutenant Jack. Il l'avait libérée de l'atroce douleur qui la tenaillait, mais l'horreur de ce qu'elle avait fait lui comprimait toujours la poitrine.

— Vous auriez dû partir quand je vous l'ai dit, la sermonna Jack. Vous auriez pu vous faire tuer.

— Marchez et taisez-vous.

— Je n'y arriverai pas. J'ai l'impression de brûler, j'ai perdu trop de sang, et je ne vois plus très bien. Les rebelles qui sont à mes trousses doivent avoir entendu les coups de feu…

Briony soupira.

— Ne vous fatiguez pas à parler. Marchez. Je vais vous amener en ville et, une fois là-bas, mon frère trouvera un moyen de vous faire quitter Kinshasa.

Jack continua à mettre un pied devant l'autre, déterminé à ne pas s'évanouir. Il n'avait pas l'intention de se laisser porter par une femme, et il était persuadé qu'elle n'hésiterait pas un instant à le faire s'il perdait connaissance. Quelque chose en elle le troublait au plus profond de son être. Il avait choisi sa voie longtemps auparavant, et son mode de vie ne laissait pas de place à une femme ou une famille. Briony Jenkins était du genre à rester fidèle à un seul homme, à lui appartenir corps et âme. Le genre à se marier et à rester aux côtés de son époux quoi qu'il arrive, pour le meilleur et pour le pire. Surtout, elle était le genre de femme pour laquelle un homme serait prêt à tuer, et Jack était plutôt doué en la matière. La combinaison serait explosive.

Briony jeta un coup d'œil à Jack, qui s'appuyait de plus en plus sur elle. Il marmonnait sans cesse des jurons. Seule une volonté de fer devait lui permettre de ne pas s'écrouler.

— Vous voulez faire une pause ?

Sans répondre, il continua à avancer. Lorsqu'ils eurent regagné la rive du fleuve, Briony le força à s'arrêter et à s'asseoir sur un tronc. Il n'émit aucune protestation quand elle l'aida à s'installer, signe qu'il était dans un état grave.

L'étrange entraînement qu'elle avait reçu dans son enfance se révéla soudain inestimable. Trois hommes se trouvaient quelque part tout près d'eux ; elle sentait leur odeur. Elle laissa Jack reprendre des forces aussi longtemps que possible, puis le souleva de nouveau pour qu'ils se remettent en route. Elle dut contourner plusieurs groupes de soldats qui parcouraient la forêt. Chaque fois, son odorat lui permit de les repérer avant de les approcher de trop près.

Une fois en ville, elle espéra que leur démarche titubante les ferait passer pour des ivrognes. Il était difficile de cacher le fusil, et comme Jack avait refusé de s'en séparer, elle avait calé l'arme entre eux dans le but de la dissimuler autant que possible aux regards. Elle emprunta les rues et les allées les moins fréquentées pour regagner sa chambre.

— Encore quelques pas, Jack, l'encouragea-t-elle.

Il devait avoir une volonté extraordinaire pour tenir debout dans cet état. Il n'avait pas défailli une seule fois et continuait stoïquement à marcher malgré la fièvre qui le dévorait. Son corps était brûlant ; il était sans doute au bord de la déshydratation.

Elle prit garde à rester dans l'ombre en évitant de passer trop près des quelques personnes qu'ils croisèrent. Elle fit également attention à ne pas se faire repérer par les soldats en faction à tous les coins de rue. Une fois dans la ruelle sur laquelle donnait sa chambre, elle appuya Jack contre le mur, juste en dessous de sa fenêtre.

— Je vais grimper pour ouvrir. Vous pensez que vous arriverez à sauter jusque-là ?

Jack s'affaissa et s'assit par terre. Sans regarder Briony, il hocha la tête. Malgré ce qu'il affirmait, elle doutait de ses capacités. Elle s'élança pour attraper le rebord de la fenêtre, se hissa sur l'étroite saillie et poussa le battant.

— *Jack.*

Elle avait peur de l'appeler à voix haute. Ils étaient entourés de soldats, et les rebelles pouvaient les avoir suivis jusque-là.

— *Vous croyez que vous allez y arriver ?*

Il ne répondit pas. En prenant appui sur le rebord, Briony sauta au sol. Elle atterrit avec légèreté à côté de Jack, puis lui pressa l'épaule.

— Je prends le fusil, décréta-t-elle en tendant la main.

Aussitôt, Jack revint à la vie. Il s'écarta vivement – la réaction d'un soldat expérimenté – avant de se lever, les doigts serrés autour de son arme. Il secoua la tête.

— Désolé, mais je le garde. Il appartient à mon frère. (Il s'adossa au mur.) Où sommes-nous ?

— Ma chambre est juste au-dessus, Jack. Mieux vaut ne pas entrer par le couloir, quelqu'un pourrait vous voir. C'est plus sûr pour nous deux par là. Vous allez pouvoir sauter ?

C'était également plus sûr pour ses frères. Elle soupçonnait encore Jack d'être à Kinshasa pour des raisons qui impliquaient Jebediah.

Jack essuya les gouttes de sueur qui perlaient sur son visage.

— Je pense que oui.

Cependant, il ne bougea pas. Il ferma les yeux et lâcha le fusil, qui pendit à la sangle passée autour de son cou. Ses bras retombèrent mollement le long de ses flancs, comme s'ils étaient soudain devenus trop lourds.

Briony entendit un léger bruit, et découvrit en tournant la tête qu'un soldat s'engageait dans la rue. Elle serra la mâchoire. Cette nuit n'en finirait donc jamais. À ce rythme, ils n'étaient pas près de retrouver la sécurité de sa chambre. Comment pouvait-elle cacher le corps mutilé de Jack et le fusil qu'il portait en bandoulière ?

Tentant le tout pour le tout, elle plaqua Jack contre le mur, lui passa les bras autour du cou et leva la tête.

Enveloppés d'une obscurité protectrice, ils apparaîtraient comme une silhouette informe aux yeux du soldat. Celui-ci se rapprochait. S'il apercevait l'arme qu'ils dissimulaient ou se rendait compte de l'état de Jack, ils s'attireraient de graves ennuis.

—*Jack.*

Elle murmura son nom d'une voix suave afin de le tirer de sa torpeur et lui faire prendre conscience du danger qu'ils couraient. Elle avait formulé son appel muet avec douceur, comme une prière. Elle effleura ses lèvres et l'embrassa timidement.

Jack crut que son cœur s'arrêtait de battre. Il sentait que Briony était angoissée, mais malgré cela, elle ne flanchait pas. Elle était restée avec lui dans le but de le protéger, pour la deuxième fois ce soir-là. Quelque part au fond de lui, la dernière étincelle d'humanité qu'il possédait se raviva. Le rêve qu'il n'osait plus caresser avait désormais un nom. *Briony.*

Il s'imprégna de la jeune femme, la fit pénétrer dans son esprit, dans ses poumons. Tout en gardant les yeux fermés, il enroula un bras autour de ses épaules et l'attira plus près de lui, puis glissa une main dans son dos, prêt à saisir le couteau qu'il portait à la taille. Son étreinte n'avait rien de charnel. Il désirait juste réconforter Briony, mais la sensation de son corps sous ses doigts se frayait tout de même un chemin dans sa conscience et s'imprimait dans sa mémoire.

Il plongea la main dans ses cheveux humides et attira sa tête contre son épaule. Il grimaça lorsqu'elle effleura ses plaies.

—*Ne regardez pas. Restez tranquille*, murmura-t-il.

Il dégaina lentement son couteau.

—*Attendez!* (Briony crispa les doigts sur la nuque de Jack.) *Juste un moment, s'il vous plaît. Il va peut-être s'en aller.*

Elle souhaita le départ du soldat. Ce n'était qu'un garde curieux qui se promenait seul au milieu de la nuit, ignorant que la mort le guettait. Elle ne doutait pas un instant que Jack, malgré sa grande faiblesse, supprimerait cet homme. Épuisé, terrassé par la fièvre, il n'agissait plus que par instinct, utilisant les gestes automatiques qu'il avait appris à l'entraînement. Il était une véritable machine à tuer, et n'hésitait pas à éliminer tous ceux qui se mettaient en travers de son chemin. Vivre ainsi devait être terrible.

Elle plissa les yeux en priant pour que l'homme change de direction. *S'il vous plaît, pitié, faites que Jack n'ait pas à le tuer.*

Pour la première fois de son existence, elle tenta d'imposer une idée à l'esprit de quelqu'un d'autre : elle impulsa au soldat la volonté de faire demi-tour.

Elle se rappela que Jack était capable de lire dans ses pensées lorsqu'elle le sentit enfoncer les doigts dans ses cheveux. Elle leva la tête vers lui.

—*Je suis désolée. Je ne veux pas que vous ayez à ressentir ça, que vous soyez obligé de prendre une autre vie.*

Il ouvrit les paupières et plongea son regard dans le sien. Elle avait les yeux les plus grands, les plus doux et les plus généreux qu'il ait jamais rencontrés. Il serra les lèvres. Il ne *ressentait* jamais rien, là était le problème. Du moins, c'était ce dont il était persuadé jusqu'au moment où il avait posé les yeux sur le visage angélique de Briony.

Il était quelqu'un de dur et brutal, capable de se montrer cruel et implacable. Il ne renonçait jamais à se venger, et pouvait abattre sa cible à plus d'un kilomètre de distance. Il savait émerger de la surface d'une rivière pour trancher la gorge de sa victime sans que celle-ci ait soupçonné sa présence. Il traversait déserts et forêts à la manière d'un fantôme. Quelques-uns le prenaient pour l'incarnation de la mort, et la plupart l'évitaient. Mais Briony, elle, le regardait avec compassion et ce qui ressemblait même à de la sollicitude. Son visage transparent laissait deviner des émotions sincères. Il brûlait du désir d'écraser ces lèvres irrésistibles contre les siennes. En même temps, une partie de son cerveau restait concentrée sur la position du soldat. Il savait exactement où il était, anticipait chacun de ses mouvements et se tenait prêt à l'empêcher de s'approcher davantage de Briony. Un lancer de couteau suffirait.

Soudain, l'homme fit volte-face et remonta l'étroite ruelle, les laissant seuls, cachés dans l'ombre. Les jambes flageolant sous l'effet du soulagement, Briony s'appuya contre Jack quelques instants.

— C'était moins une. Merci, mon Dieu.

Il aurait pu lui dire que Dieu l'avait abandonné depuis longtemps, mais il se contenta d'enfouir son visage au creux de son cou pour inhaler son parfum. Il aurait voulu la garder. Elle lui semblait parfaitement à sa place dans ses bras et dans son esprit, mais elle ne le serait jamais dans sa vie. Il s'accrocherait trop à elle, l'obligerait à rester près de lui, si près qu'il l'empêcherait de respirer. Elle ne comprendrait sans doute jamais un homme tel que lui, un marginal qui n'obéissait qu'à ses propres règles, hanté par les péchés impardonnables qu'il avait commis.

— Jack ?

Sa voix le tira de son hébétude. Ou peut-être s'agissait-il d'un rêve ? Il n'était plus en état de faire la différence. Il s'écarta et leva la tête vers la fenêtre.

— J'y arriverai. Je vous couvre.

Briony n'émit aucune protestation. Elle se demandait déjà s'il parviendrait à sauter ; elle doutait fortement qu'il soit capable de la protéger. Mais lui rappeler l'état pitoyable dans lequel il se trouvait n'arrangerait sans doute pas les choses. Elle se contenta d'acquiescer et de prier en silence pour qu'il réussisse du premier coup. Elle n'était pas tout à fait certaine d'être assez forte pour franchir cette distance avec le poids de Jack sur les épaules. Elle recula afin de lui laisser de l'espace sans quitter la ruelle des yeux. Elle craignait le retour du soldat.

— Allez-y, l'encouragea-t-elle.

Retenant sa respiration, elle regarda Jack bondir, attraper le rebord de la fenêtre puis se hisser de l'autre côté. Elle l'imita et, une fois accroupie sur le sol de sa chambre, fut envahie d'un soulagement tel qu'elle sentit les larmes lui brûler les paupières. Elle se demandait ce qu'elle allait faire de Jack à présent qu'ils se trouvaient en sécurité, mais elle garda son calme, ferma la fenêtre, puis s'empressa d'aller chercher une bouteille d'eau fraîche et alluma la lumière.

— Buvez. Vous êtes complètement déshydraté, et vous avez de la fièvre. Je vais nettoyer vos plaies et vous faire une piqûre d'antibiotiques. On voyage toujours avec une trousse à pharmacie, et je sais faire les points de suture.

— Donnez-moi ce qu'il faut et je m'en occupe moi-même, rétorqua-t-il en s'asseyant au bord du lit qui paraissait confortable. Il n'y a rien de meilleur que l'eau. Merci.

Résistant à l'envie de vider la bouteille d'un trait, il se mit à boire à petites gorgées.

— De rien, répondit Briony en trempant une serviette dans l'eau froide et en l'appliquant sur la nuque de Jack. Vous êtes affaibli par l'infection. Je suis sûre que vous seriez capable de recoudre vous-même les plaies, mais vous feriez mieux de vous reposer et me laisser prendre soin de vous.

Dévoré par la soif, Jack avala de nouveau une gorgée. Il s'empara de la serviette humide et se tamponna le visage tout en observant Briony préparer une mixture dans un bol.

— Donnez-moi une pince à épiler.

— Pardon ? s'exclama-t-elle, surprise.

— Je vais m'occuper de votre bras et de votre visage. Les plaies vont s'infecter si on ne les nettoie pas. Dans un moment, je ne serai plus en état de le faire, alors donnez-moi tout de suite une pince à épiler.

— Vous plaisantez, j'espère.

— Je ne plaisante jamais, rétorqua-t-il d'un ton grave. (Il se leva et dut s'appuyer contre le mur pour ne pas chanceler.) Je suis sérieux. Vous ne me toucherez pas tant que je n'aurai pas arrangé ça. Et si jamais je m'évanouis et que quelqu'un arrive, foutez le camp. Passez par la fenêtre et montez sur le toit. Ne descendez pas dans la ruelle, sinon ils vous attraperont. Restez en hauteur aussi longtemps que possible et retournez dans la forêt. Là-bas, vous pourrez vous cacher.

— Est-ce que vous donnez toujours des ordres à tout le monde ? (Elle sortit une pince à épiler de sa trousse à pharmacie, puis la lui tendit.) Ça me gêne que vous me retiriez des échardes alors que vous êtes littéralement déchiqueté. Je me sens totalement stupide.

Il la saisit par le menton et entreprit d'ôter les plus gros éclats de bois fichés dans sa peau.

— Je vous remercie de m'avoir sauvé la vie. Je ne suis pas redevable à grand monde, mais si vous n'aviez pas été là, je serais mort.

Il désinfecta ses blessures puis y appliqua une pommade antibiotique.

— Je ne veux pas en parler.

Elle sentit son estomac se nouer à la pensée de l'homme sans vie étendu dans la forêt, et ferma les yeux.

— Il m'aurait tué, insista Jack.

— Je sais. Vous avez fini ?

— Les plaies que vous avez au bras ne me plaisent pas trop. Elles sont profondes. Mettez-y régulièrement de la pommade. (Il lui rendit la pince à épiler.) Et oui, je donne toujours des ordres. Je préfère fonctionner ainsi.

— Je vois. Et tout le monde vous obéit ?

— Les plus intelligents, en tout cas.

Elle ne pouvait s'empêcher de regarder son corps lacéré. Son ventre musclé, son torse puissant et ses larges épaules portaient de multiples traces de torture. Il avait deux étranges tatouages. Elle se rendit compte qu'elle ne les distinguait pas avec sa vision normale, mais grâce à ses facultés extraordinaires, comme s'ils n'apparaissaient que sous les UV. Elle en toucha un.

— Ils ne sont pas communs, fit-elle remarquer. Ils ont été dessinés avec une encre spéciale.

— Seuls les GhostWalkers peuvent les voir.

Même si elle mourait d'envie d'en savoir davantage, elle ne posa pas d'autre question et s'agenouilla devant lui. Il fallait impérativement nettoyer ses plaies pour qu'il survive.

— Ça va être douloureux, annonça-t-elle.

— Peu importe.

— Vous ne voulez pas enlever ce fusil ?

Jack cligna des yeux. Il avait oublié qu'il le portait encore autour du cou. Il le mit sur le lit à portée de main, puis se débarrassa également du pistolet et de ses deux couteaux, qu'il aligna à côté. Il but ensuite une autre gorgée d'eau et se pencha en arrière jusqu'à ce que sa tête repose contre le mur.

— Allez-y, je suis prêt.

Briony rassembla son courage. Elle n'aimait pas faire du mal à qui que ce soit, et savait que Jack souffrirait le martyre lorsqu'elle désinfecterait ses plaies, mais elle n'avait pas le choix.

— Je peux demander à l'un de mes frères de venir, si vous préférez.

— Briony, souffla-t-il d'un ton légèrement exaspéré.

Elle ne prêta toutefois attention qu'à la lassitude que trahissait sa voix. Ses yeux étaient brillants de fièvre, et il avait cruellement besoin de repos. Les lèvres pincées, elle commença à soigner ses blessures. La tâche n'était pas facile. Les plaies avaient un aspect hideux : elles grouillaient d'insectes, la peau avait noirci sur les bords, et l'infection avait déjà formé une croûte. Tandis qu'elle nettoyait et appliquait des antibiotiques, Jack était secoué de frissons et transpirait à grosses gouttes ; mais il endurait le supplice de manière stoïque, se contentant de boire de temps en temps un peu d'eau.

— Ken. Mon frère.

Surprise, elle leva la tête. Jack ne cessait pas de trembler, mais gardait un air impassible en dépit de la douleur qu'il devait ressentir.

— Comment ça, votre frère ?

Quelqu'un avait enduit les plaies d'un mélange pâteux contenant du sel et des feuilles que Briony avait du mal à ôter.

— Je lui donne des ordres, mais il n'écoute pas toujours.

Elle lui adressa un mince sourire.

— Il a raison.

Il déglutit à plusieurs reprises lorsqu'elle nettoya les coupures les plus profondes. Elles étaient déjà tellement infectées que Briony n'était pas certaine que ses antibiotiques, quoique puissants, aient un quelconque effet.

— Jack. (Elle lui reprit la bouteille vide et lui posa doucement la main sur l'épaule.) Allongez-vous un peu. Vous êtes en sécurité. Si vous pouvez, dormez pendant que je termine, j'en ai pour un petit moment.

En dépit de son désir de rester aux aguets, Jack se sentit s'étendre sur le lit, comme si son corps agissait de son propre chef.

— Je ne m'allonge que pour une minute.

Briony remarqua que Jack cherchait du bout des doigts le contact du fusil, comme pour s'assurer qu'il était toujours là, puis il ferma les yeux. Même au repos, il ne paraissait pas plus tendre ou plus vulnérable. Il avait l'air aussi dur et dangereux que lorsqu'il posait sur elle son regard acéré. Elle poursuivit sa tâche consciencieusement, désireuse de bien faire. La poitrine de Jack était couverte d'entailles profondes et horribles, et un nom avait été gravé dans la chair au milieu de multiples brûlures. De haut en bas, son torse était lacéré de minuscules coupures, comme si quelqu'un avait pris une lame de rasoir pour composer un affreux motif constitué de rangées sanglantes, symétriques et régulières.

Elle ne se rendit même pas compte qu'elle pleurait tandis qu'elle suturait les plaies. Elle put en refermer certaines en se contentant d'appliquer des pansements, mais la plupart étaient si larges qu'elles requéraient des points. Elle fit à Jack une injection d'antibiotiques avant de lui demander doucement de se retourner. Son dos, écorché vif à divers endroits, faisait peur à voir. Pas étonnant qu'il soit brûlant de fièvre. Les insectes s'étaient agglutinés autour des blessures. Trempé de sueur, Jack tremblait sans cesse, mais il n'émit pas un son pendant qu'elle le soignait.

La nuit était déjà bien avancée lorsqu'elle finit de panser ses plaies. Elle parvint à lui faire ôter ses bottes ainsi que son pantalon crasseux. Elle constata que ses bourreaux n'avaient pas épargné cette partie de son corps : ses jambes et ses fesses étaient elles aussi couvertes de coupures, et ils avaient même lacéré la peau de son bas-ventre, comme pour le laisser entrevoir ce qu'ils seraient susceptibles de lui faire subir ensuite. En d'autres circonstances, sa timidité lui aurait interdit de toucher un homme à des endroits si intimes, mais les lésions nécessitaient vraiment d'être nettoyées. Même si Jack montra de temps à autre des signes de conscience, il garda les yeux fermés. Briony essaya d'accomplir sa tâche avec détachement, mais elle se sentait malade à l'idée qu'un être humain puisse infliger une telle torture à l'un de ses semblables. Lorsqu'elle lui prodigua les derniers soins, elle éprouvait envers Jack un sentiment protecteur, et peut-être même possessif.

Elle le couvrit d'un drap léger, puis lui apporta une bouteille d'eau avec de nouveaux comprimés qu'elle le força à avaler. Elle lui passa un bras autour de la tête pour l'aider à boire.

Il marqua une hésitation avant d'accepter de prendre les médicaments, et dévisagea Briony d'un air soupçonneux.

— Je ne veux aucun sédatif. Je guéris vite, et je suis capable d'endurer la douleur.

— Ce ne sont pas des sédatifs, mais maintenant que vous le dites, je me rends compte que ce ne serait pas une mauvaise idée.

Elle passa les doigts dans les cheveux ras de Jack pour enlever les feuilles et les brindilles qui y étaient restées accrochées.

— Ce ne sont que des antibiotiques, reprit-elle. Pour venir à bout de cette infection, il en faut une bonne dose. Et vous auriez besoin de voir un médecin.

— Ce que vous avez fait suffit, affirma-t-il d'un ton bourru en avalant les comprimés avec la moitié de la bouteille d'eau. Merci.

— De rien. Dormez, maintenant.

Briony avait mal aux bras. Même si elle ne ressentait aucun symptôme de surcharge psychique, une atroce migraine due à ses récents efforts télépathiques lui vrillait le crâne, et elle frissonnait en repensant aux événements qu'ils venaient de vivre. Elle restait obsédée par l'homme qu'elle avait tué. Le bruit de la détonation et la vue du cadavre la hantaient et lui donnaient la nausée.

Elle resta longtemps sous la douche, se frottant frénétiquement les cheveux et le corps, comme pour se débarrasser de ce souvenir. Mais rien ne semblait la soulager, et son mal de tête persistait. Elle se brossa les dents et, après s'être de nouveau lavé les mains avec énergie, elle retourna dans la chambre, où elle jeta un coup d'œil à Jack. Il restait brûlant de fièvre, mais s'était apparemment endormi. Elle éteignit la lumière et, épuisée, se pelotonna sous la fenêtre.

Ses frères seraient furieux lorsqu'ils apprendraient ce qu'elle avait fait. Elle n'échapperait pas aux remontrances de Jebediah. Elle redoutait le sermon qu'il ne manquerait pas de lui servir le lendemain matin sur la sécurité et la préservation de la famille. Ce qu'elle venait de traverser l'avait bouleversée. L'homme couché sur le lit à quelques mètres d'elle avait été sauvagement mutilé, et même dans son sommeil, il était secoué de frissons, comme s'il revivait ces sévices.

La plupart du temps, Briony avait l'impression que la vie était dénuée de sens. Elle ne se sentait jamais en sécurité, et avait toujours la sensation de ne pas être à sa place. Pourtant, tout le monde autour d'elle s'efforçait de la mettre à l'aise, mais le problème ne venait pas de sa famille ou de ses amis. Il venait d'elle, et d'elle seule. Elle se balança doucement d'avant en arrière pour essayer d'atténuer la violence des images de sang et de mort qui occupaient son esprit. Jack s'agita, le visage crispé de douleur. Elle leva la tête, prête à intervenir s'il avait besoin d'elle, mais il semblait juste avoir fait un cauchemar. Une fois qu'il eut de nouveau sombré dans le sommeil, elle posa le front sur ses genoux, les yeux brûlants de larmes.

Jack était entouré par la mort et le sang. Submergé, il était incapable de venir en aide à la jeune femme qui se faisait entraîner par le courant de la rivière. Il essaya de la rattraper mais, lorsqu'il laissa échapper la main qu'elle lui tendait, il sut qu'il l'avait perdue à jamais. Elle ne cria pas, mais se mit à pleurer doucement. Des larmes ruisselaient sur ses joues.

Au bruit étouffé et déchirant des sanglots, il ouvrit brusquement les yeux, la main sur son arme, prêt à tirer.

Briony était recroquevillée par terre, les genoux relevés contre le buste, tête baissée. Ses cheveux d'or masquaient son visage. Lorsque Jack la vit ainsi, son cœur fit un bond dans sa poitrine. Serrant les dents, il marmonna un juron. Il se sentait trop épuisé pour la rejoindre. Il baissa lentement son fusil et le reposa à côté de lui.

— Briony.

Elle releva la tête et s'essuya les yeux du revers de la main, s'efforçant de rendre son geste le plus discret possible.

— Vous avez mal ? demanda-t-elle. Ce ne serait pas étonnant. Il y a sûrement des médicaments susceptibles de vous soulager dans la trousse à pharmacie.

Sa voix tremblait un peu, mais elle tenta de dissimuler son désarroi.

— Venez.

Elle se figea. Ses grands yeux étaient humides, et les larmes perlaient au bord de ses longs cils. Jack ne supportait pas de la voir dans cet état. Elle aurait dû se trouver en sécurité quelque part, et pas à Kinshasa, où il pouvait lui arriver n'importe quoi.

— J'ai dit : « Venez. »

Son ton péremptoire fit tressaillir Briony, et elle cessa de pleurer.

— J'ai entendu.

Il avait l'air déterminé, comme s'il allait quitter son lit et marcher vers elle en dépit de ses blessures. Elle se leva et, une fois à côté de Jack, posa la main sur son front afin d'évaluer sa température.

— Vous avez encore soif?

Il hocha la tête en plongeant ses yeux brillants de fièvre dans les siens. Elle déboucha une nouvelle bouteille, qu'elle lui donna.

— Vous vous êtes lavé les cheveux. (Jack savoura la fraîcheur du liquide qui descendait dans sa gorge.) Vous sentez bon. (Il saisit Briony par le poignet lorsqu'elle fit mine de s'éloigner et l'attira vers le lit.) Je ne suis pas en état de faire quoi que ce soit, et c'est tout de même plus confortable ici que par terre.

Il désirait surtout la rassurer. Ce genre d'attitude ne lui ressemblait pas, mais il voulait essayer de la réconforter. Comme elle ne montrait aucune réaction, il la força à s'asseoir à côté de lui.

— Je pourrais vous faire mal, avança-t-elle.

— Ça m'étonnerait. (Il caressa son visage baigné de larmes du bout des doigts.) Arrêtez.

— Quoi, de pleurer ? Dès que je ferme les yeux, je vois cet homme, mort. Ou alors je vois quelqu'un en train de vous taillader le corps. (Elle se comprima les tempes.) J'ai peur de dormir.

— Vous avez mal à la tête. Vous avez pris quelque chose pour vous soulager ?

— Mon mal de tête n'est rien à côté de ce que les rebelles vous ont fait subir. Je n'arrive pas à croire que vous ayez réussi à faire tout ce chemin dans la forêt dans votre état. Vous auriez dû mourir.

— Je n'avais aucune envie de leur donner cette satisfaction.

Il prit une autre gorgée d'eau tout en caressant les cheveux de Briony, qui se révélèrent encore plus doux que ce qu'il avait imaginé.

— Ils auraient mieux fait de me tirer tout de suite une balle dans la tête.

— Et pourquoi ne l'ont-ils pas fait ?

Jack posa la bouteille sur la petite table de nuit à côté du lit, et entreprit de masser les tempes de Briony. Il ne pouvait s'empêcher de ressentir un certain trouble en sentant son corps menu et tiède contre le sien, et ce constat le déconcertait. Il souhaitait simplement la consoler. Elle était bien trop innocente pour coucher avec un homme comme lui. Il la terroriserait en se montrant trop brutal, trop exigeant, excessif. Son bas-ventre durcit davantage, et il chassa ces pensées. Il ne laisserait pas une telle chose se produire.

Comment son corps pouvait-il réagir ainsi alors qu'il était complètement démoli ?

Cette situation n'avait aucun sens, et cela le rendait méfiant. Il restait constamment sur ses gardes ; son attitude face à Briony ne lui ressemblait pas du tout.

— Le général désire être craint, affirma Jack. Plus il se montre cruel et plus les gens ont peur de lui. C'est son but. La torture, le génocide et le viol sont de bons moyens d'intimidation.

Briony garda le silence un long moment, puis soupira.

— Mes frères ne veulent pas me croire. Ils pensent que je suis paranoïaque, mais le festival nous a proposé une somme extravagante pour venir faire notre numéro. Je n'ai jamais compris pourquoi, et je me pose toujours la question. Le festival n'est pas censé disposer d'autant d'argent, et notre spectacle ne leur permet pas d'attirer beaucoup plus de monde. Vous avez servi dans l'armée avec mon frère, et nous avons tous les deux des capacités physiques et psychiques supérieures à la normale. Je n'avais encore jamais rencontré personne comme moi. En fait, c'est la première fois de ma vie que j'arrive à approcher quelqu'un sans ressentir ses émotions et être malade. Vous ne trouvez pas la coïncidence troublante ?

— Si vous êtes paranoïaque, alors je le suis aussi, Briony.

— Selon Tyrel, le bruit court que des rebelles rôdent en ville, et je suppose qu'ils ne sont pas là pour assister au festival. Ils doivent être à votre recherche.

— De toute manière, dès qu'ils auront découvert les corps dans la forêt, ils sauront que je me trouve ici.

— Jebediah va vraiment être furieux contre moi.

— Ne vous en faites pas au sujet de votre frère. Il me connaît.

En tout cas, Jebediah connaissait assez Jack Norton pour ne pas être heureux de le voir partager le lit de sa sœur. Le regard rivé sur le plafond craquelé, une main dans les cheveux de Briony, l'autre sur son fusil, Jack écouta la respiration douce et régulière de la jeune femme, étonné d'avoir l'impression qu'elle lui appartenait déjà.

Chapitre 4

Jack et Briony furent réveillés en sursaut par des coups frappés à la porte. Jack s'empara aussitôt de son arme et fit signe à Briony de se réfugier dans la salle de bains.

— Ouvre-moi, Briony ! cria Jebediah. Je t'apporte du café, lève-toi.

— C'est mon frère, annonça Briony.

Cette précision était superflue, mais elle voulait que Jack baisse son fusil. Elle se mit debout, se plaça de façon à lui obstruer la vue sur la porte et posa la main sur son front afin de vérifier si sa fièvre était tombée.

— Juste une minute, Jebediah, sois un peu patient ! lança-t-elle.

D'un bras, Jack la poussa hors de son champ de vision.

— Quand vous lui ouvrirez la porte, écartez-vous. Il pourrait très bien avoir une arme pointée sur la tempe.

— Il m'aurait prévenue, protesta-t-elle. Ne tirez pas sur mon frère.

— Écartez-vous ! (Comme elle persistait à le regarder en fronçant les sourcils, il serra les dents.) Faites ce que je vous dis, merde.

Elle poussa un soupir excédé qui ne sembla pas le moins du monde émouvoir Jack. Tout en déverrouillant la porte, elle essaya de se convaincre qu'elle lui obéissait pour ne pas le mettre en colère, et non parce qu'il se montrait parfois vraiment effrayant.

— Tiens, dit Jebediah en lui tendant une tasse de café.

Lorsqu'il se pencha pour l'embrasser sur la joue, il aperçut Jack allongé sur le flanc, pointant son arme droit sur lui depuis le lit.

— Norton ? Qu'est-ce que tu fous ici ?

Jebediah bondit aussitôt pour aller se positionner entre le canon du fusil et Briony.

— Je suis contente que tu te souviennes de Jack, Jeb, déclara-t-elle d'un ton qu'elle voulait enjoué. Il doit quitter le pays, et j'ai pensé que tu pourrais l'aider.

— Fermez la porte à clé, ordonna Jack en baissant son arme.

Il reposa la tête sur l'oreiller, puis se couvrit les yeux avec son bras.

Briony verrouilla la porte, s'y adossa puis se mit à souffler sur son café afin d'éviter de croiser le regard de son frère.

— Comment est-ce que tu as bien pu rencontrer Jack Norton, Briony ? l'interrogea Jebediah.

— Je suis allée dans la forêt, juste à la sortie de la ville, avoua-t-elle.

— Putain, Briony ! s'écria Jebediah en avançant vers elle d'un air menaçant, dominant sa frêle silhouette. Comment est-ce que tu as osé prendre un risque pareil ? Je t'avais dit de rester à la maison.

— Jebediah, intervint Jack d'une voix grave semblable à un grondement. Si tu lui parles encore sur ce ton devant moi, je te jure que je te fais la peau. C'est clair ?

Le cœur de Briony fit un bond. Dans la bouche de quelqu'un d'autre, cette menace aurait semblé mélodramatique, mais Jack n'avait pas l'air de plaisanter. Il n'avait pas élevé la voix – en fait, il ne s'était même pas redressé et avait toujours son bras sur les yeux –, mais quelque chose dans son attitude décontractée détonnait ; il rappelait un serpent lové, prêt à attaquer. Elle n'avait encore jamais rencontré personne capable de tenir des propos aussi violents avec une telle désinvolture.

Jebediah recula.

— C'est ma sœur, elle est sous ma responsabilité, Jack. Elle aurait pu se faire tuer.

Il semblait presque s'excuser.

— Je lui ai déjà passé un savon, je crois que ça suffit, assena Jack d'un ton sans réplique.

Briony se laissa tomber sur le bord du lit et leva les yeux vers son frère.

— Je suis désolée. J'avais besoin de respirer. Je ne pouvais pas rester ici avec tous ces gens autour…

Jack tendit vivement le bras et la saisit par le poignet.

— Vous n'avez pas à vous excuser. Vous n'êtes pas une stabilisatrice. Vous ressentez la souffrance de ceux qui vous entourent, vous n'y pouvez rien. Votre frère devrait savoir tout ça, depuis le temps.

— De quoi tu parles, Jack, bon sang ? demanda Jebediah. Et en quoi est-ce que ma sœur te concerne ?

Alors que Jack se redressait lentement pour s'asseoir, le drap qui le couvrait s'écarta, révélant les innombrables plaies qui constellaient sa poitrine et ses épaules.

— Bon Dieu, Jack ! (Jebediah déglutit, puis braqua le regard sur Briony.) Tu devrais voir un médecin. Qui s'est occupé de toi ?

— Briony.

Jebediah se crispa.

— Comment ça, Briony ? Il y a quelque chose entre vous ?

— On baise comme des bêtes, Jebediah, riposta-t-elle d'un ton sarcastique. Je n'ai plus seize ans, et là, tu me fais honte. (Elle tendit son café à Jack.) Tu crois vraiment qu'il est en état de faire quoi que ce soit ?

Jack la regarda intensément par-dessus la tasse. Une lueur animale illumina ses iris, qui passèrent soudain du gris foncé à l'argenté.

— Je vous aurais satisfaite si vous me l'aviez demandé.

Elle esquissa un sourire furtif, mais sentit son estomac chavirer de manière étrange. Il n'avait pas l'air de plaisanter. Son ventre se contracta brusquement, et elle dut détourner le regard.

— Ce n'est pas drôle, Jack, lança Jebediah. Ne t'imagine pas faire ce genre de chose avec ma sœur.

— Je vais à la salle de bains, et je vous préviens, je n'ai pas grand-chose sur le dos, annonça Jack. Si ça vous gêne, il vaudrait mieux que vous ne regardiez pas.

Briony avait déjà jeté un coup d'œil. Elle se tourna vers la fenêtre afin de cacher aux deux hommes le rouge qui lui montait aux joues.

— J'ai lavé vos habits, déclara-t-elle. Je les ai accrochés dans la douche, mais je ne pense pas qu'ils soient secs. Jebediah, tu voudrais bien lui prêter un jean et un tee-shirt ?

Jebediah attendit que Jack ait disparu dans la salle de bains pour se pencher sur elle.

— Tu es devenue folle, ou quoi ? siffla-t-il. Est-ce que tu as la moindre idée de qui est cet homme ? Ou de ce dont il est capable ?

Même si Jack se trouvait à présent dans la pièce voisine, sa présence suffisait pour que Briony ressente avec moins d'intensité que d'habitude les vagues de colère, de choc et d'angoisse qui émanaient de son frère.

— Ce que je sais, c'est qu'il a été torturé et qu'il a besoin d'aide, Jeb. Est-ce que tu peux lui faire quitter le pays ?

— En ville, les militaires sont en pleine effervescence. Je ne voulais pas que tu sortes ce matin, c'est pourquoi je t'ai apporté ton café. Des corps ont été retrouvés à l'aube. Ils ont été identifiés, et apparemment, c'étaient des rebelles.

Tout le monde craint qu'ils envahissent la capitale, ce qui explique que l'armée soit sur le qui-vive. Hier soir, ils ont fouillé les bars.

— Les rebelles sont à la recherche de Jack. Il s'est évadé d'un de leurs camps.

— Et ils seraient prêts à entrer dans Kinshasa rien que pour le retrouver, alors qu'il y a des soldats à tous les coins de rue ? (Jebediah se gratta la tête.) Tu as raison, nous devons l'aider à s'enfuir. Mais en tant qu'étrangers, ils nous auront à l'œil. Je vais lui chercher des vêtements, et pendant ce temps, tu le surveilles et tu fais attention à ce que personne ne le repère. Est-ce qu'il aura encore la force de voyager ?

— Oui, même si je ne sais pas du tout comment il fait pour tenir le coup. Il a tout de même besoin de voir un médecin. S'il te reste des antibiotiques dans ta trousse à pharmacie, apporte-les-moi, sinon demande aux autres.

Jebediah acquiesça.

— Tu es sûre que ça va, Briony ? Il ne t'a pas fait de mal, au moins ?

Elle secoua la tête.

— Il m'a protégée, Jebediah.

Elle aurait voulu raconter à son frère ce que Jack lui avait révélé au sujet des GhostWalkers, mais Jebediah serait troublé d'apprendre que cet homme réussissait à l'apaiser alors que toutes les tentatives de sa famille échouaient. Cet aveu le blesserait, et elle s'était depuis longtemps fait la promesse de ne plus nuire à ses proches. Ils ne sauraient jamais à quel point elle souffrait en leur présence.

Jebediah jeta un coup d'œil à la porte de la salle de bains.

— Il doit avoir des contacts de son côté. Est-ce qu'il a dit quelque chose sur les raisons qui l'ont amené ici ? Ou s'il était censé rejoindre un point d'extraction ?

— Il ne m'a pas dit grand-chose.

— C'est typique de Jack, il reste toujours très méfiant. Je vais lui chercher des habits. Referme la porte à clé derrière moi.

Briony suivit son frère, verrouilla dès qu'il fut parti et mit le café de côté pour Jack. Quand il serait sorti de la douche, elle lui ferait une nouvelle injection d'antibiotiques et lui donnerait à manger et à boire. Il avait besoin de reprendre des forces rapidement, et pour cela, il devait venir à bout de l'infection.

Le bruit de l'eau cessa et, quelques minutes plus tard, Jack reparut, une serviette enroulée autour de ses hanches étroites. Ses cheveux noirs étaient encore mouillés, et les entailles rougies ressortaient de manière menaçante sur sa peau. Avec ses innombrables points de suture, il ressemblait un peu au monstre de Frankenstein. Il avait les épaules larges, les bras puissants, et était harmonieusement proportionné, avec un torse massif à la musculature finement dessinée. Son visage viril, aux traits sévères et burinés, portait les traces d'anciennes blessures. Le reste de son corps était également marqué de cicatrices, stigmates des balles et des coups de couteaux qu'il avait reçus.

— Vous êtes vraiment dans un état effroyable, fit remarquer Briony en lui tendant une bouteille d'eau. Buvez ça, prenez un autre comprimé et, si vous voulez, vous pouvez finir le café. Je ne vous demanderai même pas de m'en laisser une gorgée.

Jack la trouvait très belle. Comme un rayon de soleil, ou une jolie fleur. Il essaya de ne pas la dévorer des yeux alors qu'il avalait sans poser de question le médicament qu'elle lui avait donné. Le simple fait de la regarder lui faisait mal, et son parfum commençait à le rendre fou. Il se détourna et marcha jusqu'à la fenêtre afin d'observer la ruelle juste en dessous. Au cri étouffé de Briony, il sut qu'elle contemplait ce qu'il restait de son dos. Sa poitrine n'avait pas meilleure allure, mais il ne pouvait pas se plaindre, il était encore en vie.

— On peut très bien partager le café.

Il avait une voix bourrue, ou plus exactement rouillée. Il ne s'en était pas servi depuis longtemps. Quand il avait été nécessaire de parler par le passé, c'était Ken qui avait toujours pris la parole. Curieusement, la proposition de Jack résonna de manière intime, comme une invitation. Se tenir près de Briony suffisait à le troubler et à faire affluer le sang dans ses veines. Il se sentait déconcerté de réagir aussi fortement à la présence d'une femme.

— Jack, vous arpentez la pièce comme un tigre en cage. Asseyez-vous pour que je puisse examiner vos plaies.

Lorsqu'il posa les yeux sur elle, son cœur eut un soubresaut et s'emballa. Il porta la main à sa poitrine, déstabilisé par l'effet qu'elle avait sur lui. Il paraissait incapable de se contrôler en sa présence. Comme il lui était pénible de marcher, il s'assit, espérant que cette position le soulagerait. Il se rendit aussitôt compte qu'il venait de commettre une erreur. Lorsqu'elle se pencha sur lui, il eut l'impression de la sentir sous sa peau. Enveloppé par son parfum, il ne pouvait faire autrement que le respirer. Chaque détail de son corps lui apparaissait avec netteté : la courbe de sa joue, la longueur de ses cils, le battement régulier de son cœur. Alors qu'elle appliquait une pommade antibiotique sur ses blessures, il lui semblait que ses doigts le caressaient, ne faisant qu'accentuer son désir.

Son sang battait contre ses tempes et affluait dans son bas-ventre, renforçant son érection. Quand Briony se baissa pour soigner une plaie particulièrement infectée sur son torse, ses seins effleurèrent le bras de Jack. Ce qu'il avait pu endurer par le passé n'était rien en comparaison de la douleur lancinante qui étreignait son entrejambe. Il était tellement imprégné de l'odeur de Briony et de la douceur de sa peau, que sa tête bourdonnait ; il ne parvenait plus à penser de manière cohérente.

Il serra les dents et essaya de faire appel à son cerveau. Il était un solitaire, un marginal qui n'avait besoin de personne. Il considérait les femmes comme des objets qu'il pouvait prendre et laisser à sa guise ; mais Briony n'était pas du genre que l'on abandonne si facilement, et il valait mieux qu'il ne se passe rien entre eux. Il avait de la volonté, et savait se maîtriser. Il entendit un son émaner de sa propre gorge, un grondement de désir qu'il ne put réprimer. Un bruit aussi primitif que les sensations qu'elle éveillait en lui. Il ignorait comment c'était arrivé, mais elle faisait d'une certaine manière partie de lui.

Il serra les doigts autour du poignet de Briony puis l'attira vers lui jusqu'à ce qu'elle tourne la tête. Au moment où leurs yeux se rencontrèrent, il sentit une décharge électrique le traverser.

— Je vous ai fait mal ? s'inquiéta-t-elle.

Sa voix courait sur sa peau comme une brise légère et sensuelle, son souffle était chaud et attirant. Du bout des doigts, elle lui caressa les cheveux.

— J'essaie de faire doucement, mais certaines plaies sont très profondes, reprit-elle.

— Asseyez-vous à l'autre bout du lit.

Il savait qu'il avait parlé avec brutalité, mais peu importait. Il fallait absolument qu'elle s'éloigne avant qu'il la traumatise en lui sautant dessus pour réaliser les fantasmes qui avaient pris forme dans son esprit.

Briony lui adressa un sourire.

— Vous donnez toujours des ordres à ceux qui vous entourent ?

Lorsqu'elle souriait ainsi, son visage s'éclairait et ses yeux s'illuminaient, passant du marron foncé à une teinte chocolat intense. Jack émit un nouveau grondement et essaya de détourner le regard, mais c'était comme si elle l'avait envoûté.

— Oui, parvint-il à répondre, la mâchoire crispée. Contentez-vous de faire ce que je dis et tout ira bien, Briony.

Elle éclata de rire. Ce son suffit à le faire frissonner de plaisir. Il se sentit soudain inquiet pour eux deux. Pour son honneur à lui, et pour son innocence à elle.

— Vous avez déjà entendu parler d'instinct de préservation ? demanda-t-il. Parce qu'il me semble qu'en la matière, vous auriez des choses à apprendre.

Briony s'assit au bord du lit.

— Je connais bien assez ce domaine, merci, répliqua-t-elle. Vous vous attendez à ce que tout le monde vous obéisse au doigt et à l'œil, mais vous ne pouvez pas contrôler les autres contre leur gré.

Jack la dévisagea avec avidité.

— Vous êtes différente. J'essaie de bien faire, je me retiens de vous toucher.

Le cœur de Briony fit un bond dans sa poitrine. Son pouls s'accéléra. Le parfum de Jack la rendait folle, comme s'il s'agissait d'un irrésistible aphrodisiaque. Elle prenait garde à ne rien laisser paraître, mais elle ressentait le besoin de sentir sa peau sous ses doigts, d'être près de lui. Elle tentait de se convaincre que c'était dû au fait que, pour la première fois de sa vie, elle supportait la proximité de quelqu'un d'autre sans avoir à subir les assauts de ses émotions ou de ses pensées. Elle humecta ses lèvres soudain desséchées, et se rendit immédiatement compte que Jack suivait d'un regard brûlant le mouvement de sa langue, conférant à son geste une dimension érotique.

— Au moins, vous avez le bon sens d'être nerveuse.

Elle sursauta lorsqu'on frappa à la porte. Jack l'immobilisa aussitôt en passant un bras autour d'elle, et leva son arme si vite que Briony fut persuadée que ce n'était pour lui qu'un automatisme.

— Briony ! hurla Jebediah. Ouvre-moi !

Jack hésita entre le soulagement et l'agacement.

— Il n'a jamais su garder son calme, marmonna-t-il. N'oubliez pas de rester sur le côté.

— C'est vrai qu'il s'énerve facilement, concéda Briony en déverrouillant la porte avant de se décaler, comme Jack le lui avait ordonné.

Jebediah tendit à l'homme un jean et un pull, puis donna une seringue à sa sœur.

— Seth a encore des antibiotiques dans sa trousse à pharmacie, déclara-t-il avant de ressortir dans le couloir pour reparaître avec un plateau. J'ai aussi apporté de quoi manger, je suppose que tu n'as rien avalé depuis un moment. (Jack hocha la tête et s'empara du plateau.) Tu as vraiment l'air mal en point. Les rebelles ne t'ont pas fait de cadeau. Quelques coups de couteau de plus, et tu serais en pièces, à l'heure qu'il est.

— Ken a été écorché vif, annonça Jack d'une voix rude où perçait son désir de revanche. Ils l'ont ouvert de la tête aux pieds. Ils n'ont fait que commencer avec moi, j'ai eu de la chance.

Jebediah étouffa un juron et jeta un regard en coin à Briony, qui tentait de réprimer ses larmes.

— Tu es trop sensible, Briony, lança-t-il. Dans la vraie vie, ce genre d'horreurs peut arriver, il faut tenir le coup.

Jack leva brusquement la tête. Ses yeux gris brillaient d'un éclat redoutable. Menaçant.

— Fous-lui la paix. Elle est très bien comme elle est.

Jebediah se retint de riposter et haussa les épaules.

— Je vais joindre quelques-uns de mes contacts pour voir comment on peut te faire sortir de là, Jack. Si ça ne donne rien, je réfléchirai à un moyen de te faire passer la frontière clandestinement.

— Je peux demander une extraction, mais je dois pour cela contacter des personnes de confiance.

Jebediah se crispa.

— Tu penses que quelqu'un t'a trahi ?

— J'en suis sûr, affirma Jack en soutenant le regard de Jebediah, la même lueur inquiétante dans les yeux. C'est sympa de tomber sur toi ici, par hasard…

Il avait énoncé ces mots d'un ton désinvolte, mais cette attitude ne correspondait pas du tout à Jack Norton.

— Écoute, Jack, je ne fais plus partie de l'armée. Je travaille dans l'entreprise familiale, et je n'ai plus aucun intérêt dans ces histoires. Je ne suis lié ni à la CIA ni à aucune autre organisation. J'ignore ce qui se passe, mais je n'ai rien à voir là-dedans. Tu me connais, tu devrais le savoir. Je n'ai aucune raison de trahir mon pays ou mes amis.

Il rappelait délibérément à Jack leur passé commun.

— L'argent peut suffire à en motiver plus d'un.

— N'accusez pas mon frère d'une chose aussi horrible, intervint Briony d'un ton sec. Nous risquons nos vies pour vous.

Elle appliqua hargneusement du désinfectant sur son bras, puis agita la seringue d'un geste menaçant.

Jack lui saisit le poignet.

— Est-ce que vous avez l'intention de me transpercer avec ce truc ? grogna-t-il tandis qu'une lueur d'amusement traversait ses iris.

— Bien sûr. Arrêtez de faire votre poule mouillée. Je parie que vous avez joué les gros durs pendant qu'ils vous taillaient en pièces.

— Ils n'avaient pas de grands yeux marron et ne me regardaient pas avec cet air attendri.

Elle ne pouvait nier l'impression d'intimité que lui procuraient ces échanges télépathiques ; la voix de Jack dégageait une sensualité telle qu'elle fut parcourue d'un frisson. Elle secoua la tête et lui administra l'injection.

— *Vous savez vous y prendre avec les femmes.*

Pour toute réponse, il se mit à faire doucement glisser ses doigts le long de son bras. Une vague de chaleur la submergea aussitôt, la pointe de ses seins durcit et le battement sourd de son bas-ventre s'accrut, provoquant un désir irrépressible. Saisie par l'intensité de sa réaction, elle resta figée, comme paralysée, incapable de détourner le regard. Elle craignait que son excitation se lise de manière évidente sur son visage.

Jack referma les doigts sur les siens, comme pour essayer de lui prendre la seringue, mais il ne la laissa pas se dégager.

— Il faut que je contacte les personnes en qui j'ai confiance, Jebediah. En attendant, je ferais mieux de trouver une autre planque. S'ils me retrouvent, je n'aurai pas beaucoup d'espace pour me défendre, et ils sauront que Briony m'a aidé. Je ne veux pas qu'on puisse remonter jusqu'à toi ou ta famille.

— Briony, emmène-le à la salle d'entraînement. C'est à une rue d'ici, Jack. Avec mes vêtements et en compagnie de Briony, tu devrais passer inaperçu. Je m'occupe de l'organisation de ton départ.

— Merci pour ton aide, Jeb, déclara Jack.

— Tu rentreras chez toi sain et sauf, promit Jebediah.

Il le salua d'un geste, puis quitta la pièce.

— Mangez, ordonna Briony.

Jack caressait distraitement le dos de la main de la jeune femme avec son pouce. Elle ignorait s'il se rendait compte de ce qu'il faisait, mais son contact la troublait. Chaque fois qu'il la frôlait, une décharge électrique lui parcourait l'échine. Elle retira sa main puis recula de quelques pas pour essayer de reprendre ses esprits. Dès qu'elle respirait à proximité de Jack, elle sentait son parfum pénétrer dans ses poumons et tourbillonner dans ses veines.

— Comment pouvez-vous être si mal en point sans montrer un seul signe de douleur ? s'étonna-t-elle.

Le regard de Jack se posa sur son visage, s'attarda sur sa bouche et glissa sur son corps. Il mordit dans une tranche de pain grillé et se mit à mâcher d'un air pensif.

— Vous exécutez votre numéro devant des milliers de spectateurs. Vous vous trouvez à Kinshasa, où les gens se font tuer, violer et torturer. Vous ressentez toutes leurs émotions. Alors c'est à vous de me dire comment vous faites.

— C'est différent.

Il savait. Briony était troublée qu'il puisse comprendre avec autant de justesse ce qu'elle vivait et les sacrifices qu'elle s'imposait pour sa famille.

— Et en quoi est-ce différent ?

— Je le fais pour mes frères. Pour m'intégrer, partager des choses avec eux.

— Pour mériter leur amour ?

Elle tourna brusquement la tête vers lui, les yeux assombris par la colère.

— Pourquoi est-ce que vous faites ça ? Malgré votre air calme et compatissant, vous ne faites qu'essayer de me provoquer.

— Je pose juste une question.

— Vous croyez qu'ils ne m'aimeraient pas si je ne voulais pas participer au spectacle ?

— Je crois qu'ils vous aimeraient dans tous les cas, mais il me semble que vous ne partagez pas cet avis.

Briony se détourna.

— Vous ne savez rien de moi ni de ma vie, répliqua-t-elle.

— Je lis en vous comme dans un livre ouvert. Vous pensez que je ne ressens pas vos émotions ?

Elle fit volte-face, choquée.

— Vous ressentez mes émotions ? Moi, je ne ressens pas les vôtres. Vous m'avez dit que vous étiez un stabilisateur. Qu'est-ce ça signifie exactement ?

— J'agis comme le filtre dont vous êtes dépourvue. Je vous sers en quelque sorte de bouclier contre les énergies négatives. Vous pourriez accéder à mes émotions si je vous y autorisais, et je ne peux réellement percevoir les vôtres que quand vous baissez la garde. Quelquefois, vous me laissez pénétrer votre esprit, mais pas en permanence. Par exemple, à cet instant précis, vous l'avez verrouillé. Vous ne voulez pas que j'apprenne quoi que ce soit sur votre famille.

— Je ne vous connais pas.

Il termina son repas en silence, puis but ce qu'il restait de la bouteille d'eau. Après avoir repoussé le plateau, il se leva. Malgré son corps couvert de plaies, il n'esquissa pas la moindre grimace.

Briony avait mal pour lui.

— J'ai des antalgiques. Ils ne sont pas très puissants, mais ils permettraient peut-être d'atténuer la douleur.

— C'est inutile. Essayez de faire sécher mon pantalon, j'en aurai besoin au moment de partir.

Il se rendit dans la salle de bains, mais ne ferma pas la porte, se contentant de se placer hors du champ de vision de Briony pour se débarrasser de sa serviette.

— Si j'avais l'intention de faire du mal à vos frères, Briony, ils seraient déjà morts à l'heure qu'il est.

Il reparut dans l'embrasure de la porte alors qu'il boutonnait son jean. Briony avait pâli.

— Est-ce que c'était la première fois que vous voyiez un cadavre ? s'enquit-il.

Elle serra les poings. Il semblait si détendu qu'elle avait envie de lui jeter quelque chose à la figure. Prendre une vie n'avait rien d'anodin.

— Non. J'ai trouvé mes parents... assassinés.

Elle eut de la peine à articuler ce dernier mot.

Jack retint son souffle. Il ressentait à présent ses émotions. Une souffrance atroce. Un immense chagrin, mêlé à de la peur et de la culpabilité.

— Vous n'oublierez jamais, j'en ai fait l'expérience. Moi aussi, j'ai découvert le corps de ma mère. J'avais neuf ans. Chaque détail est resté gravé dans ma mémoire. Tout ce sang... Son visage déformé. Il y avait tellement de sang... (Il secoua la tête.) Un maudit fardeau à supporter jusqu'à la fin de nos jours, hein ?

Le ton de sa voix n'avait pas changé, toujours aussi doux et grave. Néanmoins, elle perçut une vibration menaçante dans son esprit. Même s'il ne montrait aucune émotion, il éprouvait des sentiments si intenses qu'il lui fit l'impression d'un volcan sur le point d'entrer en éruption.

— Je pense qu'ils ont été tués à cause de moi.

Elle s'était aventurée à lui faire cet aveu car, contrairement aux autres, il semblait la croire.

Jack avait entrepris d'enfiler son pull, mais interrompit son geste.

— Pour quelle raison ?

— Je ne sais pas. Je les ai surpris en train de se disputer avec quelqu'un dans l'écurie. J'ai entendu mon père dire qu'ils ne prendraient pas le risque de me faire faire une chose pareille, que c'était trop dangereux. Puis il y a eu des coups de feu. Deux seulement. J'ai couru aussi vite que j'ai pu – et je suis rapide –, mais quand je suis arrivée, ils étaient morts, et le coupable était déjà parti. Ils avaient tous les deux reçu une balle dans la tête, juste ici. (Elle appliqua un doigt entre ses deux yeux.) L'assassin ne devait pas être loin. Je l'ai cherché, mais je ne l'ai pas vu. (Elle regarda Jack droit dans les yeux.) Je ne l'ai même pas senti.

— Qu'est-ce qu'il voulait vous faire faire ?

— Je n'en ai aucune idée. J'en ai discuté avec mes frères, ils ont fouillé le courrier et les documents rangés dans la caravane, mais ils n'ont rien trouvé. La police n'a jamais mis la main sur le meurtrier. (Elle leva la tête vers Jack.) Comment votre mère est-elle morte ?

Il finit de s'habiller. Il n'en avait jamais parlé à personne par crainte de rouvrir sa blessure, et il n'avait pas prévu de partager son secret avec elle. *Merde*. Aucun point de suture ne permettrait de fermer cette plaie, et il allait s'ouvrir à Briony, même s'il ne savait pas pourquoi.

— Elle a été battue à mort. Il l'a d'abord frappée avec les poings, puis il a utilisé une batte de base-ball.

— Jack.

Elle avait envie de le prendre dans ses bras. Ses émotions lui parvenaient à présent : une rage froide et implacable.

— Quelle horreur ! s'indigna-t-elle. Qui a pu faire une chose pareille ?

— Son mari. (Il balaya la chambre du regard.) Est-ce que vous auriez un chapeau ? Et peut-être un sac à dos ?

Pour quelle raison avait-elle pensé qu'il ne ressentait rien ? La pièce tremblait, les murs ondulaient.

— Jack.

Elle tendit le bras pour le toucher.

Il repoussa brutalement sa main, par réflexe. La force de Jack se répercuta dans tout le corps de Briony. Leurs regards se croisèrent et restèrent rivés l'un à l'autre. Un muscle de la mâchoire de Jack tressaillit.

— Je suis désolé, s'excusa-t-il en s'approchant d'elle, adoptant une attitude presque protectrice. Est-ce que je vous ai fait mal ? Je ne sais pas pourquoi j'ai réagi comme ça.

— Ça va.

Elle sortit un sac à dos du minuscule placard pour éviter de le regarder. Elle devait lutter pour ne pas pleurer. Non pas parce qu'il l'avait blessée, mais parce que le chagrin de Jack était si profond et sa colère si violente qu'elle avait besoin de verser des larmes pour lui. Car il ne l'avait pas fait, et ne le ferait jamais.

— Et merde. D'habitude, je ne parle pas autant.

Elle lui tendit le sac à dos et fouilla dans les tiroirs à la recherche d'un chapeau.

— Vous rangez vos vêtements dans le placard ?

Elle lui jeta un coup d'œil, consciente qu'il essayait de changer de sujet. Il se sentait sans doute mal à l'aise après lui avoir révélé ces détails intimes.

— Bien sûr. Qu'est-ce que vous faites de vos habits, vous ?

Il parcourut la petite pièce du regard.

— Je ne vais pas souvent à l'hôtel. En général, je dors en pleine nature. J'utilise un sac de sport.

Briony lui mit un bob de toile dans les mains.

— Ça devrait faire l'affaire. Allons-y !

L'exiguïté de la chambre commençait à mettre ses nerfs à vif. Jack semblait envahir l'espace. Jamais personne n'avait eu cet effet sur elle.

Il l'arrêta avant qu'elle ait pu ouvrir la porte.

— Attendez. Il faut toujours vérifier. Toujours. (Il la poussa sur le côté et se posta contre l'encadrement, son arme à la poitrine.) Ouvrez doucement la porte, mais tenez-la juste entrebâillée. (Il s'accroupit et inspecta le couloir avant de lui faire signe.) Vous ne devez jamais oublier les règles de sécurité, Briony. Que ça vous plaise ou non, vous êtes une GhostWalker, et vous avez l'entraînement adéquat.

— Je n'ai aucune intention d'aller pourchasser des gens dans la jungle, rétorqua-t-elle. Je travaille dans un cirque. Je suis acrobate.

— Marchez à ma gauche, à mon niveau. Si jamais nous faisons une mauvaise rencontre, passez derrière moi et fuyez. Mon corps vous servira de bouclier pendant que je vous couvrirai. Restez à bonne distance de mon fusil, et avancez à mon rythme.

Elle poussa un soupir.

— Il y a encore beaucoup de règles ?

Il esquissa de nouveau un vague sourire amusé qui disparut aussitôt.

— Un certain nombre.

— Super.

— Soldat à sept heures. Ne le regardez pas, tournez la tête vers moi. Restez à côté de moi, et passez un bras autour de ma taille. Voilà, comme ça. Parlez-moi sans cesser de marcher, en me souriant d'un air insouciant, comme si j'étais l'un de vos frères.

— Si vous étiez l'un de mes frères, je vous aurais déjà botté les fesses pour oser me dicter ainsi mes faits et gestes, répliqua Briony avec ironie. Est-ce que vous savez dans quel siècle vous vivez, Jack ?

— Je m'en fous. Je m'efforce de rester en vie, et je ferai en sorte que vous aussi, tant que vous serez avec moi.

— C'est tellement rassurant. Merci, Jack. (Elle ralentit et indiqua un entrepôt d'un signe de tête.) Ils nous ont attribué ce bâtiment en raison de sa taille. Il y fait une chaleur infernale, mais c'est spacieux.

Jack tint la porte ouverte tout en épiant du coin de l'œil le soldat en faction au bout de la rue. Il franchit le seuil à la suite de Briony, puis s'immobilisa à la vue du trapèze et du fil tendu en hauteur.

— C'est ça que vous utilisez pour vos acrobaties ?

Elle hocha la tête.

— Je me jette dans les airs pour traverser des cerceaux enflammés et je cours sur le fil sans balancier. C'est un numéro unique en son genre. Je suis capable d'effectuer un quadruple saut périlleux grâce à la vitesse que j'atteins quand je m'élance dans le vide. Personne n'avait jamais réussi une telle performance.

Il étudia son visage.

— Et ça vous plaît ?

Elle cligna des yeux, puis tapa la structure métallique de la pointe du pied, comme pour en tester la solidité.

— Ma famille fait partie du milieu du cirque depuis des générations.

Jack continuait de l'observer. Elle évitait manifestement de croiser son regard.

— C'est une information intéressante, mais vous n'avez pas répondu à ma question. Vous n'aimez pas ça, n'est-ce pas ?

Elle haussa les épaules.

— J'ai du mal à supporter la présence de la foule. C'est parfois difficile, mais j'ai l'habitude. (Elle afficha un pâle sourire.) En fait, c'est assez incroyable de me trouver avec vous. Je ne souffre pas, et je ne suis même pas malade.

— Pourquoi est-ce que vous persistez ?

Elle s'étira pour attraper une corde.

— Parce que c'est ma vie. C'est notre métier.

Elle se hissa sur la corde en avançant une main après l'autre, sans l'aide des pieds, d'un mouvement fluide et gracieux.

Jack saisit la corde d'à côté et commença son ascension à vive allure afin de la rattraper. Elle accéléra aussitôt, l'obligeant à faire de même. Il entendit le doux son de son rire, comme si elle lui lançait un défi, et lorsqu'il la doubla, il referma la main sur sa corde, stoppant sa progression.

Elle enroula la corde autour de son pied et lui sourit.

— Vous avez un ego démesuré.

Les lèvres de Briony se trouvaient à quelques centimètres à peine des siennes, et son irrésistible parfum féminin emplissait ses poumons. Il avait l'impression qu'elle s'insinuait dans chacun de ses pores. Il adorait le dessin de sa bouche et la manière dont ses yeux pétillaient quand elle souriait.

— Vous n'imaginez pas à quel point. (Il se pencha sur elle et tira sur la corde pour l'amener vers lui. S'il voulait agir en gentleman, il devait la prévenir.) Ce n'est pas prudent de rester seule avec moi.

Il ne la lâcha pas. Elle avait la possibilité de redescendre, mais elle ne pouvait pas monter davantage.

Ils ne se quittèrent pas du regard pendant ce qui sembla durer une éternité.

— Fermez les yeux.

Stupéfaite, elle cligna des yeux, comme envoûtée, puis sembla reprendre ses esprits et recula en secouant la tête.

— Vous ne pouvez pas m'embrasser.

— Je vais pourtant le faire.

— Je n'embrasse personne.

Il haussa les sourcils.

— Jamais ?

— Je ne peux pas toucher les autres. Enfin, je touche les membres de ma famille, mais ça a des conséquences.

— On s'est déjà embrassés.

— Ce n'était pas un baiser.

Jack laissa repartir Briony et grimpa au même rythme qu'elle jusqu'à la plus haute plate-forme. Il la regarda se retourner sur la corde. Une fois la tête en bas, elle effectua un gracieux saut périlleux en l'air avant d'atterrir sur le plateau.

— Quand vous me touchez, ça ne vous fait pas souffrir, insista-t-il.

Il imita le mouvement de Briony et se réceptionna à côté d'elle. Il la saisit par les épaules et l'attira fermement vers lui.

Sans prononcer un mot de plus, il se pencha sur elle. Il ne servait à rien de discuter ; il devait à tout prix l'embrasser. Il était obsédé par la forme de sa bouche, par l'apparente douceur de ses lèvres, et il désirait la goûter. Elle avait envahi son esprit dès l'instant où il avait humé ses effluves féminins, à un point tel qu'il était depuis incapable de penser à autre chose.

Au moment où il posa ses lèvres sur les siennes, le temps parut s'arrêter. Seule Briony importait, à présent. Il avait oublié son corps meurtri et perclus de douleur, ainsi que sa résolution de ne pas céder aux émotions qu'elle lui inspirait. Plus rien n'avait d'importance, à part la femme qu'il tenait dans ses bras. Elle avait un goût d'épice et de miel, une saveur irrésistible qui se répandit dans ses veines à la vitesse de l'éclair pour s'immiscer au plus profond de lui. Il ne pourrait jamais la laisser partir. Il se sentait prêt à passer le reste de sa vie à l'embrasser sans que sa faim ne soit jamais assouvie.

Il prit son visage entre ses mains, la maintenant immobile tandis qu'il s'emparait de ses lèvres et que sa langue explorait sa bouche avec avidité. Il essaya de faire preuve de douceur au début, se contentant de l'effleurer d'un baiser léger, l'encourageant à s'ouvrir à lui en promenant sa langue sur sa lèvre inférieure, mais dès qu'il pénétra la magique tiédeur de sa bouche douce et accueillante, il ne put réprimer un grondement affamé. Il laissa libre cours au désir irrépressible qui le consumait, et l'embrassa pleinement, mettant à profit toute son expérience en la matière. Il ne voulait pas lui laisser le temps de réfléchir. Il souhaitait qu'elle s'abandonne à ses sensations et qu'elle le désire autant que lui la désirait.

Quelqu'un frappa contre la paroi métallique du bâtiment. Le souffle court, Briony tourna la tête pour inspecter les environs.

— Des soldats ?

— Possible, répondit-il d'un ton lugubre.

— Ils sont à la porte, avertit-elle. Vite, allonge-toi juste au milieu. Tu seras dans l'ombre, on ne te verra pas.

Jack obéit. Alors qu'il s'attendait à ce qu'elle se couche à son côté, elle se dirigea en hâte vers la corde. Une fois qu'elle l'eut saisie, elle marqua une pause.

— Reste sur la plate-forme. D'en bas, ils ne te repéreront pas, affirma-t-elle.

Elle évita la main qu'il tendait vers elle, attrapa plus fermement la corde, puis se laissa glisser jusqu'à mi-distance du sol. Suspendue à cinq mètres de hauteur, elle commença à effectuer une série de lents mouvements, changeant de position avec fluidité et précision. Chacun de ses gestes exigeait une force et un talent extraordinaires.

— *Non mais qu'est-ce que tu fous ? Tu me rends dingue.*

— *Mieux vaut pour nous qu'ils ne fouillent pas cet endroit. On s'entraîne souvent ici, mes frères et moi. Reste tranquille. S'ils te trouvent, ils nous tueront tous, y compris ma famille.*

Elle rompit la communication, espérant qu'il ne serait pas furieux contre elle.

Jack se retint de riposter. Il était inutile d'insister, elle s'était déjà mise à découvert. Il se sentait prêt à éliminer les soldats, mais il attirerait toute la cavalerie. *Bon sang.* Elle n'avait pas le droit de risquer sa vie ainsi, ni pour lui ni pour ses frères.

Trois hommes pénétrèrent dans le bâtiment. Ils avançaient à pas furtifs, comme s'ils craignaient d'être vus. Ils ne portaient pas d'uniforme, mais se comportaient de la même manière que les militaires que Briony avait croisés dans les rues. Ils l'observèrent pendant un long moment, et quelque chose dans leur attitude la fit frissonner. Elle interrompit sa pirouette pour s'asseoir sur la corde, l'enroulant autour de son pied, et baissa la tête dans leur direction.

— *Ce sont des rebelles*, l'avertit Jack.

— *Tu crois ?* (Elle avait la bouche sèche, et son cœur tambourinait dans sa poitrine.) Je suis désolée, mais nous n'acceptons pas les spectateurs pendant l'entraînement.

— Descendez tout de suite, ordonna l'un des hommes en désignant le sol.

Il écarta les pans de sa veste de façon à dévoiler son arme.

Briony prit un air effrayé. Elle n'eut pas à fournir beaucoup d'efforts, car elle avait vraiment peur.

— Je vous préviens, la sécurité va arriver dans une minute, vous feriez mieux de partir.

Il dégaina son pistolet et le pointa sur elle.

— Descendez !

Malgré son accent marqué, Briony n'eut aucun mal à comprendre. Elle se mit à glisser lentement le long de la corde.

— Je fais partie du cirque qui participe au festival de musique. Mes frères ne vont pas tarder à me rejoindre. Je n'ai pas d'argent…

Jack sentit son cœur s'emballer tellement il était inquiet pour elle. Il tira doucement son arme du sac à dos et la posa sur la plate-forme, le doigt sur la détente. La sueur perla sur son front. Les rebelles prenaient un malin plaisir à violer les femmes avec le plus de brutalité possible. S'il les tuait, il alerterait non seulement les troupes d'Ekabela, mais aussi les militaires.

— Bouclez-la, lui intima l'homme en avançant vers elle.

Il pencha sur elle sa silhouette imposante dans le but de l'intimider.

— *Ils aiment qu'on les craigne.*

Briony déglutit et se retint de hocher la tête en réponse à l'information que Jack venait de lui fournir. Elle observa le plus petit des trois hommes fermer la porte.

— Nous sommes à la recherche d'un prisonnier qui s'est échappé.

Elle se campa sur sa hanche.

— Vous n'appartenez ni à l'armée ni à l'équipe de sécurité, et franchement, regardez autour de vous, est-ce que j'ai l'air de cacher un prisonnier ?

Le meneur la frappa violemment au visage, et la fit reculer sous le choc. Elle chancela, mais ne tomba pas. Ses oreilles sifflèrent quelques instants, puis elle sentit la rafale de colère émanant de Jack, si brutale et intense qu'elle reprit aussitôt ses esprits.

— *Surtout, ne fais rien de stupide, ne tire pas.*

Elle inspira profondément afin d'essayer d'apaiser Jack, certaine qu'il était sur le point d'ouvrir le feu.

Elle porta la main à son visage endolori. Prenant une attitude volontairement agressive, le plus impressionnant des trois avança vers elle après avoir donné son fusil à l'un de ses partenaires. Il prononça quelques mots dans sa propre langue, que Briony ne comprit pas mais qui ne laissaient aucun doute sur ses intentions. Il voulait lui montrer qui commandait. Savoir que Jack se trouvait non loin d'elle la rassurait de façon étrange.

Au moment où le rebelle empoigna le tee-shirt de Briony, elle le saisit fermement par le poignet et, tout en serrant les doigts, le regarda droit dans les yeux. Elle essaya de forcer son esprit et de l'infiltrer.

— *Si vous me touchez, vous mourrez. Partez ! Emmenez ces hommes et fichez le camp avant qu'il soit trop tard.*

L'homme la lâcha brusquement, comme si elle l'avait brûlé, et murmura le mot local qui signifiait « sorcière ». Il récupéra son arme puis fit volte-face et se dirigea en hâte vers la sortie en adressant un ordre bref à ses compagnons. Ils le suivirent et claquèrent violemment la porte derrière eux.

Briony s'affaissa sous l'effet du soulagement, et couvrit son visage de ses mains tremblantes. Après s'être laissé glisser le long de la corde, Jack s'empressa de la rejoindre, les traits figés en une expression sévère, une lueur menaçante dans les yeux.

Chapitre 5

Un claquement métallique retentit lorsque Jack ferma le verrou de la porte. Il se dirigea droit sur Briony et la saisit par les bras avec fermeté.

— Non mais à quoi tu joues ? s'écria-t-il en la secouant légèrement. Il était sur le point de te violer ! Si moi je l'ai senti, tu devais en être plus que consciente. Qu'est-ce qui t'a pris ?

— Tout le monde me sous-estime à cause de ma taille, mais je savais que j'étais plus forte que lui. Je ne l'aurais pas laissé me toucher.

— Il t'a pourtant touchée. Putain, il t'a frappée alors que je me terrais comme un chien sur cette plate-forme. Tout ce qu'il voulait, c'était te faire mal, c'était évident. Ça n'a pas pu t'échapper. Il était excité à l'idée de brutaliser une femme comme toi.

Il posa sa paume contre la joue rougie de Briony.

— Oui, mais j'ai réussi à gérer la situation, répliqua-t-elle.

Elle sentait la colère s'emparer d'elle et se mêler à la peur paralysante qui l'avait envahie quelques instants auparavant. Elle se détourna soudain pour s'écarter de Jack. Il l'affectait beaucoup trop.

— Je m'en suis sortie toute seule. Je suis capable de me prendre en charge. Je ne laisserais jamais un homme me violer.

— Tu vois, tu parles toi-même de viol, assena Jack d'un ton sarcastique en plissant les yeux. Tu étais en danger, Briony, et tu l'es toujours. Tu devrais être en train de hurler.

— Je n'ai aucune intention d'attirer les soldats ici. Ils sont bien trop nerveux. Et je sais que tu aimerais que j'aie peur de toi, mais ce n'est pas le cas.

— Pourtant, tu devrais. Est-ce que tu as la moindre idée de ce dont j'ai envie à cet instant ?

Sa main glissa de nouveau sur le visage de Briony, et il pressa sa paume contre sa joue brûlante, comme si son contact était susceptible d'apaiser la douleur.

— Je le sais très bien, tu n'essaies même pas de me le cacher.

L'intensité des émotions de Jack la submergeait, et la peur, ainsi que la colère qu'elle ressentait, s'évanouit. Il avait désespérément besoin de la toucher, de la sentir près de lui. Il la désirait tant qu'il ne parvenait plus à raisonner. Briony n'avait encore jamais rencontré personne qui la regarde de cette façon, ou qui souhaite aussi farouchement la protéger.

— J'aimerais que tu me voies tel que je suis vraiment, Briony. Je suis dur, cruel et je n'ai pas la tendresse que tu es en droit d'attendre d'un homme.

Tout en parlant, il caressait doucement du pouce sa joue enflée, démentant ses propos.

— Je ne peux pas te toucher avec tous ces points de suture, Jack. Nous ne pouvons pas…

Elle s'interrompit lorsqu'il lui prit les mains, entrelaçant ses doigts aux siens avant de la faire reculer contre le mur. Il lui plaqua les bras contre la paroi puis se pencha pour l'embrasser avec une fougue et une sensualité qui trahissaient son désir et son impatience. Ses baisers se firent pressants, ardents, de plus en plus exigeants.

Il avait beau avoir conscience que, pour une femme innocente telle que Briony, il était trop expérimenté et trop violent, il était incapable de s'arrêter. Il semblait avoir perdu la maîtrise de ses gestes et, même en faisant appel à toute sa volonté, il ne parvenait plus à se contrôler. Le bourdonnement qui envahit son esprit anéantit tout sens de l'honneur, et se transforma en un désir si intense que s'enfouir en elle devint son unique obsession.

C'était à cause de Briony, de son parfum, de la douceur de sa peau, de la chaleur et de la saveur de sa bouche. Il avait lu dans ses iris chocolat qu'elle s'offrait à lui, et il n'avait plus la force de résister. Même si elle se montrait un peu timide et hésitante, Jack reconnaissait les signes du désir qui montait en elle. Dès qu'il glissa les mains sous son tee-shirt et effleura sa peau satinée, il eut la conviction que chaque parcelle de son corps était imprégnée de la même fragrance irrésistible, et sa faim s'accrut encore.

— Jack, murmura Briony.

La peur grandissait en elle en même temps que la fièvre. Elle ne s'était jamais sentie si nerveuse, si impatiente. Elle voulait sentir les mains de Jack sur elle, recevoir son corps en elle, même si elle ne savait pas exactement qu'attendre de ce contact intime avec un homme. Il lui paraissait trop imposant – trop puissant –, et il avait atteint un état d'excitation tel qu'elle n'était plus en mesure de contrôler la situation. Elle aurait souhaité qu'il ralentisse pour lui laisser le temps de réfléchir.

Lorsqu'il perçut le frisson qui parcourait Briony, il la saisit par le menton pour l'obliger à le regarder.

— Je ferai attention, ma puce, je te le promets. Fais-moi confiance.

Il espérait dire la vérité. Il n'avait encore jamais été sous l'emprise d'un désir aussi irrépressible pour une femme. Il la couvrit de baisers de la tempe à la joue, puis glissa vers la commissure de ses lèvres. En même temps, Jack fit courir ses mains sur sa peau, traçant les contours de son buste, de sa taille fine, puis remonta vers sa poitrine. Il prit ses seins dans le creux de ses paumes et lui caressa les tétons jusqu'à ce qu'ils pointent à travers la dentelle de son soutien-gorge.

Elle laissa échapper un léger gémissement. Un murmure, une prière, qui donna envie à Jack de lui arracher tous ses vêtements. Mais la posséder de cette façon, rapidement, brutalement, et sans réfléchir, ne le satisferait pas. Il avait besoin de sensations. Ce constat inattendu le troublait, mais il lui fallait savourer le contact de sa peau, le son de ses soupirs étouffés, l'intensité du désir qui illuminait ses yeux. De la cambrure de ses hanches au doux galbe de ses seins, le corps de Briony semblait épouser le sien à la perfection.

Jack ne s'était pas attendu à la vouloir à ce point ou à la sentir ainsi s'immiscer en lui, mais il n'allait pas laisser passer cette occasion. Peu lui importait son état physique déplorable. Il n'avait encore jamais éprouvé ce sentiment fusionnel. Elle faisait partie de lui, et il faisait partie d'elle. Elle le regardait de manière différente. Elle ne voyait pas ses péchés, et ignorait que son cœur avait cessé de battre depuis longtemps. Elle le considérait comme un homme, et non comme un monstre. Il était incapable de s'imaginer ainsi en contemplant son reflet dans le miroir, mais il le pouvait à travers les yeux de la jeune femme.

Il se pencha de nouveau pour l'embrasser, et enfouit les mains dans son épaisse chevelure. Elle entrouvrit les lèvres pour l'accueillir et lui répondit avec une passion dévorante. Il prit cette fois tout son temps et essaya de se montrer plus tendre alors qu'il se délectait de son goût sur sa langue, de la sensation de sa peau sous ses doigts. Il ralentit le rythme de ses mouvements pour s'attarder sur chaque courbe et chaque creux, imprimant les contours de son corps dans sa mémoire, les y gravant à jamais. Il devrait se souvenir de ce moment pour le restant de sa vie, et il n'avait aucune intention de se presser.

Briony s'étonnait de tant de douceur. De tant de tendresse. L'esprit de Jack était embrumé par une fièvre si intense qu'il avait de la peine à réfléchir ou respirer, mais au lieu de lui arracher sauvagement ses vêtements, il la déshabillait lentement, avec une délicatesse respectueuse, comme s'il dévoilait un bijou précieux et fragile. Elle retint son souffle tandis qu'il jetait sans ménagement ses propres habits au sol, révélant ses horribles plaies.

— Jack, murmura-t-elle, au supplice. Nous ne pouvons pas faire ça. Il faut attendre que tu sois guéri.

— Je ne sentirai rien d'autre que toi, affirma-t-il.

Il la souleva et l'installa en position assise sur la balustrade métallique, puis se plaça entre ses jambes de manière à s'approcher au plus près sans se faire mal. Il prenait le risque de rouvrir les plaies et d'aggraver l'infection, mais tant pis, il ne laisserait pas échapper une telle occasion.

Il lui donna de longs et voluptueux baisers, jusqu'à ce que les yeux de Briony se voilent et que tout son corps tremble. Il l'embrassa ensuite le long du cou, franchit la courbe de ses seins, et s'arrêta sur ses tétons. Il se sentait rongé par une faim dévorante, et sa bouche se fit pressante. Il la taquina des dents, la mordilla, l'entraînant dans des préliminaires bien trop sulfureux pour son apparente innocence, mais il ne pouvait renoncer à ce qu'elle lui offrait.

— Je n'ai jamais rien vécu de pareil, Briony.

Il ne pouvait plus attendre. Il avait l'impression d'être incapable de lui faire l'amour comme il l'aurait souhaité, et en éprouvait un sentiment de frustration. Il aurait eu besoin d'un lit et de vingt-quatre heures au lieu de cette salle d'entraînement où quelqu'un était susceptible de les déranger à tout moment.

Il glissa un doigt en Briony, lui arrachant un cri de plaisir. Il l'élargit aisément à l'aide de deux doigts tant elle était humide. Il brûlait d'impatience. L'odeur de la jeune femme l'excitait, et la tension qui lui étreignait l'entrejambe était à présent si vive qu'elle en devenait douloureuse. Briony était sensuelle, incroyablement attirante, mi-tentatrice, mi-angélique.

L'attrapant par les hanches, il l'amena vers lui et tenta de franchir son seuil moite et accueillant. Elle était trop étroite, trop chaude. Elle le troublait à un point tel qu'il fut pris de frissons, et dut résister à la furieuse envie de la pénétrer brutalement. Elle écarquilla les yeux et secoua la tête. Avant qu'elle ait pu émettre la moindre protestation, il poussa plus fort.

— Détends-toi. Laisse-moi faire, ma puce. Au début, ce sera un peu inconfortable, mais après, je ferai en sorte de te donner du plaisir, je te le promets.

Briony hésitait à le toucher. Elle ressentait le besoin de s'agripper à lui, mais il était couvert de blessures. L'irrépressible envie de le sentir en elle commençait à s'évanouir au profit de la peur. Il était trop imposant pour elle. Son corps menu ne pouvait accueillir un homme de cette taille. Elle se passa la langue sur les lèvres, et recula pour échapper à la sensation de brûlure qu'elle éprouvait.

Jack raffermit sa prise sur elle.

— Calme-toi, tu es bien trop tendue.

Il se pencha en avant et ne put s'empêcher de l'embrasser avec voracité, attisant le désir de Briony. Il prit l'un de ses seins dans le creux de sa main et en taquina la pointe jusqu'à ce qu'elle soit sur le point de défaillir, la respiration saccadée.

Il s'enfonça davantage en elle, jusqu'à rencontrer une résistance.

— Regarde-moi. Oublie tout le reste.

Un homme comme lui n'avait rien à faire avec une vierge. Il était brutal, dominateur, et ne savait pas comment se comporter face à quelqu'un de si innocent ; s'il avait été lui-même innocent un jour, il ne s'en souvenait plus.

Il s'efforça de faire preuve de tendresse et de patience. Il n'avait pas envie que la première fois de Briony se réduise à voir un homme en sueur ahaner pour la posséder avec brutalité. Il souhaitait la serrer contre lui et lui faire sentir à quel point elle lui semblait belle et extraordinaire.

— Dis-moi que c'est ce que tu veux, Briony. Dis-moi que tu me désires.

Il fallait qu'elle le lui dise. Il n'était pas certain d'avoir la force de renoncer si elle s'avouait trop effrayée pour continuer, mais il essaierait. Pour elle, il le ferait. Des gouttelettes de sueur perlèrent sur son front. Son parfum le rendait fou. Son corps chaud et étroit l'attirait de manière irrésistible et repoussait les limites de sa raison.

— Bon sang, Briony, je ne vais pas pouvoir me retenir beaucoup plus longtemps. Dis-le-moi. Dis-moi que tu veux la même chose, que je sois sûr de ne pas me comporter comme un salaud.

Elle lui caressa le visage du bout des doigts avec douceur.

— Je te veux plus que tout, Jack. J'en suis absolument certaine.

Malgré la frayeur qu'il lisait dans ses yeux et dans son esprit, il la tint par les mains et se pencha sur elle, l'inclinant vers l'arrière. Les doigts fermement entrelacés aux siens pour lui fournir un appui stable, il lui plaqua les poignets contre le bois au-dessus de sa tête. En un mouvement de hanches, il franchit la barrière, enfonçant en elle son membre dur comme le roc. Lorsqu'elle émit un cri étranglé, il s'immobilisa en un suprême effort de manière à la laisser s'ajuster à sa taille. Il lui coûtait de freiner son corps enflammé. Il serra les dents, conscient du sang qui battait contre ses tempes et de la tension de son sexe prêt à exploser.

Briony retint son souffle. Jack la remplissait tant qu'il la brûlait, mais bientôt, cette sensation disparut, remplacée par l'impérieuse nécessité de le sentir bouger en elle. Attentive à ne pas blesser davantage le corps meurtri de Jack, elle se contenta de lever les hanches pour accompagner ses mouvements. Mais elle mourait d'envie de le toucher, d'absorber son odeur par chacun de ses pores, de le serrer plus fort contre elle. Il exerça une nouvelle poussée, provoquant en elle une décharge électrique qui se répercuta dans chacune de ses cellules et répandit dans tout son corps une onde de chaleur.

Elle laissa échapper un petit gémissement. Il la maintint sous lui d'une poigne de fer et se mit à donner des coups de reins saccadés.

Retiens-toi, retiens-toi.

Il se répétait ce refrain de manière désespérée. Elle était si étroite que c'en était douloureux, et son parfum suave envahissait son esprit et son cœur, excitant sa virilité et embrasant son bas-ventre à tel point qu'il ne pouvait plus penser à rien d'autre que la pénétrer encore plus fort, encore plus loin.

Il inspira profondément afin de reprendre le contrôle de lui-même. Il éprouvait le sentiment d'avoir longtemps attendu cette femme, ce corps parfait, cette passion fusionnelle. Sa saveur, sa peau, lui procurait des sensations presque trop intenses. Même dans ses fantasmes érotiques les plus débridés, il ne s'était jamais imaginé ressentir un tel désir pour sa partenaire. Et Briony était vierge.

Avec sa chair lacérée de toutes parts, il ne pouvait pas la serrer davantage contre lui. Pourtant il avait besoin de la sentir plus près, d'écraser son corps sous le sien. Il inspira.

Retiens-toi, retiens-toi, retiens-toi.

Il n'avait pas l'intention de l'effrayer en se montrant trop exigeant, trop pressant, même si le fait de savoir qu'il était le seul à l'avoir jamais touchée ainsi lui procurait un sentiment de satisfaction profond et primitif. Il n'était qu'un salaud égoïste. Il grogna, l'esprit envahi d'un épais brouillard. L'excitation balayait toute pensée cohérente.

Briony fut submergée par une vague de plaisir qui déferla en elle avec bien plus de force qu'elle l'avait soupçonné. Chaque caresse que lui prodiguait Jack faisait naître un courant électrique qui se répercutait dans ses veines et échauffait le creux de son ventre. Ses muscles se contractèrent davantage autour de son partenaire, exerçant une pression implacable qui renforça encore l'intensité du contact. Se sentir ainsi maintenue sous lui, contempler son visage buriné aux traits sauvages, l'éclat farouche de ses yeux, l'effrayait, et en même temps exaltait sa jouissance au-delà de toute limite concevable.

Il ne cessait d'aller et venir en elle, de l'emplir de sa force virile, accroissant tellement sa fébrilité qu'elle avait envie de hurler. C'était presque trop. Son odeur mâle l'amenait au bord de la folie et attisait le brasier qui la consumait. Il fallait qu'elle reprenne son souffle, qu'il s'arrête juste une seconde. Elle était parcourue de frissons, les muscles contractés, tandis que Jack continuait à prodiguer ses coups de reins à un rythme frénétique, s'enfonçant le plus possible en elle.

Plaisir, douleur, joie et peur s'entremêlaient. Jack était couvert de sueur, et quelques points de suture de ses hanches et de ses fesses sautèrent lorsqu'il accentua la force de ses assauts. La friction de son membre contre l'intimité étroite et soyeuse de Briony l'entraînait dans un tourbillon éperdu. Elle lutta pour se dégager de son étreinte à l'instant où elle se rendit compte que des plaies se rouvraient ; mais il ne pouvait pas s'arrêter.

— Non, bébé. Ne résiste pas. On y est. J'ai besoin de ça, et toi aussi. Laisse-toi aller. Viens avec moi.

Ces mots firent à Briony l'effet d'une caresse. S'il les avait prononcés à voix haute, elle aurait peut-être trouvé la volonté de l'obliger à s'interrompre, pour son bien, mais sa demande était beaucoup trop enjôleuse, trop impérieuse. Elle souleva les hanches pour aller à sa rencontre, ondulant à son rythme, resserrant ses muscles afin d'accentuer leur plaisir. Les vagues de volupté qui se succédaient en elle gagnaient sans cesse en intensité, et elle se retenait pour ne pas crier. Lorsqu'un spasme la saisit et qu'elle se convulsa, Jack tressaillit. Quand il sentit sa semence se répandre en elle, il poussa un gémissement rauque qui parut incroyablement érotique aux oreilles de la jeune femme. Elle sentit les jets du liquide chaud et épais la remplir et se mêler à ses propres sécrétions en dégageant des effluves musqués, déclenchant un autre orgasme violent.

Jack lui libéra les poignets et fit glisser ses mains le long de ses bras, puis les enfouit dans ses cheveux. Il ferma les yeux pour se concentrer sur ses sensations, sur le corps tiède de Briony qui l'emprisonnait de toute son intimité, sur sa peau incroyablement douce, ses mèches soyeuses entre ses doigts. Il ressentit le besoin de s'imprégner de sa saveur, et l'embrassa. La douleur commençait à s'insinuer dans ses nerfs à vif, mais il la tint à distance encore un moment, le temps de couvrir Briony de baisers de la gorge à la poitrine, juste pour se délecter de la suavité de sa chair. Il rouvrit les yeux afin de la contempler, étendue sous lui comme si elle s'offrait en sacrifice, se donnait à lui.

— Tu es la plus belle chose qui me soit jamais arrivée.

Elle lui effleura le visage avec une douceur telle qu'il crut défaillir. Au bord des larmes, il s'écarta. *Merde*. La dernière fois qu'il avait pleuré, il n'était qu'un bébé. Cette femme allait le rendre fou.

— Rhabille-toi, ordonna-t-il d'un ton bourru en cherchant du regard ses propres vêtements.

Il les enfila en silence. Même s'il se sentait en partie coupable d'avoir accepté ce que Briony lui accordait, il avait encore faim d'elle.

— Jack, je dois y aller, déclara-t-elle. Nous n'avons pas beaucoup de temps. Si mes frères arrivent et trouvent la porte fermée…

— Jeb sait que je suis avec toi. Il supposera que tu essayais de me protéger.

Il se maudit d'avoir choisi ce mot. C'était à lui de la protéger, et non le contraire. Il la serra contre lui et lui caressa les cheveux.

— Nous aurions dû attendre d'être dans ta chambre. Je promets de faire mieux ce soir, après ton spectacle.

— C'était ma première fois, Jack. Je ne savais même pas ce que je faisais, mais c'était comme un feu d'artifice. (Elle leva le visage vers lui afin qu'il lui donne un baiser.) Il faut que j'aille dans les vestiaires. Si nous restons ici, mes frères se mettront à ma recherche. Tu dois te cacher.

— Parfois, c'est sous les yeux de tous qu'on est le mieux caché. J'assisterai au numéro, ce soir.

Elle l'embrassa, soudain frémissante de désir pour lui.

— Fais attention à toi.

Elle s'éloigna vivement et se retourna à deux reprises pour lui faire un signe de la main. Son sourire dissipa les nœuds qui vrillaient l'estomac de Jack.

Dissimulé dans la pénombre près de l'entrée des artistes, Jack sentait son cœur faire des bonds dans sa poitrine à la vue de Briony qui volait dans les airs. Avec son étincelant costume pailleté, elle ressemblait à une étoile filante. Les acrobates, constamment en mouvement, enchaînaient les cascades à un rythme soutenu, virevoltant entre cerceaux enflammés, cordes et trapèzes. Jack gardait les yeux rivés sur Briony, remarquant à peine la prestation de ses frères. Surtout, il ressentait ses émotions.

Totalement concentrée sur l'exécution de son numéro, il était impossible à la jeune femme de dissimuler la douleur qui la dévastait. Jack était un soldat expérimenté, qui avait mené de nombreux combats et connaissait les techniques de torture bien mieux qu'il l'aurait souhaité. Il savait comment dissocier son esprit de son corps afin de faire barrage à la souffrance. Briony, elle, n'essayait pas vraiment d'y échapper. Elle sentait la douleur, mais refusait d'en tenir compte. Elle la supportait.

Partageant les sensations de la jeune femme, Jack avait l'impression que quelqu'un lui enfonçait un pic acéré dans le crâne à coups de marteau, à un rythme qui s'accélérait avec l'accroissement de l'anxiété du public. Il exerça une pression sur son ventre contracté, et réprima la bile qui lui montait à la gorge. Il essaya de s'empêcher de saigner du nez, mais sentit le sang couler au coin de sa bouche, et fronça les sourcils quand il aperçut Briony s'essuyer le visage d'un geste furtif.

Assister à ce spectacle le répugnait. Il serra les poings, sachant qu'elle endurait un calvaire. Et elle répétait l'expérience plusieurs fois par jour, presque tous les jours. Il détourna le regard en étouffant un juron. Pourquoi ses frères la laissaient-ils faire ? Qu'est-ce qui pouvait bien clocher chez eux ? Et qu'est-ce qui poussait Briony à se soumettre à une telle torture de manière quotidienne ?

Il avait envie de l'enlever pour l'emmener dans un endroit où il pourrait la protéger du constant bombardement d'émotions. S'il restait plus longtemps, il allait grimper à la corde et la faire sortir de là devant tous les militaires et les rebelles disséminés dans le public.

Briony exécuta un tour complet sur elle-même, puis entendit le claquement rassurant des mains de Jebediah qui se refermaient sur ses poignets. Ce dernier la renvoya ensuite en direction de Tyrel. Lorsqu'elle se mit à courir en équilibre sur le fil, se calant sur le rythme de la musique, elle aperçut Jack qui partait discrètement. La douleur l'inonda soudain avec une telle violence qu'elle faillit manquer le moment où elle devait plonger à travers le cerceau enflammé. Elle sentit l'angoisse de Jebediah exploser sous son crâne.

Elle prit une profonde inspiration et se concentra pour garder le contrôle pendant le reste du spectacle. Dès qu'ils eurent regagné leur vestiaire de fortune, Jebediah lui tendit en silence une serviette afin d'essuyer le sang qui lui maculait le nez et la bouche.

— Tu as failli tomber, Briony. Je te rappelle qu'il n'y a pas de filet de sécurité.

Ruben, Tyrel et Seth cessèrent aussitôt de rire et se tournèrent vers elle. Leur inquiétude ne contribua qu'à accentuer la douleur qui la transperçait de part en part.

— Je sais. C'était pire que d'habitude, ce soir. Je ferai en sorte que ça ne se reproduise pas.

Jebediah fronça les sourcils en la regardant effacer les traces de sang.

— Essaie de dormir. Dans quelques jours, ce sera terminé.

Il fit signe à ses frères de sortir et patienta jusqu'à ce qu'ils aient fermé la porte derrière eux.

— Donne ça à Jack. J'ai réussi à contacter son frère à l'hôpital, et il a organisé son départ. Un bateau l'attendra au large. Un hélicoptère viendra le chercher. (Il lui glissa un téléphone satellite dans la main.) Jusque-là, il devra rester dans ta chambre. Nous devons nous comporter comme d'habitude ; nous sortirons en boîte, ce soir. Toi, ne quitte pas l'hôtel, et garde la porte fermée. Je suis sérieux, Briony. C'est dangereux. Si ceux qui ont trahi Jack en le livrant aux rebelles apprennent ce que nous faisons, nous aurons de graves ennuis.

— Je ne bougerai pas, Jeb, promit-elle.

Il allait partir.

Elle était consciente qu'il n'avait pas le choix et qu'il avait besoin de soins, mais le simple fait de savoir qu'elle allait être séparée de lui l'accablait. Elle se détourna en se couvrant le visage à l'aide de la serviette afin de dissimuler son désarroi à son frère.

Jebediah l'accompagna en silence jusqu'à l'hôtel et l'abandonna au pied de l'escalier qui menait à l'entrée.

— C'est moi, avertit-elle en introduisant la clé dans la serrure de sa chambre.

Jack traversa aussitôt la pièce pour la prendre dans ses bras, et la serra si fort qu'il lui fit presque mal.

— Tu m'as vraiment fait peur, Briony.

Elle l'enlaça en prenant garde à ne pas s'appuyer sur sa poitrine, même s'il ne cessait de l'attirer contre lui.

— C'est plutôt comique de la part d'un homme capable de courir seul dans la jungle avec toute une armée de soldats fous furieux à ses trousses. (Elle l'embrassa en mordillant sa lèvre inférieure.) Jeb m'a donné un téléphone satellite pour toi. Je n'ai aucune idée de la manière dont il se l'est procuré, mais tu es censé appeler Ken. Ils viennent te chercher ce soir. Je vais prendre une douche pendant que tu passes ton coup de fil.

Elle lui mit le téléphone dans les mains puis s'empressa de s'éloigner afin de ne pas lui montrer à quel point la perspective de son départ la perturbait. Leur relation s'était intensifiée trop rapidement ; et pourtant, pour la première fois de sa vie, elle se sentait bien. Elle laissa l'eau brûlante ruisseler sur son visage et emporter ses larmes. Bien sûr qu'il devait partir. Il n'avait pas le choix. Rester ici comportait beaucoup trop de risques. Elle prit le temps de se sécher les cheveux, profitant de ces quelques minutes pour se ressaisir.

Lorsqu'elle sortit de la salle de bains, enveloppée d'une serviette, Jack était déjà au lit. Il souleva le drap et tapota le matelas en signe d'invitation.

— Ne prends pas la peine de mettre des vêtements, je serais obligé de les enlever.

Briony éclata de rire.

— Tu joues les durs à cuire ou quoi ?

Elle alluma une bougie avant d'éteindre la lumière, et se glissa dans le lit à côté de Jack.

— Je suis un dur à cuire. Tu es la seule à ne pas l'avoir remarqué.

Il prit son visage entre ses mains puis se pencha pour l'embrasser. Les longs baisers voluptueux l'aidèrent à apaiser l'angoisse qu'il avait éprouvée à la regarder exécuter son numéro dans des conditions aussi stressantes.

Les lèvres de Briony étaient douces et accueillantes, sa bouche innocente et passionnée, chaude et épicée. Enivrante. Il inspira profondément et appuya son front contre le sien. Il aurait voulu l'embrasser sans cesse, la serrer contre lui.

La garder.

Avec tous ces points de suture qui le faisaient ressembler à la créature de Frankenstein, elle n'avait pas osé le toucher, et il désirait sentir ses mains sur son corps. Il en avait besoin.

Comment pourrait-il se résoudre à la quitter ?

Couché sur le côté, Jack s'appuya sur son coude, l'une des rares positions qu'il pouvait adopter sans éprouver un extrême inconfort. Il repoussa quelques mèches soyeuses qui retombaient sur le visage de Briony, laissant ses doigts s'attarder sur sa peau.

— Parle-moi de ta vie.

— De ma vie ? répéta-t-elle en haussant les sourcils. Mes parents étaient des personnes formidables. Des gens du cirque. Ils adoraient ça, comme mes frères. Ma mère est née en Italie, et mon père venait des États-Unis. J'ai quatre frères qui sont tous persuadés bien faire en me dictant ma conduite.

Jack enfouit ses mains dans ses cheveux et se mit à les caresser.

— Ils ont probablement raison.

Elle rit.

— J'aurais dû me douter que tu prendrais leur parti. C'est typiquement masculin de penser que les femmes ne sont pas capables de gérer leur propre vie.

Il posa son menton sur la tête de Briony.

— C'est un mélange de fierté et de pur désespoir. On doit vous convaincre que nous sommes irremplaçables.

— Je vais t'apprendre un scoop, Jack : plus aucune femme au monde n'est dupe.

Il couvrit sa joue de baisers.

— D'accord, mais les hommes ne le savent pas. Nous vivons encore dans notre petit univers, ne viens pas tout chambouler.

— J'essaie de le faire gentiment.

— Tu étais en train de me parler de toi.

Elle haussa les épaules.

— Je n'ai pas grand-chose à dire. J'ai été adoptée. Mon père biologique a insisté pour diriger mon éducation et prendre en charge mon suivi médical, sans doute parce qu'il avait conscience de ma différence. Il a demandé à un médecin en particulier de s'occuper de moi, et il me l'a envoyé à chaque petit bobo, même à l'autre bout du monde. Il a aussi tenu à ce que je m'entraîne pour développer mes capacités physiques. J'ai pratiqué l'athlétisme, la gymnastique, les arts martiaux, l'apnée, ce genre de choses, et, la plupart du temps, ça m'a plu. Mes facultés me sont utiles pour notre numéro et, en fait, j'adore mettre à profit ma vitesse et mon endurance plutôt que m'efforcer de cacher ce dont je suis capable. Maman ne voulait pas que nos amis sachent que j'étais spéciale.

— Pourquoi êtes-vous tous restés dans le milieu du cirque ?

— Je ne sais pas, mes frères aiment ce mode de vie, la solidarité entre les gens, le fait de voyager. Surtout le fait de voyager, je crois, et aussi se produire devant des milliers de spectateurs. C'est aussi exaltant que les acrobaties proprement dites. Jeb a quitté les SEALs pour le cirque, et pourtant, tu sais à quel point l'armée lui plaisait. Quand mes parents m'ont adoptée et ont accepté les conditions qui leur étaient proposées, Whitney leur a versé beaucoup d'argent, ce qui leur a permis de racheter le cirque. Ma famille a toujours eu ça dans le sang. On nous a déjà offert des sommes faramineuses pour présenter notre spectacle à Las Vegas, mais ce genre de vie n'attire pas mes frères. Leur cœur bat pour le cirque.

— Mais pas le tien.

Briony se détourna et leva les yeux au plafond, un petit sourire aux lèvres.

— Je fais partie de leur troupe parce que j'aime mes frères. C'est en général ce que l'on fait pour sa famille.

— Et tu sais pertinemment que, sans toi, leur numéro ne serait pas aussi exceptionnel. Ce sont tes acrobaties qui rendent ce spectacle unique.

— Elles y contribuent, mais mes frères sont très doués. De nombreux artistes copient les enchaînements qu'ils inventent. Bien entendu, je suis avantagée par ma force et ma vitesse. J'exécute un quadruple saut périlleux et, franchement, je pourrais sans problème faire un ou deux tours supplémentaires, mais je ne préfère pas.

— Pour quelle raison ?

— Les autres voudraient m'imiter, et ce serait trop risqué pour eux. En plus, j'attirerais l'attention sur moi. Je n'ai pas vraiment envie de me retrouver sous le feu des projecteurs.

Elle tendit la main vers le visage de Jack. Elle adorait le toucher, mais il était difficile de trouver un endroit dépourvu de plaies sur son corps.

— À ton tour de me parler de toi.

Il lui attrapa la main, la porta à sa bouche et se mit à lui mordiller les doigts.

— Qu'est-ce que tu veux savoir ?

— Qu'est-ce que tu fais quand tu n'es pas en mission de sauvetage dans la jungle ?

— Mon frère et moi possédons un terrain dans les montagnes. C'est un endroit sauvage qui me correspond tout à fait. Le jour où Ken arrêtera de concevoir de nouveaux projets, peut-être que nous pourrons nous asseoir sur le balcon pour en profiter.

Briony perçut la pointe d'affection qui perçait dans sa voix bourrue.

— Quel genre de projets ?

— Ken a sans cesse des idées. C'est lui qui a dessiné les plans de la maison, et chaque fois que je me réjouis en croyant en avoir terminé, il pense à autre chose et me confie un nouveau travail.

— Alors comme ça, il te fait travailler ? se moqua-t-elle. J'ai du mal à l'imaginer.

Une expression gênée traversa fugitivement le visage de Jack. Il haussa les épaules.

— Il n'arrête pas de geindre, je ne sais pas comment l'expliquer. Une fois qu'il a décidé quelque chose, il me harcèle tellement que je préfère céder pour avoir la paix.

Le sourire de Briony s'élargit.

— Eh bien, petit cachottier, qui t'aurait cru si malléable ?

Jack était fasciné par sa bouche parfaitement dessinée et ses yeux qui se mettaient à pétiller dès qu'elle souriait.

— Oui, bon, n'en parle à personne. Ken adore concevoir les plans, mais le travail manuel ne lui plaît pas tant que ça.

— Et toi, ça te plaît ?

— J'aime me servir de mes mains, avoua-t-il. Même si parfois, je le fais plus par obligation qu'autre chose. Ken a une nouvelle idée chaque jour, il faut bien que quelqu'un l'aide à se calmer.

Elle inclina la tête sur le côté d'un air interrogateur.

— Quelles idées ?

— Des idées de meubles, d'aménagement intérieur. De bâtiments. Toutes sortes de choses.

Il poussa un soupir exaspéré, mais sa voix contenait trop d'admiration et d'affection pour réussir à faire croire qu'il était excédé par son frère.

— Tu fabriques des meubles ?

— C'est moi qui ai fait toute l'ébénisterie de la maison. Meubles, placards, un peu tout. Je te l'ai dit, j'aime me servir de mes mains. Transformer du bois brut en un objet qui va durer m'apporte une incroyable satisfaction.

Elle prit sa main dans la sienne et promena ses doigts sur sa peau calleuse.

— J'adore tes mains, affirma-t-elle en lui adressant un sourire. Si c'est toi qui t'occupes des travaux, que fait Ken ?

— Il gère toute la conception et contacte les fournisseurs. Il passe les commandes, se charge des détails. Il fait tout ça bien mieux que moi. Ken est persuadé que je serais capable de dégainer mon arme à la moindre erreur de livraison. (Il se pencha pour lui donner un léger baiser sur la tempe.) Il n'a pas tout à fait tort. Je ne supporte pas l'incompétence.

Le rire qu'elle laissa échapper résonna dans l'organisme de Jack comme une douce musique. Il sentait les vibrations de chaque note se répercuter dans ses veines, lui échauffant le sang.

— Moi, j'ai toujours rêvé de faire des vitraux, lui confia-t-elle. J'ébauche des croquis. Je n'ai pas un talent exceptionnel, mais je crée mes propres modèles.

Jack perçut le regret qui transparaissait dans sa voix.

— Est-ce que tu as déjà essayé ?

— J'ai suivi des cours, et j'ai travaillé sur quelques pièces. Je possède de nombreux livres. Pour le moment, nous voyageons tellement que c'est difficile, mais un jour, j'espère avoir mon atelier. Je vois les choses différemment, sans doute plus à la manière d'un oiseau que d'un humain. Parfois, tout particulièrement le soir, je repère les gens à la chaleur qu'ils émettent. J'ignore pourquoi. Leur silhouette m'apparaît sous la forme d'un assemblage de couleurs. J'ai envie de reproduire sur le verre les teintes que je distingue lorsque je contemple la nature.

Elle traça les contours du tatouage de Jack, exécutant une douce caresse le long de son bras.

Il savoura son contact en silence quelques instants.

— Je vois de la même façon que toi. En ondes de chaleur qui forment des images. Et j'ai un sens de l'odorat très développé. (Il enfouit son visage au creux du cou de Briony pour inhaler son parfum.) Tu sens toujours incroyablement bon.

— Certainement pas quand je suis couverte de sueur après avoir exécuté mon numéro.

— Tu es magnifique. (Il embrassa Briony dans le cou, provoquant des frissons sur chaque parcelle de son corps.) J'aime quand tu es en sueur.

Il descendit le drap sur ses hanches, découvrant sa poitrine et son ventre plat.

— Tiens donc, ironisa-t-elle.

Elle se détendit sous ses baisers. Elle lisait l'impatience de Jack dans son esprit, mais ses mains n'en montraient rien. Il avait beau l'embrasser de façon possessive, avec voracité, il explorait son corps en la caressant tendrement, de manière lente et attentionnée, donnant l'impression de graver chaque détail dans sa mémoire. Même si son cerveau était en proie au chaos et lui commandait de la posséder comme si elle n'était rien d'autre qu'un objet de convoitise, il faisait preuve d'une infinie délicatesse – presque de révérence –, chacun de ses gestes exprimant des émotions profondes.

Elle suivit le contour de ses traits taillés à la serpe, et s'attarda sur l'arête de son menton volontaire. Jack frémit à ce contact et tourna la tête pour lui sucer le doigt. Lorsqu'il plongea ses yeux brûlants de désir dans les siens, elle eut le souffle coupé. Elle aurait pu se noyer à jamais dans ce regard.

— Couche-toi, bébé. On va être un peu limités par l'état de mon corps, mais on peut tout de même essayer un certain nombre de choses susceptibles de te donner du plaisir.

— Te regarder suffit à me donner du plaisir.

Il l'allongea avec douceur sur le lit et écarta le drap pour se placer entre ses jambes. Il commença à lui masser les chevilles, puis remonta lentement avant de se pencher pour embrasser l'intérieur de ses cuisses, tout en exerçant une pression circulaire avec les pouces afin d'attiser son excitation. Il avança encore, couvrit ses côtes de baisers, suivant chaque courbe à l'aide de la langue, puis la mordilla sous les seins. Il ferma les yeux dans le but de mieux se délecter de son goût et de la douceur de sa peau, souhaitant mémoriser chaque centimètre carré de son corps. Il voulait que ce souvenir reste gravé en lui à jamais, et la nuit qu'ils allaient partager serait le dernier moment qu'il pourrait lui donner… et emporter avec lui.

Elle s'alanguit sous ses caresses, comme elle l'avait fait un peu plus tôt. Une fois qu'elle avait décidé de s'offrir à lui, elle s'abandonnait corps et âme. Elle agrippa les barres de la tête de lit pour ne pas être tentée de s'accrocher à lui dans le feu de l'action.

Le corps dénudé de Briony était étendu devant lui comme un festin, et Jack prit son temps pour en savourer les délices, suçant la pointe de ses seins, taquinant et mordant pour accentuer son plaisir. Il prêtait attention à chaque soupir, à la manière dont elle s'arquait sous lui, aux mouvements fébriles de ses hanches, afin de savoir ce qui lui plaisait – la rendait folle –, ce qui l'amenait au bord de l'extase.

Elle raffermit sa prise sur la tête de lit quand il commença à descendre. Jack avait conscience du désir qui la consumait. Il titilla son entrejambe chaud et humide avant d'y enfoncer profondément les doigts, la stimulant jusqu'à ce qu'elle ne puisse s'empêcher de crier. Mais il en voulait davantage. Il avait envie de l'entendre prononcer son nom, de provoquer des hurlements de plaisir. Quand il se baissa pour semer une multitude de baisers à l'intérieur de ses cuisses, tout le corps de Briony fut parcouru de soubresauts. Jack lui arracha des gémissements en la caressant avec sa langue, puis il l'enfonça en elle, déclenchant un incendie sur son passage. Briony sentit son ventre se contracter et elle souleva les hanches en poussant un soupir. Un murmure situé quelque part entre la jouissance pure et la crainte de perdre la raison.

Jack raffermit sa prise sur ses flancs pour l'attirer encore plus près de lui. Il désirait l'entendre crier, savourer la satisfaction de savoir que c'était lui qui lui procurait un tel plaisir. Il commença une lente exploration du corps de la jeune femme à l'aide de ses mains, complétant ses caresses sensuelles avec la langue et les dents, entraînant Briony dans un tourbillon enflammé. Il la lécha avidement et la mordilla jusqu'à lui faire perdre la tête. Les hanches de Briony ondulaient éperdument sous ses assauts, et la chaleur torride en elle se muait en de multiples explosions. Mais au lieu de la soulager de cet irrépressible besoin qui la brûlait, elles ne firent qu'attiser le brasier qui la dévorait.

Un désir sauvage l'envahit, et son excitation culminait à un point tel qu'elle pensa un instant ne pas pouvoir y survivre. Son esprit n'était plus qu'un brouillard incandescent et, au bord de l'agonie, elle se mit à implorer Jack, effrayée par la brutale intensité de ses sensations. Il s'agenouilla entre ses jambes et la tira vers lui, les yeux scintillant d'une envie possessive, d'une faim pressante. Il la pénétra avec force et s'inséra profondément en elle. Elle était sur le point de défaillir. Elle explosa, ou plutôt implosa. De puissantes décharges électriques la secouèrent, et elle eut l'impression de fondre tandis que des vagues de plaisir déferlaient en elle.

Ensuite, Jack commença à bouger. À chaque coup de reins, un éclair de douleur le traversait, mais cette sensation se mêlait à la fièvre et à l'excitation qui ne cessaient de croître. Briony l'enserrait étroitement, accentuant l'énergie de chaque friction. Elle contractait les muscles autour de son membre tandis qu'il s'enfonçait encore plus loin et, ce faisant, le regardait intensément de ses yeux chocolat où luisaient le désir et la passion.

Il la décala légèrement afin d'obtenir l'angle qui lui permettrait de s'enfouir jusqu'au point le plus sensible, puis il adopta un rythme plus rapide et plus violent. Elle cria son nom. *Jack*. Pas à voix haute. Un murmure dans son esprit. Brûlant, à l'image de la fièvre dévorante qui embrasait Briony. Il avait envie de la pénétrer sans discontinuer, de l'assaillir de coups de reins frénétiques, mais l'innocence qu'il lisait dans ses yeux, l'émotion qu'exprimait son visage, le força à garder un semblant de contrôle. Il souhaitait qu'elle se souvienne de ce moment pour toujours, parce que lui ne l'oublierait jamais. Il devina sur ses traits l'intensité de l'orgasme qui la consumait tandis qu'elle rivait son corps au sien. Elle poussa un gémissement qui se mêla à son cri rauque, et il se déversa en elle, corps et âme.

— Encore, gronda-t-il.

Assis au bord du lit, Jack contemplait Briony. Elle paraissait si jeune. Aucune ride ne marquait son visage. Lorsqu'elle le regardait, il lisait la candeur dans ses yeux. Elle le voyait tel qu'il aurait pu être, et non tel qu'il était réellement. Il tuait sans états d'âme. Ses démons l'accompagnaient en permanence et le rendaient fou. Il aurait aimé ne pas renoncer à elle, mais il y avait de fortes probabilités pour qu'il devienne le même homme que son propre père. Ce dernier toisait ses fils avec des yeux froids et mornes, des yeux emplis de haine. Il les détestait à cause de leur proximité avec leur mère. Il considérait qu'ils lui volaient le temps qu'ils passaient avec elle, et il ne le supportait pas. Personne n'avait le droit de le priver de sa femme. Personne ne devait la toucher ou lui parler. Elle lui appartenait.

Jack et Ken avaient conclu un pacte. Ils s'étaient juré de ne jamais prendre le risque de détruire une femme comme leur père avait détruit leur mère. Leur père les haïssait pour ce qu'ils partageaient avec elle, pour les sourires qu'elle leur adressait. Et pour l'amour qu'elle leur donnait. Son obsession grandissante avait fini par l'aveugler, et il s'était mis à la battre de plus en plus violemment.

Bien malgré lui, Jack ressentait la même chose envers Briony. Ce terrible besoin de la garder pour lui, près de lui. Il n'était pas naïf au point de nier le fait qu'il nourrissait déjà une sorte d'obsession pour elle. Il avait l'habitude de tuer avec sang-froid. Il l'avait fait avant même d'entrer dans l'adolescence. Il se rendait compte du monstre qu'il était devenu, et devait se rendre à l'évidence : il fallait qu'il renonce à elle. Elle méritait un homme normal, capable de l'aimer sans se montrer possessif, jaloux ou menaçant. C'était le mieux qu'il puisse faire pour elle. Il savait que, s'il partait, il abandonnerait l'unique femme qui compterait jamais pour lui, mais il ne pouvait pas l'emmener et voir l'innocence et la joie de vivre de son regard disparaître au profit de la peur, comme cela s'était passé pour sa mère.

Briony s'agita, murmura son nom dans son sommeil et chercha son contact. Jack sentit son cœur se serrer. Il se pencha à son oreille.

— Une fois que je serai parti, Briony, n'essaie plus jamais de t'approcher de moi, chuchota-t-il. Je ne serai pas capable de renoncer de nouveau à toi.

Elle ouvrit les yeux et lui adressa un sourire.

— Je rêvais de toi.

Son estomac se noua, et il se baissa pour l'embrasser. Il ne devait pas, il le savait, mais c'était trop dur de la quitter ainsi.

— Je dois y aller. On m'attend.

Elle s'assit et ramena ses cheveux soyeux en arrière, l'air inquiet.

— Est-ce vraiment sans danger, Jack ? Tu es sûr que tu ne risques rien ?

— Ça ira. (Il se leva et passa son fusil en bandoulière.) Merci pour tout.

Briony déglutit, luttant pour ne pas s'agripper à lui. Bien entendu, il devait partir, mais il n'avait pas parlé de la revoir. Il n'avait pas dit un mot à ce sujet. Elle lui saisit la main.

— Jack, murmura-t-elle. Comment allons-nous nous retrouver ?

Il retira sa main et se frotta la paume contre la cuisse, comme pour effacer l'empreinte de Briony.

— Ce ne sera pas possible. Tu ne croyais tout de même pas que cette relation avait un avenir ? Je ne suis pas du genre à vivre avec femme et enfants dans une confortable petite maison. Tu t'en doutais. Tu ne serais rien d'autre qu'un boulet pour moi.

Briony ne le quitta pas du regard. Le visage de Jack était dur et figé, comme gravé dans la pierre, et ses yeux aussi froids que la glace. Il ne laissait transparaître aucune émotion. Elle avait l'impression d'avoir un étranger en face d'elle. Son cœur se brisa en mille morceaux. Elle s'entendit gémir, une longue plainte douloureuse, mais ce son ne retentit que dans son esprit. Elle avait encore assez de fierté pour bloquer avec plus de détermination que jamais l'accès à ses pensées. Il ne saurait rien de son chagrin. Il n'aurait aucune idée de ce qu'elle éprouvait pour lui, des espoirs fous qu'elle avait placés dans leur relation.

— Je vois, répondit-elle, incapable d'en dire plus.

Elle aurait dû se douter qu'il partirait sans le moindre remords. Elle garda les yeux rivés aux siens, espérant un léger signe qui lui confirmerait qu'il s'était attaché à elle autant qu'elle s'était attachée à lui.

— Alors bonne chance, Jack.

Il se détourna brusquement et franchit le seuil de la pièce. Briony le regarda par la fenêtre jusqu'à ce qu'il disparaisse. Il ne se retourna pas une seule fois. Elle resta assise dans le lit jusqu'à l'aube, sans bouger. Elle ne versa pas une larme. Elle avait l'impression d'être engourdie – vide –, comme s'il lui avait arraché le cœur et l'avait emporté. Elle se sentait ridicule d'avoir osé penser qu'un lien spécial les unissait. Elle lui avait donné son amour et sa confiance, et il les lui avait jetés à la figure. Elle demeura immobile, prostrée, envahie par le désir de disparaître. Elle resta ainsi jusqu'à ce que Jebediah frappe à la porte pour lui annoncer qu'elle devait affronter une nouvelle journée, et une autre représentation.

Chapitre 6

Douze heures plus tôt

L'unité des Forces spéciales composée de GhostWalkers se réunit dans la maison de Lily Whitney-Miller, fille du professeur Peter Whitney, en Californie. Les membres se rassemblèrent dans la salle de réunion où ils se retrouvaient régulièrement, et dans laquelle il était impossible de poser des micros.

— Est-ce qu'on sait s'ils sont toujours en vie ? demanda Kadan Montague en étalant la carte aérienne de la République démocratique du Congo sur la table.

— Si quelqu'un a une chance d'échapper aux rebelles et de sortir vivant de la jungle, c'est bien Jack Norton, affirma Nicolas Trevane.

— Le général Ekabela est le rebelle le plus sanguinaire de la région, précisa le capitaine Ryland Miller en poussant un léger soupir. Ses hommes sont des combattants chevronnés. La plupart faisaient partie de l'armée avant que le pays ne devienne un enfer.

— D'aussi loin que je me souvienne, j'ai l'impression que le Congo a toujours été un enfer, ajouta Nicolas. Ekabela a contribué à dévaster ce territoire en détruisant des villes et des villages entiers et en commettant un véritable génocide, mais il est insaisissable, et il a de l'argent.

— Il contrôle le trafic de marijuana et il est soutenu par quelqu'un de haut placé ici, aux États-Unis, reprit Ryland. Aucun de ses prisonniers n'a jamais survécu plus de deux jours. Il torture ses victimes avec une cruauté exceptionnelle. Ken Norton n'est resté entre les mains des rebelles qu'une dizaine d'heures, et il en est sorti dans un sale état. Il se trouve toujours à l'hôpital. Ils l'ont pratiquement écorché vif, et l'ont pour ainsi dire coupé en morceaux. Si Jack est retenu prisonnier par Ekabela, il n'a que quelques heures devant lui pour s'échapper s'il veut éviter un châtiment pire encore.

Kadan tapota la carte du doigt.

— Ekabela se déplace sans arrêt. Il ne veut pas prendre le moindre risque avec Jack. Pourquoi diable le sénateur s'est-il mis en tête de pénétrer dans la zone d'exclusion aérienne ? Et que faisait un brillant scientifique de l'armée dans une région aussi instable que le Congo ?

— C'est le cœur du problème, intervint Lily Whitney-Miller. (Elle quitta le coin de la pièce d'où elle observait les GhostWalkers depuis le début de la réunion.) Le petit avion à réaction qui s'est écrasé au Congo est le même que celui qui a atterri à l'aéroport de La Nouvelle-Orléans quand la maison de Dahlia a été attaquée.

— Ce qui est encore plus intéressant, c'est qu'Ekabela n'a tué ni le pilote ni les scientifiques, poursuivit Ryland. Et lorsque l'unité de Ken Norton est intervenue pour libérer le sénateur, elle a eu droit à un comité d'accueil. Ekabela les attendait.

Kadan leva la main.

— Tu crois qu'Ekabela avait été informé de la mission de sauvetage des GhostWalkers ? s'enquit-il. Comment l'expliquer ?

— J'en suis sûr, affirma Ryland en hochant la tête. Ken a non seulement libéré le sénateur et l'équipe de chercheurs, mais également le pilote. Pour quelle raison Ekabela aurait-il épargné le pilote ? Il n'avait aucune valeur pour lui.

— Et, plus étrange encore, l'avion s'est écrasé prétendument à cause d'une avarie de moteur, et pourtant aucun des occupants n'a été blessé, ajouta Lily. D'habitude, Ekabela torture et assassine tous les otages insignifiants d'un point de vue économique ou politique, mais il a laissé la vie sauve au pilote ainsi qu'aux scientifiques. Les rebelles attendaient les sauveteurs pour leur tendre une embuscade mais, malgré tout, les GhostWalkers ont réussi à délivrer le sénateur et tous ses compagnons. Ken est le seul à avoir été fait prisonnier, et Ekabela n'a pas perdu de temps avant de le torturer.

— Ce qui est frappant, c'est que les rebelles se sont dirigés droit sur Ken, précisa Logan Maxwell, surnommé Max, l'unique représentant de l'unité des GhostWalkers appartenant aux SEALs dont faisaient partie Jack et Ken Norton. Ils l'avaient pris pour cible. C'est pour cette raison que nous avons été séparés. Ils l'attendaient, j'en suis sûr. Ils auraient pu s'acharner à garder leurs prisonniers, mais ils ont préféré capturer Ken.

— Vous pensez qu'ils voulaient Ken en particulier, et pas juste un GhostWalker, peu importe lequel ? l'interrogea Lily.

— C'est Ken qu'ils voulaient, confirma Logan.

Le silence s'abattit brusquement dans la pièce, et quelques-uns des GhostWalkers s'effondrèrent sur les chaises qui étaient disposées autour de la table.

— Qui aurait pu renseigner Ekabela ? reprit Logan.

— J'ignore ce que vous savez exactement de l'expérience originale du professeur Whitney, la première où il a utilisé des sujets humains pour étudier le développement des facultés physiques et psychiques, dit Lily à l'intention de Logan.

— Jesse nous en a informés, madame, admit Logan Maxwell. Nous savons qu'il a choisi des enfants dans des orphelinats à l'étranger, uniquement des filles, et qu'il a commencé ses expériences avec elles. Après avoir perfectionné sa technique, il l'a testée sur une première équipe militaire. (Il effectua un geste en direction des hommes présents dans la pièce.) Puis sur la nôtre.

— Tout le monde, y compris moi, a cru que mon père, le professeur Whitney, avait été assassiné. Nous n'en sommes plus certains. Nous le soupçonnons non seulement d'être toujours en vie, mais aussi d'avoir développé les capacités d'autres hommes pour former son escadron personnel. Nous pensons qu'il poursuit ses expériences avec la complicité d'un membre de l'armée et d'une personnalité politique haut placée. Nous croyons à l'existence d'un complot destiné à produire l'arme humaine parfaite. Ce complot inclut mon père, probablement le sénateur que vous avez libéré, ainsi que des militaires et – ou – des organisations secrètes du gouvernement.

Logan balaya la pièce du regard.

— Cet endroit est une véritable forteresse. Comment Whitney, ou qui que ce soit d'autre, pourrait-il avoir connaissance de vos agissements ? Ou plutôt de *nos* agissements, d'ailleurs. C'est mon équipe qui a organisé la mission de sauvetage du sénateur puis celle de Ken Norton. Quand nous sommes revenus pour Ken, les rebelles nous attendaient. En nous couvrant, Jack a pris une balle et s'est effondré. Il nous a ordonné de le laisser et, franchement, si nous n'avions pas obéi, nous serions tous morts. Pour Ekabela, ça n'avait rien d'un jeu. Il voulait notre peau. Et il voulait Jack. Nous avons essayé à deux reprises de le récupérer, mort ou vif, mais les rebelles sont tellement mobiles que les informations que nous recevions sur leur position étaient immanquablement périmées. Le général

Ekabela avait l'intention de tous nous tuer, ça ne fait pas l'ombre d'un doute. Des pièges nous attendaient dans chacun des camps que nous avons attaqués. Heureusement, nous avons réussi à les éviter.

— Ce qui confirme qu'Ekabela aurait dû éliminer tous ses otages hormis le sénateur, fit remarquer Ryland. Pourquoi ne l'a-t-il pas fait ?

— Je pense avoir l'explication à cela, annonça Lily. Tous les ordinateurs dont nous nous servons, que ce soit ici ou à Donovans, appartenaient à mon père. C'est lui qui a créé ou modifié la majorité des logiciels. Les données sont cryptées dans un format propriétaire. Il est impossible de les lire autrement qu'en utilisant les programmes qu'il a lui-même conçus. En fait, les données brutes pourraient être manuellement extraites en les transférant d'un terminal à un autre pour les transcrire… Mais de cette manière, on ne pourrait pas obtenir les codes sources des logiciels. S'il est toujours en vie et qu'il avait planifié sa disparition, on peut légitimement supposer qu'il s'est assuré au préalable de la possibilité d'accéder aux données à distance. Avec les machines du laboratoire, celles de son bureau, son poste personnel qui se trouve dans sa chambre et le mien, cette maison compte en tout quinze ordinateurs. Il y en a une centaine à Donovans, là où nous avons tous deux travaillé. Papa en était l'actionnaire principal, et c'est le fonds Whitney qui a repris ses parts.

— Et vous avez besoin des données de votre père pour démêler cette intrigue, je suppose ? demanda Logan.

— Exactement, confirma Lily en tapotant avec son crayon sur la table. Si quelqu'un a accès à nos ordinateurs, aucune de nos actions ne lui échappe. Il est alors facile pour lui de tirer des conclusions et d'anticiper nos faits et gestes. (Elle jeta un coup d'œil à la jeune femme silencieuse assise au fond de la pièce.) C'est Flamme qui nous en a fait la remarque, et nous lui devons beaucoup. Nous avons émis l'hypothèse que mon père s'est garanti une voie d'accès à nos données grâce à la connexion Internet.

Ian McGillicuddy, un grand Irlandais, leva la main.

— Je ne comprends rien aux ordinateurs, Lily.

Elle lui adressa un sourire.

— En fait, tu n'es pas le seul, Ian. J'utilise l'informatique tous les jours, mais ce sont Flamme et Arly, notre responsable de la sécurité, qui ont fini par découvrir le pot aux roses. Flamme, est-ce que tu veux bien fournir quelques explications ? C'est toi qui as réussi à remonter la piste.

Cette dernière grimaça et ajusta la casquette vissée sur sa tête. Raoul Fontenot se pencha pour lui mordre l'oreille et lui murmurer quelque chose qui la fit rougir. Elle le gifla violemment.

— Tu es vraiment tordu, Raoul.

— Ne m'appelez pas Raoul, madame Fontenot, protesta-t-il à voix haute. Mon nom est Gator. Tout le monde m'appelle Gator.

— Alors ne m'appelle pas madame Fontenot, persifla-t-elle tandis que son visage virait au cramoisi.

— Tu l'as épousé, objecta Ian avec un large sourire.

— Il m'a piégée.

Flamme essaya de repousser Gator, mais celui-ci fit mine de ne rien remarquer et ne bougea pas d'un millimètre.

— Revenons-en aux ordinateurs, intervint Ryland.

— Désolée, marmonna Flamme. Une seule ligne Internet entre dans cette maison, un câble haut débit relié à un routeur qui redistribue le signal à tous les ordinateurs. Compte tenu du nombre de machines, le professeur a installé un routeur haut de gamme extrêmement performant. Nous avons supposé que Whitney (elle jeta un regard furtif à Lily) ou quelqu'un au courant de son travail essayait d'accéder aux postes par le biais de la connexion Internet, via le routeur. Comme chacune des machines, le routeur est équipé d'un pare-feu intégré. Nous avons utilisé le logiciel de contrôle du pare-feu pour vérifier les tentatives d'intrusion. Il y en a eu de temps à autre, rien d'anormal par les temps qui courent. Le pare-feu a déjoué les attaques sans problème, et il n'y a pas eu d'essais répétés comme on aurait pu s'y attendre si quelqu'un insistait vraiment pour pénétrer le réseau.

— Arly et Flamme ont surveillé le système informatique pendant plusieurs jours sans repérer la moindre tentative d'intrusion de la part de mon père, expliqua Lily.

Flamme hocha la tête.

— Nous avons gardé une trace de toutes les tentatives de connexion à chaque ordinateur. (Elle s'empara du carnet que lui tendait Lily, et choisit une page au hasard.) J'ai là la liste de la semaine dernière. J'ai noté plusieurs attaques aléatoires provenant de différentes adresses IP sur le port UDP 27031, notamment mardi matin à 10 h 39 min 17 s depuis l'adresse IP 152.105.92.65. Ou encore vendredi matin à 5 h 23 min 58 s depuis l'adresse IP 59.68.234.64. Le pare-feu a bloqué chacune de ces tentatives, qui sont certainement le fait d'amateurs de *Counter-Strike*, le célèbre jeu de tir, à la recherche de partenaires. On peut déduire de quel jeu il s'agit grâce au numéro de port par lequel ils essaient d'infiltrer le réseau.

— Dire que je croyais que Lily était la seule à parler chinois, se plaignit Ian en se grattant la tête.

Flamme lui adressa un petit sourire en coin.

— Et tu pensais sans doute que je n'étais qu'une jolie fille avec une cervelle de moineau.

— Je pensais que tu étais une plaie ; maintenant, j'en suis sûr, répliqua-t-il. Tu comptes me rappeler à tout bout de champ à quel point tu es intelligente ?

— Je vais me gêner ! (Elle jeta son carnet sur la table.) Nous avons fini par nous rendre compte que quelqu'un consultait les fichiers les plus importants sur les ordinateurs de Lily. Nous avons remarqué que les dates de dernier accès à certains documents étaient très récentes.

— Attends, l'interrompit Ian en levant la main. J'essaie de suivre. Comment peux-tu savoir que quelqu'un a accédé à ces fichiers ?

— À chaque fichier Windows correspondent trois indications temporelles : date de création, date de dernière modification, date du dernier accès. On peut ouvrir ou lire un document sans le modifier, d'où la distinction entre « dernier accès » et « dernière modification ».

— D'accord, je comprends mieux, déclara Ian. Et vous l'avez coincé ?

— Malheureusement non. Nous avons accru la surveillance des pare-feu, mais nous n'avons pu relier aucune des attaques aléatoires à la lecture des fichiers. Nous avons examiné tous les emplacements susceptibles de contenir une porte dérobée permettant de s'introduire dans le système d'exploitation Windows, mais nous n'avons rien trouvé. Nous séchions complètement.

Lily émit un petit rire.

— Enfin, Arly et moi séchions, mais Flamme a subitement bondi en criant : « Il faut chercher dans le *hardware* ! » Je n'avais aucune idée de ce dont elle parlait, Ian, si ça peut te consoler.

Flamme haussa les épaules.

— C'était tellement évident. Nous avions oublié le plus grand avantage qu'avait le professeur Whitney : ces ordinateurs lui appartenaient. Il a pu en faire ce qu'il voulait. Contrairement aux pirates classiques, il n'a pas à introduire un virus, un ver ou un cheval de Troie pour passer la barrière du pare-feu. Et contrairement aux créateurs de logiciels, il n'a pas besoin de vendre un programme muni d'un mouchard. Non, il a bénéficié d'un contrôle total sur ses propres ordinateurs. Il a très bien pu littéralement percer un trou sur le côté d'une machine et y insérer un câble pour créer un circuit privé. Nous avions perdu notre temps à chercher une porte dérobée dans les logiciels, alors qu'il devait en exister une directement dans le matériel, c'était évident.

— Ensuite elle est devenue incontrôlable, expliqua Lily.

— Je suis devenue complètement hystérique, précisa Flamme. Je savais que j'avais raison, et que nous tenions enfin notre revanche sur le professeur Whitney.

— Elle a rampé sous chacun des ordinateurs du laboratoire pour suivre les fils d'une machine à l'autre, rapporta Lily. Finalement, elle a soulevé le routeur, et elle s'est écriée : « Regardez ça ! Regardez ça ! » Je n'avais pas la moindre idée de ce que j'étais censée voir.

Flamme esquissa un large sourire à son intention.

— Il y avait un câble de trop qui partait de la boîte. Je savais qu'on le tenait par les... (Elle s'interrompit brusquement.) Je savais qu'on le tenait. Le système de protection de ces ordinateurs est paramétré pour qu'on puisse accéder librement aux fichiers de n'importe quelle machine appartenant au LAN, le réseau local, en d'autres termes. Et pourquoi pas ? Après tout, ces appareils appartenaient à Whitney, il avait tout à fait le droit de vouloir ouvrir n'importe quel document depuis son poste de travail. Nous cherchions une intrusion extérieure par le biais d'Internet, mais tous les pare-feu nous protègent de ce genre d'attaque. Le professeur Whitney pénètre le réseau de l'intérieur, comme s'il travaillait sur l'un des ordinateurs locaux. Je savais que le fil supplémentaire nous mènerait à lui. Je l'ai suivi, et je me suis rendu compte qu'il traversait le mur.

— C'est là que ça devient un peu technique, annonça Lily.

— Pas tant que ça, précisa Flamme afin de rassurer Ian. Nous avons découvert que le câble réseau est connecté à une ligne dédiée très haut débit via un périphérique CSU/DSU. Avant que vous posiez la question, un périphérique CSU/DSU est une sorte de modem très performant. C'est ce qui permet de déterminer que nous avons affaire à une ligne dédiée. En fait, il s'agit d'une connexion hyper rapide qui utilise les lignes téléphoniques. Le DSU se connecte au LAN à l'intérieur de la maison, et le CSU est relié à la ligne dédiée.

Ian fronça les sourcils et balaya la pièce du regard.

— Je ne comprends pas. Le câble traverse le mur pour se brancher sur une ligne dédiée ? Une ligne louée par Whitney ?

— Une ligne dédiée se divise en trois parties, expliqua Flamme. Deux boucles locales, et une liaison longue distance. La première boucle va de la maison au POP le plus proche, qui est le point de collecte du réseau de l'opérateur longue distance. Une boucle similaire doit également relier le professeur, où qu'il soit, au POP le plus proche. Les opérateurs réseau – il peut n'y en avoir qu'un seul comme il peut y en avoir plusieurs – raccordent les deux boucles par le biais des lignes téléphoniques classiques. Le fait que les deux boucles soient privées, associé à l'équipement spécifique de liaison longue distance, garantit que l'intégralité de la connexion reste privée.

— Alors, Whitney doit se cacher quelque part dans ce pays, avança Ian.

— Pas forcément, rétorqua Flamme.

— Nous devons pouvoir retrouver le nom de celui qui paie cette connexion dédiée, fit remarquer Kadan.

— Bien sûr, affirma Lily. Dahlia s'est renseignée. Nous n'avons pas été surpris d'apprendre qu'il s'agit d'une entreprise d'importation de l'Oregon, qui possède un jet privé autorisé à atterrir dans n'importe quelle zone militaire partout dans le monde. L'homme qui a signé l'acte d'achat de ce jet privé n'est autre que le propriétaire de l'avion qui s'est écrasé au Congo. Nous n'avons retrouvé aucun numéro de sécurité sociale ou acte de naissance correspondant à cet individu.

Un bref silence suivit ces révélations.

— Vous pensez que c'est le professeur Whitney, c'est ça ? demanda Ian. Il est donc toujours vivant ?

— Nous n'en savons rien, intervint Ryland. En tout cas, si ce n'est pas lui, c'est un collaborateur suffisamment proche pour ne rien ignorer de ses expériences.

Lily se racla la gorge.

— Peu importe avec qui, ou pour qui, travaillait mon père. Il n'aurait jamais partagé la totalité de ses informations. Il doit être en vie. Et à mon avis, il continue ses expérimentations. (Elle appliqua les mains sur son ventre arrondi comme pour le protéger.) Il est quelque part, et il nous observe.

Ryland entoura sa femme de ses bras et se pencha pour poser son menton sur sa tête.

— Mais nous l'observons, nous aussi, non ?

Flamme acquiesça.

— Il ne t'aura pas, Lily, et certainement pas le bébé, affirma-t-elle.

Un murmure d'assentiment s'éleva dans l'assistance, et Lily se détendit.

— Comment faites-vous pour le surveiller ? demanda Ian.

— J'espérais pouvoir accéder à son ordinateur aussi facilement qu'il accède aux nôtres, reprit Flamme.

J'ai identifié chacune de nos machines pour isoler la sienne, de manière à être certaine d'avoir la bonne, mais il en a interdit l'accès. (Elle sourit.) J'ai donc changé de tactique. Je savais qu'il ouvrait régulièrement certains fichiers. Il suit de près les avancées de Lily, et il ne manque pas de consulter toutes les mises à jour des rapports nous concernant. (Son sourire se transforma en rictus.) Il s'est tout particulièrement intéressé au mien.

— Pas étonnant, ma chère *, murmura Gator. Moi aussi ça m'intéresse.

Il lui caressa le bras et entrelaça ses doigts aux siens.

Flamme se décontracta et s'appuya contre lui.

— J'ai concocté une petite surprise de mon cru à l'intention du professeur Whitney. J'ai créé un cheval de Troie que j'ai implanté dans l'un des dossiers qu'il consulte fréquemment, et j'ai demandé à Lily de mettre mon fichier à jour afin de l'inciter à y jeter un coup d'œil.

— À quoi ça sert ? l'interrogea Ian. Comment est-ce que tu t'y es prise ?

Flamme haussa les épaules.

— J'ai supposé qu'il utilisait Windows XP, puisque tous les ordinateurs ici fonctionnent sous ce système d'exploitation. J'ai donc programmé le cheval de Troie pour qu'il s'introduise dans le système de contrôle à distance sur son propre ordinateur et modifie les paramètres qui autorisent un utilisateur distant à se connecter au LAN. Bien entendu, nous avons dû attendre que le professeur active le programme de manière involontaire en consultant le document contenant le cheval de Troie, mais quand Lily a procédé aux mises à jour, il a mordu à l'hameçon.

— C'est incroyable, Flamme ! s'exclama Ian. Tu peux vraiment lire les fichiers de Whitney ?

---

* En français dans le texte. (*NdT*)

Elle confirma d'un hochement de tête.

— C'est génial ! S'il ne jouait pas à l'utilisateur masqué sur notre LAN, nous ne pourrions pas nous retourner contre lui grâce au contrôle à distance, qui n'est possible qu'entre machines du même réseau local. Mais maintenant, nous avons accès aux données du professeur comme s'il s'agissait des nôtres.

— Alors, qu'est-ce qu'il prépare ?

Flamme désigna Lily.

— Elle vous l'expliquera mieux que moi.

Kadan leva la main.

— Avant toute chose, est-ce qu'on peut déterminer précisément l'identité de ceux qui nous espionnent ?

Lily secoua la tête.

— Nous n'avons pas de certitude sur l'auteur des documents, mais je reconnais sans l'ombre d'un doute le style des notes de mon père. Il a pour habitude de tout coder en chiffres, et de nombreux fichiers ne sont qu'une suite de numéros. Pour lire les données, j'ai besoin de déchiffrer le code, et il est rare qu'il utilise le même à plusieurs reprises.

Kadan jeta un regard à Ryland.

— Il se fait forcément aider par un membre du gouvernement. Quels contacts peut bien avoir Whitney ?

Tous les participants gardèrent le silence, réticents à prononcer le nom qui leur venait à l'esprit. Ils obéissaient aux ordres directs d'un seul homme : le général Ranier.

Lily secoua la tête.

— Je sais ce que vous pensez tous. Le général Ranier est un ami proche de ma famille depuis de nombreuses années, mais il ne peut pas être impliqué dans cette histoire.

— Et pourquoi pas ? demanda Logan.

Lily baissa le menton.

— Parce que si je découvre une fois de plus qu'une personne que j'aime me ment depuis toujours et m'a trahie, je crois que je n'y survivrai pas.

Ryland l'enlaça et l'attira contre lui.

— Nous avons déjà retrouvé Dahlia et Flamme. Nous retrouverons toutes les autres pour rassembler notre propre famille, Lily. Peu importe ce qui arrive, nous sommes avec toi.

— J'ai peur, Rye, avoua-t-elle. Cette fois, j'ai vraiment peur.

— Ne tirons aucune conclusion hâtive concernant le général Ranier, décréta Kadan. Logan, vous soupçonnez également l'amiral qui dirige votre unité. Si nous pouvons nous introduire dans l'ordinateur de Peter Whitney, peut-être aurons-nous la chance de découvrir une indication au sujet de l'implication éventuelle du général ou de l'amiral dans les projets du professeur. En attendant, nous ferions mieux de nous montrer vigilants face à nos supérieurs.

— J'imagine que si vous m'avez appelé ici, c'est que vous avez trouvé quelque chose au sujet de Jack ou d'un autre membre de mon équipe, avança Logan.

Lily prit une profonde inspiration et hocha la tête.

— Pour plus de simplicité, supposons que c'est le professeur Whitney qui est derrière cette histoire. La majorité d'entre nous pense qu'il est vivant et qu'il tire les ficelles. Apparemment, il essaie de réunir les femmes qu'il a utilisées lors de sa première expérience et les hommes de la deuxième. Nous croyons que ce n'est qu'une partie d'un projet beaucoup plus important. Jusqu'à présent, chacune des femmes s'est senti psychiquement et sexuellement attirée par l'un des hommes. Les membres des couples fonctionnent très bien ensemble, comme une arme. Les deux individus forment une véritable équipe, très efficace en situation de combat ;

et, alors qu'ils ne peuvent pas toujours vivre normalement en société de manière individuelle, leur partenaire le leur permet. Si vous vous rappelez bien, Dahlia ne pouvait pas quitter le sanatorium très longtemps, mais avec Nico, elle est capable de mener une vie presque normale.

— Jusque-là, ça ne me paraît pas si mal, déclara Logan avec une ébauche de sourire.

— Ce boulot comporte quelques avantages en nature, approuva Gator en adressant un regard plein de sous-entendus à Flamme.

— Je ne sais pas comment j'ai pu tomber dans le panneau, soupira cette dernière en levant les yeux au ciel. Mais Raoul a raison, il n'y a pas que des inconvénients.

— Le professeur veut donc former des couples avec les hommes et les femmes qui lui ont servi lors de ses expériences, conclut Logan. Où est le problème ?

Lily fronça les sourcils.

— Pour lui, nous constituons des armes. Ensemble, nous sommes bien plus puissants. Nos facultés extraordinaires se complètent, voire s'amplifient. Avant, en faisant appel à une équipe de GhostWalkers, les chances de succès étaient décuplées. Imaginez s'il suffisait d'envoyer deux personnes en mission, capables de se montrer aussi efficaces qu'une troupe entière.

Logan tourna les yeux en direction de Gator et Flamme Fontenot, puis de Nicolas et Dahlia Trevane.

— Vous confirmez ces propos ? Vous pensez qu'à deux, vous seriez aptes à remplir la même mission qu'une équipe ?

Les membres des couples s'interrogèrent du regard, puis acquiescèrent.

— Ça ne fait aucun doute, Logan, selon ce qu'il faut accomplir, répondit Gator. Flamme et moi manipulons les sons, et sans Kadan – ou quelqu'un d'autre – pour jouer le rôle de filtre et canaliser ce pouvoir, ça deviendrait délicat, mais nous réussirions sans problème. Nos aptitudes sont renforcées lorsque nous sommes ensemble. Nos capacités physiques et psychiques à tous les deux ont été amplifiées.

— C'est la même chose pour nous, déclara Dahlia en serrant la main de Nico. Comme Gator et Flamme, nous travaillons très bien ensemble.

Logan soupira.

— Ces facultés physiques que vous avez tous mentionnées…

— Vous savez pertinemment que les caractéristiques physiques de toute votre équipe ont été intensifiées, l'interrompit Lily.

Logan passa son doigt autour du col de sa chemise.

— Je considère qu'il s'agit juste de dopage de gènes. Réinsérer une partie de notre propre ADN dans nos cellules pour les renforcer, ça peut se résumer à ça, non ?

— C'est ce que font de nombreux scientifiques de nos jours, mais le professeur Whitney est allé plus loin, intervint Ryland. Il a développé un chromosome afin d'introduire de l'ADN et stimuler le corps, tant physiquement que psychiquement.

— Là, je ne comprends plus, avoua Logan, les sourcils froncés.

Lily tapota la table avec son crayon, trahissant par ce geste sa nervosité latente.

— En fait, les chromosomes fonctionnent par paires. Techniquement, il a créé une paire supplémentaire, ce qui constitue une réserve de quatre-vingt mille gènes susceptibles d'être exprimés en un grand nombre de capacités. L'expérience a permis d'intensifier les attributs psychiques dont vous disposiez au départ, mais il vous a munis de nouvelles caractéristiques en insérant le chromosome codant pour des facultés physiques extraordinaires. Prenons l'exemple de l'homme et du moustique. Une énorme distance génétique sépare ces deux espèces du fait de l'évolution mais, malgré tout, elles sont équipées du même système chimiosensoriel.

Logan émit un petit sifflement.

— Hé là, attendez ! Vous êtes passée un peu vite des ordinateurs aux chromosomes et aux moustiques. Je suppose qu'il y a une raison à cela.

— J'ai trouvé dans le poste du professeur Whitney un fichier concernant Jack Norton et l'une des femmes qu'il a utilisées lors de la première expérience. Apparemment, avant même de subir l'amplification physique et psychique, Jack et Ken Norton étaient extrêmement doués dans chacun de ces domaines. Ils ont tous les deux reçu un entraînement militaire rigoureux, et se montrent très performants.

— Ce sont des snipers légendaires, intervint Nico.

— Le professeur Whitney en est de toute évidence lui aussi convaincu. Il essaie depuis un moment de provoquer une rencontre entre Jack Norton et une certaine Briony Jenkins. Je vous fais remarquer au passage que Briony[1] est un nom de fleur, tout comme Lily, Dahlia et Iris. (Elle gratifia Flamme d'un sourire contrit à la mention du prénom que lui avait attribué Whitney.) Vous savez à quel point il aimait nous déshumaniser. Pas de vrai nom, pas de date de naissance.

— Briony est l'une de nos sœurs disparues, souffla Flamme en serrant les doigts de Gator. J'ai beau essayer, je ne me souviens pas d'elle.

Elle se massa les tempes, les sourcils froncés, pour tenter d'apaiser le mal de tête qui survenait chaque fois qu'elle s'efforçait de se rappeler les petites filles sur lesquelles s'était exercé le professeur Whitney.

1. En français, la bryone est une plante grimpante à baies rouges ou noires. (*NdT*)

— Dans ce cas précis, Flamme, je ne crois pas que nous l'ayons oubliée juste parce qu'il a cherché à effacer notre mémoire, expliqua Lily. En fait, elle était très jeune lorsqu'elle est partie. Il l'a fait adopter.

— Quoi ? s'exclama Flamme en se penchant en avant. Est-ce que ce n'est pas encore un de ses mensonges destinés à cacher ce qu'il lui a réellement fait subir ? Il a prétendu que Dahlia avait été adoptée alors qu'il l'a cloîtrée dans un sanatorium. Il a sans doute imaginé un conte magnifique au sujet de mon adoption quand il a décidé de m'enfermer dans un laboratoire pour m'inoculer le cancer. Est-ce que tu es absolument certaine que Briony a bien été adoptée ?

La voix de Flamme vibrait d'émotion.

Gator passa un bras autour de sa taille afin de la réconforter.

Lily inspecta ses mains avant de reprendre la parole.

— Mon père croyait en la nécessité de disposer d'autant de témoins que possible. Mes capacités physiques n'ont pas été amplifiées, j'ai donc joué le rôle de témoin pour cette expérience. Les facultés tant physiques que psychiques de Briony ont été développées, et il a choisi les parents qu'il souhaitait lui attribuer, des gens du cirque vivant en Europe. Le père était originaire des États-Unis, et la mère italienne. Ils avaient déjà quatre garçons et rêvaient d'avoir une fille. Ils manquaient cruellement d'argent pour devenir propriétaires du cirque. (Lily parcourut la pièce du regard.) Flamme et Dahlia ont évolué dans un environnement clos. Briony a été confiée à une famille, même si c'est mon père qui a ensuite supervisé son éducation. Il recevait des rapports hebdomadaires détaillés au sujet des exercices réalisés par Briony. Elle a suivi un entraînement très strict, et même si elle n'en avait sans doute pas souffert directement, elle avait de grosses difficultés d'adaptation. Sa famille la croyait autiste parce qu'elle ne supportait pas la présence des autres. Elle n'est pas une stabilisatrice, et elle a certainement enduré un véritable calvaire du fait de son incapacité à filtrer les émotions des gens qui la côtoient. D'après ses notes, Whitney voulait voir si Briony présenterait les mêmes aptitudes que Flamme et Dahlia après avoir été entourée de l'amour d'une famille. Il pensait qu'un enfant ayant grandi dans un foyer aimant manquerait de volonté. Il a délibérément envoyé une petite fille incapable de vivre en société sans ressentir une atroce douleur dans un environnement où elle serait exposée à la foule, afin de savoir si elle résisterait. Whitney a remarqué à de multiples reprises qu'elle l'avait beaucoup surpris par sa capacité à faire face à la souffrance continuelle. D'après ce que j'ai lu, malgré de nombreux problèmes d'ordre physique, elle participe au numéro familial, est très intelligente et aussi bien entraînée que les autres GhostWalkers. Whitney lui a attribué un médecin chargé de son suivi médical, et a décidé de son éducation. Les parents de Briony avaient donné leur accord pour suivre les instructions du professeur à la lettre. (Les yeux de Lily s'embuèrent de larmes.) Je pense qu'il les a fait assassiner quand ils ont refusé d'envoyer Briony en Colombie. Jack Norton se trouvait dans ce pays, à ce moment-là. Une fois Briony devenue une jeune adulte, ses parents ont commencé à s'opposer aux incessantes exigences de Whitney. Il a écrit qu'ils se mettaient en travers de son chemin, et plus tard, il a ajouté : « Problème réglé. »

Flamme pressa ses doigts contre ses lèvres, les mains tremblantes.

— Nous devons la retrouver, Lily. Que veut Whitney ?

— Un bébé. Il veut un enfant de Jack Norton et Briony Jenkins. Il a dépensé des millions en sous-main pour les amener à se rencontrer. À cet instant précis, elle se trouve à Kinshasa. Ses frères et elle ont reçu une somme d'argent exorbitante pour présenter leur spectacle lors d'un festival de musique.

Un autre silence s'ensuivit, que Logan brisa.

— Vous voulez dire que Whitney a monté de toutes pièces le crash de l'avion du sénateur au Congo ? Et qu'il aurait confié à Ekabela que Ken Norton dirigerait la mission de sauvetage ?

— C'est Jack qui était censé être à la tête de l'équipe, si vous vous rappelez bien, le corrigea Lily. Ken s'est proposé, car Jack ne pouvait pas revenir à temps de Colombie. Whitney avait envie de voir comment Jack allait se comporter. Se montrerait-il digne de donner son sperme ? Jack est l'un des GhostWalkers les plus puissants. Nous le savons tous. Il dispose de talents exceptionnels, et je suis prête à parier que Briony lui correspond en tous points. C'est Jack qui devait se faire capturer, pour ensuite s'échapper et rejoindre Kinshasa. Ken a servi d'appât pour l'attirer au Congo, ce qui explique qu'Ekabela ne l'ait pas tué immédiatement.

— Kinshasa est loin d'être une petite ville, fit remarquer Kadan.

— Le frère de Briony est un ancien membre des SEALs, tout comme Jack. Ils ont un passé commun, Jack lui a sauvé la vie. Le scénario est parfait. Si Jack a réussi à s'échapper, il tentera de le retrouver.

Kadan secoua la tête.

— Je ne vois pas pourquoi Ekabela le laisserait partir, quelle que soit la somme d'argent versée par Whitney. Le général veut sa peau depuis longtemps. Il sait que Jack est capable de l'éliminer et qu'il n'hésiterait pas une seconde, s'il en recevait l'ordre. Ekabela va le tuer.

— Whitney espère sans doute qu'il essaiera, proposa Ryland. Il a créé des armes parfaites. Dans quel but, sinon les utiliser ?

Logan poussa un juron étouffé.

— Est-ce qu'on peut joindre Jack ?

— Nous n'avons pas réussi, répondit Kadan. Nous avons visité deux camps dans lesquels il est censé avoir été retenu, mais chaque fois, nous sommes arrivés trop tard. Le dernier était sens dessus dessous, comme si une bataille avait eu lieu. Nous avons trouvé des corps, et beaucoup de sang, mais aucune trace d'Ekabela ni de Jack.

— Et Briony Jenkins ? Est-ce qu'il est possible de la contacter ?

— Nous devons découvrir un moyen de procéder à l'extraction de Jack. Si nous avertissons Briony…

— Alors, vous allez vous servir d'elle, cracha Flamme en levant brusquement la tête, les yeux étincelant de colère. C'est ce que nous représentons pour toi, Kadan ? Elle se réduit à ça ? À un appât qui te permettra de récupérer ton GhostWalker ?

Lorsque Gator lui posa la main sur le bras afin de l'apaiser, elle le repoussa. Elle jeta un regard noir à Kadan, situé à l'autre bout de la table.

Celui-ci haussa les épaules sans se départir de son calme habituel.

— Nous sommes tous des GhostWalkers, Flamme. En ce qui me concerne, je ne suis prêt à sacrifier ni Jack ni Briony. Si Whitney s'intéresse à Briony, il finira par vouloir la récupérer. Jack Norton sera alors le plus à même de la protéger. Je n'ai pas l'intention de les abandonner, ni l'un ni l'autre. Même si nous parvenions à la contacter à Kinshasa, et il est peu probable que nous réussissions à le faire avant qu'il soit trop tard, pourquoi nous croirait-elle ?

— Mais elle n'est pas une stabilisatrice ? demanda Ian.

Lily secoua la tête.

— Non, et il est même étonnant qu'elle ait pu survivre dans un tel environnement. Mon père a rédigé de nombreuses notes sur sa capacité à résister à la douleur et à remplir sa « mission », qui consistait, dans son cas, à exécuter son numéro avec ses frères devant un large public. Tout comme Jack et Ken Norton, elle possède un puissant don de télépathie. Et elle dispose des mêmes capacités qu'eux.

— C'est-à-dire ? l'encouragea Kadan.

— Nous en revenons aux moustiques, répondit Lily. Ces insectes sont capables de sentir le dioxyde de carbone et l'acide lactique à une trentaine de mètres de distance. Lorsque nous respirons, nous, les humains, de même que les autres mammifères et les oiseaux, nous en émettons. Les moustiques sont également attirés par les substances chimiques présentes dans la sueur.

— Est-ce que tu es en train de nous dire que Jack et Briony peuvent faire la même chose que ces insectes ? demanda Ian. Ils seraient capables de repérer les gens grâce à leur respiration et leur transpiration ?

— Tout à fait. Ils sont nés avec le même système olfactif que nous tous. Les moustiques sont dotés de récepteurs qui leur permettent d'utiliser ce système de manière efficace. Briony et Jack disposent de récepteurs identiques. (Elle esquissa un léger sourire.) Sauf que, dans leur cas, ils ne sont pas localisés dans des antennes. Les moustiques possèdent également des capteurs de chaleur, comme Briony et Jack. Et dernier point, mais non le moindre, ces insectes ont des capteurs visuels.

— Je vois où tu veux en venir, déclara Ian en considérant l'assemblée. Pas étonnant que Jack soit si performant dans la jungle : il est tout bonnement attiré par ses cibles.

— En effet. Et il a aussi la faculté de se camoufler en changeant de couleur de peau.

— Comme un caméléon ? s'étonna Ian.

— Contrairement à la croyance populaire, les caméléons ne peuvent pas adopter une gamme infinie de teintes, et ne changent pas de couleur juste par mimétisme, expliqua Lily.

Leur peau réagit aux variations de température, de lumière et d'humeur. La concentration des hormones qui contrôlent les cellules contenant les pigments fluctue selon les parties du corps, ce qui provoque la formation de motifs colorés complexes. Quelques-uns permettent au caméléon de se camoufler avec efficacité, tandis que d'autres constituent davantage un assemblage spectaculaire de taches et de rayures indiquant son humeur.

— Mais nous n'avons pas la même peau que ces reptiles, fit remarquer Kadan. Que je sache, Whitney ne nous a pas inoculé d'ADN étranger ?

— Un caméléon dispose de quatre couches de peau. La couche externe contient des cellules à pigments jaunes et rouges. Sous cette couche, il y en a deux autres réfléchissant la lumière, bleue pour l'une, et blanche pour l'autre. La couche inférieure est complexe ; elle est constituée de cellules appelées mélanophores contenant un pigment brun, la mélanine.

— C'est la mélanine qui détermine les carnations plus ou moins foncées chez les humains, non ? demanda Ian.

— Exactement, confirma Lily. Et à ce propos, les humains aussi possèdent des cellules à pigments rouges et jaunes. Si l'on était capable de contrôler de manière précise et indépendante les niveaux d'hormone agissant sur les mélanophores, on pourrait créer une grande variété de motifs colorés grâce aux diverses teintes permises par les différentes couches.

— Les humains aussi ? Mais comment serait-ce possible ?

— Grâce à un réseau de nano-ordinateurs associés aux cellules contenant la mélanine.

Ian se passa la main dans les cheveux.

— Je déteste quand tu te mets à parler comme ça. J'ai l'impression d'être totalement ignare.

— Chaque nano-ordinateur a la taille de quelques centaines de molécules, et son rôle premier est de réguler le flux d'hormones arrivant au mélanophore auquel il est couplé. Il remplit aussi une autre fonction. Un peu à la manière d'un spermatozoïde attiré vers l'ovule, si on l'injecte dans la circulation sanguine, il trouvera une cellule qui n'est encore liée à aucun nano-ordinateur et s'y fixera.

Flamme fronça les sourcils.

— Si je comprends bien, si on introduit des milliards de nano-ordinateurs dans le sang, ils se trieront en quelque sorte automatiquement pour former un réseau organisé, chaque mélanophore s'appariant à un nano-ordinateur ? Et qu'est-ce qui les contrôle ?

— Les nano-ordinateurs modifient le taux d'hormones, et donc les couleurs que les cellules sont capables d'adopter, quand ils sont exposés à un champ magnétique d'une certaine force.

— Bon sang, Lily, vous en êtes sûre ? explosa Logan.

Elle hocha la tête.

— Les dossiers de Jack et Ken Norton sont très fournis. Les deux frères sont de puissants télépathes et, dans une moindre mesure, disposent de tout un tas d'autres talents, comme la télékinésie. La psychokinésie, plus communément appelée télékinésie, correspond à la capacité à faire bouger les objets ou en modifier les propriétés par la seule volonté de l'esprit. De toutes les facultés psychiques, la véritable télékinésie est la plus rare, et la plus difficile à contrôler. Je le sais car j'ai quelques aptitudes, mais rien de comparable aux leurs. Et je pense que Briony possède les mêmes capacités. Non seulement les tests qu'ont effectués les deux hommes ont prouvé l'étendue de leur pouvoir, mais l'expérience l'a encore amplifié. Apparemment, ils communiquent par télépathie depuis qu'ils sont tout petits.

— Revenons-en à la possibilité de changer de couleur de peau, intervint Logan. Vous nous avez dit qu'ils ont besoin d'un champ magnétique pour contrôler les nano-ordinateurs. Est-ce qu'ils sont capables de le créer ? Et si le taux d'hormones déclenche le mécanisme, comment peuvent-ils cacher leurs changements d'humeur, si le caméléon n'y parvient pas ?

— Bonne question. Ils se sont entraînés à la rétroaction biologique, c'est-à-dire qu'ils se sont exercés à dominer leur corps par la pensée, et ces deux hommes ont une étonnante maîtrise d'eux-mêmes. Le professeur Whitney a implanté un élément semblable à un appareil IRM dans l'organisme de chacun des frères Norton. Ce dispositif émet un champ magnétique qui s'étend à la surface du corps en réponse à un signal mental auquel se sont entraînés les jumeaux dans le cadre de la rétroaction. Étant donné leur incroyable talent, c'est devenu une seconde nature pour eux.

— Si Briony a été adoptée, comment Whitney a-t-il pu lui faire la même chose ? demanda Kadan. Il ne disposait sans doute pas encore de cette technologie, à l'époque où il l'a placée dans cette famille.

— Les parents adoptifs de Briony ont accepté l'argent de Whitney, croyant qu'il s'agissait d'un veuf éploré. En échange, ils ont consenti à donner à Briony l'éducation qu'il exigeait, et il a payé pour le suivi médical non seulement de la petite fille, mais de toute la famille. Chaque fois qu'elle est tombée malade, ce sont les médecins choisis par Whitney qui l'ont soignée. Durant toutes ces années, il a eu accès à elle, et je suppose que c'est toujours le cas. Quand elle ne va pas bien, sa famille appelle son médecin attitré. Elle rencontre un certain nombre de problèmes à cause des assauts sensoriels qu'elle subit en permanence. Franchement, je suis surprise qu'elle ait survécu aussi longtemps dans ces conditions.

Les participants à la réunion accueillirent ces propos par un bref silence, chacun réfléchissant à l'importance de ce qu'ils impliquaient. Ryland prit Lily dans ses bras et enfouit son visage dans le creux de son cou.

— Quel sera l'impact de tout cela sur d'éventuels enfants ?

— Je n'en ai aucune idée. Je ne sais pas ce qu'il a fait à chacun d'entre vous. Et j'ignore totalement ce qui se passerait si Briony Jenkins et Jack Norton concevaient un enfant ensemble. Ce que je peux affirmer sans le moindre doute, c'est que le bébé en serait affecté.

D'un geste protecteur, Lily posa ses mains sur la douce courbe de son ventre rebondi.

— Si Ken Norton porte le même patrimoine génétique que Jack, pourquoi est-il si important pour Whitney que ce soit Jack, et non son frère, qui rencontre Briony ?

— Je suppose que la réaction aux phéromones est spécifique à un unique couple homme-femme. Je n'ai encore trouvé aucune mention de ce phénomène dans les fichiers, mais je ne vois pas d'autre explication. Le professeur Whitney espère obtenir une deuxième génération de soldats, et veut que Jack et Briony lui en fournissent un. Avec leur système olfactif hors du commun, la réaction chimique entre eux deux doit être vraiment volcanique.

— Eh bien, il a mal choisi son homme, déclara Logan. Personne ne peut contrôler Jack Norton. Il est dangereux, et Whitney a commis l'erreur de le rendre encore plus redoutable.

— Peut-être est-ce le cas, Logan, mais si mes soupçons se confirmaient, Jack ne serait plus du tout en mesure de se maîtriser, précisa Lily. Il serait totalement à la merci de son corps et de ses exigences, et Briony se trouverait dans la même situation.

— En quoi changer de couleur de peau aiderait-il les Norton quand ils sont habillés ? demanda Flamme, pragmatique.

Lily lui adressa un petit sourire.

— J'ai oublié de vous parler des vêtements « intelligents » développés par Georgia Tech pour surveiller les problèmes médicaux des patients. Le Centre technologique militaire de Natick, en coopération avec Crye Precision, a conçu le système de camouflage multi-environnement MultiCam. Ces entreprises proposent des tenues classiques ainsi que des uniformes de combat. La principale particularité de ces vêtements, ce sont les miroirs microscopiques cousus dans la fibre du tissu, qui reflètent l'environnement. Et devinez qui teste ces habits.

— Jack et Ken Norton, souffla Flamme. Bien sûr. Et Whitney a dû tirer quelques ficelles pour que ça se produise.

— Tirer les ficelles ne pose apparemment aucun problème à Whitney, fit remarquer Kadan. Vous avez raison. Il n'agit pas seul.

Chapitre 7

— Vous êtes enceinte.

Briony dévisagea le médecin, incrédule.

— C'est impossible. Je prends la pilule. Vous me l'avez vous-même prescrite.

Elle haïssait cet homme. Il ressemblait tellement à un reptile qu'elle s'attendait à tout moment à voir des écailles surgir sur sa peau. Il la regardait toujours avec un sourire glacé, presque un rictus. Elle ne lui avait jamais fait confiance. Toute petite déjà, elle avait envie de s'enfuir en courant dès qu'il franchissait le seuil de la pièce. Quand elle quitterait son cabinet, elle se ruerait dans la voiture qui l'attendait dehors pour tordre le cou de Jebediah. C'est lui qui avait insisté pour l'appeler. Elle avait consenti à ce rendez-vous parce qu'elle souhaitait obtenir quelques réponses à ses questions, mais c'était bien la dernière fois qu'elle consultait le docteur Sparks.

— Vous êtes enceinte d'environ huit semaines, Briony. Peut-être avez-vous oublié de prendre la pilule au mauvais moment ? (Son sourire de requin s'élargit au milieu de son visage dénué de toute chaleur.) Le futur père sera sans doute très heureux.

Une ombre obscurcit l'esprit de Briony. Tout son corps se crispa. Malgré l'alarme qui retentissait en elle, elle conserva son air abasourdi, et se mit à agiter la jambe d'avant en arrière avec nervosité.

— Tony ? Bien sûr. Il veut se marier avec moi depuis toujours, ce sera l'occasion pour lui de me faire sa demande. Mes frères vont sortir les fusils et se ranger de son côté.

Pour la première fois, le rictus du médecin s'estompa, et ses yeux se firent encore plus froids.

— Tony ?

Elle haussa les épaules pour tenter de paraître désinvolte.

— Un des dresseurs de tigres. Nous sommes ensemble depuis un moment.

Elle le regarda droit dans les yeux pour étudier la réaction provoquée par son mensonge, certaine que quelque chose clochait. Elle avait le mauvais pressentiment que la situation était beaucoup plus grave qu'une simple grossesse.

Était-elle vraiment enceinte ? Lui disait-il la vérité ? Ces derniers temps, elle était toujours malade, incapable de garder la moindre nourriture. Il ne lui semblait pas qu'il mentait, mais avec ce médecin, elle ne pouvait rien affirmer, comme si son esprit était imperméable au sien.

Sparks se racla la gorge.

— Je croyais que vous ne supportiez pas qu'on vous touche, et que vous pensiez ne pas pouvoir entretenir une relation intime avec qui que ce soit. Est-ce que ça s'est amélioré ?

Elle se massa les tempes. C'était étrange. En présence de Sparks, elle ne ressentait aucune douleur, mais un bourdonnement inhabituel persistait sous son crâne.

— Les exercices m'ont beaucoup aidée, et j'ai travaillé la rétroaction biologique, ainsi que la méditation.

Elle disait cette fois la vérité, mais aucune méditation ne lui permettrait jamais d'apaiser la souffrance au point d'avoir une relation avec qui que ce soit, à part Jack, en qui elle n'aurait plus jamais confiance. Elle se força à sourire, et renchérit :

— De manière surprenante, quand je suis avec Tony, ça ne va pas trop mal, même si je ne suis pas certaine d'avoir envie de me marier avec lui.

— Est-ce que vous voulez tout de même garder le bébé ? demanda le docteur Sparks en lui adressant un regard perçant.

Elle réprima la réponse qui lui brûlait les lèvres. Bien sûr qu'elle allait garder le bébé. Elle le désirait, même si son père était un salaud fini. Elle se sentait tout à fait capable de s'occuper seule d'un enfant. Elle haussa de nouveau les épaules.

— Je vais y réfléchir. Je n'avais jamais pensé avoir un bébé maintenant. Je n'y avais jamais pensé tout court, en fait. Mes frères vont être furieux contre moi, et Tony va se mettre dans tous ses états. Ils voudront tous que je fasse les choses dans l'ordre et que je me marie, donc je ne leur dirai rien avant d'être sûre de moi.

Le docteur Sparks se détourna pour ouvrir un petit placard.

— Vous me ferez part de votre décision Briony, et quelle qu'elle soit, je vous aiderai. En attendant, vous avez besoin de soins, au cas où vous choisiriez de garder l'enfant. (Il lui tourna le dos pour remplir une seringue et lui jeta un coup d'œil par-dessus son épaule.) Est-ce que l'un de vos frères vous a accompagnée ? Peut-être que si je leur parlais, je pourrais leur faire comprendre qu'il est difficile pour vous d'entretenir une relation avec un homme.

— Non, je suis venue seule.

Elle ignorait pourquoi elle avait spontanément échafaudé ce nouveau mensonge. Jebediah l'avait amenée, car il avait peur qu'elle soit trop malade pour conduire, ou – plus probable – parce qu'il doutait qu'elle se rende d'elle-même chez le médecin. Elle garda les yeux rivés sur le visage de Sparks lorsqu'il se retourna, et son cœur bondit dans sa poitrine. Les traits reptiliens du médecin semblaient déformés, tordus par une sorte de jubilation fanatique tandis qu'il s'approchait avec la seringue. Briony recula.

— Qu'est-ce que c'est ?

— Des vitamines, pour vous et le bébé. Vous me paraissez un peu pâle. Si vous décidez de poursuivre cette grossesse, mieux vaut éviter tout risque d'anomalie sur le fœtus.

Elle prit une profonde inspiration, et fut immédiatement convaincue que la seringue ne contenait pas de vitamines.

— N'approchez pas, docteur Sparks. Je ne veux pas de piqûre.

Elle se sentait en danger, tous les sens en alerte. L'adrénaline afflua dans son corps et courut dans ses veines.

— Ne soyez pas stupide, ma chère. C'est nécessaire, et il ne s'agit que d'une toute petite piqûre. Vous avez déjà été recousue, vous connaissez bien pire que ça.

— Peut-être, mais je vais partir d'ici sans avoir reçu d'injection. Si j'ai besoin de vitamines, je les prendrai de façon classique, dans une pharmacie, sous forme de comprimés.

Le docteur Sparks éleva la voix.

— Luther, vous voulez bien venir, s'il vous plaît ?

La porte s'ouvrit violemment, et un homme à la silhouette imposante bloqua l'unique issue. Briony sut tout de suite qu'il était doté de capacités surhumaines. Peut-être le devinait-elle à cause de son odeur, mais plus probablement, elle le ressentait, comme elle l'avait ressenti pour Jack. Elle prit une profonde inspiration et fronça les sourcils. Quelque chose en Luther la répugnait.

— Asseyez-vous, Briony. Inutile de compliquer les choses, déclara Sparks d'une voix mielleuse sans se départir de son rictus.

Luther lui adressa un sourire qui ressemblait à une grimace.

Le singe et le reptile, pensa-t-elle, au bord de l'hystérie.

Elle leva la main comme pour éloigner le médecin, le regard rivé sur Luther, tout en réfléchissant à toute allure à un moyen de se sortir de là.

— Qu'est-ce qu'il y a là-dedans ? Et ne me dites pas que ce sont des vitamines. Qu'est-ce qui se passe ?

— Je ne peux pas me permettre de vous laisser partir et prendre le risque que vous vous fassiez avorter. Je crois que nous allons vous calmer jusqu'à ce que vous vous montriez raisonnable.

Sparks avança encore.

— Je suis très raisonnable, rétorqua Briony. Je ne comprends pas.

Elle baissa la main, faisant mine de se soumettre, mais ne quitta pas des yeux le géant qui lui barrait le passage.

— Vous êtes une bonne fille.

— Une bonne mère porteuse, vous voulez dire, intervint Luther avec un petit sourire en coin. Je me suis même porté volontaire pour donner mon sperme.

Le docteur Sparks décocha un regard noir à Luther. Briony profita de ce qu'il avait la tête tournée pour lancer un violent coup de pied au médecin, qui hurla et s'affaissa en se tenant l'entrejambe. Alors qu'il était plié en deux, Briony lui arracha la seringue des mains.

Le rictus de Luther s'évanouit et il bondit en avant, les bras tendus pour saisir Briony. Elle bénit sa petite taille, qui lui permettait non seulement d'effectuer toutes sortes d'acrobaties aériennes, mais aussi de se faufiler dans des espaces réduits. Elle utilisa le chariot comme point d'appui pour s'élancer au-dessus du bras de Luther, et lui planta l'aiguille dans la chair. Elle ne prit pas le temps d'appuyer pour lui injecter le liquide – un anesthésiant, à coup sûr –, mais elle réussit à faire un saut périlleux en l'air, et brisa la vitre, qu'elle franchit pieds en avant. Elle protégea son ventre d'une main et son visage de l'autre, même si la pression de son coup avait fait voler la majeure partie des éclats de verre dans la rue.

Elle atterrit accroupie, se redressa et courut vers le parking. Luther était trop imposant pour passer par le trou qu'elle avait formé dans la fenêtre, mais assez fort pour mettre le cadre en miettes. Elle l'entendit pousser un juron lorsqu'il se réceptionna sur le bitume.

— Démarre, Jebediah ! cria-t-elle en instillant dans sa voix autant de gravité et d'autorité qu'elle en était capable.

Heureusement, Jebediah, assis à la place du conducteur, laissa aussitôt tomber son journal, mit le moteur en route et ouvrit la portière côté passager.

— Vas-y, fonce ! ordonna-t-elle avec de grands gestes alors qu'elle courait à toute vitesse en direction de la voiture.

Elle plongea sur le siège au moment où il s'écartait du trottoir. Elle claqua la portière et, jetant un coup d'œil en arrière, aperçut Luther qui se précipitait vers un véhicule dans lequel se trouvaient déjà deux hommes. Il avait un pistolet à la main, et était rouge de colère.

— Accélère, Jeb ! Il nous suit, et il est armé !

Sans poser aucune question, Jebediah réagit comme elle l'avait escompté. Le visage fermé, avec la dextérité d'un pilote de rallye, il quitta la route principale dès qu'il en eut l'occasion pour emprunter d'étroites ruelles.

— Qu'est-ce qui se passe, bon sang ? demanda Jebediah une fois qu'ils eurent rejoint l'autoroute, filant à pleine vitesse en direction du cirque.

— Sparks a essayé de me droguer, déclara Briony. Je ne sais pas ce qu'il veut, mais ça a quelque chose à voir avec le bébé.

Elle appliqua les deux mains sur son ventre.

Jebediah lui jeta un coup d'œil acéré, une expression de choc sur le visage.

— Le bébé ? Quel bébé ?

— Je suis enceinte.

— C'est impossible, on ne t'a jamais vue avec qui que ce soit. Pourquoi est-ce que je n'ai rien remarqué ? Et pourquoi est-ce que Sparks voudrait te droguer ? Ouvre le petit compartiment sous mon siège, et sors le pistolet et les munitions. Dépêche-toi, Briony.

— Je ne sais pas, Jeb, mais il m'a demandé si tu m'accompagnais, et j'ai eu le pressentiment que, si j'avais dit la vérité, tu aurais été en danger, toi aussi.

Briony s'empara de l'arme et y inséra précipitamment le chargeur avant de la tendre à son frère. Les émotions qui émanaient de Jebediah lui procuraient un certain réconfort. Il ne faisait aucun doute que Jeb l'aimait et voulait la protéger.

— Quelque chose n'est pas net au sujet de mon adoption et de l'histoire qu'ils ont racontée à papa et maman. J'ignore qui sont ces gens, mais je crois que ce sont eux qui les ont assassinés. (Elle gardait le regard rivé sur la vitre arrière.) À cause de moi.

Jebediah serra les dents.

— Les meurtriers de papa et maman sont les seuls responsables, Briony. Tu n'y es pour rien, et je ne veux plus t'entendre dire une chose pareille. Nos parents t'aimaient autant que nous autres. Il n'y a jamais eu aucun regret de t'avoir adoptée, ni de leur part ni de la nôtre. Merde ! (Il frappa le volant du plat de la main.) J'aurais dû réagir plus tôt. Tu sentais que quelque chose n'allait pas. Tu l'as toujours su. Moi, je n'ai pas voulu regarder la vérité en face. (Il jura de nouveau.) Combien d'entre eux sont armés ?

— Je n'ai vu que le pistolet de l'homme prénommé Luther, mais Sparks en a probablement un, lui aussi. Je déteste ce serpent depuis le début. C'est lui qui m'a donné les pilules contraceptives. J'ai toujours eu mes médicaments par son intermédiaire, jamais par une pharmacie. Comment est-ce que je pourrais tomber enceinte en prenant la pilule ? Ça n'arrive donc qu'à moi ? Et pourquoi est-ce qu'un médecin s'amuserait à me retrouver à l'autre bout de la planète dès que je couve le moindre rhume ?

— Tu n'as jamais eu de rhume, Briony. Tu n'en as pas eu un seul de ta vie. C'est pourquoi je me suis inquiété en te voyant si malade. Tu n'as jamais attrapé la grippe, ni aucune maladie infantile. Papa et maman avaient accepté de te confier au médecin de Whitney. C'était l'une des clauses de l'accord d'adoption, et j'ai toujours insisté parce que je pensais que tu étais différente, et qu'un autre médecin ne serait peut-être pas capable de te soigner de manière adéquate. Sparks te connaît, et il sait comment gérer tes spécificités.

Tout en apaisant Briony par ses paroles, Jebediah se faufilait dans les rues avec la précision d'un pilote professionnel, le pistolet à la hanche.

— Justement, pourquoi suis-je si différente ? Il sait tout de moi, en tout cas bien plus qu'il ne veut bien le dire.

— Whitney et Sparks ont tous les deux affirmé que tu souffrais d'une forme d'autisme qui t'empêchait de te lier aux autres.

— Je suis capable de me lier aux autres, Jebediah. J'aimais papa et maman, et je vous aime, les garçons et toi. Tu le sais. Simplement, j'ai mal quand je suis trop proche. Je lis dans tes pensées ; ou plutôt, je perçois tes émotions. À cet instant précis, tu as peur, tu te sens coupable, et tu es furieux parce que Sparks a tenté de m'enlever. Tu penses que tu aurais dû te rendre compte du danger il y a longtemps.

— En effet, j'aurais dû. (Il tourna le volant et s'engagea sur un chemin de terre battue qui s'éloignait de la ville.) J'ai quelques contacts, Briony. Je vais voir ce que je peux trouver au sujet de Sparks et Whitney. Papa et maman ont gardé tous les papiers relatifs à ton adoption dans le coffre-fort de la caravane. Nous y jetterons un coup d'œil ; peut-être que nous pourrons y trouver quelque chose susceptible de nous aider à comprendre. Et qui a bien pu te mettre enceinte ? Je n'étais même pas au courant que tu fréquentais quelqu'un.

Elle haussa les épaules et prit soin d'éviter son regard.

— J'étais curieuse, et comme je ne pensais pas pouvoir tomber enceinte, j'ai couché avec un type qui me plaisait, juste pour voir comment c'était.

— Ça ne te ressemble pas. Qui essaies-tu de protéger ? Tony ? Randall ? Lequel ? Qui que ce soit, il devra assumer ses responsabilités.

Briony éclata de rire.

— Tu te rends compte à quel point ça peut paraître ridicule alors que quelqu'un a tenté de me droguer, et sûrement de m'enlever ? Le grand costaud m'a traitée de « mère porteuse ». (Elle ferma brièvement les yeux.) Il a ajouté qu'il s'était porté volontaire pour donner son sperme.

Jebediah frappa le volant avec la paume de la main.

— Ça n'a aucun sens, Briony. Qu'est-ce qu'ils veulent ?

— Peut-être mes différences. D'après Jack Norton, Whitney a soi-disant été assassiné il y a un an, et pourtant, on lui envoie toujours des rapports, et le docteur Sparks n'a pas interrompu ses visites. Tu te souviens de l'année dernière, quand il m'a dit que c'était important que je poursuive mon entraînement à l'apnée ? Ils m'ont ordonné d'aller en Colombie pour je ne sais quelle raison stupide, juste après la mort de papa et maman. J'ai refusé. C'était la première fois que je leur résistais ; mais après avoir découvert les corps de nos parents, je ne parvenais plus à me comporter normalement.

Jebediah lui jeta un regard en coin.

— J'avais peur pour toi. Tu étais complètement apathique. Bien sûr, je leur ai dit non. Et plus tard, pendant que tu t'exerçais à l'apnée, tu as failli te noyer à force de rester sous l'eau. J'ai vraiment été nul. Pourquoi est-ce que je ne me suis pas posé davantage de questions ? Comment est-ce que j'ai pu être aveugle à ce point ?

— Papa et maman avaient donné leur accord pour l'entraînement, tu n'aurais jamais remis en cause leur décision. Par contre, on peut se demander pourquoi le fait que je m'entraîne était si important pour ces gens. Ils veulent quelque chose de moi, Jebediah. (Elle se massa le ventre.) Ou du bébé.

Son frère lui décocha un regard acéré.

— Et comment se fait-il que Jack Norton connaisse Whitney ? Tu ne corresponds pas avec lui et tu ne le vois pas non plus, j'espère ?

— Je n'ai aucune idée de l'endroit où il se trouve, et je ne l'ai pas revu depuis qu'il a quitté Kinshasa. Nous avons beaucoup parlé, c'est tout.

— Mieux vaut éviter ce type, Briony, l'avertit Jebediah.

— Je croyais que vous étiez amis.

— Des hommes tels que Jack Norton n'ont pas d'amis. Je le connais, et je le respecte, mais il est dangereux, et je n'ai pas envie qu'il t'approche.

— Je n'ai jamais compris pourquoi tu parles de danger dès qu'on mentionne son nom. Est-ce qu'il est pris d'accès de démence et se met à tirer sur tout le monde ? D'ailleurs, je suis déjà enceinte, il y a très peu de risques qu'il ait envie de me sauter dessus.

Jebediah grimaça.

— La dernière chose dont un homme a envie, c'est d'entendre sa sœur parler de se faire sauter dessus. Bon sang, Briony.

Il franchit les grilles du campement de la troupe du cirque, et se dirigea droit vers leur caravane. Il fit signe à Briony de rester dans la voiture puis sortit, laissant le moteur tourner tandis qu'il scrutait les alentours.

— Assieds-toi derrière le volant, et si je ne suis pas revenu dans une minute, va-t'en. Éloigne-toi, et appelle ce numéro. (Il griffonna les coordonnées téléphoniques d'un contact aux États-Unis sur un bout de serviette en papier.) Ne fais confiance à personne d'autre.

Briony acquiesça et se glissa sur le siège du conducteur, envahie par l'angoisse. Pour une fois, Jebediah la croyait au lieu de la traiter de paranoïaque, et cela ne faisait que l'effrayer davantage. Elle éprouva un vif soulagement quand il reparut et lui fit signe de le suivre à l'intérieur. Dès que sa sœur eut franchi le seuil, il claqua la porte et ordonna à Tyrel de surveiller les environs.

— Ils vont venir la chercher, déclara Jebediah à ses frères. Faites vos bagages tout de suite, il faut vite que nous partions d'ici. N'emportez que l'essentiel. Seth, prends les armes de la cachette, nous en aurons besoin. Ne discutez pas. Briony, dépêche-toi, nous n'avons pas beaucoup de temps.

— Il commence vraiment à tomber des trombes d'eau, fit remarquer Ruben. Ça nous aidera si nous devons rouler.

— Qu'est-ce qu'on dit aux autres ? demanda Seth.

— Rien du tout, répondit Jebediah. Inutile de mettre qui que ce soit en danger. Ce salaud est armé. Au moins, si les gens d'ici ne savent rien, ils n'auront rien à leur révéler.

— Il s'appelle Luther, souffla Briony en portant une main tremblante à sa gorge. Tu crois qu'il voulait me tirer dessus ?

— Non. Je pense que c'était moi, sa cible.

Briony écarquilla les yeux, sous le choc.

— Jeb, je ne peux pas rester avec toi. Avec aucun de vous. Ils pourraient vous blesser, ou pire, vous tuer, comme papa et maman.

— Ne sois pas bête, Briony, rétorqua Ruben. Qui que soient ces types, nous nous en sortirons. (Il engouffra des dossiers dans un sac de sport, puis le lui tendit.) Balance quelques vêtements là-dedans, et on y va.

— Elle ne doit pas porter de choses lourdes, protesta Jebediah. Elle est enceinte.

— Quoi ? s'exclama Seth.

— De qui ? rugit Ruben.

— Oh, pitié, soupira Briony en levant les yeux au ciel. Je vais chercher des habits.

— Dépêche-toi, la pressa Jebediah.

Elle gagna sa chambre en hâte, sans tenir compte de Ruben qui l'assaillait de questions. Tandis qu'elle entassait ses vêtements dans un petit sac, elle entendit ses frères débattre avec véhémence de leur destination. La nuit tombait rapidement, accentuant encore la grisaille qui semblait l'encercler de toutes parts. Quel qu'en soit le prix, ses frères la protégeraient, et elle avait le terrible pressentiment que, si Whitney voulait vraiment la récupérer, rien ne l'arrêterait. Il n'hésiterait pas à s'en prendre aux membres de sa famille.

Des cris percèrent le silence nocturne, et les tigres se mirent à rugir avec férocité. Briony se raidit et une décharge d'adrénaline envahit son corps. La pluie s'abattait avec force, et les fauves continuaient à s'agiter. Leurs feulements menaçants résonnèrent dans tout le camp. Lorsque de nouveaux hurlements retentirent, Briony sortit de son état de stupeur et courut vers la sortie.

Jebediah l'arrêta.

— Toi, tu restes ici. Nous allons voir ce qui se passe. Tyrel fait une ronde autour des caravanes.

Ses frères se précipitèrent vers les cages des tigres. À peine eurent-ils disparu de sa vue que la porte de derrière vola en éclats. Sans attendre de voir ce qui arrivait, ou qui entrait, Briony sortit en courant par l'avant de la caravane pour tenter de rejoindre ses frères. Elle n'osait pas appeler au secours de peur de mettre Tyrel en danger. Grâce à sa rapidité, elle avait de bonnes chances de rattraper Jebediah.

La pluie ruisselait sur elle, trempant ses cheveux et ses habits tandis qu'elle se ruait en direction de l'inquiétant tapage. Lorsqu'elle passa à proximité des buissons secoués par le vent, un géant émergea du taillis et se lança à sa poursuite. *Luther*. Et il n'était pas seul.

Briony manqua de percuter un deuxième homme et, alors qu'elle changeait brusquement de direction pour l'éviter, elle se retrouva prise au piège entre une caravane et ses deux assaillants. Elle s'immobilisa et se retourna pour leur faire face, l'air déterminé. Bien droite, campée sur ses deux jambes, elle se plaça de profil afin de constituer une cible moins facile et prit la parole, une main négligemment posée sur la taille :

— Qu'est-ce que tu veux, Luther ?

Ses mains commençaient à trembler, et sa tête lui donnait l'impression d'être sur le point d'éclater, comme serrée dans un étau. La douleur lui semblait trop vive pour provenir uniquement des émotions des deux hommes ; elle percevait aussi la violence des sentiments de la foule amassée près des cages aux fauves.

— Toi. Viens avec nous maintenant, et personne d'autre ne sera blessé.

Quelque chose en lui paraissait vaguement familier, mais elle ne parvenait pas à saisir quoi.

— Qu'est-ce que vous avez fait ?

Son estomac se noua subitement, et elle porta une main à son ventre, comme pour protéger le bébé.

— Ton petit copain ne se sentait pas très bien, alors on lui a trouvé un coin approprié pour se reposer, ironisa Luther avant de se masser l'épaule à l'endroit où elle lui avait planté l'aiguille. Il ne te sera plus d'aucune aide avec le bébé. Tu ferais mieux de te décider à nous suivre, sinon, tes prétendus frères ne s'en sortiront pas vivants non plus.

Elle prit une profonde inspiration et jeta un coup d'œil aux cages vers lesquelles convergeait la foule.

— Vous avez fait du mal à Tony ?

Voilà qui expliquait qu'elle se sente si mal. Du sang commença à couler de son oreille droite.

— Ce n'était qu'un rebut insignifiant. Tu avais une bonne dizaine d'hommes à ta disposition pour concevoir ce bébé. Des hommes qui valent quelque chose. Je ne sais pas comment tu as pu choisir cette mauviette. Il a hurlé comme une fille.

Briony sentit sa bouche s'assécher.

— Pourquoi lui avoir fait du mal ?

— Il n'avait aucun droit de te toucher.

— Il…

Elle s'interrompit brutalement. Elle n'osait pas leur révéler que Jack Norton était le véritable père. Ils pourraient décider de le tuer.

— C'est dément, je n'y comprends rien.

Elle essuya le mince filet de sang qui s'écoulait de son oreille.

— Allez, tu ne voudrais pas qu'on fasse du mal à tes frères, dit le deuxième individu avec une pointe de compassion dans la voix. Si tu viens avec nous, personne d'autre ne mourra. Nous t'expliquerons tout. Tu ne pourras plus supporter tout ça bien longtemps. Et si tu avais une crise ? Le bébé souffrirait certainement.

— Ne sois pas si gentil avec elle, Ron, c'est une vraie harpie, l'avertit Luther.

— Il est mort ? s'exclama Briony en pensant à Tony, un homme séduisant, toujours souriant et prêt à rendre service. Vous l'avez tué ? Pourquoi faire une chose pareille ?

Elle se massa les tempes. Sa tête allait exploser. Bien sûr qu'ils l'avaient tué. Elle leur avait fait croire qu'il était le père de son bébé. En proférant ce mensonge irréfléchi, elle avait signé l'arrêt de mort de Tony.

— Pourquoi Whitney voudrait-il mon bébé ?

Elle allait être malade d'une minute à l'autre si la pression qui lui vrillait le crâne ne s'atténuait pas. Elle commençait à voir flou.

— Allez, viens, l'encouragea Ron en tendant la main vers elle. Ils ne te laisseront pas partir comme ça, tu es trop précieuse pour eux.

Briony ramena ses cheveux détrempés en arrière et s'essuya les yeux.

— C'est vrai, je suis précieuse. Le bébé aussi. Je suppose que ça signifie que vous ne pouvez pas me tirer dessus.

— Je pourrais très bien te mettre une balle dans la jambe, et ensuite t'empêcher de bouger avec une petite piqûre, l'avertit Luther. Ça me plairait beaucoup. Amène tes fesses par ici, tout de suite !

Briony secoua la tête.

— Dans tes rêves ! Viens me chercher.

— Personne ne veut te faire de mal, reprit Ron. Finissons-en. Monte dans la voiture et tout s'arrangera.

Luther brandit son arme et dirigea le canon sur un point situé derrière Briony.

— Ton frère arrive, et je n'hésiterai pas une seconde à lui tirer dessus. Monte dans la voiture ! Tout de suite.

Briony tourna la tête et aperçut Tyrel qui se précipitait sous l'averse dans sa direction. Il fallait agir vite, et elle saisit sa chance. D'une culbute, elle franchit la distance qui la séparait des deux hommes et faucha les jambes de Ron. Tandis qu'il s'écroulait, elle se releva et le frappa violemment au poignet avant de s'écarter pour lui assener un coup de pied au genou, espérant le mettre hors d'état de nuire.

Puis elle plongea pour récupérer le pistolet que Ron avait laissé échapper et enchaîna de nouveaux sauts périlleux afin de rejoindre son frère.

— Attrape ! cria-t-elle en lui lançant l'arme.

Faisant appel à ses réflexes d'acrobate, Tyrel saisit le pistolet au vol puis attira vivement sa sœur derrière lui avant de reculer vers leur caravane.

— Ne nous faisons pas piéger, Tyrel, l'avertit-elle.

Luther traîna Ron à l'abri des buissons puis, en signe d'avertissement, tira un coup de feu. Des feuilles voletèrent autour de Tyrel et Briony.

— Laisse-la-nous et personne ne sera blessé, vociféra Luther.

— Ils ont vraiment tué Tony ?

Briony était secouée de frissons tellement la violence filtrait de toutes parts autour d'elle. Ce bombardement d'émotions lui coupait le souffle et lui martelait le crâne. Elle se plia en deux pour vomir, incapable de calmer ses crampes d'estomac.

Tyrel continuait de la pousser derrière lui à l'aide d'un bras, battant en retraite.

— Quelqu'un l'a frappé à la tête et l'a jeté aux tigres, répondit Tyrel d'un air sinistre.

— Les salauds ! Je leur ai dit que Tony était le père. Je n'aurais pas dû faire ça, Tyrel. Je n'aurais rien dû leur dire du tout.

Au plus profond d'elle-même, elle était effondrée, anéantie, et hurlait sans émettre le moindre son. Elle avait directement causé la mort de Tony, et une part d'elle-même était persuadée qu'elle avait provoqué celle de ses parents.

— Peut-être que je devrais partir avec eux. Si je reste avec vous, ils essaieront de vous tuer, toi, Seth, Ruben et Jebediah.

— Ressaisis-toi, lança Tyrel d'un ton sec. Tu penses vraiment qu'on t'abandonnerait entre leurs mains ? Mets-toi à l'abri. Tu es déjà malade, dans un moment tu vas t'évanouir, Briony, et je ne pourrai pas à la fois m'occuper de toi et les garder à distance.

Briony recula jusqu'à ce qu'elle heurte la paroi de la caravane. Pour rien au monde, elle n'exposerait Tyrel au danger. Elle prit une profonde inspiration, puis expira, tentant de ne pas tenir compte des éclats de verre qui semblaient lui déchirer le cerveau. Elle aimait Tyrel. Luther pouvait bien aller au diable, elle ne céderait pas à la pression. Elle leva les yeux vers le toit tandis que son frère échangeait un autre coup de feu avec Luther. Le bruit des détonations risquait d'attirer quelqu'un en plein milieu du champ de bataille.

— Je vais monter sur le toit et le surprendre par-derrière, Tyrel.

Il lui lança un regard furieux – protecteur – par-dessus son épaule. Il avait remarqué qu'elle était couverte de sueur et que la violence avait commencé à sérieusement la perturber. Briony sentait la douleur irradier dans tout son corps mais, en même temps, elle avait honte : malgré ses talents exceptionnels, ses incroyables facultés, ses frères étaient obligés de la protéger. Elle était en effet devenue incapable d'utiliser sa vitesse, son agilité ou son adresse au tir.

— Certainement pas ! lui lança Tyrel. Ces gars sont sans pitié. Seth, Ruben et Jebediah vont arriver d'une minute à l'autre, et nous te sortirons de là. Ne bouge pas.

Luther se déplaçait, à la recherche d'un meilleur angle de tir. Briony le suivait du regard, assaillie par les émotions des hommes qui l'entouraient. Elle ressentait leur colère. Leur détermination. Luther avait envie de détruire. De tuer. Il était vraiment furieux contre Briony, non pas à cause de la seringue, mais de Tony. En quelque sorte, penser que ce dernier était le père du bébé blessait son orgueil. Briony ne comprenait pas pourquoi, mais il émettait ces sensations avec force et clarté.

Elle s'accroupit, bondit sur le toit et, tout en restant baissée pour ne pas se faire repérer, courut sans bruit avant de sauter sur le toit voisin, puis sur le suivant. De cet endroit, elle apercevait la foule amassée autour d'une des cages, ainsi que Randall, l'autre dompteur, à l'intérieur. Jebediah se tenait à l'extérieur, un pistolet tranquillisant à la main. Le tigre était couché, ses flancs se soulevaient de manière saccadée, et sa tête dodelinait tandis qu'il sombrait dans l'inconscience. Randall se pencha pour éloigner le corps de Tony du prédateur.

Luther se trouvait juste au-dessous d'elle, sur sa droite. Allongé à plat ventre sur le sol, les deux mains serrées autour de son arme, les bras tendus, il s'apprêtait à tirer sur Tyrel.

À côté de lui, Ron poussa un juron et gémit en se tenant la rotule.

— Je crois que j'ai une fracture. Elle m'a cassé la jambe.

— Imbécile, cracha Luther avec mépris. Pourquoi tu penses qu'ils l'ont choisie pour concevoir l'enfant ? Je t'avais prévenu, mais tu as préféré faire confiance à ses grands yeux marron. Monte dans la voiture et démarre le moteur. Il faudra partir d'ici sur les chapeaux de roue. Elle ne résistera plus très longtemps et, une fois que j'aurai descendu son frère, elle finira par craquer. Je la connais, je l'observe depuis un moment.

Luther l'avait observée ? Il pensait donc ne rien ignorer de ses capacités et faiblesses ? Du revers de la main, Briony essuya un filet de sang qui s'écoulait de sa bouche. Il n'avait pas la moindre idée de la détermination dont elle pouvait faire preuve. Elle ne le laisserait pas tuer ses frères, et certainement pas s'approcher de son bébé. Elle se mit à plat ventre et s'accrocha du mieux qu'elle put tandis que le vent et la pluie s'abattaient sur elle et rendaient le toit glissant.

Briony se concentra sur le pistolet que Luther avait à la main. Ron commença à ramper lentement sous les buissons en direction de la voiture située à quelques mètres de distance. Il traînait la jambe et jurait à chaque mouvement. Elle ne se laissa pas perturber et focalisa son esprit sur une unique pensée, une seule action, tout son être tendu vers l'objet métallique que Luther agrippait fermement.

Le métal du pistolet paraissait mat en raison de la pluie et de la pénombre mais, sous le regard fixe de Briony, il se mit à émettre une faible lueur. Luther le jeta soudain dans l'herbe en laissant échapper un juron. L'arme projetait des reflets jaunes et orange qui perçaient la grisaille. Luther balaya les alentours du regard, un sourire mauvais aux lèvres.

— *Tu es douée. Encore plus qu'on le croyait ou qu'on l'espérait. Viens avec moi, c'est là qu'est ta place.*

La voix qui lui parvenait était grave, et la vibration qui se répercuta dans son corps lui contracta l'abdomen. La panique la saisit. Que faisait-il ? Il s'agissait d'une attaque, non pas dirigée contre elle, mais contre le bébé.

—*Arrête ça !*

Au bord du désespoir, Briony pressa une main protectrice contre son ventre et s'accrocha au toit pour ne pas tomber.

— *C'est moi qui aurais dû être le père. Viens, sinon je continue et l'enfant inutile que tu portes va mourir.*

Briony ne prit même pas la peine de répondre. Elle percevait l'implacable résolution de Luther. Il n'abandonnerait pas avant d'avoir saisi sa proie. Elle réprima la terreur qu'elle ressentait tant pour elle que pour le bébé, et se concentra de nouveau sur le pistolet.

— *Tu ferais mieux de m'écouter*, reprit-il. *Je sais que tu m'entends. Tu m'étais promise. Destinée. Monte dans la voiture, ou je tue ton frère. Tu sais que j'en suis capable.*

L'arme remua dans l'herbe, commença à s'élever dans les airs, puis retomba au sol. Briony inspira profondément et força son esprit à revenir au calme. Peu importait ce que Luther pensait, ressentait ou affirmait. Seul comptait le pistolet. Elle ne voyait plus rien d'autre. L'arme prit lentement de la hauteur et pivota jusqu'à ce que le canon soit dirigé droit sur Luther.

Le plus difficile consistait à garder le revolver en lévitation tout en se concentrant sur la détente. Elle n'avait encore jamais tiré de cette façon, mais rien n'était impossible.

Luther tourna la tête, l'œil attiré par le mouvement de l'objet métallique. Il roula pour s'écarter de la ligne de mire et, d'un geste si rapide qu'il en parut flou, rabattit le pistolet au sol.

— *Tu aurais mieux fait de m'obéir.*

Briony vit l'expression déterminée de son visage au moment où il se glissait à reculons sous les buissons. Il allait s'en prendre à Tyrel. Sans hésitation, elle culbuta en arrière pour se laisser tomber du toit et, après avoir tournoyé en l'air comme elle en avait l'habitude, se réceptionna sur les pieds. Elle contourna la caravane en courant à perdre haleine et se précipita vers son frère.

Surgissant de l'ombre, Luther désarma Tyrel d'un coup de poing sur la main et fit scintiller son couteau en voulant lui trancher la jugulaire. Tyrel trébucha en arrière, et la lame le manqua de quelques millimètres à peine. Le jeune homme s'éloigna en effectuant une série de sauts périlleux, mais Luther, tout aussi rapide, franchit d'un bond la distance qui les séparait. Il fendit l'air de son couteau d'un geste frénétique, entaillant les bras de Tyrel qui essayait tant bien que mal de se protéger de ce fulgurant assaut.

Le sang gicla dans toutes les directions, éclaboussant Briony au moment où elle surgit du jardin. Du tranchant de la main, elle frappa Luther à la poitrine, utilisant tout son poids, son énergie et sa force extraordinaire. Au moment où il s'écroulait en arrière, l'homme lui donna un coup de couteau. Briony sentit la morsure de la lame sur son avant-bras, mais s'acharna sur lui, le martelant de coups de pied dans l'espoir de lui faire lâcher son arme. Ce fut peine perdue, mais elle l'atteignit dans les côtes.

Tandis qu'elle attaquait de nouveau, un mouvement en périphérie de son champ de vision attira son attention. Ron apparut en boitant, pistolet à la main. Briony bondit sur Tyrel et le plaqua à terre au moment même où Ron se mit à tirer en rafale. Après avoir percuté le sol, Briony et Tyrel se mirent à l'abri en roulant.

Luther se redressa et jeta un regard vers les cages des fauves, où la foule commençait à se demander ce qui se passait.

— Ce n'est pas terminé, gronda Luther d'un air féroce. Quand je t'attraperai, tu comprendras ta douleur.

Briony garda la tête baissée, tentant de maîtriser sa nausée. La souffrance qui lui vrillait le crâne lui semblait aussi violente que celle qu'elle avait ressentie le jour où elle avait découvert les corps sans vie de ses parents. Luther avait-il la capacité d'amplifier ses émotions ?

Tyrel lui caressa les cheveux.

— Ça va, ma puce ? Il t'a blessée ?

Elle attendit que le bruit du moteur faiblisse dans la nuit pour s'asseoir dans l'herbe mouillée, où elle se balança d'avant en arrière.

— Je vais m'évanouir, Tyrel. Il ne faut pas que j'aie une crise, je ne sais pas quels seraient les effets sur le bébé.

Elle pressa une main contre son front. Son avant-bras saignait sans discontinuer.

Tyrel poussa un juron.

— La plaie est profonde, tu as besoin de points de suture.

— Nous devrions peut-être appeler le docteur Sparks, suggéra Briony, au bord de l'hystérie, avant de se courber pour vomir.

Des bruits de pas annoncèrent l'arrivée de ses frères. Seth se pencha pour l'aider à se relever tandis que Ruben enroulait sa chemise autour de son bras.

— Ça va, Tyrel ? Vous avez tous les deux de sacrées coupures.

— Les miennes sont superficielles, affirma Tyrel. Mais Briony doit se faire recoudre.

Jebediah jura.

— Amène-la à la caravane. Je vais m'occuper de vous, et après, il faudra filer.

— Pour aller où ? demanda Ruben. Pourquoi s'intéressent-ils subitement à Briony ?

— Elle pense que ce sont eux qui ont tué papa et maman, révéla Jebediah. Et je commence à croire qu'elle a raison. Prenez tout ce qu'il y a dans le coffre-fort, et partons.

— Jebediah.

Au ton de Seth, tous se figèrent. Ils se tournèrent lentement vers lui.

Seth, qui se tenait dans l'encadrement de la porte, recula d'un pas afin de leur permettre de constater le chaos qui régnait à l'intérieur. La caravane avait été saccagée, et le coffre forcé. Son contenu avait disparu.

— Ils étaient trois, murmura Briony. Je ne les ai même pas sentis. (Elle regarda ses frères, horrifiée.) Qui sont ces hommes ?

Chapitre 8

Briony regardait la pluie tomber par la fenêtre. La petite villa où les avait conduits Jebediah appartenait à un vieil ami de leurs parents, un collègue du cirque désormais à la retraite. Ils avaient voyagé une grande partie de la nuit pour parvenir jusque-là, et étaient arrivés épuisés, affamés et irritables. Briony avait vécu un enfer à demeurer ainsi confinée dans la voiture en compagnie de ses frères en colère, effrayés et inquiets à la fois. Tyrel tentait de dissimuler le fait qu'il avait mal. Aucun d'eux n'avait osé aborder la mort de Tony, mais elle obsédait leurs pensées. Briony avait vomi si souvent que Seth avait commencé à pousser des jurons, frustré par les nombreux arrêts qu'elle leur imposait.

— Briony ? appela Tyrel, debout dans l'encadrement de la porte. Tu as envie de parler, ou tu préfères rester seule un moment ?

Elle détacha son regard de la pluie pour se tourner vers son frère, soudain submergée par une bouffée d'amour pour lui. Il manifestait toujours une grande sollicitude à son égard, ce qu'elle appréciait beaucoup.

— Qu'est-ce que tu fais encore debout à cette heure ? Je croyais que tu dormais.

Elle replia les jambes sur le canapé afin de lui indiquer que sa présence ne la dérangeait pas.

— Je m'étais endormi, mais j'avais tellement mal au bras que je me suis réveillé, et je me suis levé pour prendre de l'aspirine. Je t'en ai apporté au cas où.

Il lui montra les comprimés ainsi qu'un verre d'eau.

— Merci, Tyrel. Tu es toujours si prévenant, c'est agréable. Je ne sais pas si je devrais prendre de l'aspirine, je n'ai pas demandé à Sparks ce qui était déconseillé pour le bébé. (Elle esquissa un sourire triste.) Comme je n'ai jamais pensé avoir un bébé un jour, je n'ai jamais pris la peine de me renseigner sur les précautions que doit prendre une femme enceinte. Je ne voudrais pas avaler quoi que ce soit qui puisse lui faire du mal.

Tyrel se laissa tomber sur la chaise installée en face de Briony.

— Je n'arrive toujours pas à croire que tu vas avoir un bébé. Je ne savais même pas que tu avais un petit ami.

— En fait, je n'en ai pas. Pas vraiment. En général, je n'arrive pas à rester à proximité de qui que ce soit assez longtemps pour partager une relation intime.

— Es-tu en train de me dire que ce n'est pas Tony le père ?

Elle baissa la tête.

— J'ai dit à Sparks que c'était lui, parce que je voulais voir sa réaction. Il agissait de façon si étrange que je n'ai pas voulu lui révéler le nom du véritable père. (Elle leva les yeux vers son frère, une lueur horrifiée dans le regard.) Je te jure que je n'ai pas imaginé un instant qu'ils allaient le tuer.

— Briony, souffla Tyrel en posant ses mains sur les siennes dans le but de la réconforter. Tu ne pouvais pas savoir.

Briony se serait soustraite au contact de n'importe qui d'autre, mais Tyrel se montrait toujours sincère. Elle lisait très facilement ses pensées, emplies d'amour et d'inquiétude pour elle. Elle ne le repoussa pas, même si cette proximité la perturbait.

— Quoi que fassent ces hommes, ce n'est pas ta faute. Personne n'aurait pu prévoir qu'ils allaient tuer Tony. Nous devons simplement savoir ce qu'ils cherchent.

Briony fronça les sourcils.

— Au début, j'ai cru qu'ils voulaient le bébé, mais le grand costaud, Luther, a paru furieux quand il a appris que Tony était le père. Il a même dit que je lui étais promise, et qu'il s'était porté volontaire pour donner son sperme. (Elle se massa les tempes.) J'ai l'étrange pressentiment que je dois donner naissance à une sorte de super bébé.

Au lieu de se moquer d'elle, Tyrel hocha la tête.

— Ce n'est pas incohérent si on y réfléchit bien, Briony. Tu cours plus vite que quiconque, et tu es bien plus forte que tout le monde, même que Jebediah.

Briony inspira profondément et se passa la langue sur les lèvres.

— Je crois que je suis le produit d'une expérience. On a manipulé mes gènes. Je pense que je n'ai jamais été la fille de Whitney, Tyrel.

Il se cala dans sa chaise en la dévisageant, l'air grave. Avant la tentative d'enlèvement de Sparks, ses autres frères auraient ricané en l'accusant de regarder trop de films de science-fiction, mais Tyrel l'avait toujours prise au sérieux.

— Maman n'a jamais compris pourquoi Whitney insistait tant pour que tu consultes le médecin qu'il avait choisi. Plus tu grandissais, plus ça la perturbait. Comme nous étions toujours par monts et par vaux, ce n'était vraiment pas pratique d'attendre que Sparks fasse le trajet pour venir te rendre visite alors qu'un médecin accompagnait la troupe.

— Je détestais aller voir Sparks, souffla Briony en frissonnant, le regard rivé sur son bras bandé. Je crois que Luther m'a blessée par accident. Je pense honnêtement qu'il t'aurait tué, mais je suis persuadée qu'ils me veulent vivante. Pour mettre le bébé au monde.

— Tu ne veux pas me dire le nom du père ?

Briony poussa un soupir.

— Jebediah va être furieux.

Au moment où elle prononça ces mots, elle sut que son frère aîné se trouvait tout près. Percevant son odeur, elle leva la tête. Il se tenait nonchalamment appuyé contre le chambranle de la porte, les bras croisés.

Il haussa ses larges épaules.

— Il est plutôt fort probable que j'aille enfoncer mon poing dans le crâne de ce type. Qui est-ce ?

— Jack Norton.

Le simple fait de prononcer son nom lui fit mal. Elle baissa la tête, attendant que la tempête se déchaîne autour d'elle.

Un silence stupéfait accueillit cet aveu. Jebediah restait hébété, comme si quelqu'un venait de le frapper.

— Il t'a touchée ? Ce fils de pute a osé poser les mains sur toi ? Après qu'on a risqué nos vies pour lui ?

— Jebediah, l'avertit Tyrel. La journée a été longue. Elle a déjà eu assez d'émotions comme ça.

— Jack Norton ? répéta Jebediah, abasourdi. (Il s'affaissa sur une chaise et se prit la tête entre les mains.) Briony, tu n'as aucune idée de la gravité de la situation.

— Je suis tombée enceinte, Jebediah, répliqua Briony, s'autorisant à laisser paraître une pointe d'exaspération dans sa voix. Je ne suis plus une adolescente. Je suis une adulte, et attendre un enfant, ce n'est tout de même pas la fin du monde. Si tu ne veux pas que je reste ici, tu n'as qu'à le dire.

Jebediah releva brusquement la tête, une expression bouleversée sur le visage.

— Je ne suis pas en colère contre toi, Briony. Je suis plutôt choqué, traumatisé d'apprendre que ma petite sœur a couché avec cet homme. Je n'ai rien contre des neveux ou nièces. Mais Jack Norton…

Il s'interrompit brutalement.

Briony soupira.

— L'identité du père est-elle vraiment importante, Jeb ? Il ne sera jamais impliqué dans cette histoire. Il est loin d'ici, aux États-Unis, et nous vivons en Italie. En quoi représenterait-il un problème ?

— Oh, ma chérie, je t'assure que c'est important, affirma Jebediah. Jack Norton est toujours un problème. Il est totalement imprévisible, et il ne suit que ses propres règles. Tu te souviens du moment où je l'ai découvert dans ta chambre, et que je t'ai crié dessus pour t'être aventurée seule dans la jungle ?

— Bien sûr.

— Tu te rappelles la manière dont il m'a menacé ?

— Il a dit qu'il allait te faire la peau si tu me parlais encore sur ce ton en sa présence, répondit Briony.

— Exactement. Il ne s'agissait pas d'une menace en l'air, Briony. Jack l'aurait mise à exécution. (Il se pencha en avant.) Je suis sérieux, ma chérie. Jack Norton est un tueur sans pitié. Il a beau obéir à une sorte de code, quand la situation s'envenime, Jack ne montre pas l'ombre d'une hésitation. Il n'est pas normal.

Le cœur de Briony se tordit de douleur.

— Il est comme moi.

— Vous n'avez rien en commun, objecta Jebediah. D'où tiens-tu cette idée ?

— Je croyais que tu l'appréciais.

— Jack Norton n'est pas quelqu'un qu'on apprécie. On le respecte. Éventuellement, on en a peur, mais on ne l'aime pas. On préfère l'avoir à ses côtés dans la bataille, mais ce n'est pas le genre d'individu qu'on invite chez soi à dîner.

— C'est étrange, Jeb, car pour la première fois de ma vie, je me suis sentie bien. Quand j'étais avec lui, je n'avais pas mal du tout, pas le moindre signe de migraine. J'étais détendue, je riais. J'ai aimé les instants que j'ai passés à ses côtés.

Jebediah échangea un long regard avec Tyrel. Le tremblement dans la voix de Briony indiquait qu'elle était au bord des larmes.

— À ma connaissance, Jack n'est pas quelqu'un de bavard, et je suis certain de ne jamais l'avoir entendu rire. Tu dois avoir révélé le meilleur de sa personnalité, Briony. Est-ce que je t'ai déjà dit qu'il m'avait sauvé la vie ?

— Il a fait ça ?

Elle ne parvenait pas à comprendre les sentiments que Jebediah éprouvait envers Jack, mais il venait de lui faire un cadeau au moment où elle en avait besoin, et elle lui en était reconnaissante.

— Tu ne l'as jamais mentionné, reprit Briony. Et lui non plus, d'ailleurs.

— Jack n'en parle jamais. Nous étions en mission pour essayer de sauver deux rangers prisonniers en territoire ennemi. Ils devaient rejoindre le point d'extraction, mais ils sont tombés dans un guet-apens.

— Où étiez-vous ? demanda Tyrel.

Jebediah lui lança un regard acéré.

— Quelque part où nous n'étions pas censés nous trouver. Nous n'aurions jamais osé avouer nous être aventurés là, il était donc impératif de récupérer les rangers sans que personne se fasse capturer. Nous nous sommes approchés par le nord dans le but de les couvrir. Jack attendait, caché dans un arbre, et j'ai avancé à découvert. Il fallait simplement leur donner le temps d'aller jusque dans le ravin, où le reste de notre équipe avait tendu une embuscade. Les rangers étaient censés attirer leurs poursuivants à l'intérieur du canyon, où nous avions placé des bombes prêtes à tout faire sauter. Les explosions devaient nous permettre de nous enfuir.

— Et quelque chose a mal tourné ? suggéra Tyrel lorsque Jebediah marqua une pause.

Ce dernier afficha un sourire sans joie.

— On peut dire ça comme ça. Un type a surgi de nulle part, juste devant moi. Je jure que je n'avais jamais vu un couteau de la taille du sien. Mon sang battait si fort dans mes oreilles que je n'ai même pas entendu le coup de feu ; mais j'ai aperçu le trou qui s'était formé en plein milieu de son front. Jack l'avait descendu avant qu'il ait eu le temps de se servir de sa lame. Plus tard, quand je l'ai remercié de m'avoir sauvé la peau, il s'est contenté de hausser les épaules. Il ne l'a jamais raconté à personne. Il a sans doute sauvé la vie d'un grand nombre de soldats, ce jour-là.

— Il m'a dit que je ne serais qu'un boulet pour lui.

Tyrel releva brusquement la tête.

— Il ne te mérite pas, Briony.

— Je ne m'en suis pas encore remise.

— Je te comprends, ma chérie, affirma Jebediah. Mais c'est mieux ainsi. Dis-toi que Jack t'aurait mené la vie dure. Ce n'est pas un homme facile. J'ignore pourquoi il a été si prévenant avec toi, mais ce n'est pas son habitude. Il peut passer des jours sans prononcer un mot. Son frère, Ken, plaisante un peu, mais pas Jack. Il semble ne jamais dormir. Certains aimaient le taquiner, mais ceux qui avaient un peu de jugeote savaient qu'ils n'avaient pas intérêt à l'énerver. On en a retrouvé plus d'un plaqué au sol, un couteau pointé sur la gorge ; et Jack ne faisait pas ça pour s'amuser. Dans ces moments-là, on pouvait lire la mort dans ses yeux. Mieux vaut ne pas élever ton enfant avec un type comme lui, ma chérie. Il faut un endroit joyeux, empli de rires. Nous t'aiderons. Tu sais que nous t'aimons et que nous voulons te garder avec nous.

— J'ai de la chance de vous avoir. Merci, Jeb. C'est très gentil de ta part de m'avoir raconté cette histoire sur Jack.

C'est important pour le bébé, tu sais. En fait, je connais à peine son père.

— Moi, je le connais un peu, admit Jebediah. Je parlerai de lui au bébé.

— La pluie fait un de ces vacarmes ! se plaignit Tyrel.

Il se massa la tête. Ses pansements paraissaient d'un blanc irréel dans la pièce faiblement éclairée.

— Je suis fatigué, ce soir, soupira-t-il.

La pluie tombait bruyamment. Trop bruyamment. Un faible signal d'alarme retentit dans l'esprit de Briony. Quelque part dans la maison, une porte ou une fenêtre était ouverte, permettant au vent violent de s'engouffrer à l'intérieur. Elle braqua le regard sur ses frères. Ils s'étaient tous deux brusquement figés, frappés de la même intuition.

— *Seth ! Ruben ! Réveillez-vous ! Vous êtes en danger !*

Elle envoya son avertissement avec toute la force dont elle disposait, espérant qu'il leur parviendrait dans leur sommeil.

Jebediah exerça une pression sur le bras de Tyrel et esquissa un geste en direction de l'arrière de la villa, vers les chambres d'amis où dormaient Seth et Ruben. Il fit ensuite signe à Briony de le suivre. Elle se leva en silence et pénétra dans le corridor sur ses talons. Lorsqu'elle passa à proximité de la petite pièce qui lui avait été attribuée, elle s'empara de son sac à dos et le glissa sur ses épaules. Elle grimaça quand les bretelles frottèrent contre ses pansements.

Jebediah la fit avancer et pointa trois doigts en direction du couloir de gauche menant à la cour. Briony marcha à pas de loup jusqu'aux larges portes ornées de rideaux de dentelle, et poussa les battants en espérant qu'ils ne grinceraient pas. La pluie pénétra aussitôt par l'ouverture, entraînée par les vents violents. Lorsque Jebediah lui tapota l'épaule, Briony se retourna.

— Monte dans la voiture, lui murmura-t-il à l'oreille.

Elle savait qu'il avait l'intention d'aller chercher ses frères. Tyrel était chargé de les réveiller. Ils auraient déjà dû les rejoindre. Pourtant, ils ne montraient aucun signe de vie. Elle hésita un instant, mais Jebediah la poussa vers la nuit. Vers l'obscurité. Obéissant à son injonction, Briony se glissa dans la cour envahie de taillis et bordée d'arbres courbés par les rafales.

Elle adopta les couleurs nocturnes, des motifs noir et vert sombre associés à un camaïeu de gris. Elle suivit le cours du vent, se fondant dans le flux d'énergie de la tempête qui faisait virevolter les feuilles et les brindilles autour d'elle. Elle quitta le sentier pavé de mosaïques, devenu trop glissant, et s'engagea dans l'herbe et les buissons en essayant d'éviter les branches qui fouettaient l'air, accrochant leurs épines à ses vêtements. Elle ne se trouvait plus qu'à quelques pas de l'endroit où Jebediah avait camouflé le véhicule lorsque le vent changea imperceptiblement de direction.

À cet instant, elle perçut une odeur familière, et s'immobilisa pour scruter les alentours, à la recherche de l'ennemi. Il était proche. Elle reconnaissait le mélange de transpiration et d'eau de Cologne qu'elle avait déjà senti dans le cabinet de Sparks. Il ne prenait même pas la peine de masquer son parfum. Elle leva la tête juste au moment où Luther sautait du toit. Celui-ci fit preuve d'une telle rapidité que Briony eut à peine le temps de réagir. Elle choisit la meilleure option qui se présentait et effectua un pas sur le côté afin de le frapper aussi fort qu'elle le pouvait, espérant qu'elle parviendrait à lui faucher les jambes et le faire tomber au sol.

Mais avant de s'écrouler, Luther l'agrippa fermement par les cheveux et l'entraîna en arrière dans sa chute. Elle atterrit lourdement sur lui.

— Je commence vraiment à perdre patience, gronda-t-il. Calme-toi avant que je fasse quelque chose que nous regretterions tous les deux.

Elle lui enfonça ses coudes dans les côtes et donna un brusque coup de tête afin de l'atteindre au visage. Il se décala juste à temps. Déjà, Briony s'était écartée en roulant et essayait de se relever.

— Ne t'approche pas.

Il fit mine de pivoter sur la gauche, mais bondit sur ses pieds en position accroupie et lança son poing avec une force qui rendait son attaque imparable. Briony tenta de l'esquiver en tournant la tête, mais Luther la heurta avec une telle violence qu'elle vit durant quelques instants des étoiles danser devant ses yeux. Elle tituba en arrière. Lorsqu'elle atteignit les dalles glissantes, ses pieds se dérobèrent sous elle et elle s'écroula.

Luther se rua sur Briony sans attendre et la plaqua au sol, lui couvrant la bouche d'une main.

— Merde, tu ne me laisses pas le choix. Arrête de lutter. J'ai fait attention à ne pas te blesser, mais si tu continues, je ne réponds plus de rien.

Briony se figea. Il était incroyablement puissant, et plus elle se débattait, plus il resserrait son étreinte. Elle essaya de se recroqueviller dans l'espoir de protéger le bébé.

— Je n'ai pas l'intention de te faire du mal, reprit Luther. Et je ne voudrais pas avoir à éliminer tes frères, mais tu m'y obliges. Il faut absolument que je te ramène au laboratoire.

Il écarta les cheveux qui retombaient sur le visage de Briony, et caressa du bout des doigts sa mâchoire qui commençait à enfler.

— Tu n'aurais pas dû me pousser à bout.

Briony ne put réprimer une grimace, et elle tenta d'échapper à son contact. Elle réfléchissait à toute vitesse à un moyen de s'enfuir. Elle ne disposait que de quelques secondes. Quand il se redresserait, il serait vulnérable l'espace d'un instant. C'était peut-être son unique chance. Elle détourna la tête et aperçut des couleurs flotter dans la nuit, un bref éclair d'ondes de chaleur jaune et rouge l'avertissant de la présence de ses frères. Briony braqua le regard sur Luther et s'agrippa à sa chemise.

— J'arrêterai de me débattre si tu me dis la vérité. Est-ce qu'ils veulent faire du mal au bébé ?

— Non, pas du tout ! Sparks aurait dû te le dire. Ils veulent le bébé vivant. Vous avez tous les deux de la valeur pour eux. Ils n'ont aucune intention de vous blesser, ils ne se permettraient pas de risquer vos vies. D'autres aimeraient vous éliminer parce qu'ils ont peur de vos pouvoirs.

Briony sentit l'odeur de son frère juste au moment où Luther tournait la tête, alerté par un bruissement. Jebediah lui assena un violent coup sur le crâne, et il s'effondra à côté de Briony. Seth et Ruben s'empressèrent d'enrouler des bandes adhésives autour de ses jambes et de ses poignets, puis le bâillonnèrent tandis que Jebediah aidait sa sœur à se relever.

— Ça va, ma chérie ? s'inquiéta-t-il en prenant son menton dans le creux de la main afin d'examiner sa mâchoire tuméfiée. Il ne t'a pas ratée.

Il fit volte-face pour lancer un coup de pied dans les côtes de Luther, y mettant toute la rage que lui inspirait la situation.

— Il est inconscient, fit remarquer Briony.

— Je m'en fous.

— Tu as entendu ce qu'il m'a dit ?

Jebediah hocha la tête.

— Ils ont tué Tony parce qu'ils ont cru que c'était lui le père. Le reste n'est qu'un ramassis de conneries. Tu arriveras à marcher ?

Elle acquiesça.

— Est-ce qu'il y en a d'autres ? Il n'est sûrement pas venu seul.

Tyrel lui adressa un clin d'œil.

— Seth et Ruben se sont réveillés en entendant une voix qui leur lançait un avertissement. Ils ont surpris les intrus, et les ont attachés au lit.

Luther ouvrit les yeux et leur décocha un regard noir. Plus il les regardait, plus elle se sentait terrorisée. Même ligoté, il disposait de pouvoirs que ses frères n'imaginaient pas.

— Partons d'ici, suggéra-t-elle.

Jebediah lui passa un bras autour des épaules en jetant un coup d'œil à Luther.

— D'accord. Allons-y tout de suite.

— « Cru » que Tony était le père ?

Elle entendit très distinctement la voix qui s'élevait dans son esprit. Elle pivota vers Luther. Jebediah avait commis une maladresse qui ne lui avait pas échappé. Elle remarqua la lueur de compréhension qui s'immisçait dans ses yeux.

Briony tira Jebediah vers le véhicule.

— Dépêchons-nous. Ils ne nous suivront pas, cette fois.

Jebediah se glissa derrière le volant.

— Est-ce que tu as bien vérifié qu'ils n'avaient pas placé de mouchard, Ruben ?

— Je n'ai rien vu, affirma ce dernier. Mais peut-être que je l'ai manqué.

— Nous abandonnerons cette voiture, décida Jebediah. Ne prenons aucun risque inutile.

— Il sait, murmura Briony. Luther a compris que Jack était le père.

Jebediah la considéra d'un air grave, puis serra ses mains dans les siennes.

— Je trouverai un moyen d'entrer en contact avec lui pour le prévenir, Briony.

— Merci, Jeb. Je n'ai aucune idée de l'endroit où nous pourrions nous réfugier. Et toi ?

— Cette nuit, nous allons nous éloigner autant que possible de Luther. Ensuite, nous resterons cachés un moment, le temps de faire le point sur cette histoire. Si nous ne bougeons pas, nous ne laisserons aucune trace et ils ne pourront pas nous suivre. Nous allons commencer par balancer cette bagnole et en prendre une autre.

Plus facile à dire qu'à faire. En pleine nuit, avec la tempête qui continuait à faire rage, dénicher un autre véhicule ne s'avéra pas aussi simple. Jebediah en voulait un rapide et maniable au cas où ils auraient à semer d'éventuels poursuivants. Ruben déroba une Mercedes et échangea la plaque d'origine avec celle d'une voiture du même modèle qu'ils trouvèrent quelques kilomètres plus loin.

Briony se couvrit le visage des mains, accablée par le fait qu'ils en soient réduits à voler des voitures. Elle somnola plus qu'elle ne dormit pendant que ses frères se relayaient au volant. Au matin, après avoir soigneusement lavé l'intérieur et la carrosserie de leur véhicule volé, ils l'abandonnèrent dans une ruelle déserte. Ils se dirigèrent ensuite vers un petit magasin.

Ruben leur faussa compagnie pour se rendre en hâte dans un garage qui vendait des voitures d'occasion, au bout de la rue. En attendant son retour, ses frères entrèrent dans la boutique afin d'acheter de la nourriture et des produits de première nécessité. Briony préféra rester dehors pour se détendre après les longues heures passées enfermée avec sa famille.

Quelques rares personnes déambulaient sur le trottoir. Briony respira calmement afin de combattre la nausée qui la gagnait.

— S'il te plaît, mon bébé, ne me rends pas malade, ce matin, chantonna-t-elle. Ça fait un peu perdre les pédales à tes oncles.

Tandis qu'elle parlait à son enfant, elle remarqua un homme dans la voiture qui était garée juste en face. Elle sentit son cœur bondir et s'emballer. Elle se leva brusquement et se dirigea vers le magasin.

Ils avaient été suivis.

L'individu sortit de son véhicule, ôta ses lunettes de soleil et s'avança vers elle d'une démarche assurée. Marchant à grandes enjambées, il lui barra la route avant qu'elle ait pu se mettre en sécurité.

— Madame, je m'appelle Kadan Montague. Je dois vous parler, à vous et à vos frères, d'une affaire vous concernant et impliquant Jack Norton.

Briony s'écarta. Cet homme, avec son regard calme et son expression impassible, lui inspirait une certaine méfiance ; mais avant tout, elle sentait qu'il disposait de capacités hors du commun. Il tendit son bras et, à ce geste, la manche de sa chemise remonta, dévoilant un tatouage identique à celui de Jack. Elle contempla le dessin qui, elle le savait, n'apparaissait qu'aux yeux de ceux qui possédaient des facultés visuelles spéciales.

— Vous vous trompez. Je ne connais personne du nom de Jack Norton.

Tyrel sortit du magasin. Son visage se crispa aussitôt, et il lança un ordre bref à l'intention de ses frères par-dessus son épaule avant de courir vers elle. Il la saisit par le bras et l'attira vers lui d'un geste protecteur.

— C'est important, madame. Je vous demande simplement de m'écouter. Nous pouvons nous asseoir dehors, peut-être là-bas. (Kadan indiqua une table ronde surmontée d'un parasol coloré située sur le trottoir.)

J'ai conduit sans m'arrêter pour vous trouver, et une tasse de café ne me ferait pas de mal.

Ses deux autres frères sortirent en trombe de la boutique et encerclèrent l'intrus. Celui-ci tendit calmement sa carte d'identité à Jebediah. C'était son flegme, sa totale maîtrise de lui-même, qui inquiétait le plus Briony. Cet homme lui rappelait Jack de façon troublante. Elle ne faisait confiance à personne, et elle était persuadée que les capacités physiques et psychiques de Kadan Montague avaient été amplifiées. De plus, elle s'était tout de suite rendu compte qu'il était un stabilisateur. En public, elle tremblait en permanence et devait lutter contre la douleur qui lui enserrait la tête comme un étau. Dès l'instant où il s'était approché, ces symptômes avaient disparu.

Elle apposa ses deux mains sur son ventre. Elle ne se sentirait plus jamais en sécurité. Pire encore, elle entraînait ses frères dans sa fuite. Ils n'avaient aucun plan. Aucun objectif précis. Ils ne savaient même pas à quoi au juste ils tentaient d'échapper. Jebediah avait manifestement remarqué son désarroi, car il lui passa un bras autour des épaules et l'attira contre lui.

— S'il vous plaît, tout ce que je vous demande, c'est de me consacrer quelques minutes.

— Est-ce que vous êtes armé ? l'interrogea Jebediah.

— Oui. Et vous devriez l'être également. Je suis arrivé trop tard au cirque pour vous aider. J'ai suivi votre piste jusqu'à la villa, puis je vous ai filés jusqu'ici. Et je ne suis pas le seul à être sur vos traces.

Seth étouffa un juron.

— Je n'ai pas cessé de vérifier si on nous suivait, et je ne me suis rendu compte de rien.

Jebediah invita Kadan à prendre place à la table.

— On dirait que la moitié de cette planète est à nos trousses. Qu'est-ce que vous voulez ?

Kadan attendit que tous les membres présents de la famille Jenkins se soient installés, les frères encadrant Briony à la manière de gardes du corps.

— Est-ce que vous avez rencontré Jack Norton à Kinshasa ? demanda Kadan de but en blanc.

— Je ne répondrai pas à cette question, rétorqua Jebediah.

— Peut-être que ceci vous aidera à comprendre ce qui se passe, déclara Kadan en ouvrant sa serviette.

Avant qu'il ait pu en sortir quoi que ce soit, Jebediah l'agrippa par le poignet. Kadan se contenta de le dévisager en haussant un sourcil, et Jebediah retira lentement sa main.

Kadan extirpa un dossier de son sac.

— Il était une fois un brillant chercheur possédant plus d'argent que de bon sens et de moralité. Il y a déjà de cela des années, il se rendit en Europe pour y visiter des orphelinats, à la recherche d'enfants très spéciaux. Il ne s'intéressait qu'aux petites filles qui promettaient d'être dotées d'une intelligence supérieure, mais aussi – plus important encore – de pouvoirs psychiques.

Tyrel se pencha en avant.

— Comment ce chercheur pouvait-il reconnaître ces qualités chez des enfants ? Quel âge avaient ces fillettes ?

— Un grand nombre d'entre elles n'étaient encore que des bébés. Il acheta ces petites filles et les ramena dans son laboratoire, où il commença à les soumettre à quelques expériences. Plus tard, craignant de se faire prendre, il monta un plan destiné à faire croire à la face du monde qu'il avait adopté ces fillettes. Ensuite, il mena des expériences similaires sur des volontaires, des militaires appartenant aux Forces spéciales.

Jebediah émit un petit sifflement en signe de compréhension.

— Il tentait de créer des soldats d'exception, des armes humaines, en amplifiant les facultés physiques et psychiques de ses sujets.

— Exactement, dit Kadan. Briony, vous êtes l'une de ces petites filles.

— Le professeur Whitney, souffla Jebediah. Mes parents ont été contactés par un homme du nom de Peter Whitney, un milliardaire qui donnait l'impression de vivre sur une autre planète. Il semblait bénéficier de toutes sortes de contacts au sein des gouvernements de différents pays, en Europe comme aux États-Unis. Il connaissait le Président, et à peu près toutes les personnalités importantes. Il a dit que sa femme était morte, et qu'il ne se sentait pas capable d'élever sa fille tout seul. Il voulait qu'elle soit accueillie par un foyer aimant où elle pourrait développer ses capacités inhabituelles.

Kadan hocha la tête.

— Nous ne sommes pas au courant de la totalité de l'histoire. Whitney est censé avoir été assassiné, mais aucun de nous ne croit plus à sa mort. Nous avons retrouvé trois des fillettes, qui sont aujourd'hui des adultes, bien sûr : Lily, Dahlia, et Iris. Et vous, maintenant, Briony. Nous vous avons cherchée partout. Je sais que vous n'êtes pas une stabilisatrice. Comment avez-vous réussi à survivre toutes ces années sans aucun filtre, à proximité immédiate de tant de gens ?

Sa voix trahissait une admiration évidente.

Briony serra très fort la main de Jebediah.

— Est-ce que vous connaissez un homme du nom de Luther ? Quelqu'un comme vous, aux facultés physiques et psychiques amplifiées…

Elle désirait lui faire comprendre qu'elle l'avait percé à jour.

Kadan secoua la tête.

— Non, désolé. Je ne connais à ce jour que deux équipes ayant participé au projet. S'il en existe d'autres, c'est que Whitney a mené des expériences supplémentaires en secret.

— Que leur a-t-il fait ? demanda Tyrel.

Ils avaient tous une multitude de questions. Briony aurait souhaité en poser une centaine, mais cet homme était un étranger. D'après ce que lui avait affirmé Luther, certaines personnes voulaient les éliminer, elle et le bébé. Il était possible que Kadan Montague en fasse partie.

— Il s'agit d'un protocole extrêmement complexe, déclara Kadan. Si vous m'accompagnez aux États-Unis, Lily pourra vous l'expliquer. Elle aussi a été ramenée de l'orphelinat. Elle se consacre à rechercher les autres filles, mais travaille également sur des méthodes susceptibles d'aider les individus incapables de filtrer les émotions à vivre en société sans souffrir en permanence.

— Vous voulez dire que tout ça est vrai ? s'exclama Seth.

— Oh oui ! ça l'est ! affirma Kadan en se penchant en avant. Vous avez été capable de surmonter la douleur, Briony, alors que la plupart de nos hommes, malgré leur force et leur volonté, rencontrent de sérieuses difficultés. Votre contribution nous permettrait d'apprendre énormément.

Le visage de Jebediah se crispa de colère lorsqu'il parcourut le dossier concernant sa sœur. Même si les documents regorgeaient de termes scientifiques incompréhensibles pour lui, il en saisissait l'essentiel, et ce qu'il découvrait l'horrifiait.

— Est-ce que Jack est au courant ?

— Pas encore. Nous avons pensé que Briony courait un danger plus immédiat. Est-elle enceinte ?

Un long silence s'ensuivit. Kadan contempla les visages fermés autour de la table, puis tapota le dossier.

— Nous venons tout juste d'apprendre que vous attendiez un bébé. Si nous l'avions su avant, nous aurions tenté de vous avertir plus tôt. Nous avons piraté l'ordinateur de Whitney, c'est par ce biais que nous avons obtenu cette information. Si cet enfant est de Jack, et que vous disposez tous les deux de facultés spéciales, est-ce que vous imaginez ce que ça signifie ? Whitney sera prêt à tout pour s'emparer de ce bébé. Et à ce qu'on m'en a dit, Briony, il ne reculera devant rien pour mettre la main sur vous. Il n'hésitera pas à éliminer tous ceux que vous aimez. Il voudrait vous inclure dans son programme de reproduction.

— Toute cette histoire me donne la chair de poule, Jeb, avoua-t-elle en se tournant vers son frère aîné. Je ne supporterais pas que l'un de vous soit blessé à cause de moi.

— Ils n'abandonneront jamais, Briony, insista Kadan. Tôt ou tard, ils tueront vos frères et vous emmèneront dans ce laboratoire. Vous avez besoin de protection. Si vous venez avec moi, nous nous assurerons que Whitney ne puisse jamais vous atteindre, vous et le bébé.

Jebediah considérait les documents, sourcils froncés.

— Pourquoi seriez-vous prêt à prendre tous ces risques pour ma sœur ?

— Parce qu'elle est des nôtres, répliqua Kadan.

— Luther aussi a proposé de me protéger, et il a tué Tony, rétorqua Briony en observant attentivement le visage de Kadan afin de voir ce qu'elle y lirait.

En vain. Il affichait une expression impassible.

— Qui est Tony ? demanda-t-il.

— Le père de mon bébé, mentit-elle.

Kadan cilla. Ce fut l'unique réaction qu'il montra.

— Ce n'est donc pas Jack ?

Briony secoua la tête.

— Non. Quand je suis allée consulter mon médecin, je pensais qu'il était impossible que je tombe enceinte vu que je prenais la pilule…

— Ils lui donnaient des placebos, lança Jebediah d'un ton sec. Les salauds. D'où tenez-vous ce dossier ?

— Nous nous sommes introduits dans l'ordinateur de Whitney pour nous le procurer. Il essaie depuis un an de provoquer une rencontre entre Jack Norton et votre sœur. Il n'a pas imaginé un seul instant qu'elle serait capable d'être avec un autre homme. Le fait qu'elle ne puisse pas filtrer les émotions était pour lui le gage qu'elle ne fréquenterait personne.

Kadan avait révélé ces informations d'une voix égale. Il regarda Briony droit dans les yeux.

— Comme Whitney, je ne comprends pas comment vous avez pu avoir une relation sexuelle avec un homme non stabilisateur.

Briony haussa les épaules.

— Il ne pensait pas non plus que je supporterais de vivre avec ma famille, mais j'ai résisté durant toutes ces années, et j'exécute mon numéro devant des milliers de personnes. Est-ce qu'il croyait que ce serait possible ?

— Briony, murmura Jebediah, les yeux brillants d'émotion. Nous aurions dû le savoir. Nous aurions pu…

Il s'interrompit et regarda ses frères d'un air désemparé.

— … nous montrer plus compréhensifs envers toi, finit Tyrel.

— Ça va. Maman a toujours dit que j'étais forte, et c'est vrai.

Jebediah semblait si bouleversé qu'elle lui toucha le bras de manière à le rassurer. Heureusement, la proximité de Kadan l'empêchait de ressentir son désarroi.

— Attendez une minute, intervint Seth. Tout ça n'a aucun sens pour moi. Pourquoi est-ce que le professeur Whitney voudrait que ce type, Jack, rencontre Briony ?

— Le professeur Whitney était – est – un génie, un homme qui dispose de connexions dans tous les pays du monde, quelqu'un de respecté, qui a accès aux informations les plus confidentielles. Il est farouchement déterminé à réussir tout ce qu'il entreprend. Nous savons qu'il a mené des expériences sur ces orphelines dont je vous ai parlé. Il les a cachées et a testé sur elles sa méthode d'amplification des facultés psychiques, puis physiques, améliorant le protocole. Tout le monde a d'abord pensé qu'il avait fait adopter ces petites filles mais, à notre connaissance, seule Briony a réellement été accueillie par une famille. Whitney a ensuite développé les capacités psychiques de membres des Forces spéciales. Personne n'était alors au courant de rien concernant ces orphelines. Nous n'avons découvert cette histoire qu'après la mort présumée de Whitney. Nous croyons qu'il est toujours en vie et qu'il poursuit ses expériences à une échelle encore supérieure, protégé par une organisation gouvernementale secrète.

— Le fils de pute, gronda Seth. Est-ce vraiment possible ?

— Malheureusement, oui. Je vous divulgue des informations susceptibles de nous faire tous tuer. En tout cas, si Whitney découvre que nous avons ces renseignements en notre possession et apprend que nous sommes persuadés qu'il est vivant, il disparaîtra en effaçant toutes ses traces, et nous ne le retrouverons jamais. Je risque ma vie en venant ici vous prévenir et vous offrir notre protection. La moindre des choses que vous puissiez faire en retour, c'est me dire la vérité.

— Et qu'est-ce qui vous fait croire que je ne vous dis pas la vérité ? demanda Briony.

— Je suis télépathe, moi aussi. Les choses qu'il vous a faites, je les ai subies également. Moi et mon équipe sommes en mesure de vous aider. Vous savez comme moi que plus votre grossesse avancera, moins vous serez rapide, Briony. Vous ne pourrez plus vous échapper, et vos frères en subiront les conséquences. Ils réussiront peut-être à se débarrasser d'un ou deux hommes que Whitney enverra à vos trousses, mais pas des soldats amplifiés. Ces types anéantiront votre famille entière sans aucun remords.

— Ça suffit ! lança Jebediah avec hargne. Ne fonçons pas tête baissée, nous devons réfléchir. J'ai des amis qui pourront se renseigner sur vous. Je ne vous confierai pas ma sœur sans savoir qui vous êtes ni ce que vous voulez.

— Je ne suis pas sûr que vous pourrez vous accorder le luxe d'attendre leur réponse, déclara Kadan en faisant signe au serveur. Les gens dont nous parlons ne vous laisseront probablement pas le temps d'appeler vos amis. Si j'ai réussi à vous retrouver, ils vous retrouveront. (Il posa les yeux sur les pansements de Tyrel, puis sur la mâchoire contusionnée de Briony.) De nouveau.

Briony sourit au serveur, et entoura de ses mains la tasse de café qu'il lui tendit, réfléchissant aux révélations que Kadan venait de leur faire. Elle n'accepterait jamais de confier le destin de son bébé à un étranger, mais il lui restait une option. Elle contempla le breuvage noir, l'estomac noué par la peur. En serait-elle capable ? Se sentait-elle assez forte ?

— Où comptez-vous passer la nuit, monsieur Montague ? Nous allons en discuter, et nous vous informerons de notre décision. Je dois réfléchir.

Kadan poussa un soupir.

— Lisez ce dossier. Whitney est un monstre, et s'il met la main sur vous – ou sur le bébé –, je ne donne pas cher de votre vie. À l'heure où je vous parle, nous n'avons pas la moindre idée de l'endroit où il se trouve. S'il vous retient prisonnière, nous ne serons pas en mesure de venir à votre secours. Venez avec moi aux États-Unis. Si vous éprouvez le besoin d'avoir vos frères à vos côtés, nous les accueillerons avec plaisir. Restez au moins avec nous jusqu'à la naissance du bébé. Vous avez des capacités exceptionnelles, et vous avez reçu un excellent enseignement. Nous pouvons vous apprendre quelques techniques de survie qui suffiront peut-être à vous protéger, vous et votre enfant.

Des techniques de survie. « N'ouvrez pas la porte. Restez sur le côté. Marchez à ma gauche. Montez sur le toit, ne descendez pas dans la rue. » Ces mots tournèrent en boucle dans son esprit. Qui ferait un meilleur enseignant que le maître absolu en la matière ?

— Pourquoi n'êtes-vous pas allé voir M. Norton pour tout lui raconter ? demanda Briony. Vous n'agissez sûrement pas seul. Vous avez envoyé quelqu'un pour le prévenir ?

Kadan la dévisagea de ce regard perçant qui la déstabilisait.

— Parfois, Norton disparaît, et s'il n'a pas envie qu'on le retrouve, personne ne peut mettre la main sur lui.

Briony remua son café après y avoir versé de la crème.

— Il est introuvable ? Alors, c'est que vous l'avez cherché.

— L'un des membres de son équipe était avec nous lorsque nous avons appris cette information. Nous lui avons laissé le soin de décider s'il fallait tenter de contacter Jack.

Seth prit le pichet de crème des mains de Briony et le vida rageusement dans son café tout en considérant Kadan d'un air de défi.

— S'ils ont tué Tony en pensant que c'était lui le père, est-ce qu'ils ne vont pas essayer de retrouver ce Norton, en supposant que ça pourrait être lui ?

Briony leva la tête au grognement de Jebediah. Se couvrant les yeux d'une main, il lui murmura à l'oreille :

— T'imaginer avec deux partenaires différents, c'est plus que ce que je peux supporter.

— C'est possible qu'ils veuillent s'en prendre à Jack. Ils ont accès à toutes sortes de renseignements. Whitney dispose d'informations ultraconfidentielles. Il détient des dossiers concernant Jack dont peu de personnes ont connaissance. À mon avis, il ne s'approchera pas de lui à moins d'y être obligé. Ce serait vraiment chercher les ennuis.

— Qu'est-ce que ça signifie exactement ? demanda Seth. Pourquoi épargnerait-il Jack alors qu'il a tué Tony ?

Kadan se carra dans son siège.

— Contrairement à Jack, Tony constituait une cible facile. Whitney a un nombre d'hommes limité. Nous avons eu l'occasion de tester ses troupes récemment, et il a perdu quelques-uns de ses éléments. S'il envoyait une équipe s'occuper de Jack, peu d'hommes en sortiraient vivants, voire aucun. Jack ne vit pas tout seul, là-haut. Il a Ken à ses côtés ; et son frère jumeau est aussi redoutable que lui. Ils forment un duo imbattable. Ils travaillent ensemble depuis des années, et chacun sait exactement ce que l'autre s'apprête à faire à chaque instant. Whitney ne s'en prendra pas à Jack Norton, surtout pas sur son propre terrain, à moins d'être devenu fou, ou de ne plus avoir d'autre solution.

Briony adressa à son frère un regard désespéré. Résolu. Elle réprima ses larmes en clignant des yeux. Jebediah déglutit, puis posa sa main sur la sienne.

— Briony a raison, monsieur Montague. Nous vous remercions de nous avoir avertis et d'avoir partagé toutes ces informations, mais nous avons besoin de réfléchir en famille. Laissez-nous quelques minutes.

Kadan acquiesça.

— Ça ne me ferait pas de mal de manger un morceau. Je vais passer commande pendant que vous discutez. Est-ce que vous voulez que je vous prenne quelque chose ?

Kadan s'empara du dossier et le rangea dans sa serviette.

Jebediah demanda un petit déjeuner, et les autres l'imitèrent. Ils attendirent que Kadan ait pénétré à l'intérieur du café pour reprendre leur conversation.

— Il n'est pas dupe, affirma Briony. Il sait que nous allons partir, c'est pour cette raison qu'il a emporté le dossier.

— Alors nous partons ? s'enquit Seth.

— Ruben revient avec la voiture, déclara Jebediah d'un air grave. Allons-y.

Chapitre 9

Briony contemplait le paysage sauvage qui défilait par la vitre à mesure qu'ils prenaient de l'altitude dans les montagnes du Montana. Parfois, la route se transformait en une piste accidentée à peine visible sous les buissons et les herbes. Plus elle en savait sur Jack Norton, plus elle l'imaginait dans ce genre d'environnement inhospitalier. Il vivait hors du temps, n'obéissant qu'à ses propres règles, capable de se montrer aussi dangereux que les prédateurs qui l'entouraient. Il disparaissait dès qu'il en avait envie, et pouvait survivre dans les milieux les plus hostiles. Elle doutait que quiconque puisse le trouver, c'est pourquoi elle avait besoin de lui. Il pourrait lui enseigner ce qu'il savait et les protéger, elle et le bébé, du moins pendant son apprentissage.

Peu importait qu'il ne veuille pas d'elle. *« Un boulet. »* Ces mots résonnaient dans son esprit. Elle appuya ses deux mains sur son ventre, les lèvres serrées en une expression déterminée. Dommage pour lui. Non seulement elle allait apparaître sur le pas de sa porte, mais, en plus, elle lui amenait un enfant. Il n'était pas encore né, soit, mais Jack devrait se faire à cette idée. Une fois qu'elle lui aurait avoué qu'elle et le bébé se trouvaient en danger, il ne les abandonnerait pas, elle en était persuadée.

Elle passa la tête au-dehors et s'agrippa au cadre de la vitre pour observer la vallée qui s'étendait en contrebas.

Ils étaient sur le bon chemin. Elle pouvait sentir Jack de la même manière qu'elle avait perçu sa présence la première fois, avant même d'avoir posé les yeux sur lui. Il se trouvait plus près qu'elle l'avait pensé, et le goût de la peur envahit sa bouche. Son cœur s'emballa et, lentement, sans s'en rendre compte, elle resserra les doigts sur la portière, si fort que ses articulations blanchirent. Elle éprouvait la sensation que chaque kilomètre les rapprochait du danger.

— Tu es sûre que c'est ce que tu veux, Briony ? demanda Jebediah d'une voix tendue quand la nuit commença à tomber. Il fait de plus en plus sombre, même avec le clair de lune, et je préfère ne pas utiliser les phares tant que nous n'y sommes pas obligés. Jusqu'à maintenant, nous avons réussi à ne pas nous faire repérer, mais si Jack Norton se rend compte que nous arrivons, il est susceptible de se cacher. Après, nous ne pourrons plus le retrouver. (Il lui jeta un coup d'œil.) Si nous continuons, il sera impossible de renoncer.

— Tu pressens une menace, toi aussi ?

Jebediah ne s'inquiétait pas facilement, mais il bénéficiait sans conteste d'un sixième sens qui lui permettait de détecter d'éventuels périls.

— Nous sommes vraiment en danger, Briony. Il est possible que Jack accepte de nous écouter, mais il pourrait tout aussi bien décider de nous tirer dessus pour nous être introduits dans sa propriété. Combien de panneaux d'avertissement a-t-on croisés ?

— Une bonne dizaine, répondit Briony avec un léger sourire. S'il a pris la peine de poser des panneaux, c'est qu'il n'a pas l'intention de tuer qui que ce soit.

— Tu peux parier jusqu'à ton dernier centime que c'est Ken qui a mis ces avertissements.

— J'espère que le soldat des SEALs que tu as contacté ne nous a pas fourni une mauvaise adresse.

— Jesse Calhoun est celui qui se rapproche le plus d'un ami pour Jack et Ken.

Elle haussa les épaules.

— Qui sait si j'ai pris la bonne décision ? Je ne ferai pas confiance à un inconnu. On ne peut plus se le permettre ; et Jack est le père de cet enfant, après tout. Je ne compte pas lui demander d'assumer ses responsabilités, ni de s'engager pour la vie avec moi. Mais s'il est vraiment le dur à cuire que tu décris, alors je suis persuadée qu'il est le mieux à même de protéger notre bébé. Même Kadan Montague a affirmé que, quand Jack voulait disparaître, personne ne pouvait le retrouver. Ça signifie qu'il peut m'apprendre ce dont j'ai besoin.

Jebediah secoua la tête.

— Il me donne la chair de poule, Briony. Et rien que te savoir avec lui… (Il arrêta le 4 × 4 en plein milieu de l'étroite piste et se tourna vers elle.) Certains hommes vivent selon leurs propres règles, et Jack en fait partie. Il ne sera jamais quelqu'un de facile, il ne s'intégrera jamais à la société, et si on trahit son code de justice, il devient redoutable. Le gouvernement utilise des types comme lui. On les entraîne, on nourrit leurs pulsions naturelles, et on fait appel à eux en cas de besoin ; mais personne n'approuve leurs actes, car ce sont des tueurs. Jack est extrêmement intelligent, et il a éliminé plus d'hommes que n'importe quel autre sniper. Seul son frère est capable de l'égaler dans ce domaine. (Il tapota le volant des doigts avec nervosité.) Je ne sais pas s'il a toujours été comme ça, ou si son comportement est le fruit des expériences de Whitney. Il ne parle pas beaucoup, mais tu n'as pas ressenti le danger qu'il représente, quand tu te trouvais avec lui ? Tu n'as pas lu la menace dans ses yeux ?

Briony se détourna. Elle avait entrevu un océan d'émotions dans les yeux qu'il évoquait. Leur intensité hantait encore son sommeil. Jack ne l'avait pas regardée avec des yeux de tueur. Il s'était simplement comporté en homme, à la fois dominateur, aimant et effrayant. Même si elle avait peu d'expérience dans ce domaine, elle était consciente que Jack aurait pu en profiter. Il aurait eu la possibilité de la lier sexuellement à lui, de la laisser le désirer, mourir d'envie pour lui, et pour lui seul. Mais il ne l'avait pas fait. Il ne l'avait pas voulu. Il était loin de l'être froid et insensible que décrivaient ceux qui le connaissaient, et elle comptait bien là-dessus.

— Il y a une chance pour qu'il souhaite protéger notre enfant. Il veille sur son frère. Il fait partie de l'armée, et tu m'as toi-même affirmé qu'il n'abandonnait jamais ses hommes. Il doit avoir un certain sens du devoir.

— C'est placer de grands espoirs en lui.

— Est-ce que j'ai vraiment le choix, Jeb ? Si ce que Montague nous a appris est vrai et qu'un savant fou est à mes trousses, où est-ce que je peux aller ? Surtout si Whitney travaille sur un projet confidentiel pour le compte du gouvernement. Nous ne connaissons pas la vérité, mais tu m'as dit avoir trouvé des éléments dans les documents de papa et maman prouvant que j'ai été adoptée et que Whitney en personne, le même dont nous a parlé Kadan Montague, a insisté pour me faire suivre un programme d'entraînement pour le moins étrange. Sparks a essayé de me droguer, et Luther a tenté de m'enlever. Je crois qu'on peut légitimement affirmer que je suis dans un sale pétrin.

— Ne sois pas si amère, Briony. Papa et maman t'aimaient, ça ne fait aucun doute. (Il lui adressa un regard furtif.) Cette histoire d'argent est plausible. Ils avaient l'ambition de racheter le cirque. Ils désiraient une petite fille, et ils voulaient te garantir la meilleure éducation possible. Tu parles plusieurs langues étrangères, tu es un vrai génie, et quand il s'agit d'en découdre, tu n'es pas en reste.

Nos parents souhaitaient te donner ce qu'il y avait de mieux, ils t'aimaient sincèrement. N'oublie jamais ça.

— Je n'oublie pas, Jeb, lança Briony en caressant son ventre qui s'arrondissait déjà. Mais ça ne change rien au fait que nous ne parviendrons pas à protéger le bébé indéfiniment. Je ne laisserai jamais Whitney ou qui que ce soit d'autre se servir de lui comme cobaye. Je suis forte. Je ferai tout ce qu'il faut pour veiller sur mon enfant. Où pourrais-je aller ? Si tu as une idée, dis-le-moi.

— Ils nous ont proposé leur aide, Briony, lui rappela-t-il.

— Et que savons-nous d'eux ? Cet homme, Kadan, a subi des améliorations physiques et psychiques. Ce n'était pas qu'une impression, il l'a avoué. Et j'ai eu la sensation qu'il était encore plus puissant que Luther. Et si son but était de m'amener à Whitney ? Nous n'en savons rien. Au moins, tu connais Jack Norton. Il t'a sauvé la vie. Tu m'as affirmé que c'était un homme intègre et que, lorsqu'il acceptait une mission, il la menait jusqu'au bout. Je vais lui demander d'assurer ma sécurité jusqu'à la naissance du bébé. Il pourra m'enseigner comment me cacher, et une fois que le bébé sera là, je disparaîtrai. Nous en trouverons bien le moyen, des gens disparaissent tous les jours.

— Et s'il refuse ?

— Il nous est redevable, mais s'il réagit effectivement comme un salaud (elle haussa les épaules), je suppose que nous devrons nous renseigner sur ces individus et déterminer si oui ou non ils sont de notre côté.

— Regarde-moi dans les yeux, Briony, la défia Jebediah. Regarde-moi, et dis-moi que tu n'es pas en train de rêver que Jack Norton tombe amoureux de toi. Nous ne sommes pas dans un conte de fées, et Jack est loin de ressembler à un prince charmant. Vivre avec un homme comme lui est bien la dernière chose que tu voudrais. Je suis terrifié à l'idée de te laisser seule avec lui.

Elle posa la main sur le bras de son frère.

—Je ne me fais aucune illusion, Jebediah. Tu me connais. Je suis plus intelligente que la moyenne. J'ai des facultés spéciales, et j'ai plus que ma part d'orgueil. J'ai lu mon dossier de manière attentive, notamment la partie mentionnant que je réagirais à une certaine odeur. Jack m'a dit que je ne serais rien d'autre qu'un boulet pour lui, et qu'il n'était pas du genre à s'encombrer d'une femme. Je répète presque mot pour mot ses paroles. Il paraît évident que notre attirance l'un envers l'autre a été artificiellement programmée par ce professeur dans le but de nous amener à concevoir un enfant. Ça n'a rien à voir avec les émotions, il ne s'agit que de phéromones. J'étais inexpérimentée, et j'ai cru que Jack pourrait m'aimer, mais il a été très clair sur ce point. Je ne répéterai pas la même erreur.

—En fait, c'est l'éventualité qu'il tombe amoureux de toi qui m'effraie le plus. Il s'approprierait ta vie, Briony. Tu ne connais qu'une infime partie de sa personnalité. Ce n'est pas quelqu'un de facile. Il est hanté par toutes sortes de démons qui ne sont pas près de disparaître. Je déteste devoir te dire ce genre de chose, mais Jack est vraiment hors norme. En tant que soldat, quand on se trouve en territoire ennemi, on prie pour ne rencontrer personne, ou au moins pour ne pas se faire repérer ni avoir à appuyer sur la détente, mais Jack… (Jebediah secoua la tête.) Ça lui est égal.

—Je ne mets pas ton jugement en doute, Jeb. Si tu affirmes qu'il est dangereux, je te crois. Mais je sais aussi que tu le respectes et que tu reconnais ses capacités. (Elle fut soudain prise de frissons d'adrénaline.) Personne, tu m'entends, personne ne me prendra mon enfant. Je peux me montrer sans pitié quand il le faut. Jack Norton me sous-estimera sans doute, comme tous les autres, ce qui me donnera un avantage.

Jebediah donna libre cours à sa frustration en se tapant l'arrière du crâne à plusieurs reprises contre l'appuie-tête, puis frappa le volant du plat de la main.

— C'est n'importe quoi ! Je devrais être capable d'assurer moi-même ta protection. Comment toute cette histoire a-t-elle pu arriver ? Pourquoi papa et maman n'ont-ils pas soupçonné que quelque chose ne tournait pas rond quand Whitney a exigé que tu suives un entraînement spécifique alors que tu n'étais encore qu'une petite fille ? Personne n'oblige un enfant à rester en apnée sous l'eau aussi longtemps, ni ne lui demande de faire toutes les conneries qu'il t'a imposées.

— Ça me plaisait, fit remarquer Briony. Si j'avais détesté, nos parents auraient sans doute refusé, tout comme ils se sont opposés à Whitney quand il a voulu m'envoyer en formation en Colombie. (Elle esquissa un pâle sourire.) Au moins, je suis apte à gérer les obstacles qu'on dresse sur mon chemin.

Elle se tourna de nouveau vers la vitre pour contempler le paysage. Elle aimait la nature, ainsi que la nuit. Mais… Briony soupira. À cet instant, l'obscurité lui procurait une sensation de vulnérabilité bien éloignée de la sécurité qu'elle éprouvait d'habitude. Les arbres et les buissons étendaient leur silhouette sombre et inquiétante, formant un décor sinistre. Briony s'imaginait des monstres tapis dans l'ombre, prêts à bondir pour la dévorer.

— Toute ma vie, j'ai eu le sentiment d'être lâche. J'ai peur en permanence. Mais cette situation me terrifie vraiment. (Elle réprima d'un battement de paupières les larmes qui menaçaient de surgir.) Je n'ai jamais rien connu d'autre que vous et le cirque. J'ai toujours eu conscience de ma différence. Maman me conseillait tout le temps de la cacher, et peut-être que c'est ce qui m'a attirée chez Jack Norton. J'avais enfin trouvé quelqu'un comme moi.

Au moment même où j'ai posé les yeux sur lui, je l'ai su. J'ai voulu me sentir à ma place, rien qu'une fois.

— Merde, Briony, tu as toujours été à ta place avec nous. Toujours. Nous voulions avoir une sœur autant que papa et maman désiraient avoir une fille.

— Je sais. Ça n'a rien à voir avec mon adoption. Vous êtes ma famille, et rien ne vous remplacera jamais. Je n'ai jamais eu l'impression de ne pas être aimée, mais juste d'être différente. (Elle cherchait ses mots pour lui faire comprendre ses sentiments.) Avec Jack, je n'ai pas eu à cacher qui j'étais vraiment. Il m'a vue telle que j'étais, et réciproquement. Je n'ai pas eu besoin de dissimuler le fait que je suis étrangement forte et rapide, et que je vois les gens d'une manière spéciale. Et plus important encore, je n'avais plus mal du tout. (Elle ferma les yeux.) Est-ce que tu peux imaginer ce que j'ai éprouvé ? Pour la première fois, je côtoyais quelqu'un sans connaître ses pensées ou ses sentiments. Je n'étais pas assaillie par ses émotions, je n'étais pas malade. C'était un tel soulagement…

— Je ferais n'importe quoi pour que tu ressentes la même chose avec nous, Briony, déclara Jebediah.

— Je sais, Jeb, et je sais que vous m'aimez.

— Tu te sentiras de nouveau attirée par Jack quand tu le reverras, l'avertit-il.

Elle tourna la tête pour le regarder.

— Sans doute, mais cette fois, je sais à quoi m'attendre. Il a été honnête avec moi, et tu me connais, je suis tenace. J'ai l'air fragile, mais j'ai le bébé, toi et les garçons, et je ne céderai pas. Je ne me laisserai pas piéger de nouveau. (Elle observa les arbres qui se balançaient dans le vent.) Il commence à faire nuit noire, Jeb, et je suis bien décidée à aller jusqu'au bout ; alors allons-y, et nous verrons bien comment il va réagir. Finissons-en.

— Est-ce qu'il t'est venu à l'esprit qu'il pourrait vouloir ce bébé ?

— Bien sûr. Mais que ferait-il d'un bébé ? (L'étincelle qui brillait dans ses yeux fit grimacer Jebediah.) Je ferai tout mon possible pour protéger mon enfant. Personne, pas même Jack Norton, ne me le prendra.

Jebediah étouffa un juron en redémarrant le 4 × 4.

— Je savais que tu étais têtue, Briony, mais j'ignorais à quel point.

Elle reposa la tête contre son siège et regarda par la vitre. Elle espérait avoir fait le bon choix. Jack Norton la terrifiait à de multiples égards. Elle avait attendu d'avoir subi trois tentatives d'enlèvement, trois, avant de se décider à le contacter. Elle n'avait pas peur qu'il essaie de la tuer, ou qu'il veuille garder le bébé, non. Elle craignait Jack Norton, car c'était la seule personne au monde susceptible de la soumettre à son pouvoir. Il était fort, dominateur, et sans conteste à des années-lumière de son inexpérience sexuelle. Elle avait répété à son frère les paroles blessantes de Jack uniquement pour se les rappeler, pour les conserver à l'esprit afin de ne pas céder une seconde fois. Il lui paraissait évident qu'elle se ferait happer par la personnalité possessive de Jack si elle n'y prêtait pas attention.

« *Une fois que je serai parti, n'essaie plus jamais de t'approcher de moi. Je ne serais pas capable de renoncer de nouveau à toi.* » L'avait-elle entendu murmurer ces mots lorsqu'elle émergeait du sommeil, ou s'agissait-il des derniers espoirs d'une femme naïve ? Peut-être était-ce un avertissement émanant de son esprit, lui ordonnant – lui hurlant – de rester loin de lui ? Elle aurait dû obéir à son instinct de préservation, et pourtant, elle s'apprêtait à se jeter dans la gueule du loup.

La forêt nationale Lolo les entourait désormais de toutes parts. En son cœur se nichait la propriété qu'ils cherchaient.

La montagne était entièrement boisée, et Briony entraperçut à plusieurs reprises des animaux sauvages.

— Je crois que nous y sommes, Briony, annonça Jebediah après avoir ralenti, le regard dirigé vers une piste étroite partant sur la droite. Il faut que tu sois absolument certaine que c'est ce que tu souhaites. Je pense qu'en suivant ce ruisseau sur cinq ou six kilomètres, nous y arriverons. Une fois là-bas, il sera trop tard pour changer d'avis.

Soudain incapable de respirer, elle leva la main et son frère arrêta le véhicule. Elle sauta au-dehors et se mit à vomir, appuyée contre la portière tandis que son estomac protestait contre la perspective de demander de l'aide à Jack Norton. Sa fierté lui dictait de ne pas s'approcher de lui, et elle était sur le point de le prier de la protéger… Elle secoua la tête en s'emparant du mouchoir que lui tendait Jebediah. L'idée de quitter la compagnie rassurante de sa famille au moment où elle en avait le plus besoin pour se rendre chez un homme qui ne voulait même pas d'elle lui glaçait les os.

— Ça va ? s'enquit Jebediah en lui massant le dos.

— Ne lui dis rien au sujet du bébé. Parlons-lui seulement de Whitney, et nous verrons comment il réagira.

— Si nous arrivons jusque-là, objecta Jebediah. Fais attention, Briony, il pourrait nous tuer.

— Je sais. (Elle hocha la tête tandis qu'une nouvelle crampe lui tordait l'estomac.) Je suis désolée de te mettre ainsi en danger. Je ferais peut-être mieux d'y aller à pied.

— Pas question. Si tu y vas, je t'accompagne.

Jack fut réveillé par un son qui tranchait avec les bruits familiers de la nuit. Il demeura quelques instants couché, parfaitement conscient. Tous les sens en alerte, il chercha l'origine de ce qui avait perturbé le rythme nocturne. Il ne dormait que par intermittence, et toujours d'un sommeil léger. Un faible ululement en deux temps, comme le cri d'une chouette, mais sans l'écho caractéristique, s'éleva non loin de là. Le bruit ne provenait pas du jardin, mais plus probablement de la forêt, juste avant l'entrée de la maison.

Jack posa les pieds au sol sans perturber le silence. Il s'empara de son jean et de sa chemise, les enfila, et boucla à sa ceinture un long fourreau de cuir contenant un couteau affilé. Un Smith & Wesson à la main, il marcha à pas de loup jusqu'à la porte. Il traversa le couloir plongé dans l'obscurité sans marquer une hésitation, puis se faufila dans la chambre de son frère.

Il exerça une légère pression sur l'épaule de Ken. Celui-ci, déjà réveillé, tirait son pantalon vers lui en prenant garde à ne pas faire de bruit. Ils communiquèrent par signes, comme ils en avaient l'habitude depuis l'enfance, préférant cette option à la télépathie, qu'ils utilisaient lorsqu'ils se trouvaient à distance l'un de l'autre. Ken saisit son fusil, une lunette de visée nocturne et une boîte de munitions.

Jack sortit par une porte latérale et avança dans la nuit en silence, à pas furtifs. Il fit signe à Ken de passer par en haut, puis traversa le jardin en se glissant dans l'obscurité, une ombre parmi les ombres, se confondant avec les rochers et les arbres. Il faisait partie de la nuit.

Une fois sous le couvert de la forêt, Jack choisit son poste de combat avec soin : un endroit abrité aux multiples échappatoires, et où Ken pourrait viser avec précision. Jack émit un petit sifflement pour amener les intrus à se dévoiler. Ken les compterait grâce à la lunette.

— Jack. (La voix lui parvenait faiblement, à peine un bruissement.) C'est Jebediah, Jack. Jebediah Jenkins.

— Viens, dit Jack à voix basse, un défi plus qu'une invitation.

Il ferma brièvement les yeux afin de chasser le souvenir de Briony, de la douceur de sa peau et de la sensation d'extase pure qui l'avait saisi, ce tourbillon de plaisir qui l'avait emporté hors de lui-même et de l'enfer dans lequel il vivait constamment. Il ne parviendrait jamais à l'oublier.

— *Il n'est pas seul*, murmura la voix de Ken dans son esprit.

Jack poussa un léger soupir. Jebediah n'était sûrement pas assez fou pour venir le trouver juste parce que Jack avait couché avec sa sœur. Cette idée semblait même trop puérile pour être formulée, et cela ne correspondait pas à la personnalité de Jebediah.

— *Laisse-les approcher, Ken.*

Le vent changea sensiblement de direction, juste assez pour que leur odeur lui parvienne. Un besoin irrépressible explosa dans chaque cellule de son corps aussitôt qu'il perçut les phéromones de Briony, qui l'enveloppèrent de sa suavité féminine. Elle se trouvait avec Jebediah, et son parfum capiteux et enivrant l'appelait, risquant de lui faire perdre tout contrôle. Jack expira lentement. Comment pourrait-il renoncer à elle une seconde fois ? Il n'était pas du genre à suivre les règles. Il désirait Briony, et la tentation de la garder, de la lier à lui de manière irrévocable, le brûlait. Il en serait capable, il n'en avait aucun doute. Il l'avait prévenue. Pourquoi ne l'avait-elle pas écouté ? Et pourquoi Jebediah ne l'avait-il pas tenue en sécurité, loin de lui, sur un autre continent ?

Il attendit, immobile dans l'obscurité. Il aperçut les ondes de chaleur qui émanaient d'eux avant même qu'ils surgissent du feuillage. Il essaya de se forcer à regarder Jebediah, mais ne pouvait quitter Briony des yeux.

— *Reste sur lui, Ken. Je m'occupe de la fille.*

Elle était aussi belle que dans sa mémoire, et même davantage. Nuit et jour, il n'avait cessé de repenser à la sensation de sa chair sous ses doigts, à leurs corps entremêlés, au besoin farouche, presque primitif, de la posséder. Une émotion violente, brute, l'inonda et courut dans ses veines, lui échauffant le sang. Plus que tout, il se rappelait la façon qu'elle avait de le regarder. Comme s'il était un homme normal. Elle lui renvoyait cette image, l'image de celui qu'il aurait pu être s'il l'avait rencontrée des années plus tôt. Pour lui, elle était la plus belle femme au monde, et elle était venue le trouver dans cet endroit perdu dans les montagnes, où personne ne serait plus capable de la lui enlever.

Il contempla son épaisse chevelure blond doré aux mèches platine, coupée court, si provocante et attirante qu'il brûlait d'envie d'y enfouir son visage. Ses grands yeux foncés, si sombres qu'ils paraissaient presque noirs, étaient aussi beaux que dans son souvenir. Lorsque Briony et Jebediah s'approchèrent, elle saisit la main de son frère, comme pour se rassurer. Ses lèvres serrées et les ombres qui obscurcissaient ses iris exprimaient une tension qui n'échappa pas à Jack. Dès qu'elle se trouva à proximité, il sentit que son parfum s'était modifié de manière infime. Elle exhalait une fragrance encore plus féminine, comme si des changements chimiques s'étaient produits en elle depuis la dernière fois qu'il l'avait vue. Il se rappela l'odeur de leurs corps mêlés, puissante et excitante, l'ardente passion de leur union, lorsque le désir et les émotions bouleversantes les avaient unis si intimement qu'ils s'étaient cru seuls au monde, isolés dans leur propre univers.

Impossible de résister. Chacune de ses cellules, chacun de ses neurones, lui intimait de la posséder. Alors que la silhouette de Briony se découpait dans la nuit, elle lui parut bien trop jeune, trop innocente. Trop douce et tendre pour un homme tel que lui. Elle incarnait tout ce qui lui était inaccessible. Un foyer. Une famille. Des enfants. Elle était fondamentalement humaine, une qualité qu'il avait perdue depuis longtemps. Il ne lui restait plus rien d'autre que son honneur, et si elle ne fichait pas le camp de sa montagne, elle l'en priverait également. Elle tenterait de résister à son tempérament possessif, et il finirait par la détruire. À cet instant précis, tandis que Briony s'avançait vers lui, il haït de toutes ses forces le monstre qu'il était devenu.

— Qu'est-ce que vous voulez ? cracha-t-il en demeurant dans l'ombre, certain que Jebediah ne pourrait pas le repérer.

Briony, elle, s'en montrerait peut-être capable. Après tout, elle disposait des mêmes facultés que lui.

Jebediah et Briony échangèrent un long regard. Jack percevait la peur qui s'échappait de leurs pores et imprégnait l'air qui les entourait. La tension augmenta d'un cran. Jebediah se plaça devant Briony en une attitude protectrice, ce qui énerva Jack au plus haut point. Certes, il préférait qu'ils le craignent, mais en même temps, si quelqu'un devait protéger Briony, c'était lui. Elle lui appartenait.

— Si tu es venu me provoquer en duel parce que j'ai baisé ta sœur, Jebediah, c'est que tu es vraiment plus con que je ne pensais.

Il avait prononcé ces mots sans réfléchir. Il ne perdait jamais la maîtrise de lui-même, mais à présent, il bouillait de rage de se trouver aussi proche de Briony. Sa furieuse envie d'elle le rendait totalement stupide. Il détestait rester là à regarder Jebediah poser ses mains sur elle. Pour quelqu'un comme lui, qui devait se contrôler à tout instant, elle représentait un réel danger. Elle mettait en pièces les boucliers protecteurs qu'il avait érigés. Il fallait qu'elle parte. Dès que cette pensée lui traversa l'esprit, son cœur sembla s'arrêter. Il était trop tard pour lui. Et pour elle.

Le visage crispé par la fureur, Briony franchit d'un bond la distance qui les séparait et leva la main avec une vitesse telle que son mouvement fut presque imperceptible.

Le claquement de la gifle résonna dans le silence de la nuit. Une subite terreur poussa Jack à l'action.

— À terre, Jeb ! Couche-toi !

Au moment même où il hurlait ses directives, il se jeta sur Briony et la renversa au sol, couvrant son corps menu de sa large silhouette.

— *Non ! Ne tire pas !*

Une balle alla se ficher dans l'arbre voisin, à l'endroit même où se trouvait la tête de Briony quelques fractions de seconde plus tôt. Le bois explosa, et une pluie d'écorce s'abattit sur eux. Jack garda Briony plaquée à terre, la maintenant immobile sous le poids de son corps. Il savait qu'elle sentait son impitoyable érection pressée contre son ventre, et une intense satisfaction l'envahit lorsqu'une ombre de peur vint se mêler à la colère qui tordait les traits de la jeune femme. Il enfonça les doigts dans ses épaules et la secoua légèrement.

— Bon sang, comment peut-on être aussi stupide ? Vous n'avez pas pensé que quelqu'un vous tenait en ligne de mire ? Vous auriez pu vous faire tuer !

Son corps empli de désir couvrait celui de Briony, s'y imbriquait. La frayeur d'avoir été à deux doigts de la perdre le secoua de frissons qui le bouleversèrent. Il n'était pas coutumier de ces sensations, et la proximité de Briony le déstabilisait complètement.

— *Putain, Ken, ne t'avise pas de lui tirer de nouveau dessus, sinon, je te jure que je te tue de mes propres mains.*

Le rire amusé de son frère retentit dans son esprit.

— *Ce n'était qu'un tir d'intimidation.*

— *Mon cul, oui.*

— Lâche-moi, s'écria Briony en le fusillant du regard. J'avais oublié que tu n'étais qu'un salaud. Éloigne-toi tout de suite.

Son ton exprimait une menace quasi palpable.

Au plus profond de lui, il ressentit une pointe d'admiration pour elle, la même qui l'avait envahi lorsqu'elle avait fait feu sur un homme pour le protéger. Briony avait beau être douce, innocente et bien trop généreuse à son goût, elle restait une battante, une vraie.

— Sinon quoi ? ironisa-t-il.

Derrière lui, Jebediah s'assit avec précaution, scrutant les alentours dans le but de repérer le tireur.

— Sinon, je te frapperai jusqu'à ce que tu ressembles à un tas de chair sanguinolent, cracha le jeune homme. Laisse-la.

Les nuages dévoilèrent la lune, dont les rayons filtrèrent à travers les arbres, éclairant le visage de Briony. Jack aperçut alors sa mâchoire enflée et l'hématome qui s'étendait de la joue au menton. Il avait déjà remarqué le bandage qui lui entourait le bras. Quelqu'un l'avait donc battue ? Une colère brute l'envahit. Une rage glaciale et menaçante.

— Qui t'a frappée ? Putain, ne me mens pas. Si ton frère a osé porter la main sur toi…

— Mon frère ne ferait jamais une chose pareille, abruti ! Laisse-moi, maintenant.

— Si tu ne lâches pas ma sœur, je vais t'y forcer à coups de poing, menaça Jebediah, oubliant un instant le tireur embusqué.

— Qui lui a fait ça ? Dis-le-moi tout de suite, Jebediah, ou Ken va te faire exploser la cervelle.

— C'est un certain Luther qui m'a fait ça. Lâche-moi, sinon c'est moi qui vais te faire mal, lança Briony d'un ton hargneux.

— Qu'est-ce qui t'a pris de l'amener ici ? demanda Jack, faisant mine de ne pas avoir entendu leurs avertissements.

— Il essaie de te sauver la vie, crétin, assena Briony.

Elle repoussa la muraille que constituait le torse de Jack, avec suffisamment de violence cette fois pour le faire chanceler. Toucher sa poitrine lui remit en mémoire les plaies béantes, les baisers qu'elle avait semés sur sa peau déchiquetée, de plus en plus bas jusqu'à... Elle bloqua son esprit afin de chasser ces pensées incontrôlables.

Jack avait oublié à quel point elle était forte.

— C'est très gentil de sa part. Qui est Luther, et qui aurait envie de me tuer ?

— Tu devrais plutôt te demander qui n'en a pas envie, rétorqua Briony. Tu me fais mal. Lâche-moi !

Jack transféra aussitôt son poids pour aider Briony à se relever, mais il l'agrippa par le bras dès qu'elle fit mine de se diriger vers son frère.

— Qui veut ma mort ? Jebediah, reste où tu es si tu ne veux pas que mon frère te tire dessus. Tu sais qu'il est prompt à la gâchette.

Jebediah avait commencé à se redresser, mais se tétanisa. Une auréole de transpiration apparaissait sous ses aisselles.

— Quelqu'un nous a rendu visite récemment, Jack, expliqua-t-il. Un homme du nom de Kadan Montague. Il nous a parlé d'expériences menées par un certain professeur Whitney sur des fillettes orphelines, puis sur des membres de l'armée.

— Continue.

— Apparemment, Whitney est toujours en vie, et il cherche à mettre la main sur quelques-uns des cobayes qui lui ont échappé.

Jack étudia le visage de Jebediah. Il exprimait une rage sincère. Il semblait dire la vérité, mais pas toute la vérité. Il tourna les yeux vers Briony. Elle se tenait tranquille et avait cessé de se débattre, mais elle évitait son regard. Si près d'elle, il humait son parfum grisant, éveillant dans son esprit des images de chandelles et de draps de satin. De choses délicates qui lui resteraient inaccessibles.

Il resserra les doigts autour du bras de la jeune femme et l'attira encore plus près de lui, jusqu'à se trouver presque au contact de sa peau. Il dévisagea Jebediah en plissant les yeux.

— Tu n'aurais pas amené ta sœur si tu n'avais que ça à me dire. Tu serais venu seul.

Il se pencha davantage sur Briony pour inhaler les effluves émanant de ses cheveux, de son corps. Elle lui paraissait différente. Le changement opéré en elle était subtil, certes, mais Jack en était certain, quelque chose en elle s'était modifié.

— J'ai insisté pour l'accompagner, intervint Briony d'une voix presque inaudible.

Le faible tremblement qui l'agitait ébranla Jack au point qu'il brûla d'envie de la serrer dans ses bras pour la réconforter. Il scruta son visage durant un long moment. Jebediah le redoutait. Briony craignait peut-être son tempérament possessif, mais elle n'avait pas peur de lui. Dans ce cas, pourquoi était-elle aussi terrorisée ? Il expira lentement.

— Tu fais partie des orphelines sur lesquelles il a mené ses expériences. C'est pour ça que Kadan t'en a parlé. Il s'agit d'informations confidentielles.

Il soupçonnait depuis longtemps Whitney de s'être servi d'elle comme cobaye avant de la faire adopter, mais il n'avait jamais été plus loin dans sa réflexion. La proximité directe de Briony lui inspirait d'autres pensées. Comme le goût de son corps sous ses lèvres. La musique de son rire.

Briony marqua une hésitation si brève que Jack faillit manquer le coup d'œil furtif qu'elle lança à son frère.

— Oui. Kadan est venu me prévenir. Il est donc fiable ? Il nous a dit la vérité ?

Kadan. Il n'avait aucune envie de voir Kadan s'approcher de Briony. Kadan était lui aussi un stabilisateur, et un bien meilleur individu que lui. Jack laissa glisser son pouce sur la chair nue de Briony en une légère caresse. La douceur de sa peau suffisait à faire accélérer le rythme des battements de son cœur. Qu'y avait-il de différent en elle? Son parfum. Les éléments chimiques qui émanaient d'elle. *Son corps.* Il eut soudain le souffle coupé. Alors qu'elle avait auparavant le ventre plat et dur comme la pierre, il était à présent tendre et rond. La certitude l'envahit, et l'adrénaline commença à courir dans ses veines. Il remonta ses mains le long des bras de Briony jusqu'à ses épaules.

Elle avait permis à un autre homme de la toucher. D'entrer en elle. De l'embrasser, s'allonger à ses côtés et rire avec elle. Comment avait-elle pu faire une chose pareille? Son cœur s'emballa, à tel point qu'il crut qu'il allait exploser. Comment avait-elle pu coucher avec un homme après avoir été avec lui, après lui avoir appartenu? Pour lui, il n'y aurait plus aucune autre femme.

— Putain de merde! Tu es enceinte.

Briony demeura parfaitement immobile. Les doigts de Jack s'enroulaient autour de son cou comme s'il était sur le point de l'étrangler. Il posa sur elle un regard noir et froid, son visage aux angles durs impassible. Sa peau avait foncé pour adopter une teinte bien plus violente, trahissant le tourbillon d'émotions qu'il refusait d'exprimer. Pour la première fois, elle ressentit une bouffée de peur face à lui. Mais il commença aussitôt à la caresser du bout des doigts, alors qu'elle sentait son pouls battre de manière frénétique. Elle prit une profonde inspiration, puis expira lentement afin de s'apaiser et se dominer.

Elle ne s'était pas préparée à la réaction physique qu'il provoquait en elle. Même si elle savait qu'il ne s'agissait que d'un artifice, un produit des phéromones spécialement conçues pour qu'elle se sente attirée par cet homme en particulier, l'intense chaleur qui flottait entre eux la stupéfia.

— Je vois que cette nouvelle te réjouit, persifla-t-elle.

Il perçut une colère mordante dans sa voix, mais aussi quelque chose d'autre, de plus profond. De la déception, peut-être. Du regret ? Était-il possible que cet enfant soit de lui ? Un soudain et fol espoir l'envahit. Il essaya d'en savoir davantage.

— Pourquoi est-ce que tu ne me l'as pas dit tout de suite, bordel ?

— Ça me semble évident. Je n'avais pas la moindre idée de l'endroit où tu te trouvais. Tu crois que tu arriverais à me parler sans jurer ? Je me rends bien compte que nous ne sommes pas les bienvenus ici, mais étant donné les circonstances, nous n'avions pas vraiment d'autre solution.

— De quelles circonstances parles-tu exactement ?

Jack retenait son souffle.

— Le professeur Whitney veut s'emparer de notre bébé. Il a déjà essayé de m'enlever trois fois. (Elle porta la main à sa joue.) Je ne peux pas rester au sein du cirque, je mets ma famille et mes amis en danger. Au fur et à mesure que ma grossesse va avancer, j'aurai de plus en plus de mal à me défendre. Je pensais que tu pourrais nous protéger jusqu'à la naissance du bébé, et en même temps m'apprendre des techniques de survie qui me seront utiles par la suite. Je ne te demande pas d'aide financière ou quoi que ce soit d'autre, et je suis consciente des risques. Whitney a envoyé des soldats aux capacités amplifiées à mes trousses. C'est l'un d'eux, Luther, qui a fait ça. Pour une raison que j'ignore, il est furieux que je ne porte pas son enfant à lui, et j'ai peur pour notre bébé. (Elle leva la tête et plongea son regard dans le sien.) Je ne les laisserai jamais me le prendre.

Jack était resté bloqué sur « notre bébé ». La voix de Briony résonnait dans son esprit, répétant ces mots d'un ton doux, presque aimant. Il expira et enveloppa sa mince silhouette de ses bras pour l'attirer à lui et poser ses mains sur le léger renflement de son ventre. Sous sa paume, à l'intérieur du corps de Briony, se trouvait son enfant. Elle le protégeait, le désirait. Quelque part au fond de lui, là où il se sentait aussi dur et froid que de la pierre, Jack perçut un étrange remous, une sorte de chaleur qu'il ne s'expliquait pas et qui le troubla. Briony se raidit et tenta de se dégager, mais il la découragea en resserrant son étreinte.

Elle se pétrifia dans ses bras. La pression de ses mains contre son ventre lui semblait trop intime. Jack couvrait leur enfant de ses paumes de manière protectrice, et pourtant il ne prononçait pas le moindre mot, ne trahissant rien de ses pensées ou de ses sentiments. Il paraissait toutefois évident qu'il ne la laisserait pas repartir.

— Kadan Montague nous a offert sa protection, mais je ne sais rien de lui.

Jack tressaillit et enroula ses bras plus fort encore autour d'elle.

— Personne ne *nous* prendra ce bébé, la corrigea Jack.

Briony s'écarta, tendue.

— Tu ne comptes pas demander à effectuer un test de paternité ?

— Si tu m'affirmes que je suis le père, je te crois.

Briony s'affaissa contre lui, soulagée. Les larmes lui brûlaient les paupières. Elle ne s'était pas rendu compte de la pression qu'elle s'était imposée. Elle essaya d'apaiser sa respiration et de maîtriser le tremblement qui l'avait saisie.

— J'ai pensé que nous pourrions parvenir à un accord.

Jack fit mine de ne pas entendre et lança un regard perçant à Jebediah.

— Vous êtes arrivés à l'aéroport de Superior ?

— Non. Nous n'avons pas osé ; les hommes de Whitney ont réussi à retrouver Briony chaque fois que nous avons tenté de nous cacher. Mes frères sont venus aux États-Unis par avion, ont loué des voitures et sont partis dans différentes directions dans l'espoir de les berner. Nous avons fait très attention à ce que personne ne nous suive, mais ils sont bons, Jack. Tyrel, mon plus jeune frère, s'est battu avec eux alors qu'ils étaient sur le point d'emmener Briony, il y a environ une semaine. Il a failli se faire poignarder, et il n'est pourtant pas mauvais. Briony a sauvé notre peau, ce jour-là, mais elle a peur de prendre un coup dans le ventre et de perdre le bébé. Ils nous ont ensuite retrouvés dans une villa, et ont presque réussi à s'emparer d'elle. C'est à ce moment qu'elle a récolté ce bleu au visage. Il l'a frappée.

Jack posa les mains sur les épaules de Briony.

— Tu t'es battue contre quelqu'un armé d'un couteau alors que tu portes notre enfant ?

Tandis qu'il la réprimandait d'un ton sec, les mots tournaient dans sa tête : « *Il l'a frappée.* » Il espérait que Luther retrouverait la trace de Briony, car cette fois, il serait présent, et si ce type osait lever la main sur elle, il lui donnerait une leçon qu'il n'oublierait jamais.

Briony s'écarta brusquement de Jack, l'obligeant à la libérer de son étreinte.

— Et qu'est-ce que tu aurais voulu que je fasse ? Que je les suive docilement ? Que je les laisse tuer mes frères ?

— Tes frères sont de grands garçons. La seule chose dont tu dois te soucier, c'est de la sécurité du bébé.

Elle recula encore de deux pas.

— C'est ce que je n'ai pas cessé de faire, gros dur. Tu as débarrassé le plancher après m'avoir « baisée », tu te rappelles ? Ce n'est pas parce que tu es le père biologique de cet enfant que tu as le droit de me dicter ma conduite. En fait, tu n'as aucun droit sur moi. Je t'ai demandé de m'aider à protéger le bébé, pas de me donner des ordres sans arrêt.

Jack réprima une grimace quand elle lui renvoya ses propres mots à la figure. Il avait commis une grossière erreur en utilisant ce terme, qui sous-entendait que faire l'amour avec elle n'avait rien signifié pour lui. Elle avait essayé de se montrer sûre d'elle, mais elle avait marqué une légère hésitation indiquant qu'elle n'avait pas l'habitude d'employer ce genre de langage, pas même après avoir grandi entourée de quatre garçons. Son existence l'avait préservée bien davantage que ce qu'il avait cru, ce qui ne faisait qu'accroître le fossé qui les séparait.

Sans tenir compte de son accès d'humeur, il se retourna vers Jebediah.

— Est-ce qu'ils suivent Briony en particulier, ou tous les membres de votre famille ?

— Uniquement Briony, à mon avis, déclara Jebediah.

— Je ne comprends pas comment ils peuvent me retrouver aussi facilement, intervint Briony. J'ai inspecté mes habits, ainsi que mes bijoux. J'ai fait attention à tout.

— En tout cas, je suis sûr qu'ils ne nous ont pas filés jusqu'ici, affirma Jebediah. Nous les aurions repérés dans les lacets en contrebas. (Il scruta les environs, mal à l'aise.) J'ai un mauvais pressentiment au sujet de ces individus, Jack. Je n'ai aucune envie qu'ils s'en prennent à ma sœur.

— Tu ne pourras plus communiquer avec elle pendant un moment, le prévint Jack.

— Nous imaginerons un moyen sécurisé, objecta Briony.

Jack secoua la tête.

— Nous allons procéder à ma manière. Aucun contact entre toi et ta famille. Jebediah doit se tirer d'ici et retourner tout de suite en Europe. Une fois que je serai sûr que tu ne risques rien, nous essaierons de joindre tes frères.

— Pas question, rétorqua calmement Briony. Peu importe la gravité de la situation, je veux savoir si ma famille va bien, et ils doivent aussi avoir de mes nouvelles.

— *Hé ! Je commence à fatiguer à force d'être assis là, le doigt sur la détente. Tu veux que je les descende, ou tu comptes les inviter à la maison ?*

— *Tu n'es vraiment pas en forme, Ken. Je ne laisserai pas partir la femme. Elle reste avec nous. Rentre, ça ne craint rien.*

— *C'est ça, ouais. Je ne bouge pas jusqu'à ce que tu sois en sécurité.*

— Tu as entendu ce que je viens de dire ? le défia Briony. Je t'ai demandé de m'aider, pas de jouer au dictateur.

— Je t'ai entendue, répondit Jack en haussant les épaules. Je n'accepte pas la discussion, alors je ne vois pas où est le problème. Où sont tes affaires ?

Il respirait de nouveau sans difficulté. Il n'aurait pas à trouver la force de la laisser partir une seconde fois. Il ne serait pas contraint de compromettre son sens de l'honneur en l'obligeant à rester. Elle avait pris cette décision seule. Son estomac se dénoua.

— *Et ça veut dire quoi, « elle reste avec nous » ?* demanda Ken, de toute évidence abasourdi.

— *Elle porte ton neveu ou ta nièce dans son ventre.*

Il ressentit une intense satisfaction en l'annonçant à son frère. Cela rendait la nouvelle réelle.

— *Putain de merde, Jack, tu aurais pu me le dire. Qu'est-ce que tu as fait, bon sang ?*

— Je n'ai apporté qu'un petit sac qui est encore dans le 4 × 4. Au cas où quelqu'un nous aurait espionnés, je ne voulais pas laisser penser que je partais pour longtemps. De plus, comme je vais sans doute considérablement grossir, j'aurai besoin de nouveaux vêtements. Ce n'était pas la peine de me charger inutilement. (Briony se massa les tempes.) À qui parles-tu ?

Jack tressaillit. Personne, absolument personne, ne s'était jamais rendu compte qu'il communiquait par télépathie avec son frère. Pourtant, ils avaient commencé dès leur plus jeune âge. Au lieu de lui répondre, il la saisit par le poignet, avec douceur cette fois.

— Est-ce que tu as mal à la tête ?

Il effleura du bout des doigts l'endroit exact qu'elle avait massé quelques secondes plus tôt.

— Le voyage a été long, je suis juste fatiguée.

— Elle a été vraiment malade en montant ici, intervint Jebediah.

Jack ôta sa chemise avant de la tendre à Briony.

— Déshabille-toi. Enlève tout, y compris tes sous-vêtements, tes bijoux et ta montre. Donne tes affaires à ton frère, et enfile ma chemise. Elle sera assez grande pour te servir de robe.

— Oh, pitié, je ne vais pas me balader avec uniquement ta chemise sur le dos. Nous avons déjà cherché des mouchards dans mes habits, et nous n'avons rien trouvé.

Les tatouages de Jack luisaient dans la nuit, attirant son regard. Elle ne put s'empêcher de poser les yeux sur sa poitrine, sur les terribles cicatrices qui marquaient profondément sa chair. Avant qu'elle s'en rende compte, son regard suivit la série de coups de couteaux et descendit jusqu'à la ceinture de son jean.

Les yeux de Jack s'obscurcirent, semblant la transpercer.

— Je serai ravi de t'aider si tu penses que tu n'y arriveras pas toute seule.

Le corps de Briony répondit aussitôt à l'allusion licencieuse. Elle braqua son regard sur lui, et sentit une vague de chaleur la submerger. Ses seins se tendirent, et son entrejambe devint soudain agréablement humide. Il suffisait que Jack adopte le ton adéquat, se mette torse nu, et voilà. Même lorsqu'il se comportait comme un salaud, elle le désirait. Elle ne pouvait pas s'en empêcher.

Elle battit en retraite et s'éloigna de quelques pas, reculant en direction de son frère.

— Ça ne fonctionnera pas. Je pensais que tu serais raisonnable. (Elle se tourna vers Jebediah.) Venir ici était une erreur.

— Peut-être, concéda Jack, mais vous êtes là. Cache-toi derrière les arbres et déshabille-toi, Briony. (Il adoucit la voix.) Si tu m'obliges à le faire à ta place, Jebediah va vouloir intervenir et cela pourrait mal tourner. Il n'aura pas le dessus sur moi, et un fusil de précision est pointé sur sa tête. Ken appuie très volontiers sur la gâchette.

Briony s'immobilisa, l'estomac noué, le cœur battant la chamade. Jack semblait tellement désinvolte. Il n'élevait jamais la voix. Même lorsqu'il donnait des ordres, il parlait doucement, mais s'attendait néanmoins à être obéi. Elle prit soudain conscience qu'il vivait vraiment en marge des règles de la société. Elle se trouvait en plein cœur de la forêt, quelque part dans les montagnes, avec un homme qui établissait ses propres lois, et avait elle-même fait ce choix. Pire, elle avait mis la vie de son frère en danger.

Jebediah attendait d'elle une réponse. Il désirait l'aider à se sortir de cette situation, elle le lisait sur son visage.

Jack brisa la tension en avançant d'un pas, sa chemise à la main.

— Nous devrons sans doute surmonter quelques difficultés, mais je vous promets, à toi et à ton frère, que rien ne t'arrivera tant que tu seras avec moi. Enfile cette chemise, Briony, et dis au revoir à Jebediah. Plus tôt il partira, moins ce sera difficile pour toi.

Chapitre 10

Briony alla se cacher à contrecœur derrière un rideau d'épais troncs d'arbres. Venir demander de l'aide à Jack Norton avait paru de prime abord une excellente idée, mais entre le simple fait d'y songer et la mise en pratique, il y avait un fossé. Il était capable de la subjuguer d'un seul regard suggestif, mais dès qu'il parlait, elle avait envie de l'étrangler. Et de toute évidence, il n'hésitait pas à faire preuve de familiarité envers elle. Elle devrait lui rappeler le « boulet » qu'elle représentait.

Ses frères avaient toujours veillé sur elle. Elle avait choisi de se séparer d'eux, trop terrifiée à la pensée qu'ils pourraient se faire tuer en tentant de la protéger. Elle redressa le menton. Ce n'était pas le moment de flancher. Le danger que couraient ses proches était bien trop grand. Il fallait juste qu'elle soit forte. Briony posa les mains sur son ventre. Elle avait hâte d'être à un stade plus avancé de sa grossesse afin de sentir le bébé bouger. Elle n'aurait alors plus l'impression d'être aussi seule et vulnérable.

— Briony ? appela Jebediah. Est-ce que tout va bien ?

Elle mit ses vêtements de côté avant d'enfiler la chemise de Jack. Son odeur l'enveloppa aussitôt, éveillant ses sens à un point tel qu'elle ne put s'empêcher de prendre une profonde inspiration.

— Ça va, Jeb, mentit-elle, s'efforçant de maîtriser le tremblement de sa voix.

Elle ramassa ses habits. Comment le simple fait de respirer son parfum pouvait-il instantanément susciter son désir ? Quoi que lui ait fait subir Whitney, l'intensité du résultat l'effrayait.

Elle se dirigea vers les deux hommes en évitant le regard de Jack et tendit ses affaires à son frère.

— Ne t'en fais pas pour moi. Je trouverai un moyen de rester en contact avec toi.

Jebediah baissa les yeux vers elle. Durant quelques horribles instants, elle crut qu'il allait se mettre à pleurer.

— Tu es certaine que c'est ce que tu souhaites, ma chérie ? Je suis sûr que nous pourrions trouver un autre moyen de te protéger.

Briony secoua la tête. Si son frère craquait, elle éclaterait en sanglots. Elle se raidit, déterminée.

— Vous seriez tous exposés au danger.

— Donne-lui tes boucles d'oreilles.

L'ordre venait de derrière elle. De trop près. Jack était si proche qu'elle sentait la tiédeur de son corps et son souffle chaud contre la peau sensible de sa nuque.

Briony se crispa, mais ne se retourna pas. Elle couvrit ses boucles d'oreilles de la paume de ses mains, refusant de s'en séparer.

— Elles appartenaient à ma mère, j'y tiens beaucoup.

— Donne-les-lui, tu les récupéreras plus tard.

Elle allait fondre en pleurs. Ravalant résolument ses larmes, elle ôta les petits diamants. Jebediah les serra fermement dans son poing et se pencha pour l'embrasser.

— J'y ferai attention, Briony.

Elle hocha la tête sans rien dire, et se mordit la lèvre avec force pour se retenir de pleurer. Elle aurait aimé s'agripper à Jebediah, à l'amour et au confort de son univers familier. Au moment où elle avait le plus besoin des siens, elle s'engouffrait dans un monde empli d'incertitude. De peur.

Elle ne voulait pas craindre Jack ou les émotions qu'il lui inspirait, mais elle ne pouvait s'en empêcher.

Jebediah prit sa sœur dans ses bras et l'attira tout près de lui pour lui murmurer à l'oreille :

— Tu n'es pas obligée de rester, ma chérie. Nous formons une famille. Nous prendrons soin de toi.

Jack entendit cette prière ainsi que le léger sanglot qui échappa à Briony, et son estomac se vrilla. Il n'était pas coutumier des sentiments. Il s'était entraîné à ne rien ressentir mais, comme la première fois, il avait suffi qu'elle apparaisse pour qu'il se sente aussitôt lié à elle, qu'il soit submergé par le même flot d'émotions brutes qui l'avait presque anéanti quelques mois auparavant. Il posa la main sur le bras de Briony afin de l'inciter à se ressaisir, ou de la réconforter ; il ne savait pas ce qu'il cherchait à faire au juste, mais il lui semblait que, si elle se mettait à pleurer, il se déchirerait de l'intérieur.

— Mieux vaut ne pas prolonger les adieux, Jebediah. Va-t'en, ce sera plus facile pour elle.

Jack parlait d'un ton bourru, bien trop brusque. Il sentit Briony se raidir sous ses mains, puis elle lui décocha un regard noir par-dessus son épaule. Ses yeux étaient brillants de larmes. Le cœur de Jack eut un soubresaut. La violence constituait pour lui une seconde nature. Son premier réflexe l'incitait à démolir ce qui se trouvait à sa portée, le second à réconforter Briony en la serrant contre lui.

Elle évita tout d'abord son contact mais, lorsque son frère prit un air résigné, elle enfonça les doigts dans le bras que Jack avait passé autour de sa taille, comme si, en s'agrippant à lui, elle s'empêchait de suivre Jebediah.

— Je t'aime, Briony, déclara ce dernier.

— Je t'aime aussi.

Elle étouffa un sanglot et pressa sa main contre sa bouche pour se retenir de lui dire qu'elle avait commis une terrible erreur.

Jebediah dévisagea Jack durant un long moment, semblant mémoriser chaque détail de son visage.

— Tu sais que je ne l'aurais jamais amenée ici si je ne pensais pas qu'elle courait un grave danger.

— Je sais, acquiesça Jack.

— Si jamais il lui arrive quoi que ce soit, Jack, si tu la blesses d'une manière ou d'une autre, y compris si tu lui brises le cœur, peu importe que tu sois la pire terreur que je connaisse, je te ferai la peau.

— Je sais.

Jebediah garda le regard rivé à celui de Jack pendant quelques instants puis pressa le bras de Briony avant de faire volte-face.

Elle serra les lèvres en observant son frère disparaître derrière les grands arbres environnants.

Le tremblement qui la secouait, son chagrin, n'échappa pas à Jack. Peu de choses étaient susceptibles de l'atteindre à ce point. Il brûlait d'envie de la prendre dans ses bras et de la porter jusqu'à la maison.

— Allons à l'intérieur, tu auras plus chaud.

— Pas tout de suite.

Elle était incapable de bouger. Tant qu'elle demeurerait à la même place, la séparation ne lui paraîtrait pas réelle. La panique s'insinuait en elle, et rendait sa respiration difficile. Sa gorge serrée empêchait l'air de pénétrer dans ses poumons et elle commençait à étouffer, luttant pour le simple fait de rester en vie. Elle était seule.

— Respire, lui intima Jack avant de lui masser doucement la nuque du bout des doigts.

— Je n'y arriverai pas.

Elle effectua un pas dans la direction qu'avait prise son frère.

— Bien sûr que tu y arriveras. Tu subis juste une crise de panique. Fais sortir l'air de tes poumons, puis inspire.

Il la fit pivoter face à lui de manière à l'empêcher de regarder l'endroit où Jebediah avait disparu. Il plaça la paume de Briony contre sa poitrine et prit une profonde inspiration pour lui donner l'exemple, captant son regard.

— Voilà, c'est bien. Ils ne nous prendront pas notre bébé, Briony. Je ne suis sans doute pas le meilleur homme au monde, ni le plus facile à vivre, mais je veille sur les miens.

Briony leva les yeux vers lui, l'air plus vulnérable et désespéré que jamais. Jack l'enlaça et la serra contre lui, lui offrant l'unique réconfort qu'il savait fournir. Les mots n'étaient pas son fort ; ils ne l'avaient jamais été. Dès qu'il disait quelque chose à Briony, ses paroles sonnaient faux.

Elle appuya le front contre sa poitrine.

— J'ai peur. Je crois que je n'ai jamais eu aussi peur de ma vie. Pas même au Congo.

— Tu as peur de moi, ou de Whitney ?

Il ne put s'empêcher de glisser les doigts dans ses cheveux. Son irrésistible parfum féminin, aux fragrances de fleurs, de pluie et de grand air, l'enivrait. Elle aurait dû dormir dans des draps de satin et partager des dîners aux chandelles, et non pas se trouver là, en plein cœur de la nature sauvage du Montana, perdue au bout du monde.

— Je ne sais pas, répondit Briony avec sincérité.

— Je vais te sortir de là, affirma-t-il. Je t'en donne ma parole.

Elle ne se doutait certainement pas qu'il tenait toujours ses promesses et qu'il serait prêt à sacrifier sa vie pour protéger le bébé à naître et sa mère. Il préférait ne pas étudier de trop près sa réaction face à Briony. Même s'il était troublé à la pensée qu'elle avait servi de cobaye pour quelque obscure expérience et que tous deux ne représentaient rien de plus que des marionnettes, il ne pouvait réprimer l'impitoyable attraction physique ni les émotions qu'elle lui inspirait.

Une fois que les frissons de Briony se furent apaisés, elle leva la tête, une expression déterminée sur le visage.

— J'ai hésité à venir ici non seulement en raison de ce qui s'est passé entre nous, mais aussi parce que je savais que je te mettrais en danger. Je ne peux que m'en excuser, mais j'avais conscience que, plus ma grossesse allait avancer, moins je serais capable de me défendre seule. Si tu n'es pas d'accord, c'est le moment de le dire. Il est encore temps de rattraper mon frère et de te laisser en dehors de toute cette histoire.

Jack esquissa un sourire sans joie.

— Je t'ai prévenue que je ne t'abandonnerais pas une seconde fois. Maintenant que tu es là, nous allons trouver une solution.

— Je suis venue pour que tu nous protèges, que tu m'apprennes des techniques de survie. Rien d'autre. Tu m'as très clairement fait comprendre que tu n'étais pas du genre à t'encombrer d'une femme ou d'un enfant. Que je n'étais qu'un « boulet » pour toi. Maintenant que nous savons que l'attraction que nous ressentons l'un envers l'autre a été provoquée dans un unique but de reproduction…

— Quoi ? s'exclama Jack.

— Je ne te l'avais pas dit ? Apparemment, Whitney cherche à obtenir un super soldat, notre bébé. Il essaie depuis un moment déjà de nous manipuler pour que nous nous trouvions au même endroit au même moment. J'étais censée me rendre en Colombie quand tu y étais, mais comme je n'y suis finalement pas allée, il a offert une grosse somme d'argent aux organisateurs du festival pour nous faire venir au Congo. Il espérait provoquer notre rencontre, et comptait sur l'attirance physique qu'il a programmée d'une manière ou d'une autre pour faire le reste.

— Le fils de pute !

— D'après Luther, ils veulent le bébé, et cherchent à mettre la main sur moi afin de me faire participer à leur programme de reproduction. Luther s'est proposé comme donneur de sperme ; je suppose donc que tu ne leur es pas indispensable.

— Je croyais que tu prenais la pilule.

— C'était le cas. Whitney s'occupait de mon suivi médical, et c'est le docteur Sparks qui me fournissait les contraceptifs. Il me les envoyait par la poste de manière très régulière. D'après le dossier, il s'agissait de placebos. Je suis désolée, mais je n'en avais aucune idée, et maintenant que nous sommes dans cette situation, nous devons y faire face. Comme nous savons désormais que ce qui existe entre nous est purement sexuel, il n'y aura aucun malentendu.

Une lueur amusée éclaira fugitivement les yeux de Jack.

— Ah bon ?

— Oui.

Briony s'écarta, soudain consciente qu'elle était nue sous sa chemise. Jack, lui, ne l'avait pas oublié ; elle le lisait dans son regard. Elle frissonna.

— Je n'ai pas de vêtements.

— Je peux te prêter quelques habits, et demain j'irai en ville acheter de quoi te dépanner en attendant que tu me fasses une liste.

— Une liste ? répéta-t-elle. Je suis tout à fait capable de m'acheter des affaires toute seule. J'ai de l'argent.

— Je ne veux pas que tu ailles en ville, à moins que ce soit pour le bébé. Tu risquerais de te faire repérer. Tu as du liquide, ou une carte de crédit ?

— J'ai apporté une bonne somme en liquide. Les billets sont dans mon sac à main. (Elle fit volte-face en direction de la forêt avant que Jack la retienne par le bras.) Rappelle Jeb. Je le lui ai donné.

— Nous n'avons pas besoin de ton argent.

— Il n'y a aucun mouchard dans mon sac à main, protesta-t-elle. J'ai vérifié. Je suis enceinte, pas stupide.

D'un autre côté, elle se sentait stupide d'être tombée enceinte. Elle connaissait alors à peine Jack, et même sous contraceptifs, elle aurait dû se montrer plus prudente. Elle n'autoriserait plus jamais son cerveau à céder aux injonctions de son corps. Elle n'était qu'un rat de laboratoire. Entre Briony Jenkins et Jack Norton, rien n'était réel et ne le serait jamais.

— J'ai besoin de cet argent.

— Non, rétorqua-t-il d'un ton sans réplique.

— Écoute, je n'ai pas l'intention de rester coincée ici sans vêtements, sans argent et sans moyen de locomotion. Je ne suis pas ta prisonnière. Il me faut une possibilité de partir si ça ne fonctionne pas.

Jack soupira d'un air sévère.

— On ne négocie pas avec moi. C'est la deuxième fois que je te le dis, et je ne compte pas passer mon temps à te le répéter.

Elle le dévisagea quelques instants, puis pivota pour courir, prête à appeler son frère. Jack l'attrapa et lui couvrit fermement la bouche de la main, l'enserrant avec force juste en dessous de la poitrine. Aussitôt, une intense chaleur les enveloppa tous les deux, un besoin si impérieux et primitif que Briony peina à rester debout. Comme mû par une volonté propre, son corps s'imbriqua dans celui de Jack. Obéissant à son instinct de préservation, et sans réfléchir aux éventuelles représailles, elle essaya de lui mordre la main.

— Arrête ! persifla-t-il, les lèvres si proches de son oreille qu'elles lui effleuraient la peau. Quelqu'un va finir par se faire tuer.

Lorsqu'elle cessa de se débattre, Jack retira sa main mais, sans relâcher son étreinte, il la pressa davantage contre lui. Son corps était dur comme le roc, chaque muscle tendu, et Briony sentit l'épais renflement de son implacable érection s'imprimer dans sa chair.

— Ce n'est pas réel, ce n'est que de la chimie, souffla désespérément Briony qui se sentait devenir moite.

Son propre corps lui faisait mal ; sa poitrine pleine la tiraillait et ses tétons avaient durci. Le désir s'insinuait inexorablement en elle, intense et irrésistible, la secouant de frissons et lui crispant le bas-ventre.

— Ce n'est pas réel, répéta-t-elle.

— Bon sang, c'est on ne peut plus réel, bébé ! J'ai envie de te soulever, d'enrouler tes jambes autour de ma taille et de m'enfoncer profondément en toi. Ici, tout de suite. (Sa voix devint plus rauque.) Je sens déjà ton goût dans ma bouche. Dès que j'inspire, ton parfum me pénètre. Ne me dis pas que tu ne ressens pas la même chose. C'est réel, nous le savons tous les deux.

Elle lutta de nouveau, cette fois davantage contre son propre corps que contre celui de Jack. Il n'y avait aucun moyen de contrôler l'irrésistible attraction physique qui semblait faire jaillir des étincelles entre eux. Électrique, ardente, elle faisait crépiter l'air à proximité. Cédant à son intensité, Jack fit tourner Briony dans ses bras et écrasa ses lèvres sur les siennes. La jeune femme se laissa submerger par les vagues de désir qui déferlaient en elle, si puissantes qu'elle craignait de mourir si Jack ne la satisfaisait pas.

Il inséra sa langue dans sa bouche, lui dérobant un baiser qui n'avait rien de tendre. Il se montrait dominateur, impérieux, et Briony se sentit bientôt emportée par une fièvre voluptueuse. Jack glissa ses mains sous la chemise, explorant fébrilement sa peau nue avant de prendre ses seins dans le creux de ses paumes. Redressant brusquement la tête, il laissa échapper une série de jurons.

— Arrête. Ne pleure pas. Putain, Briony, je ne t'ai pas fait de mal. Pourquoi est-ce que tu pleures ?

Il encadra son visage de ses mains, plongea le regard dans ses yeux brillants bordés de cils humides, puis se pencha pour goûter ses larmes.

Ce simple geste parut à Briony incroyablement intime et sensuel. La bouche de Jack suivait le sillage des gouttelettes. La légère caresse de ses lèvres sur sa peau se répercuta dans tout son corps.

— Arrête, la pria-t-il de nouveau, d'un ton plus doux. Allez, ma puce, tu es tout bonnement épuisée. Peut-être que je me suis montré un peu rude, mais je ne t'ai pas fait de mal.

Briony ne s'était pas aperçue qu'elle sanglotait. Elle n'avait conscience que de son corps insatisfait, brûlant de désir. La faim dévorante qu'elle ressentait pour Jack la déchirait de l'intérieur, comme une griffe, laissant ses chairs à vif. Et pourtant, en même temps, son cerveau lui hurlait un avertissement, répétant qu'elle ne représentait rien pour lui, et qu'il n'était rien pour elle. Un savant fou s'était servi d'eux comme cobayes, et voilà ce qu'ils étaient devenus. Deux individus en rut, comme de vulgaires bêtes sauvages. Elle se dégoûtait.

Même si elle voulait lui en faire assumer la responsabilité – car, elle, elle n'y arrivait pas –, elle ne pouvait pas en vouloir à Jack Norton. Il ne maîtrisait pas plus qu'elle sa réaction face à l'intensité de ce qu'ils ressentaient.

— Tu ne vois donc pas ce qu'il nous a fait ? Il nous a tout pris. Nous ne pourrons jamais fonder une famille. L'amour, le mariage, toutes ces choses importantes de l'existence nous resteront inaccessibles. Tu crois que, quand nous serons séparés, ce désir insatiable va disparaître ? C'est une drogue. Il a réussi à nous rendre dépendants l'un de l'autre. Avoue que tu y as pensé nuit et jour depuis que tu es parti. Il nous a privés de nos vies pour nous transformer en animaux incapables de réfléchir.

Jack la serra fort contre lui et l'entoura de ses bras tandis qu'elle sanglotait sur sa poitrine. Ce son lui brisait le cœur et provoquait en lui un tourbillon d'émotions qu'il ne connaissait pas. *Merde*. Cette femme allait faire de lui une mauviette. Il posa son menton sur les cheveux de Briony, resserrant son étreinte.

— Arrête, ma puce, tu vas te rendre malade. Ça n'a aucune importance pour l'instant. Nous sommes là, et nous pouvons faire ce que nous voulons de nos vies. Il ne touchera pas à notre enfant. Tu m'entends ? (Il lui murmurait à présent à l'oreille.) Il ne nous le prendra jamais, et en aucun cas il ne l'utilisera pour ses expériences.

Elle releva la tête et plongea son regard dans le sien.

— Je suis désolée. Ça doit être à cause des hormones. Je n'ai pas pour habitude de pleurnicher ainsi.

Il enfouit les doigts dans l'épaisse chevelure de Briony. Les immenses yeux de la jeune femme embués de larmes lui donnaient un air totalement désemparé. Jack croyait que toute sensibilité l'avait quitté à jamais, mais cette tendresse était bien là, profondément cachée en lui, émergeant aussi promptement que son instinct protecteur. Peut-être Whitney avait-il provoqué le magnétisme sexuel qui les attirait, mais pour Jack, sa relation avec Briony était en train de se transformer en quelque chose d'autre. Les sentiments qu'il éprouvait pour elle lui paraissaient aussi forts et réels que le désir qui le tenaillait. Briony était parvenue à lui faire baisser sa garde, et avait révélé cette petite étincelle d'humanité en lui dont il ne soupçonnait même pas l'existence.

Jack ignorait si ses émotions dépendaient de la violente réaction chimique qui s'opérait entre eux, mais il savait que, pour un homme tel que lui, s'attacher à quiconque représentait un danger. Il n'était pas quelqu'un de normal, et ne le serait jamais, quoi qu'il fasse. Il avait renoncé à changer les choses, du moins jusqu'à ce qu'il soit contraint d'abandonner Briony.

— Tu es juste fatiguée, murmura-t-il.

— Je suis désolée d'être tombée enceinte. J'aurais dû faire attention. Je n'aurais jamais pensé être capable un jour de partager l'intimité de quelqu'un, et encore moins, si l'occasion se présentait, de négliger un élément aussi important que la protection. Je n'ai pas imaginé un instant qu'ils me fournissaient un placebo à la place de la pilule.

Un intense soulagement envahit Jack. Le simple fait de se représenter Briony dans les bras d'un autre homme le rendait fou. Il n'aurait pas hésité à éliminer d'éventuels rivaux. Il se concentra sur le rythme de sa respiration afin d'empêcher son esprit de vagabonder dans cette direction. Il effleura le visage de Briony du doigt, par pur besoin de la toucher.

— Je n'ai aucune envie de t'imaginer partager l'intimité de quelqu'un d'autre.

Briony marqua une hésitation, les sourcils froncés.

— La proximité des gens m'affecte vraiment d'un point de vue physique. Apparemment, je n'arrive pas à dresser les barrières nécessaires pour filtrer les sons et les émotions, et pourtant, j'ai déjà essayé. (Elle rejeta la tête en arrière et le dévisagea, réprimant ses dernières larmes avec détermination.) Avec toi, c'est beaucoup plus facile. Mon esprit se repose. Je voudrais savoir ce que m'a fait Whitney, et j'espérais que tu pourrais m'en apprendre plus que ce que j'ai lu dans mon dossier. Je n'en ai pas compris la moitié.

— Comme je suis un stabilisateur, je te sers de filtre.

Son frère jumeau disposait des mêmes qualités. La pensée que Ken serait lui aussi capable d'apaiser Briony lui traversa l'esprit, et il eut honte du flot d'adrénaline qui courut aussitôt dans ses veines. Quoi que leur ait fait subir Whitney, le résultat était violent. Et dangereux.

— Je canalise les sons et les émotions, et les éloigne de toi.

— Mais de quelle manière ? J'ai essayé de pratiquer toutes sortes d'exercices pour me permettre d'exécuter mon numéro en public, mais j'ai toujours eu très mal. Je récolte de terribles migraines. Si j'arrivais à comprendre comment tu t'y prends, peut-être que je pourrais apprendre une méthode qui m'aiderait à surmonter la douleur avant la naissance du bébé.

Cette brève description ne correspondait que de très loin à l'atroce souffrance qu'elle ressentait après chaque représentation. Elle redoutait l'éventualité que la détresse de son enfant l'atteigne de plein fouet.

Jack repoussa quelques mèches de cheveux qui retombaient sur le front de Briony.

— Tu as l'air éreintée. Et tu as mal à la tête, non ?

Elle haussa les épaules.

— Pleurer comme une fontaine n'arrange rien. Je suis restée enfermée dans la voiture avec Jeb pendant des heures. Il avait vraiment peur pour moi, et il dégageait de véritables ondes d'inquiétude.

Jack prit conscience qu'elle avait aussi passé des heures dans un avion. Elle se montrait incroyablement honnête avec lui. Il ne s'attendait pas à une telle sincérité. Après tout, elle ne lui faisait pas confiance, elle n'avait même pas confiance en elle. Les ombres qui obscurcissaient ses yeux le révélaient à Jack. Dès qu'il l'effleurait, elle se raidissait de manière imperceptible tout en s'efforçant de ne rien laisser paraître de son malaise.

— Rentrons à la maison, intima Jack.

Briony posa les mains sur son ventre d'un geste protecteur. Le bébé était le seul être qui lui restait, son unique allié, sa famille. La présence de l'enfant lui procurait déjà un certain réconfort.

Jack lui serra le poignet.

— J'apprécie que tu sois télépathe.

Il aimait la familière impression d'intimité que lui conférait ce moyen de communication avec Briony. Jack et Ken utilisaient la télépathie depuis toujours et, pour Jack, échanger ainsi signifiait appartenir à la même famille.

Elle tortilla sa main afin de lui faire subtilement comprendre qu'il devait la relâcher. Il n'y prêta aucune attention.

— Je suis un certain nombre de choses, répliqua Briony, et, pour le moment, « fatiguée » est le premier qualificatif qui me vient à l'esprit. J'ai besoin de repos.

Elle avait surtout désespérément besoin d'être seule.

Il pivota vers la maison en la tirant par le poignet.

— Reste bien sur le chemin.

— Tu as piégé ton terrain ?

Il haussa les épaules.

— Je n'aime pas les visiteurs.

— C'est ridicule. Un randonneur pourrait très bien pénétrer par accident dans ta propriété.

— Sans remarquer les quelque deux cents panneaux posés par Ken ?

Malgré la pointe d'humour qui perçait dans sa voix, ses traits demeuraient impassibles.

Elle lui adressa un mince sourire.

— Et un enfant perdu ?

— Si des parents perdent leur enfant dans ce coin paumé, il vaut mieux que le gamin ne les retrouve pas.

— Tu penses que la mort vaudrait mieux pour lui ?

Briony s'était figée et étudiait le visage de Jack, son cœur battant la chamade. S'il était convaincu de ce qu'il disait…

Elle crut discerner un éclair d'amusement dans ses yeux, mais la lueur avait disparu si vite qu'elle n'était pas certaine de l'avoir vue.

— Il n'y a rien de mortel. Juste quelques blagues destinées à déclencher l'alarme et encourager les voisins qui voudraient emprunter des outils à réfléchir par deux fois.

Le soulagement la submergea.

— Je suis sûre que ça arrive souvent, arrête de me taquiner comme ça.

Il ne se rappelait pas avoir jamais taquiné d'autres personnes que Ken, mais ça lui faisait du bien. Le simple fait d'avoir Briony à ses côtés lui faisait du bien.

— Jebediah m'a dit que Ken était ton frère jumeau. Te ressemble-t-il vraiment ?

— Non.

Jack avait répondu avec brusquerie. Elle pouvait presque lire dans son esprit, en dépit des barrières qu'il avait érigées.

— Il est beaucoup plus sympathique que moi. Tu vas l'aimer.

L'estomac de Jack se noua de nouveau. Il disait la vérité. Ken avait beau se montrer dur, c'était lui le plus sociable, le plus doux et généreux des deux. Les gens gravitaient naturellement autour de Ken, bien plus sensible que son frère. Jack ne respectait et n'admirait que de rares individus, et Ken arrivait en tête. Simplement, il n'avait pas envisagé le fait que Briony puisse lui préférer son frère jumeau.

Il marqua une hésitation et s'immobilisa brusquement sur le chemin menant à la maison. Il était impossible qu'il ressente de la jalousie envers son frère. Il ne pouvait même pas le concevoir. S'il en était arrivé à ce point, c'est que Briony le perturbait vraiment.

— *Qu'est-ce qui se passe ?*

Ken l'avait contacté par télépathie, comme ils en avaient l'habitude depuis qu'ils étaient tout petits. Quand l'un d'eux avait des ennuis, l'autre était immédiatement au courant.

— *Je ne sais pas. J'ai quelques problèmes à résoudre.*

— *Tu rumines au sujet du bébé ? Est-ce que tu es certain qu'il est de toi ?*

Jack scruta le visage de Briony. Elle paraissait bien trop jeune. Trop innocente. Il n'avait pas fréquenté d'autre femme après elle, et elle n'avait été avec aucun autre homme. Désormais, elle n'en aurait plus jamais l'occasion, car il ne le lui permettrait pas, même si la meilleure solution serait de la laisser partir avec l'enfant.

— *Aucun doute, c'est mon enfant*, affirma Jack avec une satisfaction si intense que son frère dut la percevoir.

Il s'adressa ensuite à Briony :

— Est-ce que tu ressens mes émotions ?

— Si j'essaie, oui, répondit-elle.

— Alors, n'essaie pas.

Il détestait son ton sec, si tranchant qu'il paraissait agressif. Curieusement, il n'y avait jamais prêté attention. La plupart du temps, il laissait Ken se charger de faire la conversation. Les gens évitaient Jack, et c'était réciproque.

— Briony, si la même réaction chimique se produit avec Ken, je te conseille de rester loin de lui.

— Ça n'arrivera pas.

— Comment tu le sais ?

— C'était mentionné dans le dossier. Ils se sont servis de lui comme appât pour t'attirer au Congo. L'ordre était de le capturer à tout prix.

— Tu l'as lu dans le dossier ? s'exclama-t-il, tendu. Est-ce qu'ils avaient aussi recommandé de l'écorcher vif? De le découper en morceaux ?

Elle posa les yeux sur lui. Même si les traits de Jack n'exprimaient rien de particulier, elle ne put réprimer un frisson.

— Est-ce que c'est ce qu'ils lui ont fait ?

Elle semblait affectée. Compatissante.

— Je te le répète, ne t'intéresse pas à lui. Il ne cherche pas à se caser.

— Comme toi ? Pas besoin de me prévenir. Tu n'as pas à t'inquiéter, je ne suis pas bête au point de devenir romantique. (Briony s'écarta, rompant tout contact physique avec lui, les épaules raides.) Tu m'as fait comprendre de manière très explicite que ce qui s'est passé entre nous était purement sexuel. Pas de sentiments. Je suis une grande fille, je suis capable de gérer la situation. J'ai fait le choix de garder ce bébé, et je suis vraiment désolée d'avoir dû te demander d'assurer notre protection. Aucun risque que je répète la même erreur en tombant dans les bras de ton frère.

Jack la regardait avec des yeux sombres et insondables. Elle ne parvenait pas à déchiffrer son expression, mais quelque chose de froid, sinistre et extrêmement dangereux émanait de lui avec force, évoquant un prédateur. Elle était persuadée, alors qu'il la dévisageait sans ciller, que rien ne lui échappait. Son cœur qui battait à tout rompre. Chacune de ses inspirations. Les gouttelettes de sueur qui perlaient sur son front, et celles qui ruisselaient entre ses seins. Ses lèvres sèches et ses paumes moites. Elle ne pouvait cacher quoi que ce soit à ses sens exacerbés, et elle n'essayait pas. Elle n'avait pas à s'excuser d'avoir peur.

— Reste bien derrière moi.

Dès qu'il eut le dos tourné, elle tira sur l'ourlet de la chemise afin de s'assurer qu'elle la couvrait de manière décente. Elle aurait pu penser que l'obliger à porter ce vêtement visait à la rendre vulnérable, mais Jack avait déjà trop conscience de la proximité de son corps. Il n'avait pas besoin de la savoir nue sous le tissu pour éveiller son excitation. Il considérait sa tenue avec nonchalance, un détachement presque exagéré.

Briony se racla la gorge.

— Je préférerais ne pas rencontrer ton frère avant d'être habillée. Je me sens très mal à l'aise.

— Je suis du même avis, répliqua-t-il sans la regarder. Je vais tout de suite te donner des vêtements. *Ne rapplique pas avant que je lui aie trouvé des habits, Ken. La nouvelle armée de Whitney est à ses trousses, je ne voulais pas risquer de faire entrer un mouchard.*

— *Whitney ? Je le croyais mort.*

— *Moi aussi.*

Jack marqua une hésitation.

— *Qu'est-ce qui se passe ?* l'encouragea Ken.

— *Ne fais pas le joli cœur. Je n'ai pas envie qu'elle tombe amoureuse de toi.*

Un silence de mort s'ensuivit. Jack étouffa un juron. Toutes les femmes succombaient au charme de son frère. Peu d'entre elles accordaient un second regard à Jack et, si elles osaient le faire, elles s'empressaient de s'éloigner. Durant toutes les années qu'ils avaient passées ensemble, il n'avait jamais demandé à Ken de renoncer à une conquête.

— *Ça ne te gêne pas qu'elle reste ici ?* s'enquit Ken.

— *Je ne voudrais la savoir nulle part ailleurs.*

— *Tu n'as pas répondu à ma question. Tu te connais. Sera-t-elle en sécurité, ici ?*

— *Bon sang, Ken, comment veux-tu que je le sache ? Elle est là, et elle ne s'en ira pas. Nous devons trouver un moyen de gérer cette situation.*

— *C'est elle qui ne veut pas partir, ou bien c'est toi qui ne veux pas la laisser partir ?*

Typique de Ken de mettre le doigt là où ça faisait mal. Il le connaissait parfaitement. Aucune ombre de son âme ne lui était étrangère. Sans répondre, Jack conduisit Briony jusqu'à l'entrée. Elle se figea lorsqu'elle aperçut la maison.

— C'est magnifique ! Je n'aurais jamais pensé trouver une véritable maison dans cet endroit. Elle est superbe.

Il se sentit flatté par l'admiration qu'exprimait Briony, mais n'en montra rien et se contenta de hausser les épaules.

— Nous l'avons construite ensemble, Ken et moi. La propriété fait à peu près mille hectares, et nous sommes totalement autosuffisants. Nous possédons des forêts de mélèzes et de sapins que nous pouvons exploiter si jamais nous avons besoin d'argent. Il y a aussi une mine d'or. L'eau arrive chez nous par gravité, aucune source d'énergie n'est nécessaire pour l'acheminer. Nous avons une microcentrale hydroélectrique, mais nous n'utilisons qu'une petite partie de l'électricité que nous produisons.

— La maison ressemble à un chalet, mais elle est immense.

— Près de trois cents mètres carrés. Nous occupons chacun une aile et partageons la cuisine, la salle à manger et les autres pièces à vivre. Le garage fait pratiquement la même surface, nous avons donc la possibilité d'aménager des bureaux si nous en avons envie.

— Pourquoi des bureaux ?

— Ken a l'intention de fonder un camp de luxe destiné à apprendre les techniques de survie à des hommes d'affaires désœuvrés.

— Ce n'est pas une mauvaise idée.

— Sauf qu'il faudra leur parler.

Briony s'esclaffa. C'était la première fois qu'il entendait son rire depuis qu'il l'avait quittée quelques mois auparavant, et ce son lui chatouilla la colonne vertébrale comme une caresse.

— Je vois. En quel bois est faite la maison ? J'aime beaucoup son aspect de chalet.

— On a utilisé des rondins de pin argenté, qu'on a écorcés et ajustés, puis huilés pour la finition. C'est le même style que la cabane de l'ancienne mine, qui se trouve toujours sur la propriété.

— Vous êtes vraiment propriétaires d'une mine d'or ?

Il ramena une mèche de cheveux derrière l'oreille de Briony, s'attardant sur sa peau.

— Il y a des filons d'or, mais Ken et moi n'avons jamais pris le temps de les chercher. Nous avons tout le gibier qu'il nous faut, et les rivières regorgent de truites. Nous vivons en autarcie, ici. Pas de téléphone, comme ça, personne ne nous dérange.

— Jebediah m'a dit que tu faisais encore partie de l'armée. Comment entrent-ils en contact avec toi quand ils en ont besoin ?

— Par radio. Nous avons un hélicoptère à disposition, ainsi qu'un petit avion à l'aéroport.

— Eh bien, cette maison est magnifique, je ne m'attendais pas à ça. Tu es un véritable artisan.

Il lui fit signe de s'avancer vers le porche, curieusement flatté qu'elle apprécie sa demeure. Pour eux, c'était un sanctuaire, brut et simple, un refuge difficilement accessible où peu oseraient s'aventurer.

— La route est impraticable en hiver, mais on a des motoneiges.

— Avec quoi vous chauffez-vous ?

— Du bois. Il y en a à profusion.

— J'aime particulièrement la galerie. J'ai toujours adoré les balcons couverts, et le vôtre est superbe.

Briony posa la main sur la rampe et pénétra sous le porche. Cette maison lui plaisait vraiment mais, à présent qu'elle était sur le point d'en franchir le seuil, son cœur battait trop fort. Rassemblant tout son courage, elle esquissa un timide sourire, et fit comme si entrer chez des étrangers vêtue d'une simple chemise lui paraissait la chose la plus naturelle au monde.

— C'est drôle, Jack, mais malgré toutes les mises en garde que j'ai entendues contre toi, il s'avère que ta maison est bien plus chaleureuse que bon nombre de foyers. Je suis surprise. C'est magnifique.

— C'est très isolé. La plupart des femmes n'aimeraient pas vivre ici.

Briony haussa les épaules.

— La plupart des femmes supportent la compagnie des autres sans problème. Moi, j'ai besoin de solitude, et je n'ai jamais eu l'occasion d'aller à la montagne. C'est vraiment beau, la nuit.

— Demain, je te montrerai les alarmes et les pièges pour que tu puisses te promener tranquillement.

Elle leva les yeux au ciel.

— Tu ne serais pas un peu paranoïaque ?

— Disons plutôt que je suis préparé à toute éventualité.

Il la mena dans la cuisine. Elle n'eut que le temps d'apercevoir une gazinière et un réfrigérateur avant qu'il l'entraîne plus avant dans la maison. Ils traversèrent un large couloir au bout duquel Jack poussa une porte, puis il s'écarta pour la laisser passer.

L'odeur de Jack imprégnait la pièce. Briony se tourna vers lui, hésitante. Son bas-ventre se crispa, et une onde de chaleur se répandit lentement dans son corps.

— C'est ta chambre ?

Jack retint son souffle. Ce serait bien plus difficile pour eux que ce qu'il avait tout d'abord pensé.

— À ton avis ? Je t'apporte des habits pour la nuit, et une tenue que tu pourras mettre demain.

Il se dirigea vers la penderie, et en sortit un pantalon à ceinture coulissante. Il ne l'avait jamais mis. Ken tentait de l'habiller convenablement depuis des années, en vain. Jack avait toujours résisté, préférant ses jeans et ses treillis.

— Tu as faim ? Je peux te préparer quelque chose vite fait.

— Je suis très fatiguée, Jack. J'aimerais prendre une douche, si ça ne te dérange pas, puis me coucher.

Parce qu'elle n'était plus capable de le regarder en face. Le simple fait de poser les yeux sur lui faisait mal. Son corps était devenu incontrôlable, et elle en avait honte. Plus que tout, elle désirait se retrouver seule pour enfin se cacher sous les couvertures et pleurer tout son soûl sans que personne ne la voie ni ne l'entende.

Jack ouvrit la porte de sa salle de bains. Le parfum de Briony se mêlait déjà au sien. Une fois qu'elle aurait occupé ces pièces, il n'aurait plus aucun répit, mais il s'en moquait. Même si elle avait l'intention de garder ses distances, il ne la laisserait pas faire. Briony Jenkins devrait apprendre à vivre avec lui. Ce ne serait pas facile pour elle, mais ils n'avaient pas le choix, et Jack ne lui permettrait pas de renier ce qui existait de manière si évidente entre eux.

Chapitre 11

Briony se pelotonna dans le grand lit de Jack. Son odeur masculine imprégnait la pièce. La douche chaude avait réussi à la détendre un peu, mais la terreur commença à l'envahir, au point qu'il lui sembla que son cœur était remonté dans sa gorge et l'étouffait : elle ne pouvait échapper à Jack. À chaque inspiration, son parfum pénétrait dans ses poumons. Elle aurait peut-être accepté le fait que son corps la trahisse, mais ses émotions la perturbaient, et elle ne pouvait s'empêcher de repenser à la tendresse avec laquelle il l'avait touchée.

Elle ne se laisserait pas prendre dans le même piège une nouvelle fois. Ce n'est pas réel. Ça ne le sera jamais. Jack lui avait clairement exprimé ses sentiments, et elle devait respecter sa position. En dépit de sa rudesse, il traitait les femmes avec douceur, et elle était simplement plus sensible à cause de ses hormones en ébullition, qui provoquaient en elle un tourbillon à la fois émotionnel et sexuel. Une combinaison difficile à gérer.

« *Si tu es venu me provoquer en duel parce que j'ai baisé ta sœur, Jebediah, c'est que tu es vraiment plus con que je ne pensais.* » Briony sentit ses joues s'empourprer en se rappelant l'accusation de Jack. *Quelle idiote !* Elle avait déjà succombé à la tentation. Il suffisait qu'il la regarde, qu'il la touche, et elle était prête à se jeter dans ses bras. Qu'est-ce qui ne tournait pas rond chez elle ? N'avait-elle donc aucune fierté ? Comment allait-elle pouvoir rester dans cette maison – dans cette chambre – alors que le simple fait de respirer l'odeur de Jack la rendait folle de désir ?

Elle soupira, écarta les couvertures d'un geste vif puis marcha pieds nus jusqu'à la fenêtre, qu'elle s'empressa d'ouvrir pour inspirer l'air de la nuit, essayant d'apaiser son esprit. La fraîcheur la surprit, mais la sensation de froid sur sa peau brûlante lui parut agréable. Elle s'assit sur le rebord et contempla les arbres qui dansaient dans le vent, insensible aux larmes qui ruisselaient sur son visage. Ces derniers temps, elle se montrait si émotive qu'elle s'effondrait pour un rien. Elle cligna des yeux jusqu'à ce qu'elle distingue de nouveau le paysage avec netteté. Les branches se courbaient et se balançaient, leurs feuilles envoyant des reflets argentés sous le clair de lune. Elle demeura immobile et aperçut plusieurs cerfs dans l'herbe à proximité, et, plus loin, un animal plus imposant, presque aussi gros qu'un cheval.

En proie à la curiosité, elle enjamba le rebord de la fenêtre et traversa le balcon pour se pencher à la balustrade afin d'avoir une meilleure vue. Elle n'osait pas s'aventurer dans la propriété sans savoir où étaient placés les alarmes et les pièges, mais le grand animal qui pâturait dans la forêt si près de la maison l'intriguait. Elle n'avait encore jamais vu d'élan sauvage, mais elle était certaine d'en avoir repéré tout un troupeau. Pour la première fois depuis ce qui lui paraissait des semaines, elle respira librement, sans qu'un chaos d'émotions n'assaille son esprit. Dans l'air nocturne de la montagne, elle ne sentait plus le parfum de Jack. Rien ne lui rappelait qu'elle réagissait si vivement à sa présence.

La main à la gorge, elle marcha sans bruit le long de la galerie, évoluant au même rythme que les bêtes, et les suivit tout autour de la maison, déterminée à détourner ses pensées de Jack et de la situation dans laquelle elle se trouvait. Le balcon était large, et la balustrade assez haute pour que Briony se sente capable de se hisser sur le toit en prenant appui sur l'une des colonnes. Elle y disposerait d'un meilleur point de vue et ne dérangerait personne. Elle grimpa sur la rambarde en gardant un œil sur les animaux, redoutant de les voir regagner la forêt avant d'avoir pu mieux les observer.

Elle enroula ses bras autour du pilier et estima la distance qui la séparait de son objectif. Pour quelqu'un d'aussi puissant qu'elle, ce n'était pas infranchissable, mais elle devrait se balancer, puis s'élancer en hauteur pour dépasser le surplomb. Elle bondit et s'agrippa au bord du toit.

Deux mains la saisirent fermement par la taille et la tirèrent avec force, et elle se retrouva serrée contre un corps aussi dur que de la pierre. Les yeux de Jack scintillaient comme des diamants, étincelants de fureur.

— Qu'est-ce que tu fous, bordel ?

Jack semblait constitué d'acier, chaque muscle tendu. Alors que Briony était glacée, il paraissait brûlant. La chaleur irradiait de sa peau. Le cœur de Briony s'emballa instantanément. Pire, son corps réagit. Ses seins devinrent lourds et douloureux, et son bas-ventre la tirailla. Le goût de Jack lui emplit la bouche, et elle eut l'impression de le sentir en elle. Les souvenirs l'assaillirent aussitôt, vifs et précis. Et voilà. Il la réduisait à un tourbillon de désir en un claquement de doigts. Dans une tentative désespérée d'échapper aux effets de son parfum, Briony se débattit mais, malgré sa force exceptionnelle, Jack ne bougea pas d'un millimètre.

— Je voulais juste regarder le troupeau d'élans. Enfin, je crois que c'étaient des élans. À cause de toi, je n'ai pas eu le temps de bien les observer. Lâche-moi, Jack !

Il était la dernière personne qu'elle avait envie de voir. Elle avait besoin d'être seule, et elle n'avait aucune intention de dormir dans sa chambre ou dans son lit, où son odeur était omniprésente. Elle aurait voulu pleurer de frustration. Frapper quelqu'un. Cette situation était insupportable. Elle ne se sentait pas assez forte pour le côtoyer sans le désirer. Et pourquoi la touchait-il sans arrêt ?

— Tous les rôdeurs qui osent s'aventurer près de ma maison sont susceptibles de se faire tuer.

— Je ne suis pas une prisonnière, tout de même ? Je voulais juste admirer les animaux de la forêt, ce n'est pas un crime. Retourne te coucher. Je suis très bien, toute seule dehors.

Parce qu'elle se sentait incapable de rester dans son lit sans se consumer de désir pour lui. « *Si tu es venu me provoquer en duel parce que j'ai baisé ta sœur…* » Elle se répéta volontairement ces paroles de manière à ne pas se montrer encore plus ridicule qu'elle ne l'était.

— Il fait froid, Briony. Rentre à la maison.

Elle pressa deux doigts juste au-dessus de ses yeux, mortifiée de ne pas pouvoir maîtriser les réactions de son propre corps. Il fallait absolument qu'il s'éloigne, qu'il arrête de la toucher.

— Va au diable ! J'ai parfaitement le droit de rester ici si j'en ai envie.

Jack inclina la tête sur le côté afin d'étudier son visage crispé par la colère.

— Pourquoi tu essaies de me provoquer ?

— Je n'aime pas qu'on me dise ce que je dois faire.

Parce qu'il occupait toutes ses pensées, et lui avait clairement fait comprendre qu'il ne voulait pas d'elle. Parce qu'il avait dit « j'ai baisé ta sœur ». Elle n'aurait pas dû désirer un homme qui avait été programmé pour coucher avec elle. Elle se sentait terriblement humiliée. Jack voulait juste « baiser », rien de plus.

— *Oublie tout ça. Ce n'est pas vrai, je n'ai jamais pensé une chose pareille.*

Jack s'approcha, et Briony recula en levant la main pour l'empêcher d'avancer.

— Non ! cria-t-elle avec véhémence, redoutant de fondre en larmes. Plus un mot.

Ses yeux la brûlaient déjà, et elle sentait un nœud lui serrer la gorge.

Sans prêter attention à ses protestations, Jack franchit la courte distance qui les séparait et envahit son espace, se tenant si près d'elle que la chaleur de sa peau s'infiltrait dans la sienne, qui était glacée.

— Tu trembles comme une feuille.

Il lui frotta les bras afin de la réchauffer et s'efforça de prendre un ton prévenant. Pourquoi avait-il eu l'idée de sortir une telle stupidité à Jebediah ?

— Tu es gelée, et tu ne t'en rends même pas compte. Qu'est-ce que tu voulais faire ? Monter sur le toit ?

— Eh bien, oui.

— Est-ce qu'il t'a traversé l'esprit que tu pouvais glisser, tomber et blesser le bébé ?

— Je suis une acrobate, les cascades font partie intégrante de mon métier. Je crois que je peux grimper sur un toit.

— Ne le fais pas. Je croyais que tu étais épuisée.

Jack voulait la réconforter, mais elle ne l'autorisait pas à franchir le fossé émotionnel qui les séparait. Elle essayait de le garder à distance, et il ne se sentait pas doué pour gérer ce genre de situations.

Elle porta la main au lobe de son oreille, cherchant le contact rassurant des petits diamants de sa mère, mais ne rencontra que la peau nue et laissa retomber son bras.

— C'est vrai, mais j'ai besoin d'espace. Je n'y arriverai pas.

— Bien sûr que si.

— Peut-être que je n'en ai pas envie.

Elle recula jusqu'à ce qu'elle heurte la balustrade. Il ne fallait plus qu'il la touche. Chaque fois qu'il la frôlait, il lui donnait conscience de la proximité de son corps et du désir qu'il lui inspirait. Elle était sortie de la maison pour lui échapper, mais cela semblait peine perdue.

— Tu aurais dû y penser avant de venir.

Briony serra les poings.

— À ce moment-là, je croyais ne pas avoir le choix. (Elle leva le menton.) Écoute. Rendons-nous à l'évidence, ça ne marchera jamais. Je trouverai un autre moyen de disparaître, et je peux toujours me tourner vers Kadan Montague. Il m'a offert sa protection.

Jack crispa la mâchoire, et ses yeux prirent subitement une teinte argentée étrange. Glaciale, effrayante.

— Je ne laisserai pas Kadan Montague protéger mon enfant et sa mère. C'est mon rôle, pas le sien. N'essaie pas d'inclure un autre homme dans ce bordel, Briony, la situation est déjà bien assez complexe comme ça.

— Ah, vraiment ?

Furieuse sans même savoir pourquoi, elle fit volte-face et sauta avec agilité par-dessus la rambarde.

— « Ce bordel » ? reprit-elle une fois qu'elle fut retombée au sol. Ma grossesse vient perturber ta petite vie, pas vrai ? Je n'ai pas besoin de ton aide, et pour être franche, je n'en veux pas.

Jack proféra un juron et bondit à son tour. Il avait encore manqué de tact, apparemment. Ce n'était vraiment pas son fort. Lorsqu'il lui enserra le bras d'une poigne de fer, elle tournoya pour lui lancer un coup de poing à la figure. Il lui bloqua la main.

— Si tu continues comme ça, je vais devoir te donner la fessée. Qu'est-ce que tu as, bon sang ? Tu sais très bien que tu n'auras pas le dessus sur moi, alors pourquoi me provoquer ?

Elle semblait furieuse, farouche et gênée. Vulnérable, jeune et beaucoup trop fragile. Elle se sentait vraiment seule et terrorisée. Les craintes de Briony s'insinuèrent dans l'esprit de Jack. Ce n'était pas lui qui lui inspirait de la peur, mais la situation. L'entendre dire avec brusquerie qu'il l'avait « baisée ». Attendre un bébé sans savoir vers qui se tourner. Elle redoutait que Whitney la retrouve et lui prenne son enfant. Jack ressentit brièvement le maelström d'émotions qui torturait Briony.

En dépit de son exaspération, il adoucit la voix.

— Je n'ai pas voulu dire que c'était ta grossesse qui posait problème. Arrête de mal interpréter toutes mes paroles. Et tu sais très bien que je ne t'ai pas « baisée », Briony. Pas comme ça. Pas comme je l'ai laissé entendre à ton frère.

Elle secoua la tête.

— Je ne peux pas respirer, ici. C'est impossible. Je dois partir.

Jack prit un air sévère. Sa mâchoire tressaillit et une lueur argentée traversa ses yeux gris.

— Une fois que tu te seras calmée, tu retourneras dans la maison pour dormir un peu. (Il fit un nouvel effort pour faire preuve de douceur.) Tu as été soumise à une pression terrible. Après une bonne nuit de sommeil, tu verras les choses différemment.

— Arrête de me parler sur ce ton condescendant. Tu penses vraiment que ça a été facile pour moi de venir jusqu'ici te demander de l'aide après ce que tu m'as dit ? (Elle essaya de le repousser de toutes ses forces, mais il frémit à peine.) J'ai quitté tous ceux que j'aime. Mon enfant est en danger. Je suis malade. Je n'ai ni vêtements ni argent, et je me retrouve à la merci d'un homme qui ne veut pas de moi. (Elle le poussa de nouveau.) Laisse-moi tranquille. J'avais l'intention de m'asseoir sur le toit, pas de me promener bêtement dans une propriété piégée.

— Qu'est-ce que tu comptes faire, maintenant ? Nous sommes en pleine nuit, et tu sais que tu risques de tomber sur l'un de mes pièges.

— J'ai un excellent sens de l'odorat. Je partirai d'ici en retrouvant le chemin par lequel je suis venue.

Elle en serait sans doute capable, mais elle commençait à le rendre fou. Il allait très bientôt perdre patience.

— Arrête de pleurer, Briony. Je suis sérieux, il faut absolument que tu arrêtes.

— Sinon quoi ?

Elle était furieuse de ne pas pouvoir réprimer ses larmes. Elle semblait incapable de se ressaisir. Peut-être était-elle hystérique, mais si elle avait envie de s'asseoir dehors en plein milieu de la nuit pour pleurer comme une Madeleine, ça ne regardait qu'elle.

— Tu as l'intention de me frapper ? On s'est déjà occupé de moi, tu ne m'impressionnes pas du tout.

Jack l'attira contre lui, la serra dans ses bras malgré sa résistance et amena sa tête contre sa poitrine. Il se pencha vers sa joue tuméfiée, qu'il couvrit de baisers légers.

— Chut, murmura-t-il afin de l'apaiser.

Il ferma les yeux pour effacer la souffrance qu'il percevait dans l'esprit de Briony. Elle irradiait le désespoir, le chagrin, et il ne le supportait pas.

— Je ne suis pas ton ennemi.

— Je sais. Je sais. Je suis désolée.

Elle était néanmoins incapable de se calmer. Son monde s'était effondré, ses hormones s'affolaient, et elle ne pouvait se réfugier nulle part pour échapper à Jack.

— Ça va aller. Tout ira bien. Tu es épuisée, tu as besoin de sommeil.

Il commença à lui masser la nuque puis, lentement, glissa les doigts dans ses cheveux et lui caressa le cuir chevelu en effectuant des mouvements circulaires.

— Je ne veux pas retourner dans la maison, Jack. Je ne peux pas rester dans cette chambre.

Comment le lui faire comprendre ? Au moins, à l'extérieur, le vent et la forêt permettaient de dissiper son parfum et apaisaient la faim dévorante qu'elle ressentait pour lui.

Jack n'avait encore jamais tenu dans ses bras une femme en pleurs. Il demeura immobile, se contentant de soutenir Briony tandis qu'elle tressaillait sous la force de ses sanglots. Il posa le menton sur sa tête. De douces mèches de cheveux lui frôlèrent le visage. Sans essayer de mettre un terme au flot de larmes – elle avait de bonnes raisons de pleurer –, il se baissa pour lui enlacer les genoux puis la souleva et la berça contre lui.

— D'accord. Restons ici. Chut, Briony. Tu vas te rendre malade.

Elle était si légère qu'il sauta sur le perron en la gardant blottie contre lui. Il s'assit sous le porche, dans le fauteuil à bascule qu'il avait fabriqué de ses mains. Une fois confortablement installé, il se balança doucement en lui caressant les cheveux du menton et en lui massant la nuque.

Il aurait dû se sentir coupable, mais ce n'était pas le cas. La tenir dans ses bras lui paraissait la chose la plus naturelle au monde. Tout en se balançant dans le fauteuil, enveloppé par l'obscurité, il contempla les branches qui s'agitaient dans la brise, attentif aux bruits nocturnes de la forêt. Briony pleurait en silence, imbibant sa chemise de larmes. Elle se ressaisit peu à peu.

— C'est étrange, déclara Jack à haute voix. Quand je suis avec toi, je me sens normal. J'oublie tout, et je prends conscience de la beauté des choses qui m'entourent. Je me suis assis sous ce porche des centaines de fois, et la nuit ne m'est jamais apparue ainsi. Lorsque j'observais la forêt, je voyais un million d'endroits où me cacher, où tendre une embuscade, où trouver de la nourriture. Je n'ai jamais remarqué que les feuilles brillent d'une lueur argentée au clair de lune, ni que les arbres semblent danser et dresser leurs branches vers les étoiles. Pour quelle raison, à ton avis ?

Briony déglutit, tourna vers lui son visage baigné de larmes et le dévisagea de son regard intense.

Jack essuya les pleurs du bout des doigts avec une tendresse proche de la révérence.

— C'est la vérité, Briony. Je vois le monde différemment quand tu es avec moi.

— Ne dis pas ça, Jack. Je suis très sensible à ta présence, et maintenant que je suis enceinte, c'est encore pire. Ne me raconte pas des choses pareilles.

Briony voulut se détourner, mais Jack lui tint le menton.

— Je suis heureux que tu sois là, avoua-t-il d'un ton bourru.

— Mais tu m'as dit…

— Je sais ce que j'ai dit. Ça n'a aucune importance. Nous aurons tout le temps de faire le point. Je sens que tu as mal à la tête, et pleurer n'arrange rien. Contente-toi d'écouter la nuit et détends-toi. Essaie de dormir. L'une des raisons qui nous a conduits à construire à cet endroit, c'est le calme et la quiétude.

Briony ferma les yeux et s'installa plus confortablement contre Jack. Elle n'avait pas pour habitude de verser des larmes en public, et elle se sentait gênée d'être encore en train de renifler. Il la serrait contre lui comme s'il tenait à elle, et elle ignorait si cela la rassurait ou l'inquiétait davantage.

— Là-bas, derrière ces arbres, en bas de la pente, se trouve mon atelier. Je pensais que je pourrais t'y laisser une place si tu voulais faire des vitraux.

— Je n'ai pas emporté mon carnet de croquis.

— Je t'en achèterai un nouveau. Tu auras tout le temps nécessaire pour dessiner.

Briony leva les yeux. Il l'observait, et elle lut dans son regard un sentiment proche de l'admiration, alors qu'elle n'avait pas du tout l'impression d'agir de manière admirable. En dépit de sa détermination à ne pas se laisser surprendre par ses émotions, elle sentit son cœur s'emballer. Elle porta la main au visage de Jack et traça du bout des doigts le contour de ses traits sévères.

— Ton visage m'a manqué, Jack.

Il tourna la tête de façon à effleurer sa main de baisers.

— Je suis désolé pour ce que je t'ai dit cette nuit-là. Je sais que je t'ai blessée.

— C'est vrai. Tu devais partir, mais tu n'étais pas obligé de t'y prendre ainsi. Pourquoi t'es-tu comporté comme ça ?

Elle caressa ses lèvres du bout des doigts.

— J'ai quelques problèmes à régler, Briony, mais ça n'a rien à voir avec toi ou le bébé. C'est à propos de moi, de ma personnalité, de qui je suis, de ce que je suis. Jamais tu n'as été en cause.

Il lui saisit la main et la porta à sa gorge.

— Je te jure que je prenais la pilule, Jack. Je n'avais pas l'intention de tomber enceinte, je n'agirais pas ainsi avec un homme. Et je suis tout à fait capable d'élever un enfant toute seule. Ne t'inquiète pas, je ne te demanderai pas d'argent, ni rien d'autre. Ce dont j'ai besoin, c'est d'apprendre les techniques de survie…

— Briony, tais-toi, lui intima Jack. (Il lui massa la nuque afin de la détendre.) C'est aussi mon enfant. J'ai envie que tu restes ici avec le bébé. Je t'enseignerai ce que tu veux savoir, et après la naissance du petit, nous le protégerons ensemble.

Son cœur eut un soubresaut, mais elle ne se sentait pas encore prête à espérer.

— Pourquoi penses-tu que c'est un garçon ?

— Parce que je ne supporterais pas d'avoir une fille. Tu imagines qu'un type essaie de la draguer ? J'irais aussitôt aiguiser mes couteaux.

Briony rit doucement contre sa poitrine. Ce son étouffé envahit le corps de Jack avec la force d'un raz-de-marée. Il s'était attendu aux vagues de désir, mais pas à la sensation de bien-être, à la joie. Il ne connaissait pas la joie, ne la comprenait pas et se méfiait de cette émotion. Elle s'insinua pourtant en lui et gagna son cœur sans qu'il puisse s'y opposer. Par la simple présence de cette femme et la musique de son rire.

— Tu es bête, Jack.

— Personne ne m'a jamais insulté ainsi, dit-il avant de marquer une pause. Je sais que ça n'a pas été facile pour toi de venir ici.

Il était conscient que c'était un euphémisme, mais Briony avait toujours agi selon ses convictions – quel qu'en soit le prix – et se résoudre à trouver refuge auprès de Jack avait dû lui coûter.

Le sourire de Briony s'estompa.

— Je veux ce bébé. Ce n'était pas prévu, mais dès que le médecin m'a annoncé que j'étais enceinte, j'ai été heureuse. Je ne plaisante pas quand j'affirme que je suis capable de m'en occuper seule.

— Je sais. Et je ne plaisante pas quand j'affirme que je souhaite faire partie de votre vie.

Le visage de Briony s'éclaira.

— Fille ou garçon, un enfant est toujours un miracle, tu ne crois pas ?

Pour lui, c'était Briony, le miracle.

— Oui, souffla-t-il. Dors, bébé. Je ressens ta fatigue.

Il lui caressa les cheveux. Elle était exténuée ; pire, cela faisait des semaines qu'elle ne cessait d'être menacée.

Il souhaitait qu'elle se sente en sécurité dans sa maison. Dans ses bras.

Il la berça doucement, laissant la nuit exercer son pouvoir. Maintes fois, Ken et lui étaient rentrés de mission épuisés, blessés, et s'étaient assis sous le porche pour s'imprégner de l'ambiance nocturne. Les insectes bourdonnaient, les chouettes battaient des ailes, les chauves-souris plongeaient et tournoyaient, et les cerfs évoluaient avec grâce dans la forêt environnante, offrant une présence rassurante. Jack transmit sa chaleur au corps glacé de Briony tandis qu'elle se laissait aller contre lui, les paupières lourdes. Elle se blottit dans ses bras comme un enfant apeuré, cherchant refuge au plus près de son cœur, et sa respiration devint calme et régulière.

« *Fille ou garçon, un enfant est toujours un miracle, tu ne crois pas ?* » Jack réfléchit à cette phrase innocente durant un long moment. Assis dans l'obscurité, il continua de se balancer pour apaiser Briony en écoutant le bruissement de l'eau sur les rochers et le concert des insectes, contemplant les reflets du clair de lune dans les arbres. « *Un enfant est toujours un miracle, tu ne crois pas ?* » Briony ramenait tout à une simplicité désarmante. Considérait-il un enfant comme un miracle ? Désirait-il ce bébé, ou uniquement Briony ? Avait-il de la place dans sa vie pour ce petit être ? Que ressentait-il au juste ?

Malgré le silence, Jack s'était rendu compte qu'il ne se trouvait plus seul bien avant qu'une ombre surgisse devant lui. Il leva la tête et aperçut son frère debout, pieds nus, les mains sur les hanches, vêtu d'un simple pantalon de pyjama en flanelle. Son visage, ses épaules, ses bras et sa poitrine étaient couverts de cicatrices. On devinait que les marques existaient même sous la ceinture. La peau était encore rouge et à vif, luisante, formant un horrible damier lui évoquant sans cesse les heures qu'il avait passées entre les mains d'un fou. L'espace d'un instant, Jack se sentit saisi par l'angoisse. Il n'avait pas été là pour protéger son frère quand il le fallait. Ken avait été envoyé à sa place. Jack n'était pas revenu à temps, et il s'en voudrait toute sa vie.

— Tu ne dors pas, s'enquit-il, impassible.

— Non, répondit Ken avant de s'asseoir sur la rambarde.

Il se mit à balancer un pied. Il semblait nonchalant et détendu, mais Jack le connaissait trop bien pour y croire.

— Comment va-t-elle ? demanda Ken en désignant Briony du menton.

Ses prunelles scintillaient d'une lueur argentée dans les rayons de lune, un signe précurseur de conflit.

— Elle a tellement pleuré qu'elle est épuisée. Ça n'a pas été facile, pour elle.

— Il faut qu'on parle.

Jack ferma les yeux, reposa sa tête contre Briony et inspira son parfum, qui l'enveloppa comme un songe grisant.

— Je sais. J'aurais dû t'en parler quand je suis revenu de Kinshasa, mais ça ne m'a pas semblé nécessaire. Je l'avais quittée. Pour son bien. Je suis parti pour lui permettre de faire sa vie avec un homme normal. Bon sang, Ken. (Il ouvrit brusquement les yeux et les braqua sur son frère.) J'avais renoncé à elle, ça a été la chose la plus difficile que j'aie eu à faire de toute mon existence.

Ken hocha la tête.

— Je l'ai senti dès que tu es rentré. Le lien qui nous unit est trop puissant pour que je ne ressente pas à quel point ça a été compliqué pour toi. Mais c'est trop dangereux. (Il se passa la main sur le visage.) Je suis venu te demander de rompre avec elle, de ne pas prendre ce risque... Mais en te voyant avec elle, en sachant ce que tu éprouves... (Il secoua la tête.) Je ne sais pas comment tu pourrais t'y résoudre.

— Pour la première fois depuis longtemps, j'ai peur, Ken. Je me suis toujours dit que, le jour où je deviendrais cinglé, ils finiraient par envoyer quelqu'un de meilleur que moi pour me descendre. Je ne me serais jamais tourné vers toi. Mais maintenant… (Il caressa les cheveux de Briony.) Je ne supporterais pas qu'elle me regarde comme maman le regardait, lui. (Il secoua lentement la tête.) Je commence déjà à lui ressembler. Je suis obsédé par Briony, je suis incapable de penser à quoi que ce soit ou qui que ce soit d'autre. Je voudrais que personne ne s'approche d'elle.

—Moi y compris ?

—Je craignais que ce soit le cas, mais tu es tout près d'elle et, pour l'instant, je n'ai pas envie de te tirer dessus.

Un mince sourire s'étira sur le visage de Ken.

—Quel soulagement !

—Je ne peux pas la laisser partir. C'est impossible, Ken. Quand je suis avec elle, c'est comme si je voyais tout pour la première fois. J'espère de nouveau. (Il secoua encore une fois la tête ; il se sentait ridicule.) Quand je suis revenu de cette mission, je voulais tout arrêter. Après l'avoir rencontrée et l'avoir abandonnée, je n'avais plus envie de rien.

Ken se renfrogna.

—J'ai perçu ces sentiments. Qu'est-ce qu'on va faire ?

—Tu vas me donner ta parole…

Ken se redressa et fit « non » de la tête tout en levant la main.

—Non. Ne me demande pas ça. Ce n'est pas une option à envisager.

—C'est la seule solution. Je t'assure que je ne suis pas capable de la laisser partir. Je te jure, Ken, je ne sais pas ce que je ferais si elle essayait de me quitter.

—Tu penses que tu lui ferais du mal ? souffla Ken, ses yeux gris reflétant de nouveau la lueur argentée de la lune.

—Non ! Jamais ! Je ne ferais jamais une chose pareille. Je me tuerais avant de porter la main sur elle. (Jack serra

Briony plus étroitement contre lui.) Je suis foutu, Ken. Tu dois me donner ta parole.

— Et le bébé ? insista Ken. Qu'est-ce que tu ressens au sujet du bébé ?

Jack soupira.

— Comment le savoir ? Ça fait si longtemps que je n'éprouve plus de sentiments. Tu commences à ressembler aux psys qu'ils veulent sans arrêt nous envoyer consulter.

Il avait étudié cette question sous tous les angles, assis dans l'obscurité, mais n'avait toujours pas de réponse. Désirait-il ce bébé parce qu'il le reliait à Briony, ou parce qu'il s'agissait de son enfant ?

— Quand tu me l'as annoncé, j'ai senti un éclair de joie en toi.

— Je suis heureux qu'elle soit enceinte, et qu'elle soit là avec moi. Pour le moment, je n'ai aucune idée de ce que je vais faire d'un bébé, mais ça va s'arranger. Je pensais commencer à fabriquer un lit ou un de ces petits trucs dans lesquels ils dorment et qui se balancent.

Ken esquissa un sourire.

— Un berceau, crétin. Et pour ajouter un peu de grain à ton moulin, n'oublie pas que notre cher père a pu nous léguer un autre héritage en plus de ses gènes monstrueux.

— Quoi ?

— Il avait un frère jumeau, et son père aussi. Son grand-père également. Tu vois où je veux en venir ?

Jack grogna.

— Briony sera enchantée de le savoir.

Il laissa errer son regard sur la forêt, sur les arbres au tronc sombre et sur les feuilles qui miroitaient tandis qu'il caressait de la paume le ventre rebondi de Briony.

— Il buvait, tu t'en souviens ? Il avait toujours une bouteille à la main. J'ai essayé de me rappeler à quoi il ressemblait quand il n'était pas sous l'emprise de l'alcool. (Il considéra son frère.) Promets-moi, Ken.

— C'est un sacré truc, ce que tu me demandes.

— Mais je dois te le demander.

Ken poussa un juron et se détourna.

— Je maudis cet homme pour ce qu'il nous a fait. Je dois réfléchir. Je ne sais pas si j'en suis capable. Je ne donnerai pas ma parole tant que je ne serai pas certain d'être en mesure de la tenir.

— Toute ma vie, j'ai essayé de faire ce qu'il fallait, Ken. Je n'ai pas l'intention de finir par blesser les gens qui me sont chers. (Il esquissa un bref sourire sans joie.) Et il y en a tellement. Toi et Briony.

— Et tes hommes. Tu n'as jamais abandonné un seul de tes soldats, Jack. Tu ne te fais pas assez confiance car tu restes replié sur toi-même, persuadé que tu vas évoluer comme lui. Il devenait mauvais quand il était soûl. L'alcool agissait sur lui comme un poison.

Jack releva la tête, forçant son frère à le regarder dans les yeux.

— Tu sais bien que nous sommes différents. Nous l'avons toujours été. Je refuse de prétendre le contraire. Si j'ai conscience de ce que je suis et de ce dont je suis capable, j'ai encore une chance de me maîtriser. Si je n'y arrive plus, alors tu n'auras pas le choix.

— Je ne marche pas. Nous avions conclu un accord. Pas de femme, personne à qui l'on tienne, à qui l'on s'attache.

— Elle m'a sauvé la vie. C'est une GhostWalker, comme nous. Whitney est à sa recherche. Il veut le bébé.

Ken fit volte-face.

— Qu'est-ce que tu dis ? Peter Whitney est mort. Il a été assassiné. Comment pourrait-il être impliqué dans cette histoire ?

— Apparemment, il joue un rôle de premier plan. En plus d'amplifier nos capacités, il nous a programmés pour que chacun de nous soit sexuellement attiré par l'une des femmes qu'il a utilisées pour ses expériences. Du moins à ce qu'on m'a dit. Et si c'est vrai, le résultat est impressionnant. Je suis une érection ambulante à proximité de Briony.

— Super, soupira Ken. Comme si on n'avait pas assez de problèmes. Tu es certain de ce que tu racontes, Jack ?

— Tout comme je suis certain que quelqu'un nous a tendu un piège au Congo. Ce quelqu'un doit être Whitney. Il possède de l'argent, des ressources, a accès à des données confidentielles, et il bénéficie de la complicité d'une personnalité haut placée. Ils viendront chercher Briony et le bébé.

— Ils ne lui mettront pas la main dessus, Jack, mais nous ferions mieux de nous préparer. Comment se comporte-t-elle en situation de combat ?

— Elle a besoin d'un stabilisateur, mais elle se défend bec et ongles si nécessaire. Elle sera à la hauteur.

— Alors, comme ça, il y a une femme quelque part qui va me transformer en taureau bouillonnant de testostérone ?

— On peut le supposer, répondit Jack.

Ken émit un petit sifflement.

— Eh bien, on a droit à quelques compensations, dans la vie.

— Tu crois ça ? N'en sois pas si sûr. D'après ce que je comprends, comme Whitney rencontre certaines difficultés à forcer la rencontre de ses rats de laboratoire, il essaie d'enlever les femmes et de monter une sorte d'usine à bébés en utilisant quelques-uns de ses propres soldats aux capacités amplifiées comme donneurs de sperme.

— C'est dément ! s'exclama Ken en fronçant les sourcils. Donc cette femme, celle à qui je suis censé réagir, serait enfermée dans la cave de Whitney pour servir de poulinière ?

— Ça donne envie de croiser ce fils de pute dans un endroit désert par une nuit sans lune, non ?

Ken traversa le balcon pour rejoindre son frère et se pencha au-dessus de la nuque de Briony avant de prendre une profonde inspiration, conscient de la tension qui crépitait dans l'air ainsi que de la soudaine immobilité de Jack. Il se redressa lentement, lui adressa un clin d'œil et recula de quelques pas.

— Aucun effet sur moi.

— La prochaine fois que tu t'approches d'elle comme ça, préviens-moi.

— Tu ferais mieux de t'y habituer. Si elle reste ici, je la considérerai comme ma sœur, et cet enfant sera ma nièce, ou mon neveu. Je suis du genre à m'impliquer.

— Tu cherches juste à m'énerver, répliqua Jack.

— Il y a un peu de ça aussi. D'un autre côté, avec ta dulcinée dans la maison, nous allons très rapidement découvrir si tu deviens ou non un con insupportable. Si tu dépasses les bornes, je te provoque en duel derrière l'écurie.

— On n'a pas d'écurie.

— Merde, je t'avais bien dit qu'on avait besoin d'une écurie, répliqua Ken. Il a fallu que tu te construises un atelier. Ça ne ressemble à rien, un duel près d'un atelier. (Ken tapa l'épaule de son frère en signe de camaraderie, de solidarité.) Il commence à faire un peu trop froid pour moi. Je vais me coucher.

Jack l'observa s'éloigner. Ken avait beau marcher le dos droit, d'un pas régulier et assuré, Jack savait qu'il avait le cœur lourd. Il redoutait que le cauchemar qu'ils avaient craint tous les deux devienne réalité. Même si les plaies atroces qui lui zébraient le corps avaient guéri, les cicatrices demeuraient, à l'intérieur comme à l'extérieur. Jack n'aimait pas alourdir ainsi le fardeau de son frère, mais il n'avait pas le choix.

Briony s'agita dans ses bras, frissonna et se blottit encore plus près de lui, contre son ventre. Ce qu'il éprouva lui parut totalement nouveau. Il commençait à s'accoutumer à la tension sexuelle et à la réaction douloureuse que son corps lui imposait, mais il y avait quelque chose d'autre. Un flot d'émotions menaçant de l'étouffer. Il ressentait de la méfiance, inévitablement, mais les sensations qui s'éveillaient en lui, l'affection et les prémices de l'amour mêlées à la passion et à la perception de ses sens exacerbés, le surprenaient.

Tout en maintenant Briony recroquevillée contre sa poitrine, il se leva. La jeune femme redressa la tête, cligna des yeux et regarda autour d'elle.

— J'étais en train de rêver.

— De quoi ?

— Je rêvais que tu avais un double.

Il la ramena dans la maison et traversa le couloir d'un pas vif en direction de sa chambre.

— Ça devait être un cauchemar. Deux hommes te dictant ta conduite…

— Pas vraiment, souffla-t-elle en se reposant contre son épaule. J'ai l'habitude d'être entourée de quatre frères au caractère bien trempé.

Elle semblait à la fois amusée et ensommeillée. *Ce que je ressens n'est pas uniquement causé par son parfum*, se dit-il en l'allongeant sur le lit. Il se coucha à son côté. Elle lui accordait son entière confiance, comme par instinct. Jusqu'à présent, personne ne lui avait accordé une telle confiance, pas même son frère jumeau. Il se positionna sur le flanc afin de l'enlacer et pressa son corps contre le sien.

— Ne tente rien, le prévint-elle. Sinon, je serai obligée de te gifler.

— J'allais justement te dire la même chose, répliqua Jack.

— Vraiment ? (Elle tourna la tête pour le regarder, une lueur amusée dans ses yeux sombres.) Et qu'est-ce que tu fais là ?

— Je te surveille, au cas où tu serais somnambule. C'est la seule solution pour que je dorme un peu.

— Je ne suis pas somnambule.

— C'est plus sûr. Crois-moi, bébé.

Elle était persuadée du contraire, mais elle n'avait pas l'intention de polémiquer. Elle se retourna pour scruter le visage de Jack.

— Et s'ils nous trouvent ? Ils pourraient blesser ton frère, Jack. Je n'avais pas pensé à ça. J'étais tellement préoccupée par ma famille que je n'ai pas réfléchi à la tienne. J'aurais dû, je suis désolée.

— Tu ne pouvais pas savoir que Ken vivait avec moi.

— Si, affirma-t-elle en se détournant. Tu t'inquiétais pour lui, à Kinshasa. Les rebelles l'avaient torturé de manière encore plus cruelle que toi, et tu t'en voulais de ne pas être intervenu à temps. J'ai capté des images de ta maison dans ton esprit. Je savais qu'il vivait tout près de toi, ou avec toi. J'aurais dû penser à ce que tu ressentirais si quelque chose lui arrivait.

— Tu pensais au bébé, et tu n'avais pas envie de venir ici, souligna Jack.

Si elle se montrait honnête au sujet de ce qu'elle avait entraperçu en lui, il devait lui aussi être sincère. Il faudrait qu'ils parviennent à un accord à un moment ou à un autre. Elle n'était pas encore prête, et il ne l'en blâmait pas, mais il n'avait pas l'intention de jouer la comédie. C'était elle qui avait choisi de venir le trouver. Elle devait savoir à quel genre d'homme elle avait affaire.

— Je veux que tu te sentes ici chez toi.

— Je vais vivre au jour le jour. Ton contact m'est déjà trop familier, et je ne me fais plus confiance en ta présence.

— Ne t'inquiète pas, bébé. Si tu essaies de me sauter dessus, je t'enverrai sur les roses.

Comme il s'y était attendu, elle sourit.

— Ne crois pas cette éventualité impossible.

Son sourire s'estompa, et elle prit un air si effrayé que Jack enroula un bras autour de sa taille.

— Qu'est-ce qui se passe ?

— Ce qu'il nous a fait ne te perturbe pas ? Il ne s'agit même pas de m'apprécier un tant soit peu en tant que personne, Jack. La seule chose qui importe, c'est que nous couchions ensemble.

Il lui saisit la main et la porta à sa poitrine pour la caresser avec son pouce.

— Je vais t'apprendre un scoop, Briony. La plupart des hommes s'en contentent sans problème.

Elle retira sa main.

— C'est ce que j'ai cru comprendre. (Elle se recroquevilla sur le côté.) Je ne peux pas dormir dans une autre chambre ?

— Non. Tu dors ici. Il faut que je puisse te surveiller.

Il parlait de nouveau avec cette voix grave et impérieuse qui lui portait sur les nerfs, sous-entendant qu'il maîtrisait la situation tandis qu'elle ne faisait qu'obéir à ses hormones en délire.

— Ça t'arrive de demander l'avis des autres ?

Jack ignorait pourquoi le sarcasme de Briony lui donnait envie de sourire.

— Non. Quelle en serait l'utilité ? Tu es tellement fatiguée que tu ne sais plus ce que tu fais ou ce que tu dis. Je ne veux pas qu'il t'arrive quoi que ce soit. Si tu préfères que je reste assis sur une chaise toute la nuit, je le ferai, mais ça ne changera rien à ce qu'on ressent tous les deux.

— Tu ne sais rien de ce que je ressens.

Exaspéré, il lui prit la main et la posa sur son entrejambe renflé et palpitant de désir.

— Que je me trouve à deux mètres, dans la pièce voisine ou allongé à côté de toi, ça n'y changera rien. Ça ne s'arrangera pas tant que je ne serai pas en toi, là où est ma place. (Il libéra sa main, se retenant de l'écarter avec brusquerie.) Maintenant, essaie de dormir avant que j'oublie toutes mes bonnes intentions et que je décide de me soulager un peu.

Une nouvelle fois, Briony le surprit. Il s'attendait à ce qu'elle pleure, ou qu'elle se mette en colère face à sa brutalité, mais elle rit doucement.

— Savoir que je ne suis pas la seule à souffrir me réconforte un peu.

— Nous ne sommes pas obligés de souffrir ; un seul mot de ta part et nous pourrions tous les deux dormir comme des bébés.

Si elle refusait, il ne lui resterait d'autre recours que se précipiter dans la salle de bains afin d'apaiser cette terrible tension. Cette solution ne constituerait qu'un pis-aller rapide et peu satisfaisant, mais merde, il était sur le point d'exploser. De plus, il pressentait que le soulagement ne durerait que quelques fractions de seconde.

— Je crois que souffrir un peu ne te fera pas de mal, rétorqua Briony.

Malgré sa voix étouffée par l'oreiller, Jack était absolument certain qu'elle se moquait de lui. Il se vengea en donnant une tape sur ses jolies petites fesses rebondies, et ressentit une intense satisfaction lorsqu'elle poussa un cri aigu avant de lui décocher un regard noir. Il ferma les yeux et chercha le sommeil en essayant de ne plus penser au corps de Briony étendu à son côté. Personne n'avait ri de lui depuis ses douze ans, mais ce soir-là marquait sans doute un nouveau départ dans sa vie. En dépit de l'inconfort physique, il lui paraissait naturel d'être couché à côté d'elle, assez près pour l'entendre respirer et toucher sa peau douce. Le simple fait qu'elle soit là lui semblait normal.

À son souffle lent et régulier, il sut qu'elle s'était endormie. Il se tourna sur le côté pour lui offrir la protection de son corps, puis pressa son bas-ventre tendu contre la courbe de ses fesses et, un bras passé autour d'elle, une main étendue sur le ventre où grandissait son enfant, il s'autorisa à sombrer dans un sommeil léger.

Chapitre 12

Briony traversa la gigantesque demeure, surprise par ses dimensions impressionnantes. Les pièces, vastes et hautes de plafond, se succédaient sans fin. La maison était conçue en forme de « U », les deux ailes étant séparées par la cuisine, la salle à manger et le salon. En visitant rapidement la partie occupée par Jack, elle se rendit compte que seules sa chambre et la salle de bains étaient terminées. La deuxième chambre se trouvait encore en chantier, les murs recouverts d'une simple couche de plâtre.

Hormis un imposant canapé, peu de meubles ornaient le salon, mais ils étaient de belle facture et, en les examinant plus attentivement, Briony se rappela que Jack lui avait révélé les avoir fabriqués lui-même. Ils étaient tous faits du même bois noble. Elle ignorait si Jack avait utilisé les arbres de la propriété, mais elle penchait pour cette hypothèse. D'épais coussins de cuir décoraient le mobilier, de toute évidence conçus sur mesure pour s'adapter à chaque élément. Jack ne cessait de l'étonner.

De riches arômes de café la guidèrent dans la grande pièce qui tenait lieu de cuisine, et elle se figea en apercevant l'étranger assis à la table. Même de dos, il ressemblait à Jack, mais dégageait un parfum légèrement différent. Elle demeura immobile dans l'encadrement de la porte, hésitant à le déranger.

Il tourna la tête et lui sourit.

— Tu dois être Briony. Viens prendre un petit déjeuner.

C'était le sosie de Jack, mais avec des traits moins durs, et un corps bien plus marqué. Malgré les profondes cicatrices qui lui zébraient la peau et devaient le faire souffrir, il avait non seulement l'air confiant, mais restait séduisant. Sa beauté farouche et brutale évoquait une sorte de pirate.

Il se leva puis se dirigea vers l'évier.

— Tu préfères du café ou du jus d'orange ? À ta place, je me précipiterais sur le café, car Jack est déjà en train d'établir la liste de ce que tu n'as pas le droit de boire ou manger. C'est peut-être la dernière fois que tu peux profiter ne serait-ce que de l'odeur d'un expresso.

Elle éclata de rire.

— Je vais prendre les deux, alors.

Elle ne pouvait s'empêcher de l'observer, soit à cause de sa ressemblance avec Jack, soit en raison de ses multiples balafres. Même si Ken avait été bien plus sauvagement mutilé que son frère, elle reconnut les motifs symétriques des plaies qui avaient été infligées à Jack.

— Où est-il ? s'enquit Briony.

— Il est parti avant l'aube pour aller en ville. Je crois qu'il voulait acheter des vêtements, de quoi manger, et prendre un rendez-vous pour toi chez le médecin. (Il lui adressa un large sourire en lui présentant une chaise.) J'adorerais être une petite souris dans le cabinet quand ils vont lui dire d'attendre une semaine ou deux pour la consultation.

— Tu veux parier qu'il obtiendra un rendez-vous pour aujourd'hui même ?

— Pas la peine. Jack n'est vraiment pas doué pour les rapports humains. Si on le contrarie, il est capable de sortir un couteau de cette taille (il écarta les bras d'environ trente centimètres) et faire mine de se curer les ongles.

S'il a décidé que tu verrais un médecin aujourd'hui, tu n'y échapperas pas.

Briony s'effondra sur la chaise.

— Il ne m'a pas parlé d'aller voir un médecin.

— Il ne parle jamais beaucoup, tu t'y habitueras. C'est plutôt un homme d'action. Il a marmonné quelque chose au sujet du suivi prénatal pendant qu'il buvait son café. J'ignorais qu'il connaissait la signification de « prénatal ». (Ken posa une assiette garnie de nourriture devant elle.) Je ne suis pas un cordon-bleu, mais bon, voici de quoi manger.

Briony rit de nouveau.

— Il prend vraiment les choses en main, on dirait. Ça a l'air bon.

Ken leva sa tasse, toute trace d'humour ayant à présent quitté ses yeux.

— Jack prend toujours les choses en main. Ça ne changera jamais. Il a une forte personnalité. Il sait ce qu'il lui faut pour assurer son équilibre et connaît les facteurs susceptibles de le troubler.

— Dis ce que tu as à dire, l'encouragea Briony.

— Ne le pousse pas à bout. Et ne le blesse pas.

Elle haussa les sourcils.

— C'est tout ? Tu n'as rien d'autre à me dire ? J'espérais apprendre quelque chose qui me permettrait de le comprendre, mais tu ne m'aides pas du tout. (Elle passa les doigts dans ses cheveux indisciplinés.) Donne-moi autre chose.

Ken tourna la tête à gauche et à droite, puis se pencha sur la table.

— Il aime diriger, murmura-t-il d'un air de conspirateur.

— C'est un dictateur, corrigea Briony. N'essaie pas d'arrondir les angles, il suffit de l'entendre vociférer ses ordres sans arrêt.

Un petit sourire en coin se dessina sur les lèvres de Ken.

—Au moins, maintenant, il peut laisser libre cours à ses penchants tyranniques sur quelqu'un d'autre que moi. Je t'en suis reconnaissant.

—Ne compte pas trop là-dessus. Je suis certaine qu'il est capable de s'occuper de deux personnes à la fois.

—Ça, c'est sûr.

Un bref silence s'ensuivit, un peu gêné malgré leurs efforts. Briony prit une grande inspiration, puis se força à sourire.

—Quel est ton programme pour la journée ? Est-ce que je peux t'aider ?

—Je vais poser le carrelage dans l'une des salles de bains. Comme tu l'as sans doute déjà remarqué, seules quelques pièces sont finies. Nous avons pris notre temps pour que chaque endroit soit exactement comme on le voulait. Jack aimerait commencer les travaux de la deuxième chambre de son aile pour qu'elle soit prête avant la naissance du bébé.

Briony secoua la tête.

—Ne vous donnez pas tout ce mal pour moi, et n'engagez aucune dépense inutile. Une fois que le bébé sera né, je le protégerai moi-même. Je suis venue parce que j'ai peur qu'ils lui fassent du mal en s'en prenant à moi, et au fur et à mesure que ma grossesse va avancer, je vais être de plus en plus vulnérable. Je n'exige pas de Jack qu'il assume cette responsabilité pour toujours.

—Jack est le père du bébé, oui ou non ? lança Ken.

Les ombres qui obscurcissaient ses yeux gris évoquaient à Briony des nuages annonçant l'orage.

—Jack est le père, sans aucun doute possible, et je sais pourquoi tu me le demandes. Je ne tente pas de le piéger, Ken.

Briony sentit que sa peau prenait une teinte foncée.

—Je te le demande car tu ne sembles pas avoir compris comment fonctionne mon frère. Il ne vous abandonnera jamais, le bébé et toi. Vous faites partie de sa vie, dorénavant. Ce ne sera pas toujours agréable ni facile, mais il vous protégera du mieux qu'il le pourra. Il s'assurera de vous procurer tout ce dont vous aurez besoin, tout ce que vous voudrez, parce qu'il est comme ça.

— Je sais qu'il est généreux, concéda-t-elle.

Elle ne pouvait tout de même pas lui avouer qu'elle attendait de Jack autre chose que du sexe. Elle voulait être aimée. Elle voulait qu'il aime son enfant, et pas seulement qu'il s'en sente responsable. Bien sûr que Jack prendrait soin d'eux. Son sens de l'honneur l'y obligerait. Mais son honneur, ce n'était pas son cœur.

Ken se mit à tapoter la table du doigt, et le rythme pourtant anodin attira l'attention de Briony. Elle étudia son visage. Il exprimait de la douceur, de l'inquiétude, ainsi qu'une pointe de malaise.

— Jack est… différent, affirma Ken. Extraordinaire, mais différent. Seule une femme très spéciale peut supporter ses particularités.

— Tu l'admires, pas vrai ?

— Je le connais. (Il s'adossa à sa chaise, les jambes étendues devant lui.) Contrairement à la plupart des gens. Tu vas rester ici un bon moment, Briony. Je te conseille d'apprendre à le connaître.

Elle se sentait déchirée par le visage dévasté de cet homme qui ressemblait tant à Jack. Tout comme lui, il ne baissait pas les bras, ne cédait pas. Il se contentait d'accepter avec sérénité les aléas que lui réservait le destin, et continuait à vivre du mieux qu'il le pouvait. Briony détourna la tête afin d'échapper aux yeux perçants de Ken. Elle se sentait chez elle dans cette maison. Cela n'avait aucun sens, mais elle avait l'impression de se trouver à sa place en ce lieu, en compagnie des deux hommes.

Incapable de demeurer immobile, elle se leva et se dirigea vers la fenêtre.

— Est-ce que vous avez vraiment posé des pièges partout ? J'aimerais beaucoup me promener dehors. C'est tellement beau.

Elle entendit le grincement de la chaise qui glissait sur le sol, mais aucun bruit de pas. Malgré leur robuste constitution, les frères Norton marchaient avec une remarquable discrétion. Néanmoins, elle perçut son odeur lorsqu'il s'approcha, presque la même que Jack, mais avec une subtile différence. Elle vit la main de Ken apparaître au-dessus de son épaule, un morceau de papier entre les doigts.

— Les directives qu'il m'a laissées, déclara-t-il.

Elle s'empara du papier et lut les mots qui y avaient été griffonnés d'une écriture masculine. Elle pivota pour lui faire face.

— Il t'a demandé de tous les enlever ?

Pour une étrange raison, l'étau qui lui enserrait le cœur se relâcha.

— Jusqu'au dernier, alors que ce crétin avait lui-même insisté pour les installer. Il m'a tiré du lit à 4 h 30 ce matin pour me mettre au boulot. (Il lui adressa un franc sourire.) C'est la faute de Jack si je suis tout fripé. Quand je suis reposé, je suis bien plus beau.

Briony éclata de rire.

— Et moi, j'ai fait la grasse matinée… il est bientôt midi.

— Espèce de fainéante ! Je suis sûr que tu voulais échapper à la corvée. (Il lui fit un clin d'œil.) Tant que j'y pense, est-ce que tu sais cuisiner ? Parce que les talents culinaires de mon frère laissent un peu à désirer.

Briony tourna la tête de manière instinctive. Ken l'avait perçu bien avant elle, mais elle n'avait pris conscience de sa présence que lorsqu'elle avait senti son parfum. *Jack.*

Elle susurra son nom dans sa tête. Avec douceur, tendresse, sans qu'elle puisse s'en empêcher.

Jack. Ce murmure le troubla. Dès qu'il était entré, son cœur avait failli s'arrêter en entendant les rires de Ken et Briony, et en constatant le naturel avec lequel ils badinaient. *Jack*. La manière dont son nom avait doucement émergé de l'esprit de Briony, comme un bruissement, une caresse qui lui était destinée, l'emplit de sérénité. Il eut l'impression qu'elle l'incluait dans leurs plaisanteries et lui permettait d'appréhender un univers secret auquel il n'avait jamais accédé, une véritable intimité entre un homme et une femme.

Lorsqu'elle redressa la tête pour rencontrer son regard, le visage de Briony s'éclaira, et elle afficha un sourire chaleureux qui illumina ses yeux.

— Salut, toi.

Les mots lui avaient échappé, dénonçant sans équivoque ses sentiments croissants pour lui.

Les bras chargés de paquets, il traversa la pièce pour aller droit sur elle, puis se pencha et lui déposa un baiser léger à la commissure des lèvres.

— Est-ce que Ken a bien pris soin de toi ?

— Oui, il a été merveilleux. Mais tu as dévalisé les magasins ! Je croyais que tu devais juste acheter quelques vêtements.

Elle tenta de masquer l'excitation et le plaisir qui s'étaient emparés d'elle lorsqu'elle l'avait aperçu, et essaya d'oublier la gêne qu'elle ressentait quant à la manière dont elle s'était comportée la veille.

Jack fronça les sourcils.

— J'aurais dû envoyer Ken. Les vendeuses n'arrêtaient pas d'allonger la liste. Je ne sais même pas ce que j'ai acheté. Tu as rendez-vous chez le médecin cet après-midi, et je t'ai rapporté des vitamines.

Il déposa sans ménagement son chargement sur la table de la cuisine, et se renfrogna en voyant Briony s'empresser de retirer sa tasse de café.

— Ken, je ne t'ai pas dit qu'elle n'avait pas droit à la caféine ?

Il tendit la main pour s'emparer de la tasse.

Briony lui montra aussitôt les dents.

— Si tu tiens à la vie, ne t'approche pas de mon café.

— J'ai entendu dire que ce n'était pas bon pour toi.

— Eh bien, tu as dû mal entendre. (Elle entoura la tasse de ses mains et adressa à Jack le regard le plus féroce dont elle était capable.) Ne m'oblige pas à te faire mal. Si tu oses toucher cette tasse, tu y perdras des doigts.

— Aïe, ironisa Ken en souriant à son frère. On dirait qu'elle n'a pas l'intention d'écouter tes conneries.

— Ken, l'avertit Jack. Il y aura bientôt un bébé dans cette maison, surveille ton langage.

Jack était incapable de quitter Briony des yeux. Même vêtue d'une simple chemise et d'un pantalon de pyjama, pieds nus et les cheveux en bataille, elle lui paraissait si sexy qu'il avait envie de lui sauter dessus.

Ken grogna.

— Moi, je sors d'ici. *Un peu de pitié, Jack, bon Dieu !*

— *Désolé, je ne me suis pas rendu compte que je n'avais pas bloqué mes pensées.*

— *Toutes ces bêtises vont finir par m'exciter. Je pars travailler. Si tu arrives à t'intéresser à autre chose, tu pourras me trouver dans la salle de bains, je vais poser le carrelage.*

Ken quitta la pièce en décochant un regard furieux à son frère par-dessus son épaule.

— Au moins, je sais comment te faire bosser, maintenant, lui cria Jack.

— Tu pensais à quoi ? demanda Briony avant de boire une gorgée de café.

— Je me disais que j'ai envie de te sauter dessus tellement tu es attirante.

Briony manqua de tout recracher.

— Bon sang, Jack, tu ne vas pas bien ! Je suis horrible. Regarde-moi, je ne suis même pas coiffée.

— Tu es magnifique. (Il ouvrit les paquets et se mit à déballer ses achats.) Brosse à cheveux, brosse à dents, dentifrice, et tous les trucs dont tu as besoin pour te laver le visage.

Briony écarquilla les yeux, stupéfaite. De toute évidence, il avait demandé de l'aide, et les vendeuses s'étaient fait une joie de l'orienter vers les produits les plus chers. Il sortit de magnifiques pulls très doux, des jeans de marque ainsi que de la lingerie fine très sexy. Il avait même pensé aux chaussures et aux chaussettes, et avait acheté une robe si élégante que Briony n'aurait sans doute jamais l'occasion de la porter.

Elle s'affala sur sa chaise, contemplant avec admiration la garde-robe étalée devant elle. Jack avait choisi chaque élément avec le plus grand soin. Il ne s'était pas contenté de se servir au hasard dans les rayons, mais avait pris la peine de s'assurer que chaque vêtement était soyeux, confortable et à la mode. Les larmes lui montèrent aux yeux. Elle se montrait vraiment émotive, ces derniers temps.

— Jack, je ne sais pas quoi dire. C'est extraordinaire ! Il y a tout ce dont j'ai besoin.

— Pas tout à fait, mais c'est un début. (Il tira une petite boîte de sa poche.) Ce ne sont pas celles de ta mère, mais comme tu as l'habitude de toucher tes boucles d'oreilles pour te rassurer, j'ai pensé qu'elles pourraient te servir de substitut, en attendant de récupérer les tiennes.

Il lui transmit l'écrin en le faisant glisser sur la table, et se mit à arpenter la cuisine avec nervosité.

Il préférait affronter une rafale de tirs plutôt qu'observer l'expression de Briony lorsqu'elle l'ouvrirait. Il avait craint que le fait de lui procurer de nouveaux bijoux la mette en colère, et déjà, elle avait les yeux embués de larmes. Il commença à transpirer. Comment les autres hommes pouvaient-ils trouver facile de vivre avec une femme qui comptait pour eux ?

Elle souleva lentement le couvercle et contempla les boucles d'oreilles.

— Elles sont magnifiques, Jack. Vraiment.

Il n'avait pas choisi des diamants comme ceux qui étaient sertis sur les bijoux de sa mère, mais de superbes rubis, si étincelants qu'ils lui firent penser à des gerbes de feux d'artifice embrasant le ciel. Elle déglutit, tentant de dissiper le nœud qui lui serrait la gorge.

— Jack, c'est un cadeau extraordinaire, mais comment pourrais-je l'accepter ?

Pourtant, elle en mourait d'envie. Les boucles d'oreilles étaient magnifiques mais, plus important encore, elles venaient de lui.

Un léger sourire se dessina sur le visage de Jack, et elle se rendit compte que c'était la première fois que ses yeux s'éclairaient vraiment.

— Considère que c'est pour fêter l'arrivée du bébé. Prends-les. Personne d'autre ici ne les portera. À part Ken, peut-être, mais elles t'iront bien mieux.

Briony sortit les boucles de leur écrin et les fixa à ses oreilles, puis ramena ses cheveux en arrière pour recueillir l'avis de Jack.

— Qu'est-ce que tu en penses ?

— Qu'elles semblent avoir été faites spécialement pour toi. (Il se pencha pour lui planter un baiser sur le front.) Tu as été malade, ce matin ?

— Comme tous les matins. J'ai souvent la nausée dans la journée également. Ça va, ça vient… Je suppose que ça fait partie de l'expérience. (Elle effleura de ses doigts la douce étoffe de l'un des pulls.) Je sais que c'est stupide, Whitney ne peut pas se trouver partout, mais j'ai peur d'aller chez le médecin. S'il a voulu provoquer notre rencontre, n'aurait-il pas pu placer un de ses hommes ici ?

— J'ai considéré cette éventualité, répondit Jack. Je me suis renseigné pour savoir quel était le médecin qui exerçait depuis le plus longtemps dans cette ville.

Elle hocha la tête.

— D'accord. Merci, ça me rassure.

Jack haussa un sourcil. Elle ne masquait pas totalement ses pensées et, en dépit de ce qu'elle affirmait, ne se sentait pas en sécurité. Elle soupçonnait Whitney d'avoir prévu qu'elle se réfugierait chez Jack et redoutait qu'il ait corrompu le médecin.

Jack saisit le menton de Briony et la força à le regarder.

— Premièrement, laisse-moi t'expliquer comment nous allons nous y prendre. Je t'accompagnerai à chaque consultation, et Ken restera posté juste derrière la fenêtre avec un fusil de précision. Il ne rate jamais sa cible. Deuxièmement, Whitney n'aurait jamais pensé que j'accepterais de te protéger. Il croit me connaître, mais il se trompe. Et troisièmement, si tu continues à prendre cet air inquiet, je serai obligé de t'embrasser, et ça risque de nous attirer des ennuis.

Briony eut l'impression que son cœur cessait de battre. Elle ne pouvait détourner les yeux de Jack, perdue dans l'intensité de son regard. Il n'y avait jamais rien de décontracté dans son attitude, même lorsqu'il esquissait des gestes tendres. Il exprimait un instinct de possession redoutable, un désir cru et implacable. Et, bien malgré elle, quelque chose en elle y réagissait comme à une drogue.

Jack étouffa un juron et l'attira dans ses bras. Il approcha ses lèvres des siennes et l'embrassa avec davantage de brutalité que ce qu'il avait escompté. Le parfum de Briony l'enveloppa, et le goût qui lui emplit la bouche lui fit presque perdre la raison. Il la serra plus fort contre lui, encadrant sa silhouette menue de son corps imposant, cherchant ses lèvres avec insistance.

Après avoir montré un bref instant d'hésitation, une très légère résistance, Briony lui enroula les bras autour du cou et s'appuya contre lui, puis sa langue, aussi douce que du velours, se mit à danser avec la sienne. Lorsqu'elle poussa un faible gémissement, il capta la saveur d'épice et de miel que recélait la bouche chaude, mystérieuse et passionnée de Briony. Il sentait la délicate pression de ses seins contre son torse. Une onde de chaleur familière se propagea dans ses veines pour se concentrer avec une force douloureuse dans son bas-ventre. Il eut aussitôt une puissante érection mais, au-delà du désir physique, il ressentait un étrange bien-être, comme s'il avait enfin trouvé sa place.

Prenant tout son temps, Jack modéra son ardeur afin de savourer chaque instant, chaque sensation. Le feu qui le dévorait, les battements de son cœur, la douceur de la peau de Briony et sa fragrance enivrante, l'intense combinaison de sensualité et d'un sentiment beaucoup plus profond.

Briony fit glisser ses mains le long de la poitrine de Jack et traça le contour des lettres gravées dans sa chair à travers le fin tissu de sa chemise.

— J'ai rêvé de toi, la nuit dernière.

Mais son rêve était bien réel. Alors qu'elle somnolait, elle avait senti le corps de Jack envelopper étroitement le sien comme pour la protéger. Il l'avait serrée tout contre lui, une main posée sur leur enfant, comme s'il pouvait tenir les monstres à distance pendant leur sommeil. Briony parvenait rarement à dormir, et jamais à proximité de quelqu'un. Pourtant, elle avait tout de suite sombré, entourée de l'odeur de Jack, collée contre lui, et elle s'était sentie incroyablement bien. Pour la première fois de sa vie, elle avait eu l'impression de se trouver à sa place.

— Moi aussi, j'ai rêvé de toi, mais je doute que nous ayons fait le même rêve, déclara-t-il d'une voix chargée de regrets.

Elle capta de brèves images et sensations émanant de Jack : sa quête désespérée de soulagement sous la douche, l'excitation et le désir mêlés à des émotions naissantes. Ayant l'impression de faire preuve de voyeurisme, elle bloqua ces pensées.

— Peu importe que tu le saches, Briony, souffla Jack. Je n'ai pas l'intention de te cacher que j'éprouve des difficultés à être près de toi sans te désirer. Nous sommes deux dans cette histoire. Je ne veux pas que tu sois influencée par ce que je ressens. Tant que tu supporteras cette situation, je la supporterai aussi.

Il ignorait s'il disait la vérité, mais il ferait de son mieux pour respecter les souhaits de Briony et lui faire la cour à l'ancienne mode, même s'il ne savait pas exactement comment s'y prendre. D'une légère caresse du pouce, il effleura sa lèvre pleine.

— J'attendrai le temps qu'il faudra.

Briony sentit son cœur battre à coups redoublés. Peut-être qu'elle ne voulait pas qu'il se montre patient. Peut-être qu'elle préférait qu'il décide à sa place. Honteuse de la lâcheté de ces pensées, elle se concentra sur les vêtements étalés sur la table.

— Comment allons-nous surmonter cette situation, Jack ?

Elle lui jeta un coup d'œil, et fut frappée par l'expression étrange qu'il affichait tandis qu'il l'observait plier un pantalon de coton noir.

— Qu'y a-t-il ? demanda-t-elle.

— Toi. Le simple fait de te regarder faire des choses ordinaires me rend heureux. (Il se dirigea vers l'évier et se servit une tasse de café.) Tu n'imagines pas à quel point c'est troublant.

— Quoi ? Se sentir heureux ?

— Sentir tout court. Tu fais naître des émotions en moi, et c'est vraiment un miracle.

Briony eut le souffle coupé, puis son cœur s'emballa et son pouls s'affola.

— Jack, souffla-t-elle.

Elle espérait que c'était vrai, mais n'osait croire en leur chance. Cet homme pouvait lui faire plus de mal que quiconque. S'il lui brisait le cœur, elle ne s'en remettrait jamais.

— C'est la stricte vérité, Briony.

Les larmes lui brûlèrent les yeux. Elle ne savait plus quoi dire, ni comment réagir, redoutant de franchir le pas et lui accorder de nouveau sa confiance. Elle saisit un jean de marque et le tint devant son visage afin de masquer sa confusion.

— Tous ces habits sont si beaux que je n'oserai jamais les mettre pour travailler.

Jack n'insista pas, préférant ne pas la brusquer.

— Qu'est-ce que tu entends par « travailler » ?

— Je vais aider Ken à poser le carrelage dans la salle de bains.

— Certainement pas, rétorqua-t-il avant de s'appuyer avec nonchalance contre l'évier. Ce n'est pas le moment de ramper sur les genoux ni de respirer des produits chimiques.

— Ce n'est pas aussi terrible que tu le décris, et ce sera amusant. J'ai toujours voulu apprendre à poser du carrelage.

Elle évita son regard et s'efforça de conserver une voix insouciante et joyeuse tout en remettant les articles que Jack avait achetés dans les paquets. Elle n'avait pas l'intention de se disputer avec lui malgré son ton impérieux d'instructeur militaire. Elle passerait outre et resterait de bonne humeur.

— Peu importe, tu n'iras pas carreler la salle de bains. Si tu as envie d'apprendre, je te montrerai après la naissance du bébé.

Briony suspendit son geste et, sans se départir de son sourire, pivota afin de lui faire face.

— Jack. Ce n'est pas une dictature. Je suis capable de juger seule de ce que je peux faire ou pas. Merci de t'inquiéter pour moi, mais ne te sens pas obligé de prendre les décisions à ma place.

Il hocha la tête, le visage impassible, comme toujours, puis haussa ses larges épaules.

— Eh bien, fais-moi plaisir, décide de ne pas carreler la salle de bains. Comme ça, il n'y aura aucun problème, d'accord ? Est-ce que tu veux que je t'aide à porter ces affaires dans notre chambre ?

Briony inspira brusquement. Ayant perçu l'odeur du sang, elle fit volte-face et découvrit Ken, debout sur le seuil, soutenant son bras blessé.

— Laisse tomber, Briony, conseilla Ken.

Il marcha vers l'évier comme si de rien n'était, sans même accorder un regard à son frère. Le sang ruisselait le long de son bras.

— Jack est têtu comme une mule, tu n'iras pas poser le carrelage de la salle de bains.

Jack se précipita au côté de son frère, s'empara de son bras et le tourna afin d'inspecter sa blessure. Il s'était coupé par-dessus une cicatrice particulièrement profonde.

— Quand tu as senti quelque chose, il était déjà trop tard, c'est ça ? l'interrogea Jack.

Ken haussa les épaules et adressa un bref sourire à Briony.

— Tu devrais sans doute attendre d'avoir consulté le médecin. Tu lui demanderas ce que tu as le droit de faire, ce que tu peux boire ou manger. Comme ça, quand cet abruti commencera à te faire la leçon, tu auras quelques munitions.

Elle lut dans ses yeux qu'il la priait de ne pas prêter attention au sang qui coulait le long de son bras et lui demandait de poursuivre leur conversation sans tenir compte de Jack, qui nettoyait et désinfectait la plaie.

Briony détourna la tête pour croiser le regard de Jack, qui demeurait insondable. Elle ne parvenait pas à déchiffrer son expression. Elle adressa un clin d'œil à Ken tandis que Jack asséchait la coupure avant de la panser.

— Et si je décide malgré tout de n'en faire qu'à ma tête, il pique une crise, c'est ça ? ironisa Briony.

L'ombre d'un sourire adoucit la mâchoire crispée de Jack, et il desserra les lèvres un court instant. L'approbation qu'elle lut dans ses yeux fit naître en elle une onde de chaleur et provoqua des frémissements d'excitation au creux de son ventre.

— Une crise digne d'un homme des cavernes, répondit Jack. (Il fondit sur elle pour la prendre dans ses bras et la tint fermement serrée contre lui.) La force pure et dure, ma puce. Quand tout le reste a échoué, ça marche.

Ken rassembla les paquets et les empila sur les genoux de Briony.

— Je ne l'ai encore jamais vu se mettre en colère, avoua Ken. Contente-toi de lui obéir, c'est bien plus simple.

— On doit aller en ville, rappela Jack à son frère. Il faut que tu nous accompagnes. On se met en route dans une heure. Tu devras être prêt au combat, Ken.

— Je suis toujours prêt, assura ce dernier.

Jack traversa la maison en direction de la chambre, Briony dans les bras.

— Merci, lui dit-il d'un ton bourru. Ça arrive de temps en temps. À cause des cicatrices, il ne ressent la douleur que quand il est déjà trop tard ; et il est couvert de cicatrices. Il en a partout.

Briony eut l'impression qu'on la poignardait en plein cœur. Elle percevait le trouble de Jack. Il lui fallut un moment pour se rendre compte qu'elle lisait dans son esprit.

— Il n'a pas envie qu'on le prenne en pitié.

— Bien sûr que non. Il me tuerait. Mais il insiste tout de même pour poser le carrelage.

— Il a besoin de le faire, Jack, affirma Briony, se remémorant le désespoir qu'elle avait décelé dans les yeux de Ken.

— Je sais. Je ne dis rien, mais certains jours, c'est vraiment difficile. (Jack la posa sur le lit, préférant mettre un terme à cette conversation qui risquait de lui tirer des larmes.) Avant de partir ce matin, j'ai vidé les tiroirs supérieurs de la commode pour te laisser de la place. N'oublie pas de jeter un coup d'œil à la deuxième chambre, tu me diras comment tu aimerais la décorer pour le bébé.

— D'accord.

— Et ne t'approche pas de la salle de bains. Je ne veux pas te voir près de la scie à carreaux.

— Jack.

Tout en suivant du doigt les motifs de la couverture, Briony contempla autour d'elle l'amas de paquets aux couleurs vives. Elle porta la main au lobe de son oreille et caressa les rubis étincelants.

— Ce n'est pas parce que tu te montres charmant que ça t'autorise à me donner des ordres.

L'espace d'un instant, la tristesse obscurcit les iris de Jack. Briony capta la vague de chagrin qui déferlait dans son esprit. Il se détourna pour ouvrir la porte de la penderie.

— Je t'avais prévenue que je n'étais pas facile à vivre.

— Qu'est-ce que tu veux dire ? demanda Briony en fronçant les sourcils, essayant de saisir ce qu'il sous-entendait. (Elle s'assit au bord du lit.) Je suis une grande fille, Jack.

Il la regarda par-dessus son épaule, se passa le pouce sur le front, puis soupira.

— Je suis maniaque, j'ai besoin de tout maîtriser. C'est l'une des principales raisons pour lesquelles nous vivons ici, isolés de tout. C'est pourquoi je travaille seul la plupart du temps. Ça me permet de contrôler la situation. Si je fais partie d'une équipe, je la dirige. Je suis comme ça.

— Ce n'est pas un scoop, Jack, fit remarquer Briony avant de sortir les vêtements des sacs et d'enlever les étiquettes. Et certainement pas une excuse pour me priver de mes droits. En tant qu'adulte, je dois pouvoir prendre mes propres décisions. D'ailleurs, il est illusoire de vouloir tout maîtriser. Personne ne peut contrôler quelqu'un d'autre.

— Je contrôle ce que je peux, et c'est préférable pour tout le monde.

— Tu ne te fais pas confiance.

— Non. Je me suis rendu compte il y a longtemps que je ne réfléchissais pas et ne réagissais pas normalement. Dans certaines circonstances, je pourrais déraper.

Briony entreprit de ranger les habits dans les tiroirs, tout en essayant de déchiffrer ce que Jack tentait de lui faire comprendre. Jebediah et Ken l'avaient avertie que quelque chose clochait chez lui et, à présent, lui-même s'y mettait. Il semblait redouter un aspect de sa personnalité. Elle pivota afin d'étudier son visage. Elle ignorait ce dont il s'agissait, mais Jack craignait cela davantage qu'un tir de sniper.

— Je ne pense pas que tu sois capable de me faire du mal, Jack. J'en suis même sûre. Ça ne te correspond pas. Est-ce de ça dont tu as peur ?

Il posa les yeux sur elle, le regard soudain voilé. Par de la souffrance ? Du chagrin ? Une terreur enfouie ? Elle ne parvenait pas à lire en lui.

— Je ne sais pas, répondit-il avec honnêteté, l'air honteux.

Elle s'approcha de lui et lui prit le visage entre les mains.

— Moi, je sais. Tu te souviens de Luther ? Il m'a frappée sans aucune hésitation. Je l'ai provoqué, alors il m'a donné un coup de poing. Il ne s'est pas contenté de me gifler, ou d'essayer de me maîtriser, il m'a envoyé son poing dans la figure. Peut-être que si j'étais ton ennemie…

Il lui saisit les poignets et les tint d'une main de fer contre sa poitrine.

— C'est bien là le problème, Briony.

Il la libéra puis quitta la pièce. Elle entendit la porte d'entrée claquer, indiquant que Jack était sorti de la maison.

Elle soupira et se laissa tomber sur le lit, plus confuse que jamais.

Les petits coups frappés à la porte ne la surprirent pas. Elle avait déjà deviné que la silhouette massive de Ken se découpait sur le seuil.

— Ça va ?

Elle acquiesça.

— Où est-il allé ? demanda-t-elle.

— Certainement dans son atelier. Il y a accroché un punching-ball, il s'en sert quand il est à cran. (Il haussa les épaules.) Ou alors, il se calme en travaillant le bois.

— Pourquoi pense-t-il que je puisse devenir son ennemie un jour, Ken ? Je lui ai affirmé que j'étais sûre qu'il ne me ferait jamais de mal, à part si j'étais son ennemie. Il a peur de me blesser, c'est ça ?

Un muscle de la mâchoire de Ken tressaillit. Il frotta son pouce le long d'une cicatrice qui lui barrait le côté gauche du visage.

— Il a peur de blesser tout le monde… Mais c'est à lui de te dire tout ça, Briony. Et une fois qu'il t'en aura parlé, tu devras décider si tu es assez forte pour vivre avec lui.

— Ce n'est que temporaire.

Il secoua la tête.

— Tu te fais des illusions, et tu en es consciente.

— Il m'a quittée. Il m'a dit que j'étais un « boulet » pour lui, qu'il n'était pas du genre à s'encombrer d'une femme ou d'un enfant.

— Je te crois. Il pense qu'il ne devrait pas fonder une famille, ce qui ne signifie pas qu'il n'en a pas envie. Il n'a pas l'intention de t'abandonner une deuxième fois.

— Je ne veux pas qu'il m'accepte juste parce que quelqu'un a provoqué notre rencontre, ni qu'il se sente piégé car je lui ai demandé de l'aide.

Ken appuya sa hanche contre le cadre de la porte, ressemblant ainsi en tout point à son frère.

— À ton avis, si tu avais été enlevée et qu'il l'avait appris, comment aurait-il réagi ? Même s'il ne pensait pas être le père du bébé, qu'aurait-il fait ?

Briony tritura la couverture.

— Je n'en ai aucune idée. Je le connais à peine, et quand je crois commencer à le comprendre, tout le monde me conseille de faire attention, y compris Jack.

— Il se serait précipité à ton secours et n'aurait jamais – jamais – renoncé avant de t'avoir retrouvée et mise en sécurité, ou de s'être fait tuer. Jack n'abandonnerait jamais quelqu'un qui a fait pour lui ce que tu as accompli.

— C'est mon frère qui l'a aidé à quitter Kinshasa. Moi, je me suis contentée de coucher avec lui.

Des ombres menaçantes traversèrent les iris gris de Ken.

— Ne dis pas ça, Briony. Ne minimise pas l'importance de tes actes, et ne te rabaisse pas ainsi. Tu lui as sauvé la vie. Il m'a raconté ce qui s'est passé.

— Il ne me doit rien. Si c'est la raison pour laquelle il a accepté…

— Tu es là parce que tu portes son enfant et qu'il t'avait quittée à contrecœur. Il l'avait fait pour ton bien, afin de te permettre de mener une existence normale. Cette fois, si tu souhaites rompre, ce sera à toi de prendre l'initiative, car Jack ne s'y résoudra jamais.

Briony éclata d'un rire qui lui sembla si proche de l'hystérie qu'elle s'empressa de plonger dans les tiroirs à la recherche d'une tenue adéquate pour son rendez-vous chez le médecin.

— Je ne mène pas une existence normale, Ken. C'est impossible, parce qu'une espèce de mégalomane m'a sortie d'un orphelinat pour m'utiliser comme cobaye. (Elle commençait à s'emporter et à élever la voix, incapable de se contrôler.) Et quand il m'a fait adopter, il s'est assuré de pouvoir poursuivre ses expériences. Une fois adulte, eh bien… (Elle jeta un pull dans le tiroir et fit volte-face, les bras écartés.) Voilà où j'en suis. Pas vraiment typique d'une future maman. Ça ne dérange pas le père de mon bébé de coucher avec moi, il a été programmé pour ça, mais il aurait préféré que je ne l'approche pas. Donc vraiment, Ken, je crois que je n'ai aucune chance de mener une vie normale.

— Tu essaies de mettre ma dulcinée en colère, Ken ?

Ces mots avaient été prononcés d'une voix menaçante, si grave et si basse que Briony douta un instant d'avoir correctement entendu. Elle se figea, et sentit son cœur battre la chamade.

Jack pénétra dans la chambre. Il avait le torse recouvert d'un fin voile de transpiration, comme s'il avait travaillé dur. Il rejoignit Briony, les muscles jouant sous la peau zébrée de cicatrices, puis s'empara d'un tee-shirt posé sur le bureau. Il l'utilisa pour s'éponger le visage tout en regardant son frère, les yeux irisés d'étranges nuances de gris.

— Il me semble que tu t'en étais déjà occupé, répliqua Ken du tac au tac.

Briony fronça les sourcils. Malgré son ton détaché, Ken s'était légèrement déplacé pour adopter une attitude plus agressive. Elle considéra les deux hommes tour à tour.

— Ohé ! Vous voulez bien arrêter de vous comporter comme des abrutis ? Je suis enceinte. Ce qui signifie que je suis très émotive, et que je m'effondre à la moindre contrariété. J'en ai le droit. Vous, vous êtes censés sourire, hocher la tête et répondre docilement « oui » à tout ce que je dis.

Ken arqua les sourcils, et l'ombre d'un sourire s'imprima sur son visage.

— Est-ce que je te mettais en colère, Briony ?

— Je suis sur les nerfs en permanence, insista-t-elle. Je suis enceinte, alors que je n'avais jamais envisagé la possibilité d'avoir un enfant. (Elle se laissa tomber sur le lit, le regard levé vers Jack.) Jamais. J'éprouve tellement de difficultés à supporter la compagnie des autres que je ne croyais pas cela possible.

Debout devant elle, Jack lui souleva le menton avec le pouce afin de la forcer à le regarder dans les yeux.

— Tu veux ce bébé.

Elle acquiesça avant de déglutir.

— C'est juste que je suis terrorisée. Toute cette histoire me fait peur. Si seulement je n'étais pas aussi trouillarde !

Jack lui caressa la lèvre inférieure d'un geste du pouce.

— Tu ne dois pas avoir honte de ressentir de la peur, Briony, ça ne fait pas de toi une lâche. Comment pourrais-tu ne pas être effrayée ? (Il s'accroupit devant elle et prit son visage entre ses mains.) Je n'ai jamais rien désiré autant que ta présence ici, maintenant. Et je suis déterminé à te sortir de là. Tu es venue car tu as fait confiance à ton instinct. Je suis certain que tes frères s'y sont opposés.

Elle esquissa un mince sourire.

— Fermement opposés.

— Mais tu as tout de même souhaité venir me trouver. J'ai beaucoup de défauts, Briony, et je suis sans doute difficile à vivre, mais tu m'as demandé d'assurer ta protection, et je te promets de ne pas faillir à la tâche. Tu dois simplement essayer de me faire confiance.

Ken apparut au côté de Jack, et leur ressemblance frappante la troubla. Il posa une main sur l'épaule de son frère, et l'autre sur celle de Briony.

— Nous ferons face ensemble, jusqu'au bout, Briony. Ici, dans cette maison, nous avons adopté une règle : nous nous acceptons tels que nous sommes. Jack se montre parfois un peu rude, et j'ai moi aussi mes démons. Tu as tout à fait le droit d'avoir peur, d'être malade, ou de sortir pour te mettre à hurler si tu en as envie.

Briony hocha la tête, luttant afin de réprimer ses larmes. On ne l'avait jamais acceptée telle qu'elle était. Elle avait fait partie du cirque parce que ses frères avaient besoin d'elle, pas parce qu'elle l'avait choisi. Chaque jour de sa vie, elle s'était efforcée de paraître normale. En présence de Jack et Ken, elle ne ressentait aucune douleur. Ils filtraient pour elle leurs propres émotions, et Jack s'était montré capable de la protéger des répercussions de la violence environnante.

Était-ce vraiment aussi simple que cela ? Elle lut de la sincérité dans leur esprit. Ils s'inquiétaient tous les deux, et éprouvaient un léger malaise face à cette situation nouvelle pour eux – ils laissaient pénétrer une femme, presque une étrangère, dans leur univers clos et rassurant –, mais ils se sentaient tout à fait prêts à l'accueillir et à apprendre à vivre avec elle.

Apprendre à vivre avec elle. Ils acceptaient de s'adapter à elle. Pourrait-elle leur rendre la pareille ? Elle leva la tête vers Jack et ses yeux si particuliers qui, selon son humeur, passaient du gris foncé à l'argent étincelant. Consentirait-elle à s'en remettre entièrement à lui ? Elle appréciait et respectait déjà Ken. Elle avait envie d'essayer de faire confiance à Jack. Mais lui ouvrirait-elle son cœur en sachant que leur attirance mutuelle n'était que le fruit d'une manipulation génétique ? Elle avait besoin de temps, de vivre au jour le jour, puis elle verrait où cela la mènerait. Elle prit une profonde inspiration, puis expira.

— Merci à tous les deux.

Un intense soulagement envahit Jack. Malgré ses craintes, Briony acceptait leur offre. Il ignorait comment il aurait réagi si elle avait voulu fuir.

— Tu ferais mieux de te préparer, ma puce. La route est longue pour descendre de la montagne, ce serait dommage d'arriver en retard chez le médecin.

— On pourrait dîner en ville, proposa Ken en lançant un regard d'avertissement à son frère.

— C'est moi qui cuisinerai, ce soir, répliqua Jack alors qu'il se redressait, ébouriffant les cheveux de Briony.

— Allons plutôt au restaurant. Je me suis levé à 4 heures ce matin pour enlever les pièges et régler les alarmes, et je dois encore carreler la salle de bains. J'ai bien le droit de sortir un peu.

— Écoute-le geindre, fit remarquer Jack.

— Ce serait plus raisonnable, protesta Ken avant de se tourner vers Briony. Tu n'as jamais goûté sa cuisine…

Suivant l'exemple de Jack, il fourragea les cheveux de Briony.

Elle demeura assise, immobile, savourant la marque d'affection contenue dans ce simple geste. Elle aurait pu croire qu'ils la considéraient comme une enfant, mais même les ordres incessants de Jack n'avaient rien à voir avec un quelconque paternalisme.

— J'aimerais beaucoup dîner en ville, risqua-t-elle.

Jack grogna.

— Ne le soutiens pas, Briony. Il ne se contentera pas d'un repas, il voudra aller écouter de la musique. Chaque fois que je me suis montré assez stupide pour accepter de dîner dehors, sans exception, on a fini au *Last Saloon* à écouter sa musique country. Il passe la soirée à draguer pendant que je reste assis à jouer au chaperon.

— J'essaie de le rendre un peu plus sociable, expliqua Ken. Et la musique est géniale. Tu aimes la musique, non, Briony ?

— Oui.

— Et tu admettras que Jack a besoin de s'améliorer en relations humaines, la pressa Ken.

— Il drague très bien, répliqua-t-elle.

— Jack ? Draguer ? s'exclama Ken, choqué. S'il sait le faire, tu es la seule personne à qui il l'a montré. Dès qu'une fille s'approche de lui d'une démarche aguicheuse, il prend son air glacial, et elle s'enfuit en courant. C'en est gênant.

— Vraiment ?

Elle lança un regard amusé à Jack.

— Tu n'emmèneras pas Briony au bar, décréta Jack. Si l'un de ces idiots de cow-boys avinés pose les yeux sur elle et lui demande de danser, je devrai enterrer son cadavre dans la forêt.

— Ou alors, tu pourrais tout simplement danser avec moi sans avoir à tuer qui que ce soit, suggéra Briony. Ça me semble plus facile.

— Moi, danser ?

— Tu sais danser, non ?

— Tu me distrairais, répliqua Jack.

— De quoi ?

— Il fallait déjà que je surveille Ken, et maintenant, je dois faire attention à toi aussi.

— J'ai une idée, annonça Briony. Pendant que Ken dansera, nous monterons la garde. Et ne t'inquiète pas, Ken, si une demoiselle se met à te peloter sur la piste de danse, je lui saute dessus dans la seconde. En contrepartie, il veillera sur nous quand nous danserons. Ken, tu accepterais de faire ça, non ?

— Marché conclu, à condition que tu laisses les filles me peloter tranquillement.

Jack leva les mains en l'air.

— Alors à partir de maintenant, vous vous liguez contre moi, c'est ça ?

Ken et Briony échangèrent un regard complice et hochèrent la tête, impitoyables.

Chapitre 13

— Briony, regardez l'écran, l'enjoignit le docteur Casey. Jack, est-ce que vous voyez ce que je suis en train de vous montrer ?

— Je vois deux cœurs, déclara Jack.

Briony se figea, et son visage blêmit. Elle chercha le contact rassurant de la main de Jack. C'était impossible. Elle n'avait jamais considéré l'éventualité d'avoir un enfant, encore moins deux. Elle commençait à espérer qu'elle faisait un cauchemar et qu'elle n'aurait qu'à se pincer très fort pour se réveiller.

Jack se pencha sur elle jusqu'à effleurer son oreille de ses lèvres mais, lorsqu'il parla, les mots ne résonnèrent que dans l'esprit de Briony.

— *Ne panique pas, ma puce. On va y arriver.*

Il serra les doigts autour des siens.

Briony tourna lentement la tête pour contempler le petit écran. L'image tressautait, et elle ne discernait guère plus qu'un cône noir.

— Impossible. Ne vous amusez pas à ce genre de blague, vous deux, j'ai failli avoir une crise cardiaque.

Le médecin esquissa un cercle autour d'un point, puis un second à côté.

— Aucun doute, vous attendez des jumeaux.

— *Qu'est-ce qui se passe, Jack ? Je ressens la nervosité de Briony jusqu'ici.*

— Pas la peine de tirer sur le médecin. Il vient de nous apprendre que nous allions avoir des jumeaux, et Briony n'était pas préparée à cette nouvelle.

— Elle est bouleversée.

— J'en suis conscient, Ken. Je m'en occupe.

Jack ramena les cheveux de Briony en arrière, lui dégageant le visage. De fines gouttelettes de sueur perlaient sur son front. Sa peau était devenue moite, et si pâle qu'elle en paraissait translucide. Elle porta une main tremblante à sa gorge.

— Jack. Non. (Elle secoua la tête, accrochant désespérément son regard à celui de Jack.) Je n'ai jamais tenu un bébé dans mes bras, et je ne sais même pas comment changer une couche. Je n'y connais rien. *Et si je me mets à paniquer et à vomir partout dès qu'ils pleurent ? Je ne peux pas rester près de quelqu'un qui est en colère. Un bébé ne maîtrise pas ses émotions. Je pensais qu'avec un, je pourrais aller prendre l'air de temps en temps, mais je me sens incapable d'en gérer deux, Jack.*

Le médecin ne se départit pas de son sourire ni de sa mine joviale.

— Je sais que c'est un choc pour vous, mais la plupart des mamans de jumeaux s'en sortent très bien. Tout semble normal. Votre grossesse devrait se dérouler sans problème, mais il faudra continuer à vous surveiller de près.

Briony manqua de broyer les doigts de Jack.

— Vous êtes absolument certain qu'il y a deux bébés ?

— Oui. J'entends battre deux cœurs, et on les distingue très nettement à l'échographie. Si vous désirez obtenir une image plus précise, vous pouvez aller à l'hôpital, qui dispose d'un appareil plus récent. Je vous arrangerai le rendez-vous, si vous le souhaitez.

Jack exerça une pression sur l'épaule de Briony en signe d'avertissement.

— Ce ne sera pas nécessaire. *Essayons de ne pas laisser trop de traces écrites. Restons avec le docteur Casey aussi longtemps que possible.* C'est un choc, bien entendu, mais il s'agit d'une excellente nouvelle, n'est-ce pas, ma puce ?

Elle refréna la peur panique qui la saisissait et se concentra sur la tendresse contenue dans la voix de Jack. Si seulement il l'aimait – la voulait – autant qu'il le faisait croire. Une femme serait capable d'endurer bien des épreuves pour un tel amour. Comment pouvait-il feindre cette expression ? Ce ton affectueux ? Il semblait vraiment heureux. Elle aurait souhaité avoir la même force que Jack.

Le médecin essuya les traces de gel sur son ventre d'un geste machinal, puis Jack rabaissa son chemisier.

— Merci, docteur. Nous allons fêter ça. Est-ce que vous connaissez un nutritionniste susceptible de nous conseiller sur les aliments à privilégier ?

— Demandez notre fiche de renseignements à la réception, et n'oubliez pas de fixer les prochains rendez-vous pour le suivi prénatal. Avez-vous d'autres questions ?

Briony secoua la tête. Le médecin leur en avait déjà beaucoup dit.

— Devrions-nous éviter de faire l'amour ? s'enquit Jack.

Briony réprima un cri de surprise. Elle braqua le regard sur Jack, mais ce dernier s'était tourné vers le médecin.

— J'aimerais être sûr de ce qui est permis, et de ce qui est déconseillé, ajouta-t-il.

Briony ferma les yeux. Le simple fait d'imaginer Jack en train de la toucher suffisait à la rendre humide et à provoquer en elle une décharge hormonale. Pourquoi remettait-il le sujet sur le tapis alors qu'ils éprouvaient déjà bien des difficultés à se maîtriser ? Elle aurait dû influencer le médecin pour lui faire dire que les rapports sexuels étaient à proscrire, mais elle n'en fit rien. Il entrait dans les détails, et Jack était pendu à ses lèvres. Elle esquissa mollement un geste de la main lorsque le médecin quitta la pièce.

— À quoi tu joues ? siffla-t-elle.

— Je prends des précautions. Si tu restes avec moi, Briony, ça arrivera, nous le savons tous les deux. Nous avons besoin de réponses si nous ne voulons pas risquer de te faire du mal ou de blesser les bébés.

Elle laissa Jack l'aider à s'asseoir. Elle n'avait pas l'intention d'insister. Ils avaient d'autres problèmes beaucoup plus graves à gérer. *Deux bébés.*

— Qu'est-ce qu'on va faire ? J'aurais été capable de m'occuper d'un bébé, mais de deux ? Tu as une idée de ce que ça signifie ?

Il lui serait impossible de disparaître avec deux enfants, et elle aurait bien plus de difficultés à les mettre à l'abri du professeur Whitney.

— Tu m'imagines fuir et combattre des soldats surpuissants avec un bébé sur le ventre et un autre dans le dos ? reprit-elle. Ça devient de pire en pire.

Jack se crispa.

— Qu'est-ce que tu comptes faire ? Le médecin a dit que tu en étais à onze semaines. Quelle est la limite ?

Le souffle coupé, elle se couvrit le ventre des mains d'un geste protecteur.

— La limite pour quoi ? Je ne me ferai pas avorter, Jack. Peut-être que je ne serai pas capable de m'occuper moi-même de mes enfants, mais pas question de parler d'avortement. J'ai déjà l'impression qu'ils font partie de moi. Non. (Elle secoua la tête.) Jamais.

— Nous prendrons soin d'eux nous-mêmes, à la manière traditionnelle.

— Jack, tu ne sais pas comment je réagis en présence d'autres personnes quand tu n'es pas là pour filtrer les émotions.

— Je t'ai regardée exécuter ton numéro. Ce jour-là, je ne t'ai pas protégée, car je voulais voir et ressentir ce que tu vivais quotidiennement.

Elle fit « non » de la tête.

— Tu m'as tout de même protégée. Pas en permanence, mais j'avais moins mal que d'habitude. Tu ne t'en es même pas rendu compte. J'ai simplement peur que, quand les bébés seront malades ou énervés… (Elle leva les yeux vers lui.) Et si je ne le supportais pas ?

— Tu t'es produite en public chaque soir par amour pour ta famille, Briony. Pourquoi penses-tu ne pas être à la hauteur avec tes propres enfants ?

Elle ne pouvait détacher son regard de celui de Jack. Il paraissait si sûr de lui, pas le moins du monde ébranlé par la nouvelle. Elle bouleversait sa vie à un point qu'elle n'avait pas imaginé, mais c'était lui qui prenait les choses en main, pas elle.

— D'accord. Tu as raison. Nous ferons simplement ce qu'il faut. Vivons au jour le jour.

Jack lui massa la nuque.

— On y arrivera.

Il lui adressa un sourire qui disparut très vite, mais fascina néanmoins Briony. Les traits durs et burinés de Jack ne s'étaient pas du tout adoucis. En revanche, ses yeux s'étaient illuminés. Elle sentit aussitôt une étrange chaleur au creux de son ventre, prouvant qu'elle restait bien trop sensible à son charme.

— Et puis Ken pourra changer les couches, ironisa-t-il.

— Tu ne crains pas que les hommes de Whitney nous retrouvent ?

— Peut-être qu'ils viendront te chercher, peut-être pas. Nous n'allons pas nous arrêter de vivre pour la simple raison que le professeur est susceptible de découvrir où tu te caches.

Jack ne prit pas la peine de sortir de la pièce lorsque Briony remit son jean. Il ne se détourna même pas.

— Tu es vraiment magnifique, tu le sais ?

— Ce n'est pas vrai, mais c'est gentil de ta part.

Elle s'efforça de ne pas rougir alors qu'elle refermait la fermeture Éclair de son pantalon. La compagnie de Jack à cet instant lui paraissait naturelle et renforçait l'intimité de leur relation.

— Si, c'est vrai, et j'ai très bon goût en matière de femmes et de sous-vêtements. (Il se pencha pour lui déposer un baiser au coin de la bouche.) Ken est posté sur le toit de l'immeuble voisin. Peut-être que nous devrions filer discrètement.

Elle éclata de rire et saisit la main qu'il lui tendait.

— Je n'arrive toujours pas à croire que nous allons avoir des jumeaux. Tu imagines à quel point je vais grossir ? Tu ne pourras même plus me faire passer les portes.

Ils sortirent du cabinet du médecin quelques minutes plus tard, après que Jack eut fixé une autre date de rendez-vous et retiré la fiche de recommandations nutritionnelles. Briony avait la certitude qu'elle regretterait amèrement l'avoir laissé se la procurer.

Ken les rejoignit à la Jeep.

— Félicitations à tous les deux. Quand vous décidez de faire quelque chose, vous ne le faites pas à moitié, hein ?

Il glissa la mallette contenant son fusil de précision dans une trappe située sous le siège, puis ferma le véhicule à clé.

— Si tu continues, je te donne un coup de pied dans les tibias, menaça Briony.

— Reste entre nous deux, Briony, intima Jack lorsqu'ils commencèrent à descendre la rue menant au restaurant qui, d'après les dires de Ken, était le meilleur de la ville.

Les deux frères avançaient d'une démarche rapide et assurée, les yeux constamment en mouvement. Ils scrutaient les toits, examinaient les buissons, observaient les passants.

Briony était trop excitée pour se sentir nerveuse. Elle n'avait pas l'habitude d'emprunter les rues du centre-ville, de dîner au restaurant ou de passer la soirée à écouter de la musique dans un bar. Pour elle, il s'agissait d'un luxe. Un cadeau que lui accordait Jack. Elle ne ressentait aucune douleur, juste un merveilleux sentiment de liberté. Ils croisèrent un couple et, quand l'homme et la femme lui rendirent le sourire qu'elle leur adressait, une joie intense l'envahit. Elle ne lisait en eux aucune atrocité, par exemple que le mari avait une maîtresse, ou que la femme souhaitait divorcer, ou encore qu'ils venaient de perdre un enfant. Elle avait enfin la possibilité de les juger selon leur apparence : un couple heureux marchant sur le même trottoir qu'elle.

Jack baissa les yeux vers Briony. Elle rayonnait, et il perçut le changement qui s'opérait en elle à chaque pas. Une brise légère s'était levée au crépuscule, et l'air s'était rafraîchi. Euphorique, Briony semblait presque danser.

Elle le regarda, le sourire aux lèvres.

— J'adore ça, pas toi ?

— Quoi ?

Il essaya de ne pas se laisser distraire par son enthousiasme, mais sa joie était contagieuse. Le simple fait de marcher à son côté dans la rue le rendait heureux. Il lui paraissait naturel de sentir sa tête contre son épaule et ses cheveux lui effleurer le bras. Il ressentait une sorte de… plénitude.

Il jeta un coup d'œil à Ken.

— Comment se fait-il que la présence d'une femme suffise à combler un vide ?

Ken haussa les épaules et échangea un petit sourire avec lui.

— Je ne sais pas, mais essaie de la garder. Elle a attendri ta cuirasse alors que je pensais que c'était impossible.

— J'ai toujours été tendre.

Ken émit un grognement qui attira l'attention de Briony. Il passa le bras au-dessus d'elle pour ouvrir la porte du restaurant.

— Mon frère se croit dans un rêve. Il est persuadé qu'il est tendre.

— Ah bon ? (Briony haussa un sourcil et inclina la tête pour considérer Jack.) C'est vrai ?

— Nous voudrions cette place, annonça Ken en indiquant une table située contre le mur près de la sortie, juste en face de la porte d'entrée.

— Nous avons une table libre qui est plus agréable là-bas, où il y a plus d'espace, répondit la serveuse.

Elle contempla les cicatrices qui zébraient le visage et le cou de Ken, puis jeta un regard à Jack avant de s'empresser de détourner les yeux.

Briony fit un pas en avant pour s'interposer entre Ken et la serveuse, indignée que celle-ci ose regarder les blessures de Ken avec une telle expression horrifiée. Jack resserra les doigts autour de son bras, exerçant une pression douce, mais ferme, afin de l'empêcher de s'écarter.

— Celle-ci nous conviendra très bien, insista Ken en affichant un sourire charmant.

Il se plaça devant Jack qui, figé, ne prononçait pas un mot, mais avait revêtu un air menaçant.

L'hôtesse s'empara du billet que Ken lui glissa dans la main et les conduisit à la table sans émettre le moindre commentaire. Ken attendit d'être assis devant un verre d'eau et une corbeille de pain frais pour décocher un regard furieux à son frère.

— Inutile d'intimider qui que ce soit, Jack. Montre-toi agréable.

— Pour obtenir ce que tu veux, tu achètes les gens, fit remarquer Jack. Moi, je n'ai jamais besoin d'ouvrir mon portefeuille.

Ken secoua la tête.

— Crétin.

Briony leva les yeux au ciel.

— Est-ce que vous vous comportez toujours comme ça ?

— Oui, confirma Ken. J'essaie de l'amener à s'intégrer à la société, mais il fait de la résistance. Sans moi, Jack ne serait qu'un vieil ours bougon qui passerait son temps à faire fuir les gens avec son couteau de chasse.

— Je me fiche pas mal de la société. Et j'utiliserais un fusil, pas un couteau de chasse.

— Est-ce que vous avez toujours fait partie de l'armée ? Enfin, avant Whitney ? s'enquit Briony.

— Nous nous sommes engagés dès que nous avons eu l'âge requis, répondit Ken. On aimait ça, et ça nous évitait de traîner dans la rue. La douleur ne nous faisait pas peur, et on se sentait tous les deux très à l'aise avec les armes.

— Comment Whitney a-t-il fait pour vous trouver ?

Ken étendit ses jambes sous la table, forçant Jack à se tourner sur le côté. Les deux frères ne regardaient pas directement Briony, mais concentraient leur attention sur les fenêtres et les clients.

— Nous avons toujours été télépathes, nous utilisions ce mode de communication quand nous étions petits. En fait, nous étions vraiment très forts, et n'avions jamais rencontré personne comme nous. Nous avons rejoint les SEALs et, après quelques années, on nous a demandé de passer un test destiné à évaluer nos capacités psychiques. (Il lui adressa un bref sourire.) Nous avons obtenu une excellente note, et Whitney s'est mis à baver devant nous.

— Vous avez tous les deux eu la même note ?

Elle sourit à Jack d'un air taquin.

— Je suis certain d'avoir eu la meilleure, affirma Ken en coupant un morceau de pain qu'il tartina de beurre.

— Vous avez les mêmes capacités ?

— Oui, et nous sommes tous les deux des stabilisateurs, répondit Ken. Apparemment, nos facultés ont également été amplifiées de la même façon.

— Alors, s'il souhaite tant obtenir un bébé de Jack, pourquoi ne te pousse-t-il pas à rencontrer une femme, Ken ?

— C'est une bonne question, répliqua Jack. Pourquoi ne nous la sommes-nous pas posée avant, Ken ? Si Whitney a dépensé autant d'argent et s'est donné toute cette peine pour que Briony et moi nous trouvions au même endroit au même moment, pourquoi n'a-t-il pas fait de même avec toi et la partenaire qu'il t'a destinée ?

— Peut-être qu'il n'a prévu aucune partenaire pour moi, avança Ken. *Et je ne sais pas vraiment quoi en penser. Je devrais me sentir soulagé qu'il ne se soit pas amusé à me manipuler à ce point, mais tout de même, en te voyant avec Briony, j'aimerais bien vivre la même chose.*

Au ton mélancolique de son frère, Jack braqua les yeux sur lui. Ken ne parvenait pas à bloquer le flot d'émotions qu'il ressentait, notamment la crainte que son apparence l'empêche de trouver une compagne. Ken détourna vivement le regard puis engloutit un autre morceau de pain.

— Ou alors, il l'a déjà capturée, suggéra Briony. Je parie que Luther était le deuxième partenaire que Whitney avait prévu pour moi, ce qui expliquerait qu'il se soit tellement mis en colère quand il a appris que j'étais enceinte. Il ne voulait pas admettre qu'un homme normal, et non un soldat aux capacités amplifiées, puisse avoir pris sa place. Il était vraiment furieux. Je pense que Whitney avait presque renoncé à provoquer notre rencontre.

— Et il comptait sur le fait que je te quitte si jamais il réussissait, ajouta Jack.

— Je déteste imaginer que Whitney détient peut-être une autre femme prisonnière, déclara Ken. Jack, nous devrions contacter Lily et son équipe afin de savoir ce qu'ils ont découvert. S'ils ont une idée de l'endroit où ce savant fou se cache, nous pourrions effectuer une petite mission de reconnaissance.

— Le problème, Ken, c'est que nous ignorons à qui nous pouvons faire confiance. Whitney a des contacts partout. Merde, il connaissait même le Président. S'il est toujours en vie et qu'il tire les ficelles, il a des complices. Nous ne savons pas qui est derrière cette histoire. Whitney a de l'argent, et c'est lui le scientifique dans cette affaire, mais il est sûrement de mèche avec quelqu'un d'autre. Quelqu'un qui est à la tête de tout ça.

Briony se racla la gorge.

— Si Whitney a des contacts au sein de l'armée et qu'il s'agit d'un complot de grande ampleur, pourquoi ne t'auraient-ils pas envoyé en mission ? S'ils pensaient que je comptais me réfugier auprès de toi, ils se seraient ainsi assurés que je n'avais nulle part où me cacher.

Les deux frères échangèrent un long regard.

— Oh mon Dieu ! s'exclama Briony, mortifiée. Je sens que je ne vais pas aimer ce que vous allez me dire.

Jack saisit la main de Briony et la serra contre son cœur.

— On nous a contactés en fin de semaine dernière, mais nous sommes en permission. Nous avons tous les deux été blessés, et n'avons pas de certificat médical nous autorisant à reprendre le service. Ça ne nous a jamais freinés par le passé, mais cette fois, nous avons refusé. (Jack s'assura d'avoir érigé les barrières nécessaires afin que son frère n'entende pas ses propos.) *J'ai dit « non » pour que Ken prenne le temps de récupérer.* Nous avons tous les deux l'intention de prolonger notre permission par un congé sans solde.

— Ils ne peuvent pas vous forcer à repartir ?

— Je suppose qu'ils ne s'attendaient pas à ce qu'on refuse une mission, déclara Jack. Ça n'était encore jamais arrivé. Et ils ont pensé qu'avec la cible qu'ils nous proposaient, nous ne résisterions pas au désir de nous venger. Ils veulent éliminer le général Ekabela. À mon avis, cet homme en sait trop pour qu'ils se permettent de le laisser en vie.

— En d'autres termes, Whitney n'en a plus l'utilité, ajouta Ken.

— Pourquoi ne m'avez-vous rien dit ?

Jack porta la main de Briony à ses lèvres pour lui embrasser les doigts.

— Hier soir, tu étais en colère, et tu avais besoin de te reposer, Briony. De plus, nous ne nous sommes pas demandé pourquoi c'était nous qu'ils envoyaient en mission. On ne se pose pas ce genre de question, d'habitude. (Il haussa les épaules.) J'ai pensé qu'ils nous proposaient de prendre notre revanche sur Ekabela.

— Mais ça signifie qu'ils savent que je suis avec toi. Comment pourraient-ils être au courant ?

Elle sursauta lorsque le serveur approcha.

Jack posa la main sur son bras avec tendresse, juste pour la rassurer par son contact. Une agréable chaleur s'insinua dans l'esprit de Briony, et elle se sentit presque aussitôt apaisée, capable de maîtriser son accès de panique.

— Ils ne le savent pas forcément. Ils voulaient peut-être juste nous envoyer à l'étranger au cas où tu essaierais de me contacter.

— Ça se tient, renchérit Ken.

Lorsque Jack leva la tête vers le serveur qui attendait pour prendre leur commande, ses yeux virèrent soudain d'une teinte chaude au gris acier. Briony se réfugia derrière le menu.

Le serveur s'éclaircit la voix.

— Avez-vous fait votre choix, madame ?

Jack sortit la fiche de conseils nutritionnels et entreprit de comparer les plats de la carte aux éléments de la liste.

— Les pâtes au poulet me paraissent bien, Briony, avança-t-il. Et la salade composée.

Ken fit du pied à Briony sous la table et lui adressa un clin d'œil en se cachant derrière son menu, hilare.

— D'accord, Jack. Je vais prendre ça.

Briony tendit son menu au serveur puis esquissa un sourire à l'intention de Jack.

— Et ajoutez-lui un verre de lait, poursuivit-il.

Ken faillit recracher l'eau qu'il venait d'avaler.

— Du lait ? Tu vas en prendre aussi, Jack ?

— Bien sûr, pourquoi pas ? Et ce sera pâtes au poulet pour moi aussi, s'il vous plaît, déclara Jack en rendant son menu.

— Comme je conduis, je vais plutôt prendre une tasse de café bien chaud, dit Ken. Et un steak saignant avec une pomme de terre au four nappée d'une bonne dose de sauce.

— Ken ? (Briony écarquilla les yeux, effarée.) Je crois que le simple fait de regarder ton plat me rendra malade. J'ai souvent la nausée, ces derniers temps.

Ken leva brusquement la tête, les sourcils froncés en une expression suspicieuse.

— Tu ne me ferais pas une blague sur un sujet pareil, hein ?

Briony se couvrit la bouche de sa main fluette.

— T'entendre dire « saignant » a suffi à me retourner l'estomac.

— Très bien. Je prendrai moi aussi les pâtes au poulet. Mais gardez votre lait. (Ken lança à Briony un regard noir.) Combien de temps comptes-tu être malade ?

Elle afficha un large sourire.

— Maintenant que nous avons appris la bonne nouvelle au sujet du bébé, très, très longtemps.

— *Des* bébés, au pluriel, la corrigea Jack.

— C'est un prétexte bien commode, non ? Je ne pensais pas que tu avais ce côté perfide, mais j'aurais dû le deviner. Jack ne t'adore pas pour rien.

Briony tourna la tête pour avaler une gorgée d'eau afin de dissimuler son trouble. Apparemment, elle n'était pas douée pour cacher ses sentiments aux deux frères. Jack ne l'adorait pas. Certes, la chimie provoquait des explosions entre eux, mais il ne l'adorerait jamais.

— *Détrompe-toi.*

La douceur de la voix de Jack la toucha intimement, caressa son esprit et lui réchauffa tout le corps.

Durant un instant, elle ressentit un tel désir pour lui qu'elle put à peine respirer.

— *Ne me regarde pas comme ça, Briony. Pas ici. Je dois rester concentré pour assurer ta protection.*

Elle devait absolument se souvenir de lui bloquer l'accès à ses pensées. Elle n'avait pas l'habitude de côtoyer des personnes capables de lire dans son esprit. Et pire encore, son visage semblait aussi transparent qu'un livre ouvert.

— Ne fais pas attention à lui, Briony, suggéra Ken. Fais-moi confiance. Dès que nous serons au bar, il voudra tout diriger, deviendra possessif et se comportera comme un idiot. Il va te taper sur les nerfs, j'en suis sûr, alors ce n'est pas la peine de le gratifier de tes agréables pensées.

— C'est vrai, Jack ? demanda-t-elle. Tu vas vraiment te montrer insupportable ?

Il haussa ses larges épaules.

— Sans doute.

— Pourquoi ? Je suis enceinte, et des soldats sont lancés à mes trousses. Tu crois franchement que j'ai l'intention de flirter avec un inconnu et le prier de passer une nuit torride avec moi ?

Jack grogna.

— Ne parle pas de nuit torride. N'y pense même pas. Grâce à toi, je bande comme un cheval, maintenant.

Les joues de Briony s'empourprèrent. Une sensation de chaleur parcourut son entrejambe, et elle eut soudain les seins tendus et douloureux. Elle redressa le menton. S'il était capable de l'admettre, alors elle aussi. Mais pas à voix haute.

—*Abstiens-toi de me dire que tu bandes comme un cheval, parce que ça me donne envie de te toucher, de te goûter et de te sentir au plus profond de moi.*

Elle prit bien garde à fermer l'accès de ses pensées à Ken, espérant que Jack faisait de même.

—*Putain, Briony, si tu continues à me dire des choses pareilles, tu vas me tuer!*

Jack lui saisit la main et l'attira sous la table pour la presser contre son bas-ventre.

Briony se sentait flattée par sa réaction. Le désir vibrant de Jack transparaissait dans sa voix rauque, saccadée et nerveuse ainsi que dans l'épais renflement qui tendait son jean.

—*Je me sens moins seule.*

—Vous voulez que je vous trouve une chambre d'hôtel? demanda Ken en les toisant d'un air furieux. Je commence à en avoir marre de tenir la chandelle.

» *Bon sang, frangin, on communique tellement par télépathie qu'on n'y pense même plus. On ne s'est jamais préoccupés de savoir si une femme s'intéressait à l'un de nous, mais avec Briony, c'est différent. J'ai l'impression d'être un véritable voyeur.*

—*Désolé. Je vais essayer d'être plus attentif à ne pas t'impliquer.*

—*Merci.*

—Tu devras te mettre au baby-sitting, Ken, reprit Jack, libérant la main de Briony alors que le serveur apportait les plats.

Briony se concentra sur ses pâtes afin de ne pas réfléchir à sa confession ni aux éventuelles conséquences. Elle commençait à s'habituer au magnétisme puissant qui opérait entre Jack et elle. Il ne faiblissait pas. Au contraire, plus ils apprenaient à se connaître, plus l'attraction semblait se renforcer, mais Briony arrivait de mieux en mieux à gérer ses pulsions. Elle mangea son repas en écoutant la conversation des deux frères, pleinement consciente de chacun des mouvements, chacun des gestes, même infimes, de Jack.

Ce dernier gardait les yeux rivés sur les allées et venues des clients. La table était située de telle manière que Jack et Ken pouvaient observer les entrées et les sorties sans être vus. Briony se rendit compte qu'ils agissaient conformément à leurs habitudes. Sa présence n'impliquait pas un surplus de précautions. Ils épiaient constamment les alentours, en permanence sur leurs gardes. Que révélait cette attitude au sujet de leur existence ? Briony les étudia avec attention. Les ombres et la méfiance qu'elle avait remarquées dans le regard de Jack obscurcissaient également les yeux de Ken. Son apparence décontractée, presque nonchalante, n'était qu'une façade. Les deux frères se connaissaient par cœur, travaillaient ensemble, communiquaient par télépathie. Ils formaient une véritable équipe, un duo redoutable. Briony se fit soudain la réflexion que c'était un miracle qu'ils l'aient acceptée dans leur vie.

Ken paya la note. Jack, l'air impassible, distant et concentré, ne le quitta pas des yeux pendant qu'il discutait avec le serveur. Depuis combien de temps devaient-ils se méfier de tous ? Trop longtemps, sans doute. Bien trop longtemps.

Briony reprit sa place entre les jumeaux lorsqu'ils sortirent dans l'obscurité de la nuit. Une musique forte leur parvenait depuis un bâtiment situé juste au bout de la rue. Sans prononcer un mot, les deux hommes se dirigèrent vers la source du vacarme.

— Je ne suis jamais allée dans un bar, confia Briony, se collant contre Jack alors qu'ils pénétraient dans la salle plongée dans la pénombre. D'habitude, je ne supporte pas les espaces bondés et confinés. Trop d'émotions violentes s'en dégagent. Quand je passais devant une porte ouverte, je ressentais la plupart du temps un grand désespoir et un sentiment de solitude. Je n'ai jamais osé entrer.

— Je ne viens ici que parce que j'y suis obligé, grogna Jack en fusillant son frère du regard.

Imperturbable, Ken afficha un large sourire.

— Je te commande un verre de lait, Briony ? ironisa-t-il en s'éloignant en direction du bar.

— Si tu fais ça, tu auras droit à une démonstration de mes capacités.

Briony l'entendit éclater de rire pendant que Jack la conduisait au fond de la salle, vers une alcôve offrant un point de vue privilégié. La foule s'écarta sur son passage comme la mer Rouge devant Moïse.

— Tu n'aimes vraiment pas ce genre d'endroit, on dirait, fit remarquer Briony.

Elle dut s'asseoir juste à côté de lui pour se faire comprendre au milieu de la musique et du brouhaha ambiant.

— Il y a trop de variables. Il suffit d'un cow-boy complètement ivre pour que la situation dégénère.

Elle lui tapota la cuisse.

— Ne t'inquiète pas. Je vais veiller sur toi.

Il afficha une telle stupéfaction qu'elle ne put s'empêcher d'esquisser un petit sourire en coin. Il se détendit aussitôt et lui prit la main.

— J'aime beaucoup regarder Ken s'amuser, déclara-t-il. Il adore la musique country. Il joue de la guitare, et il chante d'une manière que tu n'imagines même pas. Ne le lui répète pas, mais il a une belle voix. Il est vraiment bon. Avant qu'Ekabela le défigure, les femmes lui tournaient autour comme des abeilles autour d'un pot de miel.

— Et maintenant ?

Elle observa Ken, qui ne paraissait pas s'intéresser à la gent féminine. Assis sur un tabouret au comptoir, il parla au barman puis, après leur avoir apporté leurs boissons – un Coca-Cola pour elle –, il discuta avec des hommes qu'il semblait bien connaître. Son apparence insouciante ne trompait pas Briony. Jack confirma son impression en lui saisissant la main, la serrant si fort qu'il manqua de lui broyer les os.

— *Tu le sens ? Il essaie de ne pas faire attention à moi, mais il ne peut pas s'en empêcher. Il est incapable de se reposer, de ne penser qu'à lui. Tu comprends pourquoi je l'admire ?*

De nombreuses raisons poussaient à admirer Ken. Tout en le regardant faire le tour de ses amis, elle écouta la musique sans rien dire, la main de Jack dans la sienne, consciente de la chaleur de son corps collé au sien. Environ une heure plus tard, Ken se faufila dans l'alcôve et leur fit signe de rejoindre la piste de danse.

— Rien ne t'y oblige, ma puce, déclara Jack. Tu es peut-être fatiguée.

— J'adorerais danser avec toi.

Ce ne fut qu'en se glissant entre ses bras qu'elle comprit la réticence de Jack.

Lorsqu'il l'enlaça fermement, elle se sentit aussitôt enveloppée par son parfum. Elle posa la joue contre son torse solide et puissant. Le corps de Jack réagit aussitôt à son contact, et elle perçut le renflement de son érection contre son ventre. Au son langoureux du slow, elle se laissa sombrer dans un brouillard de sensualité et de désir brûlant, suivant intimement les mouvements de Jack. Elle savoura ces quelques instants, les gravant dans sa mémoire.

Jack la guida parmi la foule qui oscillait, ses mains enserrant les siennes, et inclina la tête afin de lui effleurer la tempe de ses lèvres. Briony n'avait jamais dansé avec quiconque, elle aurait été incapable de supporter cette proximité. Mais grâce à l'assurance de Jack, elle avait l'impression qu'ils avaient dansé ensemble toute leur vie.

Durant le retour en voiture, elle garda les yeux fermés afin de ne pas laisser la conversation des deux frères estomper le souvenir de cette expérience. Elle se sentait fatiguée, mais heureuse en dépit du choc qu'avait constitué la nouvelle des jumeaux. Elle dut s'endormir, car elle reprit conscience dans les bras de Jack alors qu'il la portait en direction de la maison.

Briony prit un long bain. Lorsqu'elle en sortit, Jack était déjà allongé dans le lit, les cheveux encore humides après sa douche. Elle haussa un sourcil, mais la réaction de son corps ne se fit pas attendre. Elle sentit ses seins se tendre et ses tétons durcir sous son fin débardeur.

— Tu comptes encore dormir ici, ce soir ? lui demanda-t-elle.

Il écarta les couvertures.

— C'est la seule solution pour que je me repose un peu. Si tu ne veux pas de moi dans le lit, je me contenterai de la chaise.

— Non, on a bien réussi la nuit dernière. (Elle se glissa entre les draps, le cœur battant la chamade.) Je crois que je vais faire des cauchemars peuplés de bébés.

Jack roula sur le côté, repoussa les couvertures puis releva le débardeur de Briony pour découvrir son ventre rebondi. Il le caressa puis l'entoura de ses paumes avant de se pencher pour y presser ses lèvres.

— Coucou là-dedans ! Réveillez-vous, c'est votre père qui vous parle. Votre maman est un peu effrayée par cette histoire de jumeaux. Il faut lui laisser le temps de se faire à cette idée, alors ne donnez pas trop de coups de pied au début. Elle va s'adapter.

— D'après le livre sur la grossesse, le bébé est capable d'entendre et de reconnaître nos voix, mais pas encore à ce stade.

— Ça ne concerne pas nos enfants, Briony. Ils m'entendent. Ils savent. Et ils n'ont pas l'intention de servir de petits soldats à ce tordu de Whitney.

Briony sourit.

— Si tu es certain qu'ils t'entendent, tu ferais mieux d'arrêter de jurer. S'ils prononcent des gros mots dès leur naissance, je dirai au médecin que c'est toi qui les leur as appris.

— Désolé les garçons, ma langue a fourché. Ne répétez pas ce que je viens de dire.

— Comment ça, « les garçons » ? (Elle lui prit le visage entre les mains pour le forcer à la regarder.) Je ne veux pas de garçons. Ils sont difficiles, et font toutes sortes de bêtises.

— Pas de filles, Briony. Tu m'imagines avec deux petites filles ? Et qu'est-ce qui arrivera quand elles seront grandes et qu'elles se feront draguer par le premier venu ? (Il grogna puis s'agita avant de se mettre sur le flanc, appuyé sur le coude.) Soit j'enfermerai les filles dans leur chambre, soit je passerai ma vie à dégommer des adolescents libidineux remplis d'illusions.

— Des adolescents libidineux remplis d'illusions ? répéta-t-elle.

— Il faudra leur faire l'école à domicile et installer une clôture barbelée électrifiée de quatre mètres de haut ainsi qu'un système d'alarme.

— Attends, je résume. Si nous avons des garçons, ils auront le droit de gambader dehors en toute liberté, mais si nous avons des filles, elles resteront toute leur vie enfermées dans leur chambre, derrière une clôture électrifiée ?

— Tu as tout compris, confirma Jack. Ken et moi serons à même de gérer des garçons, Briony, mais pas des filles. Garde bien ça à l'esprit en faisant se développer ces bébés.

Elle lui tapota la main.

— Je ne veux pas te décevoir, Jack, mais c'est toi qui détermines le sexe des enfants ; donc si nous avons des filles, ce sera ta faute.

Le contact de la main de Briony, légère et caressante, lui coupa le souffle. Les yeux levés vers le plafond, il se dit qu'il était incroyablement chanceux d'avoir cette femme dans sa maison, dans son lit, allongée dans le noir à le taquiner. Il croyait rêver. Il menait une vie qu'il avait choisie et ne s'en plaignait pas. Il était accoutumé au silence. À la solitude. Il pouvait passer des jours sans rencontrer âme qui vive, et des semaines à ne parler à personne d'autre que Ken. Il s'était toujours défini comme un solitaire. D'ailleurs, c'était préférable pour tout le monde. Mais avec le corps doux et chaud de Briony à son côté, il ressentait une étrange sérénité.

— C'est bizarre, laissa-t-il échapper à voix haute, ignorant la raison qui le poussait à se confier à elle. Je ne me suis jamais détendu en présence de quelqu'un d'autre, du moins pas assez pour dormir. Même en mission, il faut que je m'isole pour pouvoir fermer l'œil. Mais toi, tu m'apaises. Quand je t'ai rencontrée, j'ai cru que c'était mon épuisement, ou le fait que j'avais couché avec toi, qui me rendait si paisible, mais c'est toi. (Il pressa la main de Briony contre son cœur.) C'est tout simplement toi.

Il serait anéanti lorsqu'elle essaierait de le quitter, et ce jour viendrait. Peut-être pas tout de suite, ni dans un mois, mais tôt ou tard, son attitude dominatrice la pousserait à se rebeller. Elle ne comprendrait pas que son comportement était dicté par les démons qui le hantaient. Lui-même ne comprenant pas, comment pourrait-il exiger d'elle ce dont il était incapable ?

— Je pensais que ta présence me permettait de me détendre parce que tu filtrais les émotions, mais ce n'est pas l'unique raison non plus. (Elle se tourna vers lui et caressa son visage du bout des doigts, comme pour le déchiffrer.) Tu crois que Whitney aurait pu provoquer ces sensations ?

— Non, affirma-t-il d'un ton grave. Whitney n'a certainement pas voulu nous faire de faveur, Briony. Il aurait pu te faire bénéficier de la proximité d'un stabilisateur, mais il a décidé de te placer dans une famille où tu aurais à te produire en public chaque jour. Tu n'avais pas le choix, il voulait te voir réagir, ainsi qu'il l'avait planifié pour ses petites expériences. Comment résisterais-tu ? Est-ce que tu trouverais un moyen de surmonter la douleur ? Arriverais-tu à vivre avec une famille en dépit de tes différences ? Le salaud. Il savait pertinemment que tu allais souffrir toute ta vie, et que tes proches finiraient peut-être par te rejeter.

— Au début, ils ont cru que j'étais autiste. Quand maman me prenait dans ses bras, je ressentais tout ce qu'elle éprouvait, je lisais ses pensées, et ça me détruisait. Je me recroquevillais sous mon lit pour me cacher. Elle pleurait sans arrêt, et j'avais conscience de la rendre malheureuse.

Il plongea la main dans ses cheveux.

— Ce ne sont que des conneries, Briony. Tu n'as jamais rendu personne malheureux. Tu as fait de ton mieux pour t'intégrer à ta famille. Whitney mérite qu'on lui casse la gueule.

Elle se blottit contre lui, si près qu'il sentait ses seins contre son torse.

— Eh bien, pas ce soir. Je crois que je vais faire d'affreux cauchemars de petits garçons qui s'enfuient dans la forêt. Si je me réveille en hurlant, ce sera ta faute.

Il adorait sa voix rauque et ensommeillée, qu'il trouvait terriblement sexy. À quoi ressemblait une vie normale ? Il l'ignorait. Ken aussi. Et il présumait que Briony ne le saurait jamais. Mais à présent qu'elle se trouvait à son côté et qu'il pouvait l'enlacer, tous ses souvenirs sanglants et morbides semblaient s'éloigner.

Chapitre 14

— Oh, tu es un ange ! s'exclama Ken en se penchant sur la table pour planter un baiser sur la tempe de Briony. Qui aurait cru que tu aimais cuisiner ? Épouse-moi sur-le-champ. Nous nous enfuirons ensemble.

— Bas les pattes avant que je te trucide, lui intima Jack d'une voix égale avant d'avaler une nouvelle bouchée de délicieuse omelette. J'ai eu le bon sens de la mettre enceinte en premier, alors pas touche.

— De bons petits plats et une jolie femme ne suffisent pas à arranger ton caractère, on dirait, grommela Ken. Et la perspective d'un bébé ne t'aide pas non plus à améliorer ton langage.

— Pas un bébé, *deux* bébés, le corrigea Jack.

Briony rit doucement et secoua la tête en le regardant. Sa voix trahissait une fierté qu'il ne prenait même pas la peine de cacher, détonnant avec son visage sévère couvert de cicatrices.

— Tu es aussi vaniteux qu'un coq, se moqua-t-elle.

Le son du rire de Briony glissa sur la peau de Jack comme des doigts aiguillonnant ses terminaisons nerveuses, provoquant une nouvelle érection. Il aurait pu s'asseoir tous les jours en face d'elle rien que pour savourer le plaisir de contempler ses cheveux ébouriffés, ses grands yeux et son sourire radieux. Même quand Ken s'amusait à le taquiner en lui faisant du charme.

— Eh bien, si tu as l'intention d'avoir des jumeaux chaque fois, mon pote, ce sera sans moi, répliqua-t-elle en remplissant une tasse de café pour Ken.

— Même ton café est excellent, ajouta ce dernier.

Briony fronça les sourcils.

— Qu'est-ce que j'en sais ? Dès que je m'en sers une tasse, ton frère la vide dans l'évier.

Jack montra le livre qu'il avait ouvert devant lui.

— Il est écrit ici noir sur blanc que la caféine est déconseillée pendant la grossesse. Et il nous faudrait des fruits frais à la place du jus. As-tu au moins une idée des apports en calcium dont tu as besoin ?

Elle lui arracha le livre des mains et le lança à travers la pièce avec une telle force qu'il percuta le mur opposé.

— Tu devrais arrêter de consulter cette œuvre satanique. Tu deviens vraiment obsédé.

— Enfin une rébellion ! s'exclama Ken, un large sourire aux lèvres. Je savais que tu y viendrais. Il ne faut jamais plaisanter avec une femme au sujet du café, Jack. Tu vois, ma chérie, si tu acceptais de te marier avec moi et de me concocter trois repas par jour, plus un ou deux en-cas, je te laisserais boire tout le café que tu veux.

— Quelle faveur ! rétorqua Briony en lui décochant un coup de pied sous la table. Tu donnes l'impression d'être adorable et accommodant au premier abord, mais tu fais juste semblant. Je ne me marierai pas avec toi pour te servir de cuisinière à domicile.

— C'est injuste, gémit Ken qui se frottait le tibia, s'efforçant de prendre un air désespéré. Je suis en pleine croissance, et au lieu des calories qui me permettraient de rester en forme, tout ce que je récolte par ici, ce sont des listes de travaux à accomplir.

Il montra un petit carnet et fusilla son frère du regard.

— Elle ne cuisinera pas pour toi, Ken, alors tu peux arrêter de geindre, intervint Jack en lançant un coup d'œil à Briony. Je t'avais bien dit qu'il geignait tout le temps.

— J'essaie de l'amadouer, le corrigea Ken. Ça sonne bien mieux que « geindre ».

Briony secoua la tête en riant.

— Vous êtes aussi fous l'un que l'autre. Bon, est-ce que je peux aller me promener dehors, maintenant ?

— Nous nous sommes contentés d'enclencher les alarmes, déclara Ken. Des stroboscopes qui s'allument si quelqu'un pénètre dans l'enceinte de la propriété. Ça suffit.

Jack leva les yeux, le visage empreint d'inquiétude.

— Est-ce que tu as prévu de faire une promenade aujourd'hui ?

Elle acquiesça.

— Si j'ai le temps. J'aimerais aussi faire un peu de ménage et préparer le dîner.

Il secoua la tête.

— Ne te sens pas obligée de faire tout ça.

— Imbécile, siffla Ken avant de rouler en boule une serviette et de la jeter sur son frère. Tu es bête, ou quoi ? Ne l'écoute pas, Briony. Si tu as envie de faire la cuisine, ne t'en prive pas.

— J'aime cuisiner, Jack. C'est quelque chose qui m'a toujours intéressée. Je n'ai jamais eu l'occasion de beaucoup m'exercer, mais j'ai plusieurs mois pour m'entraîner.

— Je t'ai acheté des carnets à croquis, l'autre jour, annonça Jack. Je les ai laissés sur la table du salon avec quelques fournitures de dessin.

— C'est vrai ? s'exclama Briony, rayonnante. Merci de t'en être rappelé.

— Il est resté plongé toute la matinée dans un catalogue de mobilier, confia Ken. Il se croit capable de fabriquer le plus beau berceau du monde, et le pire, c'est qu'il a sans doute raison. C'est difficile à imaginer, mais mon frère est très doué de ses mains.

Une indéniable note de fierté transparaissait dans la voix de Ken.

Jack lui décocha un regard noir, puis surprit l'expression qu'affichait le visage transparent de Briony. Elle le regardait comme s'il était le centre de l'univers. Son air admiratif le troubla, et il se sentit gêné. Elle se faisait de fausses idées à son sujet. Il s'en réjouissait, mais en même temps, une partie de lui – la moitié saine de son esprit – détestait cela. Le comble, c'est qu'il lui semblait lire dans ses yeux les prémices de l'amour. Avec Ken et Briony, il avait l'impression d'être un imposteur. Leur foi en lui le déchirait.

Il se leva brusquement, manquant de renverser sa chaise, qu'il écarta sans ménagement, puis saisit le menton de Briony. Il n'avait pas prévu de la toucher ni même de s'approcher d'elle, mais il n'avait pu s'en empêcher.

— Ne t'éloigne pas de la maison, l'avertit-il d'un ton bourru avant de se pencher sur elle pour l'embrasser.

Une vague incandescente le submergea dès que ses lèvres effleurèrent celles, toutes douces, de Briony. Il glissa la main derrière sa nuque et lui inclina la tête de façon à plonger la langue dans son incroyable bouche, désireux de la taquiner, l'explorer, la caresser. Puis il recula brutalement – par souci d'autopréservation – et appuya son front contre le sien, la respiration saccadée.

— Souviens-toi d'une chose : si tu décides de te marier, ce sera avec moi.

Briony le regarda marcher à grandes enjambées en direction de la porte de la cuisine, qu'il claqua derrière lui. Elle se tourna vers Ken, perplexe.

— Ne dis rien, ma belle. Tu viens de voir Jack essayer de se montrer romantique et échouer lamentablement. Ne le laisse pas s'en tirer avec ces conneries. S'il a l'intention de faire sa demande, qu'il le fasse en bonne et due forme. Tu sais, un genou à terre, avec l'air stupide.

Briony faillit s'étouffer.

— C'est vraiment méchant, Ken !

Il se pencha vers elle.

— Si jamais ça se produit, Briony, préviens-moi pour que je puisse le filmer. Je pourrais le faire chanter jusqu'à la fin de ses jours.

— Il ne se mettrait à genoux devant personne, fit-elle remarquer tout en empilant les assiettes avant de les poser dans l'évier. Ça n'arrivera jamais.

— Détrompez-vous, mademoiselle Jenkins. (Ken recula sa chaise puis s'empara de son chapeau.) Je crois que pour toi, il serait prêt à tout.

Briony l'observa s'éloigner vers la porte d'un pas nonchalant et emprunter le chemin qui menait à l'atelier, où avait disparu Jack. Elle prit une profonde inspiration, se retourna, et embrassa du regard la vaste cuisine, avec son parquet et ses poutres imposantes. Elle aimait beaucoup ces grands espaces lumineux, qu'elle trouvait chaleureux. Elle se sentait chez elle dans cette maison.

Elle regarda de nouveau par la fenêtre afin de tenter de repérer la silhouette de Jack.

— Pourquoi ce que je ressens pour toi est-il si fort ? Pour quelle raison ai-je l'impression de te connaître mieux que tu ne te connais toi-même ?

Elle rassembla la vaisselle dans l'évier, puis entreprit d'explorer les lieux. Il lui paraissait évident que les deux hommes avaient conçu chaque pièce de la maison avec le plus grand soin. Même si le style de Ken différait de celui de Jack, elle repéra ici ou là certains éléments qui les rapprochaient. Ken appréciait la musique country et les décors de western mais, tout comme Jack, il avait installé une armoire destinée à ranger ses armes à feu à côté de son lit, ainsi qu'une autre dans son bureau. Jack, lui, s'était fabriqué un nombre impressionnant d'étagères, qu'il avait garnies de livres.

Briony ramassa le manuel sur la grossesse et se rendit dans le bureau de Jack. Elle s'arrêta sur le seuil, les sourcils froncés. Le local, terminé, comportait un magnifique bureau – une pièce unique qu'avait certainement conçue Jack –, ainsi que des amoncellements de papiers et une boîte contenant un ordinateur flambant neuf. À côté gisait un autre carton rempli de papier, d'où provenaient sans doute les innombrables feuilles qui jonchaient la table et le sol. Briony estima que la pile qu'elles devaient former une fois rangées atteignait sans doute la longueur de son bras. Elle s'approcha pour examiner les notes qui y avaient été griffonnées.

Elle déchiffra des messages rédigés de deux écritures masculines distinctes. Sur l'un d'eux, Jack annonçait qu'il n'avait pas l'intention de toucher à l'ordinateur et conseillait à Ken, en des termes très crus, de se le carrer quelque part. Ken avait répondu par un roman, argumentant qu'ils avaient absolument besoin de l'informatique pour démarrer leur entreprise, et qu'en conséquence, Jack devait cesser de pleurnicher et sortir de sa grotte. Le reste des notes consistait en une dispute quotidienne destinée à décider qui installerait l'ordinateur. Ken affirmait qu'étant donné qu'il s'occuperait de gérer les clients en direct, la tâche en incombait à Jack, lequel rétorquait qu'il ne s'approcherait jamais de cette machine.

Déballant l'ordinateur en question, Briony découvrit qu'il s'agissait d'un modèle récent qui conviendrait sans doute très bien au type d'activité envisagée par Ken. Elle consacra l'heure suivante à assembler les éléments et à les connecter à l'aide des câbles, branchant ensuite la batterie de secours, la protection contre les surtensions, et finalement l'imprimante. Même si elle doutait que Jack consente à utiliser la machine, elle installa tout de même les logiciels que Ken s'était procurés.

Après s'être assise sur la chaise, elle ouvrit son livre sur la grossesse, et parcourut chaque chapitre avant de sortir un feutre noir indélébile du tiroir du bureau, à l'aide duquel elle barra minutieusement chaque mention à la caféine.

— Ne t'interpose jamais entre une femme et son café, Jack, murmura-t-elle.

Elle se cala dans son siège, un sourire satisfait aux lèvres, puis feuilleta à nouveau l'ouvrage. Elle le lut cette fois avec beaucoup plus d'attention, noircissant toutes les autres références qui la contrariaient, et ajoutant ses propres annotations dans la marge. Après avoir refermé le livre, elle l'emporta dans la chambre de Jack, où elle le posa bien en évidence sur la commode. Contente d'elle, elle retourna dans la cuisine pour préparer un déjeuner aux deux hommes.

Elle les trouva dans la salle de bains de l'aile occupée par Ken, où ils terminaient la pose du carrelage en se chamaillant, remémorant à Briony les messages caustiques échangés au sujet de l'ordinateur. Ils engloutirent les sandwichs et la limonade qu'elle avait apportés tandis qu'elle examinait la vaste pièce.

— C'est magnifique, Ken. On sent que vous savez apprécier l'espace.

Celui-ci acquiesça.

— Nous avons beaucoup réfléchi à ce dont nous avions besoin en dessinant les plans de la maison. (Il lui adressa un large sourire.) Bien entendu, nous n'avions pas vraiment envisagé la présence d'enfants.

— La deuxième chambre sera très bien, fit remarquer Briony. Elle n'est pas encore tout à fait terminée, mais j'ai l'impression qu'il ne reste plus beaucoup de travail. Elle pourrait être prête pour l'arrivée du bébé.

— *Des* bébés, la corrigea Jack. Il y en a deux.

— J'essaie de ne pas y penser, rétorqua Briony en lui décochant un regard noir. Pour l'instant, je ne suis capable de me représenter qu'un seul bébé, alors arrête de me répéter sans arrêt que nous attendons des jumeaux. Le médecin pourrait s'être trompé.

Jack haussa un sourcil.

— Nous avons vu deux cœurs, et entendu deux rythmes cardiaques. Je ne crois pas qu'il y ait le moindre doute possible, ma puce.

Briony le fusilla de nouveau du regard avant de tourner les talons.

— Reprenez le travail.

Elle passa l'après-midi à faire la lessive, puis à inspecter le contenu des placards de la cuisine pour se donner une idée des plats qu'elle pourrait préparer. Durant tout ce temps, l'impression d'être chez elle ne la quitta pas. Tout en examinant le garde-manger, elle fit une liste des denrées que l'un des garçons pourrait se procurer lors de sa prochaine visite en ville. Elle avait beau essayer de se convaincre de ne pas prendre ses marques, elle se sentait bien dans cet endroit. Avec Jack.

Briony sortit sous le porche pour admirer le coucher de soleil flamboyant. Les deux frères se trouvaient à présent dans l'atelier, travaillant sur un projet qu'elle n'avait pas encore eu l'occasion de voir. Elle était persuadée que Jack avait commencé le berceau, et qu'ils dessinaient les plans de la seconde chambre.

Briony se pencha au-dessus de la balustrade où flottait un vent léger, et emplit ses poumons de l'air frais de la montagne. Elle avait nettoyé la maison de fond en comble, et le dîner mijotait. Elle avait même eu le temps de préparer une tarte pour le dessert. Elle se sentait à l'aise, en sécurité. Jack et Ken la laissaient libre de ses mouvements pendant qu'ils vaquaient à leurs occupations. De temps en temps, Jack la contactait, murmurant à son esprit quelque anecdote au sujet de Ken. Ces instants de communication intime donnaient d'autant plus à Briony le sentiment de faire partie de la vie de Jack, de partager le lien qui unissait les jumeaux, comme si elle appartenait à cette famille.

Elle n'avait pu s'empêcher de sourire toute la journée et, de manière étrange, alors que ses frères lui manquaient réellement, elle ne ressentait aucune douleur, aucune migraine. Elle n'avait pas à se forcer à accomplir des actes qui lui causaient une souffrance atroce. Elle avait la possibilité d'être heureuse, et elle l'était vraiment.

Briony observa la cour devant l'entrée, repérant les endroits où elle aurait planté des fleurs si elle avait été chez elle. Elle trouva deux emplacements particulièrement bien appropriés. Elle remarqua également un jardin, dans lequel poussaient des légumes semés en longues rangées régulières. Il jouxtait la maison, entouré d'un grillage destiné à le protéger des cerfs et des autres animaux. Briony aperçut un système d'irrigation alimenté par la source.

Elle n'avait jamais songé que Jack et Ken pouvaient avoir un potager, mais elle aurait dû le deviner. Ils étaient sans doute capables de vivre des mois, même des années, en complète autarcie sur leur montagne.

Elle se mit à courir, savourant la sensation de ses muscles qui travaillaient. À deux reprises, par pur plaisir, elle bondit dans les arbres. *Pas étonnant que les deux frères adorent cet endroit.*

—Il est temps de t'arrêter, décréta Ken. Tu ne peux plus passer tes soirées dans ton atelier, Jack. Une femme t'attend, et ce n'est pas encore dans la poche.

— Qu'est-ce que tu veux dire ?

— Je veux dire que tu dois lui faire la cour, frangin. Tu sais, être agréable, la séduire.

— Ça t'amuse vraiment, hein ? demanda Jack en donnant une dernière petite tape sur le morceau de bois posé sur la table.

Il releva brusquement la tête et détala, s'emparant au passage de son fusil accroché à côté de la porte.

— Qu'est-ce qui se passe ? demanda Ken avant de se mettre à courir à la suite de son frère.

— Quelqu'un a déclenché l'alarme placée dans le bosquet d'arbres à gauche de la maison, annonça Jack. (Il lança son fusil dans les bras de son frère lorsque celui-ci le dépassa.) Le stroboscope s'est allumé. Assure-toi que Briony va bien. Amène-la dans le tunnel et attendez-moi.

Sans ralentir, Ken attrapa l'arme au vol, puis bifurqua pour se précipiter vers la maison. Il franchit la porte en trombe mais, lorsqu'il appela Briony, seul l'écho lui répondit, se répercutant dans les pièces vides. Ken sentit son cœur faire un soubresaut, et il fit volte-face afin de rejoindre son frère.

— Il n'y a personne, Jack, elle est partie.

Durant un instant, Jack eut la sensation qu'un étau lui serrait la poitrine. Une douleur fulgurante le traversa, une douleur réelle. Son estomac se noua aussitôt.

— Bon sang, Briony ! Réponds-moi !

Pris de panique, il poursuivit sa course effrénée dans l'ombre des arbres en utilisant son sens de l'odorat, furieux de ne pas l'avoir surveillée assez attentivement.

— Qu'est-ce qui se passe, Jack ?

Le son de sa voix, soufflant dans son esprit comme une caresse, le frappa à tel point que, pendant un moment, il n'y crut pas et se remit à courir de plus belle, mettant à profit ses capacités extraordinaires. Il n'était qu'un éclair indistinct dans les bois. Il sentait le poids des pistolets dans ses paumes, si familier que les armes lui semblaient un prolongement de lui-même et, tout en avançant, il élaborait une stratégie afin de neutraliser l'intrus et éliminer la menace. Ensuite seulement, il comprit. Il sut qu'elle était en vie, qu'ils ne l'avaient pas eue. Ses jambes flageolèrent, une réaction qu'il n'avait encore jamais éprouvée au cours de son existence.

—Mets-toi à l'abri. Monte dans un arbre et camoufle-toi. Ne bouge pas, Ken va venir te chercher.

Son ton devenait plus abrupt à mesure que son cœur s'apaisait. Elle devrait assumer ses actes, et ce ne serait pas agréable. Il la maudissait pour lui avoir fait ressentir ce qui s'approchait d'une véritable terreur, pour lui avoir fait perdre sa capacité à réfléchir, même si cela n'avait duré qu'un bref instant.

Briony ne posa pas de questions. La voix glaciale de Jack l'avait avertie : il était furieux contre elle. Après avoir scruté les environs pour s'assurer qu'elle était seule, elle sauta dans les branches d'un arbre et grimpa avec agilité jusqu'au cœur du feuillage, dont elle adopta les couleurs. Elle portait un pantalon beige et un pull beige et gris clair. Elle espéra que ces tons neutres l'aideraient à se fondre dans la végétation.

Elle n'avait pas tout à fait oublié qu'elle était en danger, mais elle s'était tout simplement sentie en sécurité. Une erreur stupide. Elle était venue demander à Jack Norton de lui apprendre des techniques de survie, et elle pressentait qu'il allait lui donner une leçon dont elle se souviendrait. Jack n'obéissait qu'à ses propres règles. Il pouvait faire preuve d'une extrême violence, et pourtant, Briony n'imaginait pas un instant qu'il puisse lui faire du mal. D'où provenait cette confiance absolue ?

Elle s'accroupit sur une branche et tenta d'analyser les raisons pour lesquelles elle se trouvait avec lui. Pourquoi allaient-ils si bien ensemble ? Car, même si Jack l'ignorait, elle s'était rendue à cette évidence, et ferait tout pour ne pas l'oublier lorsqu'il la retrouverait et laisserait libre cours à sa colère.

Vers le sommet de l'arbre, le vent soufflait avec davantage de force. Briony inspira, espérant capter l'odeur d'un éventuel intrus et déterminer les positions de Jack et Ken. Elle se rendit aussitôt compte que Jack s'approchait à vive allure. Elle repéra quelqu'un d'autre, un individu qui ne devait pas se laver très souvent et qui sentait l'animal, la crasse, et dégageait un relent aigre de transpiration.

— *Il y a quelqu'un vers le sud, Jack.*

Son avertissement était inutile. Jack savait très précisément où se situait l'homme qui avait pénétré dans sa propriété et, à l'odeur, il l'avait reconnu. Il siffla, puis fit signe à Ken d'effectuer un arc de cercle pour surprendre l'intrus par-derrière.

— *Reste où tu es, Briony. Je ne veux pas qu'il te voie.*

Ken se mit en position, installé sur les hautes branches d'un arbre, le fusil à la main, l'œil collé à la lunette.

— *C'est le vieux Brady.*

Jack étouffa un juron.

— *C'est peut-être un piège. Ce bâtard de Whitney serait bien capable d'utiliser un vieil homme inoffensif. Reste sur tes gardes, Ken, et surveille Briony.*

— *Je te couvre. Sois prudent. S'il le faut, je le descendrai.*

Jack serra les dents afin de se retenir d'insulter son frère. Il prit une profonde inspiration pour s'apaiser, laissant la glace remplacer l'adrénaline qui courait dans ses veines.

— *On va agir dans les règles, Ken. Nous n'avons pas le choix. Elle d'abord, ensuite toi. Je m'occupe de l'ennemi, et toi tu protèges Briony.*

— *Tu es sur le point de devenir père, Jack. Ta vie…*

— *Ne me contredis pas, putain. Charge-toi de ta mission, protège Briony.*

Pour la première fois depuis qu'ils travaillaient ensemble, Ken marqua un temps d'hésitation. Jack se retint de renouveler ses ordres et continua à courir jusqu'à n'être plus qu'à quelques mètres de l'intrus. Avec sa peau qui avait pris la couleur de la forêt et ses vêtements reflétant la végétation alentour, il était presque impossible à repérer. Il se figea, prenant garde à n'émettre aucun bruit, et attendit que le vieil homme se dirige vers lui. Ken n'avait d'autre choix que de protéger Briony et laisser la cible à Jack.

Brady O'Conner vivait dans les bois depuis plus de trente ans. Il avait élu domicile dans une grotte située plusieurs kilomètres à l'est de la propriété des Norton, et se nourrissait des animaux qu'il prenait au piège ainsi que de racines. Il venait parfois voir Jack et Ken lorsqu'il était affamé, surtout en hiver, ou quand il était blessé et que son état nécessitait des soins. Il ne parlait pas beaucoup et, d'après ce qu'en savait Jack, n'avait guère de contacts avec la civilisation.

— *S'il y a d'autres hommes, ils sont doués*, intervint Ken. *Je n'ai repéré personne. La forêt est toujours aussi calme, les animaux ne semblent pas avoir été perturbés. Je dirais qu'il est seul.*

Jack n'aurait pu déceler l'odeur d'un autre être humain avec la puanteur que dégageait Brady. Il attendit que l'homme se tienne juste devant lui pour émerger de l'ombre.

— Brady. Qu'est-ce qui t'amène ?

Le vieillard sursauta et recula, le souffle coupé.

— Je ne t'avais pas vu, Jack. (Brady scruta les alentours de son regard éteint.) Ken est par là ? Il m'a dit que le jardin produisait bien cette année et que vous aviez beaucoup de légumes.

—*Je suis tombé sur lui il y a environ trois semaines*, confirma Ken lorsque Jack lui eut transmis l'information.

—On va te préparer un sac de nourriture, Brady, déclara Jack. Tu as rencontré des gens, ces derniers temps ? C'était très calme, par ici.

Le vieil homme secoua la tête.

—Les randonneurs et les campeurs montent pas souvent jusqu'ici. Et je préfère ça. Y a bien trop de monde, si tu veux mon avis.

Le radar interne de Jack s'emballa.

—*Bien trop de monde, Ken*, répéta-t-il à son frère. *Je n'aime pas la façon dont il a dit ça.*

—*Je n'aime pas ça non plus. Reste avec lui. Je vais lui chercher de quoi manger.*

Jack sentait le contact de la lame qu'il avait dissimulée le long de son poignet.

—*Je reste en position. Dépêche-toi, qu'on le fasse sortir.* (Il désigna le sol.) Tu veux t'asseoir en attendant Ken ?

—J'ai plus de café.

—Il va en apporter.

Jack transmit la demande de Brady à son frère.

—Maintenant que t'en parles, je me rappelle avoir vu quelqu'un rôder près de la cascade y a quelques jours. Je crois que le bonhomme m'a volé ma nourriture. Je l'avais cachée dans le cellier.

Le vieillard ricana à sa propre plaisanterie. Son « cellier » consistait en fait en un enchevêtrement de racines, dans une petite grotte située juste à côté de la chute d'eau.

—Tu as vu quelqu'un rôder, Brady ? À quoi ressemblait-il ?

—C'était un gars costaud qui causait d'une voix grave, comme toi.

—Qu'est-ce qu'il voulait ?

Brady haussa les épaules.

— Il m'a parlé d'élan. Il a dit qu'il était chasseur, mais il chassait pas l'élan.

— Comment tu le sais ?

— Y avait des traces partout, mais il les a même pas regardées. Je crois qu'il m'a volé mes réserves. J'ai vu des empreintes près de l'entrée de la grotte, et ça lui correspondait bien. Enfoiré de voleur !

— *J'ai laissé le sac à l'endroit habituel.*

— Je vais m'en occuper, Brady. En attendant, prends ce que Ken a préparé pour toi et rejoins tes quartiers d'hiver. Si ce type avait l'intention de te dénoncer aux gardes forestiers, ils ne pourront pas te retrouver. Ken a déposé la nourriture au même endroit que d'habitude.

Brady hocha la tête et marmonna dans sa barbe. Après avoir échangé quelques plaisanteries avec Jack, il s'éloigna en traînant les pieds. Jack le suivit discrètement pendant que Ken repartait chercher Briony.

Elle sauta à terre, où elle atterrit accroupie, et lorsqu'elle se redressa, son regard s'arrêta sur les traits sévères du visage de Ken.

— Tu es en colère contre moi.

Il la prit par le poignet et se dirigea vers la maison en la tirant derrière lui.

— C'est le moins qu'on puisse dire ! Mais comme je suis encore plus furieux contre l'autre tête de nœud, tu peux te détendre, je ne vais pas te tordre le cou, même si tu le mérites.

— Tu es furieux contre Jack ? Mais c'est moi qui ai provoqué cette situation, pas lui.

— Peut-être, mais il s'assure de me mettre à l'abri, là où personne ne me tirera dessus, pendant qu'il prend tous les risques. Il est temps qu'il arrête ses conneries.

La gorge de Briony se serra.

— J'aurais dû me montrer plus prudente, Ken. Aucun de vous ne devrait se trouver en danger juste parce que j'ai décidé de faire une promenade.

Avant que Ken ait eu l'occasion de répondre, il aperçut Jack traversant la cour à grandes enjambées. Avec sa démarche rapide et fluide, il ressemblait à une machine à tuer toute en muscles. Il avait les traits déformés par la colère.

Sous les yeux horrifiés de Briony, les deux hommes se firent face, visages fermés, mâchoires crispées, les yeux gris assombris par des ombres menaçantes. À cet instant précis, ils étaient parfaitement identiques, deux guerriers antiques de force égale, irradiant la puissance.

Ken envoya son poing à la figure de Jack. Ce dernier l'esquiva de peu et riposta en poussant brusquement son frère, les deux mains contre sa poitrine.

Sous l'impact, Ken tituba, mais au lieu de reculer, il avança, le regard rivé à celui de Jack.

— Espèce de crétin, assena Jack. On ne change pas de procédure en pleine mission. On doit continuer à travailler comme on l'a toujours fait, c'est comme ça qu'on survit. Tu le sais. Arrête de déconner.

— Je ne vais pas éternellement me cacher derrière toi, Jack. Si quelque chose avait mal tourné…

— Tu es stupide, ou quoi ? Tu ne te caches pas derrière moi, tu m'as couvert toute ma vie. Abruti ! Et toi…

Jack fit volte-face vers Briony, la fureur exsudant par tous les pores de sa peau.

Il s'avança vers elle et referma les doigts sur son bras d'une poigne de fer.

— Tu ne dois jamais, jamais oublier que tu te trouves en situation de combat. Pas une minute. Tu entends ? Tu aurais pu te faire tuer, ou provoquer la mort de quelqu'un. (Il ponctua chaque mot d'une violente secousse.) Ce n'est pas un jeu, Briony. Quelqu'un veut t'enfermer dans un laboratoire pour mener des expériences non seulement sur toi, mais aussi sur nos enfants.

Des ondes de panique, et non de colère, émanaient de lui. Il ne se rendait même pas compte qu'il avait lui-même alimenté sa rage afin d'éclipser le sursaut de terreur causé par la disparition de Briony. Elle sentit le frisson qui parcourut le corps de Jack, et remarqua que son visage hâlé avait blêmi. Surtout, elle lisait dans ses yeux ardents, au-delà de la fureur, la peur qu'il avait ressentie pour elle.

— Je sais, je suis désolée, s'excusa-t-elle en soutenant son regard afin qu'il croie en sa sincérité. Je ne voulais pas t'inquiéter. Je ferai plus attention à partir de maintenant, Jack.

Il relâcha son bras, comme si elle l'avait brûlé, recula et secoua la tête.

— Arrête, merde ! Ne me regarde pas comme ça.

Il fit encore deux pas en arrière. Elle le considérait avec quelque chose qui ressemblait bien trop à de l'amour dans les yeux. Cette lueur suffisait à le désarmer, à l'amener à se sentir nu et vulnérable, et l'empêchait d'épancher sur elle la terreur qu'elle avait provoquée en lui.

Terreur. Un goût de bile lui emplit la bouche, et son estomac se vrilla à tel point qu'il ne lui resta bientôt plus d'autre solution que se débarrasser de cette sensation. Il tourna les talons, laissant Briony derrière lui, et se dirigea vers l'atelier. Là-bas, il pourrait se défouler sur son punching-ball jusqu'à ce que ses poings en saignent et qu'il soit trop fatigué pour réfléchir.

— Pourquoi as-tu voulu le frapper, Ken ? demanda Briony.

— Parce qu'il considère que ma vie a davantage de valeur que la sienne.

— Et tu penses le contraire ?

— Il t'a toi, et les bébés. Avant de se mettre en première ligne, il doit garder ça à l'esprit, désormais.

— Ça m'étonnerait qu'il change. Et je ne comprends pas. Il ne s'agissait que d'un vieillard. Il n'y a aucune raison de s'emporter à ce point.

— Réfléchis, Briony, pose-toi sans cesse des questions. Ce vieil homme vient souvent ici chercher de la nourriture ou se faire soigner. Nous le connaissons et le laissons entrer dans la propriété. Il n'a plus toute sa tête à force de vivre en ermite, mais il n'est pas méchant. Si Whitney veut découvrir ta cachette, quel meilleur moyen que Brady ? S'ils se servaient de lui, il ne s'en rendrait même pas compte. Il leur aurait suffi de cacher une caméra sur lui et le pousser à venir nous rendre visite pour introduire leur espion dans le camp ennemi.

Briony porta la main à sa gorge.

— Tu crois vraiment que c'est ce qu'ils ont fait ?

— Whitney a consulté nos dossiers, Briony. Il est loin d'être stupide. Pourquoi prendre le risque d'envoyer ses hommes sans s'assurer au préalable de ta présence ? De plus, ça leur aurait permis de reconnaître les lieux. Tu as remarqué que nous n'avons pas amené Brady à la maison ? Nous ne l'avons jamais laissé entrer. Nous lui donnons de quoi manger, mais pas à l'intérieur. Ça, ils ne le savent pas.

— Quelle horreur de vivre ainsi ! Tu ne crois pas que vous êtes un peu paranoïaques ?

— Nous avons éliminé des cibles dans presque chaque pays du monde, Briony, et bien que nos fichiers soient classés top secret, il y a déjà eu plusieurs fuites par le passé au sujet de notre identité. Des tueurs arrivent régulièrement jusqu'à nous. C'est notre mode de vie, et si tu comptes rester, tu devras l'adopter.

— Et le bébé ?

— *Les* bébés, la corrigea-t-il. Ils apprendront, nous ferons le nécessaire.

— Voilà pourquoi il m'a dit que j'étais un boulet. (Elle leva les yeux vers Ken.) Il savait que quelqu'un pourrait se servir de moi pour l'atteindre, c'est ça ? Si je me faisais capturer et torturer, il serait prêt à tout pour me sauver, non ?

— Nous vous protégerons, toi et les enfants. Avec nous, tu te trouves plus en sécurité qu'avec n'importe qui d'autre. Jack et moi, nous serons toujours là pour arrêter ceux qui souhaiteraient te faire du mal.

— Mais qui vous protège, vous ? Je vous ai mis encore plus en danger que ce que j'imaginais.

— Jack et moi formons une famille, et ça ne changera jamais. Nous veillons constamment l'un sur l'autre. Si toi et les petits vivez ici, vous ferez partie de cette famille, c'est aussi simple que ça, Briony.

— Est-ce que tu es d'accord pour que je reste alors que je bouleverse vos vies, Ken ?

— Bien sûr que oui. Tu rends Jack heureux, Briony. Je ne me souviens même pas de l'avoir vu heureux auparavant. (Un léger sourire se dessina sur ses lèvres.) Et tu sais cuisiner. Tu as préparé le dîner, non ?

La note d'espoir qui transparaissait dans sa voix arracha à Briony un mince sourire qui détendit ses traits crispés. Elle s'en voulait d'avoir provoqué la colère de Jack. Lorsqu'elle avait décidé de se promener seule dans la forêt, elle n'avait pas réfléchi aux conséquences. Elle aurait dû. Et elle n'avait pas songé un instant que Whitney était susceptible de se servir d'un vieil ermite à moitié fou pour une opération de reconnaissance ; mais elle s'en souviendrait, et elle ne commettrait plus la même erreur. Elle était capable d'apprendre à vivre comme eux. Elle était intelligente, rapide, forte, et elle souhaitait s'intégrer à l'univers de Jack.

— Je vais mettre des petits pains au four. Le temps de passer à table, ils devraient être cuits. (Elle marqua un temps d'hésitation.) Tu appelleras Jack ?

— Non, toi tu le feras. Quand le dîner sera prêt, préviens-le. Ne le laisse pas ruminer cette histoire. C'est arrivé. C'est terminé.

— Je suis vraiment désolée, Ken.

— Je sais, ma belle. Notre mode de vie est loin d'être évident, et Jack devrait te ficher un peu la paix, mais c'est quelqu'un qui ne sait pas ce que c'est qu'avoir peur. Il ne cède jamais à la panique, et là, tu lui as vraiment fait peur.

— Je sais. (Ken l'entoura de son bras pour la reconduire jusqu'à la maison.) Tu ne crains pas de le mettre encore plus en colère ?

— Parce que j'ai passé mon bras autour de tes épaules ? Il s'y fera. Si je ressens de l'affection pour toi, je compte le montrer. Jack fait partie de moi. Il t'aime, et tu le rends heureux. Crois-moi, ça suffit pour que je t'adore, mais il n'y a rien de sexuel là-dedans, et Jack devra bien finir par savoir ce qu'il est capable de supporter. (Il lui planta un baiser sur le front.) Ça lui fait du bien de se rendre compte qu'il n'a pas aussi mauvais fond qu'il le pense.

Une fois à la maison, après s'être lavé les mains, Briony enfourna les petits pains.

— Le fait que je vienne vivre avec vous t'inquiétait, au début. Je l'ai senti.

Ken haussa les épaules.

— Jack est… Jack. Ses réactions sont imprévisibles. Cette situation est complètement nouvelle pour nous, et pour être honnête, j'ignorais comment il allait réagir. Soit il ressent les choses avec beaucoup plus d'acuité que la plupart des gens, soit il ne ressent rien du tout. C'est un aspect de sa personnalité qu'il a du mal à assumer.

Briony prit une douche rapide, puis enfila le pantalon de coton soyeux et le débardeur qu'elle aimait porter pour la nuit. Elle se hâta ensuite de retourner dans la cuisine pour sortir les petits pains du four avant qu'ils brûlent. Elle avait eu besoin de tout ce temps pour trouver le courage d'appeler Jack.

— Le dîner est prêt, Jack. Viens manger.

Elle essaya de maîtriser le tremblement de sa voix, espérant ne rien laisser paraître de ses émotions, mais elle était persuadée que Jack se rendrait compte de sa nervosité. Il lui était impossible de communiquer avec lui par télépathie sans se trahir.

Ken huma l'air avec délectation.

— Je suis en train de tomber éperdument amoureux, Briony.

Elle se força à sourire tout en posant la casserole au centre de la table.

— J'espère que ta future épouse sera bonne cuisinière.

Ken se tendit subitement, mais il recouvra vite son humeur joviale.

— Comme nous vivrons tous ensemble ici, tu pourras lui apprendre.

— Quelle chance !

Elle entendit la porte s'ouvrir derrière elle, et sut aussitôt que Jack avait pénétré dans la pièce. Il s'était entraîné sur son punching-ball, et exhalait une odeur de transpiration, de sang, mêlée à ce parfum viril qui affolait les hormones de Briony. Elle fit aussitôt volte-face, le regard braqué sur lui, la gorge nouée.

— Ça sent bon, commenta Jack, ses yeux gris fixés sur Briony.

Il traversa la cuisine sans la quitter du regard un seul instant.

Fascinée, elle ne put s'empêcher de le contempler. Elle se sentait – était – comme hypnotisée. Son cœur battait si vite qu'elle craignit qu'il lâche, mais elle n'osa pas presser sa main contre sa poitrine. Elle tremblait si fort qu'elle se serait trahie. Il se pencha vers elle et effleura ses lèvres. Une fois, deux fois.

— Désolé, ma puce. J'étais plus en colère contre moi-même que contre toi. J'aurais dû te donner des indications plus précises sur les endroits où tu pouvais aller. Je ne voulais pas te faire peur, excuse-moi.

Il l'embrassa de nouveau avec une tendresse telle que son cœur fit un étrange bond, et des ailes légères semblèrent se déployer dans le creux de son ventre.

— Que t'es-tu fait aux doigts ?

Elle lui saisit les poignets de manière à inspecter ses articulations.

— Ça va. Je m'en occupe avant de dîner.

— Je vais le faire, répondit Briony d'un ton ferme en l'entraînant vers la chambre. La prochaine fois que tu décideras de partir en vrille à cause de moi, bande-toi les mains.

— « Partir en vrille » ?

Il haussa un sourcil. Il ne lui avouerait pas qu'il ressentait une certaine satisfaction à frapper jusqu'à se faire saigner. Elle avait déjà assez de raisons de lui en vouloir.

Il la laissa nettoyer ses plaies, puis y appliquer une crème antibiotique, savourant la douceur et la délicatesse avec lesquelles elle le touchait. Dans l'espace restreint de la salle de bains, enveloppé par le parfum de Briony, il perdit tout contrôle de son corps. Son sang s'échauffa et afflua aussitôt vers son bas-ventre.

— Je vais prendre une douche rapide avant le dîner, et ce soir, c'est Ken qui fera la vaisselle. Tu as besoin de repos.

Il avait l'intention de se plonger sous l'eau froide, mais doutait que cela suffise à l'apaiser.

En traversant la chambre pour regagner la cuisine, Briony remarqua que le livre sur la grossesse était posé sur le lit, certaines pages marquées d'un signet. Jack avait dû le découvrir sur la commode dans la journée, et l'avait sans doute relu avec attention. Elle sourit intérieurement, satisfaite. Elle espérait qu'il avait trouvé ses commentaires instructifs.

Lorsqu'elle avait soigné les doigts de Jack, elle avait eu une folle envie de laisser courir ses mains sur sa poitrine, son ventre, et sur son indéniable érection. L'idée d'exercer un tel effet sur lui l'enchantait et lui faisait souvent oublier que la chimie puissante qui opérait entre eux était l'œuvre du professeur Whitney.

Elle évita de croiser le regard de Ken en s'asseyant à table.

— Efface ce petit sourire en coin, lui intima-t-elle.

— Je ne l'avais encore jamais entendu s'excuser. Je regrette de ne pas l'avoir enregistré. Je l'aurais réécouté juste pour m'assurer que je n'avais pas perdu l'esprit. Tu vois, il pourrait bien se mettre à genoux et te demander ta main. Au fait, les petits pains sont excellents. Si Jack ne se dépêche pas, je vais tous les manger, jusqu'au dernier.

Il en trempa un dans la sauce afin d'illustrer ses propos.

Briony secoua la tête.

— Comment avez-vous survécu jusqu'à ce que j'arrive ?

— Je n'en ai aucune idée. Tu n'es pas qu'un ange, tu es une véritable déesse. Toute femme digne de ce nom devrait savoir cuisiner.

Briony faillit s'étouffer en avalant une gorgée de lait.

— Et tu trouves que ton frère est macho ! Franchement, Ken, tu mériterais que je jette tout ce que j'ai préparé à la poubelle. Pourquoi n'as-tu jamais appris à faire la cuisine ?

— Je me débrouille, mais je ne fais pas ce genre de plats. Bien sûr que je suis macho, mais ce n'est pas ma faute.

— Ah bon ?

— Non. Jack est né en premier, et je partage ses gènes. Je n'y peux rien s'il m'a contaminé dans l'utérus.

Briony éclata de rire.

— J'aurais dû savoir que tu me sortirais ce genre d'excuse.

Debout dans l'embrasure de la porte, une hanche appuyée contre le cadre, Jack se frottait les cheveux à l'aide d'une serviette tout en écoutant Ken et Briony se chamailler. Elle avait l'air heureuse, déjà à l'aise avec Ken, ce qui n'étonnait pas Jack. Ken appréciait sincèrement les autres, et c'était réciproque. Briony semblait voir, au-delà des cicatrices, le même homme que Jack connaissait, quelqu'un qui inspirait l'amour et le respect. Ken paraissait détendu, et même joyeux, en compagnie de Briony.

Jack tenta d'analyser ses sentiments. Peut-être ressentait-il une pointe de jalousie, mais pas parce que Ken et Briony échangeaient des éclats de rire ou donnaient l'impression d'être de plus en plus proches. Briony méritait mieux que Jack, et Ken était un individu meilleur que lui.

Quand elle tendit le bras vers la cafetière, Jack se précipita aussitôt dans la pièce.

— Le livre déconseille fermement la caféine, affirma-t-il.

— Non. Je l'ai lu en entier, et je n'ai vu ça nulle part. Tu devras regarder avec plus d'attention.

— Je te conseille vivement de le relire. (Il sortit un feutre rouge de sa poche, qu'il leva en l'air.) Il s'agit de la dernière édition, revue et corrigée.

Elle lui adressa un petit sourire de connivence.

Alors que Ken s'apprêtait à prendre un autre petit pain, un couteau vola à travers la pièce avant de se planter dans la table, à quelques millimètres de sa main.

— Bas les pattes, voleur de pain !

Briony leva les yeux au ciel.

— Mon Dieu, Jack, j'espère que tu ne feras pas ce genre de chose devant le bébé.

— *Les* bébés, la corrigèrent les deux hommes en chœur.

— Génial, maintenant j'ai la stéréo, gémit Briony.

Jack retira la lame, qu'il rangea dans le fourreau passé à sa ceinture.

— Elle m'a dit que j'étais parti en vrille, frangin, tu peux croire ça ?

Jack dut taper dans le dos de Ken, qui toussait dans sa serviette, pour qu'il ne s'étouffe pas. Il lui serra gentiment l'épaule et s'assit.

Chapitre 15

Briony observait Jack, pieds nus, arpenter silencieusement la pièce plongée dans la pénombre. Il avait lu un long moment, espérant sans doute que, lorsqu'il se coucherait, elle serait endormie. Il devait avoir autant de mal à supporter sa proximité qu'elle éprouvait de difficultés à sentir son parfum en permanence autour d'elle. Il lui était impossible de rester allongée dans son lit sans fantasmer sur lui.

— Tu devrais dormir, dit-il d'un ton abrupt.

Il la dominait de son imposante silhouette ; les épaules larges, les bras sculptés et les muscles finement dessinés. Dans l'obscurité, Briony ne distinguait pas l'atroce inscription gravée sur sa poitrine. Il était d'une beauté à couper le souffle. Son pouls s'emballa.

— Toi aussi.

Il demeura quelques instants debout à la regarder, comme indécis.

— Tu as bien pris tes vitamines, aujourd'hui ?

Il se glissa à côté d'elle, non pas sous les draps, mais dessus, gardant ainsi une certaine distance qui ne permit pourtant pas d'atténuer le désir aigu qui consumait Briony. Lorsqu'un rayon de lune passa sur Jack, ses yeux se mirent à scintiller d'une lueur argentée, et son regard parut à Briony glacial et dépourvu d'émotions, presque indifférent.

— Tu as encore lu ce livre, c'est ça ? l'accusa-t-elle.

— C'est une excellente source d'informations, particulièrement depuis qu'il a été étoffé. Je crois que nous devrions nous procurer un manuel consacré à la grossesse gémellaire.

— Tais-toi donc ! Tu sais très bien que je ne veux pas penser à cette histoire de jumeaux. Maintenant, ton frère s'y met aussi, et chaque fois que vous en parlez, j'ai des maux d'estomac.

Il la considéra avec des yeux rieurs. *Rieurs*. Briony retint son souffle. Comment ce regard morne, froid et insensible pouvait-il en un éclair devenir si gai et chaleureux, et exprimer une telle passion ?

— Jack.

En prononçant son nom, elle se rendit compte de la faim que trahissait sa voix.

Il l'entendit également. Elle vit ses traits se transformer, durcir puis se muer en un masque inexpressif, comme si son visage s'était éteint. Il se rallongea à côté d'elle, mais elle le sentait trembler.

— Briony.

Jack parlait d'une voix tendue, peut-être un peu rauque, mais il ne pouvait feindre l'indifférence ou la décontraction alors qu'il allait tenter, une dernière fois, de faire ce qu'il fallait.

— Écoute-moi très attentivement, lui intima-t-il.

Briony trouva le contact de sa main dans l'obscurité. Souhaitait-elle se rassurer ? S'offrir à lui ? Avait-elle peur ? Il l'ignorait, car il ne l'avait pas laissée accéder à son esprit, sachant que ce qu'il avait à lui dire la ferait fuir. Il ne supporterait pas de la voir terrorisée, dégoûtée par le monstre qu'il était. Briony entremêla ses doigts aux siens et les serra fort, comme si elle cherchait à se raccrocher à lui. Il ferma les yeux et puisa dans sa force intérieure.

Pourquoi avait-il davantage de facilités à se livrer après la tombée de la nuit ?

Même si Briony gardait le silence, sa main qui pressait la sienne lui donna le courage nécessaire pour essayer de lui parler. Il expira, puis se décida à prendre le plus grand risque de sa vie.

— Je suis loin d'être un homme bien, Briony, contrairement à ce que tu crois. Je ne veux pas que tu m'acceptes sans savoir où tu t'aventures. Lorsque je pars en mission pour éliminer une cible, je tue sans aucun remords. Je ne ressens rien.

— Tu as subi un entraînement exprès pour ça, Jack, fit remarquer Briony avec douceur.

— Non. C'est ma nature. Je suis comme ça. Quand je me suis évadé du camp rebelle, au lieu de m'enfuir aussitôt comme tout individu normal, j'y suis retourné pour descendre autant d'hommes que possible. L'entraînement n'y est pour rien, Briony. C'est mon tempérament. Tu n'aimes pas particulièrement les conflits, et tu ne cherches pas la dispute, mais tôt ou tard, tu seras suffisamment opposée à mon point de vue pour te dresser contre moi. Et tu ne gagneras pas. Je te le garantis. J'aurai beau essayer de te comprendre et avoir envie de te donner raison, si je pense que ta sécurité, ta santé ou autre chose d'important sont en jeu, je finirai par t'imposer ma décision, et tu voudras sans doute me quitter.

— Les couples se disputent régulièrement, Jack. Aucun ne s'entend à merveille en permanence, et un désaccord n'entraîne pas forcément une rupture. Prends l'exemple de ta relation avec Ken. Il a un caractère bien trempé, et c'est quelqu'un de déterminé, vous devez vous fâcher de temps à autre.

— Il connaît mes points sensibles, et lorsqu'il sait qu'il en a touché un, il renonce. Il m'accepte tel que je suis. Crois-moi, Briony, si j'en avais la possibilité, je changerais.

— Ce qui s'est passé aujourd'hui n'était qu'une stupide erreur de ma part, Jack. J'ai mis notre bébé en danger. Je n'en avais pas l'intention, mais j'aurais dû réfléchir. Je t'ai expressément demandé de m'instruire, et j'ai envie d'apprendre. Tu avais tout à fait le droit d'être furieux contre moi.

— *Nos* bébés, la corrigea Jack machinalement. Tu as eu de la chance que je ne te donne pas une fessée. Je ne l'ai pas fait parce que tu n'es plus une petite fille et que tu m'aurais sans doute poursuivi avec un fusil, mais je te jure que si tu me causes de nouveau une frayeur pareille, je prendrai le risque, Briony. (Comme sa tête l'élançait, il y exerça une pression à l'aide du plat de la main.) Tu peux me croire.

Elle lui caressa le visage du bout des doigts.

— Tu as eu si peur pour moi. Pour nous. Tu pensais vraiment que je te reprocherais de t'être mis en colère ?

Il sentait qu'elle peinait à comprendre ce qu'il tentait de lui expliquer. Il poussa un soupir.

— Mon père était un homme extrêmement violent. Aimer ma mère ne lui suffisait pas. Il voulait la posséder. Il considérait qu'elle lui appartenait, qu'elle était à lui. Il est devenu de plus en plus jaloux, de tout et de tous, y compris de ses enfants.

Lorsque les souvenirs l'assaillirent, il essaya de les chasser afin de ne pas sentir l'odeur du sang, celui de Ken et le sien, de ne pas revivre les coups qui avaient tellement plu sur lui qu'il ne se rappelait pas ne pas avoir été battu un jour. Les fractures, les hématomes, les visages enflés, ces preuves qu'ils devaient dissimuler afin que personne ne se rende compte de rien. Les déménagements successifs qu'ils avaient effectués pour ne pas attirer les soupçons, les empêchant de se faire des amis, et interdisant à quiconque de devenir proche de leur mère, de s'intéresser à elle.

Il resserra les doigts autour de ceux de Briony et fit glisser son pouce sur le dos de sa main.

— Avec toi, je me comporte de manière possessive. Je déteste l'idée que quelqu'un te touche ou t'approche de trop près.

Interdite, les sourcils froncés, Briony repensa à Ken en train de la taquiner, de rire avec elle, sous les yeux de Jack en apparence très décontracté.

— Raconte-moi ce qui s'est passé, Jack, l'encouragea-t-elle.

Il fallait qu'il se libère du poids qu'il avait sur le cœur.

— Il est devenu de pire en pire, au point que, quand il était ivre, ma mère nous cachait. Il voulait nous tuer parce qu'on lui volait l'amour de sa femme, parce qu'on lui prenait du temps. Elle essayait de tenir en pensant à nous, et Dieu m'en est témoin, elle nous aimait. Mon père était jaloux de ses propres enfants. Elle a finalement tenté de le quitter, pour nous, et il l'a tuée.

— Oh mon Dieu, Jack, c'est horrible !

— Quand je suis sorti de la petite cabane où elle nous avait mis à l'abri, je l'ai vu couvert de sang, penché sur elle, avec une batte de base-ball dans les mains. Ken s'était rué sur lui en premier, et il avait été blessé. Mon père ne cessait de le frapper avec la batte. Le sang avait formé une flaque au sol, taché l'escalier, éclaboussé les murs, et Ken s'était fait casser les deux bras. (Jack leva les mains.) Je ne sais même pas comment c'est arrivé – certainement au moment où j'ai sauté sur mon père pour qu'il lâche mon frère –, mais je me souviens du sang de ma mère et de celui de Ken sur moi. (Il secoua la tête comme pour effacer ces images.) Il y en avait partout.

Elle aurait souhaité le réconforter – l'apaiser, le prendre dans ses bras –, mais rien ne pouvait rassurer un enfant qui avait découvert le corps de sa mère bien-aimée, et à cet instant précis, en revivant le meurtre de sa mère, Jack était redevenu ce petit garçon.

— Je te jure que j'ai senti quelque chose se briser en moi, Briony. J'ai ordonné à Ken de s'enfuir, mais il ne m'a pas obéi. Il n'a pas voulu me laisser seul. (Il pressa les doigts contre ses tempes.) Il est impossible d'effacer sa mémoire, quoi qu'on fasse. On ne peut pas oublier l'odeur du sang, ou la haine dans le regard de quelqu'un. Il souhaitait nous tuer, et s'il n'avait pas été aussi avide de nous faire payer – car bien entendu, c'était notre faute s'il avait dû commettre cet acte atroce –, il aurait réussi.

Briony se mordit la lèvre avec force afin de réprimer un cri d'horreur. Jack revoyait chaque détail avec une vivacité telle que les images envahissaient également son esprit à elle.

— Il a fondu sur moi à une vitesse incroyable ; il avait toujours été très rapide, et il était costaud. (Jack se tourna vers Briony.) Comme moi. Qu'il soit maudit, je lui ressemble. Large d'épaules, les bras puissants ; de vrais muscles, pas de la gonflette. Il était très fort. Quand il m'a frappé, je savais qu'il avait l'intention de me tuer. Elle n'était plus là pour l'arrêter. Il allait me battre à mort à mains nues. J'ai essayé de riposter et, au lieu de fuir, Ken lui a sauté sur le dos. Même avec ses deux bras cassés, il a tenté de me défendre. Après m'avoir mis à terre, mon père a continué de me rouer de coups de poing et de coups de pied jusqu'à ce que je ne puisse plus respirer. L'air avait tellement de mal à passer dans ma gorge et mes poumons que mon souffle ne ressemblait plus qu'à un râle, et je saignais si abondamment qu'il a sans doute cru que j'étais à l'agonie. Il m'a laissé là, baignant dans le sang de ma mère, et il s'est tourné vers Ken. Mon frère aurait pu partir, mais il n'a pas voulu m'abandonner.

— Tu aurais fait la même chose pour lui, fit remarquer Briony.

— J'ignore comment j'ai réussi à me relever et où j'ai trouvé la force de bouger, mais d'une certaine manière, mon corps s'était séparé de mon esprit. Je ne ressentais plus la douleur. Je ne sais même pas si je respirais vraiment. Plus tard, on m'a dit que j'avais les côtes brisées et que je n'aurais pas pu me tenir debout ; et pourtant, je l'ai fait. J'ai vu le visage de Ken, les larmes traçant un sillon au milieu du sang. Puis je l'ai vu, lui. Le monstre qui régnait sur nos vies. Mon univers s'est réduit à cet homme. J'ai ramassé la batte de base-ball, et je l'ai tué exactement comme je tue toutes mes cibles : avec froideur, précision et minutie.

— Mon Dieu, Jack.

— Je n'ai rien ressenti. Pourtant, c'était mon père, Briony. Je n'ai pas éprouvé de remords, d'horreur, ni même de joie ou de satisfaction en le tuant. Je n'ai rien ressenti à l'époque, et je ne ressens toujours rien aujourd'hui. Lorsque je vise ma cible, ça se passe ainsi. Mon esprit se dissocie de mon corps, et j'accomplis ce que j'ai à faire. Pour moi, c'est un travail, rien de plus.

Elle se tourna pour se serrer contre lui et l'enlaça.

— Tu es rongé de remords chaque fois que tu fais quelque chose susceptible de nous blesser, Ken ou moi. Je le lis en toi. Tu fais attention à nous. Est-ce ce qui te fait peur, Jack ? Crains-tu de ne pas aimer le bébé, et d'être tenté de nous poursuivre pour nous tuer au cas où je te quitterais ? Tu crois réellement que tu réagirais ainsi ? Que tu essaierais de nous arrêter ?

— *Les* bébés, la corrigea Jack. Je ne me contenterais pas d'essayer, Briony, je t'empêcherais de partir. (Il poussa un soupir exprimant davantage le regret que l'espoir.) J'aurais voulu que tu partages la vie de quelqu'un de bien.

— Tu ne nous tuerais pas, Jack. Je ne parviens pas à croire que tu puisses envisager cette possibilité. Je suis certaine que tu en serais incapable, ça ne te correspond pas. Bien sûr que tu tenterais de nous arrêter, par amour. Tout homme réagirait de la même façon. Tu es quelqu'un de bien, gros bêta. Tu es juste difficile à comprendre, ce qui est différent. T'est-il déjà venu à l'esprit qu'à force de redouter de ressembler à ton père, tu te poses bien trop de questions ? Ça arrive à tout le monde de se montrer jaloux ou possessif, et, de temps à autre, on s'accroche en refusant de regarder la réalité en face. Tu connais tes forces et tes faiblesses. Peut-être que tu irais un peu trop loin pour garder la femme que tu aimes auprès de toi, mais tu ne lui ferais jamais de mal. Jamais, Jack. Ce n'est pas qu'une impression, j'en ai l'absolue certitude.

— Pourtant, je te fais peur, parfois.

— Tout finit par me faire peur. J'ai honte de l'admettre, mais je suis la plus grosse poule mouillée que la terre ait portée. Tu m'intimides de temps en temps avec ta brusquerie, et je ne parviens jamais à prédire tes réactions.

— Ou à deviner l'étendue de ce dont je suis capable.

— Peut-être que j'ignore ce dont tu es capable, Jack, mais je sais sans l'ombre d'un doute ce dont tu n'es pas capable. Je juge les autres de manière assez juste, et j'ai pénétré à l'intérieur de ton esprit. Tu ne pourrais pas tuer une femme, Jack, surtout pas si tu l'aimes. Et je suis persuadée que tu ne ferais jamais le moindre mal à tes enfants. Tu serais prêt à mourir pour les protéger. Tu es si différent de ton père que tu ne t'en rends même pas compte.

— Je t'aime telle que tu es, mais je finirai par vouloir te dominer et t'imposer mes propres règles.

— Et tu crois que je n'en ai pas conscience ? J'ai grandi avec quatre garçons, Jack. Je ne me considère pas comme quelqu'un de soumis, mais j'évite autant que possible les conflits. Si je ne suis pas d'accord avec toi sur un sujet qui me tient à cœur, je te le ferai savoir, et si tu ne me cèdes pas, tu auras beau hurler autant que tu voudras, je n'en ferai probablement qu'à ma tête.

Lorsqu'elle croisa le regard de Jack, elle aperçut dans ses yeux une ombre menaçante, mais au-delà, elle décela autre chose. Une émotion profonde et sincère dans laquelle elle avait envie de s'envelopper.

— Je te propose une dernière porte de sortie, Briony. Je vais charger l'autre équipe de prendre soin de toi. Tu pourras trouver refuge auprès de Lily. Elle habite une véritable forteresse, et c'est une stabilisatrice. Tu ne souffriras pas là-bas.

— Je ne suis pas avec toi parce que tu es un stabilisateur.

— Bon sang, Briony, tu as écouté ce que je viens de te dire ? Si tu restes avec moi, je ne te laisserai plus jamais partir. Je te rendrai folle…

— J'aime ce genre de folie, mais si tu ne veux vraiment pas de moi ici…

Briony entendit Jack gronder à la manière d'un loup, puis il lui saisit la main et la plaqua sur son entrejambe pour lui faire sentir la puissance de son érection.

— Est-ce que je donne l'impression de ne pas vouloir de ta présence ? Je te désire tellement que je n'arrive plus à réfléchir ; mais crois-moi, il ne s'agit pas que de sexe. Whitney a beau penser qu'il nous a injecté une overdose de phéromones, c'est bien plus complexe que ça. C'est mon cœur, et non une simple pulsion, qui commande l'envie qui me brûle et provoque cette monumentale érection.

Durant un instant, une fraction de seconde, elle douta d'avoir le courage de faire le premier pas pour obtenir ce qu'elle souhaitait, mais comme d'habitude, sa volonté finit par avoir raison de ses craintes. Elle ne prendrait pas le risque de perdre Jack Norton par peur de l'inconnu. Elle le voulait de tout son être, non pas à cause de la faim dévorante qui s'emparait de son corps et rendait ses seins lourds et douloureux, mais parce qu'elle voyait au plus profond de lui, et qu'elle aimait et avait besoin de l'homme qu'il était.

— Jack, susurra-t-elle. Je te trouve bien trop habillé pour la nuit. Tu crois que tu pourrais y remédier ?

Il était resté torse nu mais, par souci de décence, il avait enfilé un léger pantalon de pyjama en flanelle. Le souffle coupé, il se figea et la dévisagea d'un regard empli d'un espoir teinté de tristesse, ainsi que d'un désir si intense et si cru que Briony cessa un instant de respirer.

— Tu dois être certaine que c'est ce que tu veux, déclara-t-il en ôtant le vêtement superflu.

Il n'avait pas la force de refuser. Il la désirait à tel point qu'il avait l'impression de la sentir sous sa peau, au cœur de ses os. Il avait eu envie d'elle dès qu'il l'avait revue, et plus ils passaient de temps ensemble, plus il était persuadé qu'elle était la femme qu'il attendait.

Ce qui lui restait de raison faillit la repousser de peur des inévitables conséquences, mais son instinct reprit le dessus, et il s'allongea, laissant Briony lui prodiguer des caresses si douces qu'il en frissonna.

— *Alors sauve-moi, mais j'espère vraiment que tu as conscience de ce que tu fais.*

Le souffle de Briony excitait ses sens et attisait son désir. Elle lui embrassa le menton, le mordilla, puis traça une ligne de baisers sur son torse balafré avant de descendre plus bas, l'empêchant presque de respirer. Elle jouait avec sa langue, rendant ses lèvres aussi douces que de la soie. Incapable de la moindre pensée cohérente, il gémit lorsqu'elle s'attarda sur son membre engorgé et dressé, qu'elle lécha langoureusement, avec volupté, comme si elle savourait une crème glacée.

— *C'est la première fois, alors si je ne fais pas comme il faut, dis-le-moi.*

— *Tu ne peux pas mal faire. Mais si tu n'aimes pas...*

Elle posa sur son sexe sa bouche chaude et humide, et commença à effleurer son gland de légers mouvements de langue qui mirent Jack à l'agonie. Elle descendit en déposant une série de baisers, puis tenta une incursion entre les testicules, poussant Jack à serrer les dents et à gémir de plaisir.

— *Pour quelqu'un qui ne sait pas ce qu'il fait, tu te débrouilles plutôt bien.*

— *Je me contente de suivre ton fantasme.*

Merde. Il ignorait qu'il nourrissait des fantasmes aussi précis. Son imagination n'aurait jamais pu concevoir les sensations qu'éveillaient les lèvres de Briony. Après avoir remonté le long de son membre en y semant des baisers, elle referma soudain la bouche sur lui pour entamer des mouvements de succion, aspirant la fièvre qui habitait le corps de Jack. Étreignant sa verge encore plus fort, elle la fit pénétrer jusqu'au fond de sa gorge et la suça avec avidité, soumettant Jack à la torture. Il sentait des décharges électriques fourmiller dans son sexe gonflé, si tendu qu'il lui donnait l'impression d'être sur le point d'exploser. Malgré cela, il n'essaya pas d'arrêter Briony. Il ne le pouvait pas.

Plus que les sensations que sa langue faisait naître, il appréciait la joie et le plaisir manifestes que la jeune femme prenait à lui faire l'amour. Il sentait bien qu'elle ne simulait pas. Elle aimait vraiment ce qu'elle faisait. Mieux encore, elle s'enfiévrait, ondulant instinctivement les hanches au rythme de ses lèvres.

De sa langue, elle alternait les caresses lascives, les lapements provocateurs et les mouvements de succion.

Jack ne pouvait réprimer les éclairs qui lui traversaient le corps, pas plus que son besoin de prendre le contrôle. Il agrippa Briony par les cheveux et lui inclina légèrement la tête en arrière pour voir son membre s'enfoncer encore plus profondément dans sa bouche, en maîtriser l'angle et le rythme de pénétration.

Briony marqua un temps d'hésitation, et Jack sentit la peur envahir son esprit alors qu'elle perdait la maîtrise de la situation.

— C'est bon, ma puce, c'est tellement bon ! Détends-toi, tu peux le faire pour moi.

Il l'attira contre lui, grognant tandis que les vibrations sensuelles provoquaient un incendie en lui. Tout en maintenant la tête de Briony, il s'introduisit encore plus loin, manquant de défaillir en voyant son sexe disparaître dans la chaleur veloutée de sa bouche.

— Plus fort. C'est ça. Encore.

Elle l'amenait au bord du point de rupture sans qu'il puisse l'arrêter. L'implacable tension de son sexe et le tonnerre qui lui martelait les tympans l'empêchaient de faire preuve de la moindre tendresse. Il allait exploser en elle.

Il souhaitait savourer ce moment, le graver à jamais dans sa mémoire, mais il était déjà bien trop tard. Elle lui caressait les testicules en agrippant fermement la base de sa verge, et lorsqu'il s'enfonça une dernière fois, il sentit une vague incandescente remonter le long de sa colonne vertébrale puis se propager en lui, le consumant jusqu'à ce que son membre projette de longs jets brûlants, lui arrachant un cri rauque. Même à cet instant, il ne desserra pas son étreinte. Il continua à maintenir Briony contre lui avec force, de sorte qu'il ignorait si elle avalait spontanément sa semence, ou s'il l'y forçait.

Elle toussa puis déglutit, son regard n'exprimant rien d'autre qu'une sensualité teintée de timidité, et la crainte de ne pas l'avoir satisfait. Il lut dans ses yeux qu'elle l'acceptait tel qu'il était, avec son étrange besoin de dominer et de contrôler. Aucune trace de dégoût ou de répulsion n'obscurcissait son esprit, uniquement accaparé par le souci de lui procurer du plaisir.

Un sentiment de désespoir, de colère contre lui-même, s'empara de Jack.

— *Quel salaud je fais ! Tu es innocente, tu m'offres un cadeau incroyable, et au lieu de te laisser me le donner, je te le prends de force.*

Il l'agrippait toujours par les cheveux, encore enfoui dans la moiteur de sa bouche, le corps parcouru de décharges électriques. Il finit par retirer avec réticence ses doigts de sa chevelure, puis se cacha les yeux à l'aide de son bras, honteux de ses réflexes et de son incapacité à les contrôler. Ses démons le hantaient depuis trop longtemps pour qu'il puisse changer. Briony méritait mieux.

Elle se glissa hors du lit et s'éloigna. Il l'entendit faire couler de l'eau dans la salle de bains et marcher ensuite pieds nus jusqu'à la fenêtre, où elle se mit à boire à petites gorgées le verre qu'elle avait rempli.

— Tu es vraiment bête, Jack. Quand on fait l'amour, on n'est pas censé tout maîtriser. C'est le principe, non ? Je voulais te rendre fou, sentir ton désir pour moi, te procurer du plaisir. C'était mon objectif. Je ne suis pas fragile. Je ressens la même fièvre que toi, les phéromones me donnent à moi aussi une impression d'ivresse. J'ai faim de toi. Pour moi, cette expérience a été merveilleuse et incroyablement érotique. J'ai adoré la sensation de tes mains sur moi, qui m'agrippaient. Je savais que je t'amenais au bord de l'extase, c'était parfait.

Il laissa retomber son bras et se tourna vers elle, des reflets argentés faisant miroiter ses yeux dans le clair de lune.

— As-tu la moindre idée de ce que j'ai envie de te faire ? demanda-t-il d'une voix rauque, de nouveau chargée de sensualité. La puissance du cocktail imaginé par Whitney, mes sentiments pour toi et mon besoin de tout maîtriser forment une très mauvaise combinaison.

— Peut-être qu'ils en forment une excellente, au contraire. Y as-tu déjà pensé ? (Elle s'assit sur le rebord de la fenêtre puis avala une gorgée d'eau.) Peut-être que l'intensité de l'attraction te fait peur. Peut-être que ton besoin de tout contrôler vient du fait que tu redoutes de perdre ceux que tu aimes, ou d'être blessé. Tu sais quoi, gros dur, tout le monde finit par perdre des êtres chers ou par être blessé. Ça fait partie de la vie.

— « Peur » ?

Il s'assit, ses yeux mi-clos brillant d'une lueur menaçante.

Il avait une nouvelle érection, aussi puissante et douloureuse que la précédente, comme si leurs parfums entremêlés constituaient une drogue suscitant un désir si intense qu'il ne pouvait être assouvi.

— Regarde-moi. Tu trouves ça normal ? J'ai tellement envie de toi que j'en tremble.

— Et alors ? Jack…

Son murmure courut sur sa peau, lui faisant l'effet d'une caresse, et il aurait juré sentir de nouveau ses lèvres, son souffle sur lui.

— Tu crois que je n'éprouve pas la même chose ? reprit-elle. Que je n'ai pas l'impression d'être vide et insatisfaite ? J'ai tellement envie de toi que je me sens plus que prête à t'accueillir en moi.

De ses deux mains, Jack fourragea rageusement ses cheveux et laissa échapper un grognement.

— Bon sang, ne dis pas des choses pareilles. Je ne pense qu'à rentrer en toi, alors si tu me provoques…

— Est-ce que je dois renoncer à tout à cause d'une simple peur ? J'ai vécu avec toute ma vie. Il suffit de la gérer sans la laisser prendre le dessus, Jack.

— J'essaie de te protéger.

— Comme tu essaies de protéger Ken ? Il ne t'est jamais venu à l'esprit que tu redoutes l'amour des autres parce que tu refuses d'accepter qu'ils fassent attention à toi ? Ken serait prêt à mourir pour toi, il l'a déjà montré, et tu ne le supportes pas, je me trompe ? Tu préférerais avoir le choix, mais la vie et les relations ne fonctionnent pas de cette manière. Ken fait partie de toi, mais malgré tout, tu rechignes à lui laisser prendre le contrôle, non ?

— Tu vas finir par m'énerver, Briony.

— Pourquoi ? Parce que tu n'as pas envie d'entendre la vérité ? Tu souhaites ma présence, mais à tes propres conditions. Tu voudrais que je reste en t'acceptant tel que tu es, mais tu refuses de faire de même pour moi. Je suis une femme, j'ai des besoins. Je ne suis pas prête à y renoncer sous prétexte que j'ai un peu peur, surtout si le jeu en vaut la chandelle.

— Tu n'as aucune idée de mes besoins ni de ce que tu me demandes, Briony.

— Je te demande de m'aimer, Jack. Si tu peux m'aimer telle que je suis, alors je peux faire de même pour toi. Je peux te donner tout ce que tu désires. Je n'ai aucune envie de te forcer à changer de vie pour la simple raison que nous avons accidentellement conçu un bébé. Et je ne me sens pas l'âme d'un martyr, je n'ai pas l'intention de sacrifier ma vie en échange de ta protection.

Jack leva les mains.

— Eh bien voilà, Briony. C'est ma façon de t'aimer. Je n'ai jamais ressenti pour quiconque ce que je ressens pour toi, et je n'ai jamais autant désiré une femme. Je suis incapable de me montrer romantique, doux et tendre…

Briony secoua la tête.

— Tu es vraiment aveugle, Jack. Tu es très romantique, tu sais faire preuve de douceur et de tendresse. Tu as une fausse image de toi.

— Non, c'est toi qui te fais des illusions. Tu m'as idéalisé parce que je t'empêche de souffrir en filtrant les émotions à ta place.

Malgré ses velléités de partir et disparaître dans la nuit, il ne pouvait détacher son regard de Briony. Ses démons étaient en train de le dévorer, réveillant des pulsions endormies, et elle restait là, avec son beau visage, sa peau douce et ses grands yeux innocents le priant de l'aimer.

Savait-il ce qu'était l'amour ? Il connaissait l'obsession, la domination. Mais l'amour ? Son cœur se serrait lorsqu'il posait les yeux sur elle. Cela signifiait-il quelque chose ? Et le désir de la protéger, de la voir sourire, de contempler son regard s'éclairer quand elle l'apercevait ? En quoi consistait l'amour, bon sang ?

— Je t'ai effrayée lorsque j'ai pris le contrôle, poursuivit-il. Tu savais que tu ne pourrais pas m'arrêter. J'ai lu la peur dans tes yeux, je l'ai devinée dans tes pensées, mais malgré tout, je n'ai pas pu m'empêcher de continuer.

— Bien sûr que j'avais peur, je n'avais jamais fait ça. Mais la peur renforçait encore l'excitation. Je te fais confiance, Jack, plus que tu ne te fais confiance toi-même. Tu t'es insinué dans mon esprit, je t'ai senti guider mes gestes, et tu savais que je prenais plaisir à ce que je faisais. Quand tu m'as dirigée, jamais je n'avais ressenti un tel sentiment de puissance. J'ai eu l'impression d'être belle, sexy et attirante. J'avais follement envie de toi, et je voulais provoquer les sensations que tu as éprouvées.

Il la regarda boire tout en observant les mouvements de sa gorge. Même ces gestes simples et ordinaires lui paraissaient érotiques. Il lui semblait que son corps allait exploser. Son sang affluait dans son bas-ventre. Elle avait raison, il avait peur. S'il l'autorisait à briser sa carapace et qu'elle réveillait le spectre du monstre qui l'avait engendré – ce monstre tapi au plus profond de son être, là où il n'osait pas s'aventurer –, il finirait par détruire la seule femme qui comptait pour lui. Il était trop faible pour la repousser. Après l'avoir connue, la perspective de jours et de nuits interminables sans elle lui paraissait insupportable.

— Enlève ton débardeur, Briony, intima-t-il.

Sa voix rauque, chargée de désir, restait autoritaire. Même s'il le voulait, il ne pourrait changer ce trait de caractère.

— Mon débardeur ?

Elle posa son verre sur le rebord de la fenêtre puis, les bras croisés, saisit le bas de son vêtement et se mit à le relever lentement, révélant centimètre après centimètre sa peau de pêche. Elle découvrit ses côtes, la naissance renflée de sa poitrine, puis les globes ronds et fermes aux tétons rose foncé. Elle passa ensuite son haut par-dessus la tête, réprimant un gémissement lorsque le tissu effleura les pointes sensibles de ses seins, le jeta à terre puis resta debout face à Jack, éclairée par un rayon de lune qui la nimbait d'un halo argenté.

Les ombres couraient sur son corps à la manière d'une danse sensuelle. À chaque inspiration, sa poitrine se soulevait, faisant passer ses tétons de l'obscurité à la lumière. Comme si c'était possible, les muscles de Jack durcirent et se raidirent davantage. Même s'il ne la méritait pas, il allait la prendre, et la garderait. Il exprimait peut-être son amour d'une façon particulière, mais il lui donnerait tout ce qu'il avait, tout ce qu'il était.

Jack s'humecta les lèvres et attendit de pouvoir de nouveau respirer. Il referma ensuite sa main sur son membre qui se dressait avec fébrilité, dur comme la pierre, et se mit à se caresser sans pudeur, montrant le même naturel avec lequel il exposait sa nudité.

— Débarrasse-toi de ce pantalon, ma puce, tu n'en auras pas besoin cette nuit, ni aucune autre nuit.

Durant un instant, Briony hésita, et une ombre de réticence traversa son visage.

— Je n'ai pas encore pris beaucoup de poids, mais mon ventre s'est bien arrondi.

L'impatience crispa les traits de Jack.

— Je sais parfaitement comment tu es, Briony, et je te trouve incroyablement belle. Ton ventre me plaît aussi. Déshabille-toi.

Sa voix lourde de désir râpait comme du papier de verre, et ses yeux s'assombrirent, ardents. Briony referma ses doigts sur sa ceinture, fit glisser son pantalon sur ses hanches, puis le long de ses jambes. Elle se dégagea avec grâce du tissu enroulé autour de ses chevilles et se tint nue – vulnérable – dans la lumière tamisée de la lune. Fascinée, elle l'observait en train de se caresser.

— Tu es tellement belle avec mes enfants qui grandissent en toi. (Sa voix était à présent si grave qu'elle évoquait un grondement.) Viens.

Il lui fit signe de se placer devant lui. À cet instant, il ne souhaitait rien d'autre que l'aimer à sa façon, déverser en elle l'intégralité de son être.

Briony traversa la pièce, ses seins se balançant à chaque pas. Son cœur s'emballa, et elle se sentit devenir de plus en plus humide tandis que son ventre se contractait. Sa bouche s'assécha sous l'intensité du regard avec lequel Jack la dévorait. Il redoutait peut-être son caractère possessif, mais Briony, elle, s'en délectait.

Bien entendu, elle avait peur de l'inconnu – Jack était bien plus expérimenté qu'elle –, mais elle avait envie de le rejoindre, de céder à la passion qui les consumait. De petites décharges électriques se propagèrent dans ses terminaisons nerveuses, se répandant dans son ventre et le long de son dos.

Il passa la main sur la poitrine de Briony. Il l'effleura à peine, mais elle était tellement sensible qu'elle frissonna. Il pencha la tête pour l'embrasser avec brutalité, afin de lui montrer quel genre d'homme il était, mais au moment où il toucha ses lèvres soyeuses, son geste devint tendre. Il suivit le contour de sa bouche avec la langue, savourant sa douceur, et lui mordilla la lèvre inférieure, exigeant qu'elle s'ouvre à lui.

Il plongea dans la chaleur accueillante de sa bouche tout en parcourant son corps de ses mains. Il lui caressa le dos, descendit le long de sa colonne vertébrale, pétrit ses fesses rebondies, jusqu'à ce que les sensations procurées par la langue et la peau veloutée de Briony provoquent des coups de tonnerre dans son esprit. Excitée par ses baisers et ses caresses, elle vint se plaquer contre lui et enroula ses bras autour de son cou, pressant étroitement les pointes durcies de ses seins contre son torse. Il prit le temps d'explorer son corps, la laissant faire de même avec le sien. Elle le touchait avec légèreté, de manière hésitante, et en même temps avide. Jack était sur le point de perdre la raison.

— Je ne t'ai jamais vraiment touché, confia-t-elle. La dernière fois, tu étais couvert de plaies. Je me demande encore comment tu as pu faire l'amour. Quand je te regardais dans les yeux, j'y lisais de la souffrance, mais ton esprit n'en montrait aucune trace.

La voix de Briony trahissait un manque qui le frappa au plus profond de son être. Elle avait réussi à franchir les barrières qu'il avait érigées et à forcer sa carapace. Il ignorait si c'était le fait de la manipulation de Whitney, du courage de Briony, ou de son désir pour lui, aussi intense que celui qu'il nourrissait pour elle.

— Je voulais sentir tes mains sur moi, avoua Jack. J'ai passé un nombre incalculable de nuits à m'imaginer dans tes bras.

Il lui mordilla les épaules et le cou, lui causant de minuscules éclairs de douleur avec les dents, aussitôt effacés par de tendres baisers. Il savourait la douceur de sa peau, faisant tournoyer sa langue après chaque petite morsure. Briony avait l'impression qu'il la caressait avec du velours. Elle sentait déferler en elle des vagues de plaisir.

Elle suivit du bout des doigts le tracé des coups de couteaux, ces blessures qu'elle avait soignées, les plaies qu'elle avait recousues. Le corps de Jack était entièrement couvert d'entailles et de brûlures hideuses. En promenant ses doigts sur son torse viril, elle devina le contour des lettres qui y avaient été gravées à jamais, formant le nom de son bourreau.

Lorsque Jack lui lécha la pointe d'un sein, elle frissonna de plaisir. Au comble de l'excitation, elle se cambra sous les assauts de la bouche chaude et enfiévrée qui s'attardait sur sa poitrine, la taquinait et la caressait de la langue. Il se redressa pour l'embrasser de nouveau. Les lèvres de Jack pressées contre sa peau, les ondes de jouissance qu'elles provoquaient en elle, agissaient comme une drogue. Lorsqu'il inséra sa cuisse entre ses jambes et exerça une pression sur son intimité moite, une décharge électrique la traversa.

Briony cria, puis renversa la tête en arrière en se frottant contre lui, chevauchant sa cuisse, accentuant l'intensité des flammes qui la consumaient. Elle lui caressa la nuque puis le torse, et se pencha en avant afin de lécher ses cicatrices, comme si elle était capable de les soigner par les caresses humides de sa langue.

Les gestes auparavant tendres de Jack se firent plus pressants à mesure qu'il explorait le corps de Briony. La faim qui le dévorait était si intense, son désir pour elle si fort qu'il avait l'impression d'être un animal, un prédateur affamé, menaçant et dangereux. Il s'agenouilla avant de lui écarter les cuisses.

Briony eut le souffle coupé lorsqu'il inséra profondément les doigts dans son intimité. Ses muscles se contractèrent aussitôt sous l'effet de la fièvre qui s'emparait d'elle tandis qu'elle s'humidifiait davantage, trahissant son excitation.

Jack poussa une série de jurons en l'agrippant fermement par les hanches, puis l'attira vers lui afin de remplacer le contact de ses doigts par celui de sa bouche.

Les jambes flageolantes, Briony manqua de défaillir tandis que de violents frissons la secouaient, l'obligeant à étendre les bras pour ne pas tomber.

— Jack, implora-t-elle.

Insensible à sa prière, il inséra la langue dans ses replis soyeux avec une force telle que Briony réprima un cri d'extase. Lorsque Jack grogna de nouveau, la vibration lui provoqua un spasme dans le ventre, et un véritable incendie l'embrasa.

— Je ne peux pas le supporter, gémit-elle. C'est trop.

Il la lécha avec avidité, obéissant au besoin désespéré de s'imprégner de son goût et de la lier à lui d'une manière inexorable.

Briony lui empoigna les cheveux pour essayer de lui tirer la tête en arrière alors qu'elle chancelait, secouée par des vagues de plaisir. Ses muscles répondaient par des convulsions douloureuses aux assauts que Jack lui faisait subir à l'aide de ses dents et de sa langue. Lorsqu'il ajouta les doigts, elle cria pour de bon, son esprit semblant éclater en morceaux tandis qu'il la poussait au bord de l'orgasme. Perdant tout contrôle d'elle-même, elle ondula contre sa bouche, se frotta contre sa main, le corps de plus en plus tendu. Elle se laissa emporter par le tourbillon de plaisir qui la dévastait et lui donnait l'impression d'exploser. Ses muscles se contractaient violemment, et une chaleur incandescente se propageait en elle, attisant encore son impatience et son excitation, jusqu'à ce qu'elle n'ait plus conscience de rien d'autre que Jack et qu'elle s'abandonne à lui corps et âme. Incapable de ralentir son mouvement de hanches, elle s'entendit crier d'extase. Son propre gémissement la surprit.

— *Tu es en sécurité avec moi, bébé. Je m'occupe de toi.*

Tandis que Briony était parcourue de tremblements, il l'allongea sur le lit, se plaça entre ses cuisses de manière à les maintenir écartées, puis lui souleva les fesses en la tenant à bout de bras.

Elle écarquilla les yeux, et un autre spasme de plaisir la secoua lorsqu'il pressa l'extrémité de son membre dressé contre son sexe. L'incendie qui la ravageait menaçait de l'anéantir. Les flammes s'étaient emparées de tout son corps, lui brûlaient l'entrejambe, le ventre, et même les seins et les tétons. Jack lui procurait une telle jouissance qu'elle avait la sensation de voler en éclats et d'être transformée à jamais.

Il se pencha sur elle, ténébreux, le visage empreint de passion, les yeux brillants d'une lueur gris acier. S'agrippant à ses hanches, il enfonça lentement son sexe engorgé, forçant, centimètre après centimètre, les muscles tendus et contractés. Un grognement étouffé s'échappa de sa gorge lorsqu'il contempla ce corps qui le gainait si étroitement.

— Reste avec moi, bébé. Ne lutte pas.

Elle ne s'était même pas rendu compte qu'elle s'agitait sous lui. Chaque mouvement, chaque friction provoquait en elle des ondes de choc, un plaisir si intense qu'il se rapprochait de la douleur.

— C'est trop, Jack, je n'en peux plus, haleta Briony d'une voix rauque, paniquée.

Lorsqu'il se retira, elle eut l'impression que son cœur cessait de battre. Puis, sans prévenir, il la pénétra avec force pour s'enfouir profondément en elle. Briony cria son nom et se cramponna aux draps pour onduler en rythme avec lui, le bassin rivé au sien. Son corps était parcouru de convulsions, ravagé par un incendie que rien ne paraissait pouvoir éteindre. Jack lui assenait de violents coups de reins en la maintenant fermement par les hanches. Il sembla à Briony que les flammes redoublaient d'intensité et qu'elle était entraînée dans un tourbillon ardent qui, elle en était persuadée, allait la briser en mille morceaux. La tête ballottant, elle serra les draps entre ses doigts de manière à s'y accrocher, mais Jack, impitoyable, continuait à la faire vibrer sous ses assauts. Briony avait tant besoin de voir son désir enfin assouvi qu'elle sanglotait presque.

— Jack, Jack, psalmodia-t-elle. Pitié !

— Tu peux tout prendre, ma puce. Je peux tout te donner.

Il exerça une nouvelle poussée afin de stimuler les zones intimes les plus sensibles de la jeune femme. Elle réagit aussitôt. Il sentit un spasme parcourir les muscles enserrant son membre, et ceux-ci se contractèrent jusqu'à ce que la violence de l'orgasme les submerge tous les deux. L'extase percuta Briony de plein fouet, propageant des ondes de choc dans son ventre, dans ses seins, entre ses cuisses, faisant tressaillir son bas-ventre, à tel point qu'elle se resserra comme un étau autour de Jack, l'obligeant à se déverser en elle.

Il lutta pour reprendre son souffle, agrippé aux hanches de Briony, enfoncé en elle comme il en avait toujours rêvé.

Pour la première fois, une réelle sensation de paix envahit son cœur et son esprit. Son pouls battait encore à un rythme effréné, et il songea un instant qu'il allait peut-être mourir d'un arrêt cardiaque tant les vagues de plaisir qui le parcouraient de la tête aux pieds étaient puissantes.

— Putain de merde, Briony !

Elle reprit sa respiration.

— Ouais… Je suis d'accord.

Elle ferma les yeux pour se laisser sombrer dans la tornade sensuelle qui s'était emparée d'elle et provoquait de délicieuses vibrations. Elle sentit Jack bouger en elle puis se retirer, stimulant une nouvelle fois ses terminaisons nerveuses à vif. Elle frissonna, traversée par une nouvelle vague de plaisir.

Jack lui passa ensuite un linge humide entre les jambes.

Il la souleva comme si elle ne pesait pas plus qu'une plume, et la coucha sur le lit avant de remonter les draps sur elle. Cette fois, il se glissa à son côté sous les couvertures, se plaquant contre elle de manière à épouser les formes de son corps.

— Il faudra vérifier ce qu'ils disent au sujet des rapports sexuels. D'après le livre, ils ne sont pas contre-indiqués, mais il faudrait peut-être privilégier une autre position.

Elle se blottit contre sa chaleur, le cœur battant toujours la chamade. Son corps restait si sensible que le simple frottement des draps contre sa peau provoquait en elle des spasmes délicieux.

— Nous n'y survivrons pas, à ce rythme, Jack. En tout cas, pas moi.

Il posa sur ses lèvres de doux baisers rassurants.

— C'est ma façon de t'aimer, Briony… et ce n'est que le début.

Chapitre 16

La fenêtre la plus proche de Briony vola en éclats, projetant sur elle une pluie de fragments de verre. Un objet heurta le sol et, au même moment, deux autres vitres explosèrent. Jack fit rouler Briony hors du lit pour la plaquer à terre, puis la couvrit de son corps alors qu'une bombe fumigène rebondissait sur le plancher en laissant échapper un nuage suffocant.

— *Ken!* lança Jack.

— *Je m'en occupe*, répondit Ken.

— *Retiens ta respiration, Briony, et ferme les yeux. N'inspire pas. Si ça ne va pas, n'hésite pas à me le dire, je t'aiderai.*

— *Comment arrivent-ils toujours à me retrouver? Je ne comprends pas. Ils n'auraient pas dû découvrir où je me cachais.*

— *Ne panique pas, ma puce. On savait qu'ils finiraient par se montrer. Ce n'est rien.*

Jack paraissait très calme. Briony serra fort les paupières et retint son souffle, regrettant de ne pas avoir eu l'occasion de prendre une réserve d'air avant de percuter le sol. Elle eut envie de trouver le contact de Jack, mais elle l'entendit se déplacer dans la pièce d'une démarche assurée.

— *Qu'est-ce que tu fais?*

— *Il faut emporter tes vêtements, le livre sur la grossesse et quelques affaires.*

Il lui mit dans les mains un jean et un tee-shirt, et lui apporta ses chaussures avant de s'habiller.

— *Le livre ? On est en train de se faire attaquer et toi, tu penses à ce bouquin ? Jack, tu es fou ! Ce dont nous avons besoin, ce sont des armes.*

— *On en a en réserve, ça ira*, affirma-t-il d'une voix posée concordant avec son attitude décontractée. *Reste là, et garde les yeux fermés. Ken ? Où es-tu, bon sang ?*

— *Ils ont réussi à s'introduire dans le salon. Envoie Briony dans le tunnel !*

Jack fourra encore quelques vêtements dans le sac à dos, puis souleva le tapis, révélant une trappe qu'il ouvrit d'un geste fluide et précis. Ses mouvements ne trahissaient aucune précipitation, comme s'il les avait répétés maintes fois. Il tapota l'épaule de Briony.

— *Tu as trois pas à faire jusqu'à la trappe, puis tu sautes. Tu ne verras pas l'endroit où tu dois atterrir, mais fais-moi confiance, tu ne risques rien. Tu pourras ouvrir les yeux une fois à l'intérieur du tunnel. Le gaz ne s'y est pas encore infiltré. Quand tu auras touché le sol, tu suivras le couloir. Ken viendra à ta rencontre.*

Il l'amena juste au bord du trou, et la laissa appréhender le vide avec son pied. Lorsqu'elle sentit les lèvres de Jack lui effleurer la nuque, elle eut la désagréable impression qu'il s'agissait d'un au revoir.

— *Attends ! Tu ne m'accompagnes pas ? Jack, viens avec moi.*

Jack ne tint pas compte de la peur et du désespoir contenus dans sa prière.

— *Je te rejoindrai très vite. Vas-y, ma puce. Fais ce que je t'ai dit.* (Il l'attira contre lui et l'embrassa.) *Sors d'ici pendant qu'il en est encore temps.*

Alors qu'elle faisait un signe de la main, il la poussa dans le vide.

—*Jack!*

Elle laissa échapper un cri de surprise plus que de frayeur lorsqu'elle se réceptionna en position accroupie au sol. Elle attendit quelques instants que ses yeux s'accoutument à l'obscurité.

—*Allez, va-t'en, Briony. J'ai du pain sur la planche.*

—*Sois prudent, Jack. Reste en vie pour moi.*

Il sentit sa poitrine se serrer en entendant l'inquiétude qui perçait dans la voix de Briony. L'amour qu'elle lui portait le submergea. Au moment où il devait se concentrer sur l'ennemi, elle le bouleversait. Il ajusta sur son nez des lunettes de vision nocturne et passa calmement un fusil en bandoulière. Il glissa ensuite deux pistolets à sa ceinture avant d'accrocher aux passants des chargeurs supplémentaires. Après avoir refermé la trappe et remis le tapis en place, il vint se poster à côté d'une des fenêtres brisées. Les arbres projetaient leur ombre sur la maison. Les stroboscopes reliés au système d'alarme se mirent à clignoter. Ceux de la chambre de Ken avaient sans doute dû se déclencher aussi. Les hommes qui avaient lancé les projectiles avaient forcément utilisé les branches pour s'approcher. Jack en déduisit que certains des soldats qu'ils avaient à affronter disposaient de capacités amplifiées.

Il envoya deux fumigènes dans le jardin avant de sauter par la fenêtre et d'atterrir sur la balustrade, puis s'agrippa à la bordure du toit pour s'y hisser. Au moment même où il se relevait, il sut qu'il n'était pas seul. Il percevait une odeur de transpiration et le son saccadé d'une respiration. Il fit aussitôt volte-face dans la direction du souffle et tira à l'aveugle, faisant totalement confiance à ses sens exacerbés. Sans relâcher la détente, il traversa le toit en un éclair jusqu'à l'imposante cheminée qui constituait l'unique abri possible.

L'ennemi riposta. Les balles fusèrent, imprimant leurs trajectoires colorées dans les ténèbres. Jack plongea vers la cheminée, et roula avant de plaquer au maximum son corps contre la paroi. Immobile, il se laissa envelopper par les ombres. Il attendit, aux aguets, s'efforçant de repérer ses adversaires grâce aux odeurs corporelles, à la chaleur dégagée ou à tout ce que ses sens étaient capables de détecter.

La fumée qui s'échappait des fenêtres se dirigeait lentement vers la forêt, formant au sol d'étranges tourbillons qui donnaient l'impression que les arbres émergeaient d'une mer de nuages agitée. Jack entendit du remue-ménage à l'intérieur – un bruit de piétinement provenant des soldats qui avaient pénétré dans la maison, ainsi que des voix grésillant dans une radio – mais pas ce dont il avait besoin. Il décelait parmi les gaz et la fumée des effluves de sueur, de peur et d'excitation, mais aucune odeur lui permettant de situer avec précision les assaillants. Le reste n'avait pour l'instant aucune importance. Il devait d'abord éliminer les hommes aux capacités amplifiées, mais ces derniers étaient suffisamment entraînés pour rester cachés jusqu'à ce qu'il se montre.

Ken reviendrait dès qu'il aurait emmené Briony en lieu sûr. Lorsqu'il s'apercevrait que Jack n'avait pas fini le boulot, il piquerait une crise. Et puis merde. Les soldats savaient exactement où il se trouvait. Il lui suffisait d'attendre qu'ils se décident à venir le chercher. Allongé à plat ventre, il cala son fusil avec soin et, l'œil rivé à la lunette de visée, il repéra un homme qui avançait entre les arbres, se servant des troncs et des buissons pour se couvrir. Jack appuya sur la détente, puis se mit à la recherche de la cible suivante.

Une pluie de balles s'abattit autour de lui, le contraignant à baisser la tête pour se protéger. Alerté par un léger bruissement sur le toit, il s'empara de son pistolet et fit feu à trois reprises dans la direction du son.

—*Parle-moi, Jack*, intima Ken.

Un juron indiqua à Jack qu'il n'avait pas éliminé son adversaire. Mais au moins, il l'avait touché.

— *Whitney doit vouloir la mort de ces abrutis*, affirma-t-il à son frère en se concentrant sur sa cible blessée. *Ils sont vraiment cons d'oser venir chez nous. Ils savent pertinemment à qui ils se mesurent. Leur vanité va les tuer. L'un d'eux saigne, je le sens. S'il est assez bête pour bouger, c'est un homme mort.* (Il tira de nouveau et regarda sa victime s'effondrer.) *Pourquoi Whitney nous envoie-t-il ces blancs-becs ? J'ai l'impression de faire du tir au pigeon.*

— *Ne laisse pas ta propre vanité te trahir*, l'avertit Ken.

Deux soldats postés au sol firent feu sur Jack, mais Ken avait conçu le toit de telle manière qu'il offrait une mauvaise visibilité à d'éventuels tireurs situés en contrebas. Jack abattit les deux hommes, échangea le fusil pour le pistolet, et roula sur sa gauche, vers l'odeur de sang. Il tira rapidement trois coups successifs avant de regagner son abri en se déplaçant avec dextérité. Ken et lui s'étaient entraînés une centaine de fois à effectuer ces mouvements. Il connaissait chaque centimètre carré du toit, chaque relief, chaque recoin où un ennemi était susceptible de se tapir en se croyant en sécurité.

— *Un super soldat de moins, Ken*, annonça Jack. *Aucune chance de l'avoir raté. J'ai tiré entre les deux yeux au cas où il aurait porté un gilet pare-balles. Soit ils se barrent, soit ils crèvent. C'est leur choix. Moi, je n'en ai rien à cirer.*

— *Tu es un vrai salopard, frangin*, répliqua Ken. *Tu connaissais ce soldat ? J'aimerais bien savoir à qui on a affaire.*

— *Je ne l'ai pas vu, j'ai visé à l'odorat. Mais il est mort, je l'ai entendu tomber et, aucun doute, c'est un cadavre qui a heurté le toit.*

— *Pas sur le toit, Jack, merde. Je ne vais pas nettoyer tes ordures. Tu descendras ce macchabée toi-même.*

— *Qu'est-ce que tu aurais voulu que je fasse ?*

Jack colla de nouveau son œil à la lunette du fusil.

— *Tu aurais pu attendre qu'il soit juste au bord pour lui tirer dessus, il aurait basculé. Est-ce que c'est trop te demander ?*

Jack releva la tête pour esquisser un petit sourire sans joie. Ken et lui se parlaient ainsi depuis longtemps. Lorsqu'ils étaient enfants, bien avant la mort de leur mère, ils échangeaient des plaisanteries pour surmonter la terreur qui s'emparait d'eux quand leur père fouillait la maison à leur recherche. Plus tard, dans les diverses familles d'accueil où ils avaient été placés, puis dans la rue, ils avaient continué. Ils avaient conservé l'habitude de communiquer par télépathie afin de se rassurer, d'avoir la certitude que l'autre était encore en vie, qu'il respirait, et qu'aucun monstre ne l'avait dévoré.

— *Quelle mauviette !* ironisa Jack. *Tu voudrais toujours t'en sortir sans effort. Tu le descendras du toit, un peu d'exercice ne te fera pas de mal. Et amène tes fesses par ici, au lieu de peigner la girafe. Je me sens un peu en minorité.*

— Donne-moi une arme, exigea Briony en courant à la rencontre de Ken. Jack n'a pas réussi à entrer dans le tunnel.

— Détends-toi, ma chérie. Il n'avait aucune intention de venir. Il nous retrouvera près de la mine. Il les retient pour nous laisser le temps de partir au cas où ils décideraient de mettre le feu à la maison.

Briony s'arrêta en dérapant, le souffle coupé.

— Vous aviez tout prévu ? Sans m'en parler ? Pourquoi le laisser risquer sa vie ainsi, Ken ?

— Jack reste Jack, Briony. Dans une situation comme celle-ci, il ne sert à rien d'essayer de discuter avec lui. S'il le fallait, il t'assommerait pour que je te mette en sécurité. Il ne plaisante pas quand il s'agit de ta vie, ou de la mienne.

— Il pourrait se faire tuer. Si nous l'aidions…

— Nous ne ferions que le distraire. Il ne te laissera pas t'approcher de ces hommes, alors oublie ça, et allons-y.

— Ken, je sais que tu es un tireur d'élite. Je le suis aussi. Je ne me résoudrai pas à l'abandonner seul face à je ne sais combien de soldats surpuissants envoyés par Whitney.

Oppressée à la pensée que Jack se trouvait peut-être en danger, Briony avait du mal à respirer. Elle commença à reculer en direction de la chambre.

— Reviens tout de suite, Briony ! ordonna Ken d'un ton soudain impérieux. (Son apparence décontractée avait laissé place à la même attitude autoritaire que Jack.) Il t'a confiée à moi, et je ne compte pas le décevoir. Tu portes ses enfants. Rapplique par ici, et arrête de réfléchir avec ton cœur.

— Ce n'est pas juste, protesta Briony en le rejoignant à contrecœur.

Il semblait prêt à la balancer sur son épaule à la manière d'un homme des cavernes. Briony se rendit compte que Ken était aussi dominateur que son frère. Il le cachait tout simplement mieux.

— Juste ou pas, avance ! (Il la poussa légèrement, puis sa voix s'adoucit un peu.) À cet instant précis, Jack ne se préoccupe de rien d'autre que de l'ennemi. Il n'a pas à s'inquiéter de savoir si on risque de se faire tirer dessus. Après avoir éliminé autant d'hommes que possible, il disparaîtra.

— Leurs capacités ont été amplifiées.

— Les siennes aussi, et je parie qu'il est bien plus expérimenté au combat qu'eux tous réunis. Continue d'avancer tout droit. Il nous reste encore environ la même distance à parcourir.

Briony pressa une main contre son estomac noué. Elle était venue chercher refuge auprès de Jack, afin qu'il les protège, elle et son bébé – ses bébés –, mais elle n'avait pas imaginé qu'elle tomberait amoureuse. Elle se sentait déchirée entre le désir de garantir la sécurité de leurs futurs enfants et l'envie de courir retrouver Jack afin de l'aider.

— Tu aurais dû rester avec lui, Ken. Vous vous battez toujours ensemble.

— Après t'avoir conduite en lieu sûr, je le rejoindrai. Mais je dois être certain que tu ne vas pas bouger ou commettre d'imprudence, Briony.

— Je ne suis pas stupide, Ken. Et je sais me débrouiller toute seule quand il le faut.

— C'est pour ça que tu es apparue sur le pas de notre porte avec des hématomes et une blessure au bras. Si un imbécile ose porter la main sur toi, Jack le démolira, et s'il n'a pas l'occasion de le faire, je m'en chargerai. Personne ne doit pouvoir t'atteindre, Briony. Promets-moi de ne pas participer au combat à moins d'y être vraiment obligée.

— Je te le promets, Ken. Je n'ai aucune envie de perdre les bébés ni de me laisser attraper par ces malades.

Le tunnel commençait à remonter en pente douce, et Briony se mit à courir afin de permettre à Ken de se rendre au côté de Jack le plus vite possible.

— Donne-moi un pistolet et une réserve de munitions s'il t'en reste, cria Briony par-dessus son épaule. Je suis une bonne tireuse, Ken.

— Des armes sont entreposées dans la mine, dans ce tunnel ainsi que dans l'atelier et à l'intérieur de la maison. En cas de besoin, contacte soit Logan Maxwell, soit Kadan Montague. Tu peux leur faire confiance à tous les deux. N'essaie pas de joindre tes frères, ils sont sûrement sous étroite surveillance.

Après avoir franchi un virage, elle s'immobilisa. Elle se trouvait dans une impasse.

— Comment fait-on pour sortir ?

Ken pointa le doigt à la verticale.

— Il y a une trappe, là-haut. Ceux qui s'aventureraient ici sans connaître cette issue se retrouveraient pris au piège. Ils ne nous auront pas sur notre propre terrain, ma belle.

Après lui avoir confié son fusil, il bondit pour attraper un anneau peint en noir, indécelable dans l'obscurité. Il s'y agrippa, inséra ses pieds dans des prises fixées de chaque côté de la trappe, puis s'arc-bouta pour soulever la porte.

Briony se rendit compte que seule une personne aux capacités physiques extraordinaires était capable d'actionner le système d'ouverture, ce qui constituait une sécurité supplémentaire.

— S'ils entrent dans le tunnel, ils ne trouveront peut-être pas la sortie, avança-t-elle à voix haute.

— S'ils entrent dans le tunnel, ils mourront. Chaque section est équipée d'un dispositif de détection automatique qui déclenche des explosions directionnelles. Ne retourne pas sur tes pas avant qu'on l'ait désactivé.

— Cet endroit est un piège mortel.

— Pour tous ceux qui tenteraient de nous suivre, mais aussi pour nous si on ne fait pas attention, concéda-t-il. Tu y arriveras toute seule, ou tu préfères que je te donne un coup de main ?

— Arrête de m'insulter.

Elle sauta, referma les doigts sur le bord de la trappe et se renversa avec dextérité pour s'élancer à travers l'ouverture, pieds en avant. Elle effectua une pirouette dans les airs, puis atterrit juste à côté de Ken.

— Espèce de frimeuse, ironisa-t-il. Je prends le sac.

Briony regarda autour d'elle. Ils se trouvaient en plein cœur de la forêt, à bonne distance de la maison, mais elle entendait encore les détonations.

— J'aimerais m'assurer qu'il va bien, mais j'ai peur de le déconcentrer, confia-t-elle.

— Il va bien. Inquiète-toi plutôt au sujet de Whitney. S'il s'agit pour lui d'une manière de tester ses soldats, c'est qu'il en a davantage que nous le pensions, car il ne craint pas de les perdre.

— Tu crois qu'il a deviné que je me cachais ici ?

Ken fronça les sourcils et secoua la tête.

— Whitney est autorisé à consulter les données les plus confidentielles, il a accès à l'intégralité de nos dossiers. Il n'enverrait jamais des hommes se faire tuer s'il n'était pas certain de ce qu'il faisait. Nous nous sommes comportés comme d'habitude avec Brady. Il ne s'est approché ni de la maison ni de toi. Même s'ils avaient caché une caméra sur lui, ils n'auraient rien appris par ce biais.

— Pourtant, ils savaient que j'étais là.

La résignation qui perçait dans la voix de Briony alerta Ken. Alors qu'il s'apprêtait à refermer la trappe, il arrêta son geste pour la dévisager d'un regard acéré.

— N'y pense même pas. Tu ne nous mets pas plus en danger que d'habitude.

— C'est ça, vous avez sans doute régulièrement la visite de soldats aux capacités amplifiées. Ces hommes font partie de l'armée, Ken. Il est impossible de différencier les bons des méchants. Pour autant que l'on sache, ils se contentent d'accomplir leur mission en obéissant aux ordres de leur supérieur. Nous ignorons ce qui leur a été dit.

— Whitney ne prendrait jamais le risque de laisser quelqu'un d'autre mettre la main sur toi. Ce sont ses hommes. Il a certainement utilisé ses autorisations de sécurité pour se procurer de l'équipement militaire, et il ne fait aucun doute qu'il bénéficie de la complicité de quelqu'un – un amiral, un général, ou peut-être le sénateur que j'ai sorti du Congo –, mais ces soldats sont ses hommes. Ne tente rien de stupide, Briony. N'essaie pas de fuir. Ce ne serait pas héroïque, ce serait juste la plus grosse bêtise que tu puisses faire. Jack se précipiterait aussitôt à ta recherche. Tu le connais, maintenant. Il ne te laisserait pas partir.

— Vous allez vous faire tuer à cause de moi.

— Garde confiance, Briony. Et pense à mes neveux. Je n'accepterais jamais qu'ils soient élevés dans un laboratoire.

Briony fit demi-tour et s'éloigna à la hâte sur le sentier à peine visible que Ken lui avait montré, ressassant de désagréables pensées tandis qu'elle s'enfonçait dans la forêt. Elle était arrivée chez les deux frères totalement démunie. Jack avait même insisté pour qu'elle abandonne ses vêtements. Elle porta la main à ses oreilles, cherchant le contact des rubis qui avaient remplacé les diamants de sa mère. Elle avait tout laissé derrière elle. Alors comment pouvaient-ils retrouver sa trace aussi facilement ?

— Tourne à droite et longe les rochers. Tu trouveras l'ancien camp de la mine, à côté de la cabane d'origine. Nous n'avons jamais extrait d'or, mais nous avons exploré le souterrain afin de nous assurer qu'il s'agissait d'un endroit sûr. Tu y seras en sécurité pour nous attendre. Si tu restes à l'entrée, personne ne pourra te surprendre par-derrière, et tu repéreras sans peine ceux qui essaieraient de s'approcher. Je vais effacer les traces qui mènent ici, et casser quelques branches hors du sentier pour que d'éventuels poursuivants s'engagent sur une fausse piste. La rivière qui coule par ici serpente sur plus de six kilomètres à travers la propriété. (Briony braqua le regard sur lui, et il lui adressa un sourire rassurant.) Je préfère envisager toutes les éventualités. Si jamais les soldats de Whitney nous causaient des difficultés, tu aurais besoin d'une issue de secours.

— Si je ne vous vois pas revenir, je pars à votre recherche, décréta Briony. Je suis sérieuse, Ken, je pourrais vous aider.

— Tu nous aideras davantage en restant tranquillement ici. Comme ça, nous ne nous inquiéterons pas pour toi.

— *Où es-tu, bon sang?* grogna Jack. *Tu prends le thé ?*

— Justement, Briony et moi venons de nous en servir une tasse. Débrouille-toi tout seul, Jack, je ne suis pas encore trop réveillé. La cabane se trouve juste un peu plus loin, Briony. Tu vois ces buissons, à ta droite ? L'entrée de la mine se situe derrière. Je vais vérifier que tout est normal. (Il lui tendit un pistolet et quelques chargeurs.) Ne me tire pas dessus.

Ken posa son sac à terre, puis fit signe à Briony de s'écarter.

Elle l'observa disparaître dans les épais fourrés. Autour d'elle, les feuilles avaient déjà pris des teintes rouges et orangées. De riches nuances de vert tapissaient le sol et ornaient les arbres qui se dressaient au-dessus d'elle. Une légère brise accompagnait les premières lueurs de l'aube qui pointait à l'horizon. C'était magnifique, d'une beauté à couper le souffle. Personne n'aurait dû mourir dans un tel décor.

Ken et Jack irradiaient la confiance, à tel point qu'ils avaient transmis leur assurance à Briony. Elle était certes effrayée, mais ce n'était pas le genre de peur dont elle avait l'habitude, qui lui faisait palpiter le cœur et lui vrillait l'estomac. Les frères Norton se connaissaient très bien, n'ignoraient rien de leurs capacités et ne rechignaient devant aucun danger, mais surtout, même en pleine crise, ils gardaient un calme olympien. Ce qui semblait encore plus extraordinaire à Briony, c'est qu'elle pouvait assister à des scènes de violence sans éprouver la moindre douleur. Aucun éclair ne lui déchirait le crâne, la rendant si malade qu'elle parvenait à peine à respirer. Grâce à la proximité de Jack et Ken, elle était capable de supporter la pire des batailles.

Ken revint vers elle, puis la mena dans une clairière. Ils dépassèrent la cabane pour arriver à la mine. Malgré leur vétusté, les étais paraissaient solides. Briony pénétra dans la galerie pour se placer juste à l'entrée.

— Si je dois y rentrer pour me cacher, comment retrouverai-je la sortie ?

— Cette mine n'a rien d'un labyrinthe. Il y a deux souterrains, chacun d'eux ouvert sur l'extérieur. Je te conseille celui de gauche : il débouche dans une épaisse forêt où tu auras la possibilité de te camoufler. Tu es douée, ma belle. L'un de nous deux viendra te chercher. Nous te préviendrons avant notre arrivée. Si tu entends quelqu'un sans avoir reçu aucun avertissement de notre part, n'hésite pas à tirer. (Il lui tendit le sac à dos contenant ses vêtements.) Je dois aller effacer nos traces et aider mon crétin de frère. Je ne voudrais pas qu'il pète les plombs.

Briony hocha la tête et se força à sourire.

— Sois prudent, Ken.

Il tenta maladroitement de la rassurer en la serrant dans ses bras, puis passa son fusil en bandoulière et partit au pas de course en direction de la maison.

Encerclé, Jack essayait d'éliminer ses adversaires un par un, mais le deuxième soldat aux capacités amplifiées lui donnait du fil à retordre. Ken se hâta de masquer les empreintes le long du chemin qui reliait la mine au tunnel.

— J'arrive. Ne me tire pas dessus.

— Monte, Ken. Vise cet enfoiré qui me colle aux basques. Whitney ne peut pas se permettre de perdre plusieurs de ses super soldats. Il a beau savoir comment développer les capacités physiques, en ce qui concerne les dons psychiques, il faut déjà qu'il trouve des individus un tant soit peu doués au départ.

— Avant de te rejoindre, je dois me débarrasser de quelques obstacles.

Au moment même où il communiquait son intention à Jack, un homme surgit devant lui, couvert de feuilles et de brindilles. L'assaillant tira aussitôt. Ken se jeta sur lui à la vitesse de l'éclair pour lui décocher un coup de pied, évitant la balle ; mais une douleur fulgurante lui traversa la cuisse lorsque son adversaire l'entailla avec un couteau. Ken parvint à percuter l'homme à la hanche, le faisant tituber en arrière. Une deuxième détonation retentit. La balle siffla entre les arbres, effeuillant les branches sur son passage.

Ken sauta dans les airs et exécuta une roulade au-dessus de la tête du soldat afin d'éviter le coup de feu suivant. Après avoir rebondi contre un tronc, il lui envoya un violent coup de pied dans le crâne, lui enfonçant la pointe de sa chaussure au niveau de la nuque. L'homme s'effondra comme une pierre, et Ken se rua aussitôt sur lui pour lui tordre le cou, puis laissa retomber le corps sans vie à terre. Il s'empara des armes de sa victime, de ses munitions ainsi que d'une minuscule radio, et se remit à longer la rivière tout en scrutant les alentours avec plus d'attention. Apparemment, leurs ennemis s'étaient déployés au sol et étaient en train d'encercler la maison.

—J'arrive par l'est.

—Pas trop tôt!

Jack se décala de quelques centimètres afin de disposer d'un meilleur angle de tir sur l'un des hommes qui se dirigeait vers l'est. Il devait couvrir Ken, mais le soldat aux capacités amplifiées ne s'était toujours pas démasqué.

L'atmosphère autour de Jack se mit soudain à vibrer, avant de devenir opaque. Il sentit aussitôt sa tête et sa poitrine s'oppresser, comme si quelque chose le comprimait et aspirait l'air hors de son corps. Son adversaire était passé à l'action, créant un écran qui l'entourait de toutes parts.

Il roula, leva son fusil, mais renonça à tirer. Il n'était pas certain qu'une balle soit capable de traverser le bouclier psychique. À sa connaissance, seuls deux individus avaient le pouvoir de faire une chose pareille. Kadan Montague, et Jesse Calhoun. Jesse faisait partie des SEALs tandis que Kadan appartenait à l'autre unité, composée de membres de diverses sections des Forces spéciales obéissant aux ordres du général Ranier. Le général ou l'amiral les avaient-ils trahis ? Ils devaient absolument découvrir qui travaillait avec Whitney, sinon, tôt ou tard, les hommes des deux unités finiraient assassinés. Étant donné que Whitney constituait sa propre armée, aucun d'eux ne lui était plus indispensable.

— Te voilà enfin, Jack Norton. J'entends sans arrêt parler de toi. L'élite. Le meilleur. Ton frère et toi, vous semblez imbattables. Personne ne peut vous atteindre depuis le sol. Testons un peu tes talents. Si tu veux m'avoir, pose ton arme, et passons aux choses sérieuses.

Jack garda le silence, tentant de repérer la position exacte de son adversaire grâce au son de sa voix.

— Tu cherches à te faire une réputation.

— C'est déjà fait, répliqua son mystérieux assaillant. Tu es l'ancien modèle, la version périmée.

— Tu veux dire que moi, au moins, je suis capable de penser par moi-même, c'est ça ?

Jack essaya de se déplacer vers le bord du toit, mais il s'immobilisa lorsqu'une balle claqua juste à côté de sa chaussure en signe d'avertissement.

— Je vais te tuer, déclara l'homme, respirant la confiance.

— Qui es-tu ?

— Mon nom est Will Gunthrie. Ça te rappelle sans doute quelque chose. Tu as pointé le canon d'un pistolet sur ma tête quand on se trouvait dans la jungle, en Colombie. Mon comportement ne te plaisait pas.

Jack se souvenait de lui. La bile envahit aussitôt sa gorge. Ce gamin était une véritable machine à tuer. Il adorait faire souffrir ses victimes. Pour lui, il s'agissait d'un jeu ; il avait envie de faire du mal. Il avait éventré deux gardes et, au lieu de les achever, il les avait regardés tenter désespérément de faire rentrer leurs intestins dans leur abdomen. Les hommes comme Gunthrie rendaient Jack malade.

— Tu t'es exercé au couteau, Willie ? demanda Jack d'une voix posée. Je te l'ai enlevé avant de t'enfoncer le canon d'un pistolet dans la bouche. Tu avais tellement peur que tu as pissé dans ton froc. Alors, tu as encore des sueurs froides la nuit en repensant à ce jour où j'aurais pu te descendre ?

Le bouclier se dilata puis se contracta, comme si Will avait été ébranlé par ces propos. Mais lorsqu'il reprit la parole, il paraissait aussi calme qu'auparavant.

— Je veux ma revanche, Jackie. Vous êtes de gros durs à cuire, tous les deux. Des snipers de légende. C'est marrant que personne ne voie ni n'entende jamais ton frère avant qu'il soit trop tard. Un vrai fantôme. Mais c'est de toi que tout le monde parle. Le Grand Méchant Jack.

— Ouais, mon frère est par là, quelque part dans l'ombre, une arme pointée sur toi. Tu te remets à transpirer ? Tu commences à sentir sa présence, non ? Est-ce que le stress te fait déjà cligner de l'œil gauche ? Moi, je préfère tirer en plein milieu du front, mais Ken a une prédilection pour l'œil gauche.

— Si tu veux m'avoir, Jack, prends un couteau. Tes armes à feu ne te seront d'aucune utilité, cette fois.

Jack poussa un soupir.

— Je n'ai pas le temps pour ces conneries, Willie, mais si ton ego a vraiment besoin d'être flatté, allons-y, qu'on en finisse.

— Tu sais qu'il te tend un piège, Jack ! Je n'arrive même pas à vous voir avec cette lumière bizarre. Je suis en position. D'ici, je devrais vous repérer tous les deux, mais le toit est couvert d'une sorte de brume. Tu peux sortir de là ?

— Je ne crois pas, Ken. Je vais devoir faire les choses à sa manière. Il attend ce moment depuis longtemps. J'aurais dû le buter en Colombie quand je l'ai surpris en train de torturer

les gardes, mais on devait absolument se tirer de l'endroit où on se trouvait, et on avait besoin de chaque homme.

— *Tu savais qu'il avait participé aux expériences psychiques, Jack ? Tu étais au courant qu'il avait passé le test ?*

— *Je croyais qu'il s'était fait tuer quelques mois après avoir passé le test. En me renseignant sur lui, j'avais entendu dire qu'il s'était fait flinguer en Afghanistan.*

— *Il pourrait s'agir d'une ruse, Jack. Il y a deux hélicoptères, dont un qui ne cesse de faire des allers et retours au-dessus du toit. Je leur ai piqué une radio. Ils ordonnent à ton type de se replier et d'enlever le bouclier. Si tu te montres et qu'il leur obéit, les gars de l'hélico te descendront comme un lapin.*

Jack fit passer la sangle de son fusil par-dessus sa tête, puis posa l'arme à terre. Il tapota le Glock glissé dans son harnais de poitrine avant d'éloigner son fusil de la cheminée, afin que Will puisse le voir.

— *C'est possible, Ken, mais à mon avis, il a bien trop envie de me baiser. Il rêve de cet instant depuis longtemps. C'est son unique chance de se venger, et il le sait. C'est peut-être ma seule chance, à moi aussi. S'il enlève le bouclier, je devrai affronter les deux hélicos en même temps.*

Ken poussa un juron.

— *Bon, vas-y, alors. Je vais voir ce que je peux faire au sujet des hélicos.*

— C'est vraiment ce que tu veux, Will ? demanda Jack. Pose ton fusil, et montre-le. Je sais que tu as un pistolet, mais moi aussi. Si tu enlèves cet écran, je te tue avant qu'ils puissent m'atteindre. Tu peux me croire.

Will Gunthrie posa son arme en évidence sur le toit et apparut dans le champ de vision de Jack, qui fut tenté de faire feu pour en finir.

— Tu es dans ma ligne de mire, affirma Will. Je te préviens, si tu me tires dessus, tu es un homme mort. N'essaie pas de prendre ton pistolet. Je considère qu'il s'agit d'une affaire personnelle, Jack. C'est pourquoi tu n'en sortiras pas vivant. Pour toi, ce n'est qu'un travail.

— Tu vas continuer ton sermon longtemps ? ironisa Jack à voix basse.

D'un revers du poignet, Gunthrie envoya un couteau voler dans les airs. Jack l'évita en se plaquant sur le toit, puis roula pour se redresser juste devant son jeune adversaire. Il lui enfonça une lame dans la cuisse en remontant vers les chairs les plus tendres. Will recula d'un bond en sortant un second couteau, puis se déplaça en cercle autour de Jack, une expression menaçante sur le visage.

— Je dois admettre que tu es rapide. Je ne m'attendais pas à ça.

Jack l'observa afin d'engranger chaque détail, scrutant attentivement le moindre de ses mouvements, la tension de ses muscles, le tressaillement de sa mâchoire. Il esquissa un sourire, guère plus qu'un rictus lui découvrant les dents.

— Tu transpires déjà alors que nous n'avons même pas commencé, Gunthrie, le provoqua-t-il.

Will tenta une feinte destinée à le déstabiliser, mais Jack se contenta de le regarder sans réagir, impassible, ses yeux froids et inexpressifs rivés sur sa cible. L'entaille qu'il avait infligée à la cuisse de Gunthrie saignait. Une traînée écarlate descendait le long de sa jambe, mais il s'était éloigné avant que la lame n'ait fait de dégâts vraiment sérieux.

— Allez ! Qu'est-ce que tu attends ? l'invectiva Will en lui faisant signe d'approcher.

Immobile, Jack continua à le suivre du regard.

Rapide comme l'éclair, Gunthrie fendit l'air et, de son couteau, visa l'abdomen de son adversaire. Il déchira sa chemise, manquant de peu d'entamer la peau. Jack riposta avant de s'écarter. Son poignet avait à peine frémi, mais des estafilades apparurent sur les deux avant-bras de Gunthrie, et une autre en travers de sa poitrine, juste à l'emplacement du cœur. L'expression de Jack demeurait figée, son regard toujours aussi morne et distant. Une lueur argentée irisa ses yeux tandis qu'il observait Will, essayant d'anticiper ses gestes.

En une fraction de seconde, Gunthrie prit son élan et tourna sur lui-même pour envoyer un coup de pied arrière dans l'estomac de Jack, le couteau toujours à la main. Ce dernier le para en lui empoignant la cheville, mais lorsque son adversaire termina sa virevolte, il sentit la lame lui brûler le biceps.

Jack, à son tour, lui enfonça son arme profondément dans la cuisse, la faisant pivoter dans la plaie avant de repousser Gunthrie, puis s'écarta pour mieux s'élancer de nouveau sur lui. Il abattit son couteau à plusieurs reprises, provoquant des coupures superficielles. Lorsqu'il recula, le sang ruisselait d'une demi-douzaine de petites entailles.

Will Gunthrie poussa un chapelet de jurons puis se rapprocha de Jack avant de brandir son couteau, préparant une attaque classique destinée à en finir. Jack écarta son poignet du revers de la main et se remit à le poignarder, provoquant de nouvelles blessures aux bras et au ventre de son adversaire, et lui balafrant le visage. Will recula en titubant et contempla ses multiples plaies, qui saignaient abondamment.

— Tu te bats comme une fille.

Jack garda le regard rivé sur lui sans répondre, refusant de se laisser entraîner dans une conversation avec un homme qu'il considérait comme déjà mort. Il avait conscience de l'hélicoptère qui faisait du surplace au-dessus de lui, essayant de trouver un moyen de l'atteindre à travers le bouclier créé par Gunthrie. Jack savait pertinemment que, lorsque l'écran disparaîtrait, il devrait agir plus vite que jamais. Tout en observant Will dans l'attente de l'erreur qu'il allait sans aucun doute possible commettre, son esprit anticipait chacun des pas qu'il aurait à faire pour fuir, prévoyant même de ramasser son fusil.

Au moment où Gunthrie leva la main pour essuyer le sang qui lui maculait le visage, Jack fondit sur lui et abattit son couteau dans sa poitrine, l'enfonçant jusqu'au cœur. Les deux hommes se tenaient à quelques centimètres l'un de l'autre, les yeux dans les yeux.

— Cette fois, j'en fais une affaire vraiment personnelle, Gunthrie, et tu aurais dû en tenir compte.

Les prunelles du soldat s'éteignirent pour devenir opaques. Le corps sans vie s'effondra lourdement sur le toit. Lorsque Gunthrie rendit son dernier soupir, l'écran vibra et commença à se dissiper, l'air retrouvant sa transparence. Désormais bien en vue, Jack constituait une cible facile pour la demi-douzaine de canons pointés sur lui et l'hélicoptère qui vrombissait juste au-dessus de sa tête.

L'homme qui commandait la mitraillette de l'engin tira une salve. Jack plongea en direction de la bordure du toit, s'emparant au passage de son fusil. Il passa la bandoulière d'un geste précis tout en s'agrippant à la corniche, et balança ses pieds avec force à travers la fenêtre pour regagner l'abri relatif de sa chambre.

— *À terre, à terre, ils arrivent!* avertit Ken.

Tout explosa autour de lui, lui brûlant la jambe et arrachant une partie du mur. Le pantalon carbonisé et la chair à vif, Jack rampa afin de se réfugier dans la salle de bains. Il tapa des mains sur son jean en feu et roula au sol jusqu'à ce que les flammes s'éteignent, et jura à la vue des cloques qui se formaient le long de sa cheville et de sa cuisse tandis que sa peau virait au rouge brique.

— *Descends cet enfoiré.*

— *J'essaie.*

Au moment même où la réponse de Ken lui parvenait, Jack appuya sur la détente, visant tout d'abord le soldat maniant la mitraillette, puis celui qui lançait des grenades.

— *Je m'occupe de l'hélico*, annonça Ken.

— *Attends que cette saloperie se soit éloignée de la maison. Je n'ai pas envie de recevoir un engin pareil sur le crâne.*

Ken tira trois coups successifs, et l'hélicoptère se mit à tanguer dangereusement. Jack releva juste assez la tête pour viser, et fit feu à deux reprises. L'hélicoptère vira sur le côté avant de tournoyer en laissant échapper un nuage de fumée noire.

— *Merde, Ken, il va tomber sur le garage. Ma Jeep y est garée alors que ta Land Rover, comme par hasard, se trouve dans le hangar. Comment tu expliques ça ?*

— *Putain de merde. Sors de là ! Quelqu'un vient de sauter de l'hélico, et vu comme il a atterri, c'est un super soldat.*

L'hélicoptère descendit en vrille et s'écrasa presque au ralenti dans un fracas métallique. Des nuages de fumée se répandirent tout autour d'eux.

— *Il avance à couvert, Jack, il pourrait se diriger vers toi. Tu es blessé ?*

— *Pas vraiment, mais je suis furax que tu aies démoli ma voiture.*

— *Je n'ai pas démoli ta voiture, crétin, je t'ai sauvé la vie. Je t'avais dit de la garer dans le hangar, mais tu n'as pas voulu la déplacer quand j'ai commencé à nettoyer le garage. Bien fait pour toi !*

Jack se figea brusquement.

— *Où est le second hélico ?*

— *Je lui ai tiré dessus une ou deux fois et il est parti.*

Jack secoua la tête pour essayer de réfléchir au-delà de ses automatismes de guerrier.

— *Quelque chose ne colle pas. Ils donnent l'assaut, mais sans y mettre toute la gomme. Tu crois qu'ils ont peur ?*

Ken analysa cette suggestion en fronçant les sourcils.

— *Je pense qu'ils obéissent aux ordres.*

— *Donc, ils se contentent de nous occuper. Whitney a calculé les probabilités sur son ordinateur, comme pour chaque mission, et cette saloperie de machine lui a dit que nous cacherions Briony en lieu sûr.*

L'estomac de Jack se noua, c'était mauvais signe. Des alarmes se mirent à hurler dans sa tête.

Les mêmes rugissaient dans l'esprit de Ken.

— *Briony s'inquiétait parce qu'ils réussissent toujours à la retrouver. Comment, Jack ? Comment parviennent-ils à la repérer ?*

Chapitre 17

Briony s'accroupit dans la galerie qui s'enfonçait sous terre. Quelque chose la perturbait, mais elle ne parvenait pas à mettre le doigt dessus. Comment arrivaient-ils à la retrouver ? Si Ken avait raison, Whitney n'aurait jamais pris le risque d'envoyer des soldats chez les frères Norton sans certitude. Comment pouvait-il faire en sorte que des militaires attaquent d'autres membres de l'armée ? Ils ne pouvaient faire confiance à personne.

Comme il faisait bien plus sombre dans le tunnel que dans les bois, Briony préféra s'asseoir à l'entrée. Cette position lui permettrait de se cacher rapidement à l'intérieur de la mine si jamais quelqu'un approchait, et la proximité des arbres lui procurait un certain réconfort. De temps à autre, elle apercevait un éclair déchirer le ciel et entendait des balles crépiter, mais les sons paraissaient lointains. Comment suivaient-ils sa piste ?

Whitney devait avoir agi de manière logique. Il avait ramené Briony chez lui après l'avoir sortie de l'orphelinat dans lequel il l'avait trouvée, puis s'était servi d'elle pour ses expériences. Contrairement aux autres fillettes, il l'avait fait adopter par une famille aimante. *Mais cela faisait partie du protocole.* Il avait voulu voir comment elle allait se comporter et évoluer en comparaison avec les sujets qu'il avait gardés. *De quoi a-t-on besoin pour une expérience ?* Briony se redressa, le cœur battant la chamade. Elle savait qu'elle était sur le point de faire une découverte cruciale. Une douleur lui traversa les tempes, et son estomac se contracta. Elle avait trop souvent ressenti au cours de son existence cette souffrance aiguë et ces terribles nœuds dans le ventre, qui l'avaient chaque fois dissuadée d'essayer de se souvenir de son passé. Qui Whitney utilisait-il comme témoin ? Il avait besoin de ces expériences comme d'autres ont besoin de respirer. Il devait la comparer à quelqu'un, un enfant qu'il avait gardé dans son laboratoire, élevé sans l'amour d'une famille, dans un environnement austère et difficile.

Oh, mon Dieu!

Horrifiée par ses propres pensées, elle se mit à se balancer d'avant en arrière en pressant les mains sur son ventre. Une autre petite orpheline ? Qu'aurait-elle appris à Whitney ? Simplement qu'elle ne réagissait pas de la même façon à la contrainte, à la douleur ? Non. Whitney était plus exigeant que cela. Pourquoi avait-il choisi de la faire adopter, elle ? Qu'avait-elle de spécial pour qu'il la place dans une famille, mais pas les autres fillettes ?

Elle essaya de se rappeler, força son esprit à remonter jusque dans son enfance, quand elle se trouvait encore avec le professeur. Elle avait été adoptée à cinq ans. Elle était alors suffisamment âgée pour conserver des souvenirs. La douleur lui martelait le crâne. Son nez se mit à saigner sous l'effort, mais les ombres qui obscurcissaient sa mémoire commençaient à se dissiper. Une voix enfantine. Qui pleurait, suppliait. S'agissait-il de sa propre voix ? N'en entendait-elle pas deux ? Des mains qui la saisissaient pour l'écarter sans pitié alors qu'elle s'agrippait… non, qu'elles s'agrippaient l'une à l'autre.

Elle se frotta les bras, soudain glacée jusqu'aux os. Il y avait bien deux voix. La douleur lui vrillait le crâne, lui transperçait le cerveau, mais elle ne renoncerait pas si près du but. Un flot continu de sang coulait à présent de son nez, et un filet écarlate ruisselait de son oreille. Elle se prit la tête entre les mains. Elle avait l'impression que quelqu'un resserrait un étau autour de son crâne, mais elle insista, poussa la barrière, passant outre à la souffrance. Et elle vit…

Briony étouffa un cri et se couvrit les yeux, comme pour se protéger de la vérité qu'elle venait d'entrevoir. Deux petites filles blondes aux grands yeux marron, identiques, qui discutaient en marchant main dans la main, puis… Briony courut vers l'intérieur de la galerie, où elle se plia en deux pour vomir.

J'ai une sœur jumelle. Whitney les avait arrachées l'une à l'autre, avait enterré leurs souvenirs sous le poids de la souffrance, et l'avait envoyée seule dans une famille tandis qu'il gardait sa sœur. Comment l'avait-elle laissé effacer ces images ? Au cours de toutes ces années, qu'avait-il fait à Mari ? *Marigold.* Lui avait-il aussi fait oublier ? Ou Mari savait-elle que sa sœur se trouvait quelque part en liberté alors qu'elle était enfermée par un savant fou qui l'utilisait comme cobaye ? Attendait-elle que Briony vienne la délivrer ? Whitney aurait-il été capable de la soumettre à une telle torture ? Se demandait-elle chaque jour pourquoi sa sœur ne retournait pas la chercher ?

Le visage baigné de larmes, Briony regagna en chancelant l'entrée de la mine. Ses souvenirs avaient beau être confus et épars, elle était certaine de ne pas se tromper. Elle ressentait le même vide oppressant que lorsque Whitney les avait cruellement séparées bien des années auparavant. Il devait y avoir un moyen de parvenir jusqu'à Mari. Briony la retrouverait, mais il fallait tout d'abord qu'elle découvre comment les hommes de Whitney réussissaient à la traquer. Avant de prendre sa revanche sur le professeur, elle devait lui échapper.

Elle releva la tête. Whitney n'avait jamais vraiment cessé de la contrôler. Il avait dirigé son éducation et pourvu à son suivi médical. Il avait eu tout le loisir de poursuivre ses expériences sur elle. S'il avait pu lui faire acquérir la capacité de changer de couleur de peau, il avait certainement eu la possibilité de lui faire tout ce qu'il jugeait nécessaire, comme l'équiper d'un dispositif de pistage.

Elle étouffa un juron. *Bien sûr.* Il n'aurait pas pris le risque de perdre la trace de la future mère de ses super soldats. Quand le lui avait-il implanté ? Pas lorsqu'elle était encore toute petite. Cela remontait à trop longtemps, et les techniques avaient largement évolué depuis. Whitney aurait voulu le système le plus efficace, le plus récent. Quand le docteur Sparks avait-il réalisé une opération importante sur elle ? Deux ans auparavant, elle avait été admise dans un service de soins externe pour une intervention chirurgicale. Dans cette unité travaillait la propre équipe de Sparks, et non le personnel habituel de l'hôpital.

Briony porta la main à sa hanche. Lorsqu'elle s'était réveillée, elle avait constaté qu'on lui avait fait des points de suture. Le docteur Sparks lui avait expliqué qu'ils avaient découvert une grosseur douteuse et avaient préféré l'ôter, arguant que ses capacités physiques exceptionnelles nécessitaient la plus grande prudence. Sans l'affirmer, il avait sous-entendu qu'il pouvait s'agir d'une tumeur cancéreuse, ce qui avait conduit la mère de Briony à s'inquiéter à la moindre petite bosse.

Elle passa son doigt sur la cicatrice, exerçant une pression afin d'essayer de repérer une éventuelle protubérance sous la peau. Elle retint son souffle. Si elle appuyait assez fort, elle sentait très nettement des aspérités. Whitney lui avait bien introduit une puce dans le corps. Cela signifiait que Jack et Ken auraient beau retenir une armée entière ou la cacher au plus profond de la jungle, les hommes de Whitney finiraient toujours par la retrouver.

Le cœur battant à tout rompre, elle ouvrit le sac que Jack avait préparé en hâte. Elle découvrit des armes et une trousse de secours au-dessus de ses vêtements. Elle tira un couteau de son fourreau et en inspecta la lame. Les deux frères semblaient disposer du meilleur équipement possible. L'instrument était bien équilibré, et le manche permettait une excellente prise en main. Elle l'observa quelques instants, vacillant entre hésitation et détermination.

En quête de réconfort, elle tenta de contacter Jack par télépathie, espérant qu'il avait surmonté le danger et s'apprêtait à venir la rejoindre, mais il avait l'esprit totalement accaparé par une cible. Elle renonça à lui parler, et contempla de nouveau le couteau. Avec lenteur, elle ouvrit un sachet de compresses antiseptiques et en utilisa une pour essuyer la lame. Elle se nettoya également la peau, tressaillant au contact du désinfectant glacé.

Elle prit une profonde inspiration, puis appliqua la pointe du couteau contre la saillie en forme de disque qu'elle sentait dans sa chair. Dès qu'elle incisa la peau, elle se mit à frissonner et transpirer. Elle inséra la lame plus profondément afin d'estimer les dimensions de l'objet, et commença à trembler tandis qu'un éclair de douleur la traversait, lui nouant le ventre ; mais elle était bien résolue à retirer cet appareil. Une fois certaine de la taille de l'ouverture à pratiquer, elle s'entailla soigneusement la chair. La plaie avait beau atteindre à peine deux centimètres, la douleur qui irradiait le long de son dos et de sa jambe donnait à Briony l'impression de s'être meurtri toute la hanche. Même son estomac contracté la faisait souffrir. Elle posa le couteau et s'empara d'une pince à épiler, avec laquelle elle entreprit d'extraire la puce tout en murmurant des paroles rassurantes à l'intention des bébés, de peur qu'ils aient conscience de ses gestes.

Une fois l'opération accomplie, elle dut s'interrompre un moment pour respirer calmement et ne pas être de nouveau malade. La suture s'annonçait délicate étant donné la position de l'entaille. De plus, Briony avait les doigts glissants en raison du sang qui coulait en abondance. Elle fouilla dans la trousse de secours, qui contenait plusieurs aiguilles, par chance déjà munies de fil. Même si elle avait déjà eu l'occasion de recoudre ses propres plaies, d'une certaine façon, la tâche lui semblait à présent bien plus douloureuse et ardue que dans son souvenir.

Ses mains tremblaient, ce qui n'arrangeait rien, mais elle se mordit la lèvre inférieure avec résolution en s'enfonçant l'aiguille dans la peau. Elle s'efforça d'accoler les bords de l'ouverture en effectuant de tout petits points. Une fois qu'elle eut terminé, gagnée par la nausée, elle s'adossa à la paroi et ferma les yeux. L'odeur de son propre sang lui montait à la tête dans l'espace confiné de la galerie. Elle se concentra pour calmer les soubresauts de son estomac.

Un bruissement léger la fit sortir de sa torpeur. Le craquement d'une branche. Elle rouvrit brusquement les yeux et s'empara de l'arme la plus proche, une pierre, rassemblant toutes ses forces pour la jeter. Au moment de lâcher son projectile, celui-ci glissa de ses doigts poisseux. Le visage de Luther se tordit de colère lorsqu'il referma la main sur le caillou, qu'il avait reçu en pleine poitrine. Il pénétra à l'intérieur de la mine, dominant Briony de sa silhouette menaçante.

— Eh bien, on dirait que la petite garce est retournée voir son homme. C'est son sale morveux que tu portes, hein ? Pas celui du dompteur. Tu m'as menti, salope.

À ces mots, il décocha un coup de pied en direction du ventre de Briony. Elle s'écarta au dernier moment en roulant, continua son mouvement jusqu'à ce qu'elle manque de place, puis s'efforça de se redresser. Luther était trop rapide pour elle. Il la rattrapa et la plaqua contre la paroi. Elle s'assit et releva les genoux dans l'espoir de protéger les bébés, attendant la prochaine attaque. Luther respirait de manière saccadée, les yeux brillant d'une fureur indicible.

Briony céda à la panique.

—*Jack! Jack, Luther m'a retrouvée.*

Elle pleura presque de soulagement lorsqu'il lui répondit.

—*On arrive*, déclara-t-il d'un ton calme, totalement sûr de lui. *Retiens-le si tu peux. Sinon, coopère, Briony. Ne lui donne aucune raison de s'énerver contre toi.*

—*Bonne idée, mais c'est trop tard. J'ai vraiment peur qu'il essaie de faire du mal aux bébés. J'ignore ce qu'il attend de moi au juste, mais j'ai l'impression qu'il est persuadé que je l'ai trahi. J'ai un couteau, mais je ne suis pas sûre d'avoir le dessus.*

—*Est-ce qu'il a vu ton arme?*

—*Non.*

—*Ne l'utilise qu'en dernier recours. Et garde ton esprit ouvert au mien, ma chérie. Je serai peut-être capable de te protéger des émotions, même à cette distance. Et s'il t'emmène avant que j'arrive, ça me permettra de te retrouver.*

—Je commence à perdre patience, Briony, persifla Luther en se penchant pour la regarder dans les yeux. (Il voulait qu'elle ait peur de lui ; elle le lut sur son visage.) Tu nous as menti, c'est Jack le père du bébé.

En se recroquevillant davantage dans l'ombre, Briony sentit dans son dos le sac au-dessus duquel elle avait laissé le couteau couvert de sang. Elle se positionna de manière à dissimuler l'arme.

—Je sais, répondit-elle à voix basse, feignant la soumission. Je suis désolée. Je ne sais plus où j'en suis. Je ne comprends plus rien.

Cette réaction surprit Luther, qui se figea, l'air soupçonneux. D'un geste calculé, Briony essuya son visage moite de transpiration, la main tremblante, étalant du même coup du sang sur son front. Elle essayait de paraître aussi fragile que possible.

— Tu as trouvé la puce.

Son attitude changea du tout au tout. Il semblait même fier d'elle.

— Je savais que tu finirais par la découvrir, reprit-il. Et tu l'as retirée toi-même. Tu es tout à fait comme… (Luther s'interrompit brusquement pour s'accroupir à côté d'elle, et sortit une gourde.) Tiens, bois un peu. Ce n'est que de l'eau. Laisse-moi jeter un coup d'œil à ta plaie.

— Tout à fait comme ma sœur ?

Briony s'empara de la gourde et avala une gorgée sans détacher son regard de celui de Luther, attendant sa réaction.

— J'étais sûr que tu t'en souviendrais. Tu es coriace, c'est pour cette raison que je t'ai choisie. Nos enfants vont être extraordinaires.

Il lui effleura la hanche pour inspecter son travail.

Briony se mordit la lèvre inférieure, se contraignant à rester tranquille et à résister au dégoût que lui inspirait le contact de Luther.

— Où est-elle ? l'interrogea Briony.

— Tu la verras bientôt. Elle n'est pas au mieux de sa forme, en ce moment. Elle se montre très agressive, Brett doit souvent la rappeler à l'ordre.

— Qui est Brett ? Et pourquoi se montre-t-elle agressive ?

— Elle refuse de coopérer avec lui. (Il secoua la tête.) Je n'ai pas envie d'avoir ce genre de soucis avec toi.

— Ma sœur est avec un homme qui s'appelle Brett ? Et il la punit ? Tu comprends pourquoi je suis troublée ? Je croyais que Whitney avait déterminé les couples destinés à faire des enfants en créant une attirance physique mutuelle.

Elle avala une nouvelle gorgée d'eau afin de retarder l'inéluctable, de gagner du temps.

Luther sortit sa propre trousse de secours, et entreprit de nettoyer la hanche de Briony avec un produit antiseptique, puis y appliqua un antibiotique.

— Nous nous sommes rendu compte qu'il n'est pas nécessaire que la femme soit attirée par l'homme. L'essentiel, c'est que lui la désire.

Briony fronça les sourcils.

— C'est ridicule. Pourquoi une femme accepterait-elle de concevoir un bébé avec quelqu'un qui ne lui plaît pas ?

— Son accord n'est pas indispensable. Tu n'as pas à donner ton consentement non plus, d'ailleurs. Il suffit de forcer les choses. Si la femme résiste, ce n'est pas facile, mais d'un autre côté, la combativité est une qualité que nous apprécions tous. Une femme capable de se rebeller et assez endurcie pour retirer un appareil implanté dans son corps est sans conteste une mère valable pour nos enfants. (Il appliqua au-dessus de la plaie une bande de gaze qu'il fixa à l'aide de sparadrap.) Ça devrait tenir jusqu'à ce qu'on arrive au labo.

Briony se retint de le traiter de fou.

— Est-ce que je pourrai voir ma sœur ?

— Si vous voulez vous rencontrer, vous devrez toutes les deux faire ce qu'on vous demande.

— Tu veux dire coucher avec celui qu'on nous désigne ? Pourquoi Whitney n'utilise-t-il pas plutôt la fécondation in vitro ?

— Parce qu'une fois que nous aurons les soldats que nous souhaitons, personne ne pourra les accuser d'être le résultat d'une manipulation génétique. Ce seront incontestablement des humains, nés de façon naturelle. Il n'y aura aucune polémique possible.

— C'est du viol ! assena Briony.

— Seulement si tu refuses de coopérer, rétorqua Luther en refermant les doigts autour de son poignet afin de l'aider à se relever. La femme a le choix, on lui laisse toujours décider entre la manière douce et la manière forte. Ne te comporte pas comme ta sœur.

Le fanatisme qu'exprimait son visage la rendait malade. Il croyait dur comme fer à ses propos et ne remettait pas un instant en doute la moralité de ce qu'il suggérait : lui imposer d'avoir des relations sexuelles avec un homme dans le but de concevoir un enfant à la force et aux capacités surhumaines. Son explication au sujet de la fécondation in vitro n'avait aucun sens. D'autres raisons devaient justifier qu'ils n'y aient pas recours.

Elle tituba contre lui lorsqu'il la tira vers l'entrée de la galerie. En un éclair, il se jeta sur elle et la fit pivoter avant de la plaquer contre la paroi d'une main ferme. De l'autre, il lui agrippa le poignet, révélant le couteau. Il lui arracha l'arme et la lança au sol, où elle ricocha.

— Tu me crois vraiment aussi bête ?

Il la gifla, la faisant chanceler sous la violence du coup, puis la repoussa de nouveau contre le mur.

— Je suis déjà en colère contre toi, reprit-il, ne me pousse pas à bout.

Le choc fit monter les larmes aux yeux de Briony.

— Pourquoi ? Qu'est-ce que j'ai fait, à part essayer de m'enfuir ? Tu aurais agi comme moi.

Elle tenta de réfléchir sans céder à la panique. Jack allait arriver. Il fallait juste gagner du temps. Luther relâcherait son attention à un moment ou à un autre et, alors, elle trouverait un moyen de s'échapper… ou de le tuer.

Luther enfouit son visage dans son cou et inspira bruyamment.

—Je sens sa sale odeur sur toi. Tu as couché avec ce tueur ; c'est ce qu'il est, il ne sait faire que ça. Ce n'est pas un soldat. Il ne comprend pas ce que représente la loyauté envers une unité. Ce n'est qu'un assassin, et tu portes son enfant. Avant de te ramener au laboratoire, on s'arrêtera chez un médecin pour que tu t'en débarrasses. En arrivant, tu diras que tu as fait une fausse couche. Pigé ? Si tu ne m'obéis pas, ta vie ressemblera à un enfer pour un bon bout de temps. J'ai bien envie de retirer cette chose moi-même, comme tu l'as fait avec la puce de pistage.

Briony ne put réprimer le frisson qui la parcourut quand il posa les mains sur elle et se mit à la caresser. Il l'embrassa dans le cou et lui mordit violemment l'épaule en guise de punition.

—Tu devais être à moi, pas à lui. J'ignore pourquoi ils voulaient un enfant de lui, mais ils ne l'auront pas. Je ne serai pas capable de patienter très longtemps avant de te posséder, mais au moins, je vais te débarrasser de la puanteur qui imprègne ta peau.

Il se pressa étroitement contre elle, dur comme un roc, explorant son corps de ses mains. Lorsque le bruit d'une détonation retentit au loin, transperçant le silence de la nuit, Briony comprit que Jack avait encore du chemin à parcourir avant d'arriver jusqu'à elle.

Elle essaya de demeurer impassible. Si elle montrait à Luther à quel point elle haïssait la sensation de ses mains sur elle, il serait susceptible de la frapper jusqu'à ce qu'elle avorte. Cependant, quand il lui lécha le cou et glissa ses doigts sous son tee-shirt pour s'emparer de ses seins, elle fut incapable de refréner un frisson de dégoût.

—Je sais à quoi tu penses, mais je te déconseille d'essayer, Briony. Tu as beau être forte, tu n'auras jamais le dessus sur moi. Tu n'es pas assez vicieuse. J'ai regardé attentivement chacun des enregistrements qu'ils ont faits de toi, j'ai étudié tous tes gestes.

Ses lèvres remontèrent le long du lobe de l'oreille de Briony, et il prit un sein dans le creux de sa paume.

L'espace d'un instant, elle tenta de se mettre à la place de Luther : il obéissait à un instinct manipulé par l'esprit diabolique de Whitney qui le poussait à poursuivre Briony, ou plutôt l'y contraignait, car le désir qu'il ressentait pour elle ne lui laissait aucun répit. Aucune autre femme ne parviendrait à assouvir sa faim. Pourquoi Luther ne se rendait-il pas compte que, tout comme elle, Jack, sa sœur et sans doute Brett, il était une victime ? Whitney jouait avec eux comme avec les pièces d'un échiquier.

Luther souleva le haut de Briony et se courba pour embrasser sa poitrine, les exigences que lui dictait son corps annihilant totalement sa capacité de réflexion.

Elle lui écrasa le pied aussi fort qu'elle le put, et tenta ensuite de lui donner un coup de talon dans le genou. Elle manqua sa cible, mais réussit à le frapper au tibia.

Luther grogna de douleur, sans toutefois relâcher son étreinte. Briony se pencha et referma ses mains autour de son cou, puis le souleva et le fit basculer en arrière sur son dos. Luther s'agrippa avec acharnement à son poignet lorsqu'il passa au-dessus de sa tête, et faillit lui déboîter le bras quand il effectua un tour sur lui-même avant de retomber au sol. Projetée vers l'avant, Briony essaya de se retourner au dernier moment, cherchant instinctivement à protéger les bébés.

Ses poumons se vidèrent brusquement de tout l'air qu'ils contenaient. Lorsque Luther plongea sur elle pour la plaquer au sol, elle envoya un violent coup de pied, espérant atteindre son entrejambe. Il pivota, et ce fut sa cuisse qui encaissa le choc. Il jura et lui lança son poing en pleine figure. Briony vit des étoiles danser sous ses paupières, et son œil gauche se mit à enfler si vite qu'elle en perdit partiellement la vue. Luther se précipita aussitôt sur elle ; faisant abstraction de la douleur, elle tenta de se redresser afin de l'empêcher de peser de tout son poids sur son ventre. Il s'empressa d'enfoncer son genou dans sa hanche, appuyant délibérément sur la plaie tout juste suturée.

— Bon sang, je t'ai déjà dit de ne pas me provoquer. Tu ne gagneras jamais contre moi. As-tu la moindre idée du mal que je pourrais te faire si j'utilisais toute ma force ? Là, je me contente de te donner une petite leçon.

Elle essaya de le repousser en le frappant à la poitrine, à la jambe, puis commença à le marteler de coups de poing.

— *Couche-toi ! Couche-toi !*

La voix de Jack parvint jusqu'à son cerveau en un murmure presque inaudible dans la poussée d'adrénaline et la peur qu'elle ressentait pour les bébés. Après une brève hésitation, elle se laissa retomber à terre. Alerté par cet infime contretemps, Luther s'écarta en roulant, et la balle qui était destinée à lui transpercer le crâne le percuta à l'épaule. Il continua à rouler sur lui-même jusqu'à l'entrée de la mine.

Briony rampa à quatre pattes en direction des arbres, où elle se trouverait davantage à l'abri. Son œil tuméfié l'empêchait de voir avec netteté. Lorsqu'elle sentit quelqu'un la saisir d'une poigne de fer, elle se débattit avec vigueur.

— Briony, c'est moi. Tout va bien. Tu es en sécurité, maintenant.

Jack l'enveloppa de ses bras et la serra contre sa poitrine. Elle pouvait sentir son parfum et entendre les battements de son cœur. Il la relâcha pour l'observer.

— Putain ! L'enfoiré !

Il l'enlaça de nouveau avant de la confier à Ken, la tête tournée vers la mine, les yeux brillant d'une rage froide.

— Non ! s'écria Briony en l'attrapant par le poignet pour essayer de le retenir. Il sait où elle est. J'ai une sœur, et il sait où elle se trouve.

Jack courut en direction de la galerie sans même se retourner vers elle.

— Jack ! S'il te plaît !

— *Espèce d'abruti, tu n'es plus capable de réfléchir*, lança Ken en se lançant à la poursuite de son frère. *On ne suit jamais un ours blessé dans sa tanière, même s'il mérite de mourir.*

Il frappa Jack au niveau des genoux, et celui-ci s'écroula à terre. Au même moment, un coup de feu retentit dans la mine.

— *Lâche-moi, bordel !*

— *Arrête de jurer et enlève tes œillères, Jack, bon sang. Briony a déjà assez souffert, elle n'a pas besoin que tu te fasses tuer en te montrant imprudent. Partons d'ici. Nous nous occuperons de ce salaud plus tard.*

— *Tu as vu ce que ce fils de pute a fait à Briony ?*

— *Oui. On l'aura, mais pas maintenant. Il faut que tu arrêtes de céder à tes impulsions.*

Jack prit une longue inspiration pour tenter de s'apaiser. Dès qu'il s'agissait de Briony, il sortait rapidement de ses gonds, et à la vue de son visage enflé et du sang qui maculait son jean et son tee-shirt...

Il repoussa Ken sans ménagement, puis rampa en direction des buissons afin de rejoindre Briony.

Il serra sa frêle silhouette contre lui.

— Ce n'est rien, ma puce, j'ai juste perdu la tête quelques instants. Tu vas avoir un bel œil au beurre noir.

Briony trouvait sa propre faiblesse humiliante, mais elle ne pouvait s'empêcher de pleurer.

— J'ai une sœur, Jack. Ils la détiennent prisonnière quelque part, et Luther m'a dit qu'elle se faisait rappeler à l'ordre parce qu'elle refusait que, Brett, l'homme qui lui est destiné, la touche. Selon lui, il est inutile que la femme se sente attirée par l'homme, il suffit que lui ait envie d'elle. Qui peut vouloir une monstruosité pareille ?

— Des salauds, ma chérie, répondit Jack en essuyant ses larmes à l'aide de son pouce. (Malgré l'infinie tendresse dont il faisait preuve, elle grimaça, et il laissa retomber sa main.) Que t'est-il arrivé ? Tu t'es blessée de ce côté ? (En soulevant son tee-shirt, il aperçut le pansement de gaze imbibé de sang.) Putain, Briony ! Arrête de pleurer, tu me rends fou.

— Il s'est assis sur moi, tu l'as vu. Je ne sais pas s'il aurait pu tuer les bébés juste en appuyant sur mon ventre, Jack, je ne m'y connais pas assez.

Les larmes qui roulaient sur ses joues fendaient le cœur de Jack.

— D'après ce que j'ai lu, les bébés se trouvent dans un milieu très protégé, Briony. Rassure-toi, ils vont bien.

— Il a dit qu'il avait envie de me les retirer. Il prévoyait de m'emmener dans une clinique pour me faire avorter.

Un frisson la secoua, accompagnant un nouveau sanglot.

Jack enroula ses bras autour d'elle et l'attira contre lui d'un geste protecteur tout en adressant un regard désemparé à son frère.

— Il ne va rien leur arriver, Briony.

Il releva de nouveau son haut afin d'observer sa plaie.

— Il faut qu'on bouge si on ne veut pas être pris au piège, Jack, l'avertit Ken en jetant un coup d'œil en arrière. On ne réussira pas à les duper bien longtemps. Quand ils se rendront compte que nous sommes partis, ils se lanceront à notre poursuite, et il y a forcément des télépathes parmi les soldats. Luther a beau être coincé dans la mine, les autres ne vont pas tarder.

Jack rabaissa le tee-shirt en fronçant les sourcils, puis fit signe à Briony de rester derrière lui. Les deux hommes se mirent à courir à travers bois en l'encadrant, s'éloignant de la maison et de la mine. Briony appuya la main contre son flanc de manière à apaiser la douleur lancinante.

— Que s'est-il passé ? insista Jack.

— Whitney m'avait implanté une puce de pistage dans la hanche. Je l'ai retirée pour qu'ils ne puissent pas nous suivre.

Jack lui décocha un regard furieux.

— Tu as fait quoi ?

— Jack, le prévint Ken.

— Qu'est-ce que tu aurais fait, à ma place ? se défendit-elle.

S'il se mettait à lui hurler dessus, elle allait vomir, et il en ferait les frais. Son œil l'élançait à chaque pas, envoyant des éclairs de douleur qui lui transperçaient le crâne, et son ventre ne cessait de se contracter de manière désagréable. Elle s'inquiétait pour les bébés après ce qu'avait fait Luther, en dépit des paroles rassurantes de Jack.

— Où allons-nous ? s'enquit-elle.

— Vers le col, par le canyon, expliqua Ken. Ça ressemble à un cul-de-sac et on pourra les avoir ; ils penseront que nous sommes pris au piège, mais nous avons notre propre issue.

— Il fait jour maintenant, nous devons prendre de l'avance sur eux, ajouta Jack. Mais avant, nous devrions nous arrêter pour soigner ta hanche et ton œil. Il y a un bosquet en pente douce juste au-dessus. Nous y serons davantage en sécurité. Il faudrait aussi que tu t'hydrates. Si tu es fatiguée et que tu as besoin de repos, n'hésite pas à nous le dire.

— Ils vont mettre le paquet une fois que nous aurons atteint le canyon, avança Ken. Tu sais bien qu'ils ont encore un hélicoptère. Ils vont s'en servir pour nous repérer. Restons sous les arbres aussi longtemps que possible. (Ken prit la tête du trio lorsque le sentier se rétrécit.) Attention aux branches basses, Briony.

— Ils pourront voir où nous allons, Jack, s'angoissa-t-elle.

— Nous avions prévu l'hélicoptère, la rassura Jack. Nous nous en sortirons. À partir de maintenant, la végétation devient plus dense. Nous pouvons ralentir l'allure si tu en éprouves le besoin. L'hélicoptère ne peut pas pénétrer ici.

— Mais nous laissons des traces, fit remarquer Briony.

— Il faut qu'ils puissent nous suivre, justement, ma puce, répliqua Jack. Ne t'inquiète pas, nous savons comment leur échapper. Ken, est-ce que tu as appelé des renforts ?

Ce dernier secoua la tête.

— J'y ai pensé, mais hormis notre propre équipe, nous ne pouvons nous fier à personne. Si je contacte notre amiral et qu'il est dans le coup, on est foutus.

Jack observa les traits tirés de Briony. Elle avait déjà traversé de rudes épreuves, et ils avaient encore plusieurs kilomètres à parcourir ainsi qu'une montagne à gravir. Elle lui adressa un mince sourire.

— Ça va, Jack. Prenons de l'avance sur eux.

Elle ne lui semblait pas en forme, mais s'il l'emmenait à l'hôpital – ce qu'il avait l'intention de faire pour vérifier que les bébés allaient bien –, il se ferait arrêter pour violence conjugale. Elle avait l'air d'une rescapée de guerre. Il ralentit l'allure sur quelques enjambées. Ken lui lança un regard acéré mais, lorsqu'il aperçut la tête courbée de Briony, il s'abstint de tout commentaire et reprit sa position à l'arrière afin d'être en mesure de les protéger, Jack et elle, si jamais l'un des soldats de Whitney les rattrapait.

Briony courut encore pendant plus d'un kilomètre sur le chemin escarpé. Ses poumons la brûlaient, et une crampe lui tenaillait le flanc. Le sang coulait à flots de sa plaie, et elle dut se tenir le ventre d'une main. Son esprit était envahi par la crainte de ralentir Jack et Ken et de les empêcher d'échapper à leurs poursuivants. L'hélicoptère avait disparu durant un peu plus d'une heure, sans doute pour se ravitailler en carburant, mais il était de nouveau en train de survoler les arbres à faible altitude, à leur recherche.

Elle tentait désespérément de réprimer la bile qui lui montait à la gorge mais, incapable de se retenir plus longtemps, les yeux embués de larmes, elle s'arrêta pour se plier en deux, prise de haut-le-cœur.

— Nausée matinale, expliqua-t-elle. Je n'ai rien mangé. Désolée.

Jack porta son fusil à son épaule puis scruta les bois qui les entouraient. Tourné dos à Briony, Ken fit de même. Malgré leur immobilité, ils ne cessaient d'épier les alentours. L'heure suivante s'écoula de la même façon. Briony courait aussi longtemps que possible avant de s'arrêter pour vomir, encadrée par les jumeaux qui assuraient sa protection. Lorsque Briony capta une étincelle d'ironie dans l'esprit de Jack, elle le dévisagea d'un air suspicieux, puis observa Ken. Elle ne crut pas un instant au sérieux qu'ils affichaient.

— Ça vous fait rire, lança-t-elle d'un ton accusateur.

— Mieux vaut rire que pleurer, lui rétorqua Jack. Il faut admettre que nous n'avons pas vraiment l'habitude de ce genre de situation. Nous aurions dû penser à emporter des biscuits.

— Je suis surprise que tu n'y aies pas songé plus tôt, marmonna Briony avant de se courber, de nouveau malade.

Soudain, Jack la poussa sur le côté, lui faisant délibérément perdre l'équilibre. Elle retomba lourdement au sol, où elle resta figée pendant qu'une pluie de balles s'abattait sur eux. Sans se départir de son calme, Ken s'agenouilla pour viser l'hélicoptère, prenant son temps pour localiser sa cible. Jack l'imita. Ils ne s'autorisaient aucune approximation. Il semblait évident que, pour eux, chaque tir devait faire mouche. Ken fit feu le premier, et l'homme posté à la mitrailleuse disparut à l'intérieur de l'hélicoptère, comme foudroyé par l'impact. Le deuxième soldat, armé d'un automatique, s'effondra, le buste pendant hors de l'engin.

Le pilote changea aussitôt de direction et s'éloigna au-dessus des arbres afin de fuir les redoutables tireurs.

Jack aida Briony à se relever.

— Tu n'as rien ?

— J'ai besoin de me reposer.

Il lança un regard à Ken, qui secoua la tête. Jack tendit sa gourde à Briony.

— Nous pourrons nous arrêter dans quelques minutes, quand nous serons davantage à l'abri. Tu peux encore faire quelques kilomètres, ma chérie ? Nous ralentirons et ferons quelques pauses en cours de route, mais il faut que nous rejoignions la végétation plus dense. Si tu t'en sens incapable, nous trouverons un endroit où nous reposer.

— C'est juste que je suis inquiète, avoua Briony en se passant la main sur le ventre. Je n'ai pas envie de les perdre.

Jack prit sa main dans la sienne.

— Ça n'arrivera pas. Ils sont résistants, comme nous. Ils vont tenir le coup. Ils savent que nous voulons les mettre en sécurité.

Elle effleura le visage de Jack du bout des doigts. Il sentit cette caresse, bien que très légère, se répercuter dans tout son corps. Son estomac se noua et son cœur lui sembla fondre de manière étrange, une sensation qu'il refusait d'examiner avec attention. Il regarda son frère d'un air désemparé.

— Merde, Ken, je suis fou amoureux d'elle. Ça n'a rien à voir avec l'expérience de Whitney. J'ignore comment il nous a manipulés, mais il n'aurait pas pu me faire éprouver ces sentiments.

— J'allais te le dire. Tu es dans de sales draps, frangin. Elle va te mener par le bout du nez, et tu deviendras encore plus crétin.

Malgré le regard assassin que Jack lui décocha, Ken ne se priva pas d'esquisser un large sourire.

— Allons-y, l'hélicoptère revient.

Briony hocha la tête puis emboîta le pas à Jack, qui repartit à une allure adaptée à son rythme. Se forçant à avancer, un pied après l'autre, elle comptait ses foulées de manière à détacher son esprit de la douleur qui lui cinglait le crâne et le flanc.

En dépit des tirs sporadiques indiquant sans l'ombre d'un doute qu'ils étaient suivis, la confiance affichée par les jumeaux ne faiblit pas un instant. Ils s'orientaient dans la forêt comme s'ils en connaissaient les moindres recoins, empruntant des sentiers tracés par les bêtes sauvages. Après s'être aventurés derrière une petite chute d'eau, ils escaladèrent des rochers et traversèrent en trombe un terrain à découvert afin de rejoindre l'abri protecteur du feuillage.

En fin d'après-midi, Briony sentait ses jambes flageoler. Elle n'essayait même plus de réfléchir. Elle s'accrochait simplement au fait qu'ils devaient fuir, et que leurs ennemis semblaient tenaces.

Jack ralentit avant de s'arrêter à la lisière de ce qui ressemblait à une prairie. Plus loin, Briony aperçut un canyon. Les pentes raides s'enfonçaient dans les buissons épais, formant un ravin qu'encadraient sur trois côtés des falaises vertigineuses.

— Jack, nous ne pouvons pas traverser à découvert, et même si nous parvenons jusque-là, comment allons-nous en sortir ?

Il ouvrit son sac et en tira des armes.

— C'est le canyon dont je t'ai parlé. Nous passerons.

— Même si nous pouvions escalader ces falaises, ils ont un hélicoptère, protesta-t-elle.

— Aie confiance, ma puce, répliqua Jack. Repose-toi quelques minutes. Prépare-toi à courir le plus vite possible pour traverser la prairie. Une fois que nous aurons atteint le canyon, il leur sera impossible de nous repérer, la végétation y est bien trop dense. Nous pourrons nous arrêter et dormir un moment. Nous monterons au col après la tombée de la nuit.

Briony étudia les parois rocheuses verticales qui s'élevaient au-dessus du canyon. Elles lui paraissaient infranchissables, mais Jack et Ken avaient l'air sûrs d'eux. Le simple fait d'observer la distance qu'elle devrait parcourir lui asséchait la bouche. Malgré la vitesse surhumaine dont elle faisait preuve, il suffirait de quelques secondes à l'hélicoptère pour plonger sur elle.

Jack prit son visage entre ses mains afin de la forcer à lever la tête vers lui.

— Est-ce que tu vois encore de cet œil ?

— Non, c'est trop enflé.

Elle n'avait pas envie de le faire. Jack semblait absolument certain qu'elle pouvait traverser la prairie sous le nez de leurs ennemis, mais elle se sentait épuisée, malade, et complètement terrorisée.

— Fais-le pour moi, Briony. Regarde-moi dans les yeux. (Lorsqu'elle lui obéit, il lui caressa la joue avec le pouce.) Je ne permettrais jamais qu'il t'arrive quoi que ce soit. Tu es venue en pensant que je te protégerais, et c'est ce que je ferai.

Elle ne pouvait oublier la menace que constituait l'hélicoptère qui vrombissait en cercles au-dessus de leurs têtes. Elle avait envie de crier que, cette fois, c'était différent, qu'il lui demandait à présent de jouer sa vie – et celle de leurs enfants –, mais elle savait qu'elle encourait ces risques depuis le début. Elle devait prendre une décision et s'en remettre totalement à lui. Après avoir pris une profonde inspiration, elle hocha la tête.

— Je courrai. Si tu m'indiques la direction dans laquelle je dois aller, un seul œil me suffira.

— Je suis fier de toi, la félicita Jack en se penchant pour l'embrasser à la commissure des lèvres. Dis-moi quand tu es prête, Briony.

Il lui redonnait confiance en elle et lui procurait un sentiment de sécurité. Elle reposa la tête contre son torse, s'appuyant contre lui comme s'il s'agissait de la chose la plus naturelle au monde, alors qu'elle n'avait pas pu le faire avec sa propre mère. Elle ne ressentait aucune douleur, aucune angoisse, juste une rassurante impression de tranquillité au milieu du chaos. Elle eut la sensation que son visage et sa hanche ne la faisaient plus autant souffrir.

Jack enroula ses bras autour d'elle sans se séparer de son fusil, puis la serra contre lui et effleura ses cheveux de plusieurs baisers.

— On va s'en sortir.

— J'en suis certaine, affirma Briony en se pressant davantage contre lui, absorbant sa force et sa confiance. Dis-moi dans quelle direction je suis censée courir.

— Tu dois traverser la prairie tout droit jusqu'à ce tronc couché au fond, celui qui se trouve près de l'arbre tordu entouré de rochers. Tu le vois ?

Elle acquiesça. La distance à parcourir lui paraissait longue. Il lui semblait que l'herbe, les fleurs et les pierres s'étendaient à l'infini. Avec l'hélicoptère qui faisait du surplace au-dessus d'eux, elle se demandait comment Jack pouvait croire qu'ils atteindraient le canyon.

— Glisse-toi sous le tronc et cache-toi dans les buissons. Tu pourras commencer à marcher sur le sentier qui part de là. Nous te rejoindrons tout de suite. (Jack l'attrapa par le menton pour qu'elle lève le visage vers lui.) Fais-moi confiance, ma chérie, je ferai en sorte que rien ne puisse t'arriver.

— Promets-moi que vous serez juste derrière.

Il l'embrassa doucement sur les lèvres, avec tendresse, s'étonnant de la chance qu'il avait eue de la trouver.

— Je te le promets, dit-il.

Il se tourna vers son frère.

Les jumeaux sortirent du couvert des arbres, le fusil à l'épaule. Tandis que Ken braquait le canon de son arme sur l'hélicoptère, Jack visa un point situé dans la prairie. Ils firent feu en même temps. L'hélicoptère tangua et, dans le pré, une explosion retentit, provoquant un nuage de fumée noire qui se dispersa dans les airs. Ils tirèrent de nouveau, et une seconde explosion produisit davantage de fumée qui s'éleva en tourbillons. Sous l'impact de la balle de Ken, l'hélicoptère se mit à descendre en vrille.

— Vas-y, Briony, ordonna Jack. Cours sans reprendre ta respiration. J'arrive tout de suite.

Elle détala dans la prairie, à l'abri des épaisses volutes de fumée.

Chapitre 18

Briony entendit une autre salve de tirs et accéléra l'allure jusqu'à ce qu'elle ait atteint le cœur du nuage de fumée. Malgré la visibilité réduite à zéro, elle poursuivit sa course aussi droit que possible, suivant le tracé qu'elle avait gravé dans sa mémoire en observant la prairie. Elle retenait son souffle, mais ses yeux irrités la brûlaient.

Un juron proféré par Jack parvint à ses oreilles, suivi d'une nouvelle détonation. Des flammes rouge orangé surgirent à sa gauche et des tourbillons de fumée noire l'entourèrent. Elle grimaçait chaque fois que les bombes explosaient sous les tirs de Jack, provoquant des rideaux de flammes et de fumée. Briony se trouvait désormais dans un brouillard dense et opaque qui, certes, la dissimulait de manière efficace, mais l'empêchait de voir et de respirer. Elle commençait à se sentir désorientée.

Soudain, un immense tronc d'arbre étendu à terre apparut entre les épaisses volutes grises. Briony faillit le percuter mais, au dernier moment, elle se laissa tomber lourdement pour se glisser par-dessous. Elle se faufila sous les ronces qui formaient une arche au-dessus d'elle. En rampant à vive allure, elle gagna l'entrée du canyon. Plaquée au ras du sol, là où la fumée était la moins dense, elle prit une grande bouffée d'air qui apaisa ses poumons en feu, et frotta son œil intact afin de clarifier sa vision.

Des épines s'accrochèrent dans ses cheveux, bloquant sa progression en retenant sa tête en arrière, et tirant douloureusement sur son cuir chevelu. Elle se griffa la paume et les doigts en tentant de se dégager. Le nuage noir se refermait autour d'elle, formant un mur. Emprisonnée par les ronces, elle se sentit soudain prise de claustrophobie.

— *Jack!*

— *Je suis là, ma puce, ne panique pas. Nous avons presque terminé. Continue d'avancer en suivant le sentier, tu vas arriver au campement. Ken et moi devons encore assurer nos arrières et installer quelques petites surprises à l'intention d'éventuels poursuivants.*

Sa voix suffit à atténuer son angoisse. Briony se remit à ramper. En dépit du tunnel qui s'élargissait, les épines se prenaient toujours dans ses vêtements, lui éraflant la peau comme des griffes. Lorsque de nouveaux coups de feu retentirent derrière elle, elle toucha l'arme glissée à sa ceinture afin de vérifier qu'elle ne l'avait pas perdue.

— Je suis juste derrière toi, annonça Ken, la faisant sursauter.

Concentrée sur sa progression parmi les ronces, et troublée par le fracas des explosions, elle ne s'était pas rendu compte qu'il l'avait rattrapée.

— Où est Jack?

— Il aime faire joujou avec les explosifs. Il est resté s'amuser encore un peu. Avance, nous y sommes presque.

— L'hélicoptère fait un bruit bizarre.

— Je l'ai touché, mais ce maudit engin m'a fait rater mon coup en braquant au dernier moment. Jack ne va plus me lâcher avec cette histoire.

— Tu sais si Luther se trouvait à l'intérieur? demanda-t-elle avec anxiété.

— Je ne l'ai pas repéré, mais étant donné que Jack l'a blessé, il est probablement en train de se faire soigner. Attends.

Ken lui posa une main sur l'épaule, soudain silencieux.

Briony retint son souffle afin de ne pas le perturber tandis qu'il prêtait l'oreille attentivement. Des sons étouffés leur parvenaient à travers le tunnel de ronces : le trottinement d'un lézard sur un rocher, le bourdonnement des abeilles à proximité, le chant d'un oiseau ou encore le cri d'un écureuil au loin.

— En rampant encore quelques minutes, tu vas rencontrer des buissons qui forment comme une paroi. Ce n'est pas facile de se frayer un passage, car ils sont bourrés d'épines. Si tu me laisses passer…

— Tu es dingue, ou quoi ? Tu n'as pas la place de passer. Je vais réussir à ouvrir la voie.

— Et quand Jack te retrouvera égratignée de partout, il sera furieux contre moi. Tu as remarqué combien il se montrait protecteur envers toi ?

Elle étouffa un rire.

— J'ai remarqué qu'il se montrait protecteur envers tout le monde, mais il n'a pas l'air de s'en rendre compte. (Elle jeta un regard à Ken, soulagée d'avoir quitté le nuage de fumée.) Tu le gardes sans cesse à l'œil, je me trompe ?

Il haussa les épaules.

— Il y a certaines choses que j'arrive à gérer mieux que lui, et, à d'autres occasions, c'est lui qui me couvre, ça s'équilibre.

— *Et à cet instant précis, Ken, tu protèges ce que j'ai de plus cher. Je ne pourrai jamais te rendre ce que tu as fait pour moi aujourd'hui*, intervint Jack, à qui Ken avait laissé son esprit accessible.

— *La ferme, tu vas me faire pleurer.*

Malgré le sarcasme de sa repartie, Ken devait admettre que l'émotion qu'il percevait dans l'esprit de Jack lui faisait monter les larmes aux yeux.

Alors qu'elle se heurtait à ce qui ressemblait à un enchevêtrement géant de ronces, Briony prit subitement conscience que Ken ne se sentait pas plus à l'aise que Jack en société, mais qu'il s'efforçait d'assumer les tâches quotidiennes par égard pour son frère.

Elle lui adressa un mince sourire.

— Tu le traînes dans les bars juste pour qu'il reste un peu civilisé, c'est ça ?

— Il vivrait dans une grotte si je ne lui forçais pas la main de temps en temps, répliqua Ken.

Il ajouta à l'intention de son frère :

— *Et le pire, c'est que tu en serais capable.*

— Toi aussi, tu en serais capable, avança Briony.

Il esquissa un sourire qui s'évanouit presque aussitôt.

— Je ne suis pas très différent de Jack. Je tiens de mon père, moi aussi. Je sais qu'il t'a parlé de lui. Nous avons conscience de ce que nous pourrions devenir en certaines circonstances, et nous nous efforçons d'éviter toute situation qui ferait ressortir cet aspect de notre personnalité.

— Ton père n'est pas en toi, Ken.

— Si. Je le sens, tapi comme un monstre prêt à surgir dès que je lui en laisse l'occasion. C'est peut-être Jack qui l'a tué, mais si j'avais pu le faire, je n'aurais pas hésité une seconde. Alors qu'il frappait le corps sans vie de ma mère, je l'ai attaqué avec une batte. Il me l'a arrachée des mains et m'a cassé les bras.

— Il s'agissait de légitime défense. Nous avons tous le droit de nous protéger. Je ne comprends pas que vous puissiez vous comparer à cet homme. Tous les deux, vous avez fait preuve d'une infinie gentillesse avec moi, vous n'avez cessé de vous occuper de moi.

—Jack peut se montrer très violent, et moi aussi.

Elle secoua la tête.

—Ce n'est pas vraiment un scoop, Ken. Moi aussi. Quand les circonstances l'exigent, la plupart des gens sont capables de violence. Vous avez tous les deux une vision faussée de vous-mêmes. À choisir, je préfère votre compagnie à celle de bien des hommes.

—Tu dis ça uniquement parce qu'on est en train de sauver ta peau, mais tu changerais d'avis si on commençait à te mener à la baguette. (Il lui tendit une paire de gants.) Enfile-les, ça sera plus facile.

—Merci. Tu sais, Ken, les hommes ne peuvent mener les femmes à la baguette que si elles les y autorisent. Je laisse Jack prendre les rênes parce que j'ai envie qu'il partage son savoir avec moi. Il peut m'apprendre des techniques de survie qui me seront utiles pour défendre mes enfants, mais fais-moi confiance, j'ai toujours été du genre à n'en faire qu'à ma tête, sans tenir compte des conséquences. Je réussissais à endormir la méfiance de mes frères en consentant à faire ce qu'ils voulaient, ce qui leur procurait un faux sentiment de sécurité. Si quelque chose m'importe peu (elle haussa les épaules) mais signifie beaucoup pour quelqu'un d'autre, pourquoi ne pas faire des concessions ?

—Est-ce pour cette raison que tu exécutais un numéro d'acrobate en public alors que ça te faisait souffrir ?

—Mais non, gros bêta, je le faisais par amour pour ma famille. Tu ne serais pas prêt à faire des sacrifices pour rester auprès de Jack ?

—D'accord, j'ai compris.

Briony repoussa sur sa droite deux branches épineuses étroitement entrelacées.

—Je déteste les ronces et les baies sauvages, avoua-t-elle.

—Surtout quand il s'agit de se retrouver nez à nez avec un ours qui savoure un petit en-cas.

— Merci pour l'avertissement.

— J'ai été galant, je t'ai proposé de passer en premier.

— C'est vrai. Heureusement, je ne sens aucun ours à proximité. Enfin, à part ton frère qui accourt à nos trousses.

— *Tu dois vraiment sentir la rose*, ironisa Ken. *Briony a déjà repéré ton odeur.*

— *C'est un parfum aphrodisiaque*, rétorqua Jack.

Ce dernier s'engagea à la hâte dans le tunnel afin de rejoindre Briony le plus vite possible. Il avait ressenti une brusque bouffée d'amour, de fierté et d'admiration pour elle lorsqu'elle avait décidé de lui faire confiance et de mettre sa vie entre ses mains. Il avait été touché par la foi inébranlable qu'elle avait en lui, par l'amour qu'il avait lu dans ses yeux avant qu'elle se détourne pour traverser le pré envahi de fumée.

Il fallait qu'il la rejoigne afin de s'occuper de sa coupure à la hanche. Elle devait à tout prix éviter l'infection et, avec cette plaie ouverte, elle risquait d'en développer une rapidement. Il désirait surtout trouver un endroit où s'abriter pour qu'elle puisse se reposer. En dépit de ce qu'il lui avait affirmé au sujet des bébés, il n'était pas certain que tout allait si bien. Il n'avait pas eu le temps de tout lire à ce sujet, et l'inquiétude le rongeait.

Après avoir écarté les ronces, Briony sortit du buisson avec précaution. Des rubans de fumée noire portés par le vent s'enroulaient autour des broussailles. Ken se plaça devant elle, prêt à tirer, scrutant les alentours de manière méthodique. Derrière eux, Jack, qui les avait rejoints, faisait de même.

— Suis Ken, ma chérie, il va te conduire à travers la végétation. Nous avons un campement installé pas très loin d'ici. Tu pourras t'y reposer jusqu'à la tombée de la nuit.

— Tu ne penses pas qu'ils vont nous poursuivre ?

— Si, justement, c'est ce que nous voulons. Ils croiront que nous sommes pris au piège, et tôt ou tard, ils passeront à l'action.

— Il faut retrouver Luther, Jack. Il peut nous mener à Mari.

— Tu es absolument certaine que tu as une sœur ? Si Whitney est capable d'effacer la mémoire, il pourrait très bien manipuler les souvenirs.

Briony ouvrit son esprit à Jack afin de tenter de lui faire partager ce qu'elle avait ressenti : le vide, la joie de découvrir sa sœur, le son de deux voix entremêlées. Briony et Mari communiquaient par télépathie, tout comme Jack et Ken.

— Vas-y. Vas-y maintenant, suggéra Jack. (Il la tint par le bras pour l'aider à traverser un ruisseau.) Les rochers sont dangereux par ici, Briony. Fais attention où tu poses les pieds.

Elle se concentra afin de se rappeler sa sœur, ce que sa présence, sa voix, son contact éveillaient en elle. Elle sentit sous ses semelles les pierres acérées et glissantes tandis que l'eau glacée s'insinuait dans ses chaussures ; mais son esprit était déjà ailleurs, à la recherche de Mari.

— *Où es-tu ? Je ne te trouve pas. Est-ce que tu me reconnais ? Tu te souviens de moi ? Mari, réponds-moi !*

Silence. Le néant. La poitrine de Briony se serra.

— Je n'arrive pas à la joindre, Jack.

— Alors ça signifie qu'elle n'est pas dans le coin, argua-t-il.

Constatant que Jack ne se départissait pas de son calme habituel, Briony s'apaisa.

— Mais elle est sans doute quelque part aux États-Unis, non ?

— Nous devrions être en mesure de suivre la piste de Luther. S'il a pris l'avion pour entrer ou sortir du pays, ça devrait nous fournir un premier indice. Après t'avoir attaquée en Italie, il a certainement regagné sa base afin de faire son rapport.

— Je ne pense pas que Whitney se trouve aux États-Unis, déclara Briony. Quand je tombais malade, maman appelait le docteur Sparks, et il arrivait dans la journée, parfois quelques heures plus tard. Kadan m'a dit que Whitney possédait plusieurs jets privés autorisés à atterrir sur n'importe quel aéroport militaire dans le monde. S'il bénéficie d'une si grande influence, il est sans doute facile pour lui de faire passer clandestinement les frontières à qui il le souhaite. S'il utilise en effet ses avions pour transférer des prisonniers d'un pays à un autre sans que personne le sache, il peut sans problème faire entrer et sortir Luther des États-Unis. (Elle posa une main protectrice sur son ventre.) Et il aurait la possibilité de m'emmener hors de ce pays.

— Aucune chance, ma petite chérie, répliqua Ken. Les États-Unis constituent le terrain de prédilection de Whitney. Il y dispose d'amis haut placés, et vu les opérations clandestines qu'il mène, il doit se servir de la CIA. Ici, il a le bras long, et même s'il a des bases ailleurs dans le monde, il préférera toujours rester là où il est certain d'avoir de l'aide, c'est-à-dire aux États-Unis.

— Comment savoir à qui faire confiance ? s'enquit Briony. Le fichier que Kadan m'a montré mentionnait des sociétés écrans, des bases militaires et des avions répartis aux quatre coins du monde ainsi que des laboratoires clandestins. Il doit forcément avoir des complices. Il n'agit pas seul. Il crée une armée de super soldats pour quelqu'un.

Jack l'aida à franchir un éboulis de rochers, puis ils atteignirent la rive.

— N'aie pas peur, Briony. Il ne te prendra pas dans ses filets.

— Il a ma sœur.

— Nous la trouverons. J'ai quelques amis en qui j'ai confiance. (Il lança un regard interrogateur à Ken par-dessus la tête de Briony.) *Est-ce encore vrai ? À qui se fier ?*

— *Hormis à nous-mêmes, nous devons nous fier aux membres de notre unité, car c'est tout ce que nous avons, Jack. Ils sont avec nous. Si Whitney pense que nous ne lui sommes plus utiles, alors eux ne lui servent plus non plus.* (Ken se racla la gorge.) Nous sommes partis du principe que ta sœur, si elle existe, a envie de s'échapper, mais Whitney a réussi à s'entourer de quelques hommes qui ont l'air fanatiques. Serait-il envisageable qu'elle souhaite rester là où elle se trouve ?

— D'après Luther, ils n'ont que très peu de considération pour les femmes utilisées dans le cadre des expériences, répondit Briony. Je crois que Whitney veut savoir jusqu'à quel point elle va lui résister, et ce que son soldat donneur de sperme est prêt à faire pour la garder. (Elle se toucha la joue.) Luther s'est montré quelques instants gentil avec moi, il parlait de manière sensée ; puis, en un éclair, il est devenu jaloux et furieux. Non, à mon avis, elle n'a pas envie de rester là-bas, Ken. Je pense qu'ils la détiennent prisonnière et qu'ils la maltraitent pour qu'elle coopère. Je veux la retrouver.

— Nous la retrouverons, Briony, affirma Jack.

Ils suivirent le tracé à peine visible d'une piste de chevreuil jusqu'à un épais bosquet. Les branches s'entrelaçaient en hauteur, formant un feuillage touffu qui leur procurait de l'ombre et les abritait de l'hélicoptère qui survolait les alentours de manière méthodique. Jack avança droit vers un bouquet de fougères denses dont il écarta les frondes.

Il tâta le sol, et dégagea une corde avec laquelle il ouvrit une trappe qui révéla un trou assez spacieux pour y entreposer du matériel. Jack en sortit une lourde caisse, qu'il plaça sur le côté. Une seconde caisse identique se trouvait encore à l'intérieur.

— Mon Dieu, vous prévoyez de rester longtemps ici ?

— Nous aimons le confort, nous sentir comme chez nous, expliqua Ken. Ça s'appelle être bien préparé, petite sœur. Mieux vaut cacher des affaires ici et là que se faire prendre au dépourvu.

Jack déroula un tapis de sol sur lequel il étendit un sac de couchage, puis fit signe à Briony de s'asseoir.

— Il y a tout ce qu'il faut, hormis le manuel sur la grossesse. La prochaine fois, nous devrons mettre un exemplaire dans toutes nos cachettes au cas où on perdrait le nôtre.

— Tu plaisantes, j'espère.

— Non, il ne plaisante pas, assura Ken. Il fait toujours en sorte d'avoir des livres à disposition. Quant à moi, j'aime jouer de la musique.

Assise à l'ombre, elle observa les deux hommes installer des pièges mortels autour du petit campement. Ils semblaient avoir pensé à tout. Briony remarqua des pastilles de combustible solide, de la nourriture, mais surtout une grande quantité d'armes, d'explosifs et de munitions.

— Allonge-toi, ma puce, ordonna Jack. Je vais m'occuper de ta blessure.

Il utilisa l'une des pastilles de combustible pour faire bouillir de l'eau, puis s'accroupit à côté de Briony, releva son tee-shirt et lui fit signe de baisser son jean afin de découvrir sa peau.

— Je n'ai plus aussi mal depuis que nous nous sommes arrêtés, déclara-t-elle.

— Tu es couverte de sang !

— Ce n'est pas très étonnant, je n'ai pas cessé de courir. Mais j'ai fait très attention à ne rien laisser pénétrer dans la plaie.

Après avoir ôté le pansement imbibé de sang, Jack examina attentivement les petits points de suture.

— Pas mal, mais un peu irrégulier. Tu avais fait mieux quand tu m'avais soigné.

— Pas mal ? glapit-elle en le fusillant du regard. Je te rappelle que je me suis recousue moi-même.

Ken éclata de rire.

— J'ai déjà eu droit à la même remarque.

Briony grimaça lorsque Jack entreprit de nettoyer une nouvelle fois la plaie à l'aide de l'eau chaude et d'un antiseptique. Elle éprouva une sensation aiguë de brûlure qui lui fit monter les larmes aux yeux.

— Où te trouvais-tu ? Comment t'étais-tu blessé ? s'enquit-elle.

— J'étais en Afghanistan, répondit Ken, dans une vallée cernée à l'ouest par une falaise culminant à plus de trois mille mètres appelée le Dos de la baleine, et à l'est par les montagnes Chah-e-Kot. Nos adversaires étaient postés sur la ligne de crête entre trois mille et trois mille cinq cents mètres d'altitude, et nous tiraient dessus avec tout ce qu'ils avaient sous la main, des petits calibres à la mitrailleuse en passant par le mortier. Les soldats d'infanterie s'étaient retrouvés piégés au fond de la vallée, armés jusqu'aux dents, mais à découvert. En position de force, l'ennemi avait ouvert le feu depuis des postes quasiment intouchables, causant de graves pertes parmi les hommes à terre.

— Les troupes d'infanterie n'étaient donc pas assez nombreuses ?

Ken haussa les épaules.

— Il n'y avait que deux bataillons. Ils tentaient de repousser les opposants vers la montagne dans le but de nettoyer le terrain après le combat. Nous avions été envoyés pour leur porter assistance.

— Aïe ! s'écria Briony en donnant une claque sur la main de Jack, alors qu'il versait sur sa plaie un liquide qui brûlait encore plus que la lotion qu'il venait d'utiliser.

— Arrête de faire ta douillette, murmura Jack, j'ai l'impression d'entendre Ken.

— Je suppose que la situation a empiré, avança Briony en serrant les dents.

Sa hanche lui faisait à présent encore plus mal que pendant leur course. Parler la détournait de sa douleur ; en outre, elle aimait saisir des bribes de l'univers des jumeaux.

— Ça a dégénéré très vite, poursuivit Jack en appliquant une nouvelle bande de gaze sur la blessure. Les deux bataillons subissaient de lourdes pertes et étaient coincés. Six d'entre nous sont intervenus pour neutraliser l'ennemi et sortir nos hommes de ce mauvais pas. Nos adversaires les avaient attirés exactement là où ils l'avaient prévu.

— Comment Ken a-t-il été blessé ?

— Je crois qu'il est atteint de trouble de l'attention, répondit Jack. Il est incapable de se tenir tranquille.

Cette réplique arracha un rire à Briony malgré la douleur due à la double dose de désinfectant dont Jack avait badigeonné sa plaie. Elle était certaine que Ken pouvait rester immobile durant des heures.

— Tu peux rire, mais c'est la vérité, insista Jack. Nos ennemis nous balançaient sur la tête tous les projectiles possibles et imaginables. La brigade aéroportée nous a transférés à un endroit d'où on bénéficiait d'un meilleur point de vue, et nous avons commencé à les descendre. Mais dès qu'un homme s'écroulait, un autre venait prendre sa place. Le combat a duré si longtemps que nous arrivions à court de munitions. Nous avions entreposé notre matériel en bas, et Ken s'est dit que ce serait une bonne idée de traverser le fond de la vallée à découvert puis de gravir une falaise d'une centaine de mètres pour le récupérer. Une petite promenade de santé, en somme.

— Et tu l'as couvert pendant ce temps, devina Briony.

— Il fallait bien que quelqu'un s'en charge. Ken est complètement fou. Il a emporté un lance-grenade, et a fait l'aller-retour en courant alors que les balles pleuvaient autour de lui, à plus de trois mille mètres d'altitude. Malgré le manque d'oxygène, il a non seulement rapporté des armes et des munitions, mais en plus, il a éliminé un groupe d'Al-Qaida qui nous tirait dessus au mortier, embusqué dans le lit d'une rivière. Juste au moment où Ken arrivait sur la crête, j'ai repéré une tumeur sur un tronc, indiquant qu'un sniper s'était posté au-dessus de nous.

— « Une tumeur » ?

— Parfois, quand un sniper se camoufle dans un arbre, on distingue une partie de sa silhouette. Ça ressemble à une grosseur sur le tronc, c'est pourquoi on utilise la référence à la tumeur.

— D'accord, je comprends. Que s'est-il passé une fois que tu l'as aperçu ?

— Je l'ai éliminé, mais il avait déjà tiré et Ken avait été touché.

— Il oublie de dire que j'ai survécu à cette entreprise uniquement parce qu'il a descendu tous ceux qui étaient susceptibles de me liquider pendant que je courais, ajouta Ken.

— Si tu refais un truc pareil, je te tire dessus moi-même, grogna Jack.

Briony perçut dans l'esprit de Jack l'affection bourrue qu'il portait à son frère et la peur qu'il avait ressentie pour lui, mais, comme toujours, il parlait d'un ton calme et détaché.

— N'empêche que j'ai récolté une belle médaille, fit remarquer Ken.

— Une belle médaille qu'on a failli passer au cou de ton cadavre, rétorqua Jack en trempant un linge dans l'eau chaude avant de tamponner avec douceur le visage de Briony. Il m'a autorisé à lui retirer la balle, mais il a insisté pour recoudre lui-même la plaie.

— C'est justement parce que je t'avais laissé extraire la balle que j'ai refusé que tu me fasses les points de suture, espèce de sadique. Tu m'as fait souffrir le martyre.

Jack lui lança un sac de couchage.

— La nuit va être longue. Je vais commencer à monter la garde pendant que tu te reposes un peu.

Briony attendit que Ken se soit installé quelques mètres plus loin pour effleurer le tatouage de Jack.

— Ken, Kadan et toi avez les mêmes tatouages. Qu'est-ce qu'ils signifient ?

Jack baissa les yeux vers les symboles qui ornaient son bras.

— Ce sont les emblèmes des GhostWalkers. Celui-ci est notre blason. Le globe représente la terre, qui constitue plus ou moins notre terrain de chasse. Nous sommes responsables de la protection de ceux qui ne sont pas capables de se défendre. Les clés évoquent notre mission : pénétrer dans le camp ennemi en demeurant invisible et collecter les informations nécessaires. Les couteaux, bien entendu, permettent de tuer sans faire de bruit. La phrase en latin – « *nox noctis est nostri* » – veut dire « la nuit est à nous », ce qui correspond à la réalité. Les GhostWalkers sont les maîtres de la nuit.

— Et l'autre tatouage ?

— Les symboles prennent leur sens une fois assemblés. Le triangle évoque l'ombre. Cette espèce de trident représente la lettre grecque « psi ». Celui-ci constitue un talisman de protection contre les forces du mal, et le dernier, en forme de croix, figure les qualités que doit posséder un chevalier.

L'ensemble signifie que les chevaliers de l'ombre protègent des forces du mal grâce à leurs pouvoirs psychiques, leur courage et leur honneur. Nous avons également un credo qui nous est cher et auquel nous nous référons.

— J'aime beaucoup ces tatouages, et surtout le fait qu'on ne peut les discerner qu'à l'aide de facultés visuelles spéciales.

— Tu es une GhostWalker, Briony, tu as tout à fait le droit de porter ces symboles.

— Eh bien, je me ferai peut-être tatouer après la naissance des bébés. (Briony fronça les sourcils.) Pourquoi ton équipe t'a-t-elle laissé dans le camp ennemi alors que tu étais blessé, Jack ?

— Je suis intervenu pour libérer Ken. Je leur ai ordonné de partir, mais je savais qu'ils allaient revenir me chercher. L'unité GhostWalker a lancé deux attaques contre Ekabela, mais chaque fois, j'avais déjà été transféré. Ils prévoyaient un nouvel assaut et auraient continué jusqu'à ce qu'ils m'aient sauvé, ou qu'ils aient découvert mon cadavre.

— Tu veux dire que Ken aurait continué.

— Non, ils auraient tous insisté pour poursuivre, quels que soient les ordres. Mais Ken aurait pris la tête des opérations.

Elle lui retourna le sourire qu'il lui adressait.

— J'aime beaucoup ton frère. C'est quelqu'un de bien. Lui aussi s'inquiète à l'idée de devenir comme ton père, et il n'apprécie pas davantage que toi la compagnie des autres.

— C'est le meilleur homme que je connaisse, Briony, et je peux affirmer qu'il ne ressemble en rien à notre père.

— Tu me considères comme ton égale, Jack, ta partenaire. Luther, lui, me regardait comme si je lui appartenais. Tu n'as rien de commun avec ton père. Rien du tout, et Ken non plus. Si nous n'en sortons pas vivants, je veux que tu saches que j'ai aimé chacun des instants que nous avons partagés.

Il poussa un grognement sourd.

— Tu as un sacré culot de me dire une chose pareille alors que mon frère ne se trouve qu'à quelques mètres d'ici.

Elle posa sa tête contre l'épaule de Jack.

— Ça n'avait aucune connotation sexuelle, espèce d'idiot ! C'était censé être émouvant.

— Le simple fait de te regarder m'excite ; alors tu imagines ce que tu provoques en m'avouant un truc comme ça.

— Ferme-la, Jack, lança Ken sans ouvrir les yeux. J'ai l'impression d'écouter les dialogues d'un film porno, ça me dégoûte.

Briony éclata de rire.

— Est-ce que vous avez vraiment l'intention de dormir ? Ne sommes-nous pas encerclés par l'ennemi ?

— Ken va se reposer. Il devrait déjà être en train de ronfler. Nous allons monter la garde à tour de rôle. Si leurs troupes s'engagent dans le canyon, nous le saurons. Dans ce cas, je me faufilerai jusqu'à cette crête afin de les décourager. Ils attendront sans doute la tombée de la nuit pour agir, tout comme nous.

Briony leva les yeux vers l'enchevêtrement touffu de branchages et de feuilles au-dessus de leurs têtes. L'air avait fraîchi, et la fumée s'était dissipée. Elle avait davantage l'impression de passer un agréable moment à camper dans la nature que de se cacher d'un dangereux groupe armé. Aucun des deux frères n'affichait la moindre crainte. Quelques minutes plus tard, elle fut persuadée que Ken s'était endormi.

Jack posa sa main sur la sienne, et entremêla ses doigts aux siens.

— Il faut toujours s'assurer de garder une réserve d'énergie, ma chérie, lui conseilla-t-il en lui mordillant l'index du bout des dents. Tu apprendras. Dors si tu peux.

Il remonta sur elle une couverture légère afin de la protéger de la fraîcheur.

— Parle-moi de vous deux. Quel âge aviez-vous, Ken et toi, quand vous avez perdu votre mère ?

Elle avait évité de dire « quand vous avez tué votre père », mais d'une certaine manière, les mots flottaient entre eux, implicites.

— Neuf ans.

— Que vous est-il arrivé ensuite ?

— On nous a emmenés à l'hôpital, puis placés dans diverses familles d'accueil. Ils ont parfois essayé de nous séparer, mais sans succès. Nous fuguions toujours pour nous retrouver. Si l'un de nous se faisait maltraiter, nous nous vengions. Nous avons passé beaucoup de temps dans la rue. Nous avons fini par avoir tellement mauvaise réputation que plus personne ne voulait de nous, alors on nous a laissés dans un foyer. L'essai n'a pas été très concluant.

— J'imagine.

— Nous ne sommes pas très doués pour nous soumettre aux règles, ni l'un ni l'autre. Et puis un jour, nous avons rencontré Mlle Judith.

— Mlle Judith ? répéta Briony, intriguée par la pointe d'affection qui avait percé dans la voix de Jack.

— Elle travaillait au foyer en tant que bénévole, et c'était la seule personne que Ken et moi consentions à écouter. Elle dégageait quelque chose de spécial, de vrai et sincère. Elle souhaitait vraiment nous aider, elle s'intéressait à nous. Elle a fini par nous emmener chez elle. Nous avions déjà dix-sept ans, à l'époque, et faisions le double de sa taille, mais elle nous a accueillis malgré les avertissements de tout le personnel du foyer. Elle possédait un ranch dans les collines, entouré de grands espaces qu'elle nous laissait parcourir en toute liberté. En retour, nous obtenions d'excellentes notes. (Il esquissa un sourire.) Tu as remarqué que je n'ai pas encore mentionné l'école. Elle a pris en charge notre éducation, et comme aucun établissement ne voulait entendre parler de nous, elle nous scolarisait à domicile. Nous avons travaillé dur pour lui faire plaisir. Elle nous a permis pour la première fois de goûter à la saveur d'une véritable famille.

— Est-elle toujours en vie ?

Jack marqua un temps d'hésitation.

— Oui. Mais personne n'est au courant. Elle pourrait devenir…

Briony leva la tête et plissa les yeux.

— Un boulet ?

Jack grogna.

— Tu ne vas jamais me pardonner, hein ? Eh bien, non. Nous devons protéger Mlle Judith pour que personne n'utilise les sentiments que nous lui portons contre nous. Je n'ai pas envie de la mettre en danger.

— Est-ce que vous avez simulé sa mort ? demanda Briony, piquée par la curiosité.

— La supercherie aurait été trop facile à démasquer. Nous nous sommes contentés de mettre en scène une dispute très animée en public, au terme de laquelle elle a fait mine de nous renier. Quelques mois plus tard, elle a déménagé dans un autre État puis, un an après, elle est retournée dans sa ville natale habiter le ranch familial. Nous n'avons plus jamais essayé d'approcher cet endroit, et elle n'est pas non plus venue ici. Nous ne l'appelons jamais, afin qu'il soit impossible de remonter jusqu'à elle. La plupart des gens ont fini par oublier que nous avons vécu chez elle.

—Je vois. (Briony fronça les sourcils puis leva la tête vers le ciel.) Et moi, Jack ? Et nos bébés ? Qu'allons-nous faire après la naissance ?

—Nous allons nous marier avant qu'ils arrivent, et nous vivrons ici même, sur cette montagne. Ken m'aidera à vous protéger, les enfants et toi, et tout ira bien. Je crois que je suis capable de faire comprendre à d'éventuels ennemis que si jamais ils osent s'en prendre à ma famille, je les traquerai sans relâche pour les tuer.

—Je n'aime pas cette façon de voir les choses, Jack, répondit-elle doucement. La vengeance n'est pas un mode de vie.

Il lui caressa les cheveux.

—Tu ne changeras pas qui je suis, ou ce que je suis, Briony. Ken et moi avons déjà essayé il y a longtemps. Nous connaissons les limites de ce que nous sommes capables de supporter. Personne ne t'éloignera de moi.

Elle demeura un long moment à observer les nuages en silence. Son œil enflé restait douloureux, mais la brûlure qu'elle ressentait à la hanche s'estompait peu à peu. Elle se passa la main sur le ventre d'un geste apaisant.

—J'ai déjà tellement changé le cours de ta vie, Jack.

—C'est une bonne chose, Briony.

—Et Ken n'est pas d'accord pour que je me marie avec toi.

Jack sentit son cœur faire un bond dans sa poitrine. Il jeta un regard en coin à son frère endormi.

—Il t'a expliqué pourquoi ?

—Oui, répondit-elle en s'efforçant de garder son sérieux. Il a dit que tu devais me faire ta demande en bonne et due forme.

Le soulagement le fit chanceler. Son sang lui martelait encore les tempes, pulsait dans son cou. Durant un bref instant, il avait agrippé les cheveux de Briony.

— Comment ça « en bonne et due forme » ? Si je te pose la question, il y a une possibilité pour que tu refuses, alors mieux vaut partir du bon pied, faire comme je le propose et conclure cette affaire.

— « Conclure cette affaire » ? reprit Briony.

Ken grommela.

— Jack, je vais monter la garde. Repose-toi. Je crois que ton cerveau a grillé quand tu étais sur le toit.

— La ferme, Ken ! Tu m'as déjà causé assez d'ennuis comme ça.

— Conclure cette affaire ? répéta lentement Briony. Et de quelle affaire parles-tu au juste ?

— La cérémonie, la paperasse, toutes ces foutues formalités pour légaliser la chose.

Briony s'assit et lui lança un regard furieux.

— Tu sais quoi, Jack, tu peux te mettre cette « chose » où je pense.

— Ne te fâche pas, Briony. On ne va pas se balader avec une bande de gamins sans faire toutes les démarches nécessaires pour rendre ça légal.

— Pour rendre quoi légal exactement ?

Il haussa les épaules.

— Comment le saurais-je ? Je n'ai jamais fait ça avant. Je ne sais pas, coucher ensemble.

— Donc tu veux qu'on se marie pour avoir le droit de coucher avec moi ?

— Ce n'est pas ce que j'ai voulu dire.

— Vraiment ?

— Ne te mets pas en colère, ma puce, je ne comprends pas pourquoi tu t'énerves.

— Épargne-moi tes « ma puce », Jack, lança-t-elle, plissant les yeux en signe d'avertissement. Le mariage ne représente peut-être qu'une simple formalité pour toi, mais pour moi, c'est sacré. Et ne t'inquiète pas, je ne compte pas insister pour devenir ta femme. Je t'ai dit dès le départ que je me sentais tout à fait capable d'élever un enfant toute seule.

— Nous n'attendons pas qu'un enfant, mais *deux*, Briony, fit remarquer Jack. Je suppose que ça signifie que tu as besoin de moi, que ça te plaise ou non.

— Je crois que tu ne comprends pas, Jack. Je n'ai pas l'intention de me marier avec toi.

Elle le fusilla une nouvelle fois du regard.

— Vraiment ? demanda Jack, un sourcil levé. Et qu'allons-nous dire à tous nos enfants ? Parce qu'on ne va pas s'arrêter à deux, si ?

Briony ne put réprimer une soudaine envie de rire. Jack était impossible, et il ne changerait jamais. Elle se pencha pour l'embrasser au coin des lèvres.

— Imaginer les deux bébés qui vont arriver me donne déjà la chair de poule. À mon avis, nous n'envisagerons pas d'en avoir d'autres avant très, très longtemps. Est-ce que tu te représentes à quel point un nouveau-né est minuscule, Jack ? En as-tu déjà tenu un dans les bras ?

— Non, mais je suis certain que nous réussirons. Il doit forcément exister un livre sur le sujet. Et ne t'imagine pas que nous en avons fini avec cette histoire de mariage.

— Pourtant, cette conversation est terminée.

Lorsqu'elle frissonna sous la fine couverture, Jack l'attira tout contre lui.

— Viens là, l'invita-t-il. Tu vas être gelée si tu ne restes pas près de moi.

Il lui frotta le bras afin de la réchauffer.

Ken se leva et s'empara de son fusil.

— Je pars faire une petite reconnaissance pendant que tu piques un roupillon, Jack.

— *Sois prudent, frangin. Il y a sûrement un sniper embusqué dans les arbres qui n'attend qu'un geste de notre part.*

— Comme si je ne m'en doutais pas. Il me semble qu'il est préférable que je te laisse une chance de te racheter auprès de Briony. Tu te conduis comme un âne. Et puis tu feras plus facilement la carpette si je ne suis pas là.

Après avoir adressé un sourire à son frère, Ken s'engouffra dans les épais taillis par lesquels ils étaient arrivés.

— Est-ce que ça ira ? s'enquit Briony.

— Il nous offre un peu d'intimité. (Jack se coucha sur le flanc, se soutenant la tête de la main afin d'observer la jeune femme.) Il trouve que je me conduis comme un âne.

— Il a raison.

— Je sais. Bon, d'accord, il est trop tôt, Briony. Il est impossible que tu sois tombée amoureuse de moi si vite ; mais je suis sûr de ce que je ressens pour toi. Mes sentiments n'ont rien à voir avec Whitney, ses phéromones et ses expériences. Quand je suis avec toi, j'ai l'impression d'être différent. Vivant, heureux, et même serein, bien que tu me contredises tout le temps.

— Je ne te contredis pas.

Il lui sourit tout en laissant glisser sa main le long de son cou en une douce caresse, puis il suivit le galbe de ses seins.

— Tu me rends heureux, Briony. Peu importe où nous sommes, ou dans quel merdier nous nous retrouvons, ta présence fait surgir en moi une étincelle. Explique-moi pour quelle raison tu ne veux pas qu'on se marie.

Briony contempla Jack, si viril avec son visage rude et buriné, taillé à la serpe. Ses yeux gris étaient capables de passer en l'espace d'un instant de la froideur de la glace à la chaleur d'un rayon de soleil. Il avait beau ne pas sourire souvent, il prenait soin des êtres qui lui étaient chers. Elle traça le contour de ses traits du bout des doigts. L'émotion la submergea, provoquant un frisson. Son pouls s'accéléra et son ventre se mit à palpiter.

— Je n'ai pas dit que je ne voulais pas me marier avec toi, Jack Norton, mais que tu ne m'avais pas fait une demande digne de ce nom.

L'expression de Briony fit battre le cœur de Jack. Personne ne l'avait encore jamais regardé de cette manière. Il pourrait se réveiller chaque matin sous ces yeux-là. Il se redressa de façon à prendre son visage entre ses mains.

— Tu as déjà entendu parler d'un livre traitant de ces conneries ? Parce que je pense que je vais avoir besoin d'aide.

Briony grogna avant de rouler sur le dos, prise d'un fou rire.

— Tu es un cas désespéré, Jack. Vraiment.

— Je t'aime. Que pourrais-je dire de plus ?

Ses éclats de rire l'atteignaient davantage qu'il l'avait cru possible. Afin de réprimer les émotions qui menaçaient de l'envahir, il pencha la tête vers elle pour s'emparer de ses lèvres, et l'embrassa avec gravité, rudesse, mais surtout avec amour.

Chapitre 19

Briony enroula ses bras autour du cou de Jack, ferma les yeux et entrouvrit les lèvres, répondant à son baiser avec passion. Il avait les mains calleuses et dégageait une odeur de poudre. Elle aimait cette sensation rugueuse contre sa peau et était certaine que, quel que soit le danger, il les protégerait, elle et ses enfants.

— Je me sens en sécurité avec toi, Jack, confia-t-elle. Toute ma vie, je n'ai cessé d'avoir peur, mais maintenant, même encerclée par nos ennemis, j'ai l'impression de ne plus rien avoir à craindre.

Elle murmura ces mots contre la chaleur de sa bouche, puis déposa des baisers sur son menton et le long des fins sillons creusés au coin de ses yeux ; non pas des rides d'expression, mais des marques qui s'étaient formées à force de plisser les paupières pour ne pas être aveuglé par le soleil. Elle remercia intérieurement Ken d'avoir pris son tour de garde, leur permettant de se reposer jusqu'au crépuscule. Elle était déterminée à profiter de ce moment d'intimité avec Jack.

Il lui embrassa le bout du nez, la commissure des lèvres, la fossette du menton. Il lui semblait irréel d'être ainsi allongé dans l'herbe du Montana, dans un endroit qu'il adorait, en compagnie de Briony. Et elle continuait à le regarder avec amour. Un amour sincère.

— Merde, tu es un vrai miracle, Briony.

Il l'embrassa de nouveau, fit glisser ses mains jusqu'à son ventre et releva son tee-shirt afin de poser sa paume sur sa peau nue.

— Je veux les sentir bouger. Une partie de moi, et une partie de toi. Je n'aurais jamais imaginé avoir des enfants, ni même une compagne, mais maintenant que tu es là, je ne conçois plus la vie sans toi.

Elle ferma les yeux pour mieux profiter de ses caresses. Elle crut percevoir un frémissement en elle, mais le mouvement fut si bref et si léger qu'elle pouvait s'être trompée.

— Ne dis pas « merde », Jack, le réprimanda-t-elle, alors qu'en réalité, elle commençait à apprécier les termes familiers qu'il employait pour parler d'elle. Tu devras surveiller ton langage devant les bébés. Mais au cas où tu l'ignorerais, je pense que toi aussi, tu es un miracle. Je t'aime.

Il se pétrifia subitement. Il cessa même de respirer. Il attendit qu'elle ouvre les yeux et qu'elle le regarde.

— Ne prononce pas ces mots si tu n'es pas sûre de toi, Briony. Je n'ai pas envie qu'il y ait le moindre malentendu.

— J'en suis certaine. Je t'aime plus que tout, et je suis heureuse de porter tes enfants. J'adore être avec toi.

— Nous vivons dans un endroit isolé et la route est impraticable une partie de l'année. Il y a de la neige en hiver. Tu pourrais te sentir seule.

— J'aime cet endroit, la maison et tout le reste.

— Je suis parfois mauvais comme une teigne. J'ai l'habitude de n'en faire qu'à ma tête, trop sans doute.

— Est-ce que tu essaies de me décourager ? Je sais bien qu'il neige. Je n'ai pas peur de me sentir seule, et d'ailleurs, avec Ken, toi et les enfants, ça ne risque pas d'arriver. Si tu deviens vraiment méchant, je ferai ce qui est en mon pouvoir pour te calmer. (Elle lui caressa la poitrine de manière sensuelle, suggestive.) Et je te laisserai sans doute n'en faire qu'à ta tête la plupart du temps, pour que tu ne demandes pas mieux que me céder quand je voudrai réellement quelque chose.

— Ah oui ? (Un sourire fendit son visage, et ses yeux s'éclairèrent.) Je doute que tu rencontres le moindre problème pour me faire plier à ta volonté, mais tu le sais déjà, non ?

— Oui, et tu as une idée de ce qui me ferait plaisir, là, tout de suite ? (Elle se redressa pour lui effleurer l'oreille de ses lèvres.) J'ai tellement envie de te sentir en moi que je n'arrive plus à réfléchir. (Une partie d'elle craignait de le perdre, redoutait qu'il s'agisse de leur dernière occasion d'être ensemble.) Tu crois que Ken sera parti assez longtemps ?

Sa proposition résonna aux tympans de Jack comme le chant d'une sirène tentatrice.

— *Ken, j'ai besoin d'un peu de temps avec Briony.*

— *Sans blague ! Je reste là à me tourner les pouces, Casanova. Tu as raison, utilise les talents dont tu disposes pour la séduire, car tu laisses à désirer niveau romantisme. Ce serait dommage de la perdre.*

Effectivement, Jack n'avait aucune envie de la perdre. Il ferma son esprit à Ken, puis embrassa Briony avec tendresse.

— J'ai un frère en or. Il monte la garde pour nous.

— Vas-y doucement, Jack. Je veux que tu prennes ton temps.

Elle désirait se sentir aimée, partager un moment d'intimité avec lui au cas où ce serait le dernier. Elle aurait dû éprouver de la gêne à savoir que Ken était si proche et qu'il s'était sacrifié pour leur faire cette faveur, mais elle lui était reconnaissante. Leur proche avenir s'annonçait difficile et, à cet instant, elle avait besoin de Jack.

— Je suis désolée d'être dans cet état.

— Tu crois vraiment que ça a la moindre importance, Briony ? Aucune femme ne pourrait être aussi belle à mes yeux. Je me fiche de ton œil au beurre noir et de tes hématomes. Tu es une battante, ma puce, et je suis fier de toi.

Il releva son haut jusqu'à découvrir le renflement de ses seins, tout en caressant sa peau veloutée.

— Quand je te touche, Briony, c'est différent de tout ce que j'ai pu connaître par le passé. Je me sens ridicule à tenter de t'expliquer ce que tu représentes pour moi, mais je ne veux pas que tu puisses penser que tu ne vaux pas la peine que j'essaie d'exprimer mes sentiments.

Jack sema des baisers sur son ventre rebondi. Des mèches de cheveux effleurèrent les seins de Briony, provoquant en elle des frissons. Elle ignorait pour quelle raison elle trouvait incroyablement érotique le fait d'être avec lui en pleine nature, cernée par le danger. Elle observa le regard de Jack s'assombrir, s'emplir de désir, et son bas-ventre durcir sous l'effet de l'excitation.

— Tu devras te mettre au-dessus pour qu'on ne risque pas de te blesser ou de faire du mal aux bébés. (Il releva la tête pour braquer sur elle ses yeux gris aussi foncés que du charbon.) Je vais me montrer plus doux que tout ce que tu peux imaginer.

Le simple fait de le regarder suffisait à la rendre humide et brûlante d'impatience. Il prit ses seins dans le creux de ses paumes et les massa avec une infinie délicatesse, faisant rouler son téton entre ses doigts jusqu'à ce qu'elle gémisse et que sa vue se trouble. Briony eut la sensation que ses vêtements la serraient. L'étoffe frottait contre sa peau sensible et freinait l'exploration de Jack. Elle s'empressa d'ouvrir la fermeture Éclair de son jean, et se redressa pour se déshabiller tout en jetant un coup d'œil aux alentours afin de s'assurer que les buissons et les arbres les camouflaient. Les falaises du canyon les plongeaient dans l'ombre, et Briony compris pourquoi Jack avait choisi cet endroit pour se cacher en attendant le crépuscule.

Lui aussi avait ôté tous ses vêtements. Il saisit Briony par le poignet et l'attira vers lui pour la faire s'asseoir à califourchon sur ses cuisses, puis enfouit les mains dans ses cheveux et lui renversa la tête en arrière afin de mieux la dévorer. Il l'embrassa, lui mordilla les lèvres, tout en pressant son membre dressé contre son sexe. Il demeura immobile quelques instants, s'imprégnant des sensations qu'elle lui procurait, de son parfum, savourant le miracle de se trouver avec elle. Il blottit son visage dans le creux de son cou pour dissimuler l'émotion soudaine qui devait transparaître sur ses traits.

— Jack ?

Il guida les mains de Briony autour de sa nuque, et elle enfonça ses doigts dans les muscles de ses épaules lorsqu'il lui prit les jambes et les enroula autour de sa taille. Elle croisa les chevilles dans son dos, s'ouvrant ainsi davantage à lui, et il la pencha en arrière afin de presser sa verge contre sa moiteur féminine. Il ne se lasserait jamais de l'entendre murmurer son nom, de ses soupirs hésitants, de l'amour qui perçait dans sa voix. Il exerça une nouvelle pression qui arracha à Briony un petit gémissement.

Elle s'agrippa avec force à ses épaules et poussa un cri de plaisir qui ne fit qu'attiser l'excitation de Jack. Il l'embrassa sans s'arrêter, s'enivrant de sa saveur et se délectant de la manière dont elle lui répondait en lui abandonnant éperdument sa bouche et son corps. Il déposa des baisers le long de sa gorge et de ses épaules, puis descendit jusqu'à la pointe tendue de ses seins. Elle ondulait contre lui, trahissant l'ardeur avec laquelle elle le désirait. Cette attitude à elle seule constituait pour lui un puissant aphrodisiaque.

Jack explora sa poitrine avec ses lèvres, sensible à son incroyable douceur. Il enroula sa langue autour de son téton et le mordilla, puis se mit à le sucer lorsqu'elle poussa un cri. Il avait conscience d'aiguillonner Briony à chaque aspiration, d'intensifier sa fébrilité. Il adorait la manière dont elle réagissait. Il promena ses mains sur elle, lui caressant les épaules, puis descendit le long de son dos jusqu'à ses fesses tandis que sa bouche s'attardait sur ses seins.

Elle renversa la tête en arrière et se cambra pour mieux jouir de la chaleur de sa langue, tout en enfonçant ses ongles dans ses épaules. Les mains sensuelles et les lèvres inquisitrices de Jack provoquaient en elle des sensations si brûlantes et si douloureuses qu'elle ne put s'empêcher d'essayer de le chevaucher.

— Arrête ça tout de suite, ordonna Jack d'un ton sec en refermant sa paume sur ses fesses, envoyant déferler en elle une vague incandescente inattendue. On prend notre temps, tu te rappelles ? Laisse-toi aller.

Il avait envie de rester en elle pour toujours, de la retenir par n'importe quel moyen. Il ignorait comment elle avait réussi à s'emparer de son cœur et de son âme, mais elle l'avait fait, et il avait autant besoin d'elle que de voir le soleil se lever le matin. Il désirait faire durer ce moment. Ils ne disposaient que de peu de temps. Chaque seconde comptait.

Une terrible faim avait déjà envahi Briony et menaçait de lui faire perdre la raison. Elle sentit son corps se tendre et se crisper davantage. Lorsqu'un spasme la secoua, elle se mit à pleurer d'impatience.

— Jack. Nous n'avons pas le temps.

— Pour ça – pour nous –, nous avons tout notre temps.

Il l'embrassa dans le cou, lui mordilla tendrement le menton, puis s'arrêta de nouveau sur ses seins. Le mouvement de succion de sa bouche brûlante provoqua une onde de choc dans le corps de Briony. Elle se frotta frénétiquement contre lui, implorante, exigeante, transformant le membre de Jack en un instrument aussi dur que de l'acier.

Elle se cramponna plus fort tandis qu'il la soulevait pour la positionner sur ses hanches de façon à presser son gland engorgé contre son seuil humide, puis il la pénétra lentement. Elle lui offrait une sensation de douceur telle qu'il avait l'impression d'être enveloppé d'un gant de soie, et elle était si chaude qu'il grogna avant de la laisser glisser sur lui, s'enfonçant ainsi le plus possible en elle. Le corps de Briony le gaina de velours, l'enserrant, et se contractant si violemment sur son sexe qu'il haleta de plaisir. Il la fit onduler sur lui avec lenteur et sensualité.

— Voilà, bébé, chevauche-moi, doucement.

Alors qu'elle se déhanchait à califourchon sur ses cuisses, Jack s'enfouit encore plus profondément en elle. Briony ne cessait de se mouvoir, le pressant ainsi fermement contre son point le plus sensible. À chaque oscillation, une décharge électrique la traversait, rendant ses tétons douloureux. La fièvre l'envahissait, et elle sentit l'imminence de l'orgasme. Elle se cambra tout en continuant à se balancer voluptueusement, et se mit à effectuer un mouvement circulaire, le regard plongé dans celui de Jack. Elle examina son visage, se délectant du désir et de l'amour entremêlés qu'elle y lisait.

Ses seins se balançaient langoureusement à chaque déhanchement et, chaque fois que ses mamelons effleuraient le torse de Jack, elle sentait des étincelles brûlantes courir sur sa peau. Alors que l'excitation montait en elle et que son corps se tendait comme un arc, elle adopta un rythme plus soutenu. Elle incita Jack, haletant, à la pénétrer encore plus profondément, et renforça l'intensité de la friction en contractant volontairement ses muscles autour de lui, lui arrachant un gémissement rauque.

— Putain de merde, Briony, tu vas me tuer avant qu'on ait fini.

Elle voulait l'embraser jusqu'à ce qu'il jure. Avec une autre personne, elle aurait sans doute trouvé cette attitude déplacée et vulgaire, mais avec Jack, cela signifiait qu'elle l'amenait au comble du plaisir, et qu'il l'y autorisait. Il avait beau détester perdre la maîtrise de la situation – même pendant l'acte sexuel –, il la laissait imposer son rythme et faire de lui ce dont elle avait envie, ou peut-être ce dont elle avait besoin.

Elle le regarda droit dans les yeux et esquissa un sourire sensuel, qui exprimait toute l'intensité de sa jouissance.

— Tu sais quoi, Jack ? Voilà comment moi, je t'aime.

À ces mots, le cœur de Jack fit un soubresaut, et son membre tressaillit puis durcit encore.

Briony caressa son visage du bout des doigts, suivant le contour de chacun des traits qu'elle adorait. Quand lui était-il devenu indispensable ? Elle sentait l'amour se mêler à la passion qui irradiait dans tout son corps et, même si cela semblait impossible, ce sentiment accroissait son plaisir. Elle se pencha en avant pour s'emparer de la bouche de Jack, fit glisser sa langue le long de ses lèvres, tout en le taquinant et le mordillant du bout des dents. Lorsqu'il s'ouvrit à elle, elle savoura la chaleur et la rudesse de son baiser, ainsi que son goût délicieux. Elle gémit, enroula ses bras autour de son cou, et continua à onduler à un rythme régulier destiné à amener Jack au bord de la folie.

Tout à coup, les baisers de son partenaire se firent plus insistants. Il agrippa résolument les hanches de Briony, puis la força à adopter un mouvement plus rapide et violent. Elle se sentit aussitôt submergée par une vague ardente qui poussa chaque muscle de son corps à se contracter, lui donnant le vertige. Elle inclina la tête en arrière en signe d'invitation tandis que les lèvres de Jack exploraient son cou. Les morsures et pincements voluptueux qu'il infligea ensuite à ses seins entraînèrent Briony dans un tourbillon de délices. Sa jouissance ne cessait d'augmenter alors que Jack la stimulait à l'aide de sa bouche, de ses mains et de son corps, l'amenant aux portes de l'extase. Fermement imbriqué en elle, il imprimait à leur danse torride un rythme effréné tout en exerçant délibérément une pression sur ses nerfs les plus sensibles. Leurs corps entremêlés semblaient plus brûlants que ce qu'elle croyait possible.

Elle étouffa un cri et se laissa aller, les muscles étroitement crispés autour de Jack afin de l'entraîner avec elle, le poussant à jouir tandis qu'elle tressaillait sous la violence de l'orgasme qui la saisissait. Jack laissa échapper un gémissement rauque lorsqu'il se déversa en elle, puis l'attira contre lui pour la serrer dans ses bras pendant qu'ils continuaient à bouger en cadence. Il enfouit son visage dans ses cheveux, et posa la tête sur son épaule. Ils restèrent un long moment à partager cette étreinte fusionnelle, leurs corps n'en faisant plus qu'un, et attendirent que leurs cœurs cessent de battre la chamade.

— Il faut que nous nous reposions un peu, finit par déclarer Jack en libérant Briony à contrecœur. La nuit va être longue. (Il versa de l'eau sur une petite serviette.) Allonge-toi, je vais nous laver. Tu devras mettre tes vêtements pour dormir afin que nous puissions partir rapidement en cas de besoin.

Briony aurait dû éprouver de la gêne face à Jack qui lui essuyait les cuisses avec délicatesse, mais elle se sentait tout simplement aimée et choyée. Après qu'ils se furent rhabillés, elle se coucha à côté de lui. Son regard conservait la teinte sombre des émotions qui s'étaient emparées de lui. Il l'entoura de son bras pour la serrer contre lui, puis remonta la couverture sur eux.

— Merci, Jack, j'avais besoin de partager ce moment avec toi.

Il l'embrassa tendrement.

— Nous allons nous sortir de là. Tous ensemble.

Elle ferma les yeux et sombra dans le sommeil, rassurée par le ton confiant de Jack et la chaleur de ses bras.

— *Jack.*

Ken préféra éviter de toucher l'épaule de son frère, certain que celui-ci se réveillerait en brandissant son arme et essaierait probablement de lui trancher la gorge. Il resta en position accroupie, hors d'atteinte, pendant que Jack s'asseyait, le fusil à la main, prêt à tirer. Ken repoussa le canon pointé sur lui.

— *On a un problème, frangin. Je suis monté jusqu'au col…*

— Tu as fait quoi ? siffla Jack. Putain, Ken, c'était dangereux.

Briony s'agita aussitôt et se redressa, regardant tour à tour les deux frères.

— Qu'est-ce qui ne va pas ?

Ken s'installa à côté d'eux, son fusil dans les bras.

— Désolé de t'avoir réveillée, Briony, mais nous allons très bientôt avoir de la visite.

— Qu'est-ce qui se passe, Ken ? l'interrogea Jack.

— Quand je me suis rendu compte que l'hélicoptère n'était pas revenu, ça a éveillé mes soupçons. Pourquoi ne pas nous surveiller ? Je ne pense pas qu'il était endommagé au point de ne plus pouvoir voler. Peut-être qu'ils veulent me faire croire que je l'ai mis hors service, mais je suis sûr que ce n'est pas le cas. Pendant que j'étais assis à me cailler les miches sur les rochers, j'ai eu une idée au sujet du professeur Whitney et des dossiers qu'il a en sa possession. Supposons qu'il ait réussi à se procurer une carte de notre propriété et qu'il l'ait minutieusement étudiée. Dans ce cas, il est sans doute au courant que nous disposons d'une voie de sortie par le col de ce canyon.

— Le fils de pute, grogna Jack.

— Alors j'ai fait une petite promenade jusqu'en haut, et bingo, un comité d'accueil nous y attend.

Ken déboucha sa gourde, avala une gorgée d'eau puis s'essuya les lèvres du revers de la main.

— Est-ce qu'on peut les battre ?

— Ils ont une position avantageuse et un hélicoptère, Jack. (Ken jeta un coup d'œil à Briony, ouvrit la bouche pour parler, puis se ravisa.) *Ils nous tueraient.*

— Arrêtez ça ! lança Briony d'un ton abrupt. Je ne suis plus une enfant, je ne me mets pas à pleurnicher au premier danger. Dites-moi ce qui ne va pas. (Elle braqua son regard sur celui de Jack.) Je fais partie de cette famille, oui ou non ?

— Tu sais très bien ce que tu représentes pour moi, bon sang, rétorqua Jack. Le col constitue la seule véritable issue. Nous pensions que personne n'était au courant de ce passage. Le canyon est un cul-de-sac. En résumé, nous sommes coincés. Il n'existait aucune voie de sortie jusqu'à ce qu'on en fasse une.

— Comment ont-ils pu le découvrir ? s'enquit Ken. Personne n'est venu par ici.

— Il a deviné, fulmina Jack. Ce bâtard a tout simplement deviné. Ce type est un génie, il a regardé la carte en essayant de réfléchir à notre manière. Le canyon est un piège naturel. Il savait que nous les conduirions ici, et il a placé ses hommes en haut pour nous cueillir. Si nous grimpons cette pente raide et dangereuse, nous arriverons au sommet à bout de forces, et ils n'auront plus qu'à nous tirer comme des lapins.

Briony prit une profonde inspiration et essaya d'appréhender le danger. Elle capta des effluves de résineux et la senteur de l'air frais de la nuit, mais aucune odeur de soldat. La température chutait rapidement, comme souvent en altitude. Elle frissonna et s'empara du sac à dos de Jack, duquel elle sortit une veste dont elle s'enveloppa.

— Tout ira bien, la rassura Jack.

— Je sais. C'est juste que j'ai froid.

Elle ignorait si Jack disait la vérité, mais elle désirait le croire. La peur l'accompagnait depuis si longtemps qu'elle lui était devenue familière. Elle avait appris à la surmonter. Elle haussa les épaules afin de chasser ses craintes et entrelaça ses doigts à ceux de Jack.

— Nous n'avons plus vraiment le choix. Tenter de franchir le col s'apparente à du suicide. Peut-être que tu arriverais à passer si, Ken et moi, on te guidait et te couvrait, surtout s'ils souhaitent te récupérer vivante.

Elle secoua la tête.

— Je reste avec vous.

— Je pourrais vous protéger tous les deux, suggéra Ken. Ça se tient, Jack. Il faut que Briony s'en sorte. Priorité au plus important. Elle porte les bébés. Je vais me poster au col avec mon fusil…

— Oublie ça, l'interrompit brusquement Jack. On y va tous ensemble ou pas du tout. Si tu crois que je m'enfuirais en les laissant te canarder, Ken, c'est que tu ne me connais pas très bien.

— Je suis d'accord avec Jack, renchérit Briony avec une expression déterminée. Ta proposition est inacceptable.

— C'était juste une idée.

— Une idée stupide.

— Et si nous faisions demi-tour ? proposa Briony en enfonçant les ongles dans la paume de Jack. Nous pourrions descendre en ville et demander de l'aide.

Ken balaya sa suggestion d'un geste.

— Impossible. Nous sommes cernés, et ils sont armés jusqu'aux dents.

— Nous avons une chance de nous en tirer en attendant ici l'arrivée des renforts, décréta Jack. Si nous contactons l'unité par radio, ils se mettront immédiatement en route.

— Ils seraient là dans vingt-quatre heures au maximum, plus probablement douze, concéda Ken. Si tout se passe bien, ils pourraient arriver à l'aube. Avec les munitions qui nous restent, nous sommes susceptibles de réussir. Nous avons encore des réserves de C-4, et tu as déjà installé des câbles. C'est peut-être la meilleure option, Jack.

— Qu'est-ce qui cloche ? demanda Briony. Vous n'avez pas l'air enthousiasmés par cette solution.

— Ils peuvent très bien appeler des renforts, eux aussi, expliqua Jack. Si nous restons trop longtemps, Whitney aura la possibilité de faire acheminer de l'équipement beaucoup plus sophistiqué. Nous ne devons pas lui en laisser le temps, à moins d'y être vraiment contraints.

Un bref silence s'ensuivit, que Ken rompit en poussant un soupir.

— Je vais monter jusqu'à ce que je reçoive un signal suffisant pour utiliser la radio.

— Attends, intervint Briony en levant la main. Tu dois escalader la falaise pour appeler ? Ce n'est pas trop risqué ?

— Nous n'avons pas le choix, répliqua Jack. Nous nous trouvons dans un canyon, ma puce. Il est impossible de capter quoi que ce soit ici.

— Si Ken est capable de gravir la paroi jusqu'à une hauteur suffisante pour passer un appel, pourquoi ne pas tenter de sortir par là, en grimpant ? suggéra Briony. Nous sommes tous assez forts pour ça.

Un nouveau silence s'installa, au cours duquel les deux hommes échangèrent un long regard.

— Peut-être, dit Jack d'un air pensif. Sachant que tu es enceinte, Whitney n'aura sans doute pas envisagé cette possibilité.

Ken fronça les sourcils et se frotta une cicatrice qui lui zébrait la joue gauche.

— Nous avons essayé par la face nord la dernière fois, Jack. Il y a des prises pour les doigts et les pieds, et quelques failles que nous pouvons certainement utiliser, mais elles sont en général séparées d'au moins quatre mètres. Ce sera difficile, surtout dans le noir.

Jack leva les yeux vers le ciel.

— À quel stade en est la lune ?

— On a passé la demi-lune, et elle est croissante. La nuit s'annonce claire, nous aurons une bonne visibilité. (Ken tourna la tête en direction de l'impressionnante falaise verticale.) *Elle n'y arrivera jamais, Jack. Elle a beau être forte, elle est enceinte.*

Briony savait qu'ils parlaient d'elle par télépathie. Elle retira sa main de celle de Jack.

— Je suis une acrobate, une trapéziste professionnelle, et je suis plutôt douée. Je peux franchir toutes sortes d'obstacles.

— Tu as le vertige, lui rappela Jack. Ne t'inquiète pas, Briony, nous pouvons très bien rester ici.

— Il y a beaucoup de choses qui me dérangent ou que je n'aime pas, Jack, mais ça ne m'a encore jamais arrêtée. Si je n'étais pas avec vous, que décideriez-vous ? les défia-t-elle.

— Tu es là, donc ça n'a pas d'importance.

— Ça en a pour moi. Je n'ai aucune envie de les attendre sans rien faire alors que nous avons une chance de leur échapper. Je suis tout à fait en mesure de maîtriser mon vertige. Ne me prenez pas pour une incapable parce que je suis enceinte, ou pire, parce que je suis une femme.

— Il est impossible d'escalader de manière conventionnelle, Briony, insista Jack. Nous devons former une échelle humaine. Un de nous s'agrippe à la paroi et balance l'autre comme un pendule pour lui faire atteindre la prise suivante. C'est difficile, et risqué.

— Rester ici l'est tout autant. Si vous n'étiez que tous les deux, le feriez-vous ? Je veux la vérité.

— Nous serions déjà en route, avoua Jack.

— Alors c'est tout vu, décréta Briony en se levant après avoir écarté la couverture d'un coup de pied. Allons-y.

Ken secoua la tête.

— Et voilà comment ça commence, frangin. Elle va te mener par le bout du nez, j'ai déjà pu constater de quelle manière les femmes procèdent. Elles te poussent à céder avec leur petit air doux et adorable, puis elles sortent les griffes et prennent le contrôle. (Il se leva avec agilité, le fusil paraissant constituer un prolongement de son corps.) Tu es dans de sales draps, Jack.

— Probablement, concéda ce dernier, la voix emplie de fierté et de respect pour Briony. Mettons-nous en route.

Il adressa un petit sourire approbateur à sa compagne. Au moment où il se baissait pour rouler son sac de couchage, une explosion retentit, faisant vibrer le sol tandis qu'une énorme boule de feu rougeoyante s'élevait dans les airs, cernée d'un tourbillon de fumée noire rappelant l'aspect d'un champignon atomique. Les oiseaux s'envolèrent en piaillant alors que le monde autour d'eux semblait plonger dans le chaos.

— Ils arrivent, annonça Jack.

Les deux hommes passèrent leur arme en bandoulière, puis firent signe à Briony de se placer entre eux pour avancer en file indienne, Ken en tête. Lorsque la fumée et la lueur incandescente s'estompèrent, la nuit retomba dans un silence de mort.

Jack tendit à Briony un pistolet et un couteau qu'elle glissa à sa ceinture tout en emboîtant le pas à Ken. Les frères progressaient sans bruit, et elle fit de son mieux pour les imiter. Le clair de lune leur permettait de discerner les alentours. Briony ne repéra pas le moindre sentier, pas même une piste de chevreuil, mais Ken paraissait s'orienter avec assurance.

Tout en marchant, elle essaya de comprendre pourquoi, alors qu'elle se trouvait dans une situation extrêmement périlleuse, elle ne ressentait presque aucune peur. Oh, bien sûr, l'adrénaline coulait dans ses veines et son pouls battait avec frénésie, mais elle n'éprouvait pas l'habituelle terreur qui lui faisait perdre tous ses moyens. Elle n'avait pas à se forcer pour se maîtriser. Elle se contentait d'avancer, encadrée par les deux hommes, tentant de rivaliser avec leur conscience aiguë du danger. Sa sérénité ne résultait même pas du fait qu'ils la protégeaient des effets de la violence environnante ou de la brutalité des combats qu'ils avaient menés. Elle provenait de l'absolue confiance qu'ils faisaient transparaître, décelable à leur port d'épaules, à la fluidité et la détermination de leurs mouvements, à la complicité qui les unissait, et tout simplement à l'efficacité dont ils faisaient preuve en lorsqu'ils travaillaient ensemble. Elle se retourna pour jeter un coup d'œil à Jack sans cesser de marcher. Il ne regardait pas le sol, mais se concentrait sur les environs, scrutant le feuillage des arbres, les parois du canyon ainsi que le chemin qu'ils venaient de parcourir. Elle s'efforça de l'imiter en utilisant ses facultés visuelles extraordinaires, prêtant l'oreille à ce que les ténèbres étaient susceptibles de leur apprendre.

— Souviens-toi que les sons portent loin dans le silence de la nuit, lui murmura Jack à l'instant où ils s'arrêtaient sous une saillie rocheuse qui émergeait de la falaise à environ six mètres au-dessus d'eux. Nous communiquerons par télépathie. En grimpant, essaie de faire le moins de bruit possible. Si nous voulons réussir, nous devons nous volatiliser dans l'obscurité comme des fantômes.

Elle lui indiqua qu'elle avait saisi en hochant la tête.

— *Comment allons-nous nous y prendre ?*

— *Nous allons sauter sur ce promontoire, et partir de là. Je passe en premier. Grâce à un mouvement de balancier, je hisserai la personne suivante jusqu'à la prochaine prise. Tu verras, ça ressemble aux figures que tu exécutes au trapèze. D'habitude, c'est Jeb qui te rattrape, ici, ce sera soit Ken, soit moi.* (Il se baissa pour la regarder droit dans les yeux.) *Tu te sens prête ? Une fois engagés, nous ne pourrons plus reculer.*

Elle inspira.

— *Vous avez déjà escaladé cette falaise ? Jusqu'en haut ?*

Jack la serra dans ses bras.

— *Oui. Si les circonstances ne l'exigeaient pas, je n'aurais pas pris un tel risque, ma puce, mais je ne le tenterais pas si je ne te pensais pas capable de réussir.*

Il n'aurait pu trouver propos plus rassurants. Il avait foi en elle, et lui portait assez de respect pour s'aventurer dans une entreprise risquée. Elle n'était pas simplement bonne acrobate ; elle excellait dans ce domaine. Elle ne le décevrait pas. Elle se caressa le ventre, frôlant Jack de ses doigts. Il plaça aussitôt sa main sur la sienne et demeura ainsi quelques instants, son souffle chaud contre la nuque de Briony.

— *On va y arriver*, affirma-t-il.

— *Je n'ai pas envie de quitter notre maison.*

— *Nous reviendrons tôt ou tard. Une équipe de nettoyage sera là dès demain soir si Whitney n'enlève pas ses cadavres, même si je le soupçonne d'avoir prévu de le faire. Ils ont causé des dégâts, mais rien d'irréparable.*

Une autre explosion fit trembler le sol, provoquant la chute de pierres de petite taille qui roulèrent en bas de la falaise avant de rebondir sur les branches et les buissons. Un éclair fulgurant déchira la nuit, et quelqu'un poussa un cri rauque au loin.

Ken se racla doucement la gorge afin d'attirer leur attention.

— *Il faut partir avant qu'ils aient passé tous les pièges. Nous n'avons pas stoppé leur progression, nous les avons juste ralentis.*

— *Je suis prête*, assura Briony.

Elle inclina la tête en arrière pour observer la saillie rocheuse.

Jack s'accroupit et bondit en premier. Sans élan, la distance à franchir était impressionnante.

— *Tu as besoin d'aide ?* s'enquit Ken.

Briony refusa d'un geste, mais recula de quelques pas pour avoir davantage d'impulsion. Elle n'avait jamais été très douée pour sauter depuis une position fixe, comme Jack venait de le faire. Elle parvint pourtant sans effort à gagner le promontoire, où elle atterrit à côté de Jack, qui la saisit aussitôt par le bras avant de la plaquer contre la paroi. Ken les rejoignit peu après.

— *Reste aussi près que possible du rocher pour me laisser de l'espace, ma puce*, indiqua Jack en fermant soigneusement son sac, sur lequel il sangla son fusil. *Ken, utilise la radio dès que nous serons assez haut pour passer l'appel. Chaque minute compte, insiste là-dessus quand tu les auras. Contacte les deux unités si tu veux, mais dis-leur qu'on a besoin d'une extraction musclée. Qu'ils soient prêts à affronter des conditions de combat.*

— *OK. Je dois encore monter d'une dizaine de mètres avant d'espérer capter un signal.*

Briony sentit son sang se glacer dans ses veines lorsque Jack leva la tête vers la paroi verticale. Avant qu'il ait eu le temps d'effectuer le moindre mouvement, elle lui saisit les doigts et les serra en plongeant ses yeux dans les siens. Ils étaient en train de jouer leur vie, de mener une lutte à laquelle ils étaient susceptibles de ne pas survivre, et elle désirait lui faire comprendre à quel point il comptait pour elle.

Jack prit son visage entre ses mains et l'embrassa avec tendresse.

— *On va s'en sortir*, affirma-t-il.

— *Je sais.*

Elle instilla dans son esprit la confiance qui l'habitait. Si quelqu'un pouvait la protéger, c'était Jack. Elle perçut l'inquiétude qu'il ressentait pour elle et sourit.

— *J'en suis capable, Jack, j'en suis sûre.*

Il hocha la tête, lui posa un nouveau baiser sur les lèvres, puis regarda la falaise qui s'élevait au-dessus d'eux en fronçant légèrement les sourcils. La faille qu'il visait se trouvait à sa droite. Il devrait l'atteindre en sautant et insérer son bras dans l'étroite ouverture. Il avait déjà réussi une fois, mais c'était en plein jour. Il s'accroupit puis bondit, bras tendu, poing fermé.

En dessous, Ken le suivait des yeux. Si Jack ratait son coup et chutait, il n'aurait qu'un maigre espoir de parvenir à le rattraper avant qu'il s'écrase au sol.

Des aspérités rocheuses écorchèrent la peau de Jack lorsqu'il enfonça avec force son poing dans la fente exiguë. Du sang ruissela le long de son bras, et son épaule faillit se déboîter sous son poids. Il inspira afin d'apaiser les battements effrénés de son cœur, puis expira lentement, détachant son esprit de la douleur pendant qu'il tâtait le rocher du bout du pied, en quête de l'éperon long de cinq centimètres qu'il connaissait. Il se sentit soulagé au moment où il put enfin prendre appui sur la petite proéminence. S'assurant que son poing était solidement ancré dans la faille, il baissa la tête en étendant le bras en direction de ses compagnons.

— *Ken, Briony, vous êtes prêts ?*

Briony déglutit. Prêts à quoi ? Ils ne lui avaient pas encore expliqué ce qu'ils attendaient d'elle. À ce moment, Ken la tira en arrière, rompant le contact sécurisant avec la paroi. Elle humecta ses lèvres soudain desséchées.

— *Dites-moi ce que je dois faire.*

— *Monte sur les épaules de Ken et plie les genoux pour prendre de l'élan. Il t'aidera à sauter. Vise mon poignet, ma puce, comme au trapèze. Je te rattraperai.*

D'une main, et dans le noir. Briony expira, caressa son ventre dans un geste de réconfort, puis posa le pied sur la cuisse de Ken, qui s'était baissé pour la hisser sur son dos. Une fois en position, elle n'eut aucun mal à assurer son équilibre. Ken avait une musculature impressionnante, de larges épaules, et elle était accoutumée à ce genre d'exercice. Elle fléchit les jambes tout en estimant la distance à parcourir, dans l'attente du signal de Jack.

— *Vas-y.*

Briony s'élança dans les airs, profitant de la poussée de Ken ainsi que de l'impulsion imprimée par les muscles puissants de ses jambes. Elle vola à la verticale, les bras tendus, le regard rivé sur son objectif. Sa paume claqua sur le poignet de Jack, qui la saisit aussitôt d'une main de fer.

— *Cherche la prise avec ton pied. La saillie ne mesure que quelques centimètres de large. Tâte la paroi de ta main libre jusqu'à ce que tu trouves la fissure au-dessus de ta tête.*

Il utilisa sa force extraordinaire pour la hisser à son côté.

Pointe de pied tendue, Briony suivit les contours de la pierre en descendant aussi bas que possible, jusqu'à ce qu'elle sente le minuscule éperon. Elle maintint son équilibre afin de faire courir ses doigts sur la roche, puis, lorsqu'elle rencontra la faille, elle s'y agrippa.

— *C'est bon, Jack, tu peux me lâcher.*

Jack n'en avait aucune envie. Ils se trouvaient cramponnés à une falaise, à une dizaine de mètres au-dessus du sol hérissé de rochers. Il désirait la couvrir de son corps pour la protéger, l'envelopper de sa force, mais ils devaient avancer, et Ken attendait.

Une nouvelle explosion retentit à proximité, et cette fois, la cime d'un arbre éclata dans un bruit fracassant. Le tronc émit de puissants craquements puis se fendit en grinçant avant de s'effondrer.

Sans prêter attention aux flammes, Jack se pencha vers son frère.

— *Vas-y.*

Ken ne marqua pas la moindre hésitation. Il bondit avec fluidité et aisance, puis s'agrippa fermement au poignet de Jack qui, au lieu de le laisser prendre appui sur l'étroit rebord, commença à le balancer de gauche à droite comme un pendule géant.

Horrifiée, Briony observa Jack lancer son frère en hauteur, à plus de trois mètres de l'endroit où elle était accrochée à la paroi. Elle vit Ken étendre les deux mains, puis se coller à la surface en apparence totalement lisse. Se maintenant du bout des doigts, il demeura l'espace d'un instant ainsi suspendu afin de reprendre son souffle, le front appuyé contre le rocher, tout en tâtonnant prudemment à l'aide de son pied à la recherche d'une fissure.

— *À toi, Briony.*

Malgré la voix caressante de Jack, elle sentit un frisson d'appréhension lui parcourir le dos.

— *Je crois que je vais être malade.*

— *Pas maintenant, ma puce*, objecta-t-il en lui tendant la main. *Je t'indiquerai le moment où tu devras lâcher ta prise. Ken se tient prêt. Tu as déjà fait ça un million de fois.*

Elle jeta un regard en direction de l'arbre qui brûlait loin en dessous, et redressa les épaules. Elle n'avait pas le choix. S'ils voulaient survivre, il fallait qu'ils gravissent la falaise. Elle bondit pour s'emparer du poignet que Jack lui présentait, et élança les jambes afin d'accentuer l'amplitude de l'oscillation, comme Ken venait de le faire. Alors qu'elle se balançait, son instinct reprit le dessus, et elle fit en sorte d'aider Jack à lui faire adopter le mouvement en arc de cercle nécessaire à son envol.

— *Vas-y.*

Au signal de Jack, elle se lâcha, se jetant dans les airs en direction de Ken et de l'impressionnante paroi rocheuse. Elle évolua gracieusement, bras tendus, attendant le claquement familier, la brûlure rassurante qui surviendrait lorsqu'il la réceptionnerait. Ken referma solidement la main sur son poignet et la laissa reprendre sa respiration.

— *Très bien, Briony. La prise se situe juste à gauche de ton pied. Cherche encore, tu y es presque.*

Ken la guida jusqu'à ce qu'elle ait trouvé la fissure sécurisante qui lui permettrait d'assurer son équilibre.

Une fois stable, elle baissa la tête vers Jack, le cœur battant à tout rompre.

— *Comment vas-tu réussir à sauter jusqu'ici sans aide ? C'est bien trop loin.*

— *Décale-toi légèrement sur le côté pour me laisser de la place. Je vais sauter entre vous deux.*

Elle se rappela qu'il avait déjà accompli cette prouesse auparavant, mais elle avait néanmoins la bouche sèche. Elle se sentit submergée par la panique lorsqu'il extirpa lentement le poing de la faille pour se tourner vers eux. Malgré l'étroitesse du rebord sur lequel il se tenait, il conserva son aplomb. Briony pouvait toutefois à peine respirer tellement elle avait peur pour lui. Elle perçut dans l'esprit des deux frères une extrême concentration. Jack fléchit les jambes autant que lui permettait sa périlleuse posture et, utilisant toute la puissance surhumaine des muscles de ses mollets et de ses cuisses, il se propulsa dans les airs en direction de Ken.

D'un geste instinctif, Briony tendit un bras vers lui pour le rattraper, tout en s'agrippant au rocher. Ken, plus proche, se courba en arrière, maintenant sa prise d'une main tandis qu'il refermait l'autre comme un étau autour du poignet de Jack. Briony le saisit par le tee-shirt, et ils l'aidèrent à se glisser entre eux. Ils se serrèrent tous les trois contre la falaise, le souffle court.

— *Tu es prête à repartir?* s'enquit Ken.

Briony leva la tête. La crête paraissait inaccessible, leur tâche irréalisable. Ils avaient beau disposer de capacités physiques extraordinaires, ils souffraient de courbatures aux bras et aux jambes. Le moindre faux pas les condamnerait tous. Jack se pencha sur elle pour frotter son nez contre son cou, puis esquissa un sourire; mais l'obscurité dissimulait toute lueur qui aurait pu éclairer ses yeux.

— *On se sent vivant, non?*

— *Jack, je t'aime. Sincèrement. Mais je pense tout de même que tu es un peu cinglé.* (Le plus impressionnant, c'était qu'en effet, il avait vraiment l'air de s'amuser.) *C'est de la glace qui coule dans tes veines.*

— *Nous devons arriver en haut avant l'aube afin de prendre de l'avance sur eux*, déclara Ken. *J'appellerai les renforts à la prochaine étape, mais ils ne seront pas là avant plusieurs heures. Il faudra trouver un endroit où les attendre.*

Jack hocha la tête, puis examina le mur qui s'étendait à la verticale au-dessus d'eux.

— *La faille se poursuit encore sur environ cinq mètres. À gauche, elle est un peu trop large, mais elle nous fournira tout de même des prises qui nous aideront à grimper.*

Briony éprouvait des difficultés à se concentrer sur les propos de Jack tellement elle avait envie de l'entourer de ses bras pour l'empêcher de mettre sa vie en danger. Elle le regarda effectuer un nouveau bond de plus de trois mètres, moins difficile que le précédent. Elle ne s'autorisa à respirer de nouveau que lorsque Jack fut fermement arrimé au rocher, attendant qu'elle le rejoigne.

Ils escaladèrent durant des heures, répétant sans cesse leur étrange numéro d'acrobates. Ils atteignirent la crête épuisés, mais euphoriques à l'idée d'avoir accompli cet exploit. Ils restèrent allongés un long moment au bord de la falaise, luttant pour reprendre leur souffle, attentifs aux sons et aux odeurs portés par le vent. Ils savaient que l'ennemi les attendait, tapi quelque part dans les ténèbres.

Chapitre 20

Jack posa la main sur l'épaule de Briony puis enroula ses doigts autour de sa nuque. Il avait déjà pratiqué de semblables ascensions avec Ken pour échapper à l'ennemi, mais il n'avait encore jamais rencontré de situation aussi tendue que celle qu'ils venaient d'affronter. Au combat, Jack Norton ne connaissait pas les sueurs froides, les paumes moites ou le ventre noué. Il était réputé pour son sang-froid et le total contrôle qu'il exerçait sur ses émotions lorsqu'il était en mission, mais à présent… tout avait changé.

— *Briony.*

Il lui massa la nuque et s'appuya contre elle, savourant la douceur veloutée de sa peau.

— *Qu'est-ce qu'il y a ?*

Elle tourna la tête vers lui. Ses yeux chocolat exprimaient un amour si intense que Jack en fut bouleversé.

— *Bon sang, Ken, est-ce que les femmes rendent les hommes complètement idiots ? J'ai l'impression d'être un parfait imbécile quand elle me regarde comme ça.*

Non seulement Jack se sentait comme un imbécile, mais il avait aussi le sentiment de ne pas mériter Briony, et une partie de lui avait peur. Si elle le quittait, elle lui arracherait le cœur et ce qui restait de son âme. Tôt ou tard, l'image idéalisée de lui qu'elle s'était fabriquée se déchirerait et révélerait sa véritable personnalité. Elle le percerait à jour. Au-delà de la violence brute qui bouillonnait en lui et qu'il s'évertuait à dissimuler sous une fine carapace de glace, elle découvrirait le monstre insensible qu'il était en réalité. Un monstre qui n'éprouvait rien, qui était incapable du moindre sentiment.

La compassion de Ken s'insinua dans son esprit. Il avait deviné. Il ressentait la même rage, le même détachement. Ils avaient hérité du spectre hideux de leur père. Ils ne pourraient jamais s'en libérer, et la femme qui partagerait leur vie devrait, tout comme eux, subir la présence de ce démon innommable.

Ken tapa sur l'épaule de Jack, le regard dirigé vers les bois.

— Mieux vaut ne pas rester ainsi à découvert. Même si les unités se dépêchent, elles n'arriveront pas ici avant encore dix à douze heures. En attendant, nous devons trouver un abri et une position défendable.

Jack acquiesça et aida Briony à se relever. Ils avancèrent rapidement en file indienne au milieu des arbres et des buissons, prenant garde à ne pas faire de bruit. Dans la nuit, le moindre son portait, et ils ne pouvaient se permettre d'attirer l'attention de leurs ennemis. Ils devaient autant que possible les tenir à distance. Dès qu'ils se trouvèrent à plus d'un kilomètre des falaises, ils accélérèrent l'allure et se mirent à courir à grandes foulées.

Même si Briony ressentait la fatigue dans chacun de ses muscles, elle éprouvait une certaine satisfaction à l'idée qu'elle avait échappé à Whitney grâce à ses talents d'acrobate, mais surtout grâce aux capacités qu'il lui avait lui-même inculquées. Malgré son épuisement et le relief accidenté du terrain, ses jambes continuaient à fonctionner avec la régularité d'une machine, et ses facultés visuelles lui permettaient de progresser dans la nuit à une vitesse hors du commun. Elle devait tout cela à l'expérience de Whitney et à l'entraînement qu'il l'avait poussée à suivre.

Au bout de deux heures, ils firent une pause, puis reprirent leur course. À mesure qu'ils descendaient, les broussailles et bosquets devenaient plus denses, ralentissant leur progression. De toute évidence, Jack et Ken avaient une destination bien précise en tête. Ils s'arrêtèrent à une centaine de mètres d'une clairière et s'accroupirent dans un endroit camouflé par des rochers, des arbres et des buissons. Le sol, creusé de dépressions, leur fournissait des cachettes supplémentaires.

— Nous allons attendre ici, décréta Jack. Les renforts sont en route, et si nous ne faisons pas de bruit, nous aurons une chance d'échapper à nos ennemis.

Les deux hommes entreprirent d'assembler des branches dans le but de construire un abri sous lequel ils pourraient s'allonger et se reposer. Lorsque les premières lueurs de l'aube pointèrent à l'horizon, Briony ressentit une subite tension qu'elle tenta de masquer. Jack était couché contre elle, les doigts entrelacés aux siens. De l'autre côté, Ken semblait somnoler.

— *Comment arrive-t-il à s'endormir alors qu'on nous traque comme des animaux ?*

Jack se tourna pour frotter son nez contre sa nuque.

— *C'est pour conserver son énergie, ma puce. Il faut dormir dès qu'on en a l'opportunité, c'est d'une importance capitale. Nous sommes en sécurité pour quelques heures. Avant de nous retrouver, ils devront deviner par quel chemin nous nous sommes enfuis.*

Il l'attira contre lui et lui appuya la tête contre son épaule jusqu'à ce qu'elle se détende. Sans s'en rendre compte, Briony sombra dans le sommeil.

Lorsqu'elle se réveilla, Jack et Ken étaient partis. Elle s'assit et regarda autour d'elle, le cœur battant. Elle aperçut Ken au loin, allongé dans la clairière, en train de parler à voix basse à la radio. Elle eut davantage de difficultés à repérer Jack, mais elle commençait à connaître leur manière de procéder. Certaine qu'il couvrait son frère, elle se mit à scruter les arbres et les rochers au-dessus de Ken. Elle crut le distinguer dans le feuillage, mais elle cligna des yeux, et l'instant d'après, alors qu'elle souhaitait regarder plus attentivement, elle ne vit plus rien. Elle faillit mourir de peur quand il posa une main sur son épaule.

La mine sévère, il tenait son fusil dans les bras, comme toujours. Lorsque Ken revint, son visage arborait la même expression grave.

— Merde ! Désolé, Jack, j'ai commis une erreur, s'excusa Ken en secouant la tête, l'air désabusé. Nous avons supposé que les soldats qu'ils enverraient à notre poursuite seraient dotés de capacités physiques, et non psychiques, mais Whitney a pensé à tout. J'aurais dû envisager cette possibilité.

— On ne pouvait pas savoir, répliqua Jack en haussant les épaules avant de s'accroupir à côté de son frère. Nous n'avions pas le choix, la radio était le seul moyen dont nous disposions pour appeler des renforts. Ne perds pas ton temps à culpabiliser. De toute façon, ils auraient fini par nous trouver, tu le sais. Il faut qu'on parte, et vite.

Il tendit une bouteille d'eau à Briony.

— Qu'est-ce qui s'est passé ? s'enquit-elle.

Après avoir ôté le bouchon, elle but avec avidité. Malgré la tiédeur de l'eau, boire lui faisait du bien. Elle reboucha la bouteille, qu'elle proposa à Ken.

— J'ai appelé l'unité d'extraction pour savoir si les renforts étaient encore loin, mais Whitney a un homme-radio. Quelqu'un capable de scanner les fréquences très rapidement, presque à la vitesse d'un ordinateur, et de capter les messages transmis par les ondes. Les soldats de Whitney connaissent l'endroit exact où l'hélicoptère doit nous retrouver. Ils sont déjà en route, ils arriveront avant nous.

Jack étouffa un juron.

— Est-ce que l'équipe d'extraction est encore loin, Ken ?

Ce dernier secoua la tête.

— Trente minutes. C'est trop long. Nous serons morts avant.

Briony agrippa la main de Jack.

— Qu'est-ce qu'on fait ?

— On se bat. C'est l'unique solution, nous devons lutter. Si on ne les empêche pas de venir jusqu'à nous, ils nous écraseront en quelques minutes, et ils seront sans pitié, tu peux me croire. Whitney va poster ses hommes de manière à nous couper la route et nous obliger à combattre. Il sort les grands moyens parce qu'il commence à avoir peur que tu lui files entre les doigts. Une fois que tu seras chez Lily, il ne pourra plus t'approcher.

Il ferma brièvement les yeux alors qu'il tentait de lui expliquer. Il devait garder son esprit ouvert pour donner des ordres et, cette fois, il ne pourrait pas la protéger.

Elle lui effleura le visage de la main. Elle percevait son malaise, mais ne comprenait pas pourquoi il la regardait avec une telle appréhension.

— Nous avons tenu jusqu'à maintenant, Jack, nous allons nous en sortir.

— Je sais. Je ne permettrais jamais que quoi que ce soit puisse t'arriver… C'est juste que je dois faire tout ce qui est en mon pouvoir pour te protéger. Quel qu'en soit le prix.

Plongeant les yeux dans les siens, elle lut la prière qu'il lui adressait afin qu'elle lui pardonne. Briony s'approcha de lui pour l'embrasser.

— En tout cas, je n'accepterai aucune nouvelle égratignure, Jack, tu as déjà bien assez de cicatrices. Essaie d'être prudent. (Elle leva la tête et sourit à l'intention de Ken.) Toi aussi. Bon, partons d'ici. Où doit-on aller ?

Les deux frères échangèrent un regard affligé. Elle n'avait manifestement pas saisi ce que Jack avait tenté de lui faire comprendre. Il n'avait plus qu'à espérer qu'elle ne fuirait pas, horrifiée, lorsqu'elle découvrirait le véritable Jack, celui qui était tapi en lui.

— Nous allons chez Lily Whitney-Miller, l'endroit dont t'a parlé Kadan, expliqua-t-il d'un air grave. Elle enverra une équipe de nettoyage chez nous. Nous effectuerons les réparations nécessaires, puis il faudra installer un nouveau système d'alarme. Si nous voulons revenir ici, nous devrons transformer la maison en forteresse.

— Dis-moi ce que tu veux que je fasse, intima Briony.

Ses yeux exprimaient une telle confiance que Jack dut se détourner. Ils s'apprêtaient à livrer une vraie bataille, une guerre sans merci, et le spectacle ne serait pas beau à voir. À trois, ils devraient affronter un hélicoptère et une armée de soldats. Ken et Jack ne disposaient plus que d'une quantité limitée de munitions ; aucune erreur de tir n'était permise.

Un vrombissement se fit entendre, indiquant que leurs ennemis approchaient.

— *Infanterie en position à neuf et douze heures*, informa Ken.

Jack tendit à Briony un pistolet et plusieurs chargeurs.

— *Pas de gâchis, ma puce, tire pour tuer.* (Il la saisit par le menton et la regarda droit dans les yeux.) *Tu as compris ? Tire pour tuer. Ken et moi te protégerons des répercussions.*

Ils ne pourraient bien sûr pas lui épargner les répercussions psychologiques, mais ils feraient tout leur possible pour l'aider.

— *L'hélicoptère arrive.*

Ils l'aperçurent au-dessus de l'épais feuillage des arbres, dont les branches oscillaient sous l'effet du souffle provoqué par les pales de l'hélice. De lourdes cordes furent lancées depuis la porte ouverte de l'appareil, et plusieurs hommes commencèrent une rapide descente vers le couvert de la végétation.

Briony réprima un cri de frayeur lorsqu'une première détonation retentit, aussitôt suivie d'une deuxième, puis d'une troisième. Jack la saisit par le bras et la plaqua au sol, entre Ken et lui. Trois des soldats qui étaient sortis de l'hélicoptère tombèrent, puis s'écrasèrent dans l'enchevêtrement de branches. Ken tira calmement un quatrième coup de feu, et Jack abattit un cinquième soldat. Tout se déroulait si vite que Briony se contentait de regarder la scène, le pistolet à la main.

L'hélicoptère s'éloigna dans le but de protéger le reste des troupes. Jack et Ken visèrent tous deux avec précision l'oiseau mécanique qui battait en retraite, et tirèrent. Presque aussitôt, un nuage de fumée noire s'échappa de l'engin, qui se mit à tournoyer de manière incontrôlée.

— *Vas-y!* ordonna Jack en relevant Briony avant de la pousser en direction de la clairière. *Reste à couvert, mais ne t'arrête pas.*

Ils avaient à peine parcouru quelques mètres que les soldats ennemis postés au sol surgirent de toutes parts. L'espace d'un instant, Briony se sentit envahie par le désespoir – il paraissait impossible de franchir leurs lignes –, mais Jack lança une grenade, puis la précipita à terre en se couchant sur elle tandis que tout explosait autour d'eux. En un éclair, il fut de nouveau debout, tirant avec son fusil placé au niveau de la hanche tout en entraînant Briony dans sa course.

Elle se rendit compte que les deux frères utilisaient leur corps comme un bouclier pour la protéger, tout en anticipant les gestes et les positions de l'ennemi. L'expérience au combat revêtait bien plus d'importance que ce qu'elle avait imaginé en s'entraînant. Avant qu'elle ait le temps de viser, l'un des jumeaux avait déjà tiré. Ils continuèrent à avancer en lançant des grenades, en faisant feu sur les soldats, constamment en mouvement. Des volutes d'épaisse fumée les entouraient, et des hurlements de douleur s'élevaient sur leur passage. Pour la première fois de sa vie, elle prenait part à une véritable bataille, et ce qu'elle voyait l'horrifiait.

Un homme se jeta sur elle par-derrière. Jack virevolta, le couteau à la main, et trancha la gorge du soldat qui tomba au sol, entraînant Briony dans sa chute. Malgré le sang qui gicla sur eux, aucun des deux frères ne cilla. Ils se contentèrent d'aider la jeune femme à se relever avant de se remettre à courir. Elle s'attendait à lire de la peur pour elle dans l'esprit de Jack, de la répugnance face aux actes qu'il devait accomplir, mais elle ne perçut qu'une calme détermination. Il semblait dépourvu d'émotions, comme s'il était vraiment la machine à tuer dont Luther avait parlé.

Briony resta focalisée sur les pensées de Jack afin de suivre ses indications. Lorsqu'elle recouvra ses pleines facultés visuelles, elle visa et tira en tentant de se cuirasser contre les répercussions de cette violence. Comme sa cible ne réapparaissait pas, elle en choisit une autre, puis fit de nouveau feu. Ils étaient cernés, et livraient une lutte acharnée.

—*Je suis bientôt à court de munitions*, annonça Ken.

—*Merde. Moi aussi. Nous devons les économiser. Restons groupés. Briony, évite de participer à la bataille.*

Jack leur fit signe d'avancer, et ils se précipitèrent en direction de la clairière.

—*Attention à gauche!*

Au moment où Ken lança son avertissement à Briony, une détonation retentit. À côté d'elle, Ken vacilla, trébucha puis s'écroula au sol.

Jack se tourna vers lui, mais fit aussitôt volte-face afin de parer l'attaque du soldat qui avait surgi à sa gauche, un homme imposant qui se mouvait avec rapidité. De toute évidence, il disposait de capacités amplifiées. *Luther*. Il émergea en un éclair des broussailles, silhouette indistincte qui se ruait sur eux.

— *Cours jusqu'à la lisière de la clairière et reste à couvert jusqu'à ce que notre hélicoptère arrive, Briony.*

L'ordre provenait de Ken.

Jack et Luther roulèrent lourdement à terre, chacun éloignant d'un geste vif les armes de son adversaire. Tels deux ours gigantesques, ils se rouèrent de coups de poing et de pied, Luther rugissant, Jack serrant les dents, silencieux.

— *Emmène Ken !*

Sans se départir de son calme, Jack prit son élan pour décocher un coup de pied qui envoya Luther au sol. Ce dernier s'écarta d'une roulade puis se releva en essuyant le sang qui coulait de sa tempe. Il baissa les yeux sur ses doigts ensanglantés, et esquissa un rictus.

Briony fit demi-tour en direction de Ken.

— *Je ne partirai pas sans toi*, décréta-t-elle en l'empoignant par le tee-shirt. (Elle s'accroupit à son côté et lui mit le pistolet chargé dans les mains.) *Il me reste encore une cartouche. Ça va, Ken ?*

— *Je saigne comme un bœuf.*

— *On doit stopper l'hémorragie.*

La balle avait pénétré au-dessus de la hanche, laissant une plaie à l'aspect peu engageant. À l'aide de la ceinture de Ken et d'un bâton, elle forma un garrot qu'elle serra jusqu'à couper le flot d'hémoglobine.

— *Encore quelques minutes avant que les secours arrivent, Ken.*

— *Aide-moi à me relever. Je peux marcher. Je ne voudrais pas que Jack ait à me porter pour me tirer de là.*

Briony ressentit un sursaut d'énergie et d'adrénaline en aidant Ken à se redresser, mais ce dernier s'effondra, manquant de la faire tomber. Le pistolet tressauta dans sa main par deux fois, provoquant des détonations assourdissantes.

— *Tu ne voudrais pas non plus que ce soit moi qui te porte ! Debout, Ken, il faut partir.*

Elle avait parlé d'un ton aussi autoritaire que possible tandis qu'elle le sentait glisser contre elle, sur le point de s'évanouir. Jack comptait sur elle. Il lui avait confié son frère, le jumeau qu'il adorait, et elle ne le décevrait pas. Elle enroula son bras autour de lui puis le releva.

Dans un effort colossal, Ken s'appuya sur elle. Boitant et courant à demi, tout en se couvrant à l'aide de l'arme à feu, ils se dirigèrent vers la clairière, où l'hélicoptère qu'ils attendaient était en train d'atterrir. Briony soutint Ken jusqu'à l'orée du bois et, lorsqu'elle aperçut l'équipe de GhostWalkers qui sautait de l'engin, elle l'aida à s'asseoir.

— Il a besoin d'un médecin, il est blessé.

— Montez dans l'hélicoptère, Briony, ordonna Kadan.

Même si elle et les bébés qu'elle portait s'y seraient trouvés plus en sécurité que n'importe où sur cette montagne, elle n'envisagea pas une seconde de lui obéir. Sans marquer la moindre hésitation, elle fit demi-tour et se rua en direction de Jack.

Les deux puissants hommes se livraient toujours un combat acharné au corps à corps. Briony n'avait jamais assisté à une lutte aussi brutale. Ils échangeaient des coups avec une violence qui ne laissait aucun doute sur leur désir de se pulvériser mutuellement. Elle ressentit la froide résolution qui emplissait l'esprit de Jack. Malgré son détachement émotionnel, il avait l'implacable volonté de détruire son adversaire. Il avait l'intention de le tuer et ne pensait à rien d'autre. Il prévoyait de lancer son pied de toutes ses forces dans la poitrine de Luther, ce qu'il fit. Briony entendit un craquement d'os qui lui retourna l'estomac, puis Luther s'écroula.

— Ne le tue pas ! Ma sœur… Il peut nous conduire jusqu'à elle.

Même s'il ahanait et peinait à respirer, Luther n'avait rien perdu de son instinct meurtrier. Il tira de sa chaussure un long couteau affilé qu'il brandit vers le ventre de Jack. Ce dernier bondit en arrière, effectua un arc de cercle, puis s'apprêta à porter un coup mortel. Briony ferma les paupières, mais elle entendit le bruit que produisit le poing de Jack – qu'il abattit en utilisant toute la force surhumaine dont il disposait – en fracassant le crâne de Luther. Il lui assena un deuxième coup au visage, réduisant le nez et les yeux à des fentes ensanglantées. Jack était en train de tuer sa victime de manière méthodique, brutale, et pas un instant son esprit ne lui dicta de s'arrêter.

Il s'agenouilla à côté du corps puis regarda Briony.

— Je ne vais pas m'excuser pour ce que je suis. C'est à toi de décider si tu te sens capable de le supporter.

Il retenait son souffle. L'angoisse l'empêchait de respirer. Si Briony le quittait, sa vie n'aurait plus aucun sens.

Un soldat se rua sur eux en sautant par-dessus un tronc étendu au sol. Il ne portait pas d'arme à feu et sa chemise était déchirée et maculée de sang, mais Briony le soupçonna d'avoir des capacités amplifiées. Agenouillé à côté du cadavre de Luther, l'air épuisé, Jack la regardait avec une expression grave et insondable. Sans hésiter, Briony se précipita sur le couteau qui était resté dans la main de Luther, pivota et le lança d'un mouvement fluide, faisant appel à toute sa puissance.

— Je ne vais pas m'excuser parce que je t'aime. Je t'accepte tel que tu es, Jack, sans concession.

Cerné par le sang et la mort, il la dévisagea, le cœur battant la chamade, la bouche sèche.

— *Je t'aime plus que tout, Briony, et je suis à genoux. Alors, on peut se marier, non ? Mais dépêche-toi de dire « oui » avant qu'on se fasse tuer.*

Seul Jack était capable de faire sa demande – du moins, ce qu'il considérait comme tel – au milieu d'un champ de bataille, un cadavre à ses pieds.

— *Espèce d'idiot ! Lève-toi et partons d'ici. Je t'aime aussi, et bien sûr que j'accepte de t'épouser. Je n'ai pas l'intention de te laisser filer.*

Il l'attira contre lui et écrasa ses lèvres contre les siennes. Ils firent ensuite volte-face et coururent en direction de l'hélicoptère près duquel des hommes à la mine sévère, armés jusqu'aux dents, se déployaient pour les couvrir.

— Comment va-t-il ? demanda Jack au médecin en découvrant son frère allongé sur une civière installée à même le sol. Est-ce que sa blessure est grave ?

— Il s'en tirera, le rassura le médecin. Il a perdu beaucoup de sang, mais nous lui faisons une transfusion.

— Content de te voir en un seul morceau, Jack, déclara Kadan. Lily va être ravie de vous rencontrer, Briony. Elle vous considère comme sa sœur.

À ces mots, Briony poussa un petit cri de désespoir. Lorsque Jack la serra dans ses bras, elle se mit à pleurer. Il la dissimula de son corps afin de cacher ses larmes aux autres. Dès qu'ils furent à bord, l'hélicoptère décolla et effectua un large virage pour prendre de l'altitude et s'éloigner des arbres. Des nuages de fumée s'élevaient depuis le sol loin en dessous. Le paysage était totalement dévasté, comme ravagé par une récente guerre.

Secouée de sanglots silencieux, Briony enfouit son visage contre le torse de Jack. Il la serra dans ses bras tout en regardant son frère.

— Nous sommes en sécurité, à présent, Briony, murmura-t-il d'un ton apaisant en lui caressant les cheveux. Sous notre protection, il ne pourra rien contre toi.

— Mais elle, elle n'est pas en sécurité. Ma sœur. Maintenant que Luther est mort, nous n'avons aucun moyen de la retrouver. Elle est seule, et je ne peux pas entrer en contact avec elle.

Elle se couvrit le visage des mains. Peut-être Marigold priait-elle pour que Briony vienne la secourir en ce moment même, mais son souhait était irréalisable. Luther constituait l'unique espoir de localiser le laboratoire de Whitney.

— Ne te méprends pas, Jack, je sais que tu étais obligé de le tuer. Mais je me sens tellement perdue…

— Écoute-moi, ma puce.

Il la saisit par le menton et la força à le regarder dans les yeux. Des yeux aussi inexpressifs et froids que de la glace, mais qui avaient le pouvoir de la réchauffer à la manière du soleil d'été.

— Je tiens toujours parole. Toujours. C'est une question d'honneur pour moi. Nous trouverons ta sœur. Nous retournerons ciel et terre s'il le faut, mais nous la trouverons, et nous l'emmènerons loin de Whitney. Je te le promets.

Sans tenir compte de l'air réprobateur du médecin, Ken posa la main sur l'épaule de Briony.

— Tu peux compter sur moi. Nous formons une famille, nous allons nous serrer les coudes. Nous la tirerons de là.

Briony essuya les larmes qui roulaient sur ses joues et regarda tour à tour les deux hommes. Malgré leur sévérité, leurs cicatrices et leur caractère bien trempé, elle n'accepterait pour rien au monde de se séparer d'eux.

Elle hocha la tête. Elle avait foi en eux.

— Bon, d'accord. Nous la chercherons ensemble. Je t'aime, Jack. De tout mon cœur.

— Tu as mal choisi ton moment pour me dire une chose pareille, ma puce. *Nous nous trouvons dans un hélicoptère bourré de monde, je ne peux pas faire grand-chose pour l'instant.*

En dépit des circonstances, Briony ne put réprimer un sourire.

— J'exprimais juste mes émotions, Jack, ça n'avait aucune connotation sexuelle.

— Ne parle pas de sexe, je vais avoir une érection.

Ken poussa un soupir.

— Fermez-la, vous deux !

Jack et Briony se tournèrent vers lui, puis échangèrent un regard avant d'éclater de rire.

EN AVANT-PREMIÈRE

Découvrez un extrait de la suite des aventures des GhostWalkers

(version non corrigée)

Traduit de l'anglais (États-Unis)
par Sophie Barthélémy

Chapitre premier

Ken Norton leva les yeux vers les gros nuages noirs qui cachaient les étoiles et couvraient la lune d'un voile sombre et menaçant, puis scruta de nouveau l'ombre des arbres qui bordaient le bâtiment, attentif au moindre changement, au moindre signe qui aurait indiqué que quelqu'un se faufilait dans l'obscurité, hors du champ des caméras. Mais son regard revenait sans cesse sur les deux cerfs écorchés qui se balançaient sous le porche du chalet, suspendus à des crocs de boucher. L'odeur de sang et de mort qui en émanait assaillait ses narines, lui donnant la nausée ; une réaction stupide pour un sniper tel que lui, qui n'hésitait pas à tuer.

Sa peau changea de couleur, et ses vêtements spéciaux reflétèrent les teintes de l'environnement, lui permettant de se camoufler en se fondant totalement dans le feuillage. Pour la millième fois, il détourna les yeux des carcasses encore dégouttantes de sang.

— Qui peut bien vouloir éliminer un sénateur ? demanda-t-il, ses iris gris acier à présent traversés de tourbillons argentés. Et pas n'importe quel sénateur : un candidat potentiel à la vice-présidence des États-Unis. Je n'aime pas ça. Je me suis méfié dès qu'ils nous ont dit qui était la cible.

— Bon sang, Ken, cet homme n'a rien d'un ange ! répliqua son frère jumeau tout en s'avançant pour bénéficier d'un meilleur angle de tir. Tu le sais mieux que personne. Je ne comprends vraiment pas pourquoi on protège ce fils de pute. J'aimerais bien le tuer de mes propres mains. C'est ce connard qui a servi d'appât pour t'attirer au Congo. Il a été libéré, et toi, tu t'es fait découper en morceaux et écorcher vif. (En dépit de son amertume évidente, Jack parlait d'une voix parfaitement calme.) Ne me dis pas qu'il n'était pas dans le coup. Je suppose qu'on n'est pas les seuls à vouloir sa peau. Le sénateur t'a tendu un piège, Ken. Il t'a livré aux rebelles, et Ekabela a bien failli te tuer. Je pourrais le démolir à coups de poing ou regarder quelqu'un d'autre le faire sans que ça m'empêche de dormir.

— Justement.

Ken roula sous les buissons en prenant garde à ne pas faire de bruit. Il espérait que, dans l'obscurité, Jack n'avait pas remarqué qu'il avait légèrement grimacé en l'entendant évoquer le passé. Ken ne pensait pas souvent à la torture qu'il avait subie, à son corps lacéré, à son dos écorché ou à la morsure de la lame dans sa chair. Mais il faisait des cauchemars dès qu'il fermait les yeux. Alors, tout lui revenait en mémoire. Chaque coup de couteau. Chaque entaille. L'interminable agonie. Il se réveillait haletant, couvert de sueur, l'écho de ses propres hurlements résonnant dans son esprit, là où personne ne les entendrait jamais. Les carcasses de cerfs pendues aux crocs de boucher ravivaient ses souvenirs dans les moindres détails. Il ne pouvait s'empêcher de se demander si tout cela ne faisait pas partie d'un projet bien plus vaste.

Redoutant de trembler, il tendit la main. Elle était raide à cause des cicatrices, mais parfaitement stable.

— Pourquoi nous avoir choisis pour le protéger, à ton avis ? reprit Ken. On en veut à cet homme. On sait qu'il joue double-jeu. Pourquoi ne pas nous avoir chargés de l'abattre ? Nous n'aurions pas posé de questions. Nous étions les candidats idéaux. Ce n'est pas logique.

— Ce qui n'est pas logique, c'est de protéger ce connard. On devrait le laisser se faire tuer.

Ken jeta un coup d'œil à son frère.

— Tu te rends compte de ce que tu dis ? Nous ne sommes pas les seuls à savoir que le sénateur Freeman n'est pas l'homme irréprochable qu'il prétend être. Nous avons tous fait un compte-rendu de mission à notre retour du Congo. Les deux équipes. Nous en sommes tous arrivés à la même conclusion : le sénateur était dans la combine. Pourtant, il n'a jamais été interrogé ni inquiété. Personne ne l'a accusé de quoi que ce soit. Et soudain, on nous donne l'ordre de le protéger d'une tentative d'assassinat.

Jack garda le silence quelques instants.

— Tu penses que quelqu'un veut nous faire porter le chapeau s'il se fait tuer.

— Exactement. Est-ce que l'amiral a donné ces ordres en personne ? Est-ce qu'il en a parlé directement à Logan ? S'ils soupçonnent vraiment ce type, pourquoi ne l'ont-ils pas arrêté ? En plus, nous venons de refuser une mission qui visait à éliminer le général Ekabela, un autre vieil ennemi, et une connaissance du sénateur. Pour moi, ça ressemble à un coup monté.

— Quoi qu'il en soit, Ekabela s'est fait descendre. Ils ont envoyé un autre sniper. Je n'ai même pas eu le plaisir de buter ce salaud.

Ken fronça les sourcils.

— Tu en fais une affaire personnelle.

— J'en ai fait une affaire personnelle quand le sénateur t'a livré à ce sadique d'Ekabela pour qu'il te torture. Je ne vais pas mentir : je veux la peau de Freeman, Ken. Je n'aurais aucun scrupule à laisser quelqu'un lui trancher la gorge. Si ce type continue sur sa lancée, il va finir vice-président, peut-être même Président. Et alors, qu'est-ce qui se passera, à ton avis ? Il a conscience que nous savons qu'il a les mains sales. Dès qu'il sera au pouvoir, il nous enverra en mission-suicide.

— Comme quand ils ont voulu nous renvoyer au Congo pour tuer Ekabela ?

Il devait absolument arrêter de regarder ces carcasses. Cette vision lui retournait l'estomac ; il n'allait pas tarder à être malade. Il avait beau se trouver à plusieurs centaines de mètres, il entendait le bruit régulier des gouttes de sang. Elles coulaient le long des planches avant de former une flaque sombre et luisante. Ken s'efforça d'étouffer le son des hurlements qui retentissaient dans son esprit, mais sa peau le démangeait et chacune de ses cicatrices l'élançait, comme si ses nerfs subissaient de nouveau l'interminable supplice des coups de couteau.

— Ekabela méritait de mourir, décréta Jack. Et tu le sais. Il a détruit des villages entiers, a commis un véritable génocide, faisait du trafic de drogue et volait aux troupes des Nations Unies les chargements de nourriture et de médicaments destinés à la population.

— C'est vrai, mais regarde qui a pris sa suite : le général Armine, encore plus craint et haï qu'Ekabela. Plutôt étrange qu'il ait pris le pouvoir aussi facilement, non ?

— Qu'est-ce que tu essaies de dire, bon sang ?

Ken observa les nuages qui masquaient le croissant de lune. Ils tournoyaient lentement, formant un voile sombre qui semblait errer sans but. Ken se souvint des nuages au-dessus de la jungle, du mouvement des feuilles des arbres, de l'odeur de sa propre transpiration, de son propre sang.

— Ce que j'essaie de dire, c'est que nous n'avons jamais fait d'aucune de nos missions une affaire personnelle. Mais là, quelqu'un nous y a forcés. Je n'aime pas ça, et j'aime encore moins le boulot qu'on nous a confié. Je crois qu'on nous tend encore un piège. C'est trop gros pour être une simple coïncidence.

Jack étouffa un juron et ajusta son œil à la lunette de visée pour observer attentivement le chalet.

— Il est à l'intérieur avec sa femme, déclara-t-il. Je pourrais le descendre. Personne n'en saurait rien.

— À part tous les membres de notre équipe.

Jack adressa un bref sourire sans joie à son frère.

— Tu sais bien qu'ils m'aideraient. Ils détestent ce type presque autant que moi.

— Quelqu'un voulait qu'Armine accède au pouvoir. Quelqu'un ici, aux États-Unis. J'y ai beaucoup réfléchi, Jack. Chaque cible qu'on nous a envoyée abattre ces dernières années a laissé un vide aussitôt comblé par une autre crapule. Depuis les barons de la drogue en Colombie jusqu'au général Ekabela au Congo, on libère les postes d'influence, et quelqu'un tire les ficelles. Je ne crois pas que ce soit le Président des États-Unis. (Il jeta un regard furtif à son frère.) Et toi ?

Jack poussa un nouveau juron.

— Non. Ce que je crois, c'est qu'on est dans la merde.

— Comme Jesse Calhoun a contacté l'amiral en lui disant qu'il s'agissait d'une urgence et que Logan est ensuite allé le voir, j'ai supposé que Logan avait reçu les ordres de l'amiral en personne, mais je n'en suis pas certain. Jesse mène une enquête sur les liens existant entre le sénateur et Ekabela. C'est pour ça que Kadan Montague a pris sa place dans l'équipe.

— Je croyais que Jesse était toujours en fauteuil roulant, objecta Jack. Aux dernières nouvelles, il était au repos et faisait de la rééducation.

— Eh bien, apparemment, il retravaille. C'est l'un des télépathes les plus puissants de notre unité, et il est très intelligent. L'amiral n'avait pas l'intention de se passer de ses compétences. Jesse en a vraiment bavé. Entre l'amplification, les expériences psychiques et sa blessure aux jambes, on peut dire qu'il a cumulé les ennuis.

— Comme nous tous, répliqua Jack. Quand on s'est portés volontaires pour les tests psychiques, on n'a pas pensé un instant qu'on se pointait un pistolet sur la tempe. On est dans la merde, Ken. Jusqu'au cou. Et tous les autres GhostWalkers sont avec nous. Dans quel guêpier est-ce qu'on est allés se fourrer ?

Au moins, leurs camarades et eux, tous des militaires aguerris appartenant aux Forces spéciales, avaient participé au projet de leur plein gré. Les femmes, elles, avaient été enrôlées dès leur plus jeune âge. Whitney avait été les chercher dans des orphelinats à l'étranger et les avait achetées pour se servir d'elles comme cobayes, sans se soucier un instant de l'impact que ces expériences auraient sur leurs vies.

Ken secoua la tête.

— Je ne sais pas, mais il faut découvrir ce qui se passe. Le colonel Higgens a essayé d'éliminer l'équipe de Ryland Miller. Il a tué plusieurs hommes avant que Miller et les autres puissent s'enfuir et mettre ses crimes au jour. Peut-être qu'Higgens n'était pas à la tête du complot.

— Nous savons que c'est le professeur. C'est lui qui a eu l'idée des expériences. Il a des contacts, de l'argent. Il a accès aux informations classifiées et aux lieux secret-défense, et il a simulé son propre assassinat. Si nous trouvons Whitney, nous démêlons le complot.

— Peut-être, concéda Ken d'un ton dubitatif. Nous avons d'abord cru que Whitney avait été assassiné. Puis nous avons soupçonné qu'il avait lui-même imaginé cette mise en scène afin de ne pas être condamné pour les expériences clandestines qu'il menait parallèlement à ses expériences militaires. Maintenant…

Ken s'interrompit et leva de nouveau les yeux vers les nuages. Le bruit régulier des gouttes de sang qui tombaient au sol résonnait de manière troublante dans le silence de la nuit. Jamais auparavant son passé ne l'avait torturé au point de compromettre une de ses missions, mais, pour la première fois, il commençait à douter de sa capacité de concentration.

— Tu penses que quelqu'un voulait vraiment assassiner Whitney et que le professeur a simulé sa mort non pas pour échapper à ses responsabilités, mais pour garder la vie sauve ? (Jack se massa les tempes.) Comment a-t-on pu se retrouver mêlés à cette histoire ?

— On s'en fichait, à l'époque, répondit Ken. Maintenant, tu as une femme, et tu vas avoir des jumeaux. Tu as une raison de vivre. Rentrons, réunissons notre équipe et creusons-nous les méninges. Nous pouvons demander à Logan de contacter l'unité de Ryland Miller. À nous tous, nous devrions être en mesure de comprendre ce qui se trame.

Jack fronça les sourcils, roula sur le côté, puis rampa à travers les épais buissons.

— On ne peut pas laisser ce connard se faire tirer dessus comme ça, tu ne crois pas ? Si quelqu'un d'autre veut sa peau, nous devons découvrir de qui il s'agit, et en quoi ça nous concerne.

Ken avança à plat ventre en suivant une piste de lièvre, attentif à garder son fusil à l'abri de la boue. Son mauvais pressentiment ne le quittait pas.

— Attends, Jack, murmura-t-il, l'œil rivé à la lunette de visée. *Quelque chose ne va pas.*

Il avait activé la connexion télépathique qui l'unissait à son frère. Ce mode de communication s'avérait très pratique lorsqu'ils devaient prendre garde à ne pas se faire repérer. Ils avaient toujours échangé ainsi, aussi loin que remontaient les souvenirs de Ken. Grâce à ce don, ils n'avaient pas besoin de prononcer le moindre mot. La télépathie formait entre eux un lien très fort qui leur avait rendu de nombreux services au fil des ans. L'expérience psychique à laquelle ils avaient accepté de participer après leur formation chez les SEALs n'avait fait qu'améliorer leurs capacités déjà très développées.

—Je l'ai senti, moi aussi. Kadan a donné l'alerte. Ils vont lancer l'assaut. Nous devrons protéger ce connard. Celui qui veut l'éliminer est déjà là.

Ken observa le sénateur par la fenêtre.

—La jeune et jolie femme du sénateur est consciente qu'ils ont de la compagnie. Regarde-la.

Jack colla son œil à la lunette de visée. À l'intérieur du chalet, une jeune femme blonde se penchait pour embrasser le sénateur sur la joue. Elle prononça quelques mots, esquissa un grand sourire, et son mari lui répondit en lui caressant le menton. Elle se dirigea ensuite vers la fenêtre, leur permettant de voir son visage.

—*Oh oui, elle sait,* affirma Jack. *Et elle ne lui a rien dit.*

De nombreux hommes de valeur allaient peut-être mourir cette nuit-là. Ken avait une furieuse envie de mettre un terme à cette mascarade en se glissant à l'intérieur du chalet pour trancher la gorge de ce fumier. Le sénateur avait trahi son pays pour de l'argent, le pouvoir ou une combinaison des deux. Ken se fichait de ses motivations ; il était corrompu, point. Et il avait servi d'appât pour attirer Ken au Congo sous prétexte d'une mission de sauvetage. Une mission qui les avait envoyés, lui et son frère, droit en enfer. Et à présent, ironie du sort : ils devaient assurer la protection de ce traître.

—Comment s'appelle sa femme, déjà ? demanda Jack.

— Tu crois qu'elle est l'une des nôtres ? Une GhostWalker ?

Ils étudièrent tous deux attentivement la grande jeune femme blonde. Elle gagna la pièce voisine, où elle s'empara de plusieurs armes, qu'elle manipula avec une aisance manifeste.

Ken prit une profonde inspiration. La femme du sénateur, une GhostWalker ? Quel était son nom ? Violet Smythe. Le rapport la concernant ne mentionnait que très peu de détails sur sa vie avant son mariage avec le sénateur. Violet. Un nom de fleur. D'après ce qu'ils avaient appris, le professeur Whitney avait donné des noms de fleurs aux fillettes orphelines sur lesquelles il avait mené des expériences psychiques.

— Violet, répéta-t-il à voix haute.

Quel rôle jouait-elle dans cette histoire ? Comment une GhostWalker pouvait-elle trahir ses semblables ? Elle savait ce qu'ils avaient tous traversé. Ken regarda de nouveau par la lunette de son fusil et visa l'œil gauche du sénateur. Il n'avait qu'à appuyer sur la détente, et tout serait terminé. Personne d'autre ne serait tué. Il suffirait d'une balle pour éliminer l'homme qui l'avait livré aux mains d'un tortionnaire sadique.

Achevé d'imprimer en février 2012 par Hérissey à Évreux (Eure)
N° d'impression : 118282 - Dépôt légal : mars 2012
Imprimé en France
81120683-1